《散文海外版》

2023年精品集

若有光

《散文海外版》编辑部 编

天津出版传媒集团

百花文艺出版社

图书在版编目（ＣＩＰ）数据

若有光 :《散文海外版》2023 年精品集 /《散文海外版》编辑部编. -- 天津 : 百花文艺出版社, 2024.1
ISBN 978-7-5306-8740-6

Ⅰ . ①若… Ⅱ . ①散… Ⅲ . ①散文集–世界–现代 Ⅳ . ①I16

中国国家版本馆 CIP 数据核字(2024)第 003975 号

若有光 :《散文海外版》2023 年精品集
RuoYouGuang Sanwen Haiwaiban 2023 Nian Jingpinji
《散文海外版》编辑部编

出 版 人 : 薛印胜
责任编辑 : 王　燕　徐　姗　　封面设计 : 彭　泽
出版发行 : 百花文艺出版社
地址 : 天津市和平区西康路 35 号　　邮编 : 300051
电话传真 : +86-22-23332651（发行部）
　　　　　+86-22-23332656（总编室）
　　　　　+86-22-23332478（邮购部）

网址 : http://www.baihuawenyi.com
印刷 : 天津新华印务有限公司
开本 : 787 毫米×1092 毫米　　1/16
字数 : 350 千字
印张 : 28
版次 : 2024 年 1 月第 1 版
印次 : 2024 年 1 月第 1 次印刷
定价 : 58.00元

如有印装质量问题,请与天津新华印务有限公司联系调换
地址:天津东丽开发区五经路 23 号
电话:(022)58160306　邮编:300300

目 录

记黄河晋陕大峡谷

◎ 贾平凹

别的江河,就是某某江、某某河,黄河却称之为天下黄河。它诞生在巴颜喀拉山下,少年游荡于青藏寒地,而当知道了遥远的东南有大海,便掉头大行,经过了黄土高原,这就是晋陕大峡谷。

大峡谷从府谷县的河口镇起,到河津的龙门,其实还可以延长,到秦岭的潼关吧,全长一千多公里,岸深一百米甚或二百米。

世上的路首先是水走出来的。黄河深刻出了大峡谷,大峡谷又将它束缚其中。越是束缚越使最柔软的水坚硬如铁。它奋斗、呐喊、暴躁,充满戾气,生长和完成着自己的青春,囫囵的黄土高原也从此一分为二,一半给了陕西,一半给了山西。

两岸隔绝,竟然是东边岸高耸了,西边岸低落,西边岸高耸了,东边岸低落。川潦泻散,河声充满,只有黑鹳和白琵鹭凭空往来。站在山西永和县的岸上看到了乾坤湾,站在陕西清涧县的岸上看到了太极湾。那是黄河九十九道湾中最神奇的两湾,西窄东宽,东窄西宽,入湾至出湾都是几百米,状若左右葫芦。到壶口去呀,壶口是黄河突然下跌,如一脚踏空了,溅起千堆雪。石门下去的大梯子崖,那是河东岸的一个缺口,斧劈刀削般危险。有瀑布,被风吹起,飘然如烟。而栈道其上,若游人经过,从河道看去,真的在"飞檐走壁"。如果再往陕西的佳县,再往山西的麒麟滩,千米长的水蚀浮雕镶嵌于绝壁,两岸山峦起伏,乱石堆砌,散者如塔,聚如城堡,每块石头上又布满虫纹,像字但不是字,疑为天书。面对着大峡谷无数的景点胜地,能想象黄河寻找出路是多么的艰辛:日瘦月小,星寒云低,它在横冲直撞,冲撞出的沟壑峡崖在不断地坍塌,无数的堰塞湖,壅堵滞流,只能千回百折,有大孤独啊，是真的沉痛。有哲人讲，当你遇到风暴的时候，你不要给神说风暴有多大，而是给风暴说你的神有多大。黄河那时的形状正该如是。

大峡谷上下差不多有六十五条小河汇入，流域覆盖了整个黄土高原。而祖籍在这里的或外籍来到这里的人，也意识到身上的每一条血管也是黄河的支流，他们便都有了黄河的秉性，大气、豪迈，向往远方，从此英雄风气流转。轩辕在西岸有陵，尧帝在东岸建庙，汉刘彻来后土祠祭祀，李自成登白云山发愿。吴堡用石头垒起了一座城，佳县把城就修在三面悬空的山巅。更有着毛泽东于高家圪上高吟《沁园春·雪》，石破天惊，鱼龙出听。

黄河远行，也把黄土带去，送给了河南，送给了山东，送给了一个华北平原，却使黄土高原支离破碎。多少风流人物，能出走的都有一番大世界的作为，留下来的是坚守而顽强。千百年里，黄河奔流不息，大峡谷两岸人畜焦渴，塬梁台峁上树木庄稼干枯。人们要么到十几里外的那一点泉眼里去挑水，要么在门前屋后挖暗窖收储天雨。相传过去的吴堡城，那么大的城里只有一口苦水井，每日由知县亲自掌握，分配给每人一瓢。但这并不妨碍他们的浪漫，城西门上的匾额写着"明溪"，城东门上的匾额写着"闻涛"。干旱使居家只能在土崖下凿窑，凿窑便创造着艺术。由"一炷香"到"明三暗二""厢六倒四"，西湾的民居在斜坡上层层叠叠，三十多个院落连为一体。李家山村选择了一条梁的两边沟，窑洞从沟底直达梁头，竟能多到九层。土地上是不能种植水稻和小麦了，而糜子、高粱、谷子、荞麦、豆类和土豆，把地里所有营养所有颜色都聚集起来，做出谷面窝头，豆面抿尖，红面旗子，小米捞饭。尤其是枣，到处都是枣林啊，姆枣、冠枣、狗头枣、牛心枣，秋天里满山红遍。人们认为天上有多少星星，地上就有多少红枣，而这里的枣是世上最好的枣，因为它们能听到黄河涛声。再就是开山和钻水了，开山就是挖炭，钻水就是撑船筏。在许多地方，剥开地皮就是炭，有许多地方的炭，用火纸便能点燃。古老的习俗还在沿承着，在除夕夜里，有人家在中堂的案上供奉了土豆和红枣，有人家把一块大炭用红纸裹了就放在门槛两旁，称它们是"黑汉"，还贴上"瓜子人人"。"瓜子人人"后就衍变成了剪纸，鱼虫花鸟、山水人物，遍贴在门上窗上，米面罐上和树上。钻水呢，从河口镇到碛口镇从来都行船筏。船是木船，木船上有艄公扳舵。筏子有油筏木筏皮筏，皮筏是用羊皮做成的囫囵圪筒。除了船筏，两岸还没有通车的年代里，忙碌的都是骆驼骡马和毛驴。碛口镇人讲，凡是门上挂着谷秆绑成的干草把，就代表着是高脚牲口的草料店，全镇就有几十家。船筏卸下的货，骆驼运长途，骡马跑短途，毛驴驮炭。每天下午毛驴排着一字长蛇阵，像一股黑水注入镇来。赶脚人都能唱，有苦了有乐了心里有人了，随口编词，任意起调，这就形成了民歌。张家墕村的张天恩最有名，唱出了《赶牲灵》。那是一个早晨或是晚上，黄河终于走完了黄土高原，冲开了最后一个关隘，那是惊天动地的轰鸣，自此有了"岳色河声"一词。应该想，当黄河回头一看，叠峦重嶂的关隘竟然薄如门扉，伟大的胜利在最后成功时是这般容易。后人不明就里，也不可思议，认为那是大禹所致，叫其是禹门，而黄河冲出来已经是龙的形象了，所以更叫作龙门。

从龙门再往南二百里，汇入了汾水、洛水、渭水，黄河河面开阔，汪洋一片。时而厚云积岸，大水走泥。时而五彩祥光闪耀，"荣光幂河"。但黄河既然是天下黄河，大峡谷经过仅只是它的一段行程，大海还在召唤，它抖擞着力量，那时不时出现的"揭河底"，几百米数千米的河底被卷起，整个河在滚翻，是在嘿动，在聚劲，在誓师。而正是在这二百里，黄河成熟了，它的成熟也成熟了中华民族的文明。西岸的大荔、合阳、韩城，东岸的运城、临汾，产生了那么多的圣君明相，文臣武将，才子佳人。单就文学，司马迁、司马光、王维、柳宗元，这就够了，应是中国最最聚文气的地区了。

黄河继续南行，秦岭却拦住了它，迎头站着的就是华山潼关。潼关为雄关，历来的战争莫不发生于此，那狰狞的崖头，阴寒的壑底，以及怪石、弯树和细路，充满肃杀。中国历史上有过渔樵问答，那只是探询生命难题。而秦岭是否和黄河在此有过对话呢？如果有，那一定是关于天下格局的大事。于是，黄河再没有南下与长江相会，黄河就是黄河，让长江去行南方吧，它就在北方，而转头往东去了。

这该是再一次伟大的转折，于是东岸就有了鹳雀楼，历史让王之涣登上楼头，看到了那最壮丽的场面："白日依山尽，黄河入海流。"

北京雨燕以及行者

——对理想作家的比喻，在北京"十月文学之夜"的演讲及延伸

◎ 李敬泽

在北京的中轴线上，从永定门走向正阳门，一直走下去，直到钟鼓楼，一代一代的北京人都曾抬头看见天上那些鸟。很多很多年里，那些城楼都是北京最高的建筑，也是欧亚大陆东部这辽阔大地上最高的建筑，你仰望那飞檐翘角、金碧辉煌，阳光倾泻在琉璃瓦上，那屋脊就是世界屋脊，是一条确切的金线和界限，线之下是大地，是人间和帝国，线之上是天空、是昊天罔极。线之下是有，线之上是无。

然而，无中生有，还有那些鸟。那些玄鸟或者青鸟，它们在有和无的那条界限上盘旋，一年一度，去而复返，它们栖息在最高处，在那些城楼错综复杂的斗拱中筑巢，它们如箭镞破开蓝天，挣脱沉重的有，向空无而去。这些鸟，直到一八七〇年才获得来自人类的命名，它们叫北京雨燕。

北京雨燕，这是唯一以北京命名的野生鸟类。此鸟非凡鸟，它精巧的头颅像一枚天真的子弹，它是黑褐色的，灰色花纹隐隐闪着银光，它披着华贵的披风，在天上飞。我们一直不知道它从哪儿来，到哪儿去。现在我们知道了，那是令人惊叹、令人敬畏的长征：每年四月，春风里它们来到北京，在高耸的城楼上筑巢产卵，然后，到了七月，它们出发了，向西北而去，此一去就要飞过欧亚大陆，直到红海，在那里拐一个弯，再沿着非洲大陆一直向南，飞到南非，这时已经是十一月初了，北京已入冬天，北京雨燕却在南部非洲盛大的春天里盘旋，直到第二年的二月，它们该回来了，它们穿过非洲大陆、欧亚大陆，向着北京，向着安定门、正阳门而来。

这一来一去，大约三万八千公里。赤道周长四万公里，也就是说，北京雨燕，它每年都要绕这个星球差不多飞上一圈儿。但这种鸟的神奇并不在

这里，而在于，七月的某一天清晨，当它从正阳门飞起，扑到蓝天里，它就再也不停了，它就一直在天上飞。没想到吧？日复一日，它毫不停歇地飞，它在天上睡觉，在飞翔中睡觉，在飞翔中捕食飞虫，在飞翔中俯冲下去，掠取大河或大湖中溅起的水滴，甚至在飞翔中交配。在北京雨燕的一年中，除了雌鸟必须孵育雏鸟的两三个月，它们一直在天上，一直在飞。

我确实更喜欢谈鸟，如果让我找一种动物、找一种鸟来形容来比喻我理想中的作家，那么它就是北京雨燕。在北京，你沿着中轴线走过去，那些宏伟的建筑都在召唤着我们，引领我们的目光向上升起。安定门、正阳门、天安门、午门、神武门、钟鼓楼，城楼拔地而起，把你的目光、你的心领向天空。北京雨燕把你的目光拉得更远，如果它是一个作家，他就是将天空、飞翔、远方、广阔无垠的世界认定为他的根性和天命。作为命定的飞行者，他对人的想象和思考以天空与大地为尺度；他必须御风而飞，他因此坚信虚构的意义，虚构就是空无中的有，或者有中的空无，通过虚构，他将俯瞰人类精神壮阔的普遍性。他必定会成为心怀天下的人，心事浩茫连广宇，无数的人、无尽的远方都与我有关，这不是简单地把自己融入白昼或黑夜、人间与世界，而是，一只孤独的北京雨燕抗拒着、承担着来自大地之心的引力，不让大地把它拘禁在此时此地、此身此心。

比如曹雪芹。以曹雪芹为例已经成了我的习惯，任何事我都能扯到他身上。这某种程度上是因为，我们对他所知甚少，惊鸿一瞥，白云千载空悠悠。尽管直接证据有限，但我们确信他曾经飞过，他曾经在此筑巢，我们在接近空无中想象他，他是无中的有，他在有无之间。在这个意义上，他成了后世小说的元问题之所在，一切问题都可以追溯到他，都可以在我们的猜测中得到回应。

《红楼梦》第七十回，在那个春日，"林黛玉重建桃花社　史湘云偶填柳絮词"，心中蓝天丽日，雪芹兴致大好，安排宝玉和姑娘们放风筝，一大段文章摇曳生姿。这不是曹雪芹第一次写到风筝，第五回，贾宝玉梦游太虚幻境，翻看金陵十二钗正册，只见画的是"两人放风筝，一片大海，一只大船，船中有一女子掩面泣涕之状"，有四句诗写道："才自精明志自高，生于末世运偏消,清明涕送江边望,千里东风一梦遥。"大家都知道,这说的是探春的命,但我所留意的是那只风筝,指向大海、远方、乘千里东风而西去的风筝。

现在,我要问一个无聊的问题,那幅画里的风筝是一只什么样的风筝?好吧,你们都猜到了,那是燕子。我认为那是北京雨燕。

二十世纪四十年代中期,曾有一部据说是曹雪芹遗稿的《废艺斋集稿》面世,后来又没了下落。其中的一种是关于风筝的书,部分文字和图谱经由当时人的摹写和回忆留了下来。这件事真真假假,在有无之间,反正原书是找不到了,信其有还是信其无,不是事实判断而是情感判断,我宁愿相信这本书是有的,因为这很像雪芹干的事,他就是这样的一个人。这本题为《南鹞北鸢考工志》的书,记叙了风筝怎么扎、怎么糊、怎么描绘图案、怎么放飞,所谓"扎、糊、绘、放"。关于风筝制作工艺的书,据我所知,只有一部宋代的《宣和风筝谱》,然后就是清代乾隆年间的这一本,所以,应该给曹雪芹颁发证书,宣布他是非物质文化遗产传承人。

在现存的《南鹞北鸢考工志》中,所有的风筝都是燕子。当然,风筝的形制多种多样,就像第七十回写的,可以是个美人,可以是大鱼、螃蟹,放个美人到天上,那是以天为纸在画画,放个大鱼、螃蟹上去,这就是以云为水。但在这本书中,燕子是模板是原型,又分为肥燕、瘦燕、比翼燕、半瘦燕、小燕、雏燕、燕爷爷、燕奶奶、燕夫妻、燕兄妹,一大家子在天上聚会。这很可能是当时风筝这个行当的惯例,从制作到售卖,燕子是基本款,甚至有人认为,北京风筝以"扎燕"为本,就是从雪芹开始。总之在雪芹这里,笼而统之,风筝就是燕子,燕子就是风筝。所以,第五回探春命里的那只风筝是什么形状?现在我告诉你,那是一只燕子。

那么,这只燕子是北京雨燕吗?"昔日王谢堂前燕,飞入寻常百姓家",这句诗大家都很熟悉,盛衰兴亡之叹,这是古老的中国文明最深刻、最基本的一种情感,在周流代谢的人事与恒常的山川、自然之间回荡着这么一声深长的叹息。这种兴亡之叹也是曹雪芹在《红楼梦》里反复弹拨、他和他生前的读者最能共鸣同感的那根琴弦。但是,无论王谢堂前,还是寻常百姓家,一年一度来去的燕子,应该都不是北京雨燕,而是家燕。它们都叫燕,远看长得也像，但在动物学分类中，我们熟悉的家燕是雀形目燕科，而北京雨燕属于夜鹰目雨燕科，家燕和麻雀是亲戚，北京雨燕和夜鹰是亲戚，它和家燕反而没什么关系。顺便说一句，夜鹰和我们熟知的老鹰也没什么关系，所以夜鹰不是鹰，雨燕也不是燕。在寻常百姓家的屋檐下飞进飞出的燕子如果真的是昔日王谢堂前的燕子，那么，它肯定是家燕，绝不是雨燕。北京雨燕必须栖息在高峻之处，这样才有足够的高度让它飞起来，如果是寻常的屋檐，它来不及飞起就会栽到地上，这也是它们喜欢中轴线上那些高大城楼的原因。

曹雪芹扎糊绘制的那些燕子，究竟是家燕还是雨燕？这个问题是无解的。那些风筝的图案并不是写实的，而是拟人的、符号化的，赋予了各种各样的吉祥寓意。雪芹固然不知家燕和北京雨燕在动物学上的科目区别，但他是北京人，童年来到北京，在这里长大，他大概从来没有进入过我们现在称为故宫的地方，没有走进过天安门、午门。但是，正阳门和他家附近崇文门的天空上，每年晚春和初夏盘旋着的雨燕，必定是他眼中、心中的基本风景。那个时代的北京人，抬头就会看见那些燕子，然后低头走路。但有一个人，一定曾经长久注视那些燕子，那些盘旋在人间和天上的分界线上的青鸟，他就是曹雪芹，他是望着天上的人，是往天上放飞了一只又一只飞燕风筝的人，他的命里有天空、有永远高飞而不落地的鸟。

——那就是北京雨燕。然后，这样的一个作家会有一种奇异的尺度感，他把此时此地的一切都放入永恒大荒，无尽的时间和无尽的空间。他获得一种魔法般的能力，他写得越具象，也就越抽象，他写得越实，也就越虚。雪芹的前生是一只北京雨燕，他在未来再活一遍会是一个星际穿越的宇航员。说到底，他是既在而又不在的，天空或太虚或空无吸引着他，让他永久地处于对此时此刻的告别之中，是无限眷恋的，但本质上是决绝的，他痴迷于不断超越中的飞翔。

这样一个北京雨燕式的作家，会本能地拒绝在地性。比如曹雪芹，他和很多很多当代中国作家不同，他从未想过指认和确证他所在的地方。我曾经在一篇文章中谈过，曹雪芹成长于北京，《红楼梦》是北京故事，但是，在

《红楼梦》中，他从未确切地描述过这座城市，我们可以推导出贾府和大观园的空间分布图，但在这部书中，你对整座城市的地理空间毫无概念，似乎是，这个人让大观园飘浮在空中，让飘浮在空中的大观园映照和指涉着广大世界、茫茫人间。

所以，如果让我为我理想中的作家选一个吉祥物、选一个标志，我选北京雨燕。但是，任何比喻都是有限的、矛盾的，比如水，上善若水，这水就是好水，以柔克刚、化育万物；水性杨花，这就不是好话，这水就是放荡的水。钱锺书把这叫作"比喻之两柄"，他在《管锥编》中引用希腊斯多噶派哲人的话"万物各有二柄"，好比阴阳二极，而人会抓住其中一个把柄来做比喻，抓哪一头取决于人想说什么。北京雨燕作为比喻，也有另外一头的把柄：它不能落地。它在民间有一个诨号，叫"无脚鸟"，它和家燕不同，家燕的脚是三趾前、一趾后，在地面上蹦蹦跳跳，后趾一蹬就起飞；但北京雨燕完全为飞行而生，根本没有计划落地，它的四趾全部朝前，只适合抓住高处的树枝或梁木，所以有脚等于无脚，落到地上既不能走也不能飞，被风雨或伤病打落在地，那就是死亡。

这让我想起另一个飞行家，说来大名鼎鼎，就是齐天大圣——行者悟空。孙行者法号悟空，名字不是白起的，它从石头缝里蹦出来，向着天空而去，他的事迹也是一部"石头记"，是在石头中、在山的重压下、在无限的沉重中向着无限的轻、无限的远、无限的空无。一个筋斗十万八千里，大地管不住他，人间的权力和琐碎管不住他。就是这样一只猴子，戴上了金箍，跟着唐僧去取经，九九八十一难还差一难，终于望见了西天灵山。《西游记》第九十八回，唐僧师徒在玉真观歇脚，第二天启程上灵山，金顶大仙要给他们指路，悟空嘴快，说："不必你送，老孙认得路。"大仙道："你认得的是云路，当从本路行。"悟空笑道："这个讲得是，老孙虽走了几遭，只是云来云去，实不曾踏着此地。"

这段话我以为是《西游记》的一处根本所在。小时候读《西游记》，总有一个大疑惑，既然目的就是取经，孙悟空那么能飞，而且自带导航熟门熟路，一个筋斗飞过去，把经书拎回来交给师父不就得了吗？悟空快递，使命必达,何必费那么大劲呢? 看到第九十八回,作者才做出了回答,飞在天上、走"云路"能解决的问题就不是问题,人之为人的问题是,他必须走"本路",他无法直接抵达终极,人总是要死的,但日子还得一天一天过,人是在向死而去的一天一天里,在"本路"、在地上的路获得他活着的意义。所以,"云路"上取的经不是真经,在大地上用双脚一步一步走过去,在人世的苦、人生的难中走过去,这才是道成肉身,才算得了真经。

孙悟空,这伟大的行者,他的本性是飞,他也终于学会了落地,学会了在地上一步一步走,走过万里长路而成佛。现在,话说到这儿,我心里马上就有了一个像行者那样的作家,他就是杜甫。

年轻时的杜甫是凤凰,心高万仞,壮志凌云。在传世最早的那首《望岳》中,他写道:"荡胸生层云,决眦入归鸟。会当凌绝顶,一览众山小。"那时是开元二十四年,杜甫二十四岁,壮游山东、河北,"放荡齐赵间,裘马尽清狂",遥望泰山,他的目光随飞鸟而上,他的心凌绝顶而小天下。这时的杜甫,笔下是骏马,是鹰,是千里万里的风:

　　胡马大宛名,锋棱瘦骨成。

　　竹批双耳峻,风入四蹄轻。

　　所向无空阔,真堪托死生。

　　骁腾有如此,万里可横行。

(《房兵曹胡马》)

这样的速度和激情,这样的一往无前、万里横行,这样杀人如草不闻声的豪气,不是杜甫了,是李白了,这样的诗完全可以编到李太白集里。在人生的这个时节,杜甫在天宝三载认识了李白,那一年李白四十四,杜甫三十三。第二年,他们同游齐赵,杜甫写下了《赠李白》,"痛饮狂歌空度日,飞扬跋扈为谁雄",这完全就是李白的句子。浦起龙《读杜心解》评论这首《赠李白》和另一首《画鹰》:"自是年少气盛时作,都为自己写照。"杜甫写的是李白,也是自己,杜甫此时的自己,其实就是李白。

李白这个人，真是"太白"啊，他光芒四射，从路人直到天子，很少有人不被他的光芒所震慑。我相信，这个人走到哪里，都是中心都是焦点，他是诗界的"克里斯玛"人格，是诗界的皇帝和神，他生前就活在世人的仰望中，如果今晚无人，他就提一壶酒仰望自己热爱自己。

花间一壶酒，独酌无相亲。

举杯邀明月，对影成三人。

月既不解饮，影徒随我身。

暂伴月将影，行乐须及春。

我歌月徘徊，我舞影凌乱。

醒时相交欢，醉后各分散。

永结无情游，相期邈云汉。

（《月下独酌》其一）

这首诗写尽了他的一生，这样一个人，他永远是少年。希腊神话里的美少年那喀索斯看着水上的影子自恋，比起李白他真是弱爆了。李白是以天地为镜，只照见自己，对影而戏、对影而歌。他和杜甫同样经历了安史之乱，天崩地裂，狼狈不堪，但在李白的诗里你看不出来，白衣胜雪，归来仍是少年，他根本不会被人世的离乱与浑浊所改变。

李白才是真正的、纯粹的北京雨燕，比曹雪芹更纯粹。他毕生不落地，他是"无脚鸟"，他是"谪仙人"，他只活在他自己那空阔无边的尺度里。无情最是李太白，他的伟大，他让杜甫、让后来人身不能至、心向往之的高格，就在于他真是不累，真是不牵挂，真是在飞，他在人世、在红尘中如此一意孤行如此飞扬跋扈放浪轻狂。据说金庸有名言：人生就该是"大闹一场，悄然离去"。金庸如果真这么说了，他心中所想的必是李白，而绝不是杜甫。李白在心里和笔下兀自大闹，他走的一直是"云路"，他就是那个大闹天宫的齐天大圣，他一生都在飞，喝醉了就高速醉驾，牛皮吹得更大，飞得更远更高。"决眦入归鸟"，杜甫眼巴巴地望着，李白就是杜甫眼里的那只鸟。杜甫一生都深情地遥望着怀想着李白，他那么爱李白，放不下李白，他爱的其实是他心中那个曾经的自己，那个青春勃发飞在"云路"上的自己。

但一定有一个时刻，生命里的关键时刻，也是中国诗歌和中国精神的一个关键时刻，杜甫忽然想明白了，他不是李白，他做不成李白，他注定要在这泥泞的人间踽踽独行，他的路就是人的"本路"，历经横逆、失败、劳苦，艰辛地为一餐饭、一瓢饮而奔忙，为夜雨中的一把春韭、为人和人的一点儿温情而感动，他如此卑微，"残杯与冷炙，到处潜悲辛"，他才是卑微到了泥土里。但也就是在泥土与泥泞中，在漫漫长路上，他才看得见"三吏"、看得见"三别"，在生命和生活的根部、底部，在寒冷、逼仄中，他的心贴向别人的心，贴向他的妻子、他的孩子、他的朋友、路上那些陌生的受苦的人。他终究不是仙人，他成为负重前行的行者，背负起人世的沉重，成为诗歌中的圣人。他的路太难了，李白写《蜀道难》，难于上青天，上青天对李白又有何难？背负青天朝下看，如雨燕如苍鹰，一篇《蜀道难》滚滚而下，东流到海。而杜甫，你读一读他生命中期以后、在安史之乱爆发后的诗吧，那些诗大多写在路上，是行者之歌跋涉者之歌，是荒野之歌漫漫"本路"之歌。哪里有什么"飞扬跋扈"，哪里有"所向无空阔"，而是一步一步、步步惊心，战栗着喘息着，流淌汗水和泪水，从极度劳顿的身体中提炼出来句子。"沉郁顿挫"，这是后世对杜甫诗风最通行的直观概括，怎么能不"顿挫"，那是一个行者一个登山者的顿挫喘息，那就是生命之累之艰难苦恨。

——杜甫之伟大就在于，他竟能把一切提炼为精悍的韵律、提炼为诗。他该有多么强韧的肺，多么炽热的心。他是中国文学中最伟大的行者，在他之前，只有屈原，但屈原更像是北京雨燕落在了地上，屈原的诗是雨燕落地后的悲歌绝唱。而杜甫，他是第一个走过并且写出"本路"的诗人，第一个直接面对累和喘息的诗人，第一个在累和喘息中为生命唱出意义的诗人。鲁迅说"无穷的远方、无数的人，都与我有关"，杜甫走向远方、走进无数人，取经的行者心中觉悟，这经不是在天上写好了等他来取，这经就是他一步一步地行走在大地上写出来的。

杜甫晚年，写下《登高》，这时，杜甫五十六岁，快走不动了。留在世人眼中的杜甫形象从《望岳》开始,经过漫漫长路,最终定格于《登高》。

> 风急天高猿啸哀,渚清沙白鸟飞回。
> 无边落木萧萧下,不尽长江滚滚来。
> 万里悲秋常作客,百年多病独登台。
> 艰难苦恨繁霜鬓,潦倒新停浊酒杯。

　　他站到了山顶上,但他不是飞上去的,他艰难地独自登上去爬上去,万里作客、百年多病,在天地山川里,在绝对的无限中,他找到了那个有限的苍老的自己,他不再是"一览众山小",他是坦然回到了自己的"小"。他从此为中国文学确立了一个根本的标高,他走了一路,白发浊酒,站在那里,最终,所有的中国人可能在旅途中、在路上看见他、看见自己。

　　现在,我们有了两个比喻,北京雨燕和行者。有的作家,比如李白和曹雪芹,他们是雨燕。有的作家,比如杜甫,他是行者。但是我刚才说过,比喻有用,也有限。任何比喻,总是聚焦和照亮了所比事物的某种特性,同时也忽略了另外一些特性。李白是纯粹的雨燕,他的持久魅力也正在这份常人没法模仿、不可企及的纯粹。而杜甫曾经是雨燕,后来落了地,他竟在地上长出了脚,一步一步走过去,这何其难啊,李白和王维那样绝顶的心智都做不到。但是,现在让我们重读一遍《登高》,杜甫身体里的那只雨燕真的飞走了吗?没有,还在,他翱翔于天之高、地之阔、江河万古,然后,他缓缓地落下,落到此时此刻、此人此心。我刚才也是越说越爽,强调杜甫作为行者的艰难苦累,但艰难苦累并不能使一个人成为诗人,我们的幸运在于,这个人是杜甫,他也是雨燕,哪里有"所向无空阔",杜甫的生命中竟然真的一直有,在绝对的重中依然能轻,在石头缝里望见了明月。他是悲、他是欢,他是穷途末路、他是通达安泰,他能收能放能屈能伸能快能慢,由此,他才能把艰难苦累淬炼成诗。

　　当这么谈论杜甫时,我还掉过头去重新想到了曹雪芹。曹雪芹,我刚才说他是雨燕,但他其实同时也是行者。这个人作为作家的横绝古今,正在于他既飞在"云路"上又走在"本路"上,他的路既是"本路"又是"云路",这不仅体现于他的实则虚之虚则实之,而且,站在他戛然而止的地方,我们已经能够隐约看出他将要前去的方向:走着走着,世间的大路走成了小路,小路走成了荒野,茫茫人海走成了孑然一人,一切有变成了一切无,飞向无限的空。《红楼梦》没有写完,实在是一大恨事,因为此情此景,古代小说里没有,后来的小说里也没有。我甚至大逆不道地怀疑,《红楼梦》写不完,其实是真的写不下去了,"云路"和"本路"越走越合不到一起,雪芹之死是把自己活活难死。

当我这么谈论杜甫和曹雪芹时,我心里想的其实是苏东坡,还有……好吧,留给你们去想吧,记起你们见过的雨燕、你们遭遇的行者。这些伟大的灵魂,在往昔的日子、现在的日子里一直陪伴着我们,他们是我们的理想作家,我们信任他们。我们确信,天上地下的路,他们替我们走过,他们将一直陪伴着我们,指引着我们。

然后,明年,春风里,去正阳门下,抬起头,迎着蓝天,去辨认杜甫、苏东坡、曹雪芹,当然,还有李白。

（2022 年 10 月 28 日北京"十月文学之夜"演讲）

故乡的烙印

◎ 陈　彦

　　文学是什么？对于我，她是生活与阅读相互刺激、发酵的产物，是对过往生活储存的持续开发整理。无论走到哪里，我都会在一闪念或梦中，复现曾经生活与居住过的乡村、城市，有时半夜醒来，会突然发蒙，这是睡在什么地方？

　　我是一生更换过好多次故乡的人，命运注定是个行者。当我在西安以南的大山深处镇安县出生时，其实离县城还很远，那里许多人甚至一辈子都没进过城。我的出生地是松柏乡，那时叫松柏公社，父亲在那里当公务员。随后，父亲又调动到红林、庙沟、余师、东风、柴坪等几个乡镇，我是从父母、亲戚和山民背上移来搬去的。

　　那时觉得世界好大，今天看来，也都只是一二十公里的路程。我在那里获取了对大山的绝对概念和印象，至今描写起来似乎仍然近在咫尺。记忆中的山民，忠厚与善良不仅表现在宽阔的脊背上，更表现在木讷的脸庞与温热的心肠里，你不需要设防，他就能把迷路的你，指引到山重水复的大路旁。

　　如果说那是第一故乡，在我心头，其实还细细划分着松柏坳、老庵济、庙沟口、余师铺、冬瓜滩、柴家坪这些不容混淆的更小地标。十几年前，我又把这些地方走了一遍，许多老路已经不在，竹林茅舍、山间小溪也甚稀罕，更寻访不到好多故旧，一打听，都说出去打工了。至今，我也常回去，因为父亲长眠在那里，但已是匆匆过客。

　　后来我终于进了县城。那时进城的交通并不发达，很多次都是骑自行车"上县"。中途要翻一个高高的土地岭梁。自行车得顺小路驮到梁顶才能继续骑。遇见下雨下雪天，还需掏钱雇当地的"冰上走"往上扛。自己也得给脚上绑了"铁稳子"或草绳作爬行状。一旦折腾上梁，幸福的日子可就来了！那简直就是"一骑绝尘"般的野马脱缰。不过也有好几次，畅美得跌进排水沟里半天爬不起来。后来这条路越修越好，竟然有四十八公里，而我那时常常是要骑大半天的，还不算栽进排水沟里揉胳膊揉腿、找鞋找钱包的时间。

县城生活恰恰是我最具青春朝气的时期。那时街上流行红裙子。男士们多穿喇叭裤，且长发飘飘，我都有具体操作实践。并且喇叭裤口不比别人小，扫进裤管的灰尘也不比别人少。飘飘长发永远深深埋藏着耳朵，手表却是要露出来的。即使知道太阳当顶是正午，也会不时抬起胳膊把表细看一二，那不是时间问题，而是"表现"问题。

小城那时才一万多人，是聚集在一口大瓮一样的底部，瓮盖即蓝天。一条河流顺着山脚蛇入蛇出，形成了回水湾一样的弓背，街道、单位、住家户，就像点进沙窝的落花生，越生越多，地盘也越涸越大，有些端直就涸到坡上去了，又有了些山城风貌。老县志上说，清代乾隆年间有个从湖南来的知县叫聂涛，好不容易考上进士，却被分派到穷乡僻壤来做官，很是不乐意。全县当时一共才七百多户人家，满打满算四千张吃饭的嘴，还吃不饱，监狱的犯人却多得关不下。他就特别灰心地想回老家当乡绅去。他爹是个老中医，接到儿子颇有怨言的家书，及时从湖南把家眷给他送来，而且一边帮老百姓看病，一边到牢房里给那些因饥寒起盗心的囚徒把脉。同时也从中医理论角度帮儿子探索"知县"之道，说只要把这满当当的"监狱病"治得没人可关了，就算没白考一趟进士。官做得再大，要是与老百姓一毛钱关系没有，再大顶啥？聂涛由此在镇安一干八年，离任时，户口与人丁都成倍增长。监狱也"十室九空"，都回去打猎、垦荒、筑路、养蚕、缫丝、吊酒、办学堂去了。随后，聂涛果然从山乡小县调到关中大县凤翔高就。那是苏东坡官场起步的地方。但他很快选择了"挂冠离去"，他觉得此生能治理好一小县足矣。这个故事，对家乡的人文影响颇大。老百姓一直在念叨、传唱。这是小城"史记"中温暖、励志的篇章。我进县城时，全县已有二十七万人，二百九十公里外的西安，是小城全部生活的风向标。有人从西安带回无尽的新潮玩意儿，包括新的生活方式,让小城心脏加速跳动起来。歌舞厅一夜之间开出三十多家。录像厅、镭射影厅里的武打枪战声穿街过巷、不舍昼夜。街面上能放下一台球桌的地方,几乎都仄仄斜斜摆满了。凡临街的墙面,一律掏空或凿洞,陈列出色彩斑斓的各种电器与时装。夜半总会被摔碎的啤酒瓶声惊醒,那是要延续到凌晨三四点的夜市在骚动。我印象最深的是这个县城的阅读活动和文学写作热潮,很多青年在无数的文学杂志带动下,建立起了文学梦,并竞相书写起身边的变化来。也不知什么时候,这群人又随着社会大潮的新涌动,各奔前程,进西安、去深圳、下海南、包矿山、跑生意。只有少数人坚持下来。我也由散文小说创作爱好转向编剧。随后,就以专业编剧的身份调进了西安。我始终把镇安县城称为第二故乡。因为此前的六个乡镇,无论如何也只能打包成一个故乡了,虽然在我心中那仍是六个不同的小故乡。尤其在儿童和少年时期,那简直是魔方的六个面,哪一面都呈现出非常新奇与独特的"超大"样貌。今天看来,它们的确都十分狭小,但对于当时的我,那就是"走州过县"行万里路了。从地理上把那六小块"魔方"与县城拉近后,我又翻越秦岭,走进了十三朝古都西安。那时对西安的唯一了解,就是我姥爷是那个地方的人。姥爷生在西安郊区一个叫等驾坡的地方。西安周边类似等驾接驾护驾的地名很多。因家口太重,又逢战乱,十五岁时,姥爷即成游民,漫无目的地翻过秦岭,无意间"流窜"到了镇安县的柴家坪。幸喜他有商业头脑,发现这里街面上卖的小商品,比西安贵好几倍,有的甚至十几倍、几十倍,而山货又便宜得要命。他就弄了些兽皮、火纸、药材返回西安,换了手电筒、发卡、顶针、五色线之类的"零末细碎",折回柴家坪卖出。一来二往的,姥爷最后再过秦岭时,就能雇起八个"脚子(脚夫)"挑东西,还有扛鸟枪、拎铜锤吓唬土匪的护卫。做到新中国成立时,家产已是柴家坪的半条街了。后来公私合营,让姥爷做经理,他觉得自己没文化,不会开会,不会讲话,不会念报纸文件,就选择给公家做饭去了。这倒是让全家都吃了商品粮。他一直安安生生,活到去世。那时他是柴家坪唯一的西安人。我进西安时,他已作古。每每翻越秦岭时,我都会想到姥爷雇的那八个"脚子",据说他自己也是挑夫中的一个。难以想象,那时姥爷他们走一单趟需要半个月。而我进西安时，坐车只需八小时，下雨下雪天另讲。可现在，十八公里长的秦岭隧道一通，已经把镇安到西安的距离缩短到一小时了。我在西安生活了近三十年，那是真正的第二故乡。但我心里还是把它定为第八故乡，因为，那六个儿时走过的乡镇，还有县城，太刻骨铭心了。西安之大，是因秦川八百里骤显阔绰疏放。我有幸住在古城墙下的端履门外，门里不远处，就兀立着两千多年前的大儒董仲舒墓。墓旁的街道叫下马陵，皇帝到此都得下马。其余入城者，自是皆需整好衣帽，绑好鞋带，呈端方、肃虔状。三十年，我始终就住在这个地方。从我家进到端履门，只有八分钟路程。一进门，迎面就是举世闻名的碑林博物馆。即使吃完午饭，溜达着去看几通碑刻，回去稍事休息，也能赶上下午班。如果要上城墙，进门左拐就是阶梯。上到顶端，从城垛豁口看内城，脚下是一千三百多年的唐槐数棵，根须裸露，瘦骨嶙峋，树冠却枝叶繁盛，那才是真正的大唐遗株，依然生命葳蕤，雄强向天。再朝远处瞧，古城就尽收眼底了。昔日的皇城，如今多是寻常百姓住，竹笆市、案板街、炭市街、五味什字，都曾是漫卷的烟火气。尤其是钟鼓楼旁的回民坊，日夜人潮涌动，那更是我常去吃羊肉泡的地方。羊肉泡是西安名吃，有时为抢到一个座位，会在人后站立许久，看人家细嚼慢咽，直到两腿相互转换重心数次，才能挨上半个臀尖。从城墙朝南看，一眼就能眺见我家窗户。再远，便可悠然见终南山了。那是一座充满了诗情画意的山脉。说到诗，我常常不是一下想到大唐长安的那些千古名流，而是想到一个叫陈学俊的今人，他是中国科学院院士，作为我国热能工程学科创始人之一，业余时间却爱写诗。我为创作一个舞台剧，曾在西安交大住了很长时间，数次拜访青年时代举家从上海"西迁"西安的陈院士。他们夫妻却更愿意给我吟诵自己创作的诗歌，每每让我这个晚辈坐着，他们站着朗诵，不时还配以抒情动作。诗中充满了对故土与西部的眷恋。斯人已作古，诗情满长安！这座城市不知孕育催生了多少诗意的人文星斗，华灯初上时，你站在城墙上，仿佛还能听到或正在听到许多超强心脏的跳动声。当然，这里还夹杂着一种特别浑厚的声音，那就是城墙根下的古老秦腔。这是来自民间的腔调，大苦大悲、大欢大爱，给这个城市铺上了厚厚一层普通生命的精神路基，让跟大小雁塔一样耸立的地标,似乎都有了坚实而可靠的沉雄底座。故乡的牵挂是激情澎湃,也是愁肠百结、绵绵不绝的,更是剪不断理还乱的。在京城,常常一觉醒来,以为是睡在西安的老房里。而在西安,又常常梦见镇安和那六个乡镇的硬板床与土炕。前些年,回老家是常有的事,现在离得远了,已日渐不便。二〇二一年清明节,我回去给父亲扫墓,算是最近一次回第一故乡。每次回去都能听到很多故事,它们是我创作素材的重要来源和补充。有喜兴的,也有揪心的,这次听到的就是一个很揪心的故事。我打听了好多年的玩伴牛娃子,突然有了消息。那是儿时的"铁杆",但已死去十几年了。他是开拖拉机摔死的,为一家老小奔日子,拉一车山货,连人带拖拉机扭麻花一般扣到了沟底。他的生命定格在三十几岁,而他的音容笑貌在我心中终止于十一岁,后来再没见过。那时他上树、攀岩比猴子更利索。我吃过他掏的鸟蛋,在青石板上煎成的蛋饼。家乡人为过上好日子,可是要比山外人多付出成倍的代价,但他们依然在朝前奔突着。抽象地说,故乡既是山川、风物,也是亲情、友情与祖宗的灵魂所在。总有人出走,到天下去闯荡,也总有人回来或固守。我大伯父的儿子就把祖坟守了一辈子。我祖爷爷是武昌战乱与发大水时,沿汉江而上,企图寻找"世外桃源"而来到了柴家坪。可柴家坪也不安定,他就又攀到对面一个叫上阳坡的酷似母亲怀抱的山洼地带安顿下来。由此繁衍生息,坡前坡后都是陈姓人家。我爷爷是读书人,做过柴家坪中心小学的校长,要求儿女识文断字。我父亲和二伯父都给公家做事。大伯父文化程度最高,却选择了"耕读传家"。过年时,我见他给人写对联,红纸能铺满碾麦的大道场。他已作古,可他的长子已然"钉"在了上阳坡的老宅子里。我们都叫他大哥。大哥也识字,能读《水浒》《三国》和《七侠五义》。但职业却是犁地的犁匠。那把木犁我抚摸过,儿时也试着犁过,犁铧却扎不进土地的深处,总是让两头牛顺地皮拖得飞跑。而在大哥的手上,扶犁简直是一种享受,只单手握把,另一手执鞭,留下嘴跟牛说话。有时一面坡上就他和两头牛,却能说一天,像在骂,但更多的是指引与鼓励。大嫂子也是犁地的一把好手,大哥累了,她就接过犁把,把牛吆喝得麻利而顺溜。他们有个共同爱好:喝酒,喝自己做的苞谷酒或甘蔗酒。度数不高,不上头,说很解乏。家乡有句俗语:早晨三盅,一天威风!他们不仅早上起来一人一壶,中午也是一人一壶,晚上回去还是一人一壶。吵架不多,打架稀疏,一辈子过得还算和美。最痛苦的事,是大儿子出门挖矿挣钱,塌断了腰,后来到底去世,老两口就越发爱喝。有时还划拳、猜宝、打老虎杠子地喊几声。晚辈让到河边镇上去住,他们说太闹腾,就守在离祖坟一百多米远的地方,早出晚归对牛弹琴、歌唱。山前山后的土地,在他们的耕耘中,还始终保持着我儿时记忆中的生机。他们都已是七十多岁的人了,但仍能吃能喝能干,日子也殷实消停,灶头的腊肉吊着几百块,瓮里的自酿酒囤着上千斤。我总想,大哥才是故乡和土地的最忠实守望者。我们走得再远,大哥都像定盘星一样死死扎根在真正的故土上。我的文学也从这里生长起,并努力想在故乡以外有所收成,但根本还是想把那么多故乡的烙印,也可以说是时代与历史律动的微声,以发酵过的方式,传递给更广大的世界。

一池清梦揽星河

◎ 王 军

上午看过展览后，我们来到水池边。昨夜的一场雨，把园中的杨柳梅李重新梳洗过了。斑驳的阳光，从松树缝隙透过来，浸在水里，欲言又止。虽在"荷月"，睡莲依旧睡意十足。想起春节后初来文学馆时，不经意间柳树就吐出了嫩芽，岸边几树玉兰开得春意满满。银杏树枝疏朗清爽，每枝又出许多绿叶，简洁无比，几条枝，几片叶，就是春天。如今已是夏末，一池之内，一园之内，亦觉天光云影，光阴徘徊。

水池对面，A座展厅棱角分明、四方落地，B座建筑主体却扭了45度，稳重典雅中透显出清新活泼。屋顶覆盖着蓝色的琉璃瓦，白色的屋脊和屋檐勾勒出鲜明的线条，像翼般舒展的屋顶和出檐，正如《诗经》所谓"如鸟斯革""如翚斯飞"，下面是绿草茵茵，绿竹青青，上方衬着一大片蓝空。外部墙体的浮雕以耐酸耐雨的草白玉为原料，取材于郭沫若《百花齐放》诗集中的名家木刻插图，从远处望去，这些浮雕如百花争春，迎风怒放。这个园子采用传统的民族风格与现代技术相结合的建筑手法，在建筑主体甚至每个细节上都充分体现出了中国的、现代的、文学的这样一个宗旨。

这个园子，是中国现代文学馆的园林。

一

谈及中国现代文学馆，自然要从巴金说起。

晚年巴金有这样一个梦："近两年我经常在想一件事：创办一所现代文学资料馆。甚至在梦里我也几次站在文学馆的门前，看见人们有说有笑地进进出出。醒来时我还把梦境当作现实，一个人在床上微笑。"(《随想录》)

这个梦逐渐地变成现实。馆址方案几经变迁，从最初拟定的西郊潭柘寺，到颐和园的藻鉴堂，到东交民巷的原国际俱乐部，到东总布胡同原中国作协大院，到一度传说中的宋庆龄故居，最终确定借用西郊万寿寺西院。万寿寺原是慈禧太后的行宫，是她去万寿山的途中休息所在。寺外有一条通船的河，清澈美丽，船可以直接划到颐和园。万寿寺西院纵深狭长，前后六进。文学资料存放在这样有文脉的地方，可谓适得其所。文学馆老人回忆，有时屋里颇闷，而天阴院中凉快，筹备组便将椅子沙发搬到院中，在海棠树下开会。一九八五年三月二十六日，八十一岁的巴金在这里主持了开馆仪式。但是，万寿寺是砖木结构的古建筑，是文物，不能改造增设现代防护所必需的消防、防腐、防潮、恒温等设施，此前不久，第四进院子还发生过火灾。这些对图书、手稿保护极为不利。何况万寿寺是借用的，自非长久之计，租借协议期满，将恢复历史原貌并对外开放。巴金为此再度呼吁："文学馆是我一生最后一个工作，绝不是为我自己。我愿意把我最后的精力贡献给中国现代文学馆。"二〇〇〇年五月二十三日，文学馆迁至朝阳区芍药居新址，举行了隆重的开馆仪式。这时巴金已九十六岁，开馆仪式上宣读了他的贺信。每位来参加开馆仪式的人都幸运地与巴金握手，因为每个门的把手都是按照巴金的手模制作的。现在，隔着水池看过去，十几种、几十种疯长的青草野花，阳光下溢满了生命的光泽。在几条小径交会的地方，巴金真人等比例制作的雕塑就矗立在那里。一个小老头儿，背着手，在草地里，仿佛在沉思。

二

在文学馆正式开馆前，巴金就亲自挑选了手稿、书信、字画等多种品类三千一百六十一件文学资料，运到万寿寺文学馆筹备处。这其中包括鲁迅赠送给他的《凯绥·珂勒惠支版画选集》，这部书上有鲁迅亲题的"七"字——当时这部书只印了七十七册，国内赠送十本，巴金得到的是第七本。在迁来芍药居新馆的前一年，很多地方正在争夺唐弢藏书。唐弢的四万余册图书期刊中不乏孤本和珍藏本，基本涵盖了现代文学中的代表作的初版本。巴金写信给唐弢夫人说，文学馆如果有了唐弢的书，文学馆的收藏就有了一半以上了！这句话深深打动了唐弢夫人。新春佳节，文学馆领导去给唐弢夫人拜年。春山在望，唐弢亲属到文学馆新馆工地参观，对库房建设非常满意。秋风送爽，唐弢藏书确定捐给文学馆，成为文学馆无比珍贵的宝藏。积小致巨，百川来汇。如今文学馆馆藏资料已达到九十万件，而这个宝库还在铢积寸累，不断丰富。今年春天，中国作家协会在文学馆举办"剧作家活动日"。刘和平捐赠电视剧《雍正王朝》、祁剧《甲申祭》手稿，陈涌泉捐赠《鲁镇》手稿，中影、爱奇艺、优酷等九家影视公司捐赠《流浪地球》《觉醒年代》《江山如此多娇》《万里归途》《智取威虎山》《风吹半夏》《琅琊榜》《三体》等多部优秀剧本。在中国文化的漫漫长河中，戏剧与文学从未分家，这次优秀剧本捐赠，成为新时代戏剧与文学深情拥抱、共同发展的标志性事件。今年以来，两岸企业家峰会台湾方面理事长刘兆玄（上官鼎）在行程中特意加入参访中国现代文学馆一站。台湾作家陈映真的大量珍贵文学资料陆续入藏文学馆。五月初夏，枝叶荫翳，绿意盎然。台湾作家张晓风、诗人绿蒂等也来了，触摸百年中国文学的历史脉络，重温经典作家的文学道路，感受两岸文学的同频共振。张晓风在捐赠的每部手稿上都现场题写了说明。她捐赠的图书中，有一本是张作锦的《今文观止》，扉页上写着一句很有意义的话："送给晓风，我的徐州老乡。"张晓风说，张作锦是台湾《联合报》原社长，八九岁时离开徐州，如今已年逾九十。"无论在台湾生活多久，他仍然记得自己是徐州人，记得自己的故乡之根。"人生天地间，忽如远行客。张晓风说，捐赠这本书能够很好地传达出作家对于故乡的深沉感情，借此也能表达出自己对文化传统的尊重。"我的书是我平生最珍贵的东西，能够把书放在最该放的地方，是一件很值得做的事情！"

三

　　从巴金雕塑走过去十几步，绕着湖边，便来到沈从文的半身雕塑前。这是一大块写意手法的铜质浅浮雕，几叶湘西竹衬在面颊的侧方。在这个园子里，这样以现代作家为原型的雕塑有十几尊，或铜铸，或铁制，或汉白玉造，或立或坐，姿态各异，栩栩如生。面对这些国内一流雕塑家的创作，中国美协原名誉主席靳尚谊这样评价:"我们这帮人最好的作品都在这儿了。"一九八五年三月二十八日上午,在文学馆开馆两天后,巴金顶着大风,步行来到沈从文家看望。沈从文那时已说话不便,嘴唇吃力颤抖。两人相见,紧紧握手。巴金突然沉默了。这是他俩的最后一次见面。巴金此后再也没有来过北京。这时距两人一九三二年初次相见,已隔了五十多年。沈从文与张兆和刚刚成婚,邀请巴金到北平达子营,在新居小书房内,一住两三个月。沈从文回忆:"那是一九三三年秋天,那时候巴金正住在我家里,跟我住在一块儿,我刚结婚,他一个月就把《雪》那个长篇写出来了,我那时候其实写《边城》都是到院子里面写。我写半年才写完,他一下写十万字、十二万字——我半年中间才写六万字。"(王亚蓉《沈从文晚年口述》)从一九四八年四十六岁到一九七八年七十六岁,沈从文在中国历史博物馆工作生活,当了十年文物讲解员。在文学馆的馆藏资料中,有沈从文写给丁玲的信,说了自己为什么转行。有《跑龙套》手稿,里面这样说道:"跑龙套另外还得有一份本事,即永远是配角的配角,却各样都得懂,一切看前台需要,可以备数补缺。"在博物馆工作的沈从文,每天泡在浩瀚文献中梳理传统服饰的脉络、片语,在壁画、墓葬中寻觅服饰文化的历史信息。他有这样的童子功。早年在给"湘西王"陈渠珍当文书时,沈从文经常鉴赏由他保管的百来轴自宋及明清的旧画,几十件青铜器与古瓷,以及相当数量的碑帖。沈从文懂美术,懂音乐,懂书法,懂文学,熟悉古代文献,重视图像观察,关心考古发掘成就,这使得他在博物馆写成了《中国古代服饰研究》这部周总理谆谆嘱托的巨著。一九八八年五月,沈从文心脏病发作,在家中去世。文学馆在湘西为他举办了第一个展览:《沈从文生平与创作展——纪念沈从文诞辰一百周年(1902—2002)》。这是对一位作家、一位博物馆人的最好纪念。文学馆是巴金设想的文学资料馆,也是档案馆——文学作品的手稿和有关资料,是我国文学乃至文化发展历史的真实记录——还是图书馆、展览馆、博物馆。当前,文学馆正在加速博物馆化进程,加快开展博物馆定级、文物定级,落实国家产业结构调整支持的博物馆数字化建设、展览策划和展示设计、公共服务设施建设,筹建全国文学数字地图,努力打造人气活跃的文学现场、让人敬重的文学阵地、数字赋能文学的靓丽窗口。

四

　　经过沈从文雕塑再走几步，就来到茅盾立式全身雕塑前面。一九四九年七月二十三日，中华全国文学工作者协会成立，一九五三年十月改称中国作家协会。茅盾自一九四九年七月担任中国作协主席，一直到他去世，由巴金接任中国作家协会主席。一九八五年三月二十七日，在茅盾去世四周年、中国现代文学馆开馆第二天，隶属于文学馆的茅盾故居正式对外开放。茅盾故居是一个二进四合院，正门烫金黑体大理石横匾上有邓颖超题写的"茅盾故居"四个大字，茅盾在此度过了生命中最后的六年时光。早在筹建时期，文学馆就举办了"茅盾生平和创作展览"。今年是茅盾《子夜》出版九十周年，文学馆也举办了一个小型展览。《子夜》手稿经过上海"一·二八"战火和抗战烽火等不平凡岁月，奇迹般地保留了下来。翻开手稿，似乎可以感受到作家的生命与体温，可以呼吸到远去时光深处的气息。文学馆保存的手稿题名《夕阳》。茅盾在撰写提要里写到，红军攻占长沙，工业资本家和银行资本家达成妥协，共谋一致抗赤，然而两面都心情阴暗。他们在庐山牯岭御碑亭遥望山下：夕阳反映，其红如血，原野尽赤。有人忽然高声吟诵："夕阳无限好，只是近黄昏。"以"夕阳"题名，比喻蒋政权当时表面上是全盛时代，实际上已经在走下坡路，是"近黄昏"了。当连载《夕阳》的《小说月报》因炮火停刊，茅盾决定写完全书出单行本，并把题名改为《子夜》。这部小说还曾经拟用"燎原""野火"题名，以"子夜"定名，是依当时革命发展的形势而言。子夜即半夜，既已半夜，天快亮了。茅盾逝世前，热情地表示愿意将他的全部著作的各种版本以及包括《夕阳》（即《子夜》）在内的手稿，都交给文学馆保存。茅盾故居也捐赠给文学馆。文学馆还有数量巨大的作家个人文库，举办作家书房展，尽量再现作家的创作环境，保存作家生前藏书以及生活用品等实物，使人感受到作家的活生生的气息。包括茅盾故居在内的中国现代文学馆，是把图书馆型、研究型、故居型、博物馆型特点综合起来的理想的文学馆，这在全世界的文学馆中难得一见。一九八一年三月二十七日，巴金正在家中畅谈新文学浪潮中涌现的中青年作家作品时,传来了茅盾辞世的不幸消息。巴金默默站起来,接过电话后,走向了花园。他站在草地上,默默望着远处。当天,巴金用颤抖的手写下:"火不灭,心不死,永不搁笔!"文学馆正门有一块重达五十吨的完整的巨石,宛如一道巨大的屏风。上面就镌刻着巴金的话:"我们的新文学是散播火种的文学,我从它得到温暖,也把火传给别人。"

五

　　夕阳西下,路灯亮了起来,光影倒映进水池。睡莲依旧沉默。不知何处飘来民乐,在虫声灯影里萦绕,就像细水流过山谷,寂静、清澈,不经意间传达出无限的凄美。朱自清的雕塑背对林间小径,脚下草坪上有一尊白色的荷叶雕塑。这取意于朱自清的名篇《背影》《荷塘月色》。朱自清深沉地面池端坐不语。上午我们看这个水池,落叶枯枝较多,植物的残根和鱼类的代谢物对水体造成了污染,藻类浮萍滋生繁衍。我们准备在荷塘中间区域独立开挖数个局部深坑,充分考虑戏水安全深度及花、草、鱼适宜水深,体现人与自然生命共同体理念,让鱼儿感受到冬温夏凉,让花草各得适其生长习性的水位。我们还打算利用馆内空调冷凝水、冷却塔排污水以及雨水等水源替代自来水补充景观水体,结合水质净化、水体流动场强化、辅助生物制剂等手段,前期人工干预,后期生态修复,确保长治久清。我们总要不辜负朱自清的这一方荷塘。水池治理后,黄昏将近,片片云霞,映着水面,飞鸟喳喳地叫着投入树丛里。皓月当空之际,"曲曲折折的荷塘上面,弥望的是田田的叶子"。朱自清在《欧游杂记》里写到,罗马是历史上大帝国的都城,想象起来,总是气象万千似的。文学馆的罗马式小广场,两侧有柱廊,草地中央立着一块巨大的天然石。石头中间有一个天然缺口,像极了逗号。在我国古典文学中是没有标点符号的,逗号的出现恰恰代表现代。正如朱自清的学生王瑶所说,现代文学史的研究,始于朱自清的《中国新文学研究纲要》。从朱自清到王瑶《中国新文学史稿》,到严家炎,再到钱理群、吴福辉、温儒敏《中国现代文学三十年(修订本)》,到《中国现代文学研究丛刊》,很多现当代文学史家的文学资料入藏了文学馆。这正如逗号标志着一种延续，意味着中国文学从过去走到今天并将继续迈向未来，在建设中华民族现代文明中发挥不可替代的作用。

六

　　文物承载灿烂文明，传承历史文化，维系民族精神。文学馆努力发挥好保护、传承、研究、展示人类文明的重要作用，在高质量收藏、高水平利用、高品质服务上下功夫，守护好中华文脉，让文物活起来。今年六月，习近平总书记在中国国家版本馆仔细观看了"三红一创""青山保林"等八部红色作品的手稿及图书版本，感慨地说："这些书当年都看过，激励了多少人啊。"文学馆拥有其中六部红色经典的手稿。二〇〇〇年八月，马识途给文学馆手写了一个说明："这是《红岩》最后定稿的原稿稿本，是罗广斌的笔迹。此稿本原存在罗广斌的爱人胡蜀兴的手中。二〇〇〇年五月胡蜀兴将此稿本交给我，决定交中国文学馆保存。"今年三月底，在纪念曲波同志百年诞辰之际，他的家人将《林海雪原》手稿无偿捐给文学馆，丰富了文学馆革命文物馆藏。目前，文学馆正在开展革命文物征集、申报、定级以及数字化、研究、展示等工作，积极筹备文艺工作座谈会十周年展览和文学馆建馆四十周年展览工作。习近平总书记强调，英雄是民族最闪亮的坐标。我们上午才看过的展览，就是以"坐标"为题的中国现代文学馆馆藏革命文物特展。经过数不清的加班加点，经过数不尽的撰写打磨，在昨天抗美援朝战争胜利七十周年纪念日这一天，浸透着文学馆人点点滴滴心血的这个展览正式面向公众开放。"为什么大地春常在，英雄的生命开鲜花。"电影《英雄儿女》的插曲《英雄赞歌》至今广为传唱，但鲜为人知的是，这部影片改编自巴金的中篇小说《团圆》。在这次特展中，魏巍《谁是最可爱的人》《上甘岭》电影剧本以及众多数次冒着炮火深入前线的作家们留下的手稿、书信、日记、照片、便笺、字画等，留下了清晰的时空轨迹，也留下了历史中一处处闪亮的坐标。这一方水池，这一朵又一朵的浪花，汇成了文学的长河；这一场特展，这一点一滴的努力，汇成了文学的宝藏；这一个梦想，这一处场馆，汇成了文学的天空,薪火相传,群星闪烁。让我们以文学的方式,向为中华民族伟大复兴奋斗牺牲的英雄们致敬,向在民族记忆星空上铭刻英雄之名的作家们致敬,向一代又一代留给我们丰厚文学资源的前辈们致敬,向属于我们这个时代的新文化致敬!

长路与短句

◎ 沈 念

　　山寨的冬天,到了晚上,风会变得旋转且呼啸起来。幸好有山体挡护,刮到村子里,泥巴竹篱虽遮挡着,但还是会从窗缝里钻进来。火塘里的火是不熄的,偶尔会爆出两声炸裂后的噼啪声。屋里的空气冰冷,只有火塘四周有些暖意。他醒来,被风声的尖锐震住,感觉房子变成了一条船,在无边的风暴中跌跌撞撞,直到睡意再次袭来,绷紧的身体松软了许多,他又悠悠滑滑,坠入父亲做过的那个荒唐梦中。

　　父亲要把寨子对面的高山推平。那段日子,他有事没事就要转悠到山上,像是寻找什么丢失的东西。他穿过松枝、蕨叶、芭茅草、竹子遮挡的小路,取出插在后腰带上的镰刀,把那些绊路枝蔓砍个干净。旧镰刀浑身黑乎乎的,刃口却闪闪发光,父亲是左撇子,每天清早第一件事就是磨刀,那把独一无二的左镰在长条麻石留下了密密的刃印,像一口奇怪的龅牙。他带上的长麻绳卷挂在腰带上,绳子打结的地方是长度标记,五米是系一条细红绳,十米是系一条粗红绸。他用最笨的方法丈量着山地的长度。山上岩石多,可以找人炸了,运回村寨铺路,或是垒护坡的堡坎。他为此去找过县里矿山的爆破工,对方刚从井道上来,就着一盆黑水,擦洗着脸上的污浊,听说炸山,头鸡啄米一样,水珠四处溅飞,一脸轻而易举的不屑。他的小本上记着测量后的数字,心里算,纸上算,反复计算后,他自己都震惊了。如果真把山推平,能多出数千亩的田地。这些多出来的地,规整的种一季水稻,不规整的种花生、玉米、大豆,每年多出来的粮食产量说出来会吓人一跳。穷家穷业的人,缸里有粮才心中不慌,周边的村民,不都眼酸酸地忌妒着他们。他不止算着多出来的粮食,也粗估了要投工投劳的量,咬紧牙努把力,两三年工夫,山寨要大变样。后来他都不敢细想了,好像再多想一分一秒,这个梦就要马上成真了。

一晃眼,快二十年过去,那个村人谈论的荒唐梦,成了父亲的人生传奇。

他到底有没有跟过父亲去移山?这个问题他曾在深夜问过自己,时间长了,记忆似乎也变得不可靠了。那时他那么小,不够锄头高,他扛着家里那把磨得亮光的锄头上山,被父亲踩过的山路没有尽头,只要不停下脚步,只要还在向上走,这条路也在无尽地延伸。但他很快就像败阵的士兵,灰溜溜地下山了,山上布满岩石,那些岩石远比想象中要坚硬百倍千倍,他们父子一辈子,就是几辈子也没法铲平。石头长在地里,谁能指望地里长出粮食?父亲举起的锄头落下,石头碎屑如火花般四溅。他突然看到身后站着几个看热闹的村民,有的捂着嘴,扭过头去,想笑又不好意思笑。有人为了打破尴尬,走到他身边,一把夺过锄头,往掌心啐了一口唾沫,抡了半圈高高举起,在石头上砸出一声脆响,然后摇头叹息,这是一座结结实实的石头山啊。

天作怪的叫声打破了山野的沉寂。叫声时远时近,时而嘹亮刚烈,时而低啭顿挫。他赖在床上,辨认着声音,这种又瘦又长的竹鸡,叫起来是夫唱妇随,公的叫声像撕裂一块绸布,由哑到亮,母的叫声起伏有节奏,清脆悦耳。它们藏身山林,把窝搭在复杂的石头林缝里,精怪得很。这么些年过去了,它们还是没变,躲在山林的某个旮旯里叫唤着新的一天到来。

突然,叫声停歇了。天地又一次陷入沉寂。但没过多久,他听到一种从空中飘过的声音,哧哧哗哗的,像一艘破冰船犁开坚硬的冰层。天作怪是能飞的鸡,他亲眼看到过它们从山谷丛林中飞起,飞到黄马岩的山头。它飞的时候不会发出声音,仿佛一点儿声响,就会把飞的秘密给泄露了。

鼠灰色的雾绕着山,随着日光渐渐稀朗起来,山上的树镀上了岩石般的灰白光。到了夜里,这些光也发亮,像裹着一层黑亮的壳。山上的树虽多,但能成材作梁的少,有的就跟野草一样贱,不被山寨人待见。有的长在岩缝里,野生在崖壁上,人们任其自生自灭,枯死,腐烂,除了捡回来做柴烧,别无他用。

父亲起床后,仍像往常,清扫着门前石坪上风刮来的落叶。春夏秋冬,枞树、青冈栎、柏树、香樟、栗树、冬青,有的落叶并不是村里的树,而是从山谷飘来的,如同远方亲戚跋山涉水突然出现在家门口,父亲惊讶地说:"风吹你来啦。"他说话从来节省,吐字三言两语不成句,更多时候像只沉默的山羊。

　　父亲是个热爱土地的人。山脚下归他家的两块地,地背阴,见光少,费了大力挖条小渠引水,收成不如意,但他从不肯放弃,于是改成不要太费心的花生,春天翻遍地,播下种子,到时花生成熟了又翻遍地收回家。前年起进村的野猪多了,跟人抢食,是父亲在他新开垦的玉米地发现的。那是一块离梨子树不远的荒地,过去堆放着垃圾,村里搞环境整治,要求垃圾都堆到拐坡下的垃圾箱,但村民晚上都偷偷把垃圾丢在了这里。直到有一天,父亲扒拉着地里的石头,一颗颗丢到一旁,石头成堆,挡在丢垃圾过道的入口,形同一块告示牌——领土不得侵犯。

　　荒地变成了精垦地,父亲种下玉米的时候,村人看到茎秆上的枝叶,才想到这不再是垃圾地了,而是成了父亲的领土。有人恍然大悟,后悔莫及,住在周边几户人家的女主人都在埋怨男人,脑瓜子都是木头疙瘩,为什么不想到抢先占领这片领土并开发为己用。当玉米挂穗,欢歌载舞的时候,村人忌妒的表情里多了些恼怒,私底下对这块有了生命的荒地说长道短。村支书在这件事上,是站在父亲一边的,面对少数人的非议,对那块公共土地私有化的责难,他的公开解释是,地是暂时由父亲管理,村里随时可以收回。他心里却是暗暗感谢父亲的垦荒之举,改变了村人丢垃圾的习惯,让他不再被镇里的干部劈头盖脸地批评了。又有更多的村民站出来,数落那几位心胸狭隘的,当年为了村里修路,父亲让出了家里最好的地。

　　父亲从头到尾就当自己是聋子,没听到过那些议论,每天照常扛着锄头,照常和遇见的人打着招呼,不紧不慢地去管护领土上的三十棵玉米。

　　挂穗的季节刚过,县里的干部进村宣讲,凡是野物都不要打,也不能打了。村民嗤笑干部不懂乡村现状,青壮年劳力跑东跑西,老人哪有力气打野物?野猪送上门,都没人去赶,更别说围猎了。大白天,野猪大摇大摆地闯进了父亲的玉米地,把那些刚挂穗的玉米拱伏倒地。

"糟践人!"父亲说的时候,嘴角却是笑的,如同面对一个淘气野孩子的无奈,心疼的是那一茬刚熟的玉米。

父亲没事常常坐在离家不远的梨子树下发呆。

那是村里活得最老的一棵树,枝杈长到半空中,虬枝曲节,磕碰之间,隐约发出铜哨之声。以前到了五六月间,梨树新发绿叶,长出几个酸涩涩的小梨,孩子咬两口就丢给了鸟去啄食。前两年没结果,但仍在吐绿。绿意星辰般拱伏在黑枝上时,人们抬头看一眼,知道梨子树又活醒过来了。

山风一起一歇,四季轮转,山林像咳嗽一样吐出鸟窝、碎蛋壳和天作怪的粪粒儿。禁伐之后,石头山上深深浅浅多长出些新的绿色,也没人再敢打活下来的树的主意了。有一年来了一拨人,说是市里的园林专家,忙活着给村里的树挂牌保护,黄檀、柳杉、青榨槭、古樟、栗树、刺槐……都有了它们的姓氏年龄介绍。古樟是二百一十岁,梨树是二百六十岁,村寨的老人也不知道这个岁数是如何确定的,没有人说得清树是谁家祖先栽下的。

"看到树,就是寨子了。"父亲跟外地人这般说。梨子树站的地方就是村里最高处,朝四面望去,山连山,高低错落,云雾从山谷游龙般升起,山寨就藏在万马归朝的群山之中。

梨树虽然栽在离他家几步远的石坪,夏夜串门的乡邻就坐在树下纳凉,说着山里的奇闻逸事。他儿时趁着父亲不在家,会邀着几个小伙伴爬到树上,眺望隔着一道道山谷、没去过的地方,看上去很近的地方常常要绕很远的道才能走到。父亲否认树是祖上栽的,说也许是鸟衔来的一粒树种长成的。他就是那时迷上这一棵棵树一片片山林,一粒种子长成参天大树,得经历多么漫长的时间、多么磅礴的风雨!读大学念的农林专业,偶尔他会萌生一些奇怪的念头,在石头山上栽种哪些经济树种又服水土又富百姓。这些问题困扰着他,像黑暗中闪过眼前的碎玻璃,留下一块块铁灰色的光。

他闲下来,就会去想父亲在树下发呆的神情,想父亲眼中的高山和低谷。

村与寨之间,山路相连。绿荫掩映,弯曲环绕,总有路抵达。山寨虽偏,通往外面也只有一条路,旧貌陈颜浑然不觉间起着变化。父亲带着村民修这条路,已是多少年前的事了。他掰着指头算,像是算着手心小径分岔的掌纹线。

那是一条遇到雨水就会溃烂的路。坑坑洼洼,湿滑难行,进入雨雪季节,就像踏进地雷阵,随时小心掉进陷阱坑,出来一身脏泥衣。这条路是一个孩子的今世仇人,是他儿时的噩梦。他每天上学必经此路去往学校,想躲也躲不了,想逃也逃不掉。他摇晃着还没清醒的身体,走出家门,看到脚下这条在前面拐了个弯,看不见尽头的长路,心里就发怵。下雨后的路面,有很多积水,浊黄的水不是摔倒在泥水里,就是陷入深坑的泥浆里拔不出脚,那种使尽力气也走不动的感觉,像是梦魇住了。父亲教他看路走路,要选有些石子的地方垫脚,用脚尖轻轻一踩,上身不要用力往下沉,相反是要提气,让身体快速地走过去。每一脚都要看准,都要及时提气,他做不到,他懊恼自己没有长翅膀,也没练就轻功。当他一身泥一身水地走进教室,穿着半湿半干的衣服,瑟瑟发抖听着老师讲课的时候,情绪糟糕透了。他无数次被这个情景困扰着,有时梦到走在半路上,山上的树和石头坍塌下来,连同他把路给半截埋了。一度他不想去学校了,父亲顺手折断一根细树枝,狠狠地打了他一顿。父亲专打他的小腿,边打边说:"脚就是你的路。"

他被抽打得疼,叽哩呱啦地哭,哭完父亲送他到学校。在校门前的三岔路口,他那时就发誓,将来要逃离闭塞的村子,要去山外的地方,都是因为这条路。甚至有很多次,他在回家的路上,想到从此别过,开始远游流浪。当他走出山寨后,发现走在任何一条道路上,都会有压抑不住的欢欣。他想,毕竟世上最烂的一条路他走过了,从此,他走的每一条路,都会比过去走过的好。

寨子里的祖训是,穷也要有穷担当,不求人,凡事靠自己。那时候,很多条件好的村子早就把路修成了水泥路,但山寨家底子薄,修不起一条路。一条路是一个村子的脸面,也是人的脸面,但现实残酷,没有钱,修路就是件没办法的事。刚换的村支书是父亲,村民难以忍受着这条破路的时候,就望着他们的新支书,心里却都明白,这个人没有关系可找,也不会去缠着乡里的领导,只怪自己投错了胎。山寨就像被遗忘的角落,有时候,给再多时间,没办法就是没办法。他后来想通了一个理儿：不是没办法，而是贫穷限制了想象力，他们知道山外有山，但不明白山外的那座山是不一样的。

父亲也不是没找过乡长。乡里的书记履新，暂时由乡长代理书记。乡长姓田，龙山人，老家是出土匪而且出悍匪的地方，二十世纪九十年代有一个编剧到那里采访了很多新中国成立前后匪乱的真实故事，写了个电视剧一下把那里炒火了。田乡长祖上没出过匪，但脾气大，看不顺眼就喜欢骂人，眼睛瞪得牛卵子大，有人悄悄背后骂他"田土匪"。他人在的话，乡政府院子里像赶场，吵吵嚷嚷，偶尔有一天安静，肯定是乡长出门了。此前有到隔壁村偷伐林木的，告状告上天了，田乡长拍坏了桌上的压板玻璃，指挥人设卡拦路，不让偷木材的出村，父亲不是没按他的指示去做，但盗伐之风正在一股劲头上，压不住火，刹不住车，白天拦人家半夜里运，而且是团团伙伙，几个村干部压根拦不住。派出所的管过一阵子，抓了几个领头的才算压制下来。但这个过程把田乡长惹恼了，他丢了句硬话，以后山寨的事，就是和他田某人隔着楚河汉界，不要再想着找上门办一件事。

硬话也是气话，父亲该有事还得找乡长。那天他守在外面，瞅田乡长办公室没人的一个空当，进了门，又要讲烂路的状况，但刚起了头，田乡长就把眼睛瞪得更圆了，且有一股火焰像要往外喷。他说，修路的事自己想办法，乡里是绝不可能拿钱的。他在说那个绝字的时候，特别加重了语气，真有点绝情无义的感觉。父亲说："乡里没钱，乡长面子大。"他的意思是希望乡长帮着往上面跑一跑。田乡长脸色更难看了，斥责父亲说，过去蛮懂事的，现在怎么也生锈绊筋了，有本事的人自己去跑，叫花子烤火都往自己胯里扒。

父亲本是脸薄之人，被一顿训斥，心里涩涩的不是滋味。后来有同情的乡干部说县长要来，他当时心一硬，心中顿生敢把皇帝拉下马的勇气。他想好了，万一县长发脾气，这也都是田乡长逼的，村支书不当了也没什么了不起，这条路必须要对村民有个交代。

村民都没想到，父亲误打误撞地把县长请到了进村的这条烂山路上。那天，乡干部都集中在小礼堂开会。县长一行人走出礼堂，看到父亲站在空阔的院子里,独独的一个人。他此前一直在战栗的双腿,迈不开步子,心里设想过的一百种一千种开口的场景,哑口无言。但他站得笔直,一动不动,风吹动着他那条军绿色裤子下摆,上面沾了很多湿漉漉的泥巴印子。

"县长,我要修路。"父亲说完这句话,就一声不吭了。车从乡政府大院出发了。车厢内空气凝滞,县长的表情凝重,父亲像做梦一般,不敢大口呼吸。

那条路,雨后泥泞,泥浆四溅,像是一群不懂耕作的人踩过的水田。后面下来的几位脸色沉郁的领导,路走了半截,有几处的山体岩石表层松动,路面烂泥翻涌,着实走得很困难。几个干部无从下脚,落在后面,龙县长刚迈了几步,鞋和裤子都沾满了淤泥,问走在前面的父亲:"你们平时一直走这条路?"

父亲说,祖祖辈辈。

有个干部嘟囔了一声,这条路走不进去吧?

龙县长扭头说:"车开不到的地方,脚可以走。村民能走出来,我们就能走进去。"随行的几个干部噤声了,加快步子跟上去,山路上很安静,听得到鞋底踩在泥浆里的嗞嗞声。

龙县长说:"是该修条好点儿的路了,人不能让一根眉毛把眼睛遮了。"他对跟来的那群人说,不用走了,我们再走,路也不会好,再走下去,县长的脸都丢尽了。我们走一次是一次,但山寨的老百姓,是要年年走、月月走、天天走。

父亲回到村里,召开村民大会,第一句话就是:"到修路的时候了。"村民问,县长说什么了?他挠了挠头,把县长的话重复道:"眉毛遮不住眼睛。"村里年长的老人掐着手指算月历,说山寨人走好路,过好日子的时候快要到啦。

修路是三个月后启动的,财政困难,资金缺口大,父亲发动村民投工投劳,分成凿石组、运输组、铺路组,就地取材,用钢钎砸碎山石,手锤打得叮叮响,火花四溅。大家吃在工地上,饭菜从家里带,坚持了三个月,拉出了一条三米多宽的新路。父亲又想了个主意,把那些钎开的薄石块,条形块状的,带回村里垒了水渠的护坡。

　　中间又经历了一些曲折:路在原来路基上拓宽,要占用一个村民家的一块地,他的大嘴老婆不答应,说他们家本来人多地少,她带着有腿疾的儿子,躺在自家地里,不让县里的施工队动工。施工队也拿伶牙俐齿的大嘴婆没办法,思想工作做不通,父亲想出一招:换地。村里能换的几块地,大嘴婆看不上,不满意,父亲一咬牙,拿出自家那块山上的水田换。村人都知道,那块水田朝向好,日照充沛,水量充足,产量是同面积的两倍。大嘴婆忸怩着,但父亲修路心切,当即签好换地的协议。村民嘴上骂着大嘴婆的做法,说父亲犯傻,但又从内心里敬佩他。

　　几年前,他大学毕业,突然改变了想法,回来当上了大学生村官,又参与到山路新扩的建设中。路走过了,才知道世间一切艰难,都是可以蹚过去的。父亲换地修路的故事,被村里的老人搬出来讲给年轻人听。那条儿时长长的山路,很快变了模样,变成了一条更平更宽的柏油新路。

　　俯瞰之下,黑得发亮、飘带似的山路,来往的车辆是和时光一起延展。山寨的变迁,如同一本厚厚的书,风吹开一页沉重的过去,又画出一页开阔的未来。而今山路两旁是农家乐、民宿和古朴的民居,是清越的山风和厚厚的绿荫,是幽美的峡谷和明亮的旷野。我是走在这条山间的路上,听他讲起父亲和路的故事。父亲每一天都在与这条山路做最漫长的告别。年过七旬的父亲,每天的习惯还是坐在梨子树下,看着从路上进出的人们。患有阿尔茨海默症的老人,早已辨识不清那些熟悉的面孔,也早忘记了自己与长路的往事。他回复那些打招呼的人,每一句话都比以前的更短。那些短句,像一粒粒小石子,从长路上丁零零滚落,被一道道山的褶痕收留,被沧海桑田的时光收藏。那么多从路上走过的人,帮父亲和这座古老的山寨铭记着一条山间长路的故事。

玉簪花帖（外一篇）

◎ 王祥夫

　　鄙人可能是经常没事喜欢在北京的胡同和街上散步，就总觉得北京的玉簪花像是特别地多，玉簪花的叶子是浅绿色的，因为绿得浅所以很透亮。玉簪花分两种，一种开白花，我以为是正宗玉簪；一种开紫花，而花形也要略小一些，我不太喜欢这种。我对紫颜色好像是有什么意见，为什么？说不清，就是不喜欢。北京郭沫若的故居，他的院子里就种着一丛丛的玉簪，还有两株高大的西府海棠和数丛牡丹，这种格局在过去叫作"玉堂富贵"，玉堂富贵指的就是玉簪、海棠和牡丹。这要是一般人的院子里还不能这么种，这得够品级才行，王府的院子差不多都会是这种格局。梅兰芳的院子里种的却是苹果树和柿子树，这也有个讲究，叫作"事事平安"，这也是一般人的院子。一般的人过日子要的就是平平安安，而且是大事小事最好都能够平平安安。我个人十分喜欢这种格局，再说柿子和苹果也很好吃，冬天的时候，在窗台上摆一溜儿冻柿子，黄黄的不难看，想吃的时候就化一个捧在手里吸溜。冻柿子一般都是熟透了的，化了，用手捏一捏放嘴边一吸两吸就行。我觉得我要是有个院子，就会种几株苹果和柿子，既好看又能吃。且不说海棠开花是多么的好看，苹果花也不难看，苹果花要比海棠来得疏朗些，花形略大。但在我们山西的北部，柿子树是种不活的，所以即使有了院子也只能种些别的什么树。

　　玉簪花叶子的叶脉有个特点，那就是叶子上的叶脉像是每一根叶脉都从叶子柄那里开始，所以画玉簪花的叶子的叶脉都要从叶柄那地方下笔往下拉。这样画，才是玉簪。玉簪花开花，是从下边一直往上边开，下边的谢了，上边的又开了，所以是越开越高。玉簪花比较好画，淡墨勾花，叶子的墨色稍深一点儿为好，这样好有个对比。玉簪的花形是管状的细长喇叭，可不就像个玉簪。评剧《花为媒》里有一句唱词就是夏季里花开什么什么的，后边紧接着有个白玉簪。可见当年写这唱词的人是熟悉北京的。

北京胡同里最常见的花有两种，一种是白玉簪，另一种就是红豆花。红豆花可真红，种这种豆科植物是要搭架子的，在自家门口用竹竿随便搭那么一搭，花就会顺着竹竿往上爬，一爬两爬就爬满了架。红豆开花的时候可真是好看喜庆，那个红才叫红，是正红，这种豆类的学名我叫不上来，我就叫它红豆，我还知道这种红豆结的嫩豆荚可以吃，老北京人家吃焖面就喜欢用它。"今天吃什么呀？""吃焖面，到门口摘点豆角去。"北京人把豆荚叫作豆角，红豆的豆角是紫色的，又宽又短，有人说它其实就是扁豆。管它是不是叫扁豆，这个我没查过。

葵花

葵花又叫向日葵或朝阳花，而鄙乡葵花的发音却是"葵霍"。那几年下乡去开会，村子里的队长会对旁边的人说："去，摘几个葵霍饼子来。"不一会儿葵花饼子就摘来了，开会的下乡干部人手一个，一边从上边剥葵花子儿吃一边开会，这个会开得很朴实、很亲切，大家就像是拉家常一样说一些正事，那时候的正事也就是植树造林或者是计划生育。大个儿的葵花饼子直径有一尺多长，放在两腿之上，一边吃一边说话，手也不停嘴也不停，葵花饼子上的子儿吃光了，会也差不多开完了。葵花的叶子和葵花饼子都有一股很特殊的味道，说不清那是什么味道，但绝对不香，也不臭，而且葵花的叶子上会分泌一些很黏手的东西，吃完葵花饼子得洗洗手。那些年人们生活困难，买不上正经烟抽，不少人就都抽葵花叶子，把干葵花叶子拿来搓碎，用报纸卷了抽，闻起来很是刺鼻。但那些年不少人就抽这个，一是不用花钱，二是葵花叶子到处都有。条件好一点儿的会把烟叶和葵花叶子两样各放一半掺在一起抽，这叫二合烟。各种植物里边，葵花的花是会随着太阳转动的，太阳在东边它就转向东，太阳在西边它就转向西，所以才叫向日葵。到葵花快要成熟的时候它就不会转了，它会沉静地低下头，葵花头的分量让它不能再高高昂起它的头转来转去，它只好把头垂着，一直到人们把它们一个一个用镰刀割去。葵花成熟的时候会不知从什么地方飞来一种个头儿很小的候鸟，灰毛红嘴，专门吃向日葵，它们会把它们的身子倒吊在向日葵的花盘上，一大片的向日葵很快就会被它们吃得干干净净。每逢这个季节，村子里就会安排专人去赶鸟，他们的工作就是赶鸟，一边赶一边喊，手里还会举着个长竹竿，竹竿上绑着个很长的红布条，他们就在葵花地里走来走去，走累了，拧一个葵花饼子坐在那里一边吃葵花子儿一边休息。

葵花是好东西，葵花的用处很多，葵花子儿油很香，要比菜籽油好吃。葵花秆还可以用来生火，尤其是用来引火，葵花秆的里边是棉絮一样的东西，点着了，它会就那么不动声色地慢慢慢慢燃着，像是没火，但用嘴一吹火就出来了。葵花秆最大的用处好像还在于它可以用来扎篱笆墙，葵花秆上都有一个弯钩，把弯钩一律朝外扎一道篱笆，可真不难看，而且可以说是很好看。葵花分大葵花和小葵花，大葵花会开得很高，会高过人头，小葵花却长不高。小葵花长到一定时候会从上边分出许多杈，每一个杈上都会结一个小饼子，这种小葵花一棵就会结许多小葵花饼子，就像是凡·高画的那种，花盘也是黄的，不像那种大葵花，只有花盘四周有一圈儿金黄花瓣，花盘却是黑的。小葵花结的子儿很小，颜色乌黑，吃这种葵花子儿会把嘴唇染黑。花店里有卖这种小葵花的，买四五朵回去插在花瓶里颇不难看。

我曾经在露台的大花盆里种过葵花，想试着种几棵看看，结果长得很高，花开得也很大，那个花盘成熟后我特意还用尺子量了量，好家伙，直径有一尺半！这我可不敢相信，我跟谁说谁也不相信。下第一场雪的时候我把它摘了下来，但我不舍得吃它，我想起了过去的岁月，人们一边开会一边人手一个葵花饼子的岁月，还记起了那个老村主任，他那时早就不当村主任了，但开会的时候他也来了，新任村主任赶忙把座让给他，开完会还征求他的意见。老村主任说，我哪有什么意见啊，这葵花占着我的嘴呢，人们就都笑了起来。

如果我有个院子，我想我会种不少葵花，但我没有院子，所以我羡慕那些有院子的人。我还怀念开会可以一边说话一边吃葵花子儿的年月，那时候，人与人之间多亲切。

幻境

◎ 杨献平

月光照在无尽大地上，村庄也在其中。月光落在池塘上，反光照见天堂。青蛙和小虾是不安分的，在水中和石头上蹦跳、鸣叫和奔跑。一个深夜回家的人，来自远处某一座城市或村庄，他走过的路是黄色的，间或有一些庞大或者微小的阴影——草木的、山峦的和夜间动物的。他一一穿过，像风中一粒沙子，穿过空气也穿过在黑夜里的所有事物。

我站在对面的山冈上目不转睛地看他——他就像一个熟练的夜间动物，在月夜的溪水边缘，慢条斯理地走。忽然刮来一股风，清冷地从我的身上奔到他身上，而后掠过午夜的茅草、流水和庄稼，不知所终。

如此一幕，是一个重复多年的梦境，它幽秘、诡异，没来由也无所指。那个在梦境的夜间行走的人，似乎只是不停行走，他的这种行为，似乎在向我布施一种力量，抑或其行走本身就是一个充满意味的箴言和启示——而在做这些梦之前，眼盲的祖父就一直躺在我的身边，一袋一袋地抽旱烟，刺鼻的味道呛得我不住地咳嗽。

祖父的嘴巴在黑暗中不断张合。很多年以来，从他的讲述当中，我大致听到了如下一些故事：白蛇最终赢得了更多人的喜欢和同情，作为男人的许仙有点儿窝囊，法海的干涉叫人咬牙切齿。至于那些各式各样的神和鬼，妖精和僵尸，无论善良、凶残，外地的还是我们村子里的，甚至是祖父亲身经历的，从本质上说，它们都是可恶的，好杀和嗜血的，也都是妖媚的、通天入地的，具有永生的力量与特异之能。

我当然看不到，也不会经历，但人是有想象力的。那些妖精、神仙和鬼魅，在我的脑子里腾云驾雾，神通广大。它们似乎也知道我的存在，每一次，都会把它们丑陋的獠牙伸到我的眼睛里来，吓得我不敢大口呼吸。想到惊险与凶恶处，忍不住浑身冒汗，牙齿打战，急忙钻进祖父的被窝。祖父讲完了，我还睁着眼睛想，看着黑黑的墙壁，很多次我突然发现，挂满灰垢的黄土墙壁上，也站立或蠕动着许多祖父故事中的神鬼猛兽——它们在陡峭的墙壁上车水马龙，排着络绎不绝的队列，在看不到的道路上熙熙攘攘，曲折蜿蜒。我害怕，闭上眼睛，却又怕它们爬到我的身上，甚至眼睫毛上来，就大声喊叫祖父，祖父"嗯"了一声，转身又睡了过去……我也睡着了，却又梦见了它们，一个个的神灵和鬼魅，妖精和僵尸，在我梦境中逃跑或逼近——我没命奔逃，跌下悬崖，或者陷入泥淖……抑或被人救起，甚或孤立无援，粉身碎骨。

这样的梦境强悍，无可遏制，一直持续到我十四岁那年冬天。我总不敢一个人睡觉。祖父脑子里库存的故事好像枯竭了，我不断央求，他重复讲，我不听，实在没办法，他就给我讲他的一些亲身经历——在山上开荒时候遇到的离奇事件，比如，他和同伴看到月光下有一个黑黑的小伙子赤身奔跑，一袋旱烟的工夫，就越过无数山冈；再比如，他们总是在深夜看到诸多飘忽的神灵和鬼魅，像人一样有喜怒哀乐，推碾子或摘果子；他们还看到村里那些死而复生的长辈，吓得屎滚尿流；看到莫名其妙死去的外地石匠或者木匠，对他们的死因主观臆断或者横加猜测……几乎每一个故事，都很诡异和玄幻。

有一天夜里，我又做梦了，梦的主角还是那个反复在我梦境出现的，在月夜的溪水和池塘边独自行走的男人，与过去相比，他的面目清晰了好多：国字脸，粗眉毛，大嘴巴，头颅硕大，胡须金黄——脸色长时间阴沉，也总是张着一只嘴巴，有时候吐气成雾；有时候一声不吭；有时候狰狞可怖；有时候和善可亲。在夜间，在月光下，他一直那么走着，脚上的布鞋破烂不堪，还露出半个脚趾，他走过的地方，都会有光，尤其是那面波澜不惊的池塘，没有涟漪也没有水声，池底的石头历历可数，在月光下，泛着银子一样的光。

也总是有一只青蛙蹲在石头上，眼睛朝一个方向看——青蛙看到的是：那里是青青的玉米地，夏天的玉米穗子吐出红缨，剑刃一样的叶子一条条地弯曲朝下，那些"剑尖"上不断滴着露珠，噗嗒噗嗒地掉落在潮湿的田地上。玉米地后面的斜坡上,长着三棵柏树,叶子一动不动,发白的表皮和皱纹像是一个年老女人的脸。

柏树下安静极了,有几只红色甲虫,在碎了的草茎和沙砾上笨拙走动(它们可能自以为飞快)。再后面,是一面高坡,长着洋槐树、榆树、灌木、黄荆和一些叫不出名字的蒿草,午夜时分,时常有野鸡的梦呓、野兔和地鼠啃食的声音传来。

我总想爬上那面山坡,想看看山后是什么。起初,很多次,走了很久,可怎么也爬不上那面山坡。有时候,我自以为爬了老高,正在高兴,回身却发现身体还在原地——蓦然醒来,一身热汗,满心沮丧。白昼的阳光照在纸糊的窗棂上,梧桐树上的鸟儿们早就开始叽叽喳喳,奶奶在厨房做饭,眼盲的祖父拄着拐杖,在石阶路上敲敲打打。

白昼似乎只是日升日落和三顿饭,当然,还有我的两只脚在学校和家之间来回走动。很快,夜晚再次来临,星星开始明亮。有月亮的晚上,我和祖父就坐在院子里,看月亮,我一次又一次询问他嫦娥的故事,问嫦娥一个人在那么高的地方居住,摔下来的话,那可怎么办?

有时候我大发异想:等自己长大了,就做一把长长的木梯子,到月亮里去(具体要做什么,到现在也都没有想好)院子里都是乘凉的人们,老人、孩子、妇女和男人,他们在说话,根本不注意我,也根本不会在意一个孩子的询问和梦想。高大的梧桐树不时会掉下一些什么东西,祖父说是虫子或者是黄了的树叶。远处和近处的狗都在叫,还有树林里的猫头鹰。

奶奶躺下就睡,鼾声高低不平。祖父开始给我讲故事:神仙和鬼怪……我专心听,有时不知不觉睡着了——刚刚入睡,那个持续多年的梦境复又重来,且又有了新的进展——我终于爬到了山顶,那里有一座亮着灯的房子,有人,又好像没人。我走到门前,听到里面传来一声接一声的叹息——是一个女人,似乎年纪不大。我犹豫、害怕,在门外一直站着,腿脚颤抖。可我总是想看看她到底是谁,什么样子。正踮起脚尖,从窗户往里看的时候,黑色的木板门却吱呀而开,一缕灯光均匀地打在满是沙土的地面上。

我走进去,一股清香扑面,不是花朵的,也不是某种化学合剂。仿佛来自她的身体，又像是来自我自己的身体。房间很干净，一边墙壁上挂着一个镜框，里面有她和另外一个男人的合影，镜面光洁如洗。灯光最亮的地方，是她的床铺，悬了一面粉红色的蚊帐，里面的被褥也是粉红色的，绣着一朵硕大无朋的牡丹花。

那一年我十五岁——我不知道那个梦是怎样结束的。醒来后，我再次看到祖父家的黄色墙壁，一些蛛网在墙角悬挂。屋外传来镢头刨地的声音，传来当当的响声。临近的某处，还有小孩的哭叫和嬉闹。

我照旧躺着，心里还在想那个女人到底是谁，为什么在那里居住，她为什么一个人……可想来想去，还是不明所以。

到学校，老师教我们学习鲁迅的《从百草园到三味书屋》，读了一遍，我忽然觉得，昨晚的梦境和《从百草园到三味书屋》有许多相似之处：恍惚的记忆，说不清楚的惆怅、离奇感觉与意味……此后很多年，这个梦境我没对任何人讲过，但记得特别清晰、牢固。

祖父说，梦境是带有预兆性质的。我开始不信。几年后，它果真出现了。十八岁的一个傍晚，我从三十公里外的一个小镇独自回家，路过的村庄早已酣睡，太多的事物在黑夜里摇摆或静默。野兽活跃异常，嚎叫声闻。半路上，我看到一座庙宇，因为害怕，进去躲避（下意识地寻求神灵的庇护），但感觉到一种更大的惊悚。我没有想到，所有庙宇的氛围都阴冷异常，即使在炎夏也不例外。不一会儿，我就觉得身体发僵。

从那个时候开始，我懂得了一个不为人知的道理：深夜的庙宇和神灵比外面的鬼怪和野兽更值得怀疑。

我急忙跑了出来，沿着宽阔的马路快步行走，到村口时已是午夜，路过村前的溪水和池塘，忽然想起旧年那个梦境：月光照耀的池塘和溪水，四处茂盛的水草，水底的泥沙和石头，乃至游动的小虾、螃蟹和蝌蚪，青蛙蹲在石面上，呱呱叫喊。我觉得恍惚，不知道自己是自己，还是梦境里的那个男人。我看了看四周的事物：天空幽蓝，月亮如盘，池塘似一面反光的镜子，茂密蒿草之间，蹦跳着许多面目不清的青蛙，对面的山冈上好像站着一个人。

我蹲下来，无意中看到自己在水中的模样，像极了梦中的那个男人——我惊诧,瞬间感觉自己就是梦中的那个男人了。我忽然害怕,像落入某种圈套或者阴谋一样,撒腿就跑,一直到家,看到睡眼蒙眬的父母,才擦掉额头的汗水,躺在床上,感觉到梦境的虚幻。

似乎从这个时候开始,每天夜里,我总是做一些稀奇古怪的梦——梦见自己站在高高的悬崖上,背后有一个面目凶横的巨人,他逼着我往下跳;梦见大风之后的村庄道路,许多蚂蚁翻掘土粒,不一会儿,就挖出一眼深邃的土洞,我探着脑袋张望,什么也看不到,只觉得眩晕,像喝醉酒一样;还经常性地梦见蛇、豹子、羊群,乃至逝去多年的曾祖母、被妖精掠去做女婿的堂爷爷……梦见从未谋面的姥爷姥姥,梦见那些不知姓名的,对我微笑或者呵斥我的人。

十六岁以后,如此梦境明显减少,但梦的内容相对集中起来,时常断断续续地梦见一些陌生的女人,也似乎是那一年,我第一次梦遗。有一段时间,我总是梦见一个似曾相识、妖媚如画的女子,赤裸着身体,躺在一床绣花的被褥上,冲我做着各种各样的姿势——我想了好久,觉得她就是我当年梦见的那个在山中独居的女人——几年不见,她似乎比那时更加丰腴和妖媚了,总是露出洁白的牙齿,洁白的身体如蛇扭动,在我面前一览无余。

我日渐消瘦,母亲先是找医生。那个赤脚医生住在一个很偏僻的村子里,一天黑夜,跟在母亲后面,走过一段很长的土石路,才看到灯火寥落的村庄。走着走着,我突然又想起梦中遇到过的那座房屋,以及在午夜彻夜亮灯的窗户,墙上的镜框和那个妖媚的女人。走过一座石拱桥的时候,我蓦然眩晕了一下,又瞬间醒来,口水流出嘴唇,滴在前胸。

我害怕,不由自主叫了一声母亲,走在前面的母亲应了一声,我急忙紧走几步,使劲抓住了她的手。

医生说,我的消瘦不是病,是梦遗太多。母亲说,是不是妖精作怪啊?

医生说,算是……差不多吧。

当夜,母亲从邻村请来一个巫婆,她一个人手舞足蹈了大半夜。我和母亲站在空旷的院子当中,看着漫天的星斗和黑得只剩下轮廓的崇山峻岭,想了好多事情。

这一年秋天，我外出读书，和祖父在一起的时间少了。每次回来，总要去看望一下他和奶奶，然后再去学校。那时候，祖父也才六十岁出头，身板很结实。可没想到，一九九二年冬天的一个正午，太阳很好，祖父却在午睡的时候死了，突然而又理所当然。站在他的遗体前，我怎么也不相信，这就是一直为我讲神怪故事，一起睡了多年的祖父——生死之间，感觉竟然如此迅疾。

　　埋葬了祖父的当天晚上，多年不复出现的梦境再度袭来，所不同的是，那个在午夜回家的男人俨然是我，不是来自某个村庄，而是来自远处的某一座有名的大城市，我的手里提着一个黑色皮箱，一个人，在月光和阴影交互充斥的路上，吃力行走。临近村子的时候，遇到的不是池塘，而是一片巨大的沼泽，明亮的月光落在上面，泛着黑油油的光泽，不见了青蛙和石头，到处都耸立着一人多高的蒿草。

　　我在沼泽里一点一点行走，一点一点下陷，奇怪的是，我一点儿也不慌张，自己看着自己被污泥淹没，直到头颅将隐没，才感觉到呼吸困难，但仍旧坦然，就要被淹没的时候，我想努力记起一些什么，可什么也想不起来……我想我大致就会这样消失了吧，最终，连身体都看不到。

　　正绝望的时候，那个女人出现了，就站在对岸的一块青色的石头上。她面带笑容，将手掌伸过来，越伸越长，像传说中的仙女，只轻轻一点，就把我提出了沼泽，像从河水中提起一件蘸水的衣服一样简单和轻松。站在岸上，我想我该谢谢她，正要开口，她却说出了这样的一句话：孩子，在整个黑夜里，无论在什么地方，从没人会看到你落难，也没有人看到你上岸。她的这句话，让我震惊不已。我正要询问她为什么会这样，却看到她一转身，一踮脚尖，就飞了起来，迅速没入浩渺的天空。

　　我啊了一声，但很快又平静了下来。一个人来和去，以及人在世上所做的每一件事，说的每一句话，都是有缘由和道理的。因此，我们不要问什么，也不要想着要怎么样。直到现在，我还总觉得，她的这句话和那场梦境，是有关午夜的落难与获救，麻木和奇遇，感激和温暖的，像一句充满暗示的箴言或者一个富有哲学意味的故事，让我长时间牢记于心。

　　可惜的是，这一梦境从我结婚那年就开始绝迹了。现在也很少做梦，有时想做一个，就像从前——可再也没有，即使做了，也只是会梦见异常枯燥的事物：车轮、刀锋、货币、街斗、追缴、亡命、争吵、猜忌、不满、孤独、深山、修行、痛哭、安静、微笑等等，甚至还有头破血流、瞬间苍老、临水化石或登高而落、牙齿碎落、风吹如割等各种各样的场景。

梦境有着太多的悖逆、巧合、离散、温暖和鼓舞的成分，且弥散着哲学味道——后来我读到博尔赫斯的书，他说："（梦醒的人）即使识破了高低层次的所有谜团，要把纷繁无序的梦境材料塑造成形，仍是一个人所能从事的最艰巨的工作：比用沙子编绳或者用无形的风铸钱要艰难得多。"

他说得同样很玄，但我不以为然。相较于我持之很久的梦境，博尔赫斯的话，显得有些讨巧。而真正的梦境或者梦境之外的人生，都是浅显的，唯一深刻之处，便是我们内心对自己乃至诸般事物的怀疑、不信任，以及信任之后的无言以对。

二〇〇四年，我在北京一所大学参加培训。有一个清晨，窗外花园里的民工正在使劲敲打着一块大理石。太阳正在升起，我还睡着，我又做了一个类似的梦：还是同一片沼泽，月光照耀的水泽，泛着碎银的光芒；我一个人行走其上，像走在平地上一样，没有深陷，也没有拯救。后来转到一所深夜的房院前，循着微弱灯光，进入一个女子房间——早年镜框仍旧挂在墙壁上，颜色清亮，镜中的那个男人不再陌生，与现在的我极其相像……那个女子坐在床上绣花，飞快的绣花针像是箭矢。

我快步走过去，她忽然呀了一声，抬起的手指上，溢出一粒珍珠一样的鲜血。我急忙冲到她跟前，抓住了她受伤的手指，然后用自己的整个手掌，握住了她受伤的地方，而她却没有任何反应，眉眼低垂，嘴唇紧绷。我不知道下一步该怎么做。她忽然抬起头来，看着我的脸，笑着说，没事儿的，血流在明处，从根本上说不算受伤。

我再一次无言以对。一时间，头脑纷乱，犹如下着密集的大雪，我痛苦地叫了一声，然后倏然醒来。做这个梦的时候，正好是在暮春时节，偌大的北京喧哗依旧，杨絮纷飞，通往香山的公路上，车辆呼啸往来。上课铃响了，我还躺在被窝里，一动不动，在梦境中深陷，一时不能自拔。

我的父亲陆天明

◎ 陆　川

　　如果用一个画面来形容我的父亲，大致是一个在午夜踽踽独行的男人，周身喷射着严厉、尖锐、愤怒、爆燃的烈焰，夜风肆意揉搓着他一头桀骜不驯的鬈发。

　　那些明媚灿烂的记忆大多集中在新疆。

　　我会记得一双大手把我轻轻放在农场白杨林旁的马背上，或者是被带到一片芦苇荡中去剪苇叶，一粒粒金珠般的光芒跃动在叶片之上，然后他和妈妈相对而坐，用那时候最珍贵的大米，塞入卷好的苇叶中。对了，还有剪羊毛。我被他用强有力的手臂夹着，同情地看着也以同样的姿势被羊毛工夹在手臂下的绵羊，大剪刀深深地插入肮脏卷曲的羊毛，一片片毛毡就此剥落下来。

　　在新疆的那段短暂记忆中，我似乎并不能清晰地记忆起父亲的面庞，但是能感受到他的喜悦和力量。

　　随后我们全家到了北京。

　　最开始我们住在十二楼。那可是北京最早的一栋高层建筑，耸立在复兴门桥西南角，旁边还有一段残破的城墙。那段城墙我经常爬，站在那里看夕阳和野鸽子，揪酸枣吃。那酸枣不好吃，又小又涩，但是却有奎屯农场的味道。

　　那时候已经有了弟弟，双职工的父母不得不把弟弟寄养在同楼的一个阿姨家。他们要从自己的工资里拿出将近三分之一的钱给那个阿姨。在珍惜每一粒粮食这方面，那个阿姨把弟弟教育得极好。每天弟弟被抱回家就如同一头饿狼，会扫净我们原本就并不丰盛的晚餐上的每一只盘子。

妈妈起了疑心，但是父亲磨不开面子，他骨子里还是个书生。他和阿姨用非常文雅的方式交流了一下他的疑惑，换来阿姨疾风暴雨般的回怼。随后的一段日子，父亲去接丁丁的时候，总是看到小儿子津津有味地咂摸着一块咸菜；直至有一天父亲终于忍不住提前半天在午饭的时候去看弟弟，发现阿姨一家围坐聚餐满嘴流油，而房间一角，口水四溢的弟弟竟然在细品一根烟屁股。

父亲和那个阿姨大吵一架，把丁丁带回家。

这世界上烟民虽多，但烟龄和年龄只差一岁的可能只有我弟。

想来那肯定是家里最穷困的日子，因为几乎每天都是玉米糊糊、玉米饼。父亲的玉米糊糊比妈妈打得好，他打的玉米糊糊偶尔可以喝出米粥的味道，很稠也很黏；妈妈打的糊糊就不行，水是水，玉米粒是玉米粒，分层很清晰，像一杯鸡尾酒，保持了一个上海女人的腔调。

但是到了周日，我们家也会改善生活。

每个周末的早晨，父亲一定会去买豆浆、油饼和炸糕！没有豆浆油饼炸糕的周末怎么能叫周末？虽然没有多少钱，但是周末的仪式感和快乐总是被父亲拉得满满。

几乎是一夜间，我便再也看不到父亲脸上的笑容了。

他总是沉默地坐在书桌前，一坐一天。从早上坐到晚上，晚饭后继续。他的背影如同一座险峻的高山，山脚下是妈妈、我、弟弟三个胆战心惊仰望高山的人。

几乎是一夜间，楼里的孩子们也不再和我玩了。

原本晚饭后楼里的孩子们会一起跑到一家有电视机的人家看电视。这天晚饭后我和大孩子们一起跑到那个有电视的人家，其他孩子都被放了进去，然后我被一双温润白皙的手挡在了门口，那个阿姨非常和善地说："今天不放电视了，陆川，你回家吧。"

"阿姨，他们都进去了……"我拼命顶着门，想挤进去。明明看到那台电视已经发出一闪一闪的荧光，明明看到那几个孩子已经围坐在电视机前——但是阿姨还是笑着说："陆川，今天不放电视了，你回家吧。"门关上了,我仰头看着那扇门,似乎可以听到里面的欢声笑语,但是我却不能进去。

我告诉了妈妈发生的事情,父亲正在写作,我感觉他肯定是听到了,因为他的脊背挺得直直的,但他始终没有回头。妈妈端了一盆水给我洗手,很快水就变得黑乎乎的,然后我感觉手背上滴了几滴水珠,抬头看,发现妈妈满眼是泪。

父亲不沾烟酒,唯一一次喝醉也是在那段时间。

他愤怒地把一口给弟弟热奶的小锅踢来踢去,含混压抑地低吼着,妈妈搂着我和弟弟一声不吭地躺在床上。第二天,我看到他蹲在地上用一个榔头敲打着木方,试图把凹凸不平的锅底敲平。

然后他一直在写,用蘸水钢笔,写在大稿纸上。他写完一沓,妈妈会捧着在台灯下看。然后会用铅笔在稿纸后面标注上她的意见。妈妈的意见他并不是都听,有时候甚至很不以为然。妈妈脾气是好的,永远不争,父亲发脾气的时候她总是转身去做自己的事情。在这个家里,我从没有听过妈妈高声说过一句话。但是每新写完一沓稿子,父亲依然会像小学生一样交到妈妈手里。

那段时间我在楼里孩子们中间混得不好,经常下学路上被伏击。突然就会有几个孩子冒出来对我大喊大叫,然后就是丢石头,我就没命地跑,他们在后面没命地追,追上了就是围虐,满地厮打。所以那段时间我的衣服经常是脏的。记得有一次被打了之后,满脸是血的我哭哭啼啼地走到他身旁,他正在写作,我告诉他楼里孩子一直欺负我。他突然甩掉笔,墨水溅在稿纸上。

他厉声怒吼道:"为什么不反抗?!"

时至今日,他回头怒斥满脸胡楂儿因愤怒而扭曲的面孔依然历历在目,那怒吼一直回响在我心里。

"为什么不反抗?!"

随后他一把拖起我,把我一路拖到为首的那个孩子家,用力敲开门。那天的傍晚,整个楼道里每家每户都听到了他的咆哮。

对了,我家是那个楼里比较早买电视的。突然有一天下学,父亲指着一个大纸箱子说，咱们家有电视了，你不用跑出去看了。然后平静地拆开了箱子，拿出一台崭新的黑白电视机。

我惊呆了。

几乎是我和弟弟都读中学了，我们才大致了解那段日子发生了什么。

原来某个历史时期终结之后，父亲受了些不白之冤。在等待被证实清白的过程中，有几年的时间他不能正常工作。

他闲不住，跑去炼钢厂下生活。有一天半夜他穿着全套的炼钢工人服装突然闯回家里，着实把我和妈妈吓了一跳。

后来他又去法院体验生活，跟着老法官办案子，这困顿的年份都被他用来见识了人生。强者如我父亲在风浪中总看得到乌云密布的天空和遥远的彼岸，而弱者如我和弟弟，则痛饮了腥涩的海水，提前浅尝了人性的残酷。

当然，最难的时候他也从没有停止过写作。

我不知道他在写什么，直到有一天我在家里翻看文学期刊《当代》的时候，偶然读到一篇小说，依稀感觉小说中的人物故事似乎很像上海亲戚们的故事，于是我翻回去看小说的作者，赫然发现竟然是陆天明。

我很难把印刷在文学期刊上的那个名字和面前不苟言笑的他联系在一起。很长一段时间，我都可以感受到内心的震惊和窃喜。在很长很长的一段时间里，父亲在我眼中是伟岸的，至少有两米三。

父亲对自己极度苛刻，过着苦行僧般的生活。每天从早写到晚，晚饭后他会早早睡下，然后半夜爬起来一直写到天亮。然后出去跑步，回来洗冷水澡。

从记事起到我研究生毕业在外面租房住开始独立生活，父亲一直保持着这种工作节奏和生活习惯。当然他也这么要求我。所以我至少有很长时间是没有用热水洗过脸的，一直是冷水洗脸。

我们家的春节只有一天，就是年三十晚上到初一白天。

几十年如此。

他不抽烟，不喝酒，不打牌，也不打麻将。

所以我家的春节也没有任何节目。

初二他肯定要开始写作，所以初一晚上，对我家来说，春节就结束了。

大约是初中的时候，我突然在生死这个问题上陷入一种难以自拔的困扰。有一天我在他写作之余，请教他："爸爸，你想过吗？每个人终有一天是要死的。"

那时候我们已经搬到了劲松，在那个阳台上，他种满了花花草草。我问完问题，他就站在那堆花草中间，沉默着。

随后他说，因为知道每个人都有死去的那一天，所以他才拼命地写。

父亲是一个孤独的人。他似乎一直在主动地自我放逐，将自己如同一尊铸铁、一块顽石、一方古墨般封禁在书斋中书桌前，几十年如一日踞坐笔耕。

有件事情我反复和父亲验证，他都说不记得了。但我却记得。

有一次父亲和母亲带我们去香山春游。我们一大家子在半山的松柏下铺了塑料布，妈妈掏出饭盒拿出形形色色的吃食。此时我看到一中年男子，穿着深蓝色泛旧的中山装，戴着眼镜，头发梳得一丝不苟。他拿出一方手帕铺在山石上，在手帕上放了面包和水果，慢慢地独自一人在吃着。

以我当时的心智来想，到香山春游的难道不都应该是一家子人吗？怎么能一个人吃饭？我于是大喊："爸爸，你看那边那个叔叔居然自己吃饭。"我记得当时便被父亲制止了，他说这是非常不礼貌的。后面的事情我记不清晰了，很大的原因是父亲坚决否认发生过这件事情，他的不容置疑像一把粗糙的锉刀将清晰刻印在我脑海中的画面磨得混沌不清。

不知为何，在我后来的人生之路上，我会经常想起那个独自野餐的男人。比如《南京！南京！》资金链断裂后在天津无望等待的那两个月，比如送走奶奶的那个冬天。那个春日游人如织的午后，少年眼中在山石旁独自午餐的男人，分明就是父亲的过去，少年的未来。因为孤独才是创作者最终的宿命，不得不从容面对。

然而，我父亲又是最不孤独的一个人。他在文学之旅的征途上踽踽独行，但是不近不远不紧不慢，身后永远跟随着我的母亲。他们两人形影不离相伴几十年，是我心目中最完美的爱情。

从我有了儿子葫芦之后，父亲肉眼可见地变了。

狼确实可以"逆袭"成羊，我见证了。

在当了他几十年儿子之后，我吃惊地发现这个超级工作狂魔，在过去几十年里几乎天天责备我不努力读书的老父亲，把我弟弟八岁送进中学十四岁送进大学，让他拿了一堆华罗庚数学金奖，北大硕博连读的亲爹，竟然在对孙子的教育方式上有了翻天覆地的变化。他常挂在嘴上的一句话就是：

这么小的小孩子，需要学那么多东西吗？！

虽然他注视葫芦的目光中那些显而易见的柔和温暖慈爱似乎从未照射在我们的身上，但是我知道，他影响了我，塑造了我。他对我的影响会持续终生。我无法做到像他这样极致地面对自己的生命，但是他对文学献祭般的狂热已经完整注入我的灵魂，我的电影不说谎，是我对自己也是对他的承诺。

看到父亲和葫芦在一起，他们彼此的温暖和爱，我除了假意表达醋意，内心是真的开心和欣慰。

我一直希望为父亲做点儿什么，能够真正让他放下他背负了一生的枷锁，能够真正轻松快乐。不承想因了一个小小生命的诞生，能够在父亲的目光中再次感受到那种由衷的喜悦，感受到他灵魂的舒畅，我觉得自己圆满了。

黄杨木绽放的情感与乡愁

◎ 南　翔

一

夏日的夕阳收敛了最后一抹余晖，暑热还未消散，偌大的工业园区，各楼栋的灯光渐次熄灭。靠里的那一栋，电梯在六楼打开，寂静的过道里走过一位中年男子，停下，打开一道门。昏暗中，他在门边推上电闸，二百多平方米的工作室登时灿然一亮。室内的四角堆满木料，长短不一，方圆有异，年岁参差，出生地也大相径庭。唯一趋同的是，它们静默着袅袅散发出的，皆是清淡的若有若无的香气，它们清一色都是属于"木之君子"的黄杨木。它们等待的目的也一样：等待眼前这位常在傍晚才走进工作室的男子，坐在工作台前，慢慢举起那双劲健有力的手，操起各式工具，把它们混沌的面目一一凿开，令它们的口鼻眼耳、四肢百骸，焕发个性。或裙带飘飘，发髻高绾，举手牵衣，目光流转；或膀阔腰圆，筋骨铮铮，发一声吼，力拔山兮……

窗前的工作台矮而阔，有利于我们的主人变化不同的姿势，或站，或坐，或走——有时，他得擎起手中的半成品，边走边端详边琢磨，增之一分则太长，减之一分则太短，要兼顾材料的修短与明暗，每施一刀，都覆水难收，不得不慎。桌上摆满泥锤、卡钳、刮刀和各种塑刀等。用于打粗坯的工具有锯、木敲槌、铁敲锤。用于雕刻的主要工具是凿，分为斜凿、三角凿、平凿、圆凿、中钢凿、反口凿、翘头凿、针凿和手锯、竹簪、拖钻等。工具齐全而细分，用起来才得心应手。

今晚，他手里的一个小木件，已经在心中盘桓多日了。他拿不定主意，这个呼之欲出的姑娘臂弯有一个暗疤，如何措刀会更流利？通常，刻刀下的藏拙总是跟彰显互为表里的，除了因材施刀的大构思不出岔，接下来就是精雕细刻中的一笔不苟,准确无误中的纤毫毕现。

木雕不仅仅与其他雕刻可以互通,与文学艺术诸门类亦皆有襟连之处——生活、阅历、学养及技艺,都是滋养一件好作品的土壤、阳光和雨露。

过道上响起砰然关门声,最后下班的人经过,能看到门楣上赭红色的铭牌:吴尧辉木雕技能大师工作室。

是的,他叫吴尧辉,中国工艺美术大师,中国木雕艺术大师,温州市非物质文化遗产"乐清黄杨木雕"代表性传承人,两次获得中国工艺美术最高奖"山花奖"。

我俩四目相对,他甚至有些腼腆,只有谈起他的木雕经历,他才从容自如。

二

五十八年前,吴尧辉出生在温州北翼的乐清南岳镇。这个海边小镇,三面靠山,一面朝海,乐清湾的浪花和涛声,洗涤着一个少年清澈的目光,孕育着他单纯却缤纷的梦想。在吴尧辉的记忆里,下海嬉戏,在滩涂上捡拾螃蟹、贝类,是童年最悠长的诗歌。

田少人多,出海捕鱼与外出谋生,是父老乡亲的两条醒目出路。吴尧辉的母亲是农民,父亲退伍后在县化肥厂工作。五个兄弟姐妹,他行三,恰好居中,得到的眷顾,没有多一点儿,也没有少一分。父亲小时候读过私塾,写得一手好字,工厂宣传栏的彩色宣传画和硕大美术字,成了父亲鼓励儿子向美术和书法靠近的诱饵。父亲给他买了一堆描红本,此时此刻,最便宜的老师便是"照葫芦画瓢"。

就读中学的吴尧辉,承揽了学校部分刻钢板的活儿,当时各科的复习提纲,都以刻蜡纸之后油印的面目出现在同学们的书桌上。吴尧辉迷上了刻刀,一笔划下去,横平竖直。那是否艺术的雏形不好说,得到些许报酬可以补充学费,却是真实的。他最喜欢的藏书是连环画,尤喜《西游记》,只要有点儿积蓄,都搜罗齐了。贺友直给周立波《山乡巨变》所绘的连环画,一套好多本,几乎被他翻烂。李月辉、邓秀梅、"亭面糊""秋丝瓜"……所有人物他都烂熟于心。

走出中学大门，经一位在越剧团任编剧的周老师推荐，他拜剧团的舞美林老师为师，画布景，做幻灯片，当然也要干一些后勤琐事。正值青春年少，对色彩、造型与影像，都有强烈的投入冲动，那是吴尧辉美术基础的夯土期。他起初跟随林老师，后来追随黄老师，天天作画，不局限布景，但凡豪杰淑女，花鸟鱼虫，远山近水，亭台楼阁……都拿来入画，一天一张，送去请老师评点、加减、纠偏。

两年之后，他将一张素描、一张色彩、四张速写，卷成一束，就近寄去浙江美术学院（一九九三年更名为中国美术学院），很快拿到了准考证。赴杭州考试，却因文化课惜败未取。

此时，摆在吴尧辉面前的道路有两条：回到教室，复读再考；或者告别课堂，参加工作。

多年以来，一个多子女家庭，全仰赖父亲一人的工薪生活，瞥见老父亲鬓边的风霜，额角的皱纹，吴尧辉于心不忍。他选择了后一条路。一九八二年金秋，他来到日后成为第一批国家级非物质文化遗产项目——乐清黄杨木雕代表性传承人虞金顺的身边，走上了木雕一途。

作为共和国同龄人的虞金顺，打小就跟随父亲从事黄杨木雕、根雕、象牙雕等艺术创作，荣列第三届中国工艺美术大师，木雕作品在国内和三十多个国家展列、收藏，其中《神笔》由北京人民大会堂浙江厅收藏。吴尧辉有较为扎实的美术功底，此时能够得雕刻大师耳提面命，欣慰何如！

那两年学徒，他眼观、耳听、腿勤、手快，脑子里日夜盘桓的也始终是立意与构图，局部与整体，回忆与现实，呈现与内涵。旧时月色与新园莺啼互映，金刚怒目与菩萨低眉并坐，长者蔼然与垂髫调皮偕行……这不仅体现在吴尧辉与师者乃至师兄弟的友好关系上，也体现在他们创作中的新老兼收，同中有异，参差多态。

出师之后，吴尧辉进入了乐清黄杨木雕厂。

三

那算得上是木雕厂的一个鼎盛时期。二十世纪五十年代初,著名艺人王凤祚独领风骚,成就高标。他后面,跟随着叶润周、叶一舟等一批艺术家,各自的人物、花鸟等木雕精品不断在国内外展出和获奖,乐清黄杨木雕以它独特的艺术材料及表现形式引人注目,被誉为"华东一枝花"。到了吴尧辉进入木雕作坊的二十世纪八十年代,改革开放的鼙鼓催生了烂漫的艺术之花,乐清黄杨木雕呈现出空前的繁荣。中青年艺术家迅速崛起,以高公博、虞金顺等一批工艺美术大师为代表,在全国艺术展览中斩关夺隘,屡获殊荣。

吴尧辉上手很快,一般徒儿学两年出师,他一年后就可以独立创作了。当时的创作主题多是古装人物、神道题材如八仙之类。百多人的木雕厂,男多女少。当时走市场主要是接订单,出口占了大头。吴尧辉一九九〇年设计的布袋和尚,日本人订了七千多个,一个数百元,批量生产。先用机器拉出粗坯,再经手细雕。这种布袋和尚,农村至今还有家庭复制。吴尧辉笑道:"好的东西才有人模仿,没有市场的东西,无人问津。"那时的木雕活儿简直就是香饽饽,日晒雨淋的泥瓦匠日薪五元,坐在室内的木雕也是大几块一天,感觉甚是惬意。吴尧辉稳中求进,在赓续传统题材的过程中,从内容到形式都有独创。不仅仅有弥勒佛、麻姑献寿、天女散花,也有历代文化名人,如老子、孔子、李白、杜甫……一样雕一件,力避自我重复。工匠与工匠,有高下之分。雕塑讲究创意与构图,雕刻本身则是一个熟能生巧的过程。创意不好,那就很难呈示一件有文化内涵的作品。文化是教育的果实,书读得太少,胸中没有万千丘壑,智慧与视野都会受到局限。当年一些十五六岁的少年出来学艺,文化程度太低,只能跟着老师打下手,只能雕身上的衣纹,没法上脸——雕不来精细的五官。

木雕讲究一画,二塑,三雕。画好了,构图没问题,立意就站住了;会泥塑,就能处理好点线面的立体关系;在前二者稳固的基础上,再事雕刻,可达事半功倍之效。当吴尧辉成为师傅之后,他就将自己的感受、阅历和经验,毫无保留地传授给徒儿。他希望更多的后生仔少走弯路。

回想起来，吴尧辉很庆幸自己进木雕厂，遇到了后来成了他妻子的叶丹艳。丹艳的父辈及祖上都是黄杨木雕从业者，到她已是第七代。柳市镇第一张黄杨木雕的个体营业执照，当年发给了她叶氏家族。叶丹艳的爷爷叶润周，是中国第二届工艺美术大师，那么大年纪了，一天到晚刻刀不离手，从不午休，勤于书法、绘画与设计。叶润周雕刻的红绸舞，人物玲珑，绸带翩跹，极具动感，对吴尧辉影响很大。吴尧辉感慨，后来者很难超越叶润周，概因他经历坎坷丰富，悟性很高，做事又专心致志，这些因素，都是一个出类拔萃的工匠步步登高的坚硬基石。

　　吴尧辉婚后两三年，柳市镇的低压电器产业倏然而起，现代工业的兴盛伴随着似乎一夜之间矗立的厂房，更有令人瞠目结舌的资本与劳动力回报。不少人闻风而去，吴尧辉的至亲也跃跃欲试，他却不为所动。他喜欢雕刻，哪怕一块木材在他手里都要嗅嗅，看看，敲击听音，把玩许久；更不用说那些已成人物的雕刻，都是他的心血孕育出来的"宁馨儿"。

　　吴尧辉告诉我，中国素有四大木雕之说，分别是东阳木雕、乐清黄杨木雕、广东潮州金漆木雕、福建龙眼木雕。乐清黄杨木雕主要流行于乐清市的翁垟镇南街村、柳市镇、乐城镇一带。黄杨木坚韧光洁、纹理细腻，具有象牙效果，年代愈久颜色愈深，造型古朴、美观大方。黄杨木雕雕刻技法丰富，从色、形、质、味、韵等方面保留了根的质朴和色彩，以及木质本身的纹理、疤节、洞穴和质感。除了圆雕、镂雕、浮雕外，还创作了镶嵌等多种技法，是天然美与人工美结合的产物，有很高的审美表现力。

　　具体说来，黄杨木雕的技艺是依材施艺。因了黄杨木雕的材质直径一般不大，故而人物等形象都十分节制，虽未必是"纳须弥于芥子"，却也尽可能做到尺幅千里，万千丘壑浓缩于目前。浅黄雅致的色泽和细腻有致的纹理，尤其适合人物形象的镂雕，如琢玉一般的精雕细刻，人物的眼睛、发丝及服饰皱褶，无一不精。

　　吴尧辉二〇一九年夏季在中国美术展展出的一座《春满天》加上底座，高不过一百零五厘米，却自下而上容纳了三位眉目生动、衣袂挟风的春姑娘。她们或手擎花篮，或捧出果蔬，身边桃红柳绿，蜂蝶起舞，百鸟啁啾，好一派春意盎然的景观。

《大唐盛世》之一《踏春》，则在二百厘米的长度上，站立了七匹马，十个人。人物执幡弹琴骏马昂首，嘶鸣；小童回望，仕女粲然而笑。春天的景观通过一组人物骑马出行，迎风拂柳，得到了浓墨重彩的呈现。

西方绘画讲究焦点透视、人物比例的黄金分割等。黄杨木雕受制材料体积限制，有时恰恰能夸张而形象地表达出作者不同凡响的构思意图。

《耍》：一个双臂短而粗的壮汉，裸露上身，伸出的左臂轻松地举起一个沉重的石锁，神态自信而潇洒。

《猎食》：一只矫健的豹子跃上了一头壮硕的水牛背脊，豹子全身发力，水牛不屈不挠。两相争力，唯勇者、智者可胜。空间凝固了时间，令人回味与冥想。

在他二楼的作品陈列室里，更多的单件和组件雕刻令人目不暇接。

我久久盘桓在"城市老记忆"系列前，那些走街串巷磨剪刀，打爆米花，卖麦芽糖以及挑馄饨挑子的人们……

那是记忆的复现，那是情感的流连，那是温馨的弥漫，那是乡愁的挽留。

杂草丛生

◎ 田　鑫

　　在城市宏大的叙事面前,杂草似乎毫无意义,即便是它们很努力地顶破了水泥而坚强地活着,却从来不会接受到任何的关注,甚至还要担心随时被连根拔起。这是一株杂草作为流寇的命运。

　　以上内容是我开车经过这座城市的地标性建筑凤凰碑时,看到几株长在台阶上的杂草时脑子里突然冒出来的。我不知道这些文字是否有意义,也不知道杂草被我遇到是否具有某种暗示,但是接下来的日子,这段话却不断地提醒我、指引我,让我对杂草产生了兴趣。

　　我开始有意识地寻找这座城市里的杂草。在不同的区域,我分别遇到了蓟、荨麻、狗尾巴草和看麦娘等常见于乡下的植物。它们以单株的形式,生长在犄角旮旯,或者背街小巷,甚至残破的墙体之上。

　　蓟是在工业区的一条老旧巷子里遇到的,巷子两边是低矮的平房,部分空置,有人的几间被用作简易超市和彩票屋,许久都没有人走进去,不被打扰的巷子,刚好持久地保持了寂静和破败。蓟就在巷子的一处漏着水的管道下方躲着,我经过的时候,跨步走过一汪水,踮脚绕到相对干燥的地方时看到了它。我停下来回头看我走过的这段巷子,尘土裸露在破碎的沥青之中,斑驳的墙面上,到处是白色的砖的老年斑。这里本来毫无生机,一株蓟,一株独独地生长在一汪水旁边的蓟,像旱海里的鱼一样,它粉色的花朵,点亮了土黄色的巷子,而那些带刺的叶片,不断地划破风,让巷子有了季节的纹路。

　　荨麻是在一座新建的停车场里偶遇的。我当时穿着短裤,因为着急赶路,就没留意脚下,踩过一片杂草的时候,有那么一瞬间,腿部就像中箭一般疼,随后便是一阵难忍的痒。我低头看时,才发现是再熟悉不过的荨麻。疼痛的缘由,我已经来不及细想,荨麻是用这样的方式和我打招呼,还是将我当成要采摘它的敌人。唯一确定的,是左腿外侧的一片红肿,以及疼痛和瘙痒。荨麻的厉害我在乡下的时候领教过,也知道疼痛和瘙痒只是暂时的,于是忍痛赶自己要赶的路。走着走着就觉得奇怪,同样是来自乡下,荨麻为何要给我以疼痛和瘙痒,它不光让我重温了童年的某一段短暂经历,还用茎叶上细小的尖刺告诉我,整个城市并不像看上去那么温和。我是个心眼儿比较小的人,在这件事过去一段时间之后的一次饭局上,我再一次遇到了荨麻,它被作为一道绿菜,等着被滚烫的水煮成口感独特的食物。这一次,我终于报了仇。

　　我是在一片废弃的工厂里,看到那片狗尾巴草的,它们无辜地站在一起,像极了当年犯错误被老师罚站的少年,工厂空旷的院落里,没有风,它们纹丝不动,四面的围墙知道它们内心的落寞。我远远地看着它们,像父母看着孩子,或者说老乡看着老乡,这些原本生活在乡下的植物,唐突地出现在工厂里,跟出现在山坡或者湿地上的表情完全不一样。此刻,在腐朽的铁器和从内部开始溃败的工厂里,它们的植物属性弱得微乎其微,而象征意义则随着我的注视逐渐增强。这些跋山涉水从乡下赶来的孩子,跟曾经水一样在工厂里流动的人群一样,暗自成长过,暗自繁盛过,最后暗自凋谢,完成简单的一生。现在,工厂空空荡荡,狗尾巴草,用孱弱的身体试图填满它。它们还怀揣着当时的野心,你看,有风吹过来,它们就使劲摇摆着身体,让整个场院变得丰满起来,或者说在微风吹拂下,它们整齐地飘动着,让废弃工厂的颓废看上去并没那么沉重。

　　看麦娘一直生活在我的眼皮子底下,我所在的单位办公楼,有一个长长的斜梯,我们叫它大踏步。大踏步中间是一个花坛,两侧是楼梯,花坛里经常换一些时兴的植物。有一次,我蹲在阶梯上接电话,一低头就发现了熟悉的身影—— 一株看麦娘正在阳光下看着我。这是我熟悉的植物,在乡下,它有美好的名字,有修长的身姿,只要它不长在麦田里,从来没人去惊动它。看麦娘看着麦子生长,看着村庄经历着日升日落,可什么时候它也进城了,还悄悄地出现在我身边?挂了电话,我仔细地观察它,并郑重其事地给它拍了一张照片,发了微信朋友圈,文案是这样的:看麦娘是这世上最像娘的植物,它一直偷偷看着你,不管你开心还是悲伤,忙碌还是闲适,都默不作声。其实,乡下的很多母亲就是这样,从来都不说爱,不说想念,但心里装着所有的孩子。

如果说单株的杂草,以流浪者的身份出现的话,那么在河流和废弃的铁轨周围,杂草们则像住在城中村的农民工一样活着。

一条典农河,从南到北贯穿了这座城市,因此留下大面积的野地。

是不是所有的河流都一个德行,在垂青过河床两边的所有植物之后,扔下它们,像个多情又无情的浪子头也不回地奔流而去。反正典农河是这样的,在它流经的区域,我观察过被它所遗弃的杂草们。

我常去的河段,园丁们种植了以观赏为主的植物。马鞭草细长结实的茎上,淡紫色的花朵火焰一样燃烧着,它们和三红紫薇、粉萼鼠尾草一起,让一条河的两岸有了现代化的样子。

很明显,园丁们按照自己的想法排列的绿色植物们,和这野性与柔软兼备的河流并不匹配,甚至还缺少了美感。而河两岸的车前草、毛茛、三色堇和虞美人们,小心谨慎地享受着这里的开阔与生机的同时,无形中又重新定义了河岸,让你觉得,它们才是河岸的主角。

在整齐的植物面前,杂草们显得来历不明,它们的种子,可能是从附近的农田里被裤管、鞋底带来的,也可能是被不断移动的泥土裹挟而来,还有可能是顺着河流而下被细小的浪花拍打到岸边的。可能有一些叛逆的种子在成熟之前离家出走,然后就唐突地在此处落地生根。不过,它们的来历并不重要,重要的是,它们让典农河有了野性的美学意义。

在离典农河不远的街区,有一条废弃的铁路,它曾经是农田和城市的分界线,北侧是高楼林立的城市,南侧是庄稼站立的乡村,更多的时候,杂草们住在乡村里,从不越过铁路。城市扩张的外延越来越大,这条铁路逐渐失去了作用,以至于废弃。很长的一段铁轨,因为长期的闲置而生锈,杂草和碎石也趁机靠近,并且越过界限,让这一片区域变成荒芜杂乱之地,经常有流浪狗在铁轨上练习排队和前进，它们是让这匍匐于大地的铁的巨兽显得生动的唯一生物。

等不来火车，铁轨萎靡不振，苍耳和苔藓就开始暗中较劲，一个不时朝地上发射刺球，一个默不作声扩张着地盘。两种分别具有攻击性和扩张力的杂草，让静寂的铁道有了故事——正如曾经驶过铁轨的火车一样，可是，我的想象力太弱了，没办法替它们杜撰，只觉得是杂草掩盖了铁轨的寂寞和绝望，掩盖了城市被轨道划分出来的界限，掩盖了沥青、碎石、水泥路，让城市的部分区域回到最初的样子。

城市的管理者对此充耳不闻，他们既没有拆掉铁轨的打算，也没有清除杂草的计划。杂草和城市管理者达成了和解。其实，废弃的铁轨、闲置的工厂和被遗弃的住宅，被杂草占领，完全可以看作是一种隐喻，或者是一个教训，人们对新事物或者说事物的新状态的追求，让杂草有机会重新出现在旧的区域，人们随意丢掉的城市区域，重新回到了草的手里。

我和这城市里越来越多的杂草相遇，从个体到群体，持久地观察它们之后，就觉得它们身上流寇的形象竟然是如此明显。它们和山坡、绿化带、公园里的草形成鲜明对比，同样是植物，甚至来自同一个区域，现在，有用的草在明处，杂草在暗处。它们小心地躲藏着城市管理者的目光，小心地打量着高楼大厦的变化。它们窥探着，等待着，战战兢兢地过完一生。

小时候看《水浒传》，我一直觉得，被认定为匪的群体，一定是有故事的，所以，面对杂草们，我蹲在路边拍过挤出砖缝的独株马齿苋，感受过紫花苜蓿在街边的落寞和谨慎，也对小径上被踩成泥浆的蒲公英表示过哀悼。而见到的杂草越多，就越觉得杂草和人一样，也要忍受压力，也要经历衰亡。当然，更多的时候，它们身上所发生的这一切，都不曾被人所目睹，因此不管是压力还是衰亡，抑或是诗意浪漫，都只有杂草自己知道。其实，杂草也可以表现出一种特别的优雅——这种品质，文学艺术作品将其称之为高贵。

是的，杂草也有高贵之处，并且远比修剪一致的景观植物要更具野性美和气质。

对杂草的容忍，有时候能看出一个人对于自然的理解和接纳。

不过，杂草的位置会影响理解的效果：出现在街边、公园，你会觉得它带着美感，毕竟和整齐的街边植物相比，它更具有自然的属性，而出现在路中间或者小区里，可能会招致不满，甚至可能被视为对规则存在冒犯。

人们习惯性将杂草称为入侵者，但准确来说，很大一部分杂草原本就是坚硬的城市之下那片土地上的原住民。它们一开始就住在这里，田野消失，泥土隐匿，钢筋和砖块的建筑拔地而起，沥青和水泥彻底封印大地，但将种子留在原地的它们，依然按照节令钻出了土地。只不过，原住地已经不再是田野，因此，它们的出现多少显得有些唐突。

在植物学家眼里，大自然并没有杂草，每一株草都有研究价值和审美意义。而在城市管理者的清单中，草却被分为三六九等，被种植的、被围起来的、被修剪的、被特殊照顾的，是有用的草；不在此列的，理所当然被划定为杂草。如此一来，杂草就成为异类。似乎它们一出生就进入错误的地点，它们并不是因为有毒或长得丑陋，而是它们在错误的地方还拼命生长，试图让此地成为自己的地盘。

原住民杂草横冲直撞要证明自己的出身，它们从不选择生存的区域，也忽略了城市内部严格的界限，哪怕是台阶的缝隙，或者有裂缝的柏油马路中间，都能看到它们曾作为本地人的蛮横。

从乡下进入城市的杂草，跟进了城的乡下人很像，敏感，且具有攻击性。闯入城市的杂草，大多独居，不会贸然在墙体和公路上生根，它们领教过车轮和割草机的威力，只能出现在一些不起眼儿的地方，然后苟且偷生，而一旦被清理，就一副落草为寇的样子，开始发起抵抗。

而群居的杂草们，似乎已经熟悉了城市管理者的脾气，并接受了被嫌弃的现状，因此大部分只待在城市的边缘地带——河岸边或者草地的边缘，也有混进草坪里去的，每次割草机都会削去它们突出的部分，这样它们就以草坪的样子存在着，或匍匐，或小心翼翼，一旦超过草坪的高度，就到了被连根拔起的时日。

在城市里，作为侵入者和流寇，杂草表现得更多的是敌意，从外观上看,它们长相独特,不是周身长满刺或钉,就是用缺口、缝隙、斑点、瑕疵来标明身份,有一些甚至用到毒液。这个群体里,荨麻草看上去人畜无害,但是一旦靠近,就会被蜇得鼻青脸肿,它在杂草界坐稳了不好惹的位置,即便是一株也能活出一支队伍的感觉。

突然冒出来的草类,在常年被树荫遮蔽的区域里,几乎没有竞争者,要不然能有出生的机会?与本地草类相比,杂草们有一个优势,就是它们已经适应了野外的生存环境,不管环境如何恶劣,已经有一套属于自己的生存机制,它们能适应食草动物带来的压力,牛羊啃得越多它们就越旺盛,也能适应干旱或者过度湿润的新环境:它们一旦落地生根,就会不断伸展、扩张,表面上看只有单株在艰难成长,实际上土地内部已经茂密异常。

我曾经思考过这座城市杂草的来历问题,还偏执地认为,记录在当地志书上的草可以认定为原住民,其他的可能是跨地域和省区的,索性叫它们草的移民。而这些草,在别人眼里就成了杂草,因为它们根不正苗不红,甚至长相可疑。是的,有些杂草,是跟着进城的农民落地生根的,他们喜欢大包小包地将乡下的物品搬进城里,杂草种子就藏在他们的衣袖里、包裹里以及布鞋鞋底乘虚而入,反正落户城市是不需要被准许的。

杂草迁徙竟然是一个世界性的话题。十九世纪的美国植物学家阿萨·格雷就把美国杂草认定为"谦逊的、喜居山林的隐居者,跟那些具有侵略性的、自命不凡的、专横的外来者可没法比"。她将美国人的性格和美国杂草的性格做出的对比,有趣而深刻,这给了我很多启发,但是因为观察力和分析力的薄弱,我始终没能从我身边的杂草身上提取到本地人的性格信息。

杂草们最羡慕草坪,而草坪对杂草却保持着警惕。草坪,作为城市里专门空出来的以供人们接近自然的一小片旷野,它绿意盎然,接近自然,它被定期修剪、维护,以保持得体的外形从而吸引人们的关注。虽然草坪不需要围栏,却挂着禁止入内的警示牌。因此,草坪和杂草之间,有一道鸿沟。正是如此,杂草也想成为草坪的一分子,这样就可以不用担惊受怕,可草坪寸土不让。

其实,和人工草坪相比,杂草更适合成为这座城市的一部分。它们耐旱,不需要持久的浇灌,能有效减少城市绿地用水;它们坚强,杂草的根粗而长,在土壤中分布得又深又广,杂草生长的土壤承接雨水的能力远胜于人工草坪。城市的管理者们似乎已经发现了这一点,所以,杂草草坪也开始慢慢出现并可能成为一种潮流。

一段时间,所在城市开始建设各种小微公园,意图让人们走出小区就能跟自然接近。面积不大的公园里,草坪是必不可少的,于是杂草作为园艺植物被引入,城市管理者们想推崇自然风格的种植方式以保障杂草的传播,这时候,杂草有机会被名正言顺地作为城市景观之一,供人参观。

杂草与栽培植物之间的界限,开始变得模糊,这也无限接近自然规律——本没有杂草——植物被允许在不同的区域来回穿梭,身体可以,身份一样可以。其实,草在草的世界里,只有不同形态的身体,并没有身份差别。这一点,和人一模一样。

十八世纪的"自然神学"派,将杂草的用处分为两种:第一种是展现自然作为植物设计师的智慧与审慎;第二种则是对人类的傲慢自大施以有益的惩戒。三个世纪之后,这个说法依然能代表很多人的观点,而我更加倾向于第一种,但整座城市似乎选择了第二种,并以此作为对杂草的处理依据。

对于像我一样在城市里不曾拥有小花园和农田的人来说,街边的所有植物都是有意义的,它们都能让我心情愉悦,而我也更愿意将杂草视作城市难得的景致,它们的存在,让城市保持了土地的野性,让城市变得柔软,让人经由一片野草的叶子或者一朵野花的花瓣而感受到诗意。如果你有充足的时间和精力,在清晨或者傍晚,借助阳光观察一株杂草,就能有意外收获,而这一切是建筑所无法带来的,虽然你根本不在乎。

在少数人眼里,杂草是一种麻烦,这个群体就是园丁。在他们看来,杂草约等于工作没有做到位,而在拥有花园的人眼里啊,杂草让自己精心设计、栽培的花园变得不伦不类,必须除之而后快。于是,各种除草的方法就随之而出。

城市里的人们对于清除杂草,可谓花样百出。我试着总结了一下,大致可分为两种:一种是官方有计划有目的地大而化之,一种是民间斩草除根。

官方和民间都在使用的除草剂，从二十世纪四十年代就开始对杂草斩草除根，化学性除草剂的成功，让杂草在一段时间内变得稀少，但是人们也发现了除草剂对土地的污染，在除草和收获无公害蔬菜之间，人们还是选择了后者。另一个比较棘手的问题是，当人们对杂草使用了除草剂之后，杂草竟然变得更加强大，它们的身体像被注射了疫苗一样，因此，除草剂开始销声匿迹，取而代之的是割草机。

很多个早晨，睡梦都会被割草机的轰鸣打扰，对于贪恋周末片刻酣睡的人来说，割草机作业简直是一场灾难；而对于杂草来说，每一次轰鸣相当于一次大型的围剿。在草坪这个战场上，武器所发出来的，是那种不连贯的轰鸣，发动机隔几秒停顿一次似乎在积蓄力量，然后一头扎进杂乱无章的草丛。不一会儿，空气中弥漫起青草的味道，被塑料齿轮划过之后，草们变得平整均匀，被切断的草们，尸横遍野，听不到一声尖叫。而躲在其中的杂草，更是不敢吱声，生怕被发现之后，连根拔起。

当然，割草机也经常误伤，不是把幼小的树苗切断，就是让准备绽放的玫瑰早夭。英国诗人菲利普·拉金，就记录过一次误伤，这首名为《割草机》的诗歌中，诗人用一只刺猬的死提醒人们"新的缺席/变成永远的事实；我们早该彼此/当心，早该心怀仁慈/当一切还来得及"。可是，没有一台割草机会有仁慈之心，它们只有"杀身成仁的念头"，因此，人们对清晨的割草机心怀不满，而杂草们，则对它充满恐惧和绝望。

和园丁们有目的、有节奏的清理相比，民间的清理就显得不那么"血腥"，但是却残忍了很多。此处收录一则来自网络的除杂草的方法：

当杂草湿的时候，雨后除草或在花园浇水之前除草，这时土壤湿润，你将能够轻松地拉动这些讨厌的植物的根。永远不要让杂草成熟，除非它会修复它的根并溢出它的种子，用根球拉起植物。简单省力的除草技巧是用塑料、地毯或垫子覆盖杂草四周，如果是黑色则要好得多，这将会让植物死于黑暗（没有太阳）或热量。很难掐出在路面和人行道的裂缝生长的杂草时可以用沸水。由于杂草的种子在花园土壤下仍然处于休眠状态，所以当你挖掘一个斑点时要小心，不要过度推翻你的土壤。

总结出这些方法的人，一定是对杂草恨之入骨的，其找到了杂草的弱点和优点，在经过多少次实验之后，才得出了能斩草除根的方法，足以见得杂草给他的生活带来了多少麻烦。

　　我还搜索到一种"煮豆燃萁"式的除草方法。在乡下，鸭子吃杂草，土豆和杂草一起走过春天，但是进了城，腌制鸭蛋的盐水，在杂草繁盛季节，就成了除杂草的妙方，浇上三四次即可遏止杂草的生长。煮土豆的水，也可除去杂草。腌咸鸭蛋和煮土豆的水都用在了除杂草上，人们对除草的决心，可见一斑。

　　不管是被放弃的化学物质，还是常用的机械除草，抑或是流传于网络的民间方式，对于杂草的认知，人们所表现出来的，更多的是粗暴的攻击，而很少有人停下来思考它们的意义。因此，杂草被理所当然地视为入侵者，不管它是否具有什么意义，它的存在是无法接受的，它的生长对于城市来说是粗鲁。其实，和仇视杂草的人相比，漠视杂草的人，更让人失望，他们的漠不关心，也是造成野草被误会的原因。

　　这都是我臆想出来的，其实，对于这一切，杂草早已经习惯，并默默接受。但是它们知道一切，却并不打算有所悔改，因为它们觉得自己没错，它们总会在铁轨生锈的荒野行使自己的修复能力，让我们的城市不至于破败，但是当它们形成规模，人们能想到的词语，往往是荒芜、杂乱，似乎只有经过整顿的画面，才是合理的。

　　我对草是有感情的，不管是别人眼里有用的草，还是被嫌弃的杂草，只要在不匆忙的时间遇到，总会引起我的好奇心。这或许源自我的乡下的生活经验，因此，我总希望能找到与杂草相处的方法。

　　转换角度，对杂草的作用和意义进行"重构"，或许是一个机会。

　　在乡下的时候，我们家的土豆地里经常会有冰草之类的杂草长出来，有一些甚至还穿过了土豆，导致其从内部开始坏死。对杂草恨之入骨的祖父却并不着急去处理它们，而是任其生长。等土豆成熟，我们拔掉的土豆蔓堆了一地时，冰草就派上了用场，它们被祖父一把揪出地面，然后打成结，我一直记得，被冰草紧紧捆扎的土豆蔓非常便于运输。

典农河的园丁对杂草的包容，跟祖父如出一辙，在马鞭草、三红紫薇和粉萼鼠尾草的边缘，车前草、毛茛、三色堇、虞美人的生长，提升了河岸的美感，这是城市规划者未曾想到的效果，河岸在杂草和良草的双重点缀之下，无限接近了自然。

人们对杂草的偏见仍在继续着，而和汹涌的斩草除根同步的，是新晋的杂草不断出现，城市在变老的过程中，居住过的地方不断被人们所嫌弃，大家一股脑儿朝着新城搬迁，老旧小区日益增多，那些曾被视为珍宝的花园开始荒芜，留在花园里的良草，变成了无人料理的杂草。它们凶猛地扩张着，仿佛在报复主人。

新旧杂草开始攀上墙壁，钻进墙中，让原本整洁利落的四方形菜畦变成了立体派画作般的五颜六色、七零八落。疏于管理的草坪，也变成了可怕的杂草聚居地，大群杂草试探性地向周边的土地和道路入侵。

不过，一切都是短暂的，在经过抛弃和重新设计之后，变老的城区成为建筑工地，巨大的轰鸣声中，一座新的城市正在脱颖而出。而此时，杂草们的种子已经悄然混迹于湿润的泥土里，它们寂静无声，等待着新的机会，以此来证明自己顽强的生命力。

野有贤师

◎ 孙 郁

县城的中心街最显眼的是那座红色小楼,它是半圆形的,有一点儿外国建筑的味道。有人说它在伪满时代就已经存在,时间很久了。这是进城必经的地方,县文化馆和剧团都在此办公。二十世纪七十年代,我常常出没在这座小楼,师范学校毕业后,还在那里工作过两年多。

最初去小红楼,我还是个知青。到乡下插队的第二年,在父亲的介绍下,开始给县文化馆的小报投稿,稿子寄给的是赵明老师,而具体的编辑是几位老同志。这些人对于我的成长,帮助很大。赵老师很年轻,是个诗人,曾写过《三进大青山》,文字是接地气的。他为人热情,性格豪爽得很。那时候有一批喜欢写诗的青年,都被他联系在一起,常常召开一些会议。会议上偶尔能见到一位长者,大家称他老卢。他个子不高,叼着一个大烟斗,留着长长的鬈发,样子很酷。他坐在会议室的一角,微笑地看着我们这些愣头青。赵老师介绍说,这是老前辈,你们有文章也可以给他看看。

有一年冬天,我到小红楼里送稿,见到了老卢,才有了交流的机会。他热情地接待了我,看完稿子,在上面改了几个别字,决定留用,于是彼此就熟悉起来了。老卢本名卢全利,"文革"前是馆长,那时候他大概已经靠边站了,刚刚从乡下回城,担任编辑工作。老卢懂戏,也写戏,行政能力也强,善于和各方面人打交道,办起事来干净利落。他对业余作者很热情,即便话不投机,还是耐心相处。听他谈天,很有意思,慢条斯理中,有一种定力在。

我最初发表的几篇文章,都得到他的鼓励。文化馆那张小报,激发了我写作的热情。老卢和赵老师对于青年出格的文字,是较为宽容的,不同风格的作品,都能理解,只是提一点儿原则上的意见。二十世纪七十年代中后期,辽南地区的插队青年很多,有一些是有写作天赋的。文化馆成了大家聚会的地方,我在那里结识了诸多同好者,有一些成了终身朋友。其中李光兄也是那时候认识的,他后来考入复旦大学,毕业后到了北京日报社。二十世纪九十年代初我到北京日报社工作,也是他介绍的。

老卢在文化馆办了许多学习班,美术班、文学创作班、舞蹈班,都是义务性的工作。在乡下插队的青年,要获得这样的机会很难,须层层审批才行。老卢觉得太麻烦,只要看上的苗子,想法将他们借调上来。辽南的文化比较薄弱,古风渐渐消失了。文化馆的工作之一,是一些普及工作。老卢钟情于民间艺术,但对于芭蕾舞、油画、新诗也能欣赏,凡有此特长者,悉被召集过来,研究创作上的问题。人不分南北,艺不管高低雅俗,只要内容可感,有审美意味,皆不排斥。

一九七九年,我从市里的师范学校回到县城,他知道后,一心想把我调到文化馆。彼时他已经做了文化局局长,分管文化馆的工作,事业正在上升期。按照规定,我应当到学校教书。为了我,他费了很大劲儿,把我的人事关系转了过来。据说这个过程,还遭到一些人的反对,他与一位县领导还吵过一架。在他看来,大凡为公,不谋私利,即使别人不理解,也无所谓的。

文化馆的干部,一部分来自白山艺校,一部分是从本地中学调来的。一九四七年左右,辽宁省委临时所在地就在我们的县城,白山艺校大约是那时候成立的。后来学校随大军迁到沈阳,几位学员留了下来。老卢是从丹东来的,在师范学校学的是艺术专业,小提琴拉得好。他与妻子来辽南是为了抗美援朝的征兵工作,后来没有回去,不久就成了文化部门的主力。他们的工作,主要是配合形势搞文艺宣传,同时挖掘整理民间艺术。这支队伍多年间形成了自己的特点,坚持下乡演出。比如二人转表演、美术展览等。二十世纪五六十年代出了一批有影响力的作品,一时成为辽南艺术中心。文化馆推广的影调戏很有些名气,它是从二人转那里衍生的一种艺术。这种艺术种类一直延续着,我到小红楼上班的时候,每天都能听到演员的歌声,那些曲调音域辽阔,九曲十折,带着辽南特有的野味儿。

辽南人喜欢听戏。梅兰芳到过县城,曾经引起轰动。但京剧并不普及,影调戏则颇有市场。牛正江先生《复州史话》说：

> 光绪年间，河北梆子戏班，每年都来城乡庙会上演出，后来评戏、京剧也来活动，尤其是当地出现"八人班"和"蹦蹦戏班"越来越多，他们也在城里活动。同时河北和山东的耍杂技的艺人也来演出，然后才到乡下去活动。那时城里没有剧场，演戏时就请棚匠现搭苇席戏楼子。城里搭台子的地方，是在天齐庙前和下洼子市场里，有时也到永丰寺戏楼去演出。

《复州史话》所讲的演出场所，也是我幼时常去的地方。文化馆的老同志，对于这段历史津津乐道，觉得工作的重点，是继承这些传统，以民间艺术来推动全县的文化发展。但我对于乡土艺术，一直有点隔膜，很长时间不得其解，有一点儿不适。因为接触过一点儿所谓纯文学作品，认为契诃夫、鲁迅、老舍的文字才是最正宗的艺术。到了我这一代，喜欢民间艺术的人不多了，馆里青年也有一点儿求变的冲动，要寻另类的表达方式。二十世纪七十年代末，伤痕文学也传到城里，大家喜欢读这些面对难题的作品。馆里也围绕日常工作发生过争论，文艺是宣传第一，还是艺术第一呢？彼此的看法并不一致。

老卢说，不要争论了，毛主席与鲁迅早就说清这些问题了，关键是要有感人的好作品。我的同事刘兄，是个写戏的天才，二人转与拉场戏都写得好。他也是老卢从乡下调来的，对于传统戏曲有深的感觉，语言是乡土气的，而故事则颇有文学性。刘兄受新风影响，不太喜欢八股腔，所写的东西，县里领导有点儿微词，但老卢却暗中支持。刘兄很推崇契诃夫的小说，在自己的剧本里也融进不少俄国作家的元素，对于世态的透视里，不乏嘲讽之意。有一次写了一个反映乡下包产到户的小戏，内容中有讥讽村干部的片段，这与过去只注意宣传政策的地方文艺不同，是有文学性与思想性的。首场演出，就引起了轰动。

老卢看到这些，高兴极了。他写了介绍文章，把刘兄的作品推荐到市里和省里。那时候百废待兴,正是思想转型期,一些老同志有些不太适应,老卢却显得颇为开明。我觉得这与他的经历有关,或者因为修养不同于常人。有一次他对我说,文化界的人读书太少,艺术观念陈旧,便给我出了个主意,希望搞点儿读书会之类的活动。我们不久就到一个水库旁的干校举办了个读书班,让业余作者集中起来读书研讨。记得老卢还从省里请了个剧作家来讲莎士比亚、莫里哀,与会的年轻人都感到很开眼界。

文化馆里的人,都有一点儿自我。有的是演员出身,浪漫又有脾气;有的是画家,懂一点儿西方审美视点,日常作风有点儿散漫;还有的是小作家,在地方都有一点儿名气,傲骨也多少有一点儿的。人说,能领导千军万马,不能领导一帮杂耍。馆员们就有点杂耍意味。经常有人的作品惹来麻烦,比如,有位画家在省报发表了幅漫画,讽刺地方干部的官僚主义,县里有人对号入座,来馆里调查。老卢笑呵呵地给这位领导讲什么叫艺术真实与生活真实,也说了画家人如何如何好,就把风波平定了。能够把那么多有个性的人团结起来,是有一种本领的。连最反对他的人,在其面前也颇为和气。馆里流传了许多关于他的故事。比如二十世纪六十年代初,赶上饥荒年,城里人缺粮,吃不饱。老卢在乡下搞到一车花生,分给了大家,自己却没有留下一点儿。又比如,"文革"初期,大家互相揭发,搞得氛围紧张,老卢每天笑呵呵,叼着大烟斗,在院里转来转去,逍遥得很。

在县城里,他的人脉很广,以至延伸到很远的地方。北京的曲六乙、沈阳的李默然、长春的王肯,都和他有过较深的交情。据说老卢的堂弟在省城编《中外文学》杂志,因之能够看到别人看不到的书籍,对于新思潮是敏感的。跟着老卢,我认识了一批有趣的人,他不时邀请省里的人来做报告,还推荐我参加了一些外地的会议。我对于国内艺术界的了解,也是从那时候开始的。

那么多人信任他,不是没有原因,我自己对于地方戏的认识,多是从他那里得到的。在我们那个县城,他大概是文也来得,武也可以的人。剧团的矛盾重重,别人管不了,他一去,许多棘手的问题就解决了。不管是谁,只要有专长,他的眼睛就亮亮的。复州镇有个懂戏的青年人谢兄,他认为有表演天赋，就挖过来，到了文化馆从事编导工作。驼山乡有个写曲艺的老人老顾，他几乎每年都去看看他，送去慰问品。"人才难得，人才难得啊"，这是老卢常挂在嘴边的口头语。

小红楼每年都策划一些展览和会演，二楼有个排练厅，每天都有二人转演员出出进进。这里的热闹，牵动着民间的艺术神经，一些快消失的老牌乐曲，偶尔可以在这里听到。不能忘记的是老卢请来鞍山的刘兰芳讲课，楼里挤得水泄不通。刘兰芳与丈夫似乎也很欣赏老卢，在辽南，有专业的团队演出乡土作品，且那么重视曲艺，在二人看来十分难得。但我那时候对于这些并不喜欢，天天偷着看些翻译作品，有点儿怠慢身边的一切。对于二人转的评价也低，认为拘泥在泥土里，飞不起来。

老卢可能觉出我的偏执，但并不反对我的态度。他偶尔也到我的办公室小坐，询问我看了什么新书，可否推荐一点儿翻译作品。有时也说，不要小瞧影调戏与二人转，别看唱腔略土，里面也有门道，它们是从大众那里来的声音，百姓喜欢。有一次他请市里一个红学专家来讲《红楼梦》，他听完后做了小结道：最好的艺术，是雅俗共赏的。这些观点自然不错，但那时候的我还是不以为然的。

年轻时代的我，有点儿好高骛远，心并不在乡土艺术之中，觉得大学校园才是应去的地方。不久就有了到外面的世界闯闯的念头，想上学深造。与他聊天时，表示了这个想法。老卢有点儿为难，说留在文化馆，会有出息的。但多次找他后，看我的决心很大，他便不再反对，与馆领导商量，给了我两个月假，在家复习考试。那一年我顺利考入省城一所大学，他知道消息后，说了许多勉励的话，还把我请到家里聊了半天。临别时，送了几本书给我，并给了我省城几位批评家的联系方式，嘱咐我好好读书，多写作品。我感到，他大约对我还是寄予了一点儿期望的。

离开县城，我到了更大的世界里，所遇的风光也不同了。许多年来，我们之间陆续还有一些联系。偶尔见面的时候，彼此都有着亲切感。他还像过去那样，喜欢谈辽南戏曲、地方志写作等。有时聊起一些新人，谁又有了新作，谁的剧本上演了，有兴奋感。越到晚年，越有风采，声音洪亮，眼睛传神，暮气与他是远的。印象里，他从不谈论自己，总是以别人之乐为乐，仿佛青年人身上的亮点，都与自己的生命相关。

五十岁后，我成了大学的教员，常常遇到一些研究戏曲与民间艺术的人，讨论文学史时，不能回避的就有乡土艺术的话题。突然感到，年轻时在小红楼的经历，对于自己显得那么珍贵。才知道当年接触的方言、影调戏、年画、大鼓书，都含着丰富的内蕴，研究起来有不小的学问。这类知识与趣味，在大学校园里得到的多为皮毛，到边远的地方走走，感觉总会不同。民间的一些人士，是有一番本领的，古人所云"动操鸣弦，自令众山皆响"，都非雅士可为。而启示心灵的，常常是那些看来平常的人。

说起来，喜欢品味文化的人，眼睛往都市看的时候多，不太去接触草根世界。有时候看到一些学者笔下的民间艺术形态，每每是概念的游戏，便暗自发笑，感到了某些隔膜。记忆中的辽南飘出来的声音，不是这样的，它那么生猛和充满热血的感觉，看似下里巴人之曲，实则有民间的真气在。没有在乡野看过戏的人，大约不易感到谣俗的内在经纬。于是便想起老卢的一生，他的学识与修养，我年轻的时候不解，晚年才寻出滋味来。也私下里想，他的水平绝不比象牙塔里的所谓学人差。一个人植根于民间，且忘我燃烧的时候，天地是高远的。此种境界，谈之可以，达成却难。不错，野有贤师，这是求之不得的。现在想来，年轻时遇到这样的前辈，是多么的幸运。

祁连神迹

◎ 向以鲜

祁连旧识

天刚亮,按约定的时间准时出发,目的地是大柴旦。柴旦为德都蒙语,意思就是盐泽之地,这儿有大柴旦湖和小柴旦湖。两湖含盐量极高,基本上没有什么水生物,甚至连水鸟也很少看见。在整个德令哈,我们处处能感受到蒙古人的痕迹,几乎所有的地名,都来自蒙古语——显示了当年大元帝国对这一带强有力的控制能力。

汽车沿着笔直的高速公路奔跑,由于是单向双车道,没有错车之虞,因此,车子可以较高的速度匀速前进。青海境内的高速公路修得出奇的好,宽阔明亮,视野可以望到很远的地方。从前窗望去,铺着柏油的路面,像一条永远也拉不到尽头的拉链,安静的马达不断撕开又缝合巨大的布匹。两侧的车窗外面,则是另一番景象:连绵不绝的褐色祁连山,不断消失,又不断重现。在汽车的速度之中,神秘的山峦也获得了某种速度感、运动感、生长感。这感觉太奇妙了,这是我第一次,如此近距离与传说中的山脉相遇。

傍晚的祁连山,离我更近。我们下榻的大柴旦宾馆,就在祁连山下,一推开窗户,就能望见。大柴旦的黄昏特别漫长,从下午五点持续到晚上十点,天空一直很亮。大柴旦的落日,由于空气干净透明,比内地的落日显得鲜红硕大。黄昏中,祁连山雪线上的残雪,仿佛是众神留下的词语,那么寂静,那么简单,那么与世无争。落日的光芒,将山峰的褶皱映照得棱角分明,随便摘取一片景致,都是世上绝美的画卷。

想象过很多种与祁连山相见的场景,却没有想到,我与祁连山的初相见,是从窗户中开始的。当晚,我写下了《窗中祁连山》的诗作:"我用两扇窗户/与众神居所亲切见面/正午,车窗中的祁连山/被速度之手不断抹掉/又不断崭露峰芒/傍晚,推开房间/不可思议的荒凉岩石/再一次捷足先登/透过大柴旦的西窗/与古老又生动的脸对视。"

祁连山,一直令我心驰神往。我较早关注祁连山,则缘于个人的学术爱好。了解我的朋友都知道,我酷爱中国古代石刻艺术,并且花费数年时间,撰写过三卷本《中国石刻艺术编年史》。当写到西汉石刻艺术时,祁连山是必须面对的一座高峰。这是因为,祁连山与一个伟大的青年英雄紧密相连。元狩二年(公元前一二一年)春天,天才军事家、骠骑将军霍去病带领万骑出征陇西,过焉支山千余里(又称燕支山、胭脂山、大黄山,在今甘肃永昌县西、山丹县东南,绵延于祁连山和龙首山之间),击匈奴,得胡虏人头万八千余级,破得休屠王祭天金人。仅仅过了四年,也就是元狩六年(公元前一一七年),这位了不起的青年将军却溘然辞世。据史家司马迁记载,霍去病走后,汉武帝十分悲伤,发属国玄甲军阵,自长安至茂陵,为冢象祁连山——为何要把霍去病的坟墓修得像祁连山一样呢? 因为祁连山是霍将军一生征战之地,又是匈奴人"水草肥美,六畜蕃息"的放牧之地。汉武帝知道,一个真正的将军,他所渴望的就是眺望自己曾经叱咤风云的战场。因此,汉武帝让工匠们用坚硬的岩石,雕刻出熊、虎、牛、马或人物等形象,让这些石雕的生命或蛰伏或昂首于山峦之上,以强调霍去病墓"祁连山"意象的真实气氛。这一对古代君臣的情怀,不仅成就了一段动人故事,也成就了一系列卓越的石刻艺术作品。现在,西汉茂陵遗址陪冢之一的霍去病墓,是所有研究中国古代石刻艺术史者必去朝拜的圣地。霍去病墓石像群雕的雕刻手法十分古朴,常常采用随物赋形略加雕刻的方式,体现了西汉石刻工匠高度概括的艺术造型能力,并以娴熟的圆雕、浅浮雕、线刻等多种雕刻手法,达成一种罕见的、大气磅礴的粗犷美感。这组群雕大小共十六件,由马踏匈奴、石虎、石象、卧牛、卧象、野猪、蟾、鱼、怪兽吞羊、野人抱熊等组成。石雕群中,最引人注目者当然是骏马。汉武帝曾吟诵过《天马歌》:"太一贡兮天马下,沾赤汗兮沫流赭。骋容与兮跇万里,今安匹兮龙为友。"

在今天的祁连山下,骏马亦时时可见。在古代的政治与军事生活中,骏马始终扮演着重要角色。霍去病墓前这群大型石雕中就有三件石马：马踏匈奴、跃马和卧马。最著名的则是那件举世闻名的马踏匈奴。黑格尔认为，人类早期的艺术大多体现出严峻的风格特征：这种严峻的风格是美的较高度的抽象化，它依靠重大的题旨，大刀阔斧地把它表现出来，鄙视隽妙和秀美，让主题占统治地位，不肯在次要的细节上下功夫，只满足于事物本身的巨大效果，在形体结构方面缺少细节上的变化。霍去病墓前这件具有纪念碑意义的石刻马踏匈奴，竟以极其完美的存在，回应着黑格尔的美学描述：无论是挺立的胜利者（骏马），还是蜷缩惊恐的失败者（匈奴），我们都看不到精细的细节刻画，代之而出的是一种不留斧凿痕迹的、浑然天成的点画与勾勒，于简洁概括中彰显出雄强朴茂的夺人气势。雕塑史家王子云评价说，西汉工匠为了纪念霍去病的战功而表现当时匈奴住地祁连山的特定环境，雕出了那样的一些撼人心魄的人和兽。在形象刻画上，不但着重主题的表现，而且从写实出发，着重于精神动态和形象、性格的描写；在形体结构上，掌握了大的体与面的关系，运用简练概括的手法，表达出不同对象的形象特征。

马踏匈奴是中国石刻艺术史的一座丰碑。这种纪念碑式的石雕，在中国古代并不多见，它或许受到来自西方雕塑艺术的影响，比如古埃及、古希腊或亚述。这个推断相当有趣，并且，它是在表现祁连山时出现的，其中的意味，就更堪玩味。在冷兵器时代，没有骏马，怎么能征服雄伟的祁连山、征服善战的匈奴人呢？祁连山的命名，恰恰就来自匈奴语，祁连山，就是匈奴人的天山、神圣之山。

一行人中午就抵达了大柴旦，稍事休息后，迎着如水的阳光，直奔祁连山中那一泓传说中的瑶池——雪山温泉去也。

雪山瑶池

从大柴旦镇驱车向北，约二十分钟，就来到了达肯达坂山沟的雪山温泉。据称，这也是整个德令哈市唯一一处天然温泉浴场。

整个温泉沟共有一百零九处泉眼，其中，温泉眼占一多半，达六十一处。据中科院青盐研究所实地勘查，这儿的温泉可谓造化天成。它有着永不枯竭的热源供应：石炭系和前震旦系地层，经过漫长地质构造运动，形成一条狭长的断裂挤压破碎带。地下水通过断裂破碎带进行循环过滤，并以炽烈的岩浆导热，从而形成优质温泉，出口水温高达八十摄氏度以上。泉水里富含多种宜于身心的矿物质和微量元素，包括氟、硼、氡、偏硅酸、镁、钙等。大柴旦的雪山温泉是天然的疗养胜地，尤其利于皮肤病、心血管病的治疗。对于促进血液循环、调节神经系统、改善肠胃功能亦有奇效。据温泉管理者介绍，此地以前还有一位原住藏医，即以温泉治愈八方病人，赢得人们的广泛赞誉。我觉得，如果有可能，应该把那位藏医请回来，将具有悠久传统的藏族医术和雪山温泉结合起来，天人合一，可能会收到意想不到的效果。

面对涌自群峰的温暖泉水，所有的人都失去了矜持。当我们以接近婴孩的状态，跳进泉水中时，身和心，还有禁锢的思想，似乎瞬间获得了解放。我突然想到了中国文化史中最神秘的那一片池水：瑶池。在上古传说中，瑶池就在昆仑山；而昆仑山，也就是匈奴人的祁连山。关于昆仑与祁连的语源关系，从目前的文献记载来看，昆仑先于祁连，并且昆仑的地理范围也远远辽阔于祁连。但它们之间的核心部分，却有相当程度上的重合。这是可以理解的，因为匈奴人在中国西北的主要活动时间和范围，主要集中于秦汉时代的西北地区，并且被汉朝不断强力挤压，前面提到的霍去病，就是抗击匈奴人的急先锋。

静坐在雪山温泉中，享受着地心温度的抚慰，脑子里却浮现着远古的场景。李商隐那首著名的七绝《瑶池》从记忆中跳出来："瑶池阿母绮窗开，黄竹歌声动地哀。八骏日行三万里，穆王何事不重来？"我甚至认为，当年一直向西方挺进的那个周朝穆天子，与西方世界的女神西王母相会的瑶池，就在这儿，就是这泓雪山温泉。

在经历了与祁连山并驾前行的旅程后，我对祁连山产生了一个之前从没有过的认识，可以说是我此次柴达木之行的一大收获。通常来说，山岳是阻碍、阻隔、阻止的象征，因为它们高峻、险恶、难以攀越，然而祁连山是个例外。祁连山的东西走向，在大漠与戈壁间，会形成开阔、平坦的走廊。恰恰是这些走廊，成为人们放牧、生活、旅行、探险的天然通道，也成为人们一直向西方前进的重要纽带。当年的周穆王怀着一颗雄心，要向西方探索，一定会沿着这些走廊前进。

中华文明很早以来就有向西方探索的历史。周穆王西征会见西王母之事，可能就是对周人到达中亚，甚至西亚地区，与当地部落首领接触的带有神话色彩的记录。地理学家顾实曾著《穆天子传西征讲疏》数十万言，以证明穆天子西见西王母皆为事实，穆天子游辙所至，且至欧洲。学者苏雪林论及穆王西征一事时，坐实西王母就是西亚女神易士塔儿："《穆天子传》不但言昆仑，言西王母，即与昆仑有关之河水、赤水、黑水、洋水、悬圃、群玉之山，亦无不有之。此书自古以来，皆以为伪，四库且以入之小说类。然至近代乃大引学者注意，中外皆有人研究。笔者见《穆传》文古字奇，穆王行程，亦历历可指，亦颇疑其系古代人一种西行实录，至升昆仑见西王母云云，则疑为战国人根据外国传入地理书如《山海经》之属所增饰者。穆王之西征动机，或亦为往见西王母。其游踪之远，则恐未必如顾实先生之所考。且得见西王母与否，则更未可知。盖笔者认西王母乃西亚最受崇拜之女神易士塔儿（Ishtar）也，既为神矣，是乌得见？顾易士塔儿亦曾与巴比伦古代著名女王西美腊美斯（Semiramis）相混合，神虚无而人实在，则又宜若可见焉。但此女王之时代为公元前两千年左右，穆王之在位则为公元前一〇〇一年至前九四七年。时代相差千年之久，两人会晤，实无可能，则穆王见西王母，又羌无根据矣。或曰西亚女王以西美腊美斯名者固不止一人，庸讵知穆王所见者非一与穆王同时代之西美腊美斯耶？或里海一带国家之女王，钦慕西美腊美斯之为人，以其名自名，周穆王误以为西王母耶？且西亚人好以神灵名字与己私名混合为一名，其例数见不鲜。或者中亚一带国家有女王以金星神易士塔儿为己名。中国人固习知易士塔儿为西王母，则误以穆王所会晤者为真西王母矣。"

如果把祁连山定义为早期东西文化交通的一条重要地理坐标，那么，我们就可以回答前面的一个疑问：为什么汉武帝会在型圆雕马踏匈奴。

岷人絮语

作为四川人，照理来说，离昆仑山或祁连山很远。但是，我却对此山有着更为深刻的情感联系。我在研究中国石刻艺术史时，触及过这座伟大的山脉。后来阅读历史学家蒙文通的《古史甄微》，则对昆仑山有了更进一步的认识。按照蒙先生的说法："黄河之南之昆仑，自非岷山莫属。"也就是，传说中的昆仑，就是中国西部的岷山山脉，并且主要展现于蜀地。所谓"昆仑"，就是"岷"的急读。什么是昆仑？《初学记》引《河图括地象》说："昆仑者，地之中也。"《尚书大传》和《淮南子》言昆仑是"中央之极"；郭璞注《山海经》说昆仑"盖天地之中也"。蒙先生认为，昆仑就是我国西部岷山地域、古蜀人的昆仑，并被蜀族视为"天下之中心"。

其实，作为众神之山的昆仑，各地皆有名昆仑者。古蜀人之昆仑就是岷山，和匈奴语的祁连山一样。据苏雪林的研究，中国境内以昆仑为名者甚多，安徽潜山县东北六十里有昆仑山，福建惠安县东北三十里有昆仑山，广西邕宁东北一百二十里有昆仑山，等等。而历代典籍所载之昆仑山，则各有所指：《禹贡》之昆仑，或认为指的是阿尼马卿山；《史记》记载的昆仑，有人认为指的是于阗南山；《汉书》记载的昆仑，则指的是青海西宁或敦煌；《水经注》所记载的昆仑，指的是葱岭；《元史》所记载的昆仑，指的是兴都库什山；《大清一统志》记载的昆仑，明确指定为巴颜喀拉山。

在我看来，蜀人或岷人心中的昆仑，与匈奴人之昆仑（祁连），可能是最接近原始的昆仑之意。它们虽然地理上相去较远，但在神话学层面上，则属于同一个山系，连接彼此的是更为广袤的青藏高原。我们在观看三星堆文化或略晚的成都金沙文化时，尤其是一些玉器造型方面，总让人想起西北的新石器时代晚期的齐家文化。而齐家文化，虽然核心区域处于甘肃广河齐家坪遗址，却广泛分布于甘肃、宁夏、青海、内蒙古等多个省区。齐家文化所使用的玉石，主要来源于昆仑玉，也就是我们通常所说的青海玉。

在语源学上，昆仑或岷山都早于祁连，这个是没有争议的事实。但是"昆仑"的命名，却并不像"岷"字那样一望即知，它应该和"祁连"一样，来自更为古老的民族语言。因此，有人认为"昆仑"语出古羌语，意即鸟屋，昆与大鸟之关系,在《庄子》"鲲鹏"一词中,还能找到残存的意象。古蜀人的先民,主要就是由古羌人所构成的。如果昆仑之称来自古羌语,那么,昆仑的最先命名者,则是蜀人无疑。

横亘于中国西部的众神之山,要飞越它,当然得有大鸟的翅膀,如鲲鹏一样,扶摇而上九万里。因为,昆仑太雄奇壮丽了!《淮南子》这样为世人描述着:"昆仑之丘,或上倍之,是谓凉风之山,登之而不死;或上倍之,是谓悬圃,登之乃灵,能使风雨;或上倍之,乃维上天,登之乃神,是谓太帝之居。"

于此,或可解释,我作为一个蜀人,为何那么喜欢昆仑或祁连了。

渡与归

◎ 朱朝敏

  天气热起来,江水也丰满了。曾经清亮的水质混合一路奔泻的沙土和废弃物,日益浑浊,一波一波地朝着芦苇丛奔涌。

  芦苇丛在石砾林立的第一道岸坝的下面,经由一个春天的蓬勃生发,夏季时已是堡垒般密集,形成江水的天然屏障。很快,伏天来到,几场雨水走过,汛期也到了,江水不断膨胀,在风雨中掀起浪潮,朝着堤坝漫延。那道绿色的屏障芦苇丛,渐渐地,在汹涌的江水中沉陷,从根部到枝干再到大半身体,那些矮小的,轻易就被吞没。暴雨天来了,连续好几天都不停,江水迅猛地涨高水位,芦苇丛遭受炮击般松懈瓦解,最后只剩下几根苇顶子浮游水面。

  芦苇丛上还有小树林。大都是杨柳,也有笔直地列对成行的水杉,它们看着江水不断上涌,却无能为力,在土黄色里越站越矮。

  瓢泼大雨后,江水漫涌大堤,冲刷来各种物什。衣服、塑料桶、木材、泡沫、缺胳膊断腿的家具、麻袋、无法分辨的各式植物,还有那些司空见惯却令人恐惧的尸体,充气般地浮肿,不同程度地腐烂。遇到芦苇丛和树林,漂流的尸体暂时搁浅,而后晃荡,若浮萍。水汽中蒸腾着一股怪味,冲鼻钻心。那气味腥而咸,就像傍晚时分的细雨落进牲畜屋,秘密角落散发出衰落和糜烂……就是死亡气息。

  他们是谁,临终走上了水路?

  江水却把他们送到眼前,即是遇见。忍着恶心的尸臭,孤岛人打捞上来。打捞的工具要么是一根竹竿,或者钉耙,甚至渔网。不是那么顺利,但总归能捞起。那些躺在大堤斜坡的尸体……不过一堆腐物,在热得发烫的地面,招致蚊蝇围来叮咬。蚊蝇身体肥白发亮,近处能看见那充盈了绿汁的腹腔,颤悠着即将爆破。它们天生贪婪,黏上那块地方,强取豪夺一般啃噬吞咽。赶不走,由它们去。得到放纵的它们越发疯狂,呼朋引伴地招来同伙,黑云般聚拢覆盖。它们不知道,能被纵容,并非谅解,而是被藐视——贪婪过度的结果就是暴毙,这是真理。孤岛人嘘一声,挥舞手里的东西,贪吃的苍蝇连跑路的力气也丧失,霎时死掉一群。孤岛人再扬臂挥下,又是一群苍蝇死去。接着,孤岛人弯腰,仔细查看,确定无可救,便站直身体,双手下垂,慢慢踱步走上一圈,回到原位,再蹲身凝望浮肿的面容。不是熟悉的人,也非没有音信的亲人,但他们与杳无踪迹的失联的亲人,何其相似。唉,走好。孤岛人找来一块布,或者是装棉花的大包袱,裹住尸体,再装进一个麻袋,推向铁锈颜色的江水。他们要去哪里? 迷茫如我者会这样发问。他们要去江水到达的地方。孤岛年长者如此回答。

溺水的不幸人,甚至有意无意选择江水结束性命的不明死因者,临终归途不过顺流而下,向东,向远方,奔赴天空般虚无的海洋。是的,虚无。超越我们视力范围的,连思维都无法捕捉到类比物的……存在。在方向以外,在大地之上。天空般的虚无。刚好对应了生命的诞生。

来于虚空,临终还要回到虚无。循环的命运之旅,渡与归中,生命不绝。江水为它们送别,缓缓奏响遁走曲。江水是灵车灵柩,还是归宿。

我童年时,孤岛的堤岸是垒起的高高土坡。土坡上长满了棒头草。这些草不仅根系相连,连叶片也钻进泥土里,整个草丛犹如焊进泥土中。可想而知,棒头草护堤防洪,毫不逊色于水泥,反而环抱。长满棒头草的堤岸沿着江水画了个圆圈,把孤岛圈在其中。

在水中央的孤岛,被水隔绝,却又与水流相依。生与死,存在与消亡,逼窄与阔豁,拘囿与飞翔。这种悖论的生存……矛盾下的火花与流水,恰如真理的产生,其间的过程,伸展着传奇反转的枝叶,深扎着隐语寓言的根茎。

堤岸是堡垒,却并非唯一的屏障。堤岸下江水以上的芦苇、树林和牢固扎根泥土的花草、灌木,沿着一长溜的堤坡铺陈,葳蕤、蓬勃,简直到了气焰嚣张的地步。我儿时的记忆中,它们犹如秘密花园,既充满了声色的诱惑,又给人迷宫般的警示。

我心灵的首次惊恐，源于迷失，与堤坡下这片繁密的植物有关。

荆条花、刺花、金银花绽放得汪洋恣肆，矢车菊、婆婆纳、蒲公英星星点点铺满堤坡，蜜蜂、蝴蝶、蜻蜓满天飞。埋首啃吃的牛羊偶尔抬头，嘴角还叼着青草，却忍不住哞哞咩咩地前后应和。春汛里涨潮的不止江水，还有植物花朵，夹杂混合了各类声响与色彩的气息。它们彼此交融，在江风中发酵，醇酒一般，令人酩酊大醉。

我神思恍惚，紧随华表姐、全胜哥他们后面，在秘密花园游荡。

漂亮的华表姐是个初中生，她有清亮的歌喉，反复吟唱影片《知音》里的插曲：山青青，水碧碧……唱到"啊"音时，她胸脯起伏，脸色涂抹胭脂似的绯红，嗓门一波三折，眼睛流转出水波。全胜哥在对岸城市一所重点高中读书，正好放假。他双手插在口袋里，白色衬衣被江风吹得鼓胀，如同风帆。在华表姐的吟唱声中，他踟蹰在刺花和金银花缠绞的花丛前，眼睛越过花丛，越过花丛那边的芦苇和芦苇下的长江，落在长江对面的建筑物上。对面的城市高楼鳞次栉比，隐约有白色的烟囱蛇般扭行。他仿佛思索，仿佛眺望，仿佛聆听，还仿佛陶醉，也仿佛灵魂出窍。他一动不动，凝视着，若有所思。我姐姐刚上学，痴迷他们，亦步亦趋。三四岁的我，更容易被穿行花丛的斑斓蝴蝶吸引，它们一次次点亮我的眼睛，牵引我的双脚。

穿过树林，绕过一方芦苇，经过一丛丛荆条花，刚瞄准的蝴蝶又飞到团团簇簇的黄菊花上。跑跑停停，再跑，蝴蝶与我展开游戏。我跑得气喘吁吁，却无法捕捉到一只。

我满头大汗决定放弃时，已经找不到华表姐他们了。我左右打转。朝前走，觉得不对，又退后，再右行，还是不对，再左拐。没有他们，他们就像蒸发的水分子一样。我扯破喉咙呼喊，也无济于事。植物丛林中，分岔的小路，犹如刺猬身上的芒针戳来，我一阵慌乱。岔开的小路，不是路，而是……荆条花、刺花、芦苇丛、树林、牛羊布下的迷魂阵。转来转去的我晕乎乎的，一颗心咚咚乱跳，快要蹦出胸膛。

疲软。混沌。迷蒙。汗水黏糊的潮湿不爽让我呼吸急促。一阵尿意涌来……然而，排泄并没缓解不适。提起裤子起身时，芦苇丛边一具白色的骷髅撞进我的视线。那东西惨白色，被剔除血肉，狰狞、阴森，暗示破坏毁灭，是一具生命在世间的最后凭证。我的双腿被抽空力气，跌倒在地。

夕阳在地上漏下万千余晖。向晚的江风肆意地跑出响马呼哨，繁枝茂叶鞠躬让行。

咩咩……羊叫的声音打破岑寂，也唤醒恍惚的意识。一个决心陡然升腾心胸，我要回家。莫名地，我获得一股力量，站起来，扯开喉咙呼喊："姐姐，姐姐！"

放羊人甩着细长的杨柳枝条朝我走来。这是一个邋遢的老头儿。他用细长的杨柳赶着羊，羊跑一阵停一阵。他朝着羊群偶尔吆喝："回家呵。"饥饿和恐惧下，我的双腿绵软无力，再次瘫倒在地。放羊人走过来，拉起我，惊诧不已。你一个小孩家，走了那么远？已经走过了两个村庄，过河就是松滋彩穴了。

在放羊人的指点下找到来时的路，到家，天黑定。顾不上大家的询问，径直爬上床铺。

此后三天我一直昏迷，噩梦连连。白色的骷髅和长出蝴蝶的翅膀，在梦里翻飞，抖动的翅膀却扇起血液，如江水劈头浇灌。我伸手捂住脑袋，却发现脚底下涌出血水，血水积蓄成溪流，慢慢淹没我的脚踝、我的小腿……一个头上长角的男人，披着一身羊毛，呵呵发笑，又伸手给我，说，我带你回家。我一次次哭泣着惊醒，冷汗不断。

祖母认为我中了邪，被鬼魔缠上，决定驱魔。祖母拿个葫芦瓢，在月光下挑起银针，嘴巴念念有词，左右画圈，朝凸起的葫芦瓢的中心扎去，左一圈右一圈，瓢面中心部位走满了密麻针眼儿。两天后，我奇迹般地病愈。也说不上奇异，这归功于我祖母的巫术。拿银针对着月光扎葫芦瓢的驱魔术，在孤岛盛行，至于灵验与否，无考证。祖母却有一堆道理解释——我到江边玩，被小鬼迷住了魂魄，意识就迷糊不清，而且小鬼记性好，总在晚上寻来继续捣乱，要赶走小鬼，只好对着月光用针扎，扎得小鬼害怕，小鬼打了退堂鼓，我自然就好了。这番说辞，在我这个小孩听来不无道理，不过，我父母要我姑妄听之。父母私下告诫我，多休息几天，体力恢复，身体自然就好了，哪有什么鬼啊魂的！

我自然也好了，但留下后遗症，异常胆小，常常惊叫，耽于冥想。

在乡村，冥想是可耻的。至少，我的亲人不允许我冥想，他们在言行上极力修正。

我母亲要强而自信，说话做事干脆果断。她批评我娇弱，自己惯养自己，什么事不好做？又发呆了，痴呆啊，就是胆小嘛……

我满脸羞愧。母亲批评完，又拿她自己举例，怕什么怕，都是这样长大的——我在你这个年龄时，你外婆已经过世，我是班上年纪最小的，人家做什么我就做什么，奈何不了的，就多花时间反复做，结果，学习、文体活动和种庄稼我什么都做得好，比他们做得好许多。到了初中，要过江到对面的江口镇上学，每天早上坐个渔划子去上学，晚上再坐渔划子回来，那才是拿命玩，我也不怕，要是怕就不读书了。

你真不怕？我满是惊讶地问道。

母亲不回答，继续她的回忆。平常晴天，坐渔划子没多大问题，要是遇到暴风雨，还真是危险，渔划子那么小，平衡性差，左右摇晃，没个定准，我狠命抓住船舷——有一次，渔划子快要翻了，雨水和江水噼里啪啦地摔在我身上，我眼睛都睁不开，一松手，人不小心掉进了水里，船老板伸一根竹篙，我抱住竹篙跟着渔划子走，好好地划到岸边……断断续续地读完了初中。

你真的——不怕？我再次询问，并放慢语速。

母亲终于回答了。要说不怕也是假话，可是啊，怕不好，我们孤岛人就是站在长江里活命，除了承受，怕能解决什么问题？

怎么承受？很多年，我不理解母亲的话，认为她不过是讨了机遇的好。成年后，我与母亲闲聊，讲起十岁那年夏天，与几个老表带妹妹到长江游泳的惊险经历。

彼时已是三伏天，江水暴涨，浑浊臃肿，朝着堤岸翻涌。我们站在堤下的芦苇丛边。芦苇丛的根部已被江水淹没。其下坡是石头，再是沙滩。我伸脚朝江水里探了探，双手不由抓住芦苇。幸亏有芦苇。无法落脚的水下，松懈、神秘,似乎藏着无底洞穴。洞穴上的漫漶潮水,拍打翻卷,雄心壮志地卷来,堆满我散开的视线。仿佛宣告,不可知的世界有多大,它就有多大。五岁的妹妹却惊讶浩荡的江水,好奇地走向江水里,一步步地朝前移。一个大波浪掀起,随即涌来,妹妹突然被波浪掀到深水区。她吓得慌忙伸手,却闭紧了嘴巴呜呜地呼喊求救。刹那间,波澜起伏的昏黄水面,只剩下妹妹几缕头发,左右晃荡。站在江边的我手足无措,一颗心跳到嗓子眼儿。妹妹不见了。她被那个无底洞穴带走了。我伸手乱抓,根本无用,我哭起来。

刚从江水里爬回的平表哥,叫了声"我的天",再次踏进江水,伸开手臂去拽,居然拽住妹妹,拉她出江水。妹妹固执地抿紧嘴唇,眼眶里全是泪水,也许还有泪水。站回江水边的瞬间,妹妹嘴巴张开,鼻子喷出水线。我伸开双臂,揽住妹妹。那一刻,我们拥抱在一起,放声大哭。

平表哥警告我们,谁也不能把这事讲出去,否则他死定了。平表哥异常调皮,那个夏天偷偷到涨水的江边游泳,正是他的主意。而那时,我们是旱鸭子,不会游泳,果然,陷进深水区的妹妹几乎消失踪迹,已滑到无底洞穴边,平表哥好歹将妹妹拉出来,这是幸运。心有余悸的我们,心中同时滋生了某种无法言说的碰巧感。既然不好说,那就不提了。果然,没有谁再提起。但成年后的我说起时,心脏仍旧怦怦乱跳,充满了后怕。我讲完,嗓子莫名地嘶哑了。

母亲怔了怔,脸色发白,嘴唇抖颤,随即,脸庞浮现些许红晕,眼眶漫出了泪水。她转身给自己倒了杯水喝,再吐出一口长气,右手先是抹把眼睛,再拍打胸口道——还有这回事情……到底逢凶化吉了,当然,只能说这是福气,江水总是赐福给我们的。

她肯定被吓住了。然后,又为妹妹死里逃生倍感幸运。我明白了母亲,她以敬畏在破解江水的魔力,并因此获得胆识。这是有趣的事情,孤岛人的坟墓大都选择在堤岸下。一溜儿长堤把坟墓和长江隔开。坟墓后面是一望无际的棉田,春天种植麦子、油菜,夏秋是密集如子弹的棉花。

堤岸另一边的树林里也有坟墓。我舅爷、祖母还有祖母的族人,他们的坟墓都在江水之上、大堤之下的树林中。

我祖母七十三岁后病入膏肓,吃不下任何东西,身体枯瘦若柴,每天靠输葡萄糖补充能量。她没有力气下床了,背倚床架,吁吁叹息。一向寡言的祖母,某天清晨把我们喊到她的床前,说道,我恐怕要走路(孤岛俗语:去世的意思)了。看上去,她面容憔悴,眼神却淡定从容。她望向蚊帐某个地方,久久望着,有些出神。我们喊她,她偶尔侧过脸与我们对视下,又看向蚊帐……从冬天望到春天,再望到夏天来临。

（文有删节）

竹简里的杜衡

◎ 周万水

　　找到网上预订的大秦客栈时，已是子时了。几只写着"秦"字的灯笼的光有些恍惚，灯光里前台的女孩已经有些睡意。验完身份证，还让我的脸对着摄像头眨了眨眼，我终于住进了阁楼上的一个房间，从那里隐约可以看见窗外那条稀疏灯影和烟雾笼罩的河流。躺在床上，阁楼顶上隐约可看到有一行似隶似篆的文字"迁陵以邮行洞庭"。这里是湘西里耶古镇，在秦朝它的地名叫迁陵。

　　一大早，从大秦客栈里走了出来，我第一时间想到的居然是能否叫上一辆马车，就像这里的窨井盖上的图案：两匹马昂首奋蹄，舆上伞盖若云，圆髻长袖的秦人倚轼而立，疾驰如风……

　　几声不耐烦的喇叭声在耳边骤起。一辆白色的汽车停在我身后，司机探出半个脑袋，用一脸无奈对着我一时的走神。

　　我觉得我是来到了秦朝，但这里分明是公元二〇二一年的湘西里耶。从这里走回那个叫秦的王朝，还需要拂去数千年的浮尘，我有些走神了。这里早就没有了马蹄踩踏的光阴，只有灰白的天空一如既往。

　　我在里耶古镇上走着，漫无目的。空气中布满水汽，分不清是雾还是雨。那潮润里带着湘西独有的青草味，绵柔、细微，略带些清凉，与小镇周围空蒙的云气和酉水河上渺渺烟岚构成了一幅淡雅的水墨。古镇很安静，马头墙的翘檐却有着戟钺般的肃然。街面的青石板被雨水浸润，映射着行人凌乱的影子，一些藤蔓植物无声地从墙角向高处爬行着。我不认识那些植物，它们穿过那些雕花窗棂的样子酷似湘西苗家女子轻盈的身姿。

　　小街对面，一排铺面凌乱的背景里，走来一个女子。短发素颜，短衫束腰，下着有几个破洞的牛仔裤，撑着一把油纸伞，粉色的。很朋克的摇滚风混搭着几许古韵，让你想到某个周末在哪个美术馆墙上看到的肖像画。

忽然有种冲动，想知道这个女子叫什么名字。我若想知道她的名字，此时是唯一的机会，擦肩而过之后，便不再相见。在世间、在各自的生活中，忘掉一个人和一个人的名字只需要几缕袖间带过的细碎的风。遗忘和被遗忘的过程是流走的时间，像所有若隐若现的背影，那些落下的碎片通常被我们称作历史。

这个时节里，里耶的游人很少，很容易把他们同本地人区别开来。在古镇里耶游走，你会觉得与每一个相遇的人都有一种遥远的陌生感，既定的旅程却更像是一次不经意的迷失，周围散发着梦的气息和似曾相识的未知。眼前的里耶，好像也是一个假象，甚至连自己的身份都不免可疑。毕竟，每个人都可能是另一个人的黑洞，熙熙攘攘的行走间总是藏着一些不可告人的秘密。

这是我第二次来里耶，因为一个史书上从没记载过的秦洞庭郡，也是因为一个陌生的女子。这个女子是有名字的，叫杜衡，她生活在秦朝，一枚被几千年雨水浸润的秦朝残简记录着她的名字："高里户人大女子杜衡。"

这个女人是从酉水河岸的一口古井遗址里走出来的。确切地说是她被埋藏两千多年的名字，与她同时被埋藏的还有数万枚秦朝竹简。我第一次看到她时，她孤独地躺在里耶秦简博物馆一个角落，一束光从上方的幽暗处聚集在她身上，如上古的明月朗照着，缄默中透着一丝诡异巫傩般的魔力。这个女人的前世今生，比承载她的那枚简牍还要残缺，那种残缺却让我的想象力沿着时空一路逆行：明清、唐宋、魏晋、西汉、大秦……残阳血红，四野寥落，一个女子站立在古老的酉水河岸，孤独的身影背后是大秦王朝的车辚马萧，戈钺如林的幻象。

杜衡，其实是一种香草名字，用作一个女子的名字还真会让你的想象里弥漫出几许色香。这女子一定是生在楚地江南，有着江南女子温婉、清雅和灵性的吧。北地的女子是不会有这样的名字的，因为杜衡多生在南方。一部《诗经》，写尽春秋世态，却独独没有"楚风"。你可以在诗三百里读到"桃之夭夭""蒹葭苍苍"，可以读到"芄兰之支，童子佩觿""隰桑有阿，其叶有幽"，却找不到杜衡的影子。

当众多草木在《诗经》里"灼灼其华""其叶有夭"时，楚地的河流如织，水色似靛，桨声欸乃不断，惊起一片片滑行的鸟翼。艾叶、菖蒲、杜衡、蒜兰在南方阳光倾泻的水边、林中、岩下，在巫师们神秘的祭祀里，在夏日庭院氤氲的熏香里，在亭亭楚女佩带的香囊里散发着阵阵幽香。在古代南方诗人屈原的诗歌里，杜衡更是与诗人高洁品性浑然一体的经典意象。"畦留夷与揭车兮，杂杜衡与芳芷。"（《离骚》）"被石兰兮带杜衡，折芳馨兮遗所思。"（《山鬼》）"焚芳椒兮为之芳，绕缭之兮乃杜衡。"（《湘夫人》）楚地幸有屈原，让江南不负浪漫。从此，杜衡便留在了《楚辞》里，几千年下来，在那些长短句构筑的奇妙空间里，和那些岸芷汀兰一起继续生长着。它到底是一种什么植物也就变得不那么重要了，反正我是一直没见过这种香草。

杜衡，叶似葵，形如马蹄，含挥发性油，有镇痛作用，民间俗称"马蹄香"。据史料记载，从春秋战国时期开始，古人就发现了这种野生的香草，人们采集它的叶子，做成一种香料，用来熏衣服或熏房子，以除去那些污秽之气。南方多香草，入诗也不免清香袅袅，所以谁也想不到《诗经》中那首缠绵悱恻的《蒹葭》竟然出自彪悍的秦地。《诗经》中的蒹葭，也就是那种叫芦苇的植物，在南方实在是太过寻常，太过泛滥，在屈原看来当然是很难入诗的。我不是特别喜欢《诗经》，它就像一棵被孔子修剪过的树，拘束的枝叶限制了你的想象力，即使有焚香抚琴的优雅，却没有《楚辞》那种飘忽天地的迷幻、妖冶和自由的痛感。

我们在屈原《离骚》《九歌》婉转缭绕的音韵中和抑扬顿挫的节奏里认识了杜衡，认识了这株诗意迷离的南方香草。那香草混合着少女的体香，在巫风之中幻化成妖娆的山鬼，弥漫着原始的野性与诡秘。在秦将司马错借道巴中伐楚国之前，湘西北一直是楚国黔中郡的治下，也是诗人屈原被流放和行吟的地方，所以关于秦简和那个叫杜衡的大秦女子背后的故事就不免让我有些痴迷了。

大秦客栈的大门正对着里耶古镇的城墙，城墙外是酉水河。沿城墙行百余米,南边一片空旷的平地便是秦迁陵古城的遗址。在里耶的日子里,每到晚上,我都要站在城墙上望着那片小镇灯影下的神秘。天气不好,遗址的上空同样幽暗,偶尔有几点孤星若隐若现。看不透的还有那口幽深的古井,像一只巨大而深邃的眼睛。它沉默着,我也沉默着,还有身边那条河流,也沉默着。边陲小镇的宁静里分明带着远古的气息。就是在这里,一次惊人的考古发现,让两千多年前的秦朝古城迁陵重见天日。三万七千枚秦简被拂去尘埃,一个真实的秦王朝和那个叫杜衡的女子复活在我们的视野里。

杜衡,成年女子,独居,住在洞庭郡迁陵的高里。简牍上的户籍资料显示她是个独居的单身女人。那时候,她头顶上还挂着一轮秦时的明月。那时的里耶不叫里耶,是大秦的迁陵。既然是成年女子,杜衡大约还穿着楚国风格的衣服,说着楚国的方言俚语。这里毕竟曾是楚地,大秦王朝高开低走不过存活了十余年,书同文、车同轨、统一度量衡倒是不难,要说让普天下人都说秦腔、着秦服,恐怕还没来得及。我一直认为秦王朝这十二年其实还是属于准战国时期,六国的势力和文化还未真正消亡。

战国七国中,楚国的服饰大概是最华美和瑰丽的。都说"楚王爱细腰,宫中多饿死",追求纤细的身材,凸显人的形体之美,楚人不仅有"楚虽三户,亡秦必楚"的勇武,巫风习俗带来的艺术感觉和审美意识也是超前的。曲裾深衣,弧线优美,色彩缤纷,纹饰奇幻,再饰以香囊佩玉,相对于服饰庄重和拘束的中原,楚国绝对是那个时代上演时装秀的T形舞台。"浴兰汤兮沐芳,华采衣兮若英。灵连蜷兮既留,烂昭昭兮未央。"那种半人半神、仙气侧溢、巫风十足的华丽,在《诗经》里是绝对看不到的。

杜衡大概率不是秦楚的贵族女子,也不是我们想象中《九歌》里妖冶的"山鬼"。她可能只是迁陵乡下的一个寻常女子,住在泥土茅草筑成的矮屋里。楚服里那些精美的绢、罗、锦、纱、绮、绨、组、绦,应该与她无缘。虽然有一个优雅的名字,但她穿的一定是那种俗称"裋褐"的粗陋布衣。那种用粗麻织成的衣裳,做工粗糙,几乎没有纹饰,穿上怎么也显示不出女性的柔美特征。她的头上没有精致的头饰,发间应该有一支普通的发簪。"足下蹑丝履,头上玳瑁光。腰若流纨素,耳著明月珰"的描述一定不属于她这样的女人，繁重的劳作让她的容颜显得苍老和憔悴。时装，是每个时代的奢侈品，素来与寻常百姓没有太多的关联。从战国到秦朝，强秦的背景纵深是平民的灾难。如贾谊所写："夫寒者利裋褐，而饥者甘糟糠。"杜衡不过是那个年代众多平民女子中的一员，她一直存在，一直又好像不曾存在，她卑微的另一面是那个时代少数人的丰功伟业和锦衣玉食。

王朝无论兴衰，平民总是裹挟其中的成本。那些人来到这个世界，又从这个世界消失，无声无息。若浮尘，若沙砾，若秋之落叶，很少有人能留下自己的名字。撇开秦陵那些不能说话的兵马俑，在秦王朝历史留下痕迹的除了帝王、文臣武将、纵横家，就是陈胜、吴广、项羽、刘邦那些"反贼"了。普通的平民女子，能留下名字的就只剩下传说中哭倒过长城的孟姜了。孟姜女哭长城，原本也是从西汉到隋唐不断加工演绎而成的民间传说，是没有户籍资料佐证的。秦大女子杜衡能留下自己的痕迹，却是很意外地借助一口古井和一枚残破的简牍躲过了光阴的锈蚀，让自己的名字活到了今天。杜衡是西汉之前为数不多且真实可考的女性平民，她的出现，使满册风云、一本正经的秦朝历史一下子就平添了几分真实的世俗烟火气。

在里耶，随着古城遗址门禁"嘀"的一声，我凭着一张薄薄的卡片走进大秦遗址，实现了想象中的某种穿越。那张神奇卡片叫居民身份证，它简约的外表下隐藏着我活在世上的一切信息。身份证这东西其实在战国时期的秦国就有了，据说当时叫照身帖，由官府发放，是一块打磨光滑细密的竹板，上面刻有持有人的头像和籍贯信息。里耶出土的秦简里就记录着一个叫吴骚的男子的外形特征："故邯郸韩审里，大男子吴骚，为人黄皙色，隋面，长七尺三寸。"可以想见即使在秦朝，作奸犯科也是要有顾忌的。据说当年照身帖的发明者商鞅亡命秦国时，就是因为忘了带这种"身份证"，所以没人敢收留他，最后商鞅被抓回咸阳，落了个被车裂的下场。这一惨痛的历史教训说明身份证明是很重要的。

秦代的户口本当然没有今天的那么精致，只是一片片经过加工的竹简或木牍，上面用黑色墨字写着每户的信息，所以直到今天哪怕你的身份信息被数字化，"籍贯"的"籍"字都还是"竹"字头的。里耶秦简显示，秦时户籍档案十分翔实,户主是谁、哪里的人、官位、爵位也都要写清楚。之后是妻子、儿女,还会有户主的兄弟姐妹。除了登记籍贯、姓名外,还要注明年龄、健康情况和是否从过军等等。大女子杜衡住在迁陵一个叫高里的地方,是"户人",也就是户主了。这种女人单独立的户,那时叫女户。秦汉时,女子单独为户并不是个例。除了杜衡,在里耶秦简里还可以看到许多类似这样的大女子,如"南里户人大女子分""阳里户人大女子婴"等,而关注杜衡仅仅是因为我喜欢这个名字而已。

女户的存在,有学者认为可能与秦时"偏妻"现象有关(偏妻即某位男性户主非正式的妻妾,常单独立户),我觉得没那么简单。大量女户的存在,无论是因偏妻还是独居,抑或丈夫的故去,都意味着大量青壮年男人的非正常死亡,这背后的真相一定源于从春秋一直延续至秦王朝的无休止的战乱、徭役、瘟疫、苛政和时常发生的屠城。战争总是让男性失去生命,而让女人承受巨大的次生社会灾难。在那个时代,平民除了牺牲和幸存,没有其他的选择。

要说对秦王朝暴虐的诟病和控诉,贾谊的《过秦论》、杜牧的《阿房宫赋》都不及那个失去丈夫的女子孟姜。那个悲愤绝望的女人,在失去丈夫之后,硬是以撕心裂肺的哭泣,让大秦长城轰然倒塌。这种悲愤的巨大力量,是来自她身后站着的、那个年代制造出来的无数的孤儿寡母。这其中或许就有里耶秦简中的女户分、婴和那位叫杜衡的大女子。传说中的孟姜,不过是那些女子苦难和悲凉的化身。杜衡大概还类似《诗经·汝坟》中那位在山中执斧伐薪的女子,在劳瘁之际也会发出"未见君子,惄如调饥"的哀怨。但《诗经》到底是经过圣人修订的,在情绪上,它保留了一些底层的哀和诗人本能的幽怨,但那种"哀而不伤"的"中和"却有意无意忽略了哀怨背后的惨痛,多少淡化了赫赫王道背后苍生的挣扎,终不及三闾大夫一句"长太息以掩涕兮,哀民生之多艰"的慨叹。

如果不被那些秦简之谜所困惑,里耶的秀丽和宁静是真的值得享受的。一片谷地,被一条河流环绕,被几列群山簇拥,景色如一幅山水小品,玲珑怡人。在那口古井和数万枚秦简面世之前,里耶是在康熙年间才逐渐成为酉水中上游一个商埠码头的。翻看《龙山县志》，里耶可考的历史居然只是从清朝开始的，之前的历史消失殆尽。战国前期，里耶在楚国黔中郡的治下，离楚国郢都路途遥远，与秦国更是隔着关山重重。战国前期秦楚争霸多在今天豫、陕、鄂边境的商於之地。武陵山腹地的里耶远离战乱，百姓耕作、纺织、渔猎、为市，生活大概还有着几分宁静。但这份宁静是短暂的，终结于公元前二八〇年。

那一年，一支秦军从西南闯入酉水流域。上万艘战船据说载了十万将士、六百万斛粮米，绵延百里。酉水河上，戈矛横江，旌旗蔽日。这支大军的统帅正是赫赫有名的秦将司马错。正是这位极具战略眼光的将军向秦惠王提出了"得蜀则得楚，楚亡则天下并"的建议，即占领巴蜀，借助巴蜀的人力、物力和地利，从西南方向攻击楚国。如今他的大军兵出陇西，在巴中地区增补了大量巴蜀士兵后，经潜江、乌江、酉水、浮江而下，兵锋直指楚国的黔中地。地处湘、鄂、渝、黔边境的里耶一时间成了这场秦楚战争的最前沿。

这场战争的结果是：楚国被迫献出了上庸和汉水以北地区。但楚秦两国在沅水流域围绕黔中郡的战争一直持续多年，黔中郡在秦楚之间几易其手。里耶或是楚国防御秦国犯境的前沿，或也是秦国进攻楚国腹地的桥头堡，连年兵戈不息，势若拉锯。直到三年后白起率军再次伐楚，攻下郢都，刨了楚王的祖坟，秦将张若又夺回之前被楚国收复的黔中郡，迫使楚国迁都于陈郢，至此楚国国力急剧衰落，再也无法与秦抗衡。这时，距秦统一六国不过五十余年。那位大女子杜衡的父辈，无论是秦人还是楚人（也可能是巴人），那时候如果不在阵前挽弓执戈，拼力厮杀，就一定在繁重的徭役中苦苦支撑。

战争是残酷的，腥风血雨，悲壮惨烈。秦楚争夺黔中郡的核心地域是沅澧流域，战争开始时，诗人屈原正在这一带被流放。他在《国殇》中关于战争的描写，极有可能是来自这场战争的。"操吴戈兮披犀甲，车错毂兮短兵接。旌蔽日兮敌若云，矢交坠兮士争先。凌余阵兮躐余行，左骖殪兮右刃伤。霾两轮兮絷四马，援玉枹兮击鸣鼓。天时怼兮威灵怒，严杀尽兮弃原野……"今天在沅水、酉水流域发现的秦人与巴人士兵的墓葬就是这场战争的遗存。战乱给普通民众和女人们带来的灾难，没有任何文字记录。

　　无论史书，还是文学，中国的古代文字里很少有底层的女性视觉。女性的生存状态几乎都被薛涛、李清照、柳如是的优雅和花木兰、梁红玉、穆桂英的飒爽，还有红颜误国和无休止的后宫争斗所掩盖，东汉女子蔡琰"马前悬男头，车后载妇女"这类真实描写并不多见。古诗词中女人的哀怨大都与真正的底层妇女无太多关联，她们的呻吟与哭泣鲜有人去关注。她们在纷至沓来的乱世里被裹挟、被侮辱、被欺凌、被充作军粮吃掉的残酷现实，都散落在那些堆积如山的简牍缝隙间，如尘之微渺。

　　杜衡出生的年代，大约是在公元前二七七年秦国占据黔中郡到公元前二二三年秦国统一六国之间。她那时居住的里耶，史书上仍叫黔中郡。至于秦国什么时候把黔中郡改为洞庭郡的，史书上又为什么没有关于洞庭郡的记载，专家们至今争论不休。事实上，杜衡的身世和经历已成为一个永远的谜，就像若干年后无数普通的人一样，仅仅就是个名字。她的故事我们只能去猜想或者去虚构，但这个女子背后真实的历史一定是无比血腥和残酷的。

　　在攻占黔中郡后，秦帝国继续进行着统一六国的战争。统一之后，又开始建阿房宫、修骊山陵、整备驰道直道、北御匈奴、南击百越。浩大的工程和连年的征伐，兵役、劳役几乎牵连到秦帝国每一个人，也耗尽了秦帝国全部的物力、财力。我们可以看到帝国崛起的恢宏叙事，却难以想象黔首黎民，尤其是那些孱弱的女子所承受的巨大苦难。托尔斯泰说："幸福的家庭都很相似，不幸的家庭各有不同。"这话要是以中国历史作注，就很值得怀疑了。自春秋之后，九州大地上普通百姓的苦难都有着循环往复的一致性。兴亡之事，幕前是枭雄们的逐鹿天下、改朝换代，幕后则是苍生黎民的颠沛流离、家破人亡。"高里户人大女子杜衡"，一个女子，一枚残简，一条简单的信息，没关于她父亲的记载，没有她丈夫和子女的记载。大秦女子杜衡背后到底隐藏着什么样的悲惨故事呢？那些故事如果有人用简牍记录下来，里耶古城那口装着两千年时光的水井还能装得下吗？在秦简博物馆里，我曾长久地与那枚刻着"杜衡"的简牍对视着，希望它能告诉我一些答案，可想象力之外还是广袤的废墟,那些远去的人群如蝼蚁在野,匍匐于荒原。

终于,那只曾装着秦帝国宏伟霸业的青铜大鼎,在"大楚兴,陈胜王"的鬼魅萤火点燃的熊熊大火中轰然倒下,坍塌成无数碎片,散落销蚀在时间之尘里。在两千多年前的某个日子里,洞庭郡烽烟四起、刀光剑影中,楚国故地反秦的烈焰吞噬了这个叫迁陵的西南小镇。混乱中,一群仓皇的秦王朝官吏,把大量文书、档案投入那口水井重重掩埋。他们还做了什么?他们最后的命运如何?没有人知道。至此,那些简牍,那些关于大秦洞庭郡的所有秘密都消失在时间的记忆里。

在里耶古城遗址的护城河的墙基下,一具被砍去双足的男子遗骸赫然陈列在那里,他挣扎的骨骸依然保留着他死亡时刻的惨烈。一个小女孩胆怯地问她的父亲:"为什么把他埋在城墙下面?"父亲回答:"是修城的人想让城墙更加牢固。"女孩脸上充满迷惑,以她这样的年龄是无法理解这种残暴的人牲祭祀的。即使如此,以无数牺牲奠基的大秦帝国还是崩塌了。天下之鼎,嬴政终究没有举起,如他的先祖,那位蛮力举鼎的秦武王一样。那只大鼎曾经似乎是他的掌中之物,但他还是轻看了这天下。他梦想的万世之业,不过是他的一厢情愿,因为他不知道,万民之重才是天下之重。烽烟息处,九州还是九州。天下,不会因一只铜鼎的崩裂而消亡,成王败寇的大戏还在后世循环上演。兴的是谁的天下,亡的又是谁的宿命?鼎倾之下,那些卑微如尘的祭品,谁又会计算他们的重量?

曾经秦迁陵所有的地名也随着那些简牍一同消失了,那片写着"高里户人大女子杜衡"的简牍被深埋在那口水井里。这位跨越战国和秦朝的女子,在以后的日子里又有着怎样的命运?她是否看到了大汉的中兴?一切都无从知晓。唯一可以确定的是,她柔软的躯体最终也被泥土和野草掩埋,远离她曾经遭遇的苦难,像一只烂掉的蛐蛐,养育着那些无名的山花。也不知从何时开始,这块土地有了一个新的名字:里耶。有人说,里耶在土家语中就是"开拓这片土地"的意思。土家人自称"毕兹卡",他们是否就是秦帝国迁陵的先民的后裔已无从考证。有专家说,土家人与古代的巴人有着某种联系,或者说部分土家族人其实就是巴人的后裔。从里耶与古巴国地域接近,以及当年大量巴人跟随司马错攻打黔中郡的这些事实推测,这一说法讨论的空间是很大的。

我在里耶古镇游荡了好几天,之所以说是"游荡",是因为我整天踯躅在里耶古遗址外面的那段城墙上,行迹很有些可疑。城墙外的河边除了有那种叫蒹葭的芦苇,还有一些细小的河柳、密密的蓼花,和一种生命力极强的叫葎的草本植物,它泛滥着,无忌地爬满堤岸。那天,我站在酉水河岸边深秋的景象里,思维与周围的苇草一起摇曳,有些忧伤。我竖起衣领,耳边不知从何处吹来的风呼呼而过……

我不认识杜衡草,也不知在酉水河岸边是否还能觅到这种香草的踪影。沿着这段城墙,往东行走数里就是里耶秦简博物馆。中间还要经过一个叫溪口的地方,也在酉水河边,那里有距今六千多年的新石器时期的古文化遗址,被泥土和衰草掩盖的曾经,真相都已无从寻觅。大秦,在时光的路上也不过是稍作停留的过客。傍晚,靠近古城遗址的城墙上有女子唱着不知是苗家还是土家的山歌,听上去也仿佛有些缥缈。那些天,我一直在重复地想一个问题:当我们从这个世界上消失后,那些记载我们身份的信息还能以一种什么方式存在着?会在未来的哪一天被偶然发现吗?在那个远逝的时空里,我会沉睡多久?我会不会也是在某口古井里,似一枚残简,几千年后,被翻过身来,再看到这天、这地,还有这陌生的人间,一如那个叫杜衡的女子……

来里耶两次了,因为天气不好,也没能看到那轮映照过秦汉的月亮,还是觉得有些遗憾。离开里耶那天,天倒是有些转晴了。要走了,说不清我告别的是秦迁陵,还是今天的里耶,还有那个叫杜衡的秦朝女子。收拾行李、退房、还卡,才发现前台的小姑娘原来长得很漂亮,来的时候竟没有注意。我问女孩是否是土家族的,她点头称是,微笑着对我说:"欢迎您下次再来!"之后,我就一直想用一段文字写意一下土家族女子的形象,却总也找不到感觉。这时我想起了木头西。木头西也是一个土家族姑娘,真名叫吴永英,是我亦徒亦友的小友,家就在里耶附近的花垣,聪慧而灵秀。我发微信问她:能用一段文字写意一下土家族女子的形象吗?不久她就发来了一段文字：

　　湘西女子秉承湘西多山多水亦多情的特点，那泥土捏出敦厚，深山养就灵秀，婉转而倔强。她的生活是灶台，是田地，是围裙兜住背在身后的孩子，是心疼男人古铜色的血痂，是被岁月踩踏的卑微的小心和隐忍。圆领大襟短衣沉淀着湘西青涩的底色，盘肩、袖口铺开鸟鸣花枝、五彩凤凰，把不能说的心思都绣在了衣上，穿在了身上。认命惜命，她在林拙辛劳的命里静候花开。青瓦房下，歌里鸟兽虫鸣，水流山叠。春天的温柔停在她身上恬静轻盈，银项圈盘曲的爱意，夏季里浓绿晴柔，秋日里翻飞飘扬，又回落在炊烟瓦上，循环流淌在血脉里，陪伴着生死丰沛的轮回……

　　这样的土家族女子，真的很美，名字也一定馨香四溢。

　　这就是迁陵大女子杜衡生活过的地方。不管她曾经历过什么样的命运，也不论沧桑之后是否有转世轮回，她身边的那条河流都一直在奔流，也一直岸草萋萋，如诗人不绝的吟唱。我想，杜衡这芳香的名字，是配得上里耶这美丽山水的。

斑斓捕梦人

——我与外国文学之缘

◎ 段爱松

在真正接触外国文学之前，我一直醉心于中国古典文学，特别是中国古典诗词。后来，越来越多的外国文学作品，为我打开了一道又一道陌生而神秘的大门。这些大门内的美妙风景令我惊叹，也让我的阅读和写作有了另一种力量的加持。可以说，没有外国文学的熏陶，就不会有自己今天的文学思考，更不会有现在的写作方向。我的职业和人生，也因此发生了改变。这么些年来，我沉浸在外国文学的汪洋中，那一尾尾色调斑斓的巨大飞鱼，游弋在探寻者的梦境中，而我，像是一个孜孜不倦的捕梦人，在时间与梦境的交错中，试图捕捉那些不断激荡起生命浪花的影子。

"永恒的女性，引我们飞升"

做梦，可能是一个人所拥有的人生最大权利，尤其是在少年时代。那时，觉得特别具有梦境愁绪特质的一首旧体诗词，是辛弃疾的《丑奴儿·书博山道中壁》。练习书法时，常常会临写下这阕词："少年不识愁滋味，爱上层楼。爱上层楼，为赋新词强说愁。而今识尽愁滋味，欲说还休。欲说还休，却道天凉好个秋。"而第一次读到约翰·沃尔夫冈·歌德的《少年维特的烦恼》时，我像是找到了这首词的巨大影子。维特，这个来自西方国度的少年，不正像是辛弃疾笔下的少年吗？他纯真、懵懂、敏感、脆弱、多情却又有着轰轰烈烈、义无反顾的激情与爱，这不也正是一个少年必须经历和跨越的自我成长之路吗？

我惊异于歌德笔下维特的性格与爱情，尽管注定是一场悲剧，但是歌德给这篇狂飙突进运动的代表作灌入了真气。这真气太强大了，让我一遍又一遍躲在故乡的小屋里品读回味，甚至觉得自己就是维特，完完全全进入了歌德所营造的梦幻般的文学堡垒。而维特的一封封炽热的书信，在清晨，在黄昏，在午夜，敲打着我通向情欲世界的敏感神经。特别是当主人公自杀身亡时，一种莫名的悲痛，就像我自己也正在承受死亡似的，将我击穿，整个世界落下了帷幕。

少时的我，曾被维特的爱与死深深感动。许多年后，作为一名写作者，我渐渐明白，正是歌德作品的伟大力量，激活了原本就贮存在我心中的对于中国古典文学的热爱。《少年维特的烦恼》点燃了这份热爱，并让这份热爱打通了我的文学脉络，潜移默化般通达于我身体的神经和细胞，指引我朝着更为广阔的文学梦境前行。

为什么我就那么坚定地认为自己就是那个维特呢？我常问自己，是因为那时心中也期待着的一个美好的少女"绿蒂"，还是完全被歌德所塑造的维特这个人物的气质所俘虏。可能兼而有之。但是"绿蒂"的形象也因此在我心中扎下了根，歌德赋予文学作品的潜能影响了我对于爱的期待和想象，正是这份期待和想象，使得我找到歌德的另一部作品《浮士德》。

在阅读《浮士德》之前，我花了整整三个月，看完了《红楼梦》。这两部同样伟大的作品，契合了我对于古典和现代在生命意义上的结构和解构。人、神、梦，究竟是怎样在轮回的时间世界完成转换？《红楼梦》像是在记忆中给了我回答，而《浮士德》则像是在未来给了我力的牵引。我在想，在中国，能不能有一部更理想的小说，它的躯壳属于《红楼梦》，它的灵魂则属于《浮士德》。贾宝玉在林黛玉、薛宝钗等一群女性中完成了他在人间的修炼："好一似食尽鸟投林，落得个白茫茫大地真干净。"浮士德未尝不是如此，从他和魔鬼梅菲斯特签订盟约变成年轻人之后，第一件事情就是寻找美丽的女性格雷琴，后又追求古典美人海伦。即便浮士德最终赌输了盟约，天使们依然从梅菲斯特手上抢走了他的灵魂，迎接浮士德的是天国神秘的合唱："万象皆俄顷，无非是映影，事儿不充分，至此始发生，事儿无可名，至此始果行，永恒的女性，引我们飞升。"（绿原译）

这是文学伟大的合唱。《浮士德》加深了我对于《红楼梦》的理解。它扩充着我对于文学形而下和形而上之间的张力,并形成了奇妙的文学的错位与对位。它像是一个巨大而灵活的铆钉,连接着东方与西方庞大的文学精神构件。

《少年维特的烦恼》和《浮士德》,在早期的阅读和写作中给予了我强大的隐形气场。同时也让我思考,一个人的生命气息和文字气息的通道究竟在哪里?这两部作品之间的通道又在哪里呢?

歌德的一生都保持着一颗"少年之心",这是他作品一直保持活力四射的重要原因,《少年维特的烦恼》和《浮士德》在这一点上是一脉相承的。当然,《浮士德》是更为成熟的"少年之心",也是能够结晶时间之力的关键所在。如果能用这个永恒之词"时间"来形容,我大致这么认为:歌德在《少年维特的烦恼》里把时间撒了一地,又在《浮士德》中将其一粒粒捡拾起来,安放在暗夜的苍穹,闪耀着神圣的光辉。时间在歌德那里,成为无所不在的梅菲斯特的化身,甚至连浮士德也未能幸免。只可惜梅菲斯特犯了一个致命的错误,她是阴性的,却一直误把自己当作了阳性。

一道光划过,时间慢了下来

很幸运,我遇到了马塞尔·普鲁斯特,遇到了他的皇皇巨著《追忆似水年华》,我的写作也像是有了一个知音般的对照与呼应。普鲁斯特文字所散发的超拔的细腻,精微的敏感,辽阔的波动,以及那恍如梦境般哀伤的缅怀情绪,都深切地感染着我。我时常在想,究竟是怎样一个被神谕了的时间,才会孕育出这般令人百读不厌的文字;究竟是怎样一颗心灵,才会在凛冽的人间,铭刻下如此温情的梦幻追忆和离愁别绪。

阅读普鲁斯特,有时会让我联想到柳永的《雨霖铃·秋别》:"杨柳岸,晓风残月。此去经年,应是良辰好景虚设。便纵有千种风情,更与何人说?"有时又会想到温庭筠的《菩萨蛮·雨晴夜合玲珑日》:"雨晴夜合玲珑日,万枝香袅红丝拂。闲梦忆金堂,满庭萱草长。"还会想到马致远的《天净沙·秋思》:"枯藤老树昏鸦,小桥流水人家。古道西风瘦马,夕阳西下,断肠人在天涯。"甚至是陈子昂的《登幽州台歌》:"前不见古人,后不见来者。念天地之悠悠，独怆然而涕下。"它们之间，虽然隔着不同的时代和国度，但类似于这些中国经典诗词所投射出来的光芒，以及这些古典诗词作者所遗留下的生命气息，与普鲁斯特用现代视角和语言写就的这本时间与生命的追忆之书、梦幻之书、感伤之书，在本质上是多么地接近啊。它们恍如一个个旧梦离愁，皆探入到人性的幽微之境，又映照着世间朴素而深阔的见地，同时也给时代与人生留下了最具个性的表达与阐释。它们因此成为时间的另一种承载体，成为一种人类生活记忆的温情解码器。它们就像一束光划过，让时间在阅读者头脑中骤然慢了下来，一种深层次的感悟即刻便被唤醒，一如普鲁斯特这段不朽的追忆：

> 突然之间，我回忆起来了。味道正是那块小玛德莱娜的味道，在孔布雷，每星期早晨，（因为星期天在做弥撒的钟响以前我不出门），我去莱奥尼姑妈的卧房请安，她总是把小块蛋糕放进茶或椴花茶里浸一下给我吃……但是人亡物丧，昔日的一切荡然无存，唯有气味和滋味长久留存，尽管更微弱，却更富有生命力，更无形，更坚韧，更忠诚，有如灵魂，在万物的废墟上，让人们去回想，去等待，去盼望，在几乎摸不着的网点上不屈不挠地建起宏伟的回忆大厦。

法国理论家克洛德·莫里亚克概括普鲁斯特的创作时曾说过："艺术不是开玩笑，而是生命攸关的事，甚至比生命还重要。"普鲁斯特在生命的最后时刻为了完成《追忆似水年华》，一直和死神赛跑，几乎牺牲了除写作之外的一切。这是一种何等令人钦佩的执着之力啊。普鲁斯特身上的这股坚韧之力，无疑激励着后来的写作者，特别是身处逆境之时，只要想到还有这么一位伟大作家，如此坚守着自己的信念，如此忠实于自己的创作，那么还有什么不能克服的呢。

"幸福的岁月，是失去的岁月"，普鲁斯特在《追忆似水年华》中发出过这样的感叹，却又同时奇迹般地用文字完成了对时间与岁月的挽留。在我有限的阅读中，唯一能让时间慢下来的文字，莫过于这部《追忆似水年华》；

在慢下来的时间里，还可以品尝"小玛德莱娜"点心的，也只有普鲁斯特。正是这部追忆之书，让我甚至对它的那个经典封面（译林版二卷本和三卷本）产生了错觉，以为码头上那个日渐衰老的裹衣戴帽、缩头缩脑的男人，就是被时间慢慢消磨了的自己。

对于《追忆似水年华》的情有独钟，甚至让我有些痴狂。我收集到了市面上几乎所有《追忆似水年华》的中文译本，以及和普鲁斯特有关的其他书籍。这其中有译林社十五人合译的七卷本《追忆似水年华》，还有周克希独译三卷本《追寻逝去的时光》（华东师大、人文社先后出版）、徐和瑾独译四卷本《追忆似水年华》、沈志明译《追忆似水年华》（精华本）等。看着这些不同版本的《追忆逝水年华》，有时竟会有些错觉，以为普鲁斯特没有死亡，而是隐秘地分身了，并存活在那么多译者和读者心中。

"黄金在天空舞蹈"

在灿若星辰的外国文学作品中，还有太多对我影响深刻的作家作品，限于篇幅（也来不及谈诗歌），只能简要再列举一些，这些作家神奇地将时间拉伸演变，将生命轮回颠倒，其作品就像黄金在天空舞蹈，照亮着写作者的探索道路。

一、在历史长河中，我愿意把《荷马史诗》《神曲》《希腊神话和传说》《圣经》《古兰经》以及佛经等，当作学习外国文学的古老根脉。这些伟大作品，既能把时间碾平成人类生息繁衍的土路，也能把时间架构成显微镜和望远镜，还能把时间变成魔方，并一直指引着时间通达天国和彼岸……我从中看到了外国文学的源头和流经的另一片陌生而壮阔的土地。它们拓展着我的经验和想象，以及作为人类一员的爱、悲悯与希望。

二、"她想站起身来，把身子仰到后面去，但是什么巨大的无情的东西撞在她头上，从她的背上碾过去了。"托尔斯泰完全能够把时间当作自己的双手，这双手在《安娜·卡列尼娜》里抓取了一位女性的身体，却放下了一位男性的灵魂。命运感在安娜自杀的瞬间，完完全全暴露出文字的举棋不定；又在举棋不定之间，生与死突然就完成了交战与交换。同样，这双手还将

《战争与和平》《复活》中的俄罗斯民族精神，推举到了世界的高峰。"我希望为全人类而死。至于耻辱，那有什么，我们的姓名总是要消灭的。"与托尔斯泰不同的陀思妥耶夫斯基，其《地下室手记》《卡拉马佐夫兄弟》《罪与罚》等作品独辟蹊径，将人性的内在无限深挖，让文学的纵深感有了俄罗斯土地般深广的色泽。"先生们，请允许我出去吸口新鲜空气，然后再回来签字，来得及。"在我有限的阅读范围内，只有索尔仁尼琴是唯一能把时间幻化为石头的作家。《红轮》《古拉格群岛》《癌症楼》等，都布满了这种硌疼眼睛的石头的铺垫。这位真正文学意义上的时代和历史写作者，用文字把时间的硬度一点点累加和打磨，让人在几乎窒息的阅读中，不断获得强烈的、丧失已久的那种快慰。

三、"我听到的言语都是无声的，就是说根本发不出声音来；说这些话能感受到，但没有声音，宛如在梦中听到的一般。"时间到了胡安·鲁尔福这里，完全丧失了时间的现实意义。他就像一个魔法师开着一个浅显的玩笑一样，讲述着《佩德罗·巴拉莫》和《燃烧的原野》，可里面却躲躲闪闪冒出无数双忧伤、绝望而深邃的大眼睛。以至于马尔克斯"偷师"成功后，也不忘大肆赞扬。不过，马尔克斯拓展了胡安·鲁尔福的经验，《百年孤独》《霍乱时期的爱情》等把拉丁美洲文学演绎到了某种极致，也让我从中获得了异域写作的诸多启示。

四、"她白皙的胸脯抵着小磨，把自己的体温传递到那些粉碎了的豆子上。"布鲁诺·舒尔茨用《鳄鱼街》催热了时间，以至于在弥漫着紫罗兰芳香陡然向下延伸的街道上，他也拿不准自己笔下流淌的，到底是银子般铺在雪地上的夜的魅力，还是晨光……"他跟着长条的犁痕慢慢地开拖拉机，每次往返看着自己的影子首先是伸展拉长……"克劳德·西蒙似乎一直想用文字网住时间，在《弗兰德公路》和《农事诗》里，一个个文字编织的画面透析着时间，直到时间过滤出银灰色调，一块块在喧嚣人间和宁静土地上缓缓铺开。把舒尔茨和西蒙放在一起特别有意思，当然还得加上卡夫卡、奥威尔、萨拉马戈等，这些特立独行的作家在探索现代性表达方面，从文学主题、结构、语言等各个角度进行了很好的实验，也坚定着我对于探索性文学的追寻。

　　五、"她曾经看到过多么美丽的东西，她曾经是多么快乐地跟祖母一起，走到新年的幸福中去。"这是时间的童年之书，又是时间的暮年之书。安徒生在童话里把时间的影子分离了出来。我在里面看到的，永远都是一个个暮年投在一个个童年的金色的影子。它轻轻呼唤着自己，犹如呼唤一座座无边无际的天空之城。安徒生是我阅读学习外国文学中最特殊的一位。我一直认为，这种文学需要的特殊天赋远胜于其他任何文学，里面有让人无法学得会的文学感知力，它需要绝对天才的纯净气质，甚至还需要与之匹配的巨大的人生缺失。

爱的维度

◎ 韩　东

　　我觉得，"爱"几乎不是一个中国字。它当然是一个中国字，我的意思是，我们的祖先在造这个字时，"爱"字远没有今天显得这么重要。在今天，我们多少知道爱的神圣性，爱在精神价值上所具有的举足轻重的位置。我们的祖先没有这样的设想，他们有仁、义、礼、智、信，有忠、孝、廉、耻、勇，爱算老几呢？在多数情况下爱只是某种合理的私情执着。没错，"仁者爱人"，也不过是在同理心的驱使下执着地推而广之。但我们的祖先也有了不起的发现，就是爱这件事或者这个故事，发源于人的一己本能。爱的根基在情绪、情感，而情绪、情感由生之本能驱动。

　　时至今日，爱已变成一个热词，其精神上的估价也至高无上。但人们口中所说的，大多还是属于男女的私情，一句"我爱你"会令对方心荡神摇，十分受用。也有人就是不愿这么说，说不出口，也是因为深感这个"爱"字的分量。他（她）会说"我喜欢你"，或者"我好喜欢你哟"，就是不说"我爱你"。爱犹如某种抽象的光明或者光照，凌驾于相爱的具体肉身之上，超越了匍匐于地的私情。我得到了你还不行，我得得到你的爱；甚至，我可以不得到你，但必须得到你的爱（如果非做选择不可）。这个在两人关系中多出来的并且不具有实体性存在的东西到底是什么呢？爱为何物？

　　可以说，爱就是和对方精神结合的一种愿望，它如果成立，有赖于对方也有相同的愿望，以形成一个整体、一个"一体"。爱既不是你，也不是我，而是一个"第三方"，你我都应倾尽所有注入其中，用来安置彼此。爱的确是一种经营，不是经营一所具体的房屋、一个家或者一个所在，而是构造一个爱的空间，使存在具有意义。

那么,构造这样一个空间仅凭一个人的努力和贡献是否可以办到?问题的症结在此。即使可以办到,对方作为一个寄居者也是不堪重负的,背弃和最终的脱离是题中应有之意。因为原则上每个人都有付出、贡献的愿望,在一个地方受阻便会另谋出路。

这么看来,凭借私情欲望的爱说到底是靠不住的,在此有必要追踪植根更深的本能,也就是繁衍。母爱(父母之爱)显然更加无私,被人类各民族所称道。父母对子女的骨肉深情既有其生物依据,也是社会文化长期熏陶、培育的结果。为人父母是一个什么概念?其中的责任再如何高估也不为过。父母对子女的付出原则上是单向流动的。

子女反哺在我看来并不是一种爱,至少首先不是,而是对恩义的一种回报行为。中国传统中有一个专门概念,就是"孝"。孝并不是爱,或者并不主要是爱。父母爱子女,而子女孝敬父母,是有明显区别的,但在今天我们一律使用"爱"这个字眼,就使得子女针对父母的那种特殊情感得不到应有的说明。简单地说,父母必须爱子女,但子女并不必须爱父母。爱既出于一种自由也出于身不由己,父母爱子女这二者都兼备;而子女仅有身不由己是不够的,他或者她还应该拥有爱或者不爱的自由。但从恩义回报的角度说,子女并不存在可回报可不回报的自由。只要是一个社会人,就应该明白并承担起某种债务关系。

因此,父母和子女的关系比恋人之间的关系更具某种复杂性。后者双方可以共享爱的概念,问题只是出在各自付出的比例,以及是否能坚持到底。而父母和子女的关系并不完全是自愿的,有显然的生物强制性。母爱出自天性,超越了爱是自由这样一种前提,是身不由己与心甘情愿的奇妙结合,而心甘情愿略等于爱之中的自由。子女对父母则首先是身不由己,心甘情愿或者自由则需要另说。子女对父母的情感或许很深刻,但由于缺乏自由的支持,本质上并不是一种爱。可能比爱更刻骨铭心,更感天动地,但并不等于是爱的表达。

爱的前提是自由,也就是说,可以爱也可以不爱,如果爱了那才是一种真爱,才算得上爱。友情是爱绝佳的范例,当事双方自始至终都同意并履践了这种自由。这应该和距离有关，朋友之间有某种黄金距离，一旦疏远关系自行解除，而越界便会被立刻弹回。尊重彼此间的距离是友情的关键。

我们说，爱是和对方精神结合、融为一体的愿望，在友情中必须克制这种愿望。这是冲突的，也会引发痛苦，需要某种明智和力量方能做到。失败的友情关系往往就是边界被突破，而成功的夫妻（恋人也算）关系也被形容为"相敬如宾"。由于友情具有某种"法定的"距离要求，试图突破边界就是"违法"，在意识上大家都很明确；人们像遵守交规一样地进行着他们的友情，"车祸"因此很少发生。但在恋人的格局中，结合和融为一体则是"合法"的，甚至直接就是目标，突破爱之关系所必要的距离就会成为一种常态。恋人之间充满了情绪、情感，以至于激情，但在其中并不全都是纯质的爱。父母和子女的关系亦然，甚至更为纠结。就距离和结合的意愿而言，子女本就和父母一体，由父母分离而出，父母试图找回当初的这种结合，而子女则代表分离之力、之倾向，道不同不相为谋。加之父母本身便是一种结合体，是两个人不确定的合作，事情就变得更为曲折和暧昧了。

至此，我们所言的爱基本上是某种一对一的关系，兼爱和博爱不在此列。兼爱和博爱保留了爱之必要的付出、牺牲的意愿，在实施中又避免了来自对方回馈的搅扰。博爱超越私爱和偏爱（友谊就是一种偏爱），甚至它的对象都不一定是人，或者具体的人。我们可以爱人群、爱自然、爱动物、爱植物、爱艺术，甚至爱抽象的智慧。宇宙万物，无一不可以作为爱的对象。但有一点，博爱并不是一种执迷或者迷恋，不是任何意义上的恋物。博爱和兼爱就是爱很多，爱全体或者整体，并且具有一种一视同仁的开阔。而执迷一种玩意儿，迷恋特殊的非人物品，比如收集古董、钻研树根、殚精竭虑埋头于一种专业技能都是源自自爱的某种执着，本质上属于恋物。比如我热爱写作，每天非写不可，这种表现就不属于这里所说的爱，充其量不过是种"高尚"的恋物。

自爱式的恋物有其情感上的强度，并且也有精神上确定的回馈。博爱则不然，回馈或许有，但不能指望。和其他爱的样式相比，博爱最大的不同在于其强度较低，它是一种淡然之爱、超脱之爱，虽辽阔无限但几近于无。

博爱具有特殊的美感，犹如不易察觉的夕照光晕笼罩在万物之上。

那么，博爱是宗教之爱、上帝之爱吗？我认为不是，出于信仰原因的爱上帝或者爱真理，其情感是十分炽烈的，其热度甚至强于恋人之间的激情，只不过它更恒久，不会随身体内的化学反应衰减而消退。它始终保持一定的强度，历久弥坚，堪称奇迹，并且它也的确是神奇的、神秘的。它是一种奥秘，被称为神圣之爱不无道理，因为，就凡间的逻辑而论并得不到圆满的解释，甚至充满矛盾和悖论。

神圣之爱是一种专爱，以上帝或者真理为对象，但它却像博爱那样惠及万物；只不过它不是直接爱万物，其间要通过上帝或者真理的转折，光照来自折射。这是在以上帝或真理的名义爱万物，而不是"我"爱万物。

它像私情一样，有非常具体的对象，这对象有名有姓，有真伪之别，不能搞错。比如《圣经》中的耶和华要求其信众专一，不得有任何意义上的偶像崇拜，而上帝本人的爱却像雨露阳光一样遍洒义人和罪人。我们专一地爱上帝，而上帝却普遍地爱众人，这是一种不平等，但我们却毫无私情中的妒忌怨恨，心甘情愿于无足轻重的地位，并意识到这才是我们真实的位置。

本文开头我说过，"爱"几乎不是一个中国字，也就是说在中国传统的概念中，爱并不具有今天我们所理解的超越性的意义。我又言及，古人对爱的根基的发现，源自人的某种生物性本能。由母爱到欲望私情，再到友情和博爱，似乎爱是一种逐渐提升、提纯的过程。爱的出身原本低贱，但籍此可以开华出某种高级的精神境界以及人伦层级。

但神圣之爱并不认同这一点。它同样将爱的起源追溯到人之初，却拒绝和人的生物性混为一谈。也就是说，人有两个并行不悖的源头，一是生理的，一是神圣的。神圣先于人而存在，相对于这个永恒存在的神圣，作为生物的人是缺失和不圆满的，也就是说人有原罪。人生的一切意义就在于寻求和这种先在的神圣结合，这便是爱，既是爱的努力，也出于爱的匮乏。神圣之爱不是源自人，而是先于人，不是人性的升格，而是人性的医疗。神圣之爱或者说爱的超越性一开始就出现在人生的故事中，绝非只是一种结果。

按照现代哲学的语言说，人出自整体存在，"自我"将其从整体中分离出来，使圆满无瑕的存在沦为人位于天地之间的背景。浩瀚的背景一直在召唤人的回归，这便是解放之途。然自立门户的自我始终在抗拒，虽自不量力，必然以失败告终，但虚妄的自我足够固执和刚强。这便是人深感受挫和痛苦的根本原因。就像人必有一死，这件事上毫无商量的余地，唯一的区别就在于是心甘情愿地接受、欢迎死亡，还是哭着喊着地不愿去死。死亡是肉体的回归，而精神上的回归（自我寂灭）仅在于是否愿意。如果一个人不愿意去死，即使死了也算不上一种圆满。同理，自杀身亡消灭的只是肉体，对精神而言不过是一种象征性的终结。

　　自我或者精神的回归便是一种爱，回归整体、消融其中，抹平。这种愿望并非本能，但也许并不弱于本能，植根甚至比本能更深。爱的冲动必然先于人的生物性存在。我们的肉身出自父母，但那点构成自我的虚幻意识却是从宇宙的整体存在中偷盗来的，将自我的这一点儿嗟来之食还回去时刻折磨着我们的良心。

　　自我和整体存在构成的关系，就是人和世界之间的关系，是对象化的。人从背景中脱颖而出，之后转身面对，这种对峙造就了两种不同的内驱力，一是将世界变成"我"的一部分；一是被世界吞噬，还原为它的一部分。前者属于人自立的本能，后者是响应神圣之召唤，两种方向相反的能量的冲突、搅动形成了人基本的处境。就像薇依所说的，人的现实就是矛盾，人即矛盾，是矛盾本身（大意）。

　　爱说到底是对神圣召唤的响应，而神圣在具体的时空中是需要具有某种形象，好让人加以识别的。即便是无质无形的上帝也有他的名字，也会道成肉身。爱的对象化是爱的故事中的应有之意，仅仅有爱的冲动（内驱力）还不够，还得问，你爱的是谁？爱的对象就此便可以五花八门，除了我们前面的涉及的几种一对一的关系，你还可以爱其他一切。和一对一关系中的对象相比，以上爱的对象更具有超越个人的力量，更像是某种整体或"全"，也更为抽象和非人格化，和我们之间的力量相比更为悬殊。总之，这些庞然大物更具有神圣的特征，散发出摄人心魄的光芒。

然而，就像在一对一关系中呈现的那样，所有这些超越个人的庞大对象也都是可以抵达的。我们和它们并不处在一种无限的距离上。距离的有限说明了爱的对象有限，貌似神圣而远非神圣。从否定的方面描述，所有这些人间的可爱之物（包括一对一的对象），都是神圣对象的替代物，是赝品或 A 货。从肯定方面描述，爱所有这些替代物也都是圣神之爱的某种预兆、预演，其中有爱的片段和爱的混杂的呈现，说明了神圣之爱的可能和必须。

　　这里的矛盾是，一方面根本的爱就是与神圣之物的结；一方面，神圣之物又必然位于不可企及的无限距离上。你无法走向神圣，只有神圣可能奇迹般地光临你身。

　　将爱的对象置于无限的距离上，设定为目标，但无可抵达，目的和过程的断裂是某种巨大的爱的悲苦。有对象，不可结合，也不求回报，但忠贞不贰，并拒斥任何廉价的替代性的慰藉。在这里，必然会遇上某种“信仰的暗夜”一类的东西，这就是虚空、空虚和乌有，即便如此仍然要爱。因此，比爱神圣更重要的是爱本身，只有爱上了爱本身的人才跨越了这一终极考验，才能领悟到，神圣不是别的，即是爱，全然纯粹的爱。

　　难道，这只是某种出于迷狂的想象吗？茫茫虚空，凭借爱就能捕获爱，并与之同在？神圣之爱又如何能在它并不存在的地方，以它的乌有显示它的存在？薇依又说，只有心中有上帝的人才能意识到上帝的离去，他以隐退的方式存在于世界（大意如此）。我认为没有比这更简明和直抵本质的说法了。

　　无爱者的空虚和有爱者的虚空是截然不同的两回事。有爱者坚持到底就成为爱者，而后者的悲情亦不可避免。因此，佛陀的慈悲在我看来就是东方之爱，其概念的深广只有神圣之爱可以与之相提并论。

　　西方的神圣之爱以上帝或绝对真理为对象，由于距离无限遥远需要信仰者倾尽一切，自我随之瓦解。佛教的慈悲以虚己始，最终亦会达成光照万物的绝对。净空自我是二者的共识，一个是应爱之所邀，一个源于对一己妄念的观照，这种观照如果成功，那么散发慈悲的光芒便是必然的结果。爱者不可能有“我”，而无我者不可能不爱。无论是西方的圣人还是东方的觉者，都是自我湮灭徒具人形的存在。

　　扯得有些远了。之所以如此不过是试图描绘"爱"这个汉字在今天的语境里可能具有的甚深维度，不至于被"爱心"之类浅薄的意义所限制。只有这样，它作为一种至高的精神价值才是值得追求和追随的，虽然我们都不太可能成仁成圣。

湘江洲岛

◎ 万　宁

藏风得水古桑洲

初秋的阳光，在湘江之上流金溢彩，古蓝色的江水摇曳着天上的云朵。我开车走在湘潭的芙蓉大桥上，不经意间往右一瞥，就瞥见株洲的古桑洲静卧江中。我看到的是洲尾，几艘挖沙船在百米外作业，西边岸上耸立着两个红白相隔的大烟筒，袅袅轻烟下，两个沙场机声隆隆。一个叫罗应隆的人忽然就跑到了心里，他从五百年前穿越过来，他的恍惚与彷徨跌进这巨大的光影里，江面的水波随风簇拥，他逆着光，却看到了一种危险，在岛屿的周围潜伏。

古桑洲，是个长仅三点五公里、宽约二百五十米的湘江洲岛。岛上几十户人家，几百口人，从前属湘潭，现是株洲马家河镇的一个自然村。岛上的风光与其他洲岛相似，绿树成荫，从前也都是以养蚕打鱼为生，所不同的是古桑洲罗氏，是个星光闪耀的湖湘世家，曾在历史上显赫了五百多年，风流人物数不胜数。

当年，我是一名跑线的记者，早上醒来，多数时候，并不清楚接下来这天自己将要去哪儿和要见什么人。每天四处奔走，后背像是有双手在推。第一次上古桑洲亦是如此。我被人用车子接了跑了好远的路，然后在湘江一渡口上船。我是在船上才听说古桑洲这个地名。洲上没通电，几名政协委员就此事去洲上调研。季节正是夏天，机帆船上的突突声，江风的哗哗声，让耳朵很不适应，不适应的还有烈焰，太阳在辽阔的水面上吐出团团火焰，随着风狠劲儿地往我身上扑。

第二次去，是古桑洲通电了。那是个寒冷的冬日，早上在渡口坐上高级游艇,市里的大领导有个剪彩的仪式。船上环境舒适,居然有人讲起故事来,而且与我有关。他们说我上次在古桑洲采访时,问岛民晚上没有电,你们干什么?说的人好像他就在现场。我正仔细回忆自己是否这样提问过,可一船人差点就把船笑翻了。我太后知后觉了。这个语言陷阱原来是一个笑话的坑。那会儿年纪轻,脸皮薄,遇到这类玩笑便会板起一张脸,表示我不高兴了。可是那天,我不可能不高兴。岛上欢乐的人群瞬间把你融化了。他们张灯结彩锣鼓喧天,家家放起鞭炮,户户贴上对联,整个洲岛是若干笑脸的重叠。空气里的笑声哗哗地在风里流动,特别是拉闸的瞬间,那庞大的发自心底的喜悦,让这座岛屿在湘江之中发出巨大的震颤。后来翻阅报纸,日期是一九九五年十二月二十六日。我写的报道说,那天,冬阳高照。

第三次去,是古桑洲遭洪水了。退洪后的这个星期天,市里的领导甚是牵挂,于是轻装简行上了岛,我被临时抓差要求写个通讯。这次是深入腹地,去了岛上好多人家,从洲尾到洲头。岛民们对于涨大水司空见惯,大部分人家已把淤泥清理干净,我们走进干净的蚕房,一箩筐一箩筐的新鲜桑叶靠墙摆着,蚕宝宝在架了好几层的篾盘里,发出嗞嗞的吞噬声。蚕宝宝通体冰凉,这凉浸漫在空气里,蚕房因此格外清凉。篾盘里吃桑叶的是夏蚕,春蚕早已吐丝成茧。忽然想起,这一路走过,看见好几户人家在外边架起大锅在煮蚕茧,之后要剥茧、开绵、晒绵与抽丝,好多工序。走过桑叶林,是一片菜地。林间地里的淤泥也清理妥当了,有位娭毑在把择好的韭菜,一捆一捆地装进筬箕里,准备送到对岸去卖。洪水过后的岛上,安安静静的,人们专注地做着眼前的事,甚至面对前来视察的领导,他们也只是抬起头,含蓄地笑笑。记得那篇通讯的题目叫《静静的古桑洲》。那日走到洲头,看到古树古墓,古树是一棵一千多年的香樟树,老得奇形怪状。古墓是明代的。随行人说,墓主是罗瑶,古桑洲罗氏五世祖。旧时株洲的名门望族,古桑罗算一支。我当时懵懵懂懂,听着那人扳着手指,数出好多如雷贯耳的名字,然后手一挥,说他们统统都是这墓主的后人。那些名字有清代进士罗典、罗修源,近现代革命家罗亦农、罗学赞、罗哲等。那一刻,站在洲头的我,忽然能明白古桑洲人脸上的淡然,血脉基因似乎有着神奇的定义。

多年后，做了报纸编辑的我，经常会看到有关古桑洲人文历史的稿子，看得越多越是惊讶，这个湘江洲岛上的罗氏在历史上，原来很威武。五百多年来，他们完好地保留着族谱。族谱上神秘地记载了古桑罗一世。那是明朝初年，天灾战乱，以致湖南十屋九空，土地荒芜，朝廷颁布政策，鼓励外省人来湘安家立业。江西吉水二十岁青年罗应隆汇入迁徙大潮中。他怀抱先祖灵牌，带着怀有身孕的妻子邹氏，辗转于湘潭、株洲一带，看山看水看天象，族人都说他通晓堪舆。这天，他们沿着湘江，走到古桑洲南岸鹧鸪坪的木湾，眼前古桑洲芳草萋萋，宛若长龙，静卧在江水中央。罗应隆心下一动，手中的灵牌陡地往下坠，重得双手无力托起，他当即跪地叩拜，与妻子就地搭棚建窝。后来族人立祠于此，称罗氏明德堂。这支罗氏，三世分堂，四世分房，六世分支，六修谱时，分堂修谱，到现在散布世界各地七万多人。我在想，罗应隆在跪下去时是否穿越了时空，看到他身后延绵不绝的子嗣，子嗣里的文武英才以及他脚下这片土地的繁华。他是拓荒者，在这里他只耕耘了十几年，就英年早逝。无法知道他在最后的岁月，是否质疑过自己的选择与判断，毕竟后人的风光显赫，离他很远，他只是预测，没法见证。

罗应隆的预测在他的第五代罗瑶身上灵验了，这时距离他来此地已过去一百余年。据说在当时罗瑶之父已经发迹，日子过得相当殷实，到罗瑶这儿，顺理成章，成了湘中首富。他到底有多富？他的亲家凤阳知府邓巍有文字记录，他写罗瑶家"耕牛过千头，童婢五百人"。传说罗瑶田产有四个九，即万亩良田仅差一亩，湘潭城的产业，一半是罗瑶的。民间叫他"罗百万、瑶半城"。中国有句老话"富不过三代"，罗瑶却打破了这个魔咒。他是这个家族显赫的起点，古桑罗从他以后的几百年，不论朝代怎么更迭，社会怎么变迁，在各个时期，这支罗姓族人照旧人才辈出。罗瑶的墓志旌表上说，此地"中扼湘流，上延岳秀"，毋庸置疑，罗瑶葬在了一个藏风、得水、充满生气的宝地上。

如果这事成立，茶陵人张治便是古桑洲罗氏后裔的贵人。那年，八十一岁的罗瑶过世，时为南京吏部尚书的张治特意买下官地古桑洲，在上面安葬自己少年时代的恩公，还促成嘉靖皇帝敕建崇义坊以旌，张治亲题墓碑。

行走在古桑洲,关于罗瑶与张治的故事,洲民们随口就来,说得最多的自然是鱼上树、马骑人。他们说,夏日某一天,罗瑶在家午睡,梦里有个白须白发老头,他说等会儿出现鱼上树马骑人,这时,有个人朝你走来,你非得留住他!他将是你家的福星!罗瑶想开口问,话还没说出来,那老头化作一股青烟袅袅散去。一着急便醒了,飘散的姿态似乎还存有余烟,他朝那方向追了出去。家门外,一位刚从河里打鱼回来的男人在歇息,他把一条鱼挂在了树上,自己抬头瞅着,神情颇为得意。就在这时,走来一位手艺人,他背了个木马,正匆匆路过。罗瑶瞬间惊呆了。更让他惊讶的是他的衣角被人扯了一下,一小叫花子求他施舍。他低头看下去,这小叫花子,眉清目秀,神情淡定。梦境里老头说的事竟在现实里一一再现。

于是他当即收了这叫花子为义子,给儿子作陪读。这陪读的天资便不用说了,二十八岁中举,三十三岁高中会元,后来在嘉靖年间官居内阁大学士。这陪读就是张治。他与罗家的情谊绵长深厚。尽管他传世的《龙湖集》鲜少记录他与罗家的交往,也许是想避嫌权力与富贵的缠绵,但文集中《赐李蕉溪序》还是透露了他与罗家非同一般的关系。他写:予尝道湘中与罗氏兄弟游焉。罗氏居江水之曲,地奥而衍,每春涨水,沿溪入,平畴成浸,则系舟庭阶前。予时与罗氏兄弟鼓枻张乐,举酒食鲜,野翠交映,上下一碧,宛然坐镜中也。罗氏兄弟,与蕉溪李子秀夫称内兄弟也。……读此文,明朝罗家的样子跃入眼前,似乎听见摇橹的水声,乐手的琴声,以及酒宴间他们的谈笑。文中的李蕉溪为罗瑶的女婿李钟,故是罗氏兄弟的内兄。李钟当时在国子监就读,受谒选当官,任县丞,不能不说也是张治提携。这还是资质平平的一位。因为文中反复强调李的"朴",似乎在暗示其才学一般。张治自己说,他与罗家有三世之交,受恩于罗瑶,同学于罗瑶之子大钦、大宪等,为师于罗瑶诸孙。他的报恩是尽力提携罗家子弟。古桑洲罗氏从此走出闭塞进士入朝,开启了另一种不同意义上的显赫。

现今的古桑洲人,对过往的记忆完全模糊了。他们会对游客说,罗瑶有个很牛的儿子,在长沙岳麓书院做过二十七年山长,我也被他们忽悠过。罗瑶生于一四六一年,明朝天顺五年;罗典生于一七一八年,清朝康熙末年,二者相去两百多年。罗典确实是罗瑶后人，他是古桑罗第十三代。从他祖父起就迁居长沙。他是这个家族巅峰级的人物，家族里的第一位进士，官至皇帝边上，而他的辉煌是他生命里最后的二十七年。罗典亲传弟子与再传弟子阵容很是壮观。那个时期岳麓弟子有七千人以上，史志记载显通弟子近千人。亲传弟子里有赵慎珍、贺长龄、陶澍、贺熙龄、欧阳厚均等，再传弟子有左宗棠、魏源、曾国藩等，这无疑是千年书院不可复制的辉煌，也是中国教育的奇观。

有位名叫罗宏的古桑洲罗氏后裔，广州大学教授，他在父亲过世后，亲理遗物时，看到祖父罗正纬的书信。其中有一份二十世纪四十年代书写的遗书，里边提到的人，如陈立夫、章士钊、黎锦熙、傅抱石等，都是些如雷贯耳的名人，关键是里边说的事及行文的语气，证明着他们之间的熟络与随便。罗宏想莫非自己未曾谋面的祖父有来头有故事？网上一搜，他惊讶得没法相信。祖父竟是毛泽东的老师，谭延闿的学生，冯玉祥的顾问，国史馆的顾问。他原是族中名人，光环多得吓人。那年，与几个同学一起创办了长沙一中（原名湖南省立一中），担任庶务长，也就是现在的教导主任。当年毛泽东在考入湖南第一师范之前，曾以第一名的成绩考入省立一中，读了一年再去的一师，祖父虽然没有具体的教学任务，但每周一次的训导讲话是有的，从这个层面来说，是有师生之谊的。新中国成立后，祖父给毛主席写过信，当然毛主席也回了信，还给他安排了国家文史馆馆员的工作，只是祖父还没去报到，就于一九五一年去世。祖父的经历复杂得令人眼花缭乱。在北洋政府里做过国会议员，袁世凯执政时任参议院一等一级主事，后又投身五四运动，谭延闿代理国民政府主席时，被聘为顾问，抗战时，在重庆任国民党国史馆编审委员兼顾问、行政院参议，平生著作甚多。在北京时，祖父与罗学瓒、罗哲关系密切，都是古桑洲罗氏，按辈分，祖父是他们的族伯，因是同一个堂号的分支，也叫堂伯。往上或往下追溯，古桑洲罗氏的传奇，像一条河，奔流不息。罗宏一头扎进家族历史的梳理中，洋洋洒洒，写了一本几十万字的《湖湘世家·鼓磉洲罗氏》（鼓磉洲为旧称，今称古桑洲）一书，从族谱和相关史志中揭开古桑洲罗氏一族的秘密，后裔中的诸多名人跃然纸上。

这些我是听采访回来的同事所说。他还说，罗宏走访了很多古桑洲罗氏后裔，他发现，后代好些人从事理工科方面的工作，这个默然转身兴许是巧合，却也迎合了时代。他们散落在世界各地，做着自己力所能及的事。罗宏说，他每联系上一位古桑洲罗氏，都会忍不住说，回古桑洲去看看。我似乎能理解他的邀约，他不是没有看到那些挖沙船、沙场，那两根巨大的大烟囱，以及匍匐在古桑洲周围的危险。时间顺着湘江每天都在流淌，这古桑洲倒像是时间留下的遗址。在这遗址上先祖的气息，他们伸手还能触到，还能在某时某刻沉浸到从前那个时代里，去回望这洲岛上曾经的藏风得水，还可以体悟江西青年罗应隆五百年前对古桑洲的惊鸿一瞥，甚至可以去梳理，惊鸿一瞥之后，古桑罗枝繁叶茂的故事。

后记：正在消失与已经消失

湘江株洲段的江心岛，挽洲、空洲、潦洲与古桑洲，由南向北依次过来，本想各写一篇，辑成《湘江洲岛》，可是当我顺着湘江寻找时，中间两岛，正在消失甚至已经消失。

最炎热最漫长的夏季结束的这天，我来到空灵岸。湘江里的风呼啦啦地荡起凉意，河床裸露的石滩上轻沙漫漫，旱了几个月的河水，清癯瘦削，流动缓慢。有鱼儿在浅水处不时跃出，溅起片片水花，定睛一看，一些鱼儿游着游着，巨大的卵石就横在了面前，碰了壁，自会受到惊吓，那水花也就不断飞溅。这是二〇二二年十月初的一个上午，我在湘江里看到大量迷途的鱼，在水里嶙峋的怪石间彷徨，彷徨的还有河里的几只甲鱼，它们不时探出头来，然后又沉入水中。我伏在围栏上惊诧地注视，往北望去，江心是空洲岛的洲尾，江水拍击长堤的回声在风里咆哮，更远处是一大坝，像是把洲头斩了首。我旁边也在观鱼的一位背包客，忽然大声长叹，说他刚从岛上下来，上面啥都没有，只是荒草遍地。

在水之洲，时常水雾缭绕，自然是仙气飘飘的，各种传说老早就落在了岛上。洲名的传说便有好几种。比如，传说洲旁有一石象悬钟，名悬钟石，故

118

得"空"名,加之与空灵寺隔江相望。另有传说是柳枝的两片柳叶变成了两只金鸭婆托住了该岛,得名空洲岛。空洲也叫箭洲,从高处俯瞰,这洲的形状很像一支遗落在水里的箭,而"一箭震九狮"的传说在此地更是家喻户晓。昆仑山下来的九头雄狮,在空灵岸附近残害生灵。观音菩萨得知后从南海赶来,见雄狮欲过江,大喝一声,随手从净瓶中折一柳枝向雄狮掷去,一道强光闪过,九头雄狮被镇在了湘江西岸,变成了九座山冈;那掷出的柳枝,落在江心,竟成了绿色小岛,状似神箭,故称箭洲。

这岛上曾经炊烟袅袅,也不知来了哪路神仙,要开发岛上的旅游,于是某年某月的某一天,岛上人家都被迁离了。到现在,这个开发成了一句空谈,以致江风的呜咽声一直在岛上盘旋,寂静与哀伤成了它的表情,而那些千年的传说,正淡出人们的记忆。不由得想起杜甫,一千多年前,在他生命最后的时光里,他携眷载舟来回荡在湘江上,每到空灵岸、空洲,他便唤船家停船靠岸。他四次登空灵岸,俯瞰江中空洲,看着看着,他想还奔波啥,就定居在此吧。他的想法在他的《次空灵岸》里有表达:"沄沄逆素浪,落落展清眺。幸有舟楫迟,得尽所历妙。空灵霞石峻,枫栝隐奔峭。青春犹无私,白日亦偏照。可使营吾居,终焉托长啸……"后来,宋代书法家米芾在此挥毫题写"怀杜岩",而此刻,我在这块岩石下,看干槁的湘江,看已经荒芜的空洲,看迷途的鱼群与河里探出头来的甲鱼,时空之中,世间万物一直在变,奈何不了的。

如同我们奈何不了潦洲岛消失的结局。看到过一张照片,拍摄时间为二〇〇八年五月。潦洲岛正在经受惨无人道的凌迟,割肉刮骨的疼痛在风里哭泣,照片上是它在世间命悬一线呼救哀号的样子。方寸土地曾经的丰腴仅剩下一根瘦骨,而此时周边水域六艘挖沙船依然疯狂采挖,灰蒙蒙的天空下,挖沙船的轰鸣声吞噬着潦洲岛的哀痛与呻吟。毫无疑问,在这张照片拍摄后不久,这个岛屿仅仅只是个记忆,它存在过的地方,不留任何痕迹地成了湘江平静的水面。很多年后,它的具体位置恐怕都难有人说清了。潦洲岛离株洲市区很近,在建宁大桥南侧数百米远的湘江河心,长五公里,最宽处三百米。这个江心小岛周边喜长一种叫蓼草的植物,花开时节,紫红色的蓼花在碧水芦草间缤纷摇曳，一种绚烂的气势就这样摇曳出来。岛上成片成片的红，映照在水里，水底下天空上的云朵，在这片红色里游移漫散，美得人们说起潦洲岛，便会想起岛上的蓼草，久而久之，潦洲岛也被叫成蓼岛。

我不知道潦洲岛为何不叫梁洲岛，因为一直以来，岛上只住着一个姓氏，梁姓人家。说起这段历史，最早可追溯到明朝洪武年间。《梁氏八修族谱》记载："中湘潦洲古迹自洪武年间历屯，迨光绪初年，阄分三股，拱栋、材、桂三房，自洲头洲尾存……"这个家族，也就是现在的群丰镇合花村的梁氏家族。二十世纪七十年代前，岛上尚有数户人家居住，最多时有四五十口人。居民外出靠船，洲上没通电，农田在湘江岸边，慢慢地他们陆续迁出潦洲。但他们时不时会回到岛上，岛上有果木要打理，还有梁公庙要祭祀。方圆几十里，梁家的唯一宗祠就在这岛上。木质结构，庙内供奉了梁家来株洲后的历代先祖。族谱记载，梁氏祖先告诫后代，对于洲岛的管理，"树木务宜培植。"几百年来，岛上确实曾大树参天，许多大樟树由两个人合抱都抱不拢。梁氏后人回忆"到'大跃进'时期，开始砍岛上的大树，用船运过河。"潦洲岛上肥沃的沙土是梁氏家族富足生活的来源。直到二十世纪六十年代，岛上还果木成林，有李子、桃树、桑树，有樟树、柳树与斑竹，常年种植花生、西瓜、油麻等农作物。他们说，每年李子、西瓜可摘百十多担，用船装了，运到城里去卖。除了果木之外，梁家人还在岛上养牛养羊，农闲时节，打鱼为生，岛的正中间有一口很大的水塘，打来的鱼就放在里面养着。

一份落款时间为"一九八二年六月七日"的《株洲县国家、集体、单位山林权所有证》显示，潦洲属于当时群丰公社合花大队的集体山林，面积五十亩。现如今，这个所有证还在，潦洲岛却在株洲的版图上消失得无影无踪。

写到这里，我忽然为挽洲、古桑洲担忧起来，潦洲岛之殇会不会重演，我们无法预料，因为在这些沙洲的周围，每天仍游移着不少采沙船。有资料记载，从前挽洲岛面积为一点六平方公里，可是到了现在，挽洲岛一平方公里都不到，面积至少小了三分之一。挖沙还导致洲岛河床周围坑坑洼洼，河岸溃烂不堪。一位挽洲岛人向我描述它过去的样子，"以前挽洲岛东岸有个沙滩，沙滩是岛上的乐园，有大树、鹅卵石、坪地，江水打来还可以在沙滩上面漂浮……"挽洲岛人的快乐时光一去不复返了。这些年,采沙船的疯狂侵蚀,沙滩变成了深不见底的河道,从前岛东岸十余米深的河床,现在都被挖得有七八十米深了。

河床的严重毁坏,蓄水层定然遭到破坏,表河水会大量渗漏到地下。河水干涸、洲岛不复存在,也许在未来的某一天突然成为事实。从潇水与湘水的汇合处苹洲岛算起,湘江上大大小小有二十几个洲岛,这些湘江中犹如世外桃源的小洲,噩梦正在纠缠或者已经降临。默默奔流的湘江,其实早已默默流泪了,泪流进水里,人类无法看见。别再砍伐了,别再挖河床了,湘江要休养生息了。

绿水长流,洲岛常在。这似乎成了湘江的呐喊。

山歌

◎ 南泽仁

一

初夏，巴乌山谷的第一批龙胆花已微绽。这时候回去看望母亲，她会把深蓝的芬芳当作礼物送给分别已久的孩子。

巴乌村很小，只有十几户人家。村口响起车轮声，整个村庄都知道有人来了。母亲的家在村子最上方，走到磨房沟的分路口，我一眼望见母亲穿一袭黑藏袍，头顶一张镶狗牙花边的黑头帕，出现在家门口。她很清瘦，从路口看去，像是被风吹落在那里的。许是等太久，风湿病又开始在膝盖骨里作痛了，她一只手扶住路边的篱墙，倾斜着站在那里。我担心，一不小心，风又会把她吹走。

我朝她唤："阿妈。"

母亲听到呼唤，转头来看，并很快地从那带着淡淡忧郁的眉眼间升起微笑来答应。我快步上前去牵住她那只扶在篱墙上的手，两只手并不温暖却相互紧扣着。我们朝家门口走去，门下方的棚屋里传出藏獒浑厚的叫号，母亲对棚屋吼了一声："睡你的觉！"那叫声顿时就住了。这只藏獒，母亲养了十几年，它比我还要熟悉母亲声音里的情绪，就像母亲的关节熟悉每一个季节的细微变化一样。母亲拉动门上的一根皮绳，打开的半扇木门露出了老屋边上一间新修的白石碙子房。母亲看着眼前的房子眯上了眼睛，是被那崭新耀到了。

母亲说："我们去獐子房吃茶。"说着，引我去那间新房子。

獐子房，是牧人依照獐子喜好背风，向阳栖居，对栖居地留恋的性子起的名字。牧人为动物、食物和器物等起名都有自己的深意，听不懂本土藏语的人，单从这些名字就能猜出大致，并感知到它是精致的还是粗鄙的、清凉的还是温暖的。

獐子房狭长，两眼木格子窗外的夕阳为屋中的简单摆设镀上了淡淡的辉光。我与母亲对坐在钢炉两边的毪氇毡垫上，钢炉上的一截柏木由外向内燃烧出了白色的烟纹，屋子逸散着细腻圆润的香气。炉边煨烤着几块麦饼，一只奶锅里煮着酥油和奶酪，母亲将它们摆放在我面前，接着又盛满两碗奶茶。她一定觉得这算不上是一顿像样的餐食，才把这天黑前的晚饭委婉地说成吃茶。我却明显感到它们太丰盛了，因为我喝下热乎乎的奶茶时，抬头就能看见我一出生便改嫁到巴乌的母亲，这样的日子，我用了整个童年来仰望。

我和母亲，你一口我一口地吃茶。门外响起了牧哨，是继父桑吉赶着山猪回到了院中。他把两桶烫煮了巴地草的面汤倾倒进木槽里，随之响起了十几只大小山猪在木槽前站成一排酣畅吃食的声音。过了好一阵，桑吉才轻悄悄走进房门，他反穿着一件岩羊皮褂子，眼神像一头岩羊般温和。我唤他："阿沃。"这个称呼同时是父亲、叔叔和伯伯的意思。他将出衣边子揩拭双手后，为我们续茶，然后才去坐在母亲身旁端起母亲在他进门时就盛好的奶茶吃起来。

桑吉很安静，母亲也默然。他们并排坐在一起的样子，像两个很久很久以前的故事。

这让我想起了母亲在电话里提起的事情，晒楼上来了五六只松鼠，剥了十几颗核桃吃，不见有人赶它们就经常来晒楼找干果和粮食。又说，她的床头靠窗，有雨的早上，仰头就能看见窗口歇满了鸟儿。她想关闭那半辈子都没有动过的半眼窗板，隐藏起自己的动静，好让鸟儿们把这扇窗口当作雨中的归处。她赤脚走向窗户，缓缓地去关闭窗板，使它不发出丁点声音，但在最后一刻，鸟儿们还是感到了一丝风声，呼啦啦飞进雨里不见了。母亲感到了惭愧不安，像那关闭是一场驱赶。之后，好些时日也不见鸟儿们的叫声了，母亲想要重新打开那半扇窗，却惊喜地看见窗檐上筑起了几只新草编织的鸟窝。此后，母亲每天在鸟窝里撒上一撮碎青稞，喂养它们。她说，那些小嘴壳一起啄食的响声像雨点样好听。母亲说出这些话时,声音扬着高兴,像它们是她遗失在故乡的玩伴一样。

我问母亲:"那些松鼠还来晒楼上找吃的吗?"

母亲说:"常来。"

桑吉说:"人老了就成了树根,让小动物都感到安心。"

说完,他伸手去将一截燃到炉口的松柴往里送,那手像另一截半干半湿的松柴。"啪"一声,一个火星子迸出来,他的手同时嗖一下抽了回去。接着,他攥紧双手,又打开手掌朝着火炉取暖,粗大的指节发出了庄稼拔节的声音。我感到身后的窗口有一只大鸟倏然飞离时,屋子里的灯光一霎明亮起来了。我回头看窗外,原来是天地陷进了夜色里。我趴在窗口看,夜幽蓝,几颗星星在薄薄的山顶上忽闪。

儿时,我也爱这般趴在窗口看夜空,它是那么盛大。只是我的身后因为永久没有拥抱,便慢慢长出了一对想象的翅膀,轻灵而透明。

二

"我穿梭在一片灌木林里,前方有一阵细碎的人声,随声看去,是几个背影在林中逃窜,有的逃进了林子深处,有的逃进了一个长着绿苔的土包里。匆促中,他们身后遗落了几对银亮亮的脚印,看上去有些轻盈……"

一阵清脆悦耳的铃铛声把我从梦里摇醒,打开锅庄门,金色的太阳照亮了半个山谷。我踮脚从廊上往外探,一个穿白藏袍的瘦小牧人,赶着一群山羊转过母亲家的屋角,朝磨房沟方向去了。

我穿过种满洋萝卜的园子,来到一片响着水声的青草地梳洗。站在淙淙流淌的水声里,却不见水的踪迹。我拂开一丛青草,一片草梢迅速摇摆起来,只见一对野兔跳跃着跑向了远处的花地里。我的心回响着它们奔跑的节奏,俯身去看深深的溪水,水面上映照着摇动的青草,映照着看上去有些慌乱的我。掬一捧水洗脸,水在我的影子里逐渐透明,水底有富含矿物质的黄色石子在轻轻颤动,像金色的鱼群被两只前来饮水的野兔唤醒。离开前,我掩盖好那丛草,掩盖好那群颤动的石子,我们刚才的见面就成了这条溪流的一个秘密。

我在母亲对面落座,她没有问我昨夜的睡眠深浅。她的视线越过我的肩头继续看着窗外,我也随她去看窗外。她新鲜而特别地说:"今天,那片林子出现了四只白马鸡。以前,只有两只。"我的视线越过园子,越过退耕还林还草后的花草地,看到绿光闪闪的森林。我刚想说,一个白点都没有看到。那片林中就传出了一声紧似一声宏大的鸣叫,仿佛马鸡的肋骨是一台音色明媚的巴扬琴。

桑吉又吹响哨声,赶着山猪出门了。今天他们要到深谷中去,每一场夜雨都会打落许多林中野果,万物丰盛的季节,山猪们更喜欢自由地觅食。

"嘎吱"一声,有人拉动了院门上的皮绳。母亲转头去看门外,接着唤了一声:"绛泽。"那轻快的声音像在唤一头小兽。门口随之闪进一道白光,我认出来人是早上那个穿白藏袍的牧羊人。他径直走到母亲面前,神秘地露出宽大的袖口请母亲看,母亲的眼睛被里面的东西点亮了,她发出了"阿喷"一声赞叹。牧羊人的脸上就露出了欢喜的笑,他用那笑眼轻轻地看了我一眼,然后从袖口里取出两朵拳头大的猴头菇,在手中转动,令它们看上去像两只探头探脑的猴子样生动,这才送给母亲。母亲将它们放在窗口的阳光下晾晒,屋子平添了一份明晃晃的光。

母亲为绛泽盛了一碗奶茶,感到不能表达心意,她又往碗里放了一块酥油。酥油在碗中融化,他端起碗,轻轻地去吹开油面子,深深地喝下一口,然后放下碗,双手抱膝悠然自得地坐在炉边歇息。林中的露水打湿了他的头发,还有鞋子,炉火在体贴地为他烘干身上的湿气。他的脸颊瘦削,一双眼睛大而明亮。他看人的时候,看不出他的心意,仿佛是一只鸟在那里思考草籽的事情。

母亲为绛泽续茶,忽然想起什么事情就去问他:"绛泽,今天轮到哪一家看守谷口那片围起来的红豆草?它们真的能让巴乌这片老去的草场重新年轻起来吗?"

绛泽听后,放下碗,他用极短的时间思考后回答:"单是红豆草长得并不好,所以,今年县农牧局的科技人员又补种了几百斤大麦种子来养护红豆草,眼下能看到绿油油的景象了。估计明年就能年轻起来。"母亲第一次听说,大麦不仅可以喂养人,还可以滋养草,她像是听到了一种人生道理一样,微微地摇了摇头,表达一时不能悟透。

绛泽继续说:"前几天,我在谷口遇见两个人,拿着一张图纸朝我们村庄指指点点。我凑近去看,没有看出个中名堂。他们指着图纸上绿色的部分对我说,这是长满红豆草的地方。又指着中间方方正正的图形说,这是经过打造后的你们的住房。原来,那两个人是县上请来打造巴乌村庄的设计师。他们还说,巴乌处在清静迷人的深谷,距离县城不远,来旅游的人看了猎塔湖、伍须海,要是还想看看牧人落脚的地方,走进巴乌山谷就能让他们实现愿望。"

绛泽说到这里,环顾了一眼獐子房,母亲也谨慎地随他去审视自己这间还不完备的新房子。绛泽再说话的时候,明显有了几分设计师那样的腔调:下一步,他们就会改进我们的住房。他指了指獐子房的角落说,那里需要重新修造一个火塘。又指了指对面空空的墙壁说,那里要打一套实木壁橱,把青稞和麦子都装进去,把酥油擦拭过的铜瓢齐整一排地挂在上面,最好是让它们在黑夜里也能亮起几朵太阳,就像我儿时来你家锅庄跳卓舞的时候一样……

从前,母亲在老房子的锅庄屋为三个女儿的出嫁煮过六坛青稞酒,每送走一个女儿,村里的男女老少都会赶来围着锅庄柱子跳三天三夜的卓舞。他们吃完六坛酒,她也就送走了全部女儿。这老房子原是有些拥挤的,须臾间就空寂了,从早到晚伴随母亲的只有自己那忽前忽后的影子。令她完全寂静下来的事情是,她朝其中一间屋子呼唤一个女儿的名字时,屋子里传来的不是女儿的回应,而是她自己的回音。近些年,每到夏季,我都会来到这山谷中与母亲生活一段日子。秋季的时候,三个女儿忙着收割庄稼,就把她们的儿女送到母亲身边,请她帮忙看顾,这样的日子又会令她忙碌充实起来。

此时,母亲的脸上多了几分平和温暖,是想起了卓舞久远的旋律,远比青稞酒还要美妙。她提起茶壶,摇匀后为绛泽添茶,凝固的酥油又开始在碗口融化。母亲揉了揉一双膝头，不再问绛泽，他也不再说话，只端起碗喝茶，他品到了新酥油散发出嫩玉米的香味，脸上浮起了甘甜的笑容。

三

　　傍晚，我们围坐炉边，炉火馨香温暖。屋外听不到人声，像整个村庄只有一户人家一样。

　　炉上的一口锅子里煮着东西，不时发出咚咚的响动。半个时辰后，桑吉揭开锅盖，赤手从滚烫的开水中一把捞起一只木碗。这是桑吉用一个柏木疙瘩手工凿挖、打磨出来的，家中还有他雕琢的木勺、盘盏。它们成形后要经高温沸煮才不会出现裂口，且耐用。他用粗糙的手抚摸着那只碗，又举起来递到灯下端详碗上的纹路，他不出声地笑了笑，是对这件手工艺品感到满意。

　　母亲在半碗牛奶里兑入一把炒面，搅拌后放在簸箕面前。白猫先闻到食物的香气，喵一声从自己的怀中抬起头，声音纤细温柔，一双浅棕色的眼眸无所知地看着眼前的黄猫，看着我的母亲。母亲噘起嘴，朝它发出啜饮的声音，它就从簸箕里轻盈一跃，站在了木碗边上吃起晚餐来。黄猫听到白猫进食，它稍微抬头看它，接着像一小片夕阳般滑落在白猫面前。碗口足以容下两只猫儿一起相安无事地进食，但那只黄猫并不这样想，它伸出爪子去挠白猫的头，白猫的几缕毛发就凌乱起来，使它看上去是愤怒的样子。白猫把头从碗中移开，黄猫就自顾自地吃起来。白猫站在边上，眼神无处安放，它吐出粉嫩的小舌头开始舔爪子上的火光，一下又一下。

　　我伸手去抚摸白猫头上的毛发，让它看上去像之前那样优雅。它就顺着我的手，爬到我的怀中来蹲踞，它感到了温暖，迟缓地合拢眼睛又睁开来。我把它放在我的掌心里呵护，像捧起一朵盛开的棉花。

　　这时，屋门口无声地走进来一只大黄猫，它缓缓踱步而来的影子略有些虎豹的气势。它径直朝着两只猫儿走来，接着对两只猫儿叫唤了一声，白猫发出轻微的声音离开我的手心，像风吹落的棉花一样。那只黄猫也同时离开餐碗朝大黄猫走去，它们守着默契，一起朝门口走去，我从它们离去的影子分明看到了一场深远的迁徙。

大黄猫刚要跨出门槛，母亲转头对着它呵斥："又要把它们领出去喂恶狗吗？"桑吉在几分酒意和十分温暖中打起了瞌睡，母亲这一声吼，令他即刻清醒过来，他便转头同我们一起去看那几只猫儿。

大黄猫慢慢放下伸出去的前爪，后面跟随的两只猫儿也放慢了脚步。母亲保持着呵斥时的严肃表情看着那只大黄猫，它的蓝色眼睛释放着不定的光，使得整个獐子房的空气都凝固了。它呼哧一声消失在门口的时候，是从母亲的呵斥中觉悟到那是一句忠告。两只猫儿站在门内，看着逐步暗淡的暮色逼退了它们母亲的身影，它们没有呼唤。它们又回到了炉边的簸箕里，蜷缩在温软的羊绒上，像什么也不曾失去一样。

我对母亲说："孩子们应该跟着自己的母亲。"

母亲说："上月，它生了一窝猫儿，领出去一次弄丢一只，现在就剩这两只了。我要看紧点，这么大的老房子，难免有几只耗子。"

母亲看着簸箕里的可爱猫儿，眼光重又恢复了温柔亲切。桑吉裹紧皮褡子斜靠着墙壁睡了过去，他用一只手掌盖住自己的眼睛，远处的森林藏进了夜色里。

寻找

◎ 陈蔚文

一

三月，从沪回家的儿子在家待得百无聊赖，要求回市区的老房子看一看——在那儿，他度过了童年至初中的时光。

在老房子一面墙的书柜前，他问我："有没有太宰治的书？"

"没有，为什么想起他呢？"

"我前晚在想，以后上大学、工作……生命的意义到底是什么呢？后来我在知乎上看到一个回答，是太宰治的一段话，我觉得说得挺好。"

我没有问他那段话是什么，因为知道，有些打动过人的话并不宜再次转述或分享。我还知道，太宰治是位较厌世的作家，三十九岁投水结束生命。他会如何阐释生命的意义呢？

取了茨威格与尼采的书，我们离开老房子，走在我身旁的少年身材颀长，但比起身高更能说明他的成长的是——他开始寻找生命的意义，无论这意义是积极的，或暂且的消极，都是一个人走向成熟的标志。这意味着那个无忧的、单纯而安全的儿童乐园悄然关闭，再也无法回头，他正迎着陌生而变幻的成人世界走去。

"生命到底有没有意义，只要你这样问了，答案就肯定是：有。因这疑问已经是对意义的寻找"，史铁生先生说的。他还说，"人在追求意义的过程中创造了意义本身"。

只要开始了对意义的追寻，通向根本性的路就有了发端。

二

　　一个在加尔各答车站等待哥哥，却迷迷糊糊地误上火车，被带到千里之外的五岁印度男孩萨罗，经历了饥饿与各种惊险之后，进入了一所福利院。在那里，他被一对没有孩子的澳大利亚夫妇苏和约翰·布莱尔利收养。

　　二十多年过去了，长大后的萨罗遇到了女孩露西，开始了他的爱情。一次朋友聚会中，忽然，儿时吃过的熟悉食物"糖耳朵"开启了被他遗忘的童年回忆。已经拥有了新的名字、新的家庭和新的人生的他，通过现代科技，开始寻找亲人和最初的家园。

　　这是电影《雄狮》的剧情。我喜欢的演员妮可·基德曼在其中饰演萨罗的养母，一位善良的中产阶级女性。电影的前半部分很出色，画面与表演都有好电影特有的质感，剧情也惊心动魄。误上火车的小男孩在空荡荡的车厢里大声呼喊，奔跑，却无人应答。

　　呼啸的火车将他带到了千里之外。

　　成年后的萨罗被家乡的食物唤起血源深处的追寻意识后，有一次他无意间点开谷歌地图，找到了童年记忆残片里那座熟悉的车站，那个他沉沉睡去之后，再也没见到哥哥的火车站。

　　这部获得第八十九届奥斯卡六项大奖提名的影片，来自作者萨罗·布莱尔利本人的真实经历。五岁时，他在印度的火车上与家人失散，在加尔各答的街头流浪了几个星期后，他被送进了一所孤儿院，后被澳大利亚的一对夫妇收养。

　　这对富有爱心的养父母，给了萨罗一个被他形容为"天堂"的家。一家三口住在一幢大房子里，厨房里永远堆满了食物，"我最喜欢站在冰箱前，它一打开就透出阵阵冷气"。

　　养父母还在萨罗的房间挂了张地图，在"加尔各答"上钉了颗小图钉——提醒萨罗，别忘了自己的家乡。

　　生活安逸舒适，但萨罗的确没忘记自己的家乡。他找回了故乡，和亲人团聚，虽然哥哥不幸去世，还好母亲尚健在，为了等失散的小儿子回家，她一直住在当年家的附近。

萨罗完成了对原初身份的寻找,那是他血脉的源头,是他解决"我从哪儿来"的重要人生问题。不解决这个问题,"我去向哪儿"对萨罗或许就成了一次无根之旅。

来处与身份,它指向一个哲学性的恒久主题:我是谁?

"我是谁",根植于人生命体验的核心,"它将所有构成我生命的动力汇聚在'自我'这个谜团中:基因组成、信仰、文化、生活圈层,给予我滋养的人、伤害过我的人、我对人对己所做的好事和坏事、爱与伤痛的体验,以及很多很多其他的东西"。

寻找故乡与亲人,对萨罗来说意味着自我的真实性与完整性。

三

有关"寻找"主题的优秀电影还有很多,《菊次郎的夏天》《漫长的婚约》《公民凯恩》《雾中风景》《尤里西斯的凝视》……当然,还有重要的一部,巴西电影《中央车站》。

如果说《雄狮》中主人公萨罗的寻找是更接近地理与血源意义的寻找,那么《中央车站》中,主人公的寻找则折射出更丰富的内涵。

在巴西里约热内卢市火车站的候车大厅门口,一脸冷漠的退休教师朵拉摆了一个书信摊,专为来来往往、目不识丁的旅客代写家书。写一封信收一块,如需代寄,再加一块。然而她常常在晚上将这些代寄信件带回家,和女邻居一起,将这些信拆开,尽情地奚落取笑一番,然后把认为重要的信寄出,其他的信则统统锁进抽屉或干脆扔掉。

有一天,女人安娜带着她十岁的儿子约书亚来请朵拉写信,因为约书亚很想见他素未谋面的父亲。第二天,安娜与约书亚又来到车站,口述了第二封给孩子父亲的信。然而安娜刚出车站,就在横穿马路时被一辆疾驰而过的大客车撞了。

可怜的约书亚孤身一人,朵拉把他带到了家中,然后又把他交给了一个女人——约书亚并不知道朵拉把他卖给了人贩子。

朵拉对自己说,是为了让约书亚过上更好的生活,但良心的谴责让她当晚噩梦连连。未泯的良知使朵拉次日一早就去将约书亚救出了虎口。

也许在负疚感的驱使下,朵拉带约书亚到东北部去找父亲。一老一少,从南到北的旅程,伴随着大提琴厚重沉郁的曲调,他们一路争吵,发生矛盾,但随着长途车奔驰在广袤的巴西大地上,两人间的相处也在慢慢发生着变化。

男孩约书亚不再憎恶这个老女人,朵拉也逐渐寻回了她生疏多年的温柔情感,一老一少之间萌生了亲人般的依恋。

电影结尾,朵拉终于找到了约书亚的家。那一幢矗立在土路尽头的房子,让男孩约书亚狂奔着扑过去,他的脚边扬起一道白色的灰雾,朵拉在他的身后,看着前面男孩奔跑的背影,心里是释然,也掺杂着失落吧——约书亚找到了亲人,她完成了这一路的寻亲任务,而她自己仍将孤身折返。

同父异母的哥哥告诉他们,父亲离家找约书亚和他的母亲去了,哥哥赛亚和摩西热情地收留了他,等待父亲归来。

黎明来临,朵拉欣慰地离开了,她将回到里约热内卢的中央车站,继续自己的平淡生活……在护送男孩寻亲的这一路,也是她寻找自我的一路,那藏在冷漠背后久违的温情,在与一个小男孩的相处中被激发。

诚然,现实没有这么简单,冷漠的形成与化解都需要时间,重要的是,观众看到了希望——朵拉离开约书亚的那个清晨,她穿上了约书亚送她的连衣裙,再次对着镜子涂口红,这支口红说明朵拉打开了心灵的窗户,对未来生活抱有的憧憬来到了她心头。

在越来越亮的晨光中,她踏上了返程的客车。在这段长镜头的记录里,朵拉的脚步轻快,背影坚定。客车上,她给约书亚写信:

"你长大以后,开上自己的大卡车的时候,千万别忘了,我是第一个让你握紧方向盘的人……其实我很想念我爸爸,更怀念曾经的一切。"

——曾经,朵拉怨恨了父亲半辈子,觉得他是个不负责任的酒鬼。这导致了她的冷漠。虽然电影没有交代她的具体生活,但我们知道,她单身,并且不幸福。这一刻她终于释怀。护送男孩的一路,是她与生活和解的一路,也是她从付出中得到新生的一路——对于新生,去付出是唯一有效的方式。

就像推开一点儿窗,形成对流,向封闭中输送新鲜空气,以置换冷漠与沉闷。

伴随男孩的寻父之旅,朵拉一点点松动,释放出善意,她找回了"想念"这种温柔情绪,也找回与记忆的和解。

片中的寻找之路,伴随着沧桑与唤醒、怀疑与获得。一路的交会中,朵拉和男孩逐渐靠近、信赖,生出坚硬外的温情——这本身是"寻找"馈赠他们的。

四

"在这个世界上,谁敢说自己已经贯通一切歧路和绝境,因而不再困惑,也不再需要寻找了?我将永远困惑,也永远寻找。困惑是我的诚实,寻找是我的勇敢。"一位哲学家说。

寻找意义,寻找自我,寻找爱与美,寻找安宁,寻找精神的归宿……寻找,注定是人生的母题。宇宙万物里面,大概只有人类才有对"意义"的提问,这也正是人类区别于其他万物之所在。

"意义",标志着灵魂或曰"灵"的存在。那晚,儿子提出"何为生命的意义"后,我想如何与他讨论呢?对一位还不满十六岁的少年,关于"意义"的讨论兴许会显得枯燥且说教。

我自己又会如何回答这个问题?人又为何要追问意义之存在?追问是徒劳的吗?它如若不能实质地改变点儿什么,为何要追问与寻找呢?

那一晚,从阳台向下看去,对面公园小岛上的灯光倒映湖水中,变幻出极美光晕:它跳动着,闪烁着。水是虚空的,灯亦虚空,光映水中,幻化出的闪动光影却构成实在的美——这大概和追问有点儿类似,看似虚空的问题,在追问过程中却会实质性地影响人的生命。

水中花,镜中影,它们果真是徒劳的吗?并不是。

在光怪陆离的时代,无论是科技、伦理或生活方式都发生了巨大改变,自然的退隐与电子产品的占领也意味着这一代人不免要经历更多成长阵痛与迷失。

发问,意味着肉体从物质生活中脱离开,对精神层面进行介入与追寻,这显然是趟苦旅,可能陷入迷惘与虚无,也可能一直触摸不到那枚意义的果实,但同时,它也指向一种更为持久的、有厚度的生命状态。

在挺长一段时间,晦昧的青春期,我不也深为怀疑过生命之意义吗?钱锺书先生说:"快乐在人生里,好比引诱小孩子吃药的方糖……几分钟或者几天的快乐赚我们活了一世,忍受着许多痛苦。"那么,意义究竟在哪儿呢?

和几位女友小聚,我说起儿子的困惑,一位女友正读文学硕士的儿子也在,他说,他当年也曾经历这样的困惑,尤其是出国几年,因环境陌生动荡愈觉惘然。后来从阅读中,寻找到意义与方向。我想起自己亦是,在那些灰雾弥漫的日子中,是阅读一点点令光驱散了雾,如黑塞说的,"世界上任何书籍都不能带给你好运,但是它们能让你悄悄成为你自己",你见识到在丰盛与伟大的心灵中,亦充斥迷思与郁纡,而这并不能阻止他们对意义的追溯。

"人生虽不快乐,而仍能乐观",从渺小的自身出发,克服对孤独与未知的恐惧,在行走中去实证意义。

唯有上路,唯有交付,才能完成真正的寻找。正如电影《雄狮》中,年轻人萨罗踏上寻亲之旅,当他和生母紧紧拥抱在一起时,他回归血脉的河流。《中央车站》中,朵拉放下生计,和男孩一道上路,在帮助男孩的同时也将自身引向了救赎。

意义不是一个系着丝带的礼物,悬挂在那儿,等着某一瞬间你够着它,然后拆封。意义是点滴的汇聚,是窗外不停掠过的景物,意义在每棵树、每泓水、每缕吹拂的风、每片倒影、每次黄昏追逐黎明中,在为生活而尽的每一份力中。

这个六月,结束网课,早早放暑假的儿子和几位同学相约去四川,这是十六岁的少年第一次离开家的旅行。他独自去高铁站,推着行李箱,背着只硕大黑色双肩包,在骄阳下向我道别。

他的背影让我知道,寻找意义之路将会逐渐在他脚下展开。

那些陌生之地,以及更多他将要踏上的陌生之地,会在到达中变成熟悉,会帮助他照见心中尚未明了的角落,最终变成属于他的意义的一部分……

长城谣

◎ 李明忠

  第一次被《长城谣》震撼，在一九八四年春节。那时，文化生活还很贫乏，我所在的铜梁师范学校仅有一台黑白电视机。天寒地冻，人们穿着厚厚的冬装，挤在教室看春晚。在北京电视台的频道上，香港歌星张明敏惊艳登场。他其貌不扬，个子不高，戴着眼镜，深灰色围巾随意搭在胸前，一开唱却让人心旌摇荡，泪落沾裳。

  他唱的是《长城谣》，旋律凄婉而刚强，像一枚催泪弹，观众席上有了低泣声。循声望去，老年观众泪光闪闪情难自持。晚会结束，已是子夜，谈起《长城谣》，老人们依旧唏嘘不已。我这才知道《长城谣》已经冰封雪藏三十多年！当年，在铜梁，在日机轰炸后的废墟上，《长城谣》歌声激昂；在晨练前，从南京西迁到此的黄埔军校师生，必唱刘雪庵的《上前线》；在每天的日出时分，韩国流亡人士都要面朝祖国的方向跪下，然后，齐唱刘雪庵为岳飞《满江红》配乐的歌曲。从抗战过来的那代人，一说起刘雪庵就激动，因为，他们在民族危亡的焦虑中度过，在亲人离散的悲痛中煎熬，在炮火硝烟中流浪、逃亡，是刘雪庵的歌曲给他们希望和力量。

  那天晚上，我才知道音乐大师刘雪庵是铜梁人，原名刘廷玳，一九〇五年出生于县城东门盐店，当过私立养正中学校长。而养正中学的旧址就在铜梁师范，如今我每天都踩着先贤的足迹行走。

  铜梁以龙名世。自明朝洪武以来，每年春节龙灯会，旅栈客满，街巷堵塞，鼓乐擂响地动山摇，爆竹炸鸣火闪烟腾，欢乐的人流踩着鼓乐的节奏，追着舞龙队满城疯跑。小廷玳因模样乖巧，被选作灵童，坐在轿椅上，做舞龙队的先导。龙舞鼓乐耳濡目染，一颗音乐的种子播进了幼小的心灵。刘廷玳家对面是福音堂,悠扬的琴声时时撩拨幼童的梦想。小廷玳从小受家庭熏陶学习传统乐器,唱昆曲;后进私塾馆,习字临帖,读《三字经》《千家诗》《古文观止》。早期的陶冶,培养了刘廷玳敏锐的艺术感觉和浑然天成的童子功。

十三岁,人丁兴旺的刘家,转眼就寥落凄凉:巴川河涨水卷走了父亲,瘟疫肆虐吞噬了母亲,雪上加霜,两哥两姐和小妹相继撒手人寰。小廷玳在至亲的永别和衣食的困顿中,过早地尝到了人生的苦涩。

刘廷玳辍学了,挑煤,打柴,给县政府抄写公文,用稚嫩的双肩扛起生活的重担。一有闲暇,他就坐在窗前,拉二胡,吹笛子,沉浸在心爱的乐章里。天可怜见,十七岁那年,他受聘于县立中学音乐教师,两年后,考进成都工艺美术专科学校,向留日归国的李德培先生学钢琴、小提琴和作曲,开始以刘雪庵的笔名写歌,二十一岁学成归来,任铜梁私立养正中学校长,兼任县立高等小学和铜梁中学的音乐、美术课。

养正中学依山而建,林木苍苍,护城河绕墙根潺潺东去,流淌着如诗如歌的韵律。刘校长把学校办得风生水起。不料人生难测,两年后的冬天,他在成都的同窗好友周克明因共产党员的身份暴露,逃避通缉,潜到铜梁。刘雪庵收留他,给他化名王天府,安排做体育教员。日子平安无事,却因纪念"三·一八"惨案,控诉反动军阀的血腥罪行,县城学校数千师生夜里提灯游行,声势太大,地方政府惊恐万状,认定是共产党活动,而且嗅出周克明踪迹。刘雪庵犯了窝藏重罪,躲藏在铜梁县立中学校长练哲庵家里,一年半后,随着时局的变换,这才重获自由,却在家乡混不下去了。养正中学董事会怜爱其才,捐赠一百个袁大头,助其赴上海圆音乐梦。

一九三二年二月,刘雪庵考入上海国立音乐专科学校。这年,他二十七岁,学钢琴和声乐年龄偏大,便选择了理论作曲。

上海音专的校舍在辣斐德路(今复兴中路)1325号,清水砖假三层主楼,侧面是落地玻璃窗。虽然建筑简约,却有良师如云:校长肖友梅是中国现代音乐的教父,他从东京音乐学校学成归国后,在北平的大专院校开设音乐系,指挥北大马褂乐队演奏西洋歌曲,开风气之先。他的麾下聚集了黄自、应尚能、李维宁、周叔安、龙榆生、易韦斋等中国音乐大师和文学泰斗。世界知名的外籍教授亚历山大·车列普宁（中国名齐尔品）、查哈罗夫、苏石林、吕维钿夫人也是育才圣手。

入校不几天，炮声隆隆，那不是开学典礼喜庆的焰火，而是第一次淞沪战争爆发。民居、商店、工厂化为废墟，同济大学、中国公学、中央大学医学院相继毁于日军轰炸。音专被迫停课！刘雪庵心情沉重，倚天长啸：

> 我有三尺铁，我有一腔血，数千年文化，几万里河山，忍听她残缺？
> 愤起心头火，蒸出胸中热。雨疾风狂冲去也，誓把仇雠灭！

山河破碎，同胞血泪，化作壮士的呐喊和沉甸甸的责任与担当。

停战，已是暮春。黄浦江上，飘着膏药旗的军舰频频现身，租界里，全副武装的鬼子兵越来越多。音专校园中，杂草高及人腰，野猫追逐老鼠，成群结队乱窜。刘雪庵痛心疾首，倍感国家强大的重要，于是，悬梁刺股，奋发向上。

家国之爱化作悠扬的旋律流淌在黑白相间的琴键上。他开始了创作，作词写曲二者得兼。他的歌词形象鲜活，感情饱满，朗朗上口。最让人称道的是《踏雪寻梅》：雪霁天晴朗/蜡梅处处香/骑驴把桥过/铃儿响叮当/好花采得瓶供养/伴我书声琴韵/共度好时光！

词中有画，有芳香，有铃声、琴声、读书声，还有好心情。黄自老师欣然为之度曲。《踏雪寻梅》流传开去，给中国音乐史留下师生合璧的佳话。刘雪庵家贫，营养不良，面黄肌瘦又高度近视，镜片厚如酒瓶底，被寒微追逐，恓恓惶惶。他写诗自嘲：鱼沉雁杳/望眼欲穿了/床头金尽/便觉交游少/至今晓/漂流远道/哪及故园好？黄老师伸出援手，安排他给学校抄谱；将他的歌曲推荐到社会上去，缓解燃眉之急。新曲在百乐门响起，赢得了上海滩的赞声，像一只神奇的手，撩开生活沉重的帷幕，寒微的日子缤纷起来。

《音》新刊面世，同学们争相传阅，校园里又泛起一轮轮惊喜的眼波。齐尔品看中了《飘零的落花》，拿着校刊找作者。刘雪庵从琴房赶来，得意的眼神透过厚厚的镜片英气闪烁。齐尔品叫他，劈头一盆冷水："一点儿小成就，尾巴翘上天了？我告诉你，刘雪庵，中国小天地，世界大舞台。音乐家要有大格局，作品传到欧美各国，那才是真功夫。"挨了骂，刘雪庵心花怒放，连连向老师鞠躬。老师笑了："你这《飘零的落花》很适合配乐，努力吧，剩下的事我来做。"

齐尔品把他的《飘零的落花》《早行乐》《采莲谣》《菊花黄》加在一起，名为"四歌曲"，介绍到东京出版；把《布谷》《枫桥夜泊》《淮南民谣》名为"三歌曲"，介绍到巴黎出版。齐尔品还在著名的《音乐季刊》上发表了一篇《现代中国的音乐》，在文中特别称道：刘雪庵，一位很年轻的人，在他的钢琴作品、短歌及小曲中，表现出明显的中国风味，是一位极有前途的作曲家。

刘雪庵立马世界音乐的大舞台，倚风长啸，艺术人生从此光芒四射。这一年，他二十九岁，名列《大英百科全书·世界名人辞典》。

艺术家的生活不会白过，都会在作品中留下或深或浅的印记。坐过龙灯轿椅的小灵童，把"鱼龙舞"的盘旋扭滚，化为《中国组曲》《远看花》《红豆词》《惜颂》的优美音符，虬痕龙迹的线的艺术，使得旋律紧密衔接，环环相扣。他的音乐是民族的、抒情的，上口有味，自然生动。在五声音阶的运用上，没有谁像他那样潇洒自如，无往而不妙。他的《春夜洛城闻笛》《飘零的落花》《何日君再来》《长城谣》脍炙人口，誉满全世界。

刘雪庵是中国现代音乐民族化、大众化的先行者和奠基人。他创作了中国第一首钢琴奏鸣曲《C大调小奏鸣曲》，第一首钢琴组曲《中国组曲》，第一首钢琴独奏曲《飞燕》。

第二次淞沪战争爆发。

国有危难，战鼓催征。

宣传抗日救亡，中华作曲者协会应时而生，刘雪庵被推举为主席。田汉得到消息，就邀请他去扬子江饭店聚会，共商歌咏救亡良策。与会者有黄自、李惟宁、刘雪庵、贺绿汀、江定仙、陈田鹤、张昊、谭小麟、冼星海和沙梅。田汉认为，大敌当前我们要有自己的"马赛曲"，组织民众，提高抗日的情绪；感动将士的心，勇敢地击退敌人；鼓励后方民众，自觉地行动起来。抗战到哪里，我们的音乐就跟到哪里。

话题围绕创作和传唱展开。黄自教授乐意弯腰低首，进里弄教唱，让与会者钦佩。冼星海寻觅体现民族精神的题材，也令人期待。贺绿汀提出歌曲通俗化，得到认同。碰撞交流产生了不少金点子，可是，如何推动全国抗日救亡歌咏运动，一时拿不定主意。刘雪庵提议创办刊物，专发抗战作品，刊名《战歌周刊》，征得四五首歌，立即邮发全国，迅速传播。提议得到大家首肯，经费却是难题。刘主席新官上任，意气风发，愿景宏阔。他说："我有一点儿积蓄，给咱们中国作曲者协会办会刊，编辑部就设在我的寓所里。"他动情了，"日寇来了，战火燃烧，百万繁华瞬间化为灰烬，哪里还分你的、我的？我不能上阵杀敌，只能尽其所能，发挥音乐的伟大力量，把散沙似的四万万五千万人凝成一个铁的整体，把践踏我国的魔蹄赶出去。"刘雪庵的责任感、使命感深深感动了与会同仁。田汉研墨挥毫，题写刊名。中国抗日救亡歌咏运动有了这位铜梁人，变得波澜壮阔。

张寒晖的《松花江上》送到案头，刘雪庵很喜欢，却觉得太沉重了，与抗战高昂的气氛不相应。他在创刊号推出了《八·一三战歌》《募寒衣》《安全土》《中国空军军歌》。

新歌推出，传唱不如人意：有的走专业路线，曲高和寡；有的重歌词，剑走偏锋；歌曲雄壮豪迈，唱出来却散漫无力。分析琢磨，原因很简单：让人热血沸腾、心灵共振的歌没有写出来。

办刊初衷难以实现，刘主编忧心如焚，不胜高寒。

一九三七年十月中旬，第二次淞沪战争愈渐惨烈。一寸河山一寸血。中国军队一个师投进去，一天就灰飞烟灭！日本人以压倒性的优势步步紧逼，罗店沦陷，大场告急，苏州河破防，中国军队溃退西撤。文艺界人士大都走了，刘雪庵还在坚守。《战歌周刊》是抗日的号角，必须在杀敌的最前线，传递时代的心跳。他陆续推出了廖辅叔作词、陈田鹤作曲的《八·一三战歌》，贺绿汀的《全面抗战》，方之中作词、陈田鹤作曲的《巷战歌》，内容从杀敌动员，到孤军守土，局势越来越严峻，他的心情越来越紧迫：他跟自己较劲，不写出震撼人心的抗日歌，绝不撤离！

一九三七年十月下旬的一个深夜。康瑙脱路(今康定路)金司徒庙旁，刘雪庵寓所。流弹发出尖啸从窗外飞过，秋风扑进窗棂带来刺鼻的火药味，爆炸声浪掀动屋瓦在头顶哗啦啦滚动，街对面的建筑物着火了，烟雾弥漫，烈焰冲天喷涌，流亡同胞穿过烟尘疾步奔走恓恓惶惶。

刘雪庵两眼血红，双手颤抖，压抑和悲痛在心中翻搅，绝望与渴望的情绪如火苗燃烧。他渴望有一道长城挡住汹涌的贼寇，给同胞一片安宁的土地。啊，有感觉了！长城是中华民族的象征，绵延万里，于烽火狼烟中守卫故国和家园。额前闪过一道电光，心一阵阵战栗，刘雪庵坐在琴凳上，哆嗦着拿起多次想写，却又放下的《长城谣》歌词，低声吟哦：

　　万里长城万里长，长城外面是故乡。
　　高粱肥，大豆香，遍地黄金少灾殃。
　　自从大难平地起，奸淫掳掠苦难当。
　　苦难当，奔他乡，骨肉离散父母丧。

　　没齿难忘仇和恨，日夜只想回故乡。
　　大家拼命保故乡，哪怕敌人逞豪强。
　　万里长城万里长，长城外面是故乡。
　　四万万同胞心一样，新的长城万里长。
　　万里长城万里长，长城外面是故乡……

刘雪庵敲击琴键，敲出与歌词契合的音符，信手往下弹，激情喷涌而出，一浪接一浪奔腾向前，对日本侵略者的憎恨，对前方将士的感激，对民族自由、胜利的渴望一起汇聚指尖，变为苍凉悲壮的旋律，穿过战火硝烟，回荡在烈焰烛照的夜空……

记谱，哼唱，眼眶湿润，再弹，泪流满面。琴声徐缓平稳，减弱渐强，战胜强敌的艰难，回归故里的渴望，呼号奋发，一气呵成。这是一支金曲，将会超过以前任何歌曲的影响。他合上琴盖，抚摸着钢琴，心里怀着深深的感激。

这架钢琴是用创作《中央航空学校校歌》的奖金买的。音色的纯洁、音准的精确、低音到高音的过渡，都惊人的完美。好伙伴啊，他赞叹，不由想起词作者潘子农来。一年前，刘雪庵在上海艺华影片公司任特约作曲，潘子农的电影《弹性女儿》开机拍摄，请刘雪庵谱写主题歌，两人从此订交，文学与音乐，融洽默契，心灵相通。不久，潘子农的新电影《花开花落》，又请刘雪庵谱写主题歌和插曲。八·一三淞沪抗战前夕，潘子农写出了电影剧本《关山万里》，内容记叙东北京剧老艺人，在"九·一八"事变后，带着女儿流亡关内，自编小曲，教育幼女不忘国恨家仇。途中，幼女失散，被一位音乐家收养。音乐家谱成《长城谣》，由养女在电台歌唱，老艺人偶然闻知，骨肉喜得重逢。战争爆发，《关山万里》拍摄流产，上海文艺界人士开始撤退，潘子农踏上了西去重庆的征途。

刘雪庵把《长城谣》发表在一九三七年十月二十四日的《战歌周刊》第二期上。到了十一月十六日，《战歌周刊》出到第四期，上海战事进一步恶化，国民党军事委员会武汉行营电影股聘请刘雪庵为特约作曲，催促他紧急撤离。他乘海轮去香港，转道广州，在绥阳轮上，和文艺界抗敌救国会会长江陵重逢。聊到抗日歌曲，刘雪庵说："《松花江上》不适合当前形势，因为，东北沦陷、北平沦陷，上海已成孤岛，我们整个国家都在动荡，哪能还像怨妇一样哭诉哀告？要奋起抵抗啊！"江陵一听，就激动了，决定为《松花江上》写出《离家》《上前线》的续篇，合成《流亡三部曲》，休止逃亡音符，把哭诉变为刚强。第二天，在甲板上相会，江陵交出《离家》的歌词。刘雪庵顺手接过，就坐在舷梯上，以膝盖当桌子，疾书曲谱。两人同声哼唱，惊动了凭栏望远的郭沫若。郭沫若听出是在唱新歌，就叫过身边观景的歌星郁风。于是，"泣别了白山黑水/走遍了黄河长江/流浪逃亡/流浪到哪里/逃亡到何方/我们已经无处流浪/无处逃亡"的歌声荡漾开来。船到广州，郭沫若去电台演讲，接下来的节目，就播送了郁风演唱的《离家》。

一个礼拜后，在奔赴武汉的列车上，江陵写出了《上前线》：

　　　　走，朋友，我们要为爹和娘复仇！

走,朋友,我们要为民族战斗……

乐思早已成熟,一挥而就。刘雪庵用紧锣密鼓的曲调和一气呵成的节奏,酣畅淋漓地描绘出中华儿女奋起抗战、争取自由的壮丽画卷。《流亡三部曲》震撼问世,很快成为最流行的歌曲,传遍抗日的前方、后方。

刘雪庵到汉口,找到老同学夏之秋。夏之秋擅长吹小号,是刘雪庵在上海音专的学弟。一哼《长城谣》,他激动不已,他执掌武汉合唱团,正在犯愁呢,因为,全国各地的歌咏团云集汉口,阵容雄壮,给他很大的压力,他迫切需要一首好歌做打门槌,唱出武汉团的豪气来。而今,愁绪都随好歌散,他力荐学妹周小燕演唱,于是,带着刘雪庵去黎黄陂路5号的周苍柏公馆。周苍柏是银行家,周小燕的父亲。一九三五年,周小燕考入上海音专,第二次淞沪战争爆发后,父亲写信给她,把女儿召回了全国抗日中心武汉。

武汉各界为抗敌将士捐金义演。《长城谣》在汉口中山公园体育场首唱。

钢琴搬来,场地不平,夏之秋找到几块破砖头,塞出平衡。钢琴伴奏出场了,美国的鲁兹德施(中国名吴德施)的女儿弗南西施·鲁兹神情肃然,宁静的眸子射出蓝色的火焰。周小燕登台,向听众深深一躬,劈头一股深秋的寒风,额头却渗出了汗水。琴声响起,小号吹起,周小燕的心里打着小鼓,就要离开祖国,留学法国去了。如果失败了,就是泪洒伤心地啊。可是,不成功哪能激发民众救亡的热情呢?我们的国家正一步步走向灾难的深渊,每天听到的都是坏消息,这里被敌人占了,那里又丢了,她的心都快碎了。武汉街头源源不断的难民和伤兵痛苦得变了形的脸,在眼前浮现,悲愤的情绪浸透了全身细胞,奋力一搏的豪情在心中涌动。她微笑着对鲁兹点点头,仰起脖子,挺直胸膛,亮开歌喉,一路唱去。当唱到"自从大难平地起"的时候,观众掩面而泣,哭声一片。场上气氛感染着歌者,充沛的感情变为强大的气流冲向嗓子眼儿,清澈、明亮的歌声与琴声和百转千回的感情交会在一起,汹涌澎湃,奔腾不羁,中音到高音承转自如,完美无痕。伴奏终止,歌声消歇,全场气氛庄严肃穆,寂静无声。突然,几千双手臂一起挥舞,无数面小旗猎猎飘飞,掌声如雷声隆隆,叫好声如惊涛澎湃,观众忘情了,震撼了,捐金箱前排起长龙,衣不蔽体的难民,把捏得发烫的铜板塞了进去,性急的取下戒指、手镯、项链就往国旗上扔……

周小燕赴巴黎求学,俄国著名的钢琴家齐尔品听她演唱《长城谣》,非常高兴,称赞她"嗓音纯净,像水晶般坚实,像钻石般光彩"。《长城谣》是周小燕歌唱生涯的里程碑。此后,她在国际上获得十七次大奖。给人讲唱歌的秘诀,她总是说:有真情实感,就能唱出最美的歌。

潘子农西去重庆,由南京转芜湖,一路周折,终于到了武汉,在去武昌的轮渡上,宣传队正在演唱抗日歌曲,歌词很是熟悉,他一问,惊喜不已,电影《关山万里》没有拍成,《长城谣》却流传开了!这支曲子苍凉悲壮、淳朴自然,亲切优美,口语化,又有民族特色,真是一首好歌!他很想见老朋友一面,但是,行程匆匆,只得继续西行。

《长城谣》不胫而走,成为家喻户晓的爱国歌曲,据孙鲁在《战歌》第二卷第一期《歌咏在抗大》一文记载,在延安,最流行的歌曲是贺绿汀的《游击队歌》、刘雪庵的《长城谣》、郑律成的《延安颂》和吕骥的《抗日军政大学校歌》。

《长城谣》首唱,武汉合唱团走红了,团长夏之秋率团赴南洋宣传抗日救亡。在巡演途中,《长城谣》总是牵动着海外华人的衷肠。华侨捐款捐物支援抗战,有的甚至唱着《长城谣》,满载物资,回国抗日。

《长城谣》和《流亡三部曲》相继拍成音乐短片,成百上千次公演,成千上万次传唱。刘雪庵站在大时代聚光灯下,抒不尽心中欢快。

携着《长城谣》的声望,刘雪庵与郭沫若联袂创作了《碑颂》。一九三八年七月七日,汉口中山公园,纪念抗战阵亡将士纪念碑奠基典礼,中国国民政府委员长蒋介石率陆、海、空三军将士和各界人士四千余人,齐唱《碑颂》,宣示与日寇血战到底的决心和意志。典礼结束,刘雪庵升任少将设计员,进入政治部第三厅,继续办《战歌》。这是刘雪庵首次担任军职,"投笔从戎"是中国知识分子奔赴国难的大义之举。

武汉保卫战打响,刘雪庵把《战歌周刊》办到了重庆,可是,烦恼敲门了,一声比一声揪心。

重庆是战时首都,政治文化中心。《战歌周刊》发行扶摇直上,突破五千份,抗日歌咏活动风起云涌波澜壮阔。做了天大的事,刘主编却有苦难言:物价飞涨,资金捉襟见肘,于是,精打细算,变铅印为油印,刻蜡纸指头茧疤重叠,推油印额头沾着油污,蜡纸印数过多,版心不正,字迹歪斜,油墨点点,就像五官不正、面有雀斑的姑娘,让人看了不舒服。积蓄耗尽,眼看就撑不下去了,刘雪庵给治部主任陈诚打报告,申请津贴。陈诚回复:"所陈按月津贴一事应从缓议。"这一缓就杳如黄鹤,云天苍茫。

《战歌周刊》从一九三七年十月创刊,到一九四〇年四月,出版两卷十八期,刊发歌曲一百二十四首,除了部分儿童歌曲,抗战歌曲占百分之八十。刊物上出现了杜矢甲、陆华柏、胡然、沙梅、劫夫和周巍峙等新面孔,年轻的音乐人才走进公众视野。

终刊,万般不舍,就像一个慈父遗弃亲儿子,那种伤心和疼痛,外人无法体会。

《战歌周刊》珍藏在重庆北碚图书馆。当我刨开岁月的尘土和枯叶,眼前呈现的不是泛黄的文物,而是一个音乐家爱国爱民的赤胆忠心。

《长城谣》再度唱起,是在二十年后,一九七七年三月二十三日夜,至交家里的私密空间。

刘雪庵在幺儿搀扶下,走进中央音乐学院一座筒子楼,敲开了老朋友夏之秋的家门。雪庵一落座,忙不迭说道:"之秋,我不是右派了,改正了,今天下午宣读的文件。"一个幸福,两个分享,就变成两个幸福了。他盯着之秋,心底吟哦着莎士比亚的名句,一双近乎失明的眸子闪着激动的光,似乎顾盼生辉了。

夏之秋受了感染,起身拿过小号,深深一吸气,《长城谣》吹响了,音色热情奔放、明亮锐利,流淌着灿烂的光辉。一曲终了,觉得不过瘾,吹响了《离家》的曲子,紧接着,《上前线》的旋律铿铿激昂。二十年匆匆岁月一大梦,销声匿迹的曲子今夜喜相逢。清泪涌,眼蒙眬,白发颤动,双手颤抖,刘雪庵像拥着失散多年的孩子,痴痴地傻笑。

张明敏演唱《长城谣》的时候,刘雪庵僵卧在床,一听到歌声,哆嗦着,要坐起来。他感到一股暖流随着旋律在涌动,就要喷薄而出。他振奋、激动,一缕灵思如屦弱的火苗在风中飘曳,他要写歌,就着生命的余火,和潘孑农最后合作一次。"《衷心颂》,快念给我听。"他呼喊幺儿快念。

听了一遍,又听一遍,他微笑着,点点头,流着泪,喃喃自语:"谱好,一定要谱好!"他按着钢琴,摸索着,眼睛凑近纸片,记简谱,突然头昏,大脑缺氧,呼吸急促,大口大口吐着粗气,手中的笔掉落地上……歌谱被风吹起,在屋里翻卷。

刘雪庵被送进医院,病危通知下达,却因不可告知的原因,住不进高干病房,只能住在楼道里。白天人来人往,脚步嘈杂;夜里,长长的走廊上,灯光笼罩着一声不响的恐怖。

一九八五年三月十五日,刘雪庵辞世。终年八十岁,一代爱国音乐知识分子溘然谢世。

长城永固,抗战七十周年纪念,《长城谣》被中央电视台选作公益广告,是时间对经典的记忆;二〇二二年北京冬季奥运会,《长城谣》被用于申报片的片头曲,则是空间与名曲的遇见。在"万里长城万里长"的优美旋律中,雪花飘过长城的烽火台,飘过故宫的角楼,飘过滑雪杖下的崇山峻岭,在五大洲不同色彩的眸子里流转,惊艳了全世界。

西方人称音乐为上帝的语言,中国人把音乐誉为天籁之声。音乐流淌人性之美和生命之光,是灵思所致,是内在感情的宣泄和抒发,是人类本性的需求。这样的音乐是不朽的,正如《长城谣》《何日君再来》,时间越久,越是清辉皎洁,光彩照人。

朝圣

◎ 李晓君

一

　　我从不安中醒来,听到门外窃窃私语。我的意识稍微恢复,但身体受制于漫长旅途的疲惫和对黑夜的习惯性沉浸,仍处于深度睡眠中。也许门外的窃窃私语是我的幻觉,或是我之前几个小时,从火车站到达这个村庄,在旅社登记入住时第一眼直观印象的强化和叠加。我为什么会出现在这里?在几天前都是毫无预兆的。那时我在南方中部省份一个县城度暑假,手中摇着蒲扇,脚上穿着蓝色拖鞋,周围的人和我一样,脸上是唉声叹气的表情——炎热的夏天虽司空见惯,但仍不能使人适应。白茫茫的蒸汽般的空气里,热浪无处不在,足以烤化一切。人在这种季节里是最没有耐性的。突然地,洋出现在我面前,他的黑色身影遮挡了部分阳光,使身体轮廓周围的光亮更加刺眼。他像一个自带光环的天外来客,突然出现在我家厅堂。奇怪的是,他身上还背了一个竹躺椅。洋脸微黑,几近于僧侣的短平头,方唇、高颧骨,眼窝深陷,沉默讷言是他给人的强烈印象(事实上也确实如此)。他穿一件黄绿色的被汗水浸透的短袖衬衣,下身是条深蓝色宽松短裤,脚上的凉鞋穿出了点草鞋的味道。简言之,他给我的感觉就像历史书上的玄奘法师画像。

　　第二天,我就被洋带上了北上的列车。他仿佛是来拯救我脱离火海的高僧。火车上的闷热比室外更甚。我不知道为什么那么多人在暑假拥向北京,仿佛是去布达拉宫朝圣的虔诚信众。北京西站周围到处是挥舞着小旗子的旅行社工作人员,他们接待一拨拨来自全国各地的人。人们怀着异常兴奋的心情来到祖国的心脏。不停地有人提醒注意秩序:车站工作人员、公交车售票员、站台戴黄帽子吹口哨的大妈……在那个年代，人们乱哄哄的看起来像是盲流。宽阔的长安街上，谁是北京人，谁是外地人，是一眼就能看出来的。

——这一切，是我日后的观感。事实上我随洋到达北京西站时是深夜。我们在车上站了三十多个小时。这样说也许不准确，我们分别在两节车厢之间的衔接处、在座位间的过道上坐过若干个小时。当人迷迷糊糊坐在拥挤的过道上，有人经过提醒你小心迎面而来的脚时，是极不舒服的。起初我们还骄矜地背靠座椅站着，装作不屑和同情地望着车厢里席地而坐的农民和务工者。降温全靠头上的电扇，有人粗暴地抬起窗玻璃，从窗外灌入滚烫的风。人们前胸贴着后背、密密麻麻地挤在这"蠕虫"的空间里，高速运行在铺着枕木、铁轨的大地上。有那么一段时间，我似乎还寻得了座位下的一片空位，挤进去，短暂地、踏实地趴在那里睡了几个小时，以对抗疲劳带来的困顿和无力感。洋始终小心地保护着他的竹躺椅，他找到合适的空间把它塞进去了，而没有利用它本身应有的价值。我也许记错了，他也可能为它办了托运。时日太遥远了，已经无法确切地去核实。总而言之，洋出生在一个长满竹子的山乡——这种南方的植物，根本就不需要人栽种，它们自己会在丘陵和山地之间拔节生长，只一个春天，便长成一副老成的模样。那些偶尔遭遇雪害的竹子倒在地上，腐烂在那里，并无人疼惜。

绿皮火车像一根倒伏的巨大竹子，它空洞的竹节内，人们像米粒般塞得满满当当，已经快要煮熟了。在灿烂夏夜的星空下，半寐半醒的人们，偶尔会有片刻对阴凉的幻想——那是虚脱的身体麻木后的迟钝反应。我第一次坐这么远的车。出远门的兴奋感渐渐消失，逃离南方火海的热望也在身体的极度虚弱中被浇灭，顿感前景不那么美妙。一种外省青年的焦灼开始在体内蔓延，这种感觉在到达北京郊外的村庄时更加强烈。

因为到站是深夜，我们没能第一眼见到雄伟、壮丽的北京城，而在漆黑一片中上了一辆黄色面的。洋指挥着面的师傅去往给定的地址。不知是出于不信还是什么原因，总之，洋的语气和神态显得比较焦躁。到达西八里庄又一村时，我们下了车，拖着行李走进寂静的、充满西瓜腐烂味儿和公共厕所腥臊味儿的胡同。洋并没有带我去往他的出租房,显然出于怕深更半夜打扰房东的心理。我稀里糊涂跟着他在村里兜转,他也不想解释什么。终于寻到一家旅社,叫醒了昏睡中的服务员。住宿价格显然超出我们心里的预期。现在是暑假,京城一铺难求,到处是来京旅游和务工的人。从下火车到旅社登记住宿的过程中,一直是洋在主导,他在我面前扮演着一个有经验的先行者角色。而这过程中,看得出来他思绪的混乱和盲目。我充分信任他,像跟随玄奘去往西天取经的猴子,但忘记了,我们其实是同龄人(他仅长我两岁而已)。我们是同学,这层关系是几年前在本省一所中部师范学校缔结的。某种意义上来说,我们都是初涉社会的年轻人,没有多少经验可言。我之所以感觉混乱,是因为洋无意中显示出一种大哥的状态而实际上肩膀孱弱。甚至,在登记入住时,他曾用眼神暗示我。我虽迟钝,但还是领会了他的意思,只是服务员报出那个高得离谱的价格让我吓了一跳。在来不及表达疑惑的时候,她凶横地瞪了我一眼——那针扎般的感受,永难忘记。

二

　　洋将竹躺椅作为礼物送给了房东。他用这种淳朴的热情争取她的好感。确实,竹子是种过了长江便难以生长的植物。用上一张来自南方的纯手工做的竹躺椅,有种不一般的新鲜感受。显然这是在房子租赁费用之外附加的(而它也出乎房东的计划)。我当时觉得,洋这种万里送竹躺椅的行为,足以让人感动,但其实不具有必要性。

　　房东是个女胖子,齐耳短发,肤色偏黑,说话的声音像唱歌(我的意思是情绪会反映在她的声调里),眼神空洞却也犀利。她从工厂下岗在家,成为纯粹的家庭主妇。丈夫是个瘦高个儿(一星期后周末我才遇到),长脸,锅盖头,见人一副讨好的表情——显然是家庭地位形成的条件反射。他在天津一家工厂上班,只在周末回家。他们有两个女儿,大的(好像叫王琨)在首都一所大学读二本,小的(王珉)正在读高中。后者我们几乎没有机会见到,与我们打交道的都是女房东本人。她始终有种对外地人的防备和警惕。洋的竹躺椅是化解她的防备的弹药——一开始是奏效的,她露出半是客气半

是真诚的惊讶,喜滋滋地收下了这份礼物,说:

"小谢,你太客气了! 有什么需要尽管对大姐说就是。"

我暂时看不出有什么需要她出面的,这是我不懂世事。实际上办理暂住证什么的,还真的需要。警察会时不时地到出租屋来检查,对于未办理暂住证者会毫不客气地驱赶。我老家有不少来自西南某省的农民,他们承包山区的稻田,在砖瓦厂务工,从未听说他们要办暂住证。但这里是北京。我年轻时总是少见多怪。

女房东短暂的热情过后,便重新架回了冷冰冰的设防的面具。这是一个小四合院的前间,有扇门通往院子(平日关闭着)。房子约二十平方米,除了一张床、一个冬天取暖的炉子,便无其他。我到来后和洋合租。我们的关系,在同学时便被人称道。我们属于那种被认为学习用功、成绩出色的人。我情愿这种说法用在洋身上,而自己则会觉得害臊。我其实是个内心不安定的人,没什么追求,一切顺其自然,唯一有点模糊的想法,就是想从事与艺术有关的精神活动。这也是我痛快地答应洋与他一起来北京的原因。

洋与我一样,起初是个乡村中学老师。他在《美术》杂志上看到北京卡玛美术公司招聘画师,成功应聘了;半年后,利用请假回来处理私务的机会,前来邀我携手创业。是的,他用的"创业"这个词。这个含糊的表达足以掩饰内心的真实想法:成为一个出色的职业画家(那时他的偶像是靳尚谊、杨飞云)。若不济,就利用才智发点小财,使父母摆脱贫困的境地。当然,他的期望一直寄托在前面这个选项上。

卡玛美术公司租用北京外文印刷厂大楼某层。足有上千平方米。楼上楼下都是大型油印设备喧响的印刷车间,新鲜的油墨气息无处不在。这层楼原先也是印刷车间,出于某种原因,成了卡玛公司——它的总部在韩国,北京因为劳动力价格优势、美术人才的丰裕以及作为国际大都市的天然影响力,取代了原先设在韩国首尔的公司,成为在京注册的外资文化企业。某天,我出于好事者的无聊,在百度上查找,发现这家公司还在,显示公司现在位于通州区宋庄镇小堡村佰富苑工业区院内。同时看到的,是一则北京通州区人民法院民事判决书,它与一家艺术品有限公司有一桩租赁合同纠纷。在另一则相似的信息里，原告撤回诉讼，他们之间和解了。

应聘环节，就是给定一张油画照片，在规定时间内画出来。不到半天时间，我完成了考试，过程很顺利。起初已经淡忘的面孔在作此文时，清晰地浮现出来：一张圆脸、小眼、平头，说一口流利朝鲜话，三十岁不到，个子中等的男人（长得有些像年轻时的陈佩斯），以主管身份出现，穿一件横条红蓝相间的 T 恤，搭配牛仔裤、尖头皮鞋。他姓崔，来自延边朝鲜族自治州，在韩国的李先生不在时监督日常工作。李先生每月来一次，一次待几天，负责验收画师完成的作品，逐件过目，入库或者打回重画——对后者，他总会装作愠怒似的举起翻画的手杖去打那位不合格者，周围的人则在紧张中报以轻松的笑声。小平头作为我的主考官，对我进行了测试。他看了看我的画，又看了我一眼，嘴角露出半是满意半是讥讽的微笑算是测试合格。

当我走进画室，一种艺术工业气氛扑面而来。目测之下，足有二百多位画师，在一排排大木板隔成的位置上，热火朝天地干活。广播里放着单田芳的评书《隋唐演义》。在这声音的灌溉下，来自四面八方的人，专注得仿佛石像般沉浸在某种特定空间和情境塑造的形式感里。

三

我又回到了集体生活中。尽管事先有所想象，但眼前的一幕还是让我有些意外。空中挂满了晾干的画布，因为涂着鲜艳的油彩而有些像万国旗：古老的中世纪欧洲贵族狩猎游戏、宫廷浮华虚伪的生活、质朴的田园风光、宗教意味浓烈的《圣经》故事、印象派风格的风景画、玻璃器皿闪闪发光的静物（总有无辜死亡的野雉倒在一旁）、袒露雪白胸脯手拿折扇丰腴的贵妇人、丘比特以及在秋千上缠绵的年轻恋人……此景，又让人想起张艺谋电影中习惯运用的色彩刺激的高高挂起的染布、帷幔。

洋告诉我，不少画师毕业于美术学院，有些还是大学老师。似乎想刻意忽略商品绘画这一事实，而有种走向艺术理想的虚幻感受。

两百多位画师中的大佬，是一个据说来自吉林艺术学院的老师，与主管一样姓崔。这个满脸络腮胡子的家伙，自始至终不发一言。他所有的激情,似乎只在面前的画布上,画作在欧美市场很受欢迎。他作画方式传统、古典:起稿、铺色、塑造、收拾,都一丝不苟。他的冷漠和专注让人产生一种是在为艺术献身的敬畏感。

"他是个真正的画家,"洋以不容置疑的口吻说,"他很了不起。"

我表达了忧虑:"他虽手上功夫好,但这与真正的创作好像不是一回事……"

洋擅长临摹以光影著称的伦勃朗。他笔下的伦勃朗自画像及《夜巡》之类的作品,惟妙惟肖,几可乱真,也获得李先生的激赏。每次验画时,李先生边用铝制手杖小心地翻着一张张一模一样的伦勃朗忧虑的酱油色头像,边发出"呵呵"的笑声,像是一个成年人不小心在地下室翻出童年时的宝贝一样开心。李先生长相比较富态,但不像那种脑满肠肥的商人,而有几分儒雅和幽默。他长着一张典型的韩国人的脸。

洋临摹伦勃朗的情景是这样:将十来张四开的画布一字排开,采用流水线作画的方式,同时完成十件作品,又快又好。这种作画方式在我们公司是仅有的,别人想学学不来。有个自称四百年才出一个的口出狂言的家伙,相貌堂堂,在国画界有很大的名气,据说也用这种方式画画。洋在他面前算是小巫见大巫了。

其实从第一天开始,我就认清眼下的工作与自己想从事的某种精神化的职业相去太远。我的想法有些虚无缥缈,不着边际,其时已经发表不少诗歌,一直在为从事绘画还是写作而摇摆。北京,也许是可以实现梦想的理想之地,但我从来不是一个很有主见的人,甚至对那种看起来信心满满、志向笃定的人稍有反感。我是个相对主义者,对未来缺乏规划,甚至内心深处向往把自己置于一种不安定的情境中,仿佛一切皆有可能。几个月以后,我大致在心里有了选择:更倾向成为一个诗人。

我隔壁是个来自河南商丘的小伙子,个子瘦高,肤色枯黄,头发凌乱,看起来像是农民工,嘴里总是念念有词,有时不小心爆出几句来(戴着耳机听崔健摇滚乐)。他摇头晃脑,身体似乎要随着音乐蹦跳起来。我忍受不了他的画风,貌似是在用油画颜料绘制工笔画。他对色彩缺乏基本的敏感,画作与其肤色相仿佛:枯黄、黯淡,就像一块烧焦的干渴的土地。其实,公司的颜料全部来自进口,色彩艳丽、纯净,饱和度高,品种多样。有专门的工人推着四轮车,给画师加颜料。车上的颜料如一罐罐美食,被侍者分到你的"餐盘"中。掌握这个推车似乎就握有某种权力。当她熟练地将一勺勺艳丽的颜料搁到你的调色盘上,仿佛对你是种恩赐,是种褒奖。这项工作的微妙之处在于,要掌握画师的脾性、作画进度,颜料要分得恰恰好,既够用,又不造成浪费。

从事这项工作的,是个子娇小、纤瘦、俏丽的裴姐。她是大佬崔的妻子。他们有一个六七岁活泼的男孩,一家三口举家来到北京。小男孩不时跟在妈妈后面,与画师们打得火热。这样的组合在公司是仅有的。裴姐看起来严肃、不苟言笑,但她白净、明丽的脸庞仿佛冰层裹着火焰,有种微妙但锐利的激情在荡漾。危机似乎在他们身上隐现,这从裴姐的表情可以看得出来。她年轻、漂亮、有知识,原以为随丈夫来到北京,开启的是个朝向浪漫、充满前途的旅程,谁料想是在京郊一家国有企业喧嚣的厂房内部,日复一日从事一种枯燥的、需要耗费大量体力并且丝毫没有改善可能的工作。这份工作随便一个女工便可胜任,那份屈才的不满在裴姐愤怒的眼神中喷射。况且,他们唯一的孩子已到学龄,假使是在延边,大可以上一所很好的学校,现在却仿佛失学儿童,混迹在一个被"囚禁"的成人的世界。因此,我理解崔的沉默不语。那一定是来自下班后出租屋里的埋怨、争吵甚或冷战。

我注意到一个来自长沙的女孩,个头儿挺高,涂着鲜艳的口红,年轻但有一种意大利演员莫妮卡·贝鲁奇般成熟、艳丽的美感。午休时,以她为中心,几个画师玩踢毽子游戏。这个总是喜欢穿牛仔装的姑娘,有种吁请浇灌、渴求般的热烈眼神和情欲过度或未曾满足的苍白脸色,因而使她的红唇显得更加醒目。午休是一天工作难得的闲暇,不少画师靠着椅背打盹儿,那几个总是固定的玩伴则开始一成不变的游戏。

我身后是个毕业于新疆师范大学的帅小伙儿阿里木。这是个充满激情的乐天派,画风介于俞晓夫与何多苓之间。

就他的画,我和洋展开过讨论。

"提香说，没有脏颜色，只有摆错位置的颜色，阿里木就是明证。"

　　"阿里木也许不错，但他的风格过于奔放，不够精微细腻。"

　　洋是唯美主义信徒，在他的精神谱系里，永远供奉着弗雷德里克·莱顿、康拉德·基塞尔、沃特豪斯等诸神（都以精细的写实著称）。他的趣味停留于甜腻的视觉愉悦和照相写实。

　　至于我，在我们这个可怜的小地方，在一个师范学校受到的浅表艺术熏陶，还不能让我完全欣赏"野兽派""立体主义""波普"等现代艺术，我的审美在印象派、后印象派之间。那些表达主观情绪的绘画，如凡·高、高更、塞尚的作品我很喜欢。

　　印刷厂外是灰暗的大街，几个快餐摊我们经常光顾。偶尔见到一辆马车停在树荫下，赶车人脸上盖着草帽靠着车辕休息，手中的鞭子被风轻轻吹动，连同秋天的叶子，在轻微的瑟瑟抖动中，有种无言的悲怆之感。

　　（文有删节）

豆子的境遇

◎ 王兆胜

　　日常生活中，米面是主食，豆子为副食。不过，豆子种类繁多，非常实用，深得人们喜爱。最常见的有黄豆、绿豆、红豆、黑豆，也有豌豆、芸豆、扁豆、蚕豆、茴香豆等，大家喝粥、吃菜、饮酒、养生往往都离不开它。然而，不少人对豆子却有偏见，多贬损语，不太好的说法有"目光如豆""胆小如豆""豆渣脑筋""箪豆见色""两耳塞豆""豆重榆瞑"等。

　　豆子很小，在食物中，除了米，恐怕就是豆子了。不过，豆子虽小，作用却甚大，它是人体所需蛋白质的主要来源，还是去火、利尿、消暑的良材。豆子像米一样，单看上去很小，汇集在一起就成为山、变成河，囤积起来更加丰实饱满与流光溢彩。据科学研究，豆子的蛋白质高达35%—40%，一向被认为高蛋白的猪肉也只有20%。炎热夏天，一碗绿豆汤可立马解暑降温，功效远胜于绿茶甚至药物。当豆子经由传送带运行，堆积如山，进入粮仓，聚集在一起的豆子也有了富足感和温暖感，再也不是单独时候的孤独渺小，很容易被忽略了。

　　与地瓜、土豆这类生长于地下的植物比，豆子多了些自豪和张扬，它悬挂于豆秸之上，顺着篱笆上爬。不过，它一般不会爬得太高，而且喜欢被豆荚包裹，有点深藏不露。豆蔓开花，那一树一片的豆花特别亮眼，仿若是一些翻飞的蝴蝶，有点非人间物的感觉。当眉豆开花，其艳丽无比，将它们说成仙女下凡也是可以的。眉豆花是大地的语言，也是天空的符号，还是神仙在人间点亮的彩灯，这样的美往往是可遇而不可求的。

　　挂在空中的豆荚像一张张名片，成为童年乡村的亮丽风景。不过，很快就有阵阵轻风吹过，在阳光的照耀下，早熟的豆子就会爆裂，像早产儿似的呱呱落地,并与金黄的枯叶一起点缀着大地。此时,豆子充满寂寞,也多了些孤独与茫然,它们仿佛在用圆满与晶亮诉说秋意,也为自己的一生画上一个个圆满的句号。

那些收割后的晚熟的豆子,连秸带荚一起被运到打豆场,庄稼人就会摇动长扁豆似的梿枷把豆子打出来。此时,孩子们就会听到阵阵夹杂着欢乐与痛苦的声响,这是来自豆蔓和豆荚,也是由梿枷发出的。为了将豆子与豆荚分开,农民就用大木锨将它们高高扬起,豆子被送上天空,充分享受弧线的快乐与自由的飞扬。这是豆子会飞的时光,也是它身居豆荚时做的好梦。

作为果实,红薯与土豆有些呆头呆脑,甚至显得特别愚蠢,然而豆子却显着灵光。如细加观察,每颗豆子上都长了眼睛,那是心灵的外化,也是天地的法门,还有着一种别样的美丽。特别是红豆,这个被人们寄寓相思的爱情信物,其实有着一种不自美的天然之美。红豆中有朱红、柿子红、橘红、豇红,这是红中显出的富于变化的各种层次,也是包含"中国红"的各种颜色。红豆的外表有火一样的激情浪漫,内心却是纯正、自然、宁静、悠然的。豆子,特别是红豆,还会变成眼睛,被那些做面人点进工艺品,于是王八配上绿豆眼,白兔子长了一双红豆眼。

"煮豆燃萁",曹植对豆子与豆萁充满悲悯。其实,豆子的苦难与磨砺不止于此。豆子被磨成面粉,豆子被人放在嘴里咀嚼,豆子被长期腌制,豆子被蒸、煮、炒、爆,哪一种都不是人能忍受的。其实,"豆"这个字本身就是蒸锅的形状,上有盖子、下有火、中有口(也是锅)。俎豆是古代祭祀的器具。这样看来,用俎豆来"煮豆燃萁",会让人们生出更多的感怀。但豆子可能不这样想,作为植物它生来就是为人类所用,以牺牲精神奉献出自己,只是有的人感恩,有的没有甚至熟视无睹罢了。当然,在豆子中,也有"石豆子"和"铜豌豆",这些豆子中的异类让人既爱又恨。"石豆子"像石头,仿佛铁了心不为人所用;"铜豌豆"如风月场上的老手,"蒸不烂、煮不熟、捶不扁、炒不爆、响当当一粒铜豌豆",根本不理会人的想法。

豆子的"硬""实""圆""满",都是好寓意。据说,不少围棋高手对局,由于用时过长，没时间正常用餐，又要费尽心力和耗尽体能，于是发现了用炒黄豆充饥和补充能量的妙法。当一个棋士一边下棋，一边从旁边盒子里抓棋子，还将炒黄豆抓起来往嘴里放，很容易分不清到底是棋子还是黄豆。好在两者都是圆的，也是瓷实的，与方正的棋盘形成了"天圆地方"格局。还有个成语叫"撒豆成兵"，豆子虽不能用来战斗，但在著名军事家手上都是兵器。豆子还能派上其他用场：农民分房、分家、分地，有时就用豆子抓阄；延安时期的民主选举，不少农民用豆子投票；还有人在做重大决定时犹豫不决，也喜欢抛豆子以下决心。

小时候，农村有一种风俗，用胡萝卜和豆面做灯。家中能放的地方都放上一盏灯，除了给灶王爷，还会给粮仓、猪圈、鸡舍、磨房等送灯。用完了，就会将珍贵的豆面灯回收利用，像切面条一样煮着吃。老百姓常用"吃一百担豆子，不知道豆腥气"形容一个人不长记性，然而，黄豆面灯却有金黄的色泽，嚼在嘴里有一种特别的香气与韧劲儿，还有说不出的神清气爽。清明时节上坟送灯，胡萝卜灯是红色的，豆面灯是金黄色的，闪烁跳动的火苗是红色的，送灯人的心是虔敬与惶恐的。当离开之后走远，向墓地蓦然回首，还能看到如豆的豆面灯在夜色中闪烁，这既是一种贴心的陪伴，又是一种细心的倾听与无言的诉说。

一直忘不了豆子变成豆芽的过程，特别是它亮相的那一刻：水泡的豆子被盖上湿布，置于暖室，豆子就开始做梦了，甚至会有一股股的梦香；有一天，突然打开盖布——这如新婚的盖头，映入眼帘的是簇新、亮丽、明澈的豆芽。黄豆芽露出金质，绿豆芽多了灵光，这是一个从现实进入梦境又回到人间的过程。豆芽是从豆子身上长出来的，豆芽茁壮成长，原来的豆子却日见消瘦，很快变皱变老变小，有的几乎看不到了。绿豆芽长长的，让人怀疑它不是从一粒小豆子中生成的。当加上老醋清炒，绿豆芽就会变得透明，在嘴里咀嚼还会发出脆响，那是一粒豆子毫不保留的全部奉献。有时，吃着这样的绿豆芽，常怀念父母，那些将所有日子与辛劳都奉献给儿女的伟大生命。黄豆芽似乎更有营养，它也有长长的嫩芽，但留下的豆瓣嚼在嘴里还是那么香醇，它的营养一半给了豆芽，一半留在豆瓣中。豆芽可能代表的是瓷实厚道、缺言少语的豆子的心事，我甚至能从豆瓣和豆芽中听到豆子所说的话，那是关于柔弱、干净、纯粹、坚韧的寓言。如将豆芽看成豆子开出来的心花也是可以的，它并不比豆子结子前的花朵逊色。

豆子变成豆腐是脱胎换骨的过程。它彻底改变了豆子的形状、颜色、味道，也让豆子以另一种形式长久保存。当遭受千磨万压，当豆浆经了卤水的点化，当在密封后得到长久的修炼，豆子一下子有了灵魂，也有了楚楚动人之美，这不只是说它有了美好的容颜，而是说更有了新的味道与内涵，特别是变得更有营养和可以不断翻新的美食。豆腐还与豆腐脑、豆腐花、豆腐丝、豆腐皮有关，还可进一步成为豆腐乳——让人销魂的一种美味。豆腐乳往往被罐装进瓶子里，以密不透风的方式挤压在一起，既连又分，整体与个体并存。人如果像豆腐乳一样生活，恐怕一分钟都撑不下去；豆腐却排列整齐，进入属于只有自己才能理解的修行。

臭豆腐是豆腐的变异，也是豆腐身上长出的怪胎。在此，白嫩变得黑黢，香气变为臭气，美变为丑。不过，吃过臭豆腐的人都知道，真正的香味是那种回甘，它藏在所有现象背后，或者说在时间的深处，以及人的灵魂中。这也是为什么，很多人放着日常豆腐不吃，专找臭豆腐，这不只是回忆，更有说不出的沉醉，一种灵魂的对话。这也是豆子从发芽、开花开始，永远也不会想到的结果。

熬粥，特别是腊八粥，是国人的最爱，也是中国文化的代表与象征。将不同的原料放在一起，像红枣、核桃、百合、米、枸杞等，再加上豆子，于是就有了混合着各种原料的食品。原来，各种原料是互不搭界的，然而，经过文火、水、时间、耐心，豆子开始与其他材料融合，慢慢变得黏稠起来，并有了温情蜜意，也有了一家人和平共处与融为一体的共情。据说，这样的粥营养价值很高，可延年益寿，更能增加福运。

有人给孩子起名叫"豆豆"，鲁迅笔下写过豆腐西施，人们常用"刀子嘴、豆腐心"形容一个人，"豆蔻年华"中的豆蔻指的是十三岁少女，《憨豆先生》塑造了"憨豆"这个可笑可爱的形象，"厨子"和"厨房"都离不开一个"豆"字，"逗留"与"真逗"充满着悠闲与趣味，明清小说《豆棚闲话》是关于豆棚之下的故事集萃,等等。看来,豆子无所不在地充满着人们的生活,并有一些窖藏的深意和值得思考的内容,只是人们深受豆子恩惠而不自知罢了。

　　有时,需要听听人们说豆子,但更多时候,也要好好听听豆子在说什么,以及它们是怎么诉说的。

卧龙岗上的理想

◎ 贾梦玮

　　我站在卧龙岗上。天下地上，暖阳朗照，寂静圆融。因是正午，无一处阴影，光暖遍及每一地、每一处，每一物、每一人，草庐、书院、武侯祠、大拜殿、望月亭、三顾处、躬耕地……还有地上天下的我们，都被阳光揽在怀里，无一处疏忽、没一块死角。

　　此处本为南阳城西隆起的高岗，乃伏牛山的余脉。因被称为卧龙先生的诸葛亮曾在此居住、耕读，岗因人名，称卧龙岗。如今，这里的一草一木、一瓦一石仍旧与诸葛亮相关。诸葛亮俨然还是这里的主人，且无处不在。

　　朗朗乾坤，我站在卧龙岗上，想到诸葛亮，脑海里只有一个词：义薄云天。"义"，就像这太阳。太阳大概是人类所能见到的最宁静的事物，就像"义"，从不鼓噪张扬，但它照耀每个人，不管他是忠义之士还是无义之徒。在中华民族的历史进程中，"义"早已蹒跚起步。在中国，超越"功利"乃文明之始，并贯穿始终。"屈平、宋玉，导清源于前，贾谊、相如，振芳尘于后，英辞润金石，高义薄云天"（《宋书·谢灵运传论》）。但真正让"义"如日中天的是诸葛孔明。只有到了他这里，"义"，亮且明，照耀当时、后世，成为真正的"孔明灯"。

　　"义"，乃是个人利益与国家民族利益冲突时，以国家民族为重，所谓"国家多事，臣子义不得顾私恩"（《明史·于谦传》）。"义"，乃是尚义而轻富贵，所谓"不义而富且贵，于我如浮云"（《论语·述而》）。所谓"义不主财"，遵从"义"的人就不能掌管钱财，不能让"义"沾染铜臭。"义"，乃是滴水之恩涌泉相报，知恩图报，情谊无价，忘恩即是负义。"义"，乃是报答知遇之恩，所谓"士为知己者死"（《战国策·赵策一》）。"义"，乃是同甘共苦，苟富贵勿相忘。"义"，乃是一诺千金，诚而有信，信义无价。曾子每日三省其身，其中一省即为"与朋友交而不信乎"；言而无信，不够朋友，都是对人的极大否定。所以孔子也说："人而无信，不知其可也。"(《论语·为政》)没有信义，你还能成得了什么事呢?

"义"，不容辞。

"义"，也是孟子所说的"富贵不能淫，贫贱不能移，威武不能屈"。"义"，因此要经受"富贵""贫贱""威武"的考验。经不住考验的，当然就是假仁假义、假情假义。

三国虽是乱世，但"义"并不孤。或者说，乱世更彰明了"义"的光彩、凸显了它的力量，患难更见真情、忠义。桃园三结义，义贯始终。进曹营一言不发的徐庶，因母被曹操扣为人质，虽入曹营，但与刘备、诸葛亮有"义"在先，终生不肯为曹操效力。"身在曹营心在汉"的关羽，"忠义仁勇"，千载之下，仍有人祭奠，被尊为"关帝"。关羽困在曹营，设计走脱，以诗明志，托人捎给刘备："不谢东君意，丹青独立名。莫嫌孤叶淡，终久不凋零。"表达了富贵不能改其忠义本色的志向。关羽不事曹操，是要不负桃园结义的兄弟之义；他三次放走曹操，有人说，那是知恩图报之义，报曹操不杀之恩、知遇之情。乱世见"义"真! 明遗民王季重对关羽与曹操关系的理解更进一步。他为一关帝庙所写的碑记中这样写道："……而帝(指关羽，下同——引者注)之所遇，非仅仅昏愚乱贼之阴也，乃古今大阴似阳之曹操也。操之所窃，皆光天以下之事也。操之心，出门即已无汉，而操之身，至分香犹称安汉也。何也? 操终于自王也。操之心，欲自居于文王，而以武王留其子也。忠义名节，操之所欲啖者也。操心知帝在则汉在，即杀帝之身，而帝之心在，则汉仍在，必欲潜移软买，得帝之心以用帝，乃可以致桓烈，乃可以取仲谋，乃可以蒙天下而饱其甘。试思其啖葛之忍，斩发之诈，下邳之役，何难一刃相推? 而谬为恭谨如此，厚为遗赠如此! 若将曰：吾与尔共奖王室也。帝以为此贼薄轻人至此，彼以礼献，吾以礼酬，立效明报，要示以朋友之谊，既不肯杀，吾去耳。辞操之书曰：'日在天之上，普照万方；心在人之内，以表丹诚。'琅琅大语，万古磨刮，此所谓天下之大阳，破天下之大阴者也。"(《罗坟关圣帝君庙碑记》)曹操对关羽所有的好，都是以此利诱、收买忠义，是要借关羽之阳以"自重"。曹操某种程度上也是大义的向往者，要实现他的英雄梦想，必须借"阳"还魂。关羽看破了这一点，只是用礼尚往来的原则处理。在大义大阳面前，曹操实是不敢造次。囚禁关羽、杀了关羽，从内容到形式都会失义于天下，在大阳的照耀之下，大奸如曹操必定要现出原形，最终也只能放人。大阴如曹操，也想着必须借大阳洗白。所谓"大阳"，正如正午的太阳，既暖照一切，使"阴"无处藏身，又是"阴"们实现不了的理想，也是震慑他们的至高无上的力量。有人说，"恶"也是历史前进的力量，这恶一定在"义"之大阳的震慑之下，否则让它毫无顾忌、肆无忌惮，人间就要成为地狱了。

刘备与诸葛亮的君臣关系应是中国历史上最融洽的，堪称独步古今。《三国演义》中的故事，包括草船借箭、空城计，不少是移花接木，但"三顾茅庐"可证之于史实。《三国志》对此无详细描写，只用五个字表述："凡三往，乃见。"诸葛亮《前出师表》："先帝不以臣卑鄙，猥自枉屈，三顾臣于草庐之中。"历史著作和当事人的自述都证明了刘备求贤若渴的真诚和对诸葛亮的"一往情深"。刘备三顾茅庐，把身段放得很低。他的两位兄弟关羽、张飞心里不服气，刘备对他们说："孤之有孔明，犹鱼之有水也。"关、张两位兄弟听出了其中的真诚，从此也与诸葛亮相始终。卧龙岗上建有关张庙。桃园结义的三位，加进了诸葛亮，才有了蜀汉事业。或者说，正是"义"，成就了蜀国。如果重"功利"，看"脸色"，辨"风向"，当时的魏和吴都比没有立锥之地的刘备强很多，大家都去投奔魏或者吴，哪有与之鼎立而三的蜀呢？义也好，气节也好，傲骨也好，似乎虚得很，但其力量却不可小觑，所谓精神的伟力，有着惊人的力道。义，不容辞。

相知乃是人与人关系的至高境界。"人生得一知己足矣，斯世当以同怀视之。"这是清人何瓦琴的联句，鲁迅曾以此书赠友人，现在已成为国人精神肌理的一部分。"士为知己者死"，知遇之恩有着不可替代的精神力量。对于诸葛亮与刘备，乃是"夫有知己之主，则有竭命之良"（李兴《祭诸葛丞相文》）。君的信与恩，臣可以命相报。除了兴复汉室、为民请命的理想外，诸葛亮后来所有的努力的原动力都来自于此。

关于君臣相报，汉代学者刘向在《说苑》中说得明白：

> 孔子曰："德不孤，必有邻。"夫施德者贵不德，受恩者尚必报。是故臣劳勤以为君，而不求其赏；君持施以牧下，而无所德。故易曰："劳而不怨，有功而不德，厚之至也。"君臣相与，以市道接。君县禄以待之，臣竭力以报之。逮臣有不测之功，则主加之以重赏，如主有超异之恩，则臣必死以复之……夫禽兽昆虫，犹知比假而相有报也，况于士君子之欲兴名利于天下者乎？夫臣不复君之恩，而苟营其私门，祸之原也；君不能报臣之功，而惮行赏者，亦乱之基也。夫祸乱之原基，由不报恩生矣。

刘向去三国不远，《说苑》应该对三国的君臣、主仆关系有着一定的"指导"作用。施恩报恩，这是"义"的基本内容。臣不报君之恩，君不报臣之功，长此以往，乃是祸乱的根源。

刘备托孤，《三国志》有记载：

> 章武三年春，先主于永安病笃，召亮于成都，属以后事，谓亮曰："君才十倍曹丕，必能安国，终定大事。若嗣子可辅，辅之；如其不才，君可自取。"亮涕泣曰："臣敢竭股肱之力，效忠贞之节，继之以死！"先主又为诏敕后主曰："汝与丞相从事，事之如父。"

后世因这段文字，多有议论。被称为"扶不起的阿斗"的刘禅此时已十七岁，不是块定国安邦的料儿，已见端倪。所谓"家国"，作为蜀汉皇帝的刘备，"家"必在"国"之前，如果他能以国为重，完全可以下诏直接传位给诸葛亮。刘备深知诸葛亮为人，即使在他死后也绝不会废后主自代，所以他完全把话说得很真诚也很漂亮，这后面的背书和抵押物，乃是诸葛亮一贯的品行、他的"忠贞之节"。诸葛亮三兄弟分仕魏蜀吴三国，各为其主，国人不疑；诸葛亮劝刘备伐同宗刘璋而取益州，世人不以为贪；诸葛亮辅佐后主，专国十二年，与君与臣不生嫌隙，都因有他自己和诸葛家族的无私与大义做背书。此后的诸葛亮，确实做到了"竭股肱之力，效忠贞之节，继之以死"，实践了他的承诺。不仅是士为知己者死，报答知遇之恩；不仅是忠义，也是信义。事实上，"信义"也为历史省下了巨大的运行成本，君臣猜忌的成本不可估量，甚至可招致亡国和大动乱，这可证之于不少历史大事件。

朱熹赞诸葛亮："论三代而下，以义为之，只有一个诸葛孔明。若魏郑公，全只是利……汉高祖见始皇帝出，谓丈夫当如此耳，项羽谓彼可取而代也，其利心一也。"魏郑公魏徵本是隋朝叛将李密的部下，后归降唐朝，并说服李密旧部归唐。辅佐太子李建成，玄武之变后，归唐太宗李世民，并逐渐成为李世民的股肱重臣。这个不停改换门庭的魏徵，在朱熹看来，其心必私。刘邦、李世民、项羽等人的理想是打天下、坐天下，而且要把天下变成一姓的天下，并世世代代传下去。这可算是天底下最大的私和利。与他们相比，诸葛亮完全以义为之，没有自己的一毫私利。世风日下，今天的我们完全也可以像朱熹那样说"论三代而下，以义为之，只有一个诸葛孔明"！

诸葛亮当然有他自己成长的过程，南阳称得上是他人生的转折点。作为后世之人的我们，也只有站在这卧龙岗上，才有可能理解其人生与理想、襟怀与操守。古人的理想，我们现代人是要用心去体会才能理解的。当然，"理想"是现代汉语外来词，先人所论应该是"抱负""襟怀"；"理解"，先人的日常用语是"懂得"。古往今来，价值观已然发生了很大的变化，我们要懂得古人的抱负，何其难也。我们更多的是误解、曲解。而且，地下的先人已不能辩解，误解何其深也。

"臣本布衣，躬耕于南阳，苟全性命于乱世，不求闻达于诸侯。"诸葛亮《出师表》中的句子，中国人耳熟能详。无法否认，南阳已经跟诸葛亮紧密联系在一起，是诸葛亮生命的重要节点。他十七岁到南阳，二十七岁在刘备三顾之下，离开南阳走向天下，匡扶汉室，去实践他的理想。这里，留下了他十年的青春年华。

世人对诸葛亮的南阳生活和南阳之前的经历其实没什么兴趣，但对于我们理解诸葛亮的生命历程，这是不可或缺的。他不是一夜立志、偶然成才。他生于汉灵帝光和四年（公元一八一年），幼年父母双亡，跟随叔父诸葛玄先到豫章（今江西南昌），再投奔荆州刘表，未受礼遇，流落他乡。不久，诸葛玄卒，诸葛亮和弟弟诸葛均定居南阳，过起了耕读生活。是年，诸葛亮十七岁。天下大乱，群雄并起，男儿建功立业的理想气氛弥漫四方。

当年的南阳居南北交通要冲，从京城洛阳经南阳可至襄阳、江陵，会通南北。不仅如此，从历史资料和现在的历史遗迹可以知道，当年的南阳是冶炼重镇、水利修竣的大郡，地震学、医学研究的中心，医圣张仲景、发明地震仪的张衡都是南阳人。在这样的地方，秀才才可能即使不出门，也知天下事。换在闭塞之地，再博学的秀才也无以知天下。诸葛亮好学而博闻强记，阅读了大量地理、历史、天文、政治、经济、军事方面的书籍。此地和周边有一批饱学之士，如徐庶、司马徽、庞统、庞德公、孟建等。这些良师益友，与诸葛亮"晨夜相从"，对其学识胸襟也有着巨大的帮助。诸葛亮志向高远，以天下为己任，"每自比于管仲、乐毅"，世人认为他轻狂，而知道他"底细"的徐庶等挚友则"谓为信然"。他不仅有此抱负，而且有实现抱负的底气。在南阳，诸葛亮娶了当地名士黄承彦的女儿黄月英为妻。据说黄月英是位丑女，黄头发黑皮肤，但她的父亲、诸葛亮的岳父认为她与诸葛亮"才堪相配"。当时的南阳人以此为谈资，流传为一谚语："莫作孔明择妇，正得阿承丑女。"但此丑女确实有才，有人甚至认为诸葛亮观天象、制作木牛流马、布设八卦阵，多得力于黄月英。"色"，是男女关系的功利，诸葛亮与黄月英的夫妇之义，超越了这样的功利。

诸葛亮生于乱世、长在乱世。汉末山河破碎、民不聊生，于曹操《蒿里行》诗中可见一斑："白骨露于野，千里无鸡鸣。生民百遗一，念之断人肠。"乱世涂炭生灵，也生产英雄，呼唤圣人。陈寿《三国志》说："亮少有群逸之才，英霸之器，身长八尺，容貌甚伟，时人异焉。遭汉末扰乱，随叔父玄避难荆州，躬耕于野，不求闻达。时左将军刘备以亮有殊量，乃三顾亮于草庐之中。亮深谓备雄姿杰出，遂解带写诚，厚相结纳。"可见，诸葛亮与刘备是互相钦慕。诸葛亮在南阳，虽是不求闻达，但理想一直在，"自比于管仲、乐毅"就是明证。他有治世之志。

如今卧龙岗的诸葛草庐，修于元代，有蒙古包的风味。"忠义"二字，不仅是汉人看重。中国文化里有"陋室"的情结,不仅有诸葛亮的"诸葛草庐",还有刘禹锡的"陋室"、陶渊明的"田园居"、杜甫的"草堂"、归有光的"项脊轩"、张溥的"七录斋"等。其实西方人对奢华的东西也有警惕,如歌德就认为,豪华繁复的家居陈设不利于思想。苦其心志,也是实现理想的必备阶梯。正如明遗民王季重所说:"大凡读书之人,生于鼎盛则虚,生于困贫则实,不幸少利则浅,幸而晚达则深。酒肉昏神,绮罗软骨,谈弈废时,佚游短知,故富不如贫。"卧龙岗的生活虽不富庶,但并不都是苦行僧式的,也有安闲的田园牧歌。至少,《三国演义》有这样的描写。诸葛草庐,既有励志的一面,也有其日常安闲的一面。

卧龙岗武侯祠内有两组蜡像,对比鲜明,深深震撼了我。一组位于卧龙岗宁远楼,反映的是诸葛亮一家在卧龙岗耕读时的日常生活场景:诸葛亮手握锄抬头远望,弟弟诸葛均坐着,身后站着均妻林氏;站着的小孩是诸葛均和林氏的儿子诸葛望,而诸葛亮的妻子黄月英则蹲在诸葛望的身边,似在和小朋友交流着什么。诸葛亮和黄月英的儿子在诸葛亮离开卧龙岗后才出生。这是一幅家庭和乐图,一派田园的闲适。明宣宗朱瞻基绘有《武侯高卧图》:衣衫宽松的诸葛亮悠闲地卧于丛竹之下。皇帝为什么如此描绘诸葛亮,皇帝不是希望臣子为他家的江山日夜操劳吗?明宣宗描画的也应该是南阳的诸葛亮吧。"大梦谁先觉?平生我自知。草堂春睡足,窗外日迟迟。"这是罗贯中《三国演义》中,诸葛亮在卧龙岗上吟出的诗句。草堂春睡、窗外日迟,岁月静好,安暖相伴,这是人生的理想境界,也是传统政治家、士子、士大夫经天纬地,安社稷、淳风俗,所要达成的理想社会。

站在丽日高照的卧龙岗上,我想象:功成身退的诸葛亮又回到了往日的高岗,光影静谧,春睡迟迟,课子读书,含饴弄孙……而为了实现天下饱足安闲的理想,这样的场景在诸葛亮以后的生命历程中却再也没有出现过。多少年后,李白在南阳送友人:"青山横北郭,白水绕东城。此地一为别,孤蓬万里征。浮云游子意,落日故人情。挥手自兹去,萧萧班马鸣。"据说这首诗送的友人是杜甫。李白与诸葛亮气质不同,他没有联系诸葛亮发表感慨。但"孤蓬万里征""萧萧班马鸣"暗合了诸葛亮离开南阳时的意境。沉郁如杜甫，免不了怀念诸葛，曾如此感慨："遗庙丹青落，空山草木长。犹闻辞后主，不复卧南阳。"(杜甫《武侯庙》)南阳成为永别。

离开卧龙岗，诸葛亮跟随刘备走向历史舞台，大显身手，艰苦备尝，为形成三国鼎立的局面出谋划策，立下汗马功劳。刘备托孤，诸葛亮扶持幼主（还是个暗主），绝无二心，克勤克俭，治蜀有方。"事无巨细，亮皆专之。于是外连东吴，内平南越，立法施度，整理戎旅，工械技巧，物究其极，科教严明，赏罚必信，无恶不惩，无善不显，至于吏不容奸，人怀自厉，道不拾遗，强不侵弱，风化肃然也。"《三国志》所反映的蜀国治理，已是三代的理想状态了。

诸葛亮的思想，于其所著《论诸子》中可见一斑："老子长于养性，不可以临危难。商鞅长于理法，不可以从教化。苏、张长于驰辞，不可以结盟誓。白起长于攻取，不可以广众。子胥长于图敌，不可以谋身。尾生长于守信，不可以应变。王嘉长于遇明君，不可以事暗主。许子将长于明臧否，不可以养人物。此任长之术者也。"诸葛亮的夫子自道，一定程度上反映了他的思想和向往。临危难、从教化、结盟誓，广众、谋身、应变、事暗主、养人物，这些确是诸葛孔明的所为与所长。而这些的基础，无疑是一"义"字；倘若无义，何以临危难、从教化、结盟誓，广众、谋身、应变，事暗主，养人物？《三国志》评诸葛亮说："诸葛亮之为相国也，抚百姓，示仪轨，约官职，从权制，开诚心，布公道；尽忠益时者虽仇必赏，犯法怠慢者虽亲必罚，服罪输情者虽重必释，游辞巧饰者虽轻必戮；善无微而不赏，恶无纤而不贬；庶事精练，物理其本，循名责实，虚伪不齿；终于邦域之内，咸畏而爱之，刑政虽峻而无怨者，以其用心平而劝戒明也。可谓识治之良才，管、萧之亚匹矣。然连年动众，未能成功，盖应变将略，非其所长欤！"《三国志》总结说："盖天命有归，不可以智力争也。"在别人看来，也许是不可为而为吧。不管怎么说，诸葛亮有着自己的命运，义也有其作用于人生、历史的规律。义，大概有着更长的运转周期，它在历史的长河中发挥着潜在的长远的作用，不可以一时的表面的成败论"义"。

在魏、吴的虎视眈眈之下，特别是在诸葛亮身后，蜀国朝不保夕。在"义"的规范之下，为了蜀汉江山，诸葛亮真正做到了"鞠躬尽瘁，死而后已"。他曾表后主："成都有桑八百株,薄田十五顷,子弟衣食,自有余饶。至于臣在外任,无别调度,随身衣食,悉仰于官,不别治生,以长尺寸。若臣死之日,不使内有余帛,外有赢财,以负陛下。"(《自表后主》)他说到了,也做到了,信义灿然。

卧龙岗另一组塑像有着强大的悲剧力量,颇具崇高之美。这组塑像位于南阳武侯祠的主体建筑大拜殿内。正中是诸葛亮塑像,两边分别是其子诸葛瞻、其孙诸葛尚(诸葛瞻长子),诸葛家三代共祀一殿。诸葛亮出师未捷身先死,病逝于五丈原,享年五十四岁。蜀汉景耀六年(公元二六三年),诸葛瞻与诸葛尚父子同时在绵阳战役中为蜀汉政权捐躯,父龄不足四十,子龄尚不足二十。诸葛瞻拒绝了魏军劝降许诺的高官厚禄,先是斩了来使,然后毅然出战,死于阵前。东晋的文学家、史学家干宝这样评说诸葛瞻:"瞻虽智不足以扶危,勇不足以拒敌,而能外不负国,内不改父之志,忠孝存焉。"诸葛尚知父已为国捐躯,魏军已入成都。《华阳国志》以白描写诸葛尚慷慨赴死:"尚叹曰:'父子荷国重恩,不早斩黄皓,以致倾败,用生何为!'乃驰赴魏军而死。"何等亮烈!祖孙三代,几乎是诸葛家的全部,这是诸葛亮家为蜀汉付出的巨大"成本"。

篡汉自代的曹家父子,残害曹家后人、灭魏立晋的司马父子,在诸葛亮祖孙三代面前,应是抬不起头的吧。如今的天下人,所佩服诸葛亮者,乃因其智,而且不是大智,乃是"智谋",是用计。诸葛亮遗留给后人的,岂止是计谋?如果说要计算历史的"利润",那就是"义"吧。诸葛三代,倾其所有,以高昂的成本,带给中国历史如此丰厚的利润!这样的历史利润泽被后人,后人享用着其恩泽而不自知。中国经历多次劫难而不亡,不也是多多得益于这付出了巨大成本的利润吗?

情义也是推动历史进步的巨大能量。没有刘备与诸葛亮的君臣之义和刘关张的兄弟之义,就没有蜀国的建立以及后来的儒家治理。情义也是人生的滋养与救赎。倘若社会上都是背信弃义的名利之徒,这样的人生是令人绝望的。特别是在动乱年代,信义、情义乃是沙漠中的甘泉,不仅可以救人性命,也给人希望甚至别样的享受,提振人心,使人生得到升华,从精神层面上极大提升人生的质量。

知遇之恩与忠信之义，乃是中国传统文化道德中所熠熠生辉者。倘世上无忠信，绝情义，乃是灯灭，黑灯之下，就都是蝇营狗苟之徒了。

长居成都的杜甫，大概是总能感受到诸葛亮的气息，写了多首与诸葛亮相关的诗。如最著名的《蜀相》："丞相祠堂何处寻，锦官城外柏森森。映阶碧草自春色，隔叶黄鹂空好音。三顾频烦天下计，两朝开济老臣心。出师未捷身先死，长使英雄泪满襟。"《咏怀古迹五首·其五》："诸葛大名垂宇宙，宗臣遗像肃清高。三分割据纡筹策，万古云霄一羽毛。伯仲之间见伊吕，指挥若定失萧曹。运移汉祚终难复，志决身歼军务劳。"毛宗岗父子用明代状元杨慎的《临江仙》为《三国演义》开篇："滚滚长江东逝水，浪花淘尽英雄。是非成败转头空；青山依旧在，几度夕阳红。白发渔樵江渚上，惯看秋月春风。一壶浊酒喜相逢；古今多少事，都付笑谈中。"杨慎似乎看尽兴亡沧桑，但对诸葛亮却是心有念念，大概是不忍让"义"付之东流吧。正德戊寅（公元一五一八年），杨慎访武侯祠，见祠壁有无名氏所题诗句："剑江春水绿沄沄，五丈原头日又曛。旧业未能归后主，大星先已落前军。南阳祠宇空秋草，西蜀关山隔暮云。正统不惭传万古，莫将成败论三分。"杨慎能在心里记住这首专记武侯事迹的诗，并在多年后复述给他人，他是不忍将诸葛亮也"付笑谈"啊。

文如其人，人如其文。诸葛亮是一位真正的儒者，他的《出师表》与苏轼《赤壁赋》、李密《陈情表》都是历史上的名文，但只有诸葛亮《出师表》中有"拳拳之心"，且情深义重，无私，无文饰，这都是苏轼和李密所不能比的。李密以蜀汉旧臣入西晋为官，《陈情表》虽然动人，但骨子里是以人伦情感自保，他只能是诸葛亮的仰慕者。李密的儿子李兴曾撰《祭诸葛丞相文》，倒是理解诸葛亮的，我想：他一定也认为《出师表》远超他父亲的《陈情表》。《赤壁赋》是美文，性情之文，是自得自洽之文，但没有《出师表》的深情。苏轼自己也说："孔明出师二表，简而且尽，直而不肆，大哉言乎！与伊训说命相表里，非秦汉而下，以事君为悦者所能至。"《出师表》哪仅是一个"忠"字了得？！

168

"儒有君子小人之别。君子之儒,忠君爱国,守正恶邪,务使泽及当时,名留后世。若夫小人之儒,惟务雕虫,专攻翰墨,青春作赋,皓首穷经;笔下虽有千言,胸中实无一策。"这是《三国演义》中诸葛亮舌战群儒时的论点。大难来时,大概是不能倚仗所谓纯粹的文士。太多的文士把所谓的理想停留在嘴上,没有付诸实践的胆识与勇敢。小儒形态的文人,其实是越来越不中用了。"野老生涯是种园,闲衔烟管立黄昏。豆花未落瓜生蔓,怅望山南大水云。"周作人的这首打油诗写于一九四二年,抗日战争进入关键时期。诗中可以感受到文人对时局的忧虑,山南大水对于种园之人,确实是恐惧压顶,吓都吓死了。周作人不是儒家,不肯承担责任,没有迎难而上的勇气,所以要么逃避要么投降。

　　诸葛亮的理想与操守,功业与坚持,鞠躬尽瘁、死而后已,确乎不是一二文士所能比拟的。后人没有忘记诸葛亮,惦记着他的忠义,中华大地上,光是纪念诸葛亮的武侯祠就有九处。陕西汉中勉县武侯祠建于蜀汉景耀六年(公元二六三年),建立时间最早,且是唯一由皇帝下诏修建的武侯祠。最让我心动的是此武侯祠内的一株旱莲。据说这是世界上仅存的一株古旱莲,已经四百多岁,栽于明朝万历年间。旱莲三月开花,但此前花苞要孕育十个月,且先开花再长叶。初开花时呈玫瑰红色,盛开时红白相间,极似莲花,称为旱莲。无水,而要开出莲花。我由此联想到诸葛亮:他不就是中华民族的一株旱莲吗?

行云

◎ 朱　强

　　铅灰色的云块下，并无太多的新鲜色彩。时间转眼又到了元旦，很多平常看不到的面孔，又在稼轩路出现了。堂姐新家就在马路东侧。稼轩路作为赣州人日常生活中的一条寻常街道，可说处寥寥。人们沉沦于生活的琐屑中，感受着路上的热闹氛围，早已经不记得稼轩留在赣州的深长背影了。

　　早上，我把新日历挂上壁头。上面是郎世宁的《岁朝行乐图》。我知道，那才是传统意义上的元旦，爆竹声中一岁除。雪止了，天上涌出大片的宝石蓝，像一片绿海，尽情摇动。宝石蓝中，纤云弄巧。雪还来不及化，它们覆盖在金色的琉璃瓦和苍翠的松柏枝头，让人恨不得想对着画深吸一口，把那个喜庆的天地都吸到肺里。

　　今天，堂姐家乔迁，一家人都去祝贺。堂姐是继我爸之后，家里第二个把家搬城里来的。虽然城里人身份已不再如往常亮眼，但对整个家族而言，进城，的确是横在几代人心里的一桩大梦。

　　我步态徐缓，东张西望。迎面一个妇人声。她在唤我的小名：强牯子，强牯子……声音在冷风中像鱼一样穿梭。我惊了一下，脊背似乎被什么凉凉的东西触摸。唤我乳名的人，是少奶奶。她脚踩自行车，一晃而过，声音却依然在我的头脑中荡漾，强——牯——子——声音是甜软的，腔调绵长而又陈旧，像戏剧里的念白，缠绕着我。不只是我的乳名被她叫出，便连魂魄也被她叫住。

　　一同前去贺喜的，还有我的大伯与叔叔，他们的出发地，则是城外的茶芫下老家。

大伯出门,又把那件厚厚的呢子大衣扛上肩头。大衣款式虽已老旧,但二十年来,也只有重要场合才拿出来"展览"一下,模样看起来依旧崭新。今年,大伯整整六十,他理了一个平头,如此更像是平头百姓了。在传统的观念中,人到六十,完全可称得上是老人了。不过,在我的头脑里,他似乎从来就是老的,黝黑的脸,高耸的鼻梁,干瘦的身子,陈旧的发型,无不显示出一种过时之气。相比之下,叔叔一切都时髦了许多,但这种时髦,也基本停留在二十世纪九十年代。比如,叔叔出门,每次都会把长长的头发梳成一个大背头。他宽大有如道袍的西装与瘦高的身体显得极不搭配。我知道在他的心里,还住着许多曾经的偶像。尽管那些偶像,现在都已经老了。暮色悄无声息地降落在他头顶。早七八年,就屡听他说起,托了隔壁的一个工友,为他物色一副上好寿木。虽那时,他的年龄还未及五十,但是乡下的太阳,好像总比城里的落得早些。人们早早地就把一生该干的事情干完了;剩下的时间,就变得无用,只好用它来等待死亡。爷爷的寿材在老家的阁楼上停放了足足有四十年,中途赶上一场大火,结果化为灰烬;一家人一声叹息,不得不重新添置一副。

　　要说在我长辈的身体里,流淌的无不是农民的血。农民的命运都和土地的收成紧紧地捆绑在一起。他们重生死,在生死面前,也表现得特别大度、坦然。没有谁敢于否定由生死建立起来的传统。所谓的香火永继,不外乎是一盏灯灭了,两行泪垂落,然后又一个大大的"囍"字贴上了门楣,接着一声响过一声的小儿的啼闹从里屋传到了屋外……

　　自从爷爷走后,叔叔、大伯经常聚一起。他们聚一起时,不是摸牌、饮酒,谈论工事与农事,而是研究压在柜子里多年的家谱。当后辈从膝盖底下一茬茬冒出,作为这个家族里的晚辈,他们也会突然意识到自己是一粒水珠,即将卷入眼前的大河。面对滔滔江水,他们内心滚烫,目光努力朝着上游的方向望去。当他们这么做时,终于有了一种长河岁月静无声的味道。

　　茶茺下与稼轩路两处地名,如果不是因为我与我家,它们之间,该不会有太大联系。路修通以后,两地来去,车程大概也就半个钟头,但以前路并不是用车程来衡量的,以前路都是靠双腿来丈量。我爷爷每次来城里看我,进门便要抽出脚板上的两只布鞋,对着门前的石墩狠狠拍打鞋底的泥土。他弯曲却又硬朗的脊梁,还有银针般的发茬,让他在亮光下看起来像一尊雕塑。"乡土"被爷爷和老家的亲戚一次次地带进城市,而茶芫下更像是一个生产"乡土"的机器。稻米、花生、番薯、菜籽油、卷心菜在一条条肩膀上发出轻微的响声;扁担起伏,和着溪水与斑鸠鸟叫,一直穿过厚厚的城门……细究他们进城的目的,其实并不是为了把土地对人们的那点奖赏兑换成某种可以量化的收益,他们只是喜欢进城的感觉,当眼耳淹没在市井喧嚣中,目光里一桩桩陌生的相遇,让整个人都有了一种轻微的窒息。

茶芫下之名的由来,志书里并无记载。"茶芫下"就是它唯一记载。想象中,漫山遍野的茶树在春天氤氲的水汽中吐出亮丽的舌头;云朵从秋天的树梢悄然经过;夏夜,星光和月光笼罩山冈,山水青绿,里面隐约地透出宋人的笔意。而这一切,都在文人的臆想里进行。事实上,茶芫下是真正的乡下,满目的浅山矮丘,好像平静的湖面腾起的一圈圈细浪。山岭之间,密布着一道道幽静的坑谷。长坑两侧,屋场林立。流水与炊烟把日子拉长,居住在里边的人,心里大概都藏着桃源式的梦想。不曾被文字刻画过的天地,到处显示出一种活泼泼的野劲。忘了是哪一年,叔叔在后山刨地,无意间挖出残碑一块,用清水洗净。一行有关朱学宾事迹的小楷向无尽的时间中,射出了一枚响箭。

当然,这支箭,也射向我。朱学宾,这个在血缘上与我有着千丝万缕关联的农民,他在十九世纪的太阳底下生活劳作。我想象着他的欢笑、苦恼和忧伤,想象着他起茧的双手和布满皱纹的额头。每当我看向镜中,就会想到两百年前的另一个自己,在茶芫下与锄头和土地交往的一生。可以说,我的伯伯叔叔和我家里的大多数人,不过是这种人生的延续。

要说家谱从来就是个讲纪律的史官,除了该说的外,其他一个字也没有透露。清嘉庆十三年(一八〇八),一个叫朱学宾的农民,不知何故,从信丰石背堡出发,几经辗转,来到茶芫下。然后,这个人就在茶芫下隐身了。当然他一直在,他只是以他的名字存在。没过几年,他身体里巨大的繁殖力,使茶芫下多出了许多朱姓面孔。原本荒僻之地,终究被外来人弄出了响动。

到我爷爷这一辈时,朱姓已是人丁兴旺。家族里自从有了我的爷爷,以往那种无声的历史和家谱式的叙事,也彻底地得到翻转。爷爷伸卷自如的舌头,怎么看都像是一个神奇的万花筒,他的讲述让这个家族的故事变得异常繁丽多彩。那些长期压在人们心里的秘密以及隐藏在黑暗时间中的往事也全都被他抖落了出来。

一九三五年,爷爷两岁。那年,他的额头上添了块新疤。据说是吃饭时,一个跟头,栽在破碎碗口,血流一地。太婆一把将他抱起,抓来大撮烟丝,死死地按住伤口,血才止住。也许是因为这桩意外,让母亲对于独子加倍爱惜。次日,爷爷和担到城里售卖的谷子一道,坐在硕大的箩筐里,摇摇晃晃地有了人生第一次进城的经历。

这一年,小太公朱文俊年满三十。他两道浓黑的类似于剑戟的眉毛底下,扑闪着两只明亮的会说话的眼睛。他古铜色的皮肤以及宽阔的肩膀里,藏着英雄还有游侠的风采。事实上,他也的确是一个英雄。他把屠宰牲口的绝门手艺带进了城里。握在他手里的白色刀片就像柳叶从春风中经过。天亮了,他把肉往案板上轻轻一展,就像是给冬天铺了一床厚厚的棉被。说这些,其实一点儿也不重要,重要的是他身为一个农民,一天中的大部分时间居然是在城里度过的。二十世纪三十年代,粤人李振求的部队开进了赣城。弹丸般的小城,从此被一股现代化的力量给撬开了。城里的许多旧房,都面临着征迁。逼仄的居民区,很快被开辟成公园、马路和菜场。整理翻新过的城市,里外洋溢着浓浓的现代气息。这也让生活在城里的居民脸上透发一层骄傲的光彩。小太公熟悉城里街巷的每处拐角,可是他在城里的生活,并不值得炫耀;说到底,他只是暂住城中,"关系"仍在距城十几里外的茶芫下。那时,茶芫下隶属永乐乡第五保。小太公白天属于城市,到晚上,又得返乡。家里人都觉得他有城里人的派调。可一开口,他嘴里就露出一股重重的土气。

那天,他和往常一样,双手握刀,立在卫府里菜场的某张案板跟前。光线昏昏的菜场，人头攒动。此时，有一个妇人声，异常尖脆：杀猪佬，砍两斤前夹心，肥瘦各半。小太公不愧是全城头把刀，手起刀落。他的目光和刀锋简直一样迅疾，似乎只看顾客眼神，便知对方要说些什么。

不料，"头把刀"竟然失手。他遇到了一个蛮不讲理的辣椒婆。城里人说话，眼珠子习惯性地往天上翻。妇人改口，说她要的是前夹心的排骨，而非肉。这个女人，显然已经被身体里的优越感宠坏了。小太公头面气得发烫。他仍然佯装笑脸，但手上的秤并不服气，秤砣滑至某颗星时，"哗"一下，秤杆像受到惊吓，立了起来。透明的凝脂，纷纷地向妇人雪白的脸和鼓鼓的胸脯上飞去……

爷爷后来总说小太公是被骨子里的某种"气"给耽误了，横竖学不会城里人的话语。应该说，小太公算我家最早有可能搬迁进城的。根据当时屠宰头牲一口可得银圆两块的行情，城中一处四扇三间的大宅顶多只消他一年的辛苦。小太公无疑是家里的一个传奇人物，他头脑精明，手艺出众，仗义疏财，主顾除住家居民以外，城里的各大银行、茶馆、饭店、百货商店的伙房里几乎都有他的生意。也就是说，小太公是否能成为城里人主动权完全在他自己。可他天生就不是一个容易被物质与面子收买之人。表面上看，他身在宰行，但他心里只认自己是个农民。三十年来，最让他陶醉的一件事，便是敞开衣服像个婴儿躺在茶芄下的田埂上吹风。风里携带了大量久远的气息，周围青色的山峦还有流浪的白云将他团团环绕。这样他觉得自己就是一个田野上的王。而事实上，也的确如此。小太公生活的年代，城市在乡村面前优势并不明显。人们只是喜欢城里的花团锦簇，而真正可以托付的仍然是血脉里的乡土。乡土里才有根，一个人的成就一旦离开了他生命中的土壤还有什么意义呢？

在进城这件事上，家里人对小太公寄予了很大希望。家族里有人进城，说起来，面子上总是有光的，但小太公并不愿成为面子的牺牲品。在一个迁徙与流动都不是太普遍的年代，和许多在城里为官、游学的人们一样，让小太公能够获得生命认同的，仍然是那个古老的家。在宰行经营多年，终有一天，他把那些铮亮的刀具统统背回茶芄下，仿佛一个闯荡江湖的刀客，开始隐迹埋名于山野。他离去后，赣城宰行再无"头把刀"。回到乡下的小太公俨然沦为废人，因未能够完成人们交付给他的光荣使命，他自觉有罪，在精神上成了刺秦失败的荆轲，有罪的身体在迅速衰朽。他死后多年，从家里大大的"囍"字底下，又窜出了一群风一样的孩子，其中就有我的大伯以及父亲。他们爬进漆黑的阁楼，拉出了一只蒙着厚厚灰尘的皮箱，撬开锈迹斑斑的铁锁，发现里面压着满满的纸钞。毫无疑问，这些纸钞都沾着小太公手上厚厚的油渍。可惜它们在黑暗中庋藏多年，时过境迁，早已经不能用了。孩子们把它们折成纸飞机。这些比灵魂还要轻盈的飞机，在五色的阳光下，一次次飞进湛蓝的天空，围着茶芜下转完一圈，然后像老虎似的一头栽进了绿色的山野……

稼轩路在我的脚下延伸。前面等待我的，将是一次热闹的家庭聚会。说实话，我已经很久没有参加类似的聚会了。年轻人四海为家。一家老小，齐聚的机会实在少得可怜。但分散并不意味着人们不再连接在一起。通信工具已经催生了新的聚会方式。通过网络，一家人随时随地都可以聚在一起，但堂姐家乔迁毕竟不比其他，总得有一些仪式感的。大家拿出与平常截然不同的自己，从四方相约而来。几十年来，家里大多数亲戚，年轻时都有过进城的念想，结果都潮打空城寂寞回了。命运到底是一种怎样的安排？三十多年间，家里两个把"关系"迁城里来的人，居然都挤在了同一条路上。

天空像一口结实的巨锅，白茫茫一片，分不清哪儿是哪儿。

我发现时光对人心的作用实在是太大了。彼时的人，心里异常坚定的东西，到此时，就完全动摇了。当年小太公紧紧抱住的那个乡土，到我爸爸这一辈时，就一点儿也无所谓了，我爸甚至特别厌恶自己的农民身份。作为城里人，好处当然数不胜数。比如城里人可以喝自来水，蹲马桶，用淋浴，挤公共汽车，还可以和陌生人吵架。我爸为了将来在城里站稳脚跟，早早就拜了乡里的老裁缝为师。尽管穿衣服在天底下从来都不算是新鲜事，但城里人在穿衣上的确是花样翻新的。有花样，才有时尚。大伯恨自己的命没有我爸的好，恨当年入错了行，成了一个篾匠。城里人谁会去在意一个篾匠？与此同时，我爸裁缝的身份，恰好与一个赶新潮的时代情投意合。作为农民的爷爷，一生都未脱土气，但是他却并不希望儿女们重蹈覆辙。他把一生与土地打交道攒下的那点积蓄，全部拿出来，用于帮助儿女们进城。这么说，他不愧是一个伟大的父亲，但是这个老父亲在乡土面前，显然是已经变节了。

　　因为进城这一件事，爷俩父子同心，成了亲密的合作伙伴。二十世纪八十年代的某个深秋，金色的阳光从大地一侧斜斜地照向赣州古城。城墙上凹凸有致的铭文与坑坑洼洼的弹痕在秋阳中阴阳交错，古城千年的兴废，都潜藏于这光影里了。城外的脉脉流水成了城乡之间的分界，江上有三座灰色的水泥桥和一座形态简朴的木桥。水泥桥修建于二十世纪五十年代，木桥则修造于八百年前的南宋。进城、出城，都在桥面上进行。当年粤人李振求在城里留下的骑楼并未过时，它与无数新盖的水泥盒子眉来眼去。人们呼吸着阳光中被热闹空气搅动的细小尘埃。街道两侧的商铺里除了有来自上海、广州的新鲜玩意儿，也有从江对岸运来的鲜笋红菌、山猪肉、石鸡等各种土货。此时的城市，不仅是一个供人们进行交易的开放市场，也在情感上被越来越多的人认作生命中新的故乡。爷爷在人群中目光躲闪。几十年来，他只要一听到有关城里人这样的字眼，脖子至耳根之间的部分，立马就开始僵硬了。这时，在他木色的脸上，升起了一片非常暧昧的酒红。他好像一个手脚笨拙的风水师，他要在城里为儿子谋一处店面，让儿子锋利的剪刀向着一卷卷五色的布料划去。

　　学艺多年，我爸的剪刀就像是水波里的一条银鱼，一道银色的光从整块的布匹中间经过，伴随着长长的一声布匹被撕裂的声响。有时那声音是迅疾的，果断得好像一道旨意。金属与布之间，埋伏着一条条直线与转角，而尺寸都在我爸的心里放着。刀柄与刀锋都是张开的，我爸紧紧地屏住一口气。他裁衣的样子特别像一个杀伐决断的将军。

　　我爸裁衣喜欢在深夜里秘密进行，夜色与月光浸润在他的刀锋之上，那些被他构思过的布，都被赋予了丰富的想象空间。他爱听布在夜色中被裁剪所发出的嚓嚓畅响，那么畅快淋漓。他的剪刀在尽情地挥舞，那是一个农民的儿子在城市的夜晚的狂欢与宣泄。他把城市的夜剪成了无数细小的碎片，他甚至觉得整个城市都可以裁剪成自己想要的样子。白色的刀锋与神奇的裁剪声显然已经让他内心膨胀，当他想到这些被他裁剪过的布料即将变成一件件华丽的衣服，穿在城里人身上，他也就确信自己距离城里人已经不远了。

此时，灰白的云层中，擦出了一抹亮色，空气里飘来一阵阵满足的酒香与肉香。时间已经临近正午，路上行人逐渐散去，人们有的钻进路边的酒馆，有的回到了家中开始大快朵颐。落光了叶子的苦楝还有槐树，静立于道路的两侧。它们细密的枝条伸向天空，好像诗人身体里丰沛的表达欲望。

与其他路相比，我觉得稼轩路更多的是围绕生活的本质而展开的。它的作用多在于连接，把南北走向的几条马路连接成一张密密的网。晚饭以后，东西两边的熟人，相约在中途的某个公园碰面，人们沿街散步，说些闲话。柴米油盐、家长里短都汇聚到了这条狭长的路上。住在周围楼上的居民，多是从老城搬来的拆迁户，家里几百年的风霜雨雪都已经渗透到了城市的骨髓，人人一口流利的城里官话，听来好像粉墙黛瓦，又似秦砖汉简，腔调里都有了一层厚厚的包浆。城里的许多古老风俗，相应地也被他们带到了这条崭新的路上。赣州人一年四季，家里都要泡一口醋坛，里面扔进些平常吃不完的菜梗、萝卜、蒜薹、刀豆……屋子一隅，只需有这样一口黑漆漆的坛子，家便有了天长地久的意味……

长期以来，人们已经习惯了通过一种风俗或生活来定义自己。行走在地上的人们，谁没有一个身份？有些人，为了获得理想之名，殚精竭虑，青丝成了白发；也有人把既有的身份，死死抱在怀中，为此，绝不退让半步，即使舍了命，也要将它保全；而那些在身份问题上不如意的人，却因此落下了终生的病。年轻时，稼轩孜孜以求的梦想，无非是重新做一个宋人。当稼轩之名被记上宋朝的人口簿，庞大的国家，不过是又多了个子民。但作为宋朝子民的稼轩，心情却颇不平静，他不再是一个形貌可疑的流亡者了。这世界上，总有些人，他活着，并不只为了活，他活着的意义，更是为了获得身份上的认同。且这种认同，并不来源于自我想象，它来自周围人的目光。我为什么不能成为这一类？当你问这个问题时，你就已经不再是简单的"这一个"了。在无数个深夜，我爸在城市的小租屋里，剪刀划过夜空的长响，正是"这一个"对"这一类"所发出的诘问！

乾道四年（一一六八），稼轩因为献俘有功，到江阴军做了一名签判；他以为如此，为自己正了名，不想从周围人的目光里，却发现自己脸上似乎被刺了行字。"归正人"成了他心头的另一门痛。一个总是在乎自我身份的人，他也就必然比普通人有更多的路要走了。回到南方的稼轩，总觉得身体里有一股莫名之力，在催他上路。他甚至把家搬到了路上。他与奔涌的群山赛跑，与青山对语；他希望得到流水和山雀的赞美。在稼轩的身体里，有自己也没有自己。没有自己的他，总是被一只看不见的手，遣往南方各地，担任一些诸如守令、监司、帅臣的地方官；有自己的他，在任上，看到周围人的眼珠子，里面满含着猜疑与偏见，他就觉得恼。

淳熙二年（一一七五），一批贩卖私茶的商人在南方起事。三十六岁的稼轩从杭州仓部郎官的任上驱驰前往赣州。既然这个北地归来的年轻人身体里蓄满了血气与剑气，那为何不用他的剑，去收割茶寇们的头颅？

老历的七月过去了，八月也过去了。风急天高，转眼就到了赣州的九月。耳朵里满是秋声了，秋气从两只空空的膝盖里升起。两个月来，他日夜在兵车羽檄间度过。枫叶红了，秋天的果子熟了，茶商军贼首的头在辛提刑的剑下，像一枚熟透的果子应声落地。那铁铸的头颅，砸在地上，发出一声沉闷的声响。那声音很快被众声淹没。暮色悄然降临，山林间草木窸窣，偶尔有一两声鹧鸪鸟叫。战争过后，空气中除了弥散着一层淡淡的血的腥味，更多的是无边无际的肃杀之气。

读《辛稼轩年谱》，观稼轩行事，我觉得稼轩本质上讲，首先是一个英雄，其次才是一个词人。作为英雄的他，一刻都没有忘记为自己的身份正名。握在他手里的剑，其实并不想杀人。他只想削去刺在脸上的那一行字，他想用一张清白的脸，去晤山水，去看人间……

要感谢稼轩为赣州带来了一条稼轩路。这条双向车道的柏油马路，连接的东西实在是太多了。往事如烟云聚散，一个人步履能及的地方实在有限。稼轩在赣州说过的话、写过的札、想过的事，都顺着城外的流水不知所往，唯有他留在此间的两阕长短句写进了厚厚的中国文学史册。

写出"郁孤台下清江水，中间多少行人泪"（《菩萨蛮·书江西造口壁》）的稼轩，其身影必然是伟岸的。他的胸中装的是整个大宋河山。他的驰骋之地，本该是北方的辽阔疆场。他的剑，本该是用去收复失地，以雪靖康之耻的！无奈，时局所困，他却只好屈身于这南方小城。"江晚正愁余，山深闻鹧鸪。"顾随说：稼轩手段既高，心肠既热，一力担当，故多烦恼。这种烦恼，我想多半是英雄的烦恼，并不是我爸还有小太公能够理解得了的。但辛弃疾绝不只是一个英雄，他也是一个喝酒吃肉、爱鲜衣怒马也遭同僚谤毁，需要忍受种种歧视目光的凡人。身在现实世界里的辛弃疾，并不只会把吴钩看了，栏杆拍遍。他也常去为朋友的乔迁贺喜，与友人饯别，同妻儿、仆人们玩笑。如此稼轩，大隐于类似稼轩路的市井里。即便是他的苦痛与悲伤，也都带着世俗烟火的味道。

——秋深了，督捕茶寇的差事眼看就要收场。事平，弃疾奏：今成功，实天麟之方略也。天麟是辛弃疾在江西结识的没齿难忘的兄长。两个肝肠似火的人，素不相识，却在一场讨捕茶商军的战事中相遇，天麟兄作为这里的守备，为前方战事给饷补军。没料今事已成，竟遭到小人算计，说他挟朋树党，政以贿成，守备的位置自然不保。事如流水，动荡的时局中，每个人都像是一枚可怜的棋子。人的身份影影绰绰，需要接受太多的阴晴圆缺。

"落日苍茫，风才定、片帆无力……倦客不知身近远，佳人已卜归消息。便归来、只是赋行云，襄王客……"（《满江红·赣州席上呈陈季陵太守》）写下此笔的稼轩，肉身是真的已经沉陷于普通人的情感里了。这场饯别的酒宴，酒注定是没有少喝，表面上看，这是稼轩为劝慰友人置下的酒，但事实上，辛弃疾端起的这一杯酒，又何尝不是蓄着满满的愁。一个浑身是愁的人，居然在劝别人精神当振作。这似乎也太吊诡了吧！

要感谢稼轩路，让我在庸常热闹的生活中，看见事物之间的潜在逻辑。在日常的遮蔽中，事物被拆解成一个个无关的个体。人们沉醉在自我的世界里，目光皆是向内的。我爸永远也不会把他进城的经历与稼轩扯到一块儿。他心里装着的，是普通人的日常，卑微又琐碎。他是庞大的世俗世界里并不起眼的角色。与披附着"词中龙""抗金英雄"等各种光环的辛弃疾完全不具有可比性。可是稼轩路的出现，让我从两座看似无关的冰山中间，看到了二者潜藏在水面以下的巨大联系。在由稼轩路所提供的整体性的视野里，我不仅发现历史与现实是一对孪生兄弟，还感受到小人物与大英雄之间，也常常是可以对话的。我在想，回到南方的稼轩，名字被记上大宋的人口簿，难道他就真的成了宋人？在一份名为《辛稼轩交游考》的史料里，我发现见于稼轩词集的一百零九人中，竟有三十几位都与他有着同样的经历。他们由金归宋，被打了"归正人"的烙印。这其中不乏稼轩的族人同僚与挚友，甚至妻子范氏一家。可以想象，这个群体在不公的待遇下，不得已，他们抱团取暖，惺惺相惜，彼此吐露心声，以求得到心灵上的慰藉。表面上看，他们是回来了，但在精神上，他们仍然游离于主流之外。

也许，对稼轩而言，这是一座永远也进不去的城。在词中，他反复地称自己为倦客。我想，包含在"倦"之中的，不仅仅是壮志未酬的失落，也是颠沛的心，在路上始终得不到安顿的无奈。悠悠苍天，此何人哉？他成了一个可怜的离人，像一块铅灰色的行云，没有哪儿是他可以停留的。即使在弥留之际，目光投向人间的最后一瞬，他仍然没有忘记用嘶哑的喉咙喊出"杀贼！杀贼！"他的努力，并没有因为生命结束而停止。"天上有行云，人在行云里。高歌谁和余？空谷清音起。"——这是稼轩隐居带湖时写下的句子，行云作为一种飘零之物，它承载着普通人难以理解的苦恼。也因此，它成了稼轩最生动的灵魂小像。

若有光

◎ 蔡　瑛

一

　　早上六点，天刚蒙蒙亮。汪有明早早地起床，用清水抹了把脸，便准备去村里转一圈，这是他多年的习惯，也是他一个人的好时光。

　　正是人间四月天。映着晨曦，眼前的汪家村春意盎然，一片明媚。村部前的那片野茶花老远便对着他笑。前些日子见它们还有些羞怯，一场春雨过后，便全撒开了性子，活泼泼的，被晨光一洒，格外地娇艳动人。汪有明爱极了这片茶花。这可是汪家村的颜面担当。当初，他就想着，一定要在这块地方增加点颜色。就像是在一道油汪汪的硬菜上再撒上点葱花香菜，那是点睛之笔。事实证明他的眼光与想法都是对的，这片茶花可吸引了不少游客，大家在参观完村部建设、红色家园、产业基地后，都来到这块茶花地，闻香捉蝶，打卡拍照，一个个地，笑得比花儿还艳。汪有明看着，心里便也跟着笑开了花。

　　跟茶花们打过招呼，汪有明径直往前走。他得看看他种的那些树。要说感情，汪有明不得不承认，比起茶花，他心里是更偏向这些树的。怎么说呢，就像是儿子与女儿，都是心头肉，但儿子总归比女儿多了那么一点儿更深层的寄托在里面。汪有明自小就喜欢树，喜欢在树底下玩耍乘凉。树在他心里有一种意象，代表着希冀，向上。他喜欢树的秉性，深扎地底，不畏风雨，在天地间兀自生长，强大，成为一方的浓荫，成就一方的风景。他觉得，做人就应该像树一样。这一排排树，有不少是他亲自种下的，他眼见着，它们由一棵棵小树苗，一点点地，不管不顾地，长一点儿，再长一点儿，渐渐有了点伟岸的意思了。他从这些树里仿佛看到了自己。

汪有明走在这排树中间,眯起眼睛一棵棵打量着它们。在晨光里,它们越发显得精神抖擞,一片葱郁。汪有明心里盛满了满足与感恩。多好呀,这眼前的生活,这欣欣向荣的家园。有一瞬间,年过花甲的他,甚至有了一种冲动,想像少年时那样,跳起脚去够光影下的一片叶子。

是的,今天,他的确有些激动。昨天省里发了文,汪家村成了全市两个农房和村庄建设现代化试点村之一。这也是鄱阳县唯一的一个指标。汪家村又将迎来一次发展的春潮。

他知道,接下来的路,并不好走。整整十四年了,他已经不是当初那个体力与精力满格的青壮年了。但他没想到,他心里的血,竟还像当年那么热。

就像此刻,他不知道还能不能跳起来够到树梢的那片叶子,但他想试一试。他一定要试一试。

二

时间拨回到二〇〇八年。彼时的汪家村缩在昌江的一尾,如同一艘破旧搁浅的木船。村庄贫穷落后,村"两委"像一盘散沙,加上常年洪灾困扰,村民们看不到希望,怨声载道。村里急需一个领头人。在这样困难的时刻,大家想到了汪有明这个硬骨头老兵,希望他能回来带领汪家村闯一闯。

那年汪有明在景德镇做企业,事业有成,小家庭和美融洽。古县渡镇党委听取民意,几番邀请汪有明"出山",为家乡描蓝图、谋发展。汪有明有些犹豫,他想着自己年龄偏大,家人都在景德镇,又有一摊子事。让汪有明下定决心回乡的,是家中古稀之年的父母。他在景德镇安家之后一直想接父母同住,但父亲不愿意。父亲说,他不会离开汪家村,汪家是他的根,是他百年后的安身之处。对于儿子面临的抉择,父亲只说了一句话,人啊,不能忘本!

于是,二〇〇八年十一月,汪有明毅然放手在景德镇辛苦打拼的基业,回到了生养他的小村庄,成为"十二五"贫困村汪家的村支书兼村主任。

汪有明回乡的第一件事,便是召集全村党员,听取民意。那是一个雨天,破旧牛棚改造的村委会里第一次挤满了人。暗淡的灯光照着村民们黝黑而激动的脸。仿佛憋得太久，平时憨实寡言的他们都抢着发言，有的说："村里排灌站年久失修，每年洪涝灾害，庄稼很容易被淹，老百姓收成没保障。"有的说："晚上漆黑一片，没有一盏路灯，村里有路难走，还有蛇出没。"大家讨论得正热烈，突然停了电。一片漆黑中，没有一个人离开，大家围着汪有明，相信他能够点亮那盏灯。

　　屋外，春雨纷纷扬扬，将汪有明的心下得一片纷乱。他实在没想到，都二十一世纪了，这个村子依然这般落后。他更没有想到，这些淳朴的村民对于他这个村支书最大的期望，竟然只是为村里修几条路，装几盏路灯。他心里升腾起一股热浪。他暗下决心，一定要在这片生养自己的土地上做出些实事，干出些名堂。春雷闷闷地响起来，仿佛是阵阵战鼓。

　　彼时，汪家没有其他活路，土地与庄稼是村民们的命根子与生存所寄。而村里的排灌站年久失修，庄稼时旱时涝，没有收成保障，村民的日子苦上加苦。修复排灌站便成了压在汪有明心头的第一件大事。

　　他等来了一个机会。听说时任县长过两天要到邻村走访，如果能将此事当面向县长反映，会不会是解决的契机？他并不认识这位县长，心里没有底，脚下也发虚，但他决定斗胆试一试。为村民办事，他无私便也无畏。他立马手写了一份报告，将村子的难处与自己的决心一并述之。谁也想不到，这件事汪有明还真办成了。民生无小事。县长被汪有明的赤诚之心感动，委托县农业局加急办理，汪家村获得了修复排灌站的四万元经费。这第一笔经费，不仅解了汪家村农业生存的燃眉之急，也让村民们看到了汪有明为家乡做事的决心，以及他能做成事做好事的果敢与能力。

　　二〇〇八年春节马上来了。回乡的第一个年，却是汪有明过得最不是滋味的一个年。走在村里，地上是难以下脚的污泥，抬头是一团乱麻的天线。村里当时还在使用三十千伏的变压器，这个功率在平常还能勉强维系村里的用电运转，但过年的时候便不一样了。家家户户大团圆，用电量陡然大增。变压器负荷不了，便状况百出。这家的电饭煲跳闸，那家的电视断电。好好的一个春节，因为电跟不上，大伙儿心里七上八下，年味大打折扣。过年，对老百姓来说是天大的事呀，谁家不是眼巴巴盼着这么几天大团圆的日子？汪有明当时便想，无论如何，一定要解决电的问题，让在外的游子回乡过上舒适的年。

怎么解决？没有路子，汪有明决定先自掏腰包。这是最快捷的办法。家人开始是不理解的，没办法，汪有明犟起来就像一头牛。他拿出四万元启动了村里的线改，一千二百千伏的新变压器迅速到位，汪家村彻底告别了电压不稳求电不得的老黄历。

三

二〇〇九年，新支书汪有明便给汪家村定下了目标蓝图。他既然回来了，便要带着乡亲做一番大事。竭尽所能，大刀阔斧，一往无前。

来不及喘口气，汪有明接连干了几件惊心动魄的大事。

汪有明干的第一件事是改建村委会。汪家村"两委"是原先的牛棚改的，旁边还有个舂米厂，噪声大扬尘大。这种环境谁愿意去上班？久而久之，村委会形同虚设。汪有明跟村委干部们说，你自个儿家里都不干净不舒服，没有个落脚腾身的地儿，谁还愿意去你家？村子要发展，就得有个体面的办公场所，有了办公场所就会有人来，有了人气才会有机遇有发展。

可是，动土建房需要钱，资金哪儿来？汪有明思来想去，汪家有不少在杭州的生意人，他想发动大家，一起为家乡出资出力，共谋发展。于是，他一个人去了杭州。过程比汪有明想象的要难得多，他费尽了口舌，最终只筹到了六万元。可修建村部迫在眉睫。汪有明又一次在家人的劝阻声中自掏腰包先行垫付了二十万元用于启动建设。终于，亮堂的村部大楼建成了。汪有明跟村"两委"干部研究决定，一楼用作便民服务中心，二楼用于村委干部办公。

对于多余的场地，汪有明不但又为村民做了一件好事，还推行了用作一次移风易俗的改革，这是他为村民做的又一件好事。

他在一楼预留了一个公用大厨房，又将三楼全部打通，变成一个能容纳几十桌酒席的长厅。汪有明想借机改变村中的酒席风俗。村子里摆酒，经常会撞日子，以前是逢酒必吃三餐，做喜事的人浪费太大，吃酒席的人疲于应酬。再加上要是撞了日子,场地、帮厨、灶具都资源紧缺。汪有明便在村部规划设计出全村的大食堂,灶膛、厨具、场地,统一提供,便利,也干净,还免除了以往在室外摆酒的日晒雨淋之苦。此外,汪有明还在村里试行了"一餐酒"的做法,如此既节约又省事,皆大欢喜,获得了一致拥护。

大楼建好后,焕然一新的村部环境,整洁明亮的办公场所,立即获得了镇党委领导的关注,成为全镇党建示范点、法制示范点、计生示范点。紧接着,全县新农村建设的第一缕春风也吹向了汪家村。

新农村建设的启动资金,是一个建设点补助十万元。对于汪家来说,这是一个利好的机遇,但对汪有明的规划蓝图而言,这远远不够。当然,汪有明也可以跟着政策的脚步,一步一步走。但汪有明不这么想。孔子说过,不患寡而患不均,不患贫而患不安。这十万元不管拿来先修哪条路,都会引来说法招来不满。时间不等人,汪有明决定走在政策的前面,走在时代的前面。如果一鼓作气将全村的路全部修好,村民不就可以多享受一年吗?

可钱从哪儿来呢?汪有明又犯了愁。

记不清多少次了,汪有明独自在昌江边来回踱步,对着无际的河水,凝神锁眉。有两股力量在他心里撕扯,胸腔里仿佛有万马奔腾,唯有这不息的河水,才能让他平静与笃定。没人知道他心里的宏图伟业,也没人知道他面临的难题。

滔滔的昌江水,以奔涌的姿态,浩然的气度,给予汪有明果敢与智慧,也默默见证着汪家村的蜕变。

他召集全村党员干部,开了一个特别的会。在他有理有义的鼓舞下,在场的每位党员及村干部都自掏一万元,用于全村的道路修建。而他自己除了带头捐款十六万元,再次垫付五十万。就这样,汪有明用筹集到的八十万元资金,启动了全村的道路改建,先后硬化了通村公路和户户通巷道。汪家村成了古县渡镇第一个率先告别土路的村子。也成了一个村容建设大踏步走在全县前头的村子。

在村支书汪有明的痴心与恒心下,汪家村如一匹脱缰的骏马,一路狂奔,迎来了脱胎换骨的大发展。

汪有明的家乡蓝图逐一实现。几年之后,汪家村摇身一变,成了四季有花、四季有果、四季有景、四季宜游的乡村旅游胜地,成为江西省 3A 级乡村旅游点。相继获得了中国历史文化名村、江西省生态文明建设示范村、江西省无公害蔬菜基地等称号。支书汪有明也迎来了属于他的荣誉与掌声,获得"上饶好人""江西省劳动模范"等称号。

这个曾经的"十二五"贫困村,成为名噪一时的明星村。人们再也记不起汪家村"穷小子"的模样。

但支书汪有明继续走在前进的路上。

四

写汪家村,写汪有明,我是有私心的。

汪家是我姑母家,姑母是我父亲同母异父唯一的妹妹。小时候去给姑母拜年送节,是要步行的。也就五六华里的路途,不过几分钟的车程,在那个慢节奏的年代,却被脚步与时光拉得格外绵长。那些村庄沿河而生,因为昌江的牵系,村庄与村庄之间便有了血脉亲情,容颜气质大抵相似。一路吹着河风,顺着河水,看渔船撒网,村妇浣衣,偶尔从景德镇过来的汽船,带着城市的骄傲,碾碎温柔潋滟的波光,在水面激起一层层巨浪……那些步行的细碎时光,因为一条河的美意,平添了不少涟漪。那时候,心思像河水一样悠远,对于汪家村,并没有太多亲厚与寄望,除了姑母温暖的大嗓门儿与滚烫的蛋煮面,它和其他村子一样,穷苦,偏僻,沉默寡言,从来不曾吸引我。

没有发展出路,村庄是栖身之所也是命运桎梏。在打工潮涌动的二十世纪八十年代,大多数年轻活络的汪家村人选择了外出,仅有一些像我姑母姑父一样勤劳本分的农人,靠着仅有的田地维系生计,在无尽的劳作与困顿中拉扯着生活以及孩子。汪家村,像大多数村庄一样,日渐沉寂,暗淡,在翻天覆地的大时代中画地为牢寂然度日。唯有昌江,让她在寒酸之外,显出一些内在的安静秀丽。

谁能想到呢,二十多年之后,汪家村会以这样的面貌出现在我面前。

因为采访汪有明,我特地联系了汪家村的表妹,由她领着游了一趟汪家村。也就是几年不见吧,眼前的汪家村把我惊住了。全然不是我印象中的村子,齐整亮堂的徽式民居,大气开阔的柏油马路,更见亭台楼阁,轩榭廊舫,小桥流水,草绿花繁,一派姑苏风范。那个暗淡无光的乡村竟华丽转身,变成了一个梦想家园的样子。真是今日不同往昔了。就像陪着我逛的这个汪家表妹,记忆中是个尖着细嗓门儿的青涩实诚的乡下小姑娘,稍不留神儿,已长成了一个风姿绰约、内外兼修的公司高管。

这才知道,如今的汪家村,趁着脱贫攻坚与乡村振兴的春风,脱胎换骨,傲然走在了时代舞台的前列。

五

在时间与机遇面前,一个村庄的蜕变足以刷新你的想象力。

风景是不必说的。在昌江的天然背景下,汪家村有着先天入画的资质。素颜时,虽不曾惊艳,但天生眉清目秀,土壤肥沃,植物蓬勃,有童话般纯粹分明的蓝天与四季。稍加装扮后,更是婀娜多姿起来。原生态环村湖的改建,仿佛把外围的昌江搬进了村内,水流之处,曲线曼妙,一步一景。抬眼处,屋舍俨然,亭阁精巧,河水潺潺,杨柳依依,颇有种"君到姑苏见,人家尽枕河"的意境,如若再遇上春雨绵绵或炊烟袅袅,便更是天上人间的江南韵致了。

一个村庄的底气与格局光是风景仍是不能成全的。九十多年前,一个叫汪辰的青年,用热血与信仰,赋予了这块土地别样的色彩与意义。他从汪家走出去,求学参军,满腔抱负。二十八岁的他,风华正茂,前程远大。然而,国难当头,内忧外患,为了信仰与大义,他参加革命奔赴战场,最终以身殉国。没有比舍生取义更慷慨深情的告白。这个汪家男儿,用生命开辟了一方革命疆土,为鄱阳的革命历史留下了浓墨重彩的一笔,也为汪家村留下了芬芳隽永的文化财富。

一走进汪家村,你就能看到高高耸立的汪辰烈士纪念碑,蓝天之下,它伟岸庄严,像一个铿锵纯洁的誓言。纪念碑旁,红梅绽放,如鲜血般淋漓壮美。

村支书汪有明显然没有忘记一名党员的光荣底色。为了纪念与弘扬革命烈士汪辰的事迹精神,他四处奔波,筹建了以缅怀革命烈士为主题的红色家园项目,汪辰纪念碑、红色纪念馆、汪家村史馆、文化馆相继建成。如今,汪家村成为全县青少年重温历史、缅怀烈士的市级爱国主义教育基地。红色已根植于汪家村的血肉与灵魂,成为汪家村的生命色、文化色。

岁月更替,日新月异。人不断缔造着世界,创造着奇迹。汪家村的红色水土养育着不同凡响的汪家村儿女。如果说汪辰用生命谱写了一位革命志士的壮丽篇章,汪有明则用行动书写了一位村支书的改革佳话。

当红色成为文化标志,绿色又成了汪有明的另一发展蓝图。大面积种植无公害果蔬,实行土地流转,集体持股创收……葡萄、桃子、蜜橘,辣椒、茄子、豆角,枝头挂果,大棚飘香,土地流油,所有的植物都铆着劲儿,与汪家村人一起做着芳香的白日梦。那些曾在年复一年梦魇一般的“双抢”辛劳中熬过来的勤劳纯朴的汪家村人,重新抖擞了精神,他们像盼望东风一样,盼望着崭新的日子,他们比任何时候都更相信,从前从未想象过的美好生活会在家门口炫美绽放。

仿佛春风吹醒了大地,梦想一旦扎根,就像遍地的花儿一样在汪家村繁衍蓬勃,一发不可收拾。

这位汪家村汉子,有着商人的精明与农人的纯朴,他站在他的疆土上向我描绘汪家村的前景,指点江山,挥斥方遒,像一个成竹在胸的将军。这梦幻一般的好景背后,有时代与机遇的照耀,更有他夜不成寐的焦虑与坚守,有村子百年养成的品格与执着,亦有昌江河水的默默抚育与护佑……

六

“黄发垂髫,并怡然自乐。”在初中时读到《桃花源记》,汪有明便记下了这个句子。如今,他更是深有体悟。《桃花源记》之所以成为传世名篇,是因为陶渊明表达出了人们心中梦想家园的样子。汪有明也想打造出他心中的桃花源。他理想的汪家村,不仅仅是一个村容村貌走在时代前列的明星村,更是一个人人有幸福感与归属感的心灵家园。有山有水,有花有果,妇孺安乐,孤老有依。

"现在年纪大了，很容易忘事，但村里三十二位八十岁以上的老人，我时常惦记着。"六十岁之后，汪有明越来越念旧，他明显感觉到身体的衰老与精力的不济。他有了一种悲壮感与紧迫感，更有了一种老骥伏枥，志在千里的豪情和使命。我还能再为村子做点什么呢？他开始思考汪家村下一步发展，朝向他的理想家园更进一步的发展。于是，在打造"四个家园"之后，他又马不停蹄建起了"三个驿站"：留守儿童成长驿站、居家妇女生活驿站、空巢老人幸福驿站。三个驿站像三株新芽，迅速在全县三十个乡镇 4215 万平方公里的广袤大地上复制播种，催生出乡村文明的新春天。

二〇二〇年，在乡村振兴开局之年，汪家村迎来了全新的发展契机。当年八月，根据中央乡村振兴定点帮扶工作安排，以及省、市、县各级党委政府统筹考虑，中国井冈山干部学院选择了汪家村作为乡村振兴定点帮扶村。一个"中"字号单位定点帮扶汪家村，是多大的荣誉与肯定呀。村支书汪有明无比激动，他的家乡终于迎来了更大更好的发展机遇。

在中国井冈山干部学院的帮扶下，汪有明带领汪家村围绕"五大振兴"做开了新文章。产业振兴，制定了汪家村"十四五"产业发展规划，"花海""茶山""荷塘""鱼池""菜园"等重大项目的擘画跃然纸上，相关投资迅速到位。教育振兴，汪家村所有脱贫户在读学生的阶梯教育补助迅速到位，做到了一个都不能少。文化振兴，围绕红色名村建设、文明乡村建设，不断增强软实力。生态振兴，在夯实原有基础上，全面提升村环境建设。组织振兴，不断强化党支部战斗堡垒作用和党员先锋模范作用，带领村民群众朝着共同富裕大步前进。沐浴着乡村振兴的阳光，汪家村不断焕发出新的动力与风采，荣获"江西省红色名村""江西省第七届文明村镇"等一系列省级荣誉称号。

二〇二二年，经过汪有明的奔波与努力，汪家又拿到了全县唯一的农房和村庄建设现代化试点村的指标。"我想借这个东风将汪家村建成全县，乃至全省的现代化样板村。"汪有明说，这个年过花甲的支书目光坚毅却眉头微锁。"但我知道很难。首先是人才紧缺，我们村委会班子年龄结构严重老化，担重担的基本都上了六十岁，综合素质有些跟不上，写不了材料用不来电脑,工作就容易滞后。但我相信,政策与形势会越来越好。只要我们一直往前走,就一定会有人跟上。总有一天,我们汪家村,会成为更多有志有为的年轻人争相为之奋斗与生活的地方,成为所有汪家村人的脸面与骄傲,成为一个时代的奇迹。"

我看着眼前这个与我的父亲长着同样黝黑方脸的村支书,这个家乡的汉子,我的乡亲,叔父,内心一次次被热流击过,滚烫而汹涌。只要一直往前走,就一定会有人跟上。谁说不是呢?春风一旦吹动,就一定会迎来一个万物勃发的春天。

第二次采访,约在我的办公室。那天我们聊得有点久,快到中午,他站起来,说不好意思,耽搁你时间。他身体习惯地前倾,微笑着与我握手。我站在门口目送他离开。他个头不高,头发也有些花白了,但衣着整洁,腰板挺直,那是一个村干部与老党员应有的风度与体面,更是一种向上的姿态。

一瞬间,我仿佛看到一排挺立的松树下,六十一岁的汪有明仰望着那片由他种下的浓荫,一缕光从枝叶间漏下来,像一个五彩斑斓的梦境。他突然有了一些少年般的激动,抬脚用力往上一跃,去够那片光里的叶子。他还真够着了一片叶子。只是落地的时候,他的脚有点发虚,轻微趔趄了一下,但还是稳稳地站住了。

站在一排苍翠的树下,汪有明回眸望去——汪家村,这个生养他的小村庄,正沐浴在一片晨光里。他无比笃定,这个曾经籍籍无名的小村庄,会一直奔着光明朝前走。

少年的沼泽

◎ 兴　安

　　小时候哪里知道什么叫湿地呢,连沼泽也不懂。多少年以后知道了,心里却一阵后怕,尤其看到电影里有人掉入泥沼,慢慢被淹没得无影,只冒出几个气泡的镜头,内心产生一种恐惧和无助。沼泽是湿地的一种,是因为地表及下层土壤过度湿润,地表生长着湿性植物和沼泽植物,从而形成了大片泥淖区域。

　　少年时, 每年暑期我都要和奶奶到鄂温克旗草原一个叫西苏木的地方,它的东面就有一片沼泽。西苏木,汉语当时叫西公社,蒙古语音译为"巴仁苏穆"。暑期开始后的两三天,奶奶便领着我出发,到海拉尔河西的长途汽车站坐车,然后颠簸一个上午,经过南屯(巴彦托海)、砖厂、巴音塔拉几个站,到达西苏木。那时候,草原还没有高速公路,水泥马路也没有,只有草地上被轧出的两条车辙,形成曲曲弯弯、泥泞坑洼的土路。所以三十多公里的路程,长途车要走三至四个小时。或许是我的心早已飞到了草原,而身体却困在行驶缓慢的车厢里,时间对我来说漫长至极,急得我一路不停地问奶奶:奶奶,咋还不到呀还不到呀……奶奶却一点儿都不着急,也很享受我急切的模样,笑着答复我,马上喽马上喽。后来长大了,我对"马上"这个词有了新的阐释,所谓"马上",并不是词典里的"立刻"的意思,而是在马背上,在去往某个地方的途中。所以至今朋友组织饭局,问我到哪儿了,我的回复永远是"马上"。

　　车厢里坐满了乘客, 多数穿戴着蒙古族的服饰——帽子、头巾、蒙古袍、马靴,但是这些蒙古特征的服饰好像被分解在每个人的身上一样,有的戴布里亚特尤登帽("尤登"系布里亚特蒙古语,意为缝在衣领上的风帽或兜帽,尖顶,带护耳,形似圆锥,也有说类似哥特式建筑),有的系头巾,有的穿马靴,有的穿蒙古长袍,而其他部位都是城里人的装扮。那个年代,这种蒙汉混搭是常有的现象,只有真正的草原人,比如布里亚特人,或者巴尔虎人才保持着民族服装的完整。车身的摇晃颠簸,经常会引发妇女们的一阵尖叫,尤其是坐在最后一排,颠起来,头会碰到车顶。我就经历过一回,因为上车晚了,只能坐在最后,剧烈的颠动,让人的五脏六腑翻江倒海,将我整个身子弹起,脑袋撞到车顶的铁皮上,然后屁股重重地落在椅子上,我疼得眼冒金星。

西苏木有我大姑家。她在中华人民共和国成立前就参加革命,当时是西苏木供销社的主任。大姑的儿子与我同年却大我几个月,叫金福。沼泽就是他带我去的。西苏木的西边是好力堡布里亚特居民点,北边是巴彦塔拉达斡尔族民族乡,南边是实验站,东面就是那片沼泽。大姑家往南一两百米就是那条我和奶奶乘车而来的草原公路,蜿蜒伸向远方。路上经常有汽车经过,长途车、运牛奶的罐子车,偶尔也有吉普车或小轿车。车过后,会飘来一股汽油的味道,这种神奇的味道曾经让我着迷。或许是那个时候的汽油不能完全燃烧,味道很纯粹,带着特殊的香味儿,而现代的汽油却已经彻底燃烧,成了污染性的废气。我现在感觉,它或许是冥冥中我对汽车这种现代性怪物的一种陌生的向往,也注定了几年后,在我十四岁的时候,离开这片土地。

我在西苏木活动的范围其实很小,前后左右大约一平方公里,那条公路我都很少跨过。在我少年的意识里,草原就这么大,此外都是边界或者根本不存在,就如同人类还不知道地球是圆的,地球之外还有银河系,我们总是感觉自己生活的地方就是世界的中心。所以,走向沼泽,是我少年的一次冒险。

从大姑家往东徒步两三公里,便进入那片沼泽地。其实我们的目的地不是沼泽,而是沼泽另一面的山丁子、稠李子树林——山丁子、稠李子是我小时候最爱吃的野生水果。二十世纪七十年代初,能运送到呼伦贝尔的水果很少,大多是冻梨和冻柿子,虽然也好吃,但价格不菲,一般人家是不能常吃的。所以,山丁子、稠李子是我对水果的最初的记忆。前两年,也就是我到北京四十多年后,老家的朋友给我快递来两桶山丁子和稠李子,我吃了几颗,却已经完全没有了儿时的味道,只有干涩和酸苦,在南方长大的妻子嚼了几下，竟然吐出来，皱着眉说，你小时候就吃这么难吃的东西呀。我辩解道再放一放才好吃，便把它们放入冰箱，几个月后想起它们时，已经变质，只好扔掉。金福带我来到沼泽边，看着水中露出的一坨坨草墩子，我非常好奇，上面的细草就如同流浪少年的长发，蓬松而凌乱。草墩子，学名叫塔头，俗称"塔头墩子"。塔头是苔草沼泽北方典型的湿地类型之一，是高出水面几十厘米至一米的草墩，它是由沼泽地里各种苔草的根系死亡腐烂后重新生长，然后再死亡、腐烂、再生长，这样循环往复，同时与泥灰碳长年累月凝结而形成的自然现象。据生态专家考证，塔头的年岁最长可达十万年。可当时我不知道这些，也不知道塔头之间的水下泥沼的深浅。我们就是踩着可能已经生长了十万年的塔头，从一个塔头跳向另一个塔头，往前移动。塔头与塔头的距离在半米左右，土质非常黏滑，所以脚落下时一定要踩到草茎上，不然很容易掉入泥沼之中。有一次我险些滑倒，身子摇晃了几下站稳。我站在塔头上，前后观望，心里有些胆怯，但少年的我是不容许自己被同伴小瞧的。

塔头之间的水很清很浅，能看到水中游动的小鱼和水面点水的小蜻蜓。不时有青蛙被我们惊吓，跳进水中。别看金福和我年龄相仿，但他一看就是老手，是这里的常客。最让我吃惊的是，他抓住一只青蛙，从后脚掌撕开一个小口，然后用力一拉，将青蛙的皮活剥下来，瞬间，一只绿色的青蛙，变成一只粉红色的肉身。我经常在草原上抓蝈蝈，还有"油罐子"——油罐子，学名蒙古棘颈螽，是一种大型的螽斯。与蝈蝈不同的是，它雌雄两性都能发出叫声，分布于内蒙古的草原或戈壁之中，据说它圆鼓鼓的肚子里有很多油脂，常被牧人放入勒勒车的车轴内，起到润滑作用，但我一次也没亲眼见过。在草原上，我一气儿可以抓到十几只蝈蝈和油罐子，把它们分别装在笼子里。因为拥挤或者互相残杀，几天后就会死掉一些，看着被同类撕咬后残缺的尸体，我没有感到不适，而活剥青蛙，却让我触目惊心。我闭上眼睛，拒绝看他的暴行，而金福却笑话我像个女流。不一会儿他又抓了一只青蛙，并当着我的面，把它脱皮，技法熟练，得心应手——我至今不知道他是从哪里学的这门手艺。他从兜里掏出两根鱼线，线头上绑着粗粗的黑色铁质鱼钩,将青蛙固定在鱼钩上,然后将其沉入水底,而另一头线则用铁钉绑紧插入塔头上。清澈的水底,能看到粉红色的青蛙四肢挣扎,动作越来越迟缓。我赶紧转过头,不忍再看。两根鱼钩都沉入水底之后,我们继续前行。终于来到了岸边,抬眼望去,一片山丁子和稠李子树就在不远处,差不多有两三米高,密密麻麻,隐约能看到树枝上一串串的果实。这里真是人迹罕至的地方,或许正是因为这片沼泽,保护了它们的安宁,让它们与世隔绝,自由生长。附近的牧民本来就很少吃蔬菜,更不屑于吃这种黄豆粒一般的水果。记得有一年我请蒙古国的一位艺术家苏赫(Sukhee)吃饭,他大口大口地吃牛羊肉,蔬菜碰都不碰。问他为什么,他说:羊和牛是食草动物,草里的维生素转化成了肉,我吃牛羊肉不就等于吃草和蔬菜了吗?我和金福快速跑到树下,揪了一把稠李子贪婪地塞进嘴里。稠李子形状类似野生蓝莓,只是颜色偏黑一些。我含住果实,只需舌头抹一下,果肉和籽就分离了,籽被我吐到草地上。接着我们又跑到山丁子树下,揪下一串,放进嘴里猛嚼。山丁子还没有熟透,有点酸,最好吃的山丁子一定要在霜冻之后,果心和果皮红透,放在嘴里柔软而甜涩。可我们等不了那么久,因为那时候我已经开学,没有时间来这里,只能在城市的路边,流着口水看人兜售山丁子。这时一只老鹰在我们的头顶盘旋。金福警告我保护好自己的帽子,这一带是老鹰的捕食区域,我们的到来惊动了树上的小鸟,还有地上的土拨鼠,这些都是它的食物,由于我们的打扰,它们躲进了巢穴,也躲开了老鹰的视线,所以老鹰很生气。我确实听人讲过老鹰叼走帽子,挂在高树杈上的故事,我还听过老鹰用爪子抓起小孩儿的传说。我用手捂住帽子,另一只手摘着树上的果子。不一会儿,我们的挎包就被装满,我们的嘴唇和舌头已经变成蓝黑色,我和他伸出舌头相互嘲笑。这时,天色开始暗淡下来,太阳就要落入山下。我们在天黑前必须离开这里,因为天一黑,狼就会成群结队地出来,那我们就凶多吉少了。

夕阳中的西苏木远远地散落在草原上,烛灯如星光闪烁,屋顶的炊烟像浮云般游荡缥缈,天空澄明而幽远。暮归的乳牛们,顶着弧形的牛角,步履匆匆,不时发出哞哞的叫声。远处,牧人赶着羊群,在黄金般的晚霞中移动。我和金福也加快了脚步，因为我们已经听到彼此肚子的咕噜声了。

第二天，我起得很早，天一亮就跟着表姐莲花到院子里看她给母牛挤奶，我在一旁帮忙牵住小牛犊。哺乳期的母牛夜晚是要和小牛犊分开的，不然牛犊会把母牛的奶子吃光，第二天早上挤奶前才让它们母子团聚。据说是为了让牛犊引奶，但我觉得应该是牧人与牲畜之间达成的一种规矩。分隔一夜的牛犊，见到母亲后兴奋地冲上去，嘴撞击着乳头，贪婪地吮吸，发出唧唧的声响。可是刚吃了几口，牛犊就被拽到一旁，小家伙瞪着可怜的眼睛哀求。这时，我只能摸摸牛犊的脑袋，表达我的怜悯，还有愧疚之情。

金福从屋里出来，蹑手蹑脚地拽过我手里的绳子，将牛犊拴在栅栏上，然后拉着我就跑，等埋头挤奶的姐姐反应过来时，我们已经走远。身后传来姐姐的声音——别进沼泽地啊，小心陷进去。我们嬉笑推搡着往前走。我问金福，这么早又去沼泽地干啥呀？他神秘地笑了笑说，到那儿就知道了。

来到昨天下钩的地方，金福竟然从水里拽出两条灰绿色的大鲇鱼，其中一条比我胳膊还长，巨大的嘴巴，弯曲的两根胡须，眼珠绝望地看着我们。那两只被脱皮的青蛙，已经被鲇鱼吃得只剩下几根细骨架，鱼钩穿透了鱼鳃，露出尖刺。

我终于干了一件那一刻我最不想干的事，我甚至又抓了一只，熟练地完成了所有剥离程序。他阻止我道，可以了，我们只有两只鱼钩，所以只需要牺牲两只青蛙就够了，多了就是“违勒日”。“违勒日”这个词是蒙古语，在写这篇文字的时候，我试图找到它在汉语中的对应词，它近似汉语中的佛教用语“造孽”或“造业”，但又不完全准确。我请教了我的朋友翻译家哈森，她的解读是“善意的惩戒”，正好合乎我的初衷。

重新下完钩，金福揪了几把塔头草，包住我的一只脚，又用干草捻成草绳系在我的脚上。我就这样一瘸一拐地回到了家。当时，奶奶正在炕上抽旱烟，是那种用纸自己卷的烟。见我狼狈的样子，赶紧掐灭烟头，一骨碌下了地，焦急地问我：“弥尼奥恩伯乐，亚噶德伊姆狼狈地别杰咩？”（意为：我的孙儿，怎么这么狼狈呢？）奶奶汉语说得不太好，总爱在蒙古语中夹杂一两个刚学会的汉语单词。我九岁那年，奶奶在我睡梦中猝然过世。等我被母亲叫醒时,我看到奶奶躺在炕上,脸上盖了一块布。我不理解,几次趁人不备将那块布掀开,我不想让它遮住奶奶的眼睛。

二○一七年夏天,我回呼伦贝尔,要求金福带我去看看现在的西苏木,看看那片沼泽地。他开着车,从南屯出发,沿着当年我和奶奶坐长途汽车行进的路线——砖厂、巴音塔拉、西苏木。多年以后,我差不多走遍了呼伦贝尔,一九八三年,在我大学二年级的暑假,我终于扩展了对西苏木周边的视野,我坐着运送牛奶的大罐车,一直向南,穿过西苏木,经实验站、孟根楚鲁、伊敏、红花尔基,到达大兴安岭南麓,一个有森林有泉水的地方——维纳河。之后几年,这里成了我最初小说写作的地理坐标,我写了《爱,在美丽遥远的维纳河》《维纳河的沉思》《猎人与狗》等等。向西,我与老叔到了满洲里、呼伦湖(我们都叫达赉湖)、新巴尔虎右旗。由此,我知道,我少年时的西苏木,其实很小,小到地图上都很难找到,现在也是如此,它就是一个地名,一条公路旁的站牌,一个路过而不必停车的小站。但在我心目中,西苏木依然是我观察呼伦贝尔、回溯故乡的焦点,而那片沼泽可能就是我记忆深处的原形吧。五十年的变迁,西苏木所有的记忆只留下了一小座黑漆漆的土坯房子,它躲在水泥砖房或者楼房之间的缝隙里,反而格外醒目。金福告诉我,那就是他们家仅存的一座仓房。我和金福来到了当年的那片沼泽。我已经完全不认得这里,好像第一次来。那片沼泽已经变成湿地保护区,周围用围栏围住,一条铁路从它的旁边穿过,通往伊敏矿区。早在二十世纪七十年代末,国家开发伊敏露天煤矿,修筑了一条海拉尔至伊敏矿区的铁路,源源不断的煤,经过这里运往内地。沼泽对面我们曾经采摘山丁子、稠李子的树林,只能遥遥相望,茂密而疏远,成了一道景色。

我和金福提起当年剥青蛙皮钩鲇鱼的事情,他竟然全部忘记,好像根本没有发生过。他后来全家搬迁到旗政府所在地——南屯,在这里的记忆也随之而去。但我记得那个夏天,记得他在沼泽地说的那句话——可以了,我们只有两只鱼钩,所以只需要牺牲两只青蛙就够了,多了就是"违勒日"。这不像是他那个年龄的人说出的话,但是我听到了,声音就在沼泽中回响,就仿佛是沼泽说的。

芜野无向

◎ 宋长征

天气溽热,我躺在干涸的沟渠里,一定像极了一只寂寞的小兽,头枕在一蓬茅草上,茅草狭长的叶片覆盖在头顶,甚至越过前额,将视线分割成很多小块。蓝的是天,偶有一只啄木鸟从田野飞来,啄木鸟飞行的样子有点好笑,翅膀扇了一下,很快收起,像母亲手中的那支木梭,离开了手掌还在滑行。母亲织布,经和纬纹理杳然,咔嗒咔嗒踩动踏板,就织出有着清晰图案的老土布,缝鞋,做衣,穿在身上遮丑,保暖。譬如现在,我身上穿着井字花纹的上衣,下身是一条染黑的短裤,天上的鸟儿和草间的小虫就不能看见我幼小的身体。为什么穿上衣服就叫遮丑?我不懂,明明身体很好看啊,脱光了,扑通跳进水里,就像一尾自由自在游动的鱼。

没错,我就是从河湾处过来的,穿过一片密匝匝的小树林,越过一条沟岔,来到这片茂盛的田野。除了天空,遮盖在头顶的还有旁逸斜出的枝条,伸展,弯曲,叶子在夏日的空气中颤动,就像婴孩睡梦中舞动的小手,也许并无所求,只是那样单纯地在空气中悠然挥动。我也在挥动,无意识地挥动手掌,就像搅动了田野上的庄稼,身体下的土地,眼前的树叶与天空——所有的事物开始旋转。这种意象只能出现在童年。等我搅起漫天风雪的时候,时间并不存在,季节消失,那些生动的叶片与杂草,庄稼和树木逐渐被旋转成流动的灰绿色图案。一起加入的还有天空中的蓝,也跟着旋转起来,直至一片苍茫。接着是眩晕的幸福感,让我像一只无名的小虫在草丛下偃偃睡去。

我不能界定我的某些行为到底有什么意义,就如站在鲁迅文学院春天的银杏树下,陷入惶然之境。不远处是傻傻绽放的白玉兰,那些浅黄色笔锋样的花苞，绽开之后便是如许坦诚的骨朵，那白，白得纯粹，仿佛一定要用尽生命中的最后一丝力气，也要开出盛大的花盏。更为喧嚷的是青梅，一朵朵红色粉色的小花，挨挨挤挤，招蜂引蝶，有着誓将一场花事进行到底的意味。而银杏树显得有些贞静，在现代文学馆的大楼门前，不密不疏，站成长长的一排，看着行人在院子里进进出出。她们是不懂文学的吧，或者她们原本就是文学自身，以一种安静的姿态守望，看着墙里墙外这喧闹与寂静的人间。

长叶了，那些鹅黄色的叶片偏就生成了鸭蹼的形状，在春天的空气中游动。或者如小小的团扇，将春天的风潮一点点迎来，送走，夏季结束时，枝柯间将挂满通绿的果实。我对银杏树的热爱，大概来源于一次无聊的闲谈。村书记在三哥家喝酒，说邻县一个叫高韦庄的地方，有人种了很多银杏树，说不定将来会卖很多钱。倒不是我对钱有多么热爱，但是叫作钱的这个东西一定在隐隐左右我的一生。矛盾或者悖论，在一个写作者身上竟然会如此具体，一边是所谓的苍生与情怀，一边为了生计而不得不选择的某种职业。如果这样说，那么我是唯一的，我是这里唯一以理发师身份出现的写作者，由于某些清晰或模糊的背景，鬼使神差，来到这个在众多人眼中圣殿般存在的地方。

十九岁，我有着一身的蛮力。清晨出发，有雾，老河滩上的雾色缭绕，将贫穷与现实遮蔽起来。梦很单纯，我想象在不远的将来拥有一片属于自己的银杏树园圃，那些挺拔的树苗，在空气中游动的鸭蹼，风吹来，是一片秋天的金黄色落叶。或许，还有以后的以后，当那些树苗长大之后被收购，可以种下更大的苗圃。夏日，漫长的骑行让我昏昏欲睡，起初的兴奋感在慢慢消失，在路遇一个小小的食杂店时，我发现自己迷失了方向。店里出来一个腰身佝偻的老者，捋了一把稀疏的山羊胡子说，噢，要去高韦庄啊？那地方，我早年讨饭的时候走过，黄土半尺深，走路冒烟。呐，沿着这条土路向南，大概十里地，上了官路再十里，再下土路向南，走上几里大概也就到了。我的眼中并不存在所谓的南方，在辞别老者之后，沿着意识中的方向继续行走。自行车发出干渴的吱呀声，我在食杂店喝的半瓢凉水没过多久也变成了汗液蒸发殆尽。天空是刺眼的光芒,路边的庄稼和树在阳光的炙烤下毫无生机。终于到了。见到那位传说中的种植银杏树的劳动模范,矮矮的个子,额头一马平川,他将我引到一个类似店铺的房间,盘子里干硬的白果,货架上用于种植管理的瓶装袋装农药,还有几本关于银杏种植的书籍,我取了一本,买下。劳模问我是哪里人,当我说出所在村庄的方位时,他明显愣了一下,从头到脚打量了一番。临走时,他说我送你一株银杏树吧,那么老远跑来。那株栽在三哥家院子里的银杏树,在一年翻盖房屋时被砍了下来,根节埋在深深的泥土里,从此只长在我一片葱茏的虚无的梦中。那些叫作白果的种子,被我种在用沙土覆盖的苗床上,生出几根孱弱的幼苗,后来也相继死去。

我还是醒来了,在空寂的田野上,从青草覆盖的沟渠中。啄木鸟还在笃笃啄着空空的树洞,单调的声响传出很远,在遇见某种障碍之后在田野上空回旋。那些旋转的事物重归于静止,就像在我做梦的同时它们也经历了一个悠长的梦境。我梦见自己变成一个皮毛灰黄的野兔,小心翼翼从青草掩映的洞口探出头来,草虫在鸣叫,绵密的声音斜织,就像撒开一张遮天蔽日的声音之网。我在聆听,聆听每一丝风吹草动,或许是奔跑了太久,也或许天性胆小,让我以为周遭充满敌意。咔嚓,一根树枝从树上跌落,有着一双巨大的翼翅,在跌落的过程中变成一头会飞会跑的野兽,它的腿脚高于青绿的豆苗,高过青青的麻节,甚至高过这片森森的小树林。弹射,当一只受惊的野兔极尽力量向前弹射,前方的路途开始无限伸延。野兽的眼睛赤红,仿佛要喷出火来,高大的身形在干涸阴暗的老河滩上移动,摧毁脚下的木桥与房屋。偶有另外一些面目模糊的小型动物斜刺里冲出,不是奔向我,而是面对那头生有翅膀的猛兽,然后,在惊吓中转回头,和我一起弹射,飞奔,试图逃离这恐怖的魔掌……

我擦了擦眼,拽住坡上的野草猛然站起,似乎那场夺命的追逐还在继续,母亲缝制的井字花纹的衬衫已经被汗水浸透,田野上传来泥土草木混合在一起的浓郁气息。扎进脚板的是锋利的蒺藜刺,划开肌肤的是锯齿形的玉米叶片,缠绊双脚的是依附在豆苗上的菟丝子。我有多大?七岁还是八岁的年纪,站在田野上像是一个极易被忽略的小点,我感觉所有的事物高大森严,一条沟渠没过头顶,一个浅浅的洞穴就可以安放我柔软怯懦的身体,在玉米的丛林中奔跑,就像迷失在一片原始森林。

——我迷失了方向,前后左右是齐刷刷伸向天空的玉米秆,只有头顶一方狭窄的天空。内心的慌乱仍未消失,稍微听见一丝响动,就以为梦中的野兽在不远处窥视,瞪着一双赤红的眼睛。那种混合的味道密密匝匝涌来,青涩,暧昧,散发着乡间妇人的乳香与汗味;腥咸,浓烈,从泥土的裂缝中一丝丝涌出,在靠近我的鼻翼时拧在一起,接近茫然与惊恐的味道。

鲁院的课程不算紧张,就像按时上班的工人,延续着朝九晚五的作息。来了已有一段时日,我在一间靠近围墙的房间里写字、睡觉、看电影,或者望着窗外的树与楼房发呆,天时阴时晴,流荡的云朵也在天空中静静地移动。有一瞬间我发现自己再一次迷失方向,那些脑海中的东南西北无论如何也不能准确归位。就如我对自身的忖度,当你来到这样的一种氛围,所为何事?没错,似乎是为了文学,为了自己梦想中的以文字寻找某些形而上的支撑与托扶。课程有时枯燥,有时深刻,这也算不了什么,至少对我这样一个从乡下蓬头垢面出现在文学面前的人来说,有着不可忽略的弥补之用。那么,对方位的迷惑也就无所谓了。

出门左拐,是一个十字路口,一匹非驴非马的动物拉着大车停在路边,大车上是一些看似新鲜明黄的橘子。是骡子吧,即便是乡下也很难再见这样的物种,它不能界定自己的身份,以一种陌生而熟悉的姿态出现,既无兄弟也无子嗣,只是它任劳任怨,摈弃了马的狂野和驴的狡黠,将主人与货物运送到一座城池的十字路口。头顶上的红色绸带垂披下来,衬托着暗黑色的鬃毛,它的目光纯净,人流与车流在这沉默的纯净中熙来攘往。食槽里的稻草在一根根减少,它在为脚下的路而努力,夜幕降临时,嘚嘚的蹄声将敲响沉寂的夜晚,走向一条通往家的漫漫长路。过了红绿灯右拐,两间遮着门帘的公厕前方,空地上停放着一辆两轮电车,一张写着"理发十元"的纸板靠在电车上。暂时没有顾客,那位看起来和我年纪差不多的男子正坐在简易的理发椅上刷手机。我还是动了一下心思,若是换作自己,是否有这样的勇气在闹市摆摊,一剪、一椅、一人,赚几个糊口的本钱?或许不会,颠簸的日子已经过去,那些慌乱,窘迫,无定的漂泊感,让人更容易迷失方向。

走过一条狭窄的横亘于河水上方的铁桥,便进入一片空旷地带,右侧是砌了石墙的河沟,并未见清澈的流水,对岸店铺里的生活用水,大多流进了这条河里,裸露的河底,散乱的弃物,让人怀疑这还是一座城市的腹地。左岸的桃花已经开过,只剩点点残红,被剪去枝条的茬口凝结着点点黄红透明的桃胶,恰如植物的泪水。草地,沿着铺了石板的小径散步的人,三三两两,说着有关无关生活的话题。空旷地带的边缘,是一条长长的状如河堤的土墙,大概就是传说中的元大都城墙了。上面栽植了一些松树,刺槐树,裸露的根节仿佛在讲述远去的故事。我的行走路线一般是向左或向右,向右沿着桃花落败的河岸前行,路过两座横架在河流上方的石桥,大致走到可以看见中日友好医院标牌的地方,再原路返回。向左,河岸开始转弯,并深入地下,浅滩处生长着挨挨挤挤的野芦苇,它们努力挺出水面,新生的枝叶伸展,因很少得到阳光显出营养不良的样子。或许是这条路太过阴暗,行人很少,偶有搂抱在一起的男女缠绵着,在桥面的阴影下幸福喘息。我和一位姑娘去看电影,走过这条阴暗的河边小路,上行至空旷处,是小贩们经营夜摊的地方。被单、床罩,孩童们的夜光玩具,进出一座大楼超市的人群,让夜色平添了一些喧嚷。《森林之子》,人类的孩子毛克利在经历着种种历险,他有着人类的面孔,却以狼族后裔的身份在森林中成长,和他的兄弟姐妹学习捕猎与求生技巧。追逐,当老虎谢利·可汗在阴暗的森林中开始追逐时,曾经将毛克利抚养长大的狼群不得不为族群的命运做出考量,汹涌而下的洪水,近在咫尺的利爪,宛如噩梦的旅程,将电影所带来的紧张与刺激感无限放大。摘下洞悉虚无世界的 3D 眼镜,夜色已浓,归途上的流水潺湲,像是刚刚走出一段凶险的梦境。

我知道有时方向即是光明,也知道森林中的毛克利一定会脱离那种噩梦般追逐的险境。只是当自己失去方向时,却无论如何也不能逆转那些变换方位的事物,它们彼此独立存在,执拗地将原本拥有的联系与某些共同特征隐藏起来,让我找不到走出密林的线索。

地铁在隧道中穿行，这已经是待在北京的最后一个月了。老黑，和我同乡的陶瓷艺人，在城市的另一个或许并不算偏僻的角落。他说，你来吧，我们喝顿酒。我便在手机上按图索骥寻了过去。一爿小店，开在工业大学不远的地方，一为陪伴女儿在大学读书，二为可以有个落脚的地方，不至于太过孤独、枯燥。平日有放学的孩子过来体验手工泥陶。话题闲散，无非是关于家乡的一些事情，和对艺术的粗浅理解。不知不觉一瓶红星二锅头下肚，到了分别的时间。

　　我从未见过如此多的行人，打扮入时的年轻人，购物返家的老年人，说说笑笑赶去夜生活的姑娘们，来不及取下安全帽下班的工人……而我和他们不一样，只是一个匆匆过客，在这里经历了四个月的学习时间，再过几天就要返回平原上的那个偏僻小镇，种田，理发，经营自己波澜不兴的日子，直到老年。我似乎记起了自己从什么时候开始写作的，关闭店门，周遭的黑夜也便安静下来，我坐在电脑桌前，像是一个准备出航的渔夫，握紧手中的船桨，一下一下，驶离记忆的渡口。山水茫茫，我在记忆的大海中航行，目视前方。生活是重的，写作是轻的，或者也可以这么说，生活与写作在一段时期以来构成了我夜航的双桨，让我忽视了时间的存在，自身的存在，甚至目标所在。

　　我有过这样的经历，在茫茫的大海上航行，天色与水色都不那么重要，重要的是把稳船舵，向着一个未被命名的方向驶去。你不了解深海之下是否有青色的鱼群，也不能完全掌握洋流的规律，甚至不知道哪里藏着致命的暗礁，马达声声，太阳恍若无物般从头顶升起落下，一条长长的光柱自海面上铺展而来，也就是夜幕降临的时刻了。我似乎没有太过高远的理想，笔下出现的村庄旧事，就像一个个熟稔的事物或邻居，键盘轻响，就如相互之间在传递着某种想念或共同的记忆。鲁迅说地上本没有路，那么作为写作者的我也不过是自己的寻路人。阅读是早年落下的毛病，伴随着读书的视野日渐开阔，我似乎找到一条通往乡村记忆最好的途径。短暂的迷茫是有的，当大地与村庄上的很多事物都被我诉诸笔端，我好像走进了写作的穷途。一次次归零，一次次一个人像从绊倒在红薯藤上那样从田野上爬起，一次次调整书写的方式。所谓方向,有时仅仅是忘记身后梦魇般的可怖声响,然后,从梦境中再次苏醒。

我还是错过了本该下车的地铁口,站在行人稀疏的马路上,就像置身于一片荒远之地。这时夏夜的灯火阑珊,隐约有星光在头顶闪烁。我似乎看见了童年的自己,穿着母亲缝制的井字花纹衬衫,染黑的老粗布裤子,赤脚走过田埂,不远处是炊烟,母亲的唤归声,一步步向家走去,而身后芜野无向。

下一个路口

◎ 罗　南

　　那是五月，南方雨季最缠绵的时候。铺天盖地的雨，停停歇歇，从我生活了四十五年的山城，一直跟着我，去到另一座城市。空气潮湿闷热，不再是我熟悉的味道。我伫立在新单位办公室窗前，看着雨，心里摇摇晃晃的。摇摇晃晃的心，在我决定离开山城的时候就跟着我了，我不知道它什么时候才会安静下来——它应该会安静下来吧？

　　雨很大，像盆泼，砸在窗台上，飞溅的雨雾落到我身上脸上。我闻到有幽香。几天前我就闻到幽香了，只是不知来处。此刻我低头，蓦然撞上那棵白玉兰树。它有七层楼高，从办公楼与宿舍楼之间狭窄的空地长出来，枝叶挨挨挤挤，竟也葳蕤粗壮。我来的时候，山城里的白玉兰花期过了，没想到这座城白玉兰花还在开。

　　雨砸在白玉兰树上，枝叶乱晃，花从绿叶里挣出来，小小的，暗淡的白，倦怠怠的，不是很有精神。花期毕竟是要过了的。我想它很快会凋零，也许就在这一夜，落得一地狼藉。第二天站到办公室窗前，仍看到花挂在枝头，暗淡的白，倦怠怠的。之后许多天，那些花一直都在，只是数量少了许多。

　　我想起山城里的那些白玉兰树，三棵长在河岸人家屋前，两棵长在行政大院内——这是我在山城常走的路线，从家到单位，我每天都要经过这些白玉兰树。它们全都高大粗壮，人从树下走过，落了一身香气。城里的老婆婆会摘下树上的花，插在发髻里，或是穿成串，一圈圈地，挂在手臂上沿街叫卖。我也常从地上拾起几朵，随手放进背包里，之后便忘了，某一天打开背包，闻到幽香，才又想起它来。

　　是的，我留恋山城，而且我知道，随着时间流逝，我还会越来越留恋。那里有我的童年和青年。我像一棵树的种子,从枝头落下,复又在树根底抽枝拔节,长成一棵树。老树与新树,枝枝蔓蔓,交错盘缠,共生的部分,痛苦而又欢愉地生长——我们熟知彼此,那些光滑与粗糙,那些荣耀与不堪,黏稠而锋利,像齿轮,长年累月碾轧进彼此身体里。我前半生的痕迹和记忆全都是它的。可我却把自己整个儿拔出来,移植到另一座城市去,就在我四十五岁这年。

小猪提前两天来到这座城,带我认路。她知道我找不到方向。离开山城,我从来就辨不清一条路的方向,或是一个人的面孔。在我眼里,山城之外的路和人,长着一模一样的面孔。他们是彼,也是此,全都含混,没有轮廓。而山城的路和人是不需要辨认的,我们是彼也是此。在我还是一棵树的种子,复又从树根底下长出来时,他们就丝丝缕缕渗进我的感知里。我的眼睛里是他们,耳朵里是他们,指尖触觉里是他们。我能从声音、身形,甚至是步伐落地的节奏认出他们。一切顺畅自然,就像春天到来时,枝叶就会抽芽,花朵就会绽放。

从住处到单位,坐公交车是一路车,坐地铁是一号线,用时都是四十分钟左右。小猪坐在我身边,跟我说路线——早上乘公交车去,晚上乘地铁回,去和回,绕的是一个近乎椭圆形的圈。小猪教我看导航,从走出家门起,每一步都有指示。城市在手机屏幕里浓缩成线条,只需跟着箭头走,就能无障碍地去到任何一个地方。一切繁复归于简单。

这么简单的事,之前我却总也学不会,那些箭头似乎是跳跃的,指向犹豫不决,我跟着箭头走,常会诡异地走到不知什么地方去。我想我只是依赖,在山城时,依赖那些共生的熟悉,而不在山城时,则依赖小猪。

小猪长大,似乎只是一瞬间的事,她成长过程的细节,在我记忆里,仍还停留在她三四岁或五六岁时的哭和笑,那些属于孩童的纯粹,我能轻易看懂小猪的内心,快乐或不快乐。不知从何时起——在我不曾察觉的某一天,小猪突然不再黏糯,不再需要抓住我的手才敢跨出家门。

她似乎比我更能适应家之外的世界,那些繁杂的、喧嚣的、急速的、陌生的一切。世界投射进她眼里心里的,是我不再了解的清晰或混沌。

小猪的早慧,是因为她是单亲家庭的孩子吗?我把她从那个家带走时,她不过四岁,而我也不过二十五岁。我很早很早就走进婚姻,也很早很早就离开婚姻,从此再也没有回来过。我是一个自私的人,太爱自己了,并不适合婚姻,而婚姻却将最好的小猪送给了我。

走出婚姻之后的很长一段时间里,我总是昏昏沉沉,看不清自己也看不清小猪。所有的伤痕都被旁人放大了,它们的沉重便也是放大了几倍的沉重——我需要抵挡别人对我的怜悯,更需要抵挡自己对自己的怜悯,那些被夸大了的怜悯情绪,消耗了我的精力和体力。当我意识到小猪已悄然从我身上剥离,开始了自己的独立时,竟是伤感。我有些失落,觉得小猪和时光一同将我抛弃——所有的人都已大步往前走,甚至是河流,甚至是山川,世间万事万物,都在大步朝前走,只有我还停留在原地。这变化的一切,让我感觉到不安和孤独。在内心深处,我大约也只希望小猪永远那么幼小,那么依赖我。可我知道她终究是应该独立的,像一棵树和另一棵树,当小猪从我身上落下来,长出来的必定是另一棵树。

山的外面是什么?

山的外面还是山。

山城的孩子问老人,山城的老人总是这样回答。

山城小,四周是山,溪流从山里奔淌出来,汇成河流,浩浩荡荡穿过城,再浩浩荡荡穿过山,流向远方。我从来不问远方是哪里,即使在我长大后,曾翻越一座座山,看到过外面。山的外面还是山,更外面是城市,是海洋,可我对远方从来没有想象。

我对童年的记忆,大多是一个独自坐在门槛上的模糊身影。家门外是路,往前延伸几米,便左右岔开成两条路,伸向不同的远方。每过七天,三条路的交叉点就变成圩场。赶圩的人从路上走过,手里牵着牛马,牛马驮着货物,很多很多声音,很多很多脚杆,绞缠在一起,热气腾腾地在我耳边和眼前翻滚。不是圩日的时候,路上空荡,只偶尔走过三两个人,猪狗鸡鸭,无所事事地在路上游荡,两两相遇上了,便厮缠着,打一架,再各自哀号,四处逃窜。我每天看着，从日出看到日落——那个笨小孩，她不敢一个人走出家门，因为她总是迷路，她已经好几次号啕大哭着被人送回家来。她本就羞怯讷言，被人嘲笑后就更羞怯讷言了。多年后，就算她已中年，在与人交往中，依然无法做到游刃有余，她总是很拘谨，还没开口说话，藤蔓就先从记忆最深处攀爬上来，密密匝匝缠住她全身。那岔开去的路，在远处，又岔开成更多的路，再次伸向不同的远方。那么多路口，那么多条路，在她心里重叠，她分不清哪里才是家的方向——很多年后，这纷繁芜杂的一切，才慢慢沉淀下来，在她心里长成山城的模样。

我的记忆开始往回缩走。有一天夜里，我做了一个旧梦，后来那旧梦分裂成无数个旧梦，绵延穿梭在之后的很多个黑夜里。那些跟随时光流逝的往事，在我四十岁时开始从梦里回溯。梦很陈旧，没有头绪，没有逻辑，随时都可以开始和结束。我逆着时光走，在梦里，将过去又重复了一遍，那些早就淡忘了的痛苦或快乐，又分毫不差地复又痛苦或快乐了一遍。醒来时大抵是深夜，房间里一片漆黑，我独自隐在黑暗里，内心充满忧伤。那一整个夜晚，直至之后的许多天里，我都很忧伤，像一个很老的老人。

我确定我需要撕裂，放出内心里那个不肯走出三岔路口的笨小孩，去面对飞速变化的世界，像一棵树，砍掉枯死的枝叶后，才又重新长出枝叶来。我也确定，我害怕撕裂，裸露出那个笨小孩去面对陌生与变化，像一棵树，刀子砍下，枝叶断落时必定是难以忍受的疼痛。小猪说，你被山城宠坏了。小猪用了一个"宠"字让我诧异，我想了很久，终于承认，小猪是对的。我与山城的共生，无论是疼痛的部分抑或是欢愉的部分，都让我感觉松弛。我依赖并依恋这样的松弛。于内心里，我是害怕离开山城的。

可我仍然是要离开的。不久之后，山城之外的另一座城市就会多出一个中年女人，她埋头穿行在人流涌动的街头，没有人知道她内心每天都在摇晃，没有人知道，她每迈出一步，都是在撕裂她自己。

来到这座城市半年后，我仍不时迷路，每天都重复的路线，总在某一个瞬间突然变得完全陌生起来。路陌生，周围的建筑也陌生，我脑子里，竟搜索不到半点关于它们的信息，只好打开手机导航，四处寻找方向，像一个初次踏进这座城市的人。

我不敢脱离一号线，或一路车，从住处到单位，从单位到住处，每天循着这单一路线，周而复始。周而复始。

乘地铁的大抵是年轻人，拿着手机，低头不停刷。有人靠在椅子上睡着了，鼾声均匀从容，像是睡自家的床，到站时，却也会打一个激灵，睁开眼，急急忙忙跳下车去。偶尔听见乡音，凌云人或乐业人、田林人、隆林人、西林人，百色十二个县市区的腔调，在异乡，细节分明地从四周声响里剥离出来，跳进我耳朵里。那些陌生的面孔便有了黏稠的东西。我盯着他们看，试图从那些五官里找出山城的影子——自然是没有的，一次也不曾有过。在这座城，所有来自百色那片区域的声音都成了乡音，听着与我相似的语言，心便会没来由地柔软。此刻，如果我开口说话，他们会不会也能认出我来？他们的心也会像我一样，没来由地柔软吗？我不能确定。也许，年轻的心没有闲暇去想这些，这座城毕竟有太多他们喜欢的东西。我待在山城实在是太久了。车厢拥挤，没有人看我一眼。我单手抓着吊环，身子随车子晃了一下，又晃了一下。

我总喜欢说树，说植物，凡绿色有生命的一切。那让我想到我自己。单位大院内，绿色植物并不多，一棵荔枝树，一棵白玉兰树，几棵桂花树，几棵杧果树。后来我又在宿舍楼与宿舍楼之间，更狭窄的空间里发现另一棵白玉兰树，比之前那棵小很多，纤弱的枝条，直挺挺的腰身，同样开着花，暗淡的白，倦怠怠的。办公室走廊尽头，倒是绿茵茵一簇，狭长的叶，蓝色的花，盛开一阵，凋零一阵。我早上来到时，浇一次水，晚上回去时，再浇一次水。在山城时，我没养过花，也不曾有过养花的心。来到这里，浇灌这些花草，也只是顺手的事。有一次全单位外出培训一周，回来时，花和叶全落了，枯干的秆细细的，枝梢蜷曲，似乎阳光再强烈些，就能点燃它们。我想没过多久，它们就会被丢进垃圾堆里。那些天，我没再往走廊尽头走。有一天走过那里，却发现它们又活过来了，有人把枯干的秆齐腰剪掉，浇上水，它们便又长出枝叶，和之前一样郁郁葱葱了。

我搜了百度，才知道那叫翠芦莉，又叫蓝花草，很耐长。后来我发现路旁花圃里，竟几乎全是它们。走哪儿都看见它们。却也奇怪，没留意它们之前，除了办公室走廊尽头，我几乎没见过它们。

最好的时光是正午。阳光从树的枝叶间洒下来，沥青路面树影婆娑，光斑闪闪。我每天都从这条路走过，早上上班时，晚上下班时。车辆人行潮水般从我身旁涌过，我驻足等待红绿灯，或是快步穿行，匆忙得从不曾看清路人的脸。路人也不曾看清我的脸，每个人都只顾得步伐匆匆，奔往自己的方向。我们的五官身形，融进车流人流中，化作庞大城市里闪烁不定的尘光。

来到这座城三个月后，我才逐渐看清这条路的样子。路不长，也许不到一千米吧，两旁全是香樟树。枝干曲曲折折伸向天空，每一棵都长成山野里自由的模样。这让我心生欢喜。我想它们一定生长了很久，也许它们就一直长在这里，在这个地方还没成为一座城市之前。我看见遒劲的树根，在地底潜行攀爬，从一米开外，顶开坚硬的水泥砖块，裸露出地表来。粗大的枝丫伸过路面，霸道地往两旁伸。路两旁的建筑物普遍不高，被树枝压制着，围墙沿着枝干凹下一个口子，树的枝叶便又在口子四周蔓延上来。它们不管不顾地生长，朝着天空，朝着阳光的方向。

树很老了。路也很老了。我知道几百米远的地方曾经有一家电影院，上了年纪的人总喜欢提到它。那座建于一九八六年的电影院，在二〇一九年九月停业了，它用三十三年的时光，完成了它的历史使命，余下的时光，是用来让这座城的中年人和老年人怀念的。年轻人极少提到这家电影院，他们谈得更多的是夜市。也是在几百米远的地方，每到夜幕降临，那里便灯火辉煌、人声鼎沸。年轻人从四面八方聚拢而来，三五成群地坐在小摊子前，喝酒、撸串、吹牛，一直到凌晨，依然熙熙攘攘。

我在这条路上晃荡时总是正午，那是我一天里时间最充裕的时候。从单位大院走出来，抬头就是枝叶交错的天空，我沿着路慢悠悠地走，身旁依次是服装店、鞋店、药店、五金店、修理店、米粉店。一只肥大的猫常蹲在店门前晒太阳，背弓着，毛茸茸的，像团球。我想偷偷摸一把它的背，或是握一下它拖在地上长长的尾巴，它回头幽幽地看我一眼，移步走开，蹲到几米远的地方。它的眼睛是蓝绿色的，高深莫测，像藏有魔法。

修理家电的师傅也常蹲在店门前,他曾用电动车载着我,穿过几条街,去到我的住处帮我修理洗衣机。在等待洗衣机试机的几十分钟里,他和我聊起他的故事,他的父亲母亲,他的创业史,他的爱情……他一个人滔滔不绝地讲,并不需要我用我的故事去交换。他是一个有强烈倾诉欲的人。

我环视我的房子,空间小,一眼就能看尽全部。客厅只有一个书架、一张桌子和一把椅子,简单明了的款式,是我中意的样子。我和小猪在烈日下走了几天,终于在一个小小的家具店里找到它。

修理师傅肯定能一眼看出,这个房子住的是一个独居女人,她没有老公,或者也没有孩子。她也许是落魄的,对,还很懒惰邋遢。他必定看到堆积在一旁的脏衣物了,正等着他把那个坏了很多天的洗衣机修理好。其实这只是我的猜测。那是我在这座城市最想遮蔽的隐秘,它们让我没有安全感。修理师父甚至没多看我一眼,他走的地方多了,见多了事,没什么可奇怪的。

那个我知晓他人生故事的人就蹲在他的店铺门口,低头捣鼓一堆零件。我走过,他偶尔抬头看我一眼,目光里没有半点波澜。我想他记不起我了。这样真好呀,我仍是陌生的。他不记得,那个懒惰邋遢的独居女人,每天从他面前走过。

路旁排列着整齐的共享单车,一律的橙黄色。五元一碗的老友粉店混杂在便利店、美发店、养生会所和宾馆、超市之间,大红色的招牌让人远远就看得到它。时光在这条路上是混搭的、陈旧的、新潮的、沉静的、喧嚣的,每走几步,都恍若穿越到另一个时空。正午时分,这里的一切都很安静,店铺、行人,甚至是过往车辆,每一样事物,在经过这条路时都动作轻盈——也似乎是,所有的一切将节奏迟缓下来,只为等着我走过时,眼睛能仔细看清它们。

我不在乎时间。那些天,无论去哪儿,我都会提前一个小时出发,那多出来的时间,是用来试错的。有一天,我突然发现,从建政路二十八号一直往右走,遇到每一个路口,依然一直往右走,就会又回到建政路二十八号。这让我惊奇而又兴趣盎然,像玩一个游戏。几天后,我又尝试着往左一直走,遇到每一个路口,依然一直往左走,果然又回到建政路二十八号。

我迷恋于这样的游戏,每个正午时分从建政路二十八号出来,往不同的路口走去,一直往左走或一直往右走,复又回到建政路二十八号。我已经很长时间,不曾留意悬浮在我头顶上空纷杂的情绪了,它们也许还在摇晃,只是我已经不在乎了。闭上眼,我能听到我身体里有生长的声音,那些细微缓慢的变化过程,它们的节奏似乎是打开、打开、生长、生长,也似乎是生长、生长、打开、打开。那些痛苦的挣扎的倦怠的焦灼的枝条,它们就要长出来了。

　　有人说秋天到来时,路上会落有很多相思豆,我找了很久,都没有找到。春天再一次来到,夏天再一次到来,我终于在路的另一头找到了它们。那几棵相思树,混在一排香樟树里,一样粗壮曲折的枝干,遥遥伸向天空,猛一眼,并不能把它们与香樟树区分开来。相思豆就掉落在树底,零零散散,鲜红的颜色,惹眼而又安静。我弯腰拾起它们,看到别人也弯腰拾起它们。这座城的秋天和夏天其实没太大区别,甚至是春天和冬天也没太大区别,依然满眼绿莹莹的,花仍开着,叶仍绿着。秋天结束时,我终于决定要往更远的地方走。道路指示牌立在路口,像无数只伸向远方的手,告诉我,前方还有无数个路口和无数条路。我跟着那些路走,看见酸枣树、木菠萝树、无花果树、榕树、凤凰树,还有很多很多我不认识的树。冬天来了,三角梅开了。春天来了,黄风铃花开了。夏天来了,月季花开了。我一直走一直走。

年初寄北

◎ 苏轻评

年初寄北

有一件毛麻外套，是在逛商场时看到的，咖色格子，想象你穿好，过了特别冷的天，就可以穿。我把它装入衣袋里，是这一次寄东西最贵重的一件。新配的，是一条毛涤裤子，倒不是什么好品牌，完全是为了配这件上衣，也是后来勉强在另一家店里找来的。料子还不错，品色还好，只是没有贵气。你看，我没有想北方寒冬里的酷冷，反倒是早已开始想象春天了。有衣袋的夹层，便是我和你说的那两本书，一本是厚的硬皮壳，昌耀诗集《我从白头的巴颜喀拉走下》。你一直说你在的小城书店从不卖诗集，这一本是我早就准备的。昌耀是南方人，因下放到大西北青海，一待终生，他的诗在其生前不被看好，没有获过任何奖项，但死后逐渐为人发现。他的诗我认为有青铜的质感，毛糙但含着岁月的沉埋，里面是苍山冷月、血泣泪润。这些年鼓舞着我的，一直是这些有着生命磨砺的诗歌，它们让我热爱着，又承担着。寄你，这一次，希望你也能感受到我的坚持与冷冽。另一本是南怀瑾的《老子他说》，南先生洋洋洒洒，说道家，但又通释百家，扯得远了，叫你还能回来。我想着，闲时，你可以读一读。

另外一袋就是朋友送我的豆粉，五袋装。他的豆粉是我看着装入的，不添加任何他物，只是将上好的大豆打碎，真空装入袋中。你吃的时候，要加白砂糖，做早餐非常好。朋友送我好多，我只给你寄去五袋。现在都市的人们也讲究吃原生态，但原生态食物其实是高出许多价格的。我们还不属于发达国家，一旦价格高了，就不太有人接受，他们有钱，但还是舍不得出手太大，尤其在观念中不接受太高价的东西——这样说，其实也在说我的创作，在北京，坚持艺术，又要完全顾及着生存，结果是哪样也做不好，我就这样又浪费了一年，二〇二一，就这样在浪费中度过了。

你打开我寄的包裹，可能最先跳出的是那一桶茶叶，陈皮老白茶。你知道吗？大叶子五年的白茶是不舍得与陈皮搅在一起出售的。这也是我在白茶婆的装茶厂自己装的，一大桶，先是选出最好的五年老白茶，茶香沉厚，茶叶深峻，再少量加入陈皮，是掺入的。一旁的茶农说我太专注了，看得出要送的人一定是心上看重的。这一桶茶，冬天到初春都可以喝，收到你便启罐，每天喝一巡，是可以去火驱寒的。我的那套茶具还在用，只是今年先后离开了几个朋友，很好的朋友，因为工作还有别的原因，忽然离开，让我喝茶时形单影只，感叹冬阳淡薄。

不觉，我乘小火车离开家乡已这些年了。一事无成中，还是每年春节要回到故乡。今年也是，临近春节时，我会乘高铁回去，大年初一还是会跟着家人们一起去鸡鸣寺进香。初二我会到杭州走亲戚，到时候会去费玉清唱到的南屏晚钟，现在竹林还是青翠，透着的是冷心冰月。不敢想你的过年，你这些年已习惯了孤家寡人，居然还包各式各样的饺子拍照片给我看，你是神仙。我一直是凡人，没法比。

当然，你会看到我还给你寄了一本花卉日历。每天撕下一页，都是一朵新的花卉，配着诗句，我只是表达我们共同的奇迹。这些年一直没有对生活失望，尽管生活给予我们许多不如意，但年年还是这样愈战愈勇，屡败屡战。当然，也附了我的一张照片，穿着西装，是我们在年会上别人给照的。我做年会的主持人，露脸机会多，我一直笑着向你努力地证明我生活的品质。当然，我每年都期待，期待着百花盛开、四季收获。而且在最为关键处，认真地读书写作工作，认真地进取着。

你近旁的那条河结冰了吧？我一直关心着它。也想着你会把河流的消息再次告知我。我始终记得那河流的名字，是古雅的名字。新年内我会有堂你近边的授课，到时候，我会随你走近河流，继续听你讲河流的故事。

写这些，随寄出的包裹。

手提袋的故事

丢了一袋资料,是年前人家给我的,用完了,说着要还,但一直就拖着。春天了,我的生活有些凌乱,有一天我从办公室回家,就将感觉不应放在办公室的一堆东西放入一个黑色手提袋里,很重的,出门了,才感到春天的燥热,又拎着这么重的手提袋。我记得我是慢吞吞地跨过马路,跨过河岸,应该是非常小心地提着它回到家的,可是再来找,才想到那些资料是在这个手提袋里的,也就是说,可能我没有带回家,或者丢在路上了。我就到处找不到,特别着急。这个春天悄悄地来临,柳树芽子都萌发了,可我没有,没有找到我要找的那些。

终于找到那个黑色手提袋,里面是仿佛罪证的别的文件,夕阳淡淡地照进西窗,我越发凌乱了。同事来电话,说明天要放假了,我说为什么放,人家说是清明节了。

过年的时候,我用过这个手提袋,坐火车长途,鼓囊,有人就会意地说全是年货。我赧然笑着,哦,居然也不知道如何装进这么多的东西。过完年,我又用这手提袋装了另外的东西,也是鼓囊,回到北京站。我丢了什么?在哪儿丢的?还有哪些东西?一时间我怔住,真就说不出来了。痛,得等着岁月慢慢地告诉我,慢慢地知道丢了。知道后,会更加痛苦。

我有好多的手提袋,平常逛街,看到手提袋就会停下,拣一个喜欢的,这样攒了好多。有牛皮的,有布的,有时候也背着,在风中还斜挎过呢。只这个黑色的手提袋,它这一次成为罪魁,我开始整理一切手提袋,梦想着奇迹发生,那些丢掉的文件会躲在某个手提袋里,它逗我,逗时光,逗一段个人遭遇。

永远穿一套简单的衣服,但随手有着不同的几个手提袋,这手提袋几乎是我唯一的时尚。但是,现在我得重新检点:这个开始于年轻时代的嗜好,是否该变得沉稳一些,只使用一个全来装了?

在一本书上,见到过作家胡风当年一直用的手提袋,是一个大的、纯牛皮的黄颜色制品。当时看到,就认准这样的手提袋只能配胡风,我暗自给手提袋找到身份了。也曾经想,有一天,我会写一些沉重的东西,于世界有用的东西,将这些东西郑重装入一只类似的手提袋里,那将是我骄傲于世界的唯一。

手提袋还在,我却丢了一些文件,那些文件记载着很重要的个人情绪。

这个春天,我还在丢失着。

椿涛

窗下的椿树,在傍晚的大风中枝叶起伏,夜色越来越浓,这剧烈的起伏,因窗玻璃的阻隔而失声。我站在阳台上,看着树的呐喊,它像蓄谋已久的一场反叛,把春天的北方搅动出海啸前的紧张。越过椿树,是远天的空净,甚至没有一弯月,没有一朵云,没有任何其他的预兆。

从春末到夏初,每天是这样。尤其在傍晚来临的时候,面对整天无所进步的自己,我强烈地听到它们的呐喊,这呐喊是对所有世俗的抗拒。

我知道,我也长时间处于失声的状态,是被透明的玻璃物隔离着,对外界失声。我知道,我也是因为外界的世俗而隔离了自己,无所事事。

我把窗帘拉上,打开灯,封闭了夜与我的对话。我找到一款无聊的电子游戏,用游戏中的毁灭与重生,虚拟世界。时光,无聊地遗弃着我。

半夜睡不着,我掀帘俯瞰,还是椿树的呐喊,它们一直没有妥协。排山倒海地啸叫,枝叶剧烈地起伏,窗外的世界还是狰狞。

我想,天亮的时候,我一定要冲出去,到河边。那自然的、流淌的河水啊,我想随河水离开这闹市,一直随河流走,河流总是装着满腔的不屑,向着苍凉寒寂的远方。我想去找到自己的孤独,恢复自己的思想。

可我忽略了,即使一棵树,只要生活在城市,也要面对各种非难。一天,不得不出门办事,回来已是深夜,小区里停了两辆警车:一辆小型,闪着警灯;另一辆是大型面包式警车,也同样闪着警灯。警车周围是很杂乱的一些人。不祥与不安使我感到恐惧,开始辨认究竟。原来正是我窗下的椿树,因新枝旁出,触及小区家户间的电线,园林工人来锯树枝,不慎将一根大树枝锯断,砸在停靠于路边的一辆私家汽车上。汽车显然被砸坏了,顶上有了明显的坑。这时候,警察来了。

我想快速回到家中阳台,看我的椿树是否没有了椿涛阵阵,它的呐喊是否消失。但旋即,我就理智地发现,不必去察看了。这时候,这椿树的枝叶差不多已被砍去大部分,只剩光秃秃两根枝杈,像残缺的手掌,痉挛着伸向夜空。

椿树连呐喊都不会了!它伸向苍穹的手臂,将夜夜泣血般生长于我窗前。

还有什么理由?我的颓废,我的怀疑,我的懦弱与逃避。

夏天,真的来到了。立夏之后,是小满了。

会唱歌的鸢尾花

随走随生活,一个城市怀疑你而要拒绝你的时候,就一副毅然远去的懒散与消极。不期,夏天就来到了;不期,小雨就降落在散漫的旅行中。而更不期,在这样的一个雨夜,初夏的雨夜,遇上了久违的鸢尾花。小雨中,夜的路灯照见她的容颜,还不是一棵,是一丛,公园式的人工养成,她们也不再孤零与高傲,在这样的草率的夜晚,不太留心的散步中,与我,还是在相遇时低吟浅唱。

会唱歌的鸢尾花,小城,雨夜,散漫的步行中,相遇。

没有改变对我的要求,还是那样信赖与真诚。悄悄地,与我说话,对我哭,对我倾诉。抒情的雨,世俗的生活,遗弃的爱,小声的诗歌。

绿色的花,叫兰花,本身就显出高傲,即使这样的一排、一簇,也没有降低身姿。选择雨夜相遇,让我感到你是用心的,一直,还以过去式的激情,被时代不习惯的激情,也不相信解构,严肃地,直面我。

如何厘清你我多年的纠葛?情感的,隐私的,财富的,青春的……

你轻轻地,最后用歌唱,放弃了我,宽恕了我,藐视了我。

我还会说话,还会哭,还会抒情,甚至还会做梦。但是我没有想到的是,这样的偏远的小城,这样远离从前的现代,这样荒唐地胡乱度日,而你却一直在,在等着我,只为这两三声的低唱。只为告诉我,活着,彼此在怎样的异地与相思,都还留着从前的关心,从前的不甘心,从前的罪孽。

你当然入过诗,也是我们的时代,福建女诗人舒婷拿你做过诗集的名字。你当然追随过我,在前几年,云南腾冲的湿地公园里,一星,一尾,我也在雨中呼唤过你。我一直把自己打扮得很精心,为的是装出一副新生活的样子,没有历史,没有从前的样子。但鸢尾花,你的哭泣是世界上最真实的,你小声唱,告诉我,我还活着,我还在敷衍着生活。

我想停在雨中的小城,尽管明天的行程已定。

我想陪一陪你,鸢尾花。

我也想,就这样吧。不要再有前方。

热带丛林

◎ 李达伟

一

　　是一只夜蛾。这只夜蛾本不应该出现在这里,零落于碾尘之上。它应该在可以藏身的岩石缝隙里,它应该静伏于植物的叶脉中,它更应该悬置于空中缓慢地扑棱着柔弱的翅翼。它一动不动,无法判断它是否已经死去,姑且算是已经沉睡。夜色中的冰冷感,似乎并没有给它带来那种因冰冷而常会有的震颤。夜色中的它那些错综复杂的纹络,经常会迷惑人,给人的感觉是它一直醒着。

　　关于这只夜蛾的几种可能。第一种可能,这是一只还未失去生命的夜蛾,它只是在那个空间里停一会儿。在灯光的明亮里,黑色纹络很浓烈,那是安静的黑色,它根本就不动,也根本就没有想飞起的迹象。夜蛾的来处,我们并不熟悉。夜蛾还应该有一些同伴,但在明亮的光线中,只有那一只。如果把它与人联系在一起的话,这是一只离群的夜蛾,它只想安静地出现在那个空间,然后安静地贴着地。即便有人抬着脚差点就踩到夜蛾上,但夜蛾感觉不到任何危险的来临。我抬起脚做做样子,我面对着的是一只虚弱的夜蛾,是一只可能已经意识到无法逃脱被踩踏的夜蛾,是一只正努力慢慢苏醒然后飞走的夜蛾。我没有踩下去的理由,并不是那时内心深处对于一只夜蛾突然生出的悲悯感,而是那时的夜蛾足够美,特别是在光影效应下,它曼妙的一面会激发起内心对于那只夜蛾的某种很难说清的情感。还有一种可能,那是一只已经死去的夜蛾,一只在夜间迷失方向的夜蛾。你见过了太多夜蛾乱舞的情形,却很少见到像落单的大雁一样的夜蛾。在这之前,你也许从未认真注意过它们,此刻那只夜蛾以及落在上面的光,让你必须要注意眼前的这只夜蛾。

也许，从那里离开后，夜蛾只会在某个梦境中出现，那时它将是一只诡异的夜蛾。一些人迷恋出现在梦境中的夜蛾。我还未跟那个人说起，是他跟我提起了梦境中的一只夜蛾。那是生活在热带河谷中的一个老人，老人赋予梦境中的夜蛾不一样的意义，夜蛾就像是热带河谷中的那些白蚁蛀食着建筑一样，蛀食着老人。一些人迷恋那种被我多次提到的像蜘蛛一样的虫子。那是在苍山之内的某个村落里，有个老人坚信自己丢失的魂就是那种虫子，老人请了一个祭师去庙宇做了一次祭祀活动，用香在庙宇的角落里熏着，希望那种虫子能爬出来。祭师还为一些孩子找那种虫子，他们因为受到惊吓后，需要喊魂和招魂，还有很多人都让祭师帮忙找它们，人们都坚信自己与那种虫子之间有着隐秘联系。没有人会觉得把自己的一部分与卑微的虫子联系在一起很怪异，也没有人排斥与之产生联系。我们可能也觉得自己的生命同样很卑微，也觉得自己与虫子这样的生命之间同样平等。或者就不曾有人往这方面想，那只是时间长河中留下的对于那种虫子与人之间的常识。

当意识到这些虫子与我之间，同样有着联系时，我顿时不敢再轻看了那些虫子。平时，我们很难见到那种虫子，它们往往生活在庙宇的隐秘处。当我加入那些寻觅的人群，我们都变得小心翼翼，我们同样变得特别专注。那种专注在平时的日子里似乎已经很难拥有。我们会因为找到那些虫子而狂喜，我们同样会因为没能找到它们而沮丧，当找不到时，意味着的是我们还需要举行一次祭祀活动，要重新寻找它们。我们看到它们很像蜘蛛，又不敢肯定那就是蜘蛛，那也不能是蜘蛛。我知道它们就是蜘蛛的一种，与常见的那些蜘蛛相比，它只是太小了。与那些硕大的蜘蛛给人带来的感觉上的不适不同，这样微妙区别的原因无法道清。

二

在热带丛林里，人们寻找的是植物。往往是榕树，很粗壮，气根庞杂，气根又可生长出新的树。人们不断出现在粗壮的榕树下，举行一些祭祀活动。

在热带河谷生活的那几年里,我不断出现在那些榕树林里。我们面对着那些榕树时,对生命与未来又有了希望。我们把目光都放在了植物的生长上面,我们希望自己的生命就是榕树生长的样子,就像热带丛林里那些繁茂生长的任何植物一样。

我们很难想象在什么样的情形下,人们把自己的生命与那种虫子画上了等号。植物相对于虫子而言,又感觉合理些。在植物上能一眼就看到了诸多想攀附的理由,那时我们成了攀缘植物,缠绕在那些植物上面,获取了更好生长的滋养。虫子却不同,那是让我们一眼就感到有些不适的生命,如果不是进入了神话传说,我们将无法理解那种文化现象。在我的出生地,我们深信这样的文化现象。

苍山中的某个彝族村落,他们供奉的是蜘蛛。在他们的神话传说中,那个村落的人在战乱年代遭人追杀,他们躲在洞中,是蜘蛛在很短的时间里在洞口织上网,给那些追杀的人制造了一种不曾有人来过的假象,他们这些村民才得以逃脱。那些人因感恩开始供奉蜘蛛,蜘蛛成了他们的图腾。我们理解了他们对于蜘蛛的感情。关于那些如蜘蛛般的虫子,我们却说不出所以然,我们只是在延续着一种文化现象,我们还在延续着别的什么。我们认真对待着一只虫子,我们把寻觅到的虫子密封在装满苦荞的碗里,用苦荞来喂养它们,我们不曾担忧过密封会让虫子窒息。碗放置了几天后,我们打开碗,神秘的事情发生了,没有虫子的尸首,碗里只剩下我们熟悉的苦荞,虫子不在意味着它早已毫发无损地离开了碗。人们的解释是那只虫子回到了曾经失魂落魄的人身上,一只虫子再次让人回归正常。我感到不可思议。任何人在面对这些时,都会觉得不可思议。虫子以那样的方式,完成了自己不是虫子的论证。当我只是小孩时,面对这样的情形,就越发对这只与我们的精神联系在一起的虫子感到惊奇。当在一个关于祭祀的博物馆里,看到了一个有裂口的碗时,我能肯定那就是曾经被我们用来放置那种虫子的碗。只是碗是空的,碗已经不是完整的碗,碗上的一些釉质不再温润光泽。

三

　　从现实中暂时抽身,把心灵交给动物或植物。第一次发现了不同的地理把世界切割成了不同的文化空间。那是地名背后的不同。小说家也多次跟我说起,地理对文化的切割,在他看来这样的切割,在云南这块土地上表现得更加突出。我们都在感叹,事实确实如此。我们不仅看到了不同的山脉与河流,我们还看到了不同的民族与村落。说起大理,脑海中会出现一张又一张甲马纸在风中飘动,甲马的模型被随意摆放在了那个甲马博物馆,在里面我们看到了很多不常见的甲马模型。我们从集市上买回制作好的甲马纸,贴到墙角,贴了一段时间的甲马纸被拿了下来,用火焚烧,抬到某条河边,让它顺河流着,那是甲马的河流。说起那个热带河谷,闪现的是人们穿着华丽的傣族服饰,或者其他民族的服饰,那是初次进入热带河谷后留下的强烈印象。那天刚好是人们传统的赶摆节日,许多人换上盛装,老人与年轻人不同,他们一直穿着民族服装。人们出现在一片榕树林里,人们赶集的同时,还有一些独属于那个世界的歌舞表演。在别的日子里,还有一些人砍着甘蔗林,还有一些人进入香蕉林,还有一些人去摘咖啡豆,那些人里面都有我的影子。说到丽江,我想到的是雪山之下有个村子里的壁画,人们开始临摹那些壁画,让那些壁画在各个世界中行走。说起其他地名,又有着一些不同的地理与文化。这是地名背后的不同,还有一些小地名同样也在切分着一些东西,那是一些更为细微的不同。

　　我们像发现那只鬼蛾一样,发现了地名背后的世界。那只夜蛾的出现,以及对于鬼蛾的想象,同样也是地理在切割着一些印象与认识。我进入了一个很大的地理空间里。我感觉到了自己同样被那些地理空间切成了各种碎片。我的一些碎片属于热带丛林,我的一些碎片属于苍山,另外一些碎片属于出生地。它们早已伴随着我在不同世界中的奔走成为各种碎片,它们有时还看似是一个相对完整的个体,它们更多的时候已经不是了。

四

　　那只夜蛾，会不会是鬼蛾中的一种？小说家梦见了鬼蛾，在一座荒芜的山中，在某个墓地里，突然飞出各种各样的鬼蛾，只有那些鬼蛾陪伴着孤独的自己。梦是荒诞的，梦可能也有着一些隐喻和暗示。那段时间，小说家陷入一种虚无与感伤的情绪无法自拔。梦的出现，在她看来，总是有着一些理由。小说家开始写一部叫《鬼蛾》的小说，她在写这部小说时，都是在半夜写，这样的写作行为和写作习惯中，有着如鬼蛾般诡异的感觉，她说自己故意要制造一种诡异的感觉。她说在写到鬼蛾前，确实在现实中的某座山里，看到了许多鬼蛾。她总觉得，鬼蛾便是幽灵般的造物，就像是那些鬼蛾知道她在找寻它们一样。鬼蛾就是为了出现在她面前，在光线的作用下，鬼蛾有点飘忽不定，给她视觉上的震撼，然后给她灵感。她说自己很快就想到了小说的题目，就叫《鬼蛾》。

　　鬼蛾美丽吗？我知道这样的疑问本不该出现，鬼蛾因为它的命名就注定不会与美丽有着联系，即便它确实美丽，但无法用美丽来形容它。那只夜蛾，我在用"美丽"来形容它时，又觉得很贴切，那是命名的不同，即便有时它们就是一种。在面对着眼前的那只夜蛾时，与诡异似乎并没有多少联系。一个平静的世界，不是险象环生之地。一只夜蛾的处境。一只行将死去的夜蛾，变得很脆弱。美感也只是它脆弱的一部分。空间感其实不是很强烈。只能是把夜蛾放入自己制造的那个空间里。它已经无法逃脱那个自己制造的空间。如果一阵风袭来，或者一场雨水落下，都有可能让那只夜蛾从那个空间里消失，也很可能不会让我遇见那只夜蛾，并让视线在它身上停留很长时间。面对一只夜蛾，会让我突然感觉到了内心的冷漠，那种冷漠一直存在着，在关注那只夜蛾时，只是暂时弱化而已。似乎才有了假设的那几种可能，一个已经死去，一个还活着，还有一种可能是在沉睡着。在那个冰凉的地上沉睡，我相信这样的可能，毕竟我曾在一个冬日的凌晨，见到过一只壁虎贴着冰冷的电线杆沉睡，那我要叫醒它吗？还有其他的可能吗？我在绞尽脑汁想着其他的可能。我与它巧合地在那里相遇了，我感觉到了某种相遇可能会带来的眩晕感。我不去管那只夜蛾的死活。离开那个空间，夜蛾就不再出现在我的注意力会触及的范围，我多少感觉到了丝丝缕缕的疲惫感，在灯光变得有些晕黄，在水泥路旁边有着一些已经收割完庄稼的世界里，你会容易疲乏。如果是在白天，是在庄稼正在生长或者正在成熟的季节，疲乏感就不会那样强烈。如果真会感到疲乏的时候，那只能发生在热带丛林，我们会在闷热中变得汗津津的，我们在热风中感到很疲惫。

　　我又想起了诗人曾跟我们说起过，一些人从一个海拔很高的苦寒之地搬迁到海拔很低的热带河谷中，他们无法适应，纷纷逃离那个在那之前他们所不曾见到过的富庶之地，宁愿回到那个贫瘠之地。在充盈的氧气和烦热的气息中，他们一直处于昏昏欲睡的疲乏中。他们昏昏欲睡，热带河谷中的那些植物却一直在疯狂地生长着。大家一开始听到诗人说时，忍不住哈哈大笑，我也是其中之一，当诗人讲完后，我们突然间变得静默下来，那种看似荒诞的前面，其实是有着一个很严肃的话题，那是关于故乡与他乡的命题。有一段时间，那是刚刚来到热带河谷中的时候，我也有了类似的体验，会莫名无力，莫名烦躁。我终于意识到自己与那些人一样，我也终于理解了怒江边的某个移民搬迁点里，为何很长时间里一直没有人，只有一些把舌头伸得很长的狗。它们与搬迁的人来到那里，人逃回去，一些狗却在那里留了下来，它们等着主人回来，主人却一直没有回来。在那个热带河谷中生活那几年，我还看到了其中一个地方，怒江在前面滚滚地流淌着，标准的房子建好，但迟迟没有人住在其中。传言是山顶的几户人家要搬到那里，那是一次海拔的降低，与诗人说的那群人多少有些相似，他们同样一时半会儿无法适应海拔的变化。那只夜蛾也感觉到疲乏了。夜蛾也将无法忍受我的絮叨了。夜蛾已经苏醒，夜蛾震颤着飞离了那个空间。真发生了吗？还是不曾发生过。

　　我们会在内心深处喂养着一些生命。一些人会在现实中喂养着某种看似怪异的生命。在热带丛林中，还传说着一些人家会在厨房里养鬼。人们说得有板有眼，说看哪一家人养鬼了就看他们的厨房，如果他们的厨房很干净，同时又没有多少余粮时，那家人往往就是在养鬼。养鬼的人家会越来越穷。我感到不解的是为何养鬼会让自己变得更穷,他们还固执地继续养着鬼。热带丛林中,总会有着这样一些很神秘的事情发生着。只是他们养的鬼是什么样子的,却没有人跟我说,那些讲述者往往欲言又止。有好几次,我主动问起,他们回答得很含糊。当那些关于养鬼的讲述依然存在着,也意味着热带丛林中的一些神秘还被那些绿色植物覆盖,并滋养着。我没有跟小说家说起养鬼。小说家只能在精神空间里喂养一只鬼蛾。小说家说我记错了,不是她看到了鬼蛾才开始写以《鬼蛾》为题的小说,而是写了那个小说后,鬼蛾才出现。她这样强调,必然有着她的一些深意。也有可能,她只是在陈述事实,并没有任何的深意。只是当我们有意去看这样的说法时,说法有了另外被解读的意味。

五

我多次出现在了热带丛林。第一次出现在热带丛林,那时只感觉到燥热烦闷,只想着快速逃离,毕竟自己不曾在那样热的地方生活。以前生活的地方,每到冬季,冷风呼呼地吹着,还会感受到刺骨的寒冷。直到冬季,才真正意识到了自己很喜欢热带丛林,植物的繁盛状态是我在那之前不曾见过的。让我惊诧的是热带植物所呈现出来的生命力,我还喜欢由繁盛的植物繁殖出来的色彩感。攀枝花开放了,那是冬季热带丛林中最绚丽的色彩,这种植物往往还喜欢生长在河流边,我见到的是怒江边的攀枝花,与河流绿色的色彩相互杂糅,让整个世界透射出让人激动的洁净感。我多次毫不遮掩自己内心的激动,跟很多人说起冬天的怒江与开放的攀枝花。热情与张扬,是热带河谷在平日里的特点。在冬日,湛蓝的河流给人的感觉与平时不一样,当我们看到了那种清澈与宁静时,攀枝花突然就开放了,开得很绚丽,世界又呈现出它热情与张扬的一面。在那样的世界中生活,必然将被世界本身感染。在那个世界做的梦,也同样是庞杂的纷繁的热烈的。每次想到世界应该有的色彩与洁净,热带丛林中的河流,热带丛林本身就是。总觉得在热带丛林中走着走着,一条又一条河流就会从那些热带植物中流淌出来。很多时候,植物和河流都包裹在蒙蒙雾气之中,绿色的世界总是给人一种模糊不清晰感。

　　我在热带河谷中生活了几年，然后又回到了苍山下，这样的返乡并没有削弱那个世界留给我的那些美好。在热带河谷中生活的时间，就是抒情的时间，人与人之间的情感的浓烈就像是那个世界的气候一样，人们依然在用一些节日表达着对自然世界的强烈情感。我同样在那个世界里，开始让自己的情感变得饱满和浓烈，变得可以毫无顾忌地谈论美。那时，我们并没有任何关于谈论美谈论大地河流植物时是陷入大词的感觉，那些我们所厌恶的大词并不存在，我们甚至可以在那些热带丛林里尽情谈论理想与自由。这些稀缺的，或者在很多人看来就是大词的东西，在那里，我们丝毫没有感觉到。那几年，我们习惯了毫不隐藏地表达自己的爱，我们也可以只是穿着秋衣秋裤，再穿一双拖鞋，骑一辆小摩托，就在那些村落里到处奔走，或者就在一些村落唯一的街道上喝点酒，没有人会拒绝和鄙夷那样的真实。我们与一些人成为朋友，经常会出现在他们家中，会饮酒，会谈论理想与现实，并发现现实之光似乎照进了现实，同时也意识到自己要离开那个热带河谷了。

　　热带河谷气候，不断改变着我们这些外来的人。热带河谷中的很多东西，还影响着我们，并改变着我们对于世界的看法。在那之前，我们看世界的眼光总是单一的，总是有着寒冷地带的僵硬。我们忍受着热带丛林夏日的烦闷，同时享受着热带丛林冬日的凉爽，我们不用忍受植物在冬日里大面积凋败带来的落寞感。那时，总觉得自己身体和精神的一些部分，就是被那些植物一直滋养着的。我们还成了某种植物。我们出现在了香蕉林里，看着香蕉树上挂着的一串又一串行将成熟的香蕉。我们也出现在了某棵牛肚子果树前，担忧牛肚子会落下来把人砸伤，还想着该如何摘一棵硕大的牛肚子果拿回家。那是对于热带丛林的印象。那同样也是一直无法从热带丛林中走出来的主要原因。

遇见

◎ 李一鸣

一

从此就有了不同。

从烟台回到北京，早晨六点半，如往常一样，我骑上共享单车，飞奔在上班的路上，西直门、积水潭、德胜门、鼓楼、钟楼、安定门、雍和宫……感觉身体就像一条泥鳅，钻行在嘈杂拥挤的晦暗不明中。护城河边的街道本就不宽，道路一侧一夜之间停满汽车，有时甚至摆成两列，这便使街道更为逼仄，时有黄的绿的白的单车，在汽车与汽车的缝隙里横七竖八地歪着躺着。宝马、奔驰、奥迪、帕萨特、斯巴鲁、雪佛兰、菲亚特、电动车、三轮车、农用车等一一从身边碾过，发动机气喘吁吁的嗡嗡声、身后突然冒出的半声鸣笛、远处撕心裂肺坚持不懈的喇叭声，墙根儿那里有女声高唤一个名字，桥头上一群交易蔬菜的人正粗声大气争执，这一切与呛鼻的烟尘、生辣的葱蒜味和不知从哪儿飘来的缕缕油炸气息融合起来，滚滚升腾于京城的清晨。单车轮子一圈一圈地滚动，路旁或直或弯或粗或细的古槐一棵棵闪过，新生的朝阳透过纷杂的枝条，在路上投下斑驳陆离的光影，树影车影人影交缠在一起，眼前忽明忽暗，脸上时温时凉，心中则有迷蒙，有清明，有开启新一天生活的希望与坚定。

在日复一日的上班路上，我曾不止一次飞起来，飞到空中，俯瞰雄伟的北京。

北京，这座巨大的城池，背倚由西向北向东北连绵的群山，面对缓缓向东向南向渤海倾斜的华北大平原，永定河、潮白河、拒马河、沟河、北运河蜿蜒流动，藏蓝色的湖泊点缀其间，金碧辉煌的紫禁城庄严肃穆、飞檐斗拱，环绕它的是高高低低的大厦、方方圆圆的楼顶、灰白红黄各种颜色的墙体、四通八达的街衢和蓊蓊郁郁的街树。沿着细如丝线的北二环辅路往东移视，就会看到一个状如黑蚁的影子，他骑着一辆黄色的小如玩具的自行车，头一沉一沉，背一弓一弓，在阳光、楼影、树荫、桥洞中明明暗暗出没，闪闪烁烁的是眼镜和自行车钢圈反射的亮光。

他从哪里来？

他到哪里去？

二

一八五九年。

说来已是一百六十多年前的事情了。

英俊而青涩的少年王懿荣从烟台来到京城。

王懿荣的祖先本是历史上有名的琅琊王家，岁月嬗变中，其中一支辗转迁到烟台福山，渐渐成为那里的冠族大姓，从清代顺治到道光二百多年间，这个家族先后出过六名翰林、二十六位进士、五十八个举人、三百六十八员秀才，留下了父子三翰林、兄弟多举人的传奇。王懿荣母亲的祖上是乌衣巷谢氏的一支，明代从浙江迁至福山，此后便安居下来。旧时王谢，于此联姻。

然而王懿荣却似乎生不逢时。他出生前五年，一八四〇年，英国人发动鸦片战争，强迫清政府签订《南京条约》，中国沦入任人宰割的境地；他出生四年后，家庭罹遭变故，祖父在山西巡抚任上获罪，被遣戍新疆，一个显赫的名门望族由此败落为苦舍寒门。

十四岁，他随母亲赴京，投奔时在兵部任职的父亲。从遐陬僻壤前往京师大都，两千多里行程，山路惊险崎岖，土路狭窄泥泞，或是酷暑难耐，或是风雨侵袭，他们的马车走走停停，四五十天才到达京门。漫长旅途的寂寞枯燥，难掩一颗青春躁动的心。走出福山，王懿荣就如岭圬山深处的一棵幼苗，要移植到京城大都去，长成一棵大树。京城是皇家重地、人文渊薮，世界向他展开阔大、高远、苍茫的远景，那里蕴藏着无限的可能。

227

然而，他不知道，阴鸷酷烈的苦难已为他打开了樊笼。

在那个年代，文人进阶从而实现人生志向的唯一渠道是科举考试，纵有千般武艺、万丈雄心，也必须先经过科举考试的选择。一八六二年，同治元年，十七岁的王懿荣怀揣大志、满腹锦绣，第一次参加顺天府乡试，考官许其光为发现这位少年的佳制欣喜异常，以北闱第一名位次向主考官推荐，不料竟未获批准，王懿荣在科举求仕路上首考失利。

不知那一夜，那两年，他是怎么熬过来的。

然而，这才仅仅是开始。

一八六四年，他参加顺天甲子正科考试，不第。

一八六七年，参加顺天丁卯正科考试，不第。

一八七〇年，参加顺天庚午正科考试，不第。

一八七三年，参加顺天癸酉正科考试，正榜未取，副榜第一。

一八七五年，参加顺天乙亥恩科考试，不第。

一八七六年，参加顺天丙子正科考试，不第。

十四个春秋，七次乡试，他遭受了七次沉重打击。此时他已是三十一岁，早已结婚、生子，饱经生活的磋磨淘洗。其间，他年仅十七岁的弟弟突发疾病去世，娇小可人的大女儿就死在他怀里，次女和两个儿子相继来到这个世界。他还患了一场重病，奄奄一息，三个月不起，他的结发妻子黄兰日夜不寐、悉心照料。当他渐渐康复时，妻子已是心力交瘁，体力不支，三年后满怀不舍，遽然逝去。十几年的京城生活，他获得了生的喜悦，也经受了病的折磨、死的悲哀，更尝尽科举考试的熬煎、他人的嘲讽与歧视。生存的残酷无情、人生的难以把握、命运的巨测，足以把人击倒，王懿荣应该也有过退缩甚至放弃的念头吧？晚清已气数殆尽，败相毕现，官场黑暗，考场又何尝一派清明？本该最容不得瑕疵的科场考试，也常为人情牵制，被铜臭污染，受贪腐挟持。尽管时常有人因科举考试作弊被处斩、发配、连坐，但也难以阻挡无孔不入的秽行。有的考官见钱眼开，利令智昏；有的座师为情所绊，畸轻畸重。满腹经纶的，也会名落孙山；长袖善舞的，却可金榜题名。有过多少压抑，就有多少退意；有过多少失望，就有多少次放弃。而况，他自少年时代就属意金石文物,沉浸浓郁,含英咀华,既积淀了深厚的学术根底,又练就了锐利的鉴赏眼光,早已成为颇有名气的金石家。"墨癖书淫是吾病,旁人休笑余癫癫。"一个能为兴趣爱好至癫的人,不考试,也可以有事去做;不当官,精神也有寄托。但中华传统文化精髓已经融入王懿荣的生命基因,他执守着修身齐家治国平天下的人生信念,怀揣立德立功立言的生命渴望,撑起两根硬骨头,挺起一颗金石头,一次又一次撞响命运之门。

这一次,他成功了。一八七九年,他那支老笔经了汗水泪水血水的淬火,终于坚如铁帚,扫清了乡试路上的最后障碍,中试第三十一名举人。仿佛此前的连续落榜就是为了积蓄强大的生命势能,由此,王懿荣的人生就如被阻挡压制太久的汹涌澎湃的江水,排山倒海,奔腾向前,发出阵阵轰鸣。翌年会试,他获第一百五十六名贡士,复试列一等第三十五名。大主考官、内阁大学士宝鋆赞赏他的制文"鸿文无范,旷世逸文",大考官翁同龢赞叹他"文笔雄直,经策博通",可见他的经策和文笔之高度。在接下来由皇帝主持的殿试中,王懿荣以对国事深刻的洞察和无畏的勇气,不避敏感,不惧风险,从人君、吏治和军事三大经国大事切入,提出人君节俭、吏治倡廉、整军经武的对策。经过这场决定人生命运的殿堂大考,王懿荣脱颖而出,获选二甲第十七名,赐进士出身,继而参加翰林院庶吉士选拔,又以一等第三名入选。三十年焚膏继晷、孤独穷理,十八载尽心修性、穷通不移,三十五岁的他,意气风发地登上了科举考试的巅峰,拥有了实现一直萦绕于心的天下抱负的平台。

然而,也许没有人会想到,二十年后,王懿荣创下了中国历史上的惊天之举。

三

二十一世纪开启的第一年,我三十五岁,被任命为那所大学的副校长,受命从八百里外的滨州,挺进烟台海边,建设大学新校区。一群单身汉,离开长期生活工作的老地方,离开老婆孩子离开家,一下子扎到茫茫滩涂,过起野外集体生活,那时候,我仿佛又回到了大学时代。

这离我大学毕业已是第十五个年头了。

难忘的二十世纪八十年代。

那是整个社会由封闭骤然开放的年代，一个生活急剧变化的年代，一个思想解放的年代，一个有青春、有热血、有理想、有幻想的激情燃烧、热气腾腾的年代。

教学楼门厅，贴满各种讲座招贴："第三次浪潮与社会变革""高等教育的革命""萨特与存在主义""王富仁论鲁迅：中国反封建思想革命的一面镜子""黄永玉的艺术世界""王立平、王酩、施光南、杨洪基谈流行音乐"……西方哲学研究会、文学社、武术队、合唱团、时装队、辩论学会、演讲协会、围棋协会等三十多个社团招新广告随处可见。"寸草心"诗社最是热火朝天，学校在校生三千多人，诗社社员竟然过千，阶梯教室坐满聚精会神聆听诗歌讲座的人们，走廊里、窗台上也长满了耳朵。中午的楼间草坪上，一对对恋人深情相拥，呢喃着诗的语言。山腰上，正有一群大学生举行诗歌朗诵会，朗诵者挺胸抻脖，声嘶力竭，声音伴着山风传得很远很远。山涧平地上一群野餐的学生，时而爆发出尖叫和欢呼。

夜色降临，教学楼、实验楼、图书馆如一个个发光体，在暗夜里呈现出有力道的直线斜线曲线，一百、二百、上千个窗口泻下温和的光瀑。图书馆、教室，到处都是读书自习的学生，期刊阅览室里只听到纸张掀动的声音、钢笔笔尖摩擦纸页沙沙的声音，偶有一声叹息也格外分明。大礼堂正在表演时装秀，在热烈的音乐声里，男女模特们在台上踱着优雅的猫步，夹克衫、蝙蝠衫、花格子衬衫、绿军服、灰工装、晚礼服，牛仔裤、踩蹬裤、萝卜裤、喇叭裤、直筒裤，一步裙、迷你裙、连衣裙、套装裙，新旧杂陈，五光十色。学生食堂二楼，赤橙黄绿青蓝紫各种颜色的灯泡在闪烁，录音机里播放着《甜蜜蜜》《我只在乎你》《酒醉的探戈》《热情的沙漠》……或柔情似水，或粗犷铿锵，人们和着音乐跳着交谊舞，华尔兹、探戈、狐步舞、伦巴、恰恰、斗牛舞……灯光明明灭灭，舞者的影子在墙上变形异动着。

熄灯铃响过，男生宿舍楼公共洗手间里，仍有人在呼哧呼哧洗衣服，有人在哗啦哗啦冲澡，时有歌声高高低低、断断续续传出来，一个在唱帕瓦罗蒂的《我的太阳》,到了高音部分声音攀不上去终于变为撕裂音,继而传来一阵剧烈的咳嗽;另一个在唱《故乡的云》:"有个声音在对我呼唤,归来吧,归来哟,浪迹天涯的游子,归来吧,归来哟,别再四处漂泊……"高音层层递进,低音圆润婉转,充满惆怅,饱含深情,很快有人加入,楼下竟也传来一个高拔的和声。学生宿舍里,有的在开"卧谈会",尼采、弗洛伊德、叔本华、卡夫卡、托夫勒、波普尔……一个个新潮的名字传出来。有的宿舍没有任何动静,只看到某个床头有手电筒集束的光,照着翻开的书页。有的则亮着暗黄的烛光,桌子上放着一个大脸盆,周围杂乱地摆放着大大小小、高高低低的不锈钢碗、搪瓷茶缸、罐头瓶子和纸杯,门缝里隐隐透出酒香……

入学后,系里指定了班干部,那时的我内向、胆小,只管自己读书,不喜与人交际,或是因为感受到校园蓬勃的律动,平添了几分胆子和勇气,我直接找辅导员提出建议:为了让更多同学得到锻炼,每学期团支部书记和班长应该通过竞选产生,支委、班委由团支书、班长组建,一般不要连任。没想到系里采纳了我的建议,经过竞争演说、民主投票,我担任了团支部书记。那段时间,我胸中有一股勃勃之气,似乎每天都有无穷的力量期待迸发。我曾经在一个傍晚转了几次公交车,找到省话剧团,打听了好几个人,没有半点怯懦和犹疑,就敲开话剧团党委书记、副团长薛中锐的家门。二十世纪七八十年代,薛中锐在山东人民广播电台播讲《烈火金刚》《平原枪声》《林海雪原》《渔岛怒潮》《大刀记》等长篇小说,那时电视尚未普及,媒体单一,人们精神食粮匮乏,听广播成为许多人主要的文艺生活,于是薛中锐成为人们心目中的明星和偶像。薛中锐打开门,没有责怪我的莽撞,而是热情地请我就坐,给我倒上一杯热茶。我表达了想请他给我们作报告的愿望。他可是获得全国话剧最高奖"金狮奖"和戏剧表演最高奖"梅花奖"的大牌演员,会答应一个大学生的请求吗?没想到薛中锐一点儿都没犹豫就同意了。活动那天中午,我径直去学校办公大楼三楼找到王荣纲副校长,因为入学时他在大礼堂给我们新生做过报告,所以我知道他。我向他提出学校派车去接薛中锐的请求,王校长听后,慈善微笑的脸上现出严肃的神情,他立即拿起电话,听上去是打给校办主任的,他要求立即安排车。"让一鸣同学带车去！"富有音乐感的胶东口音好听极了。

那年，我们还成立了学校历史上第一个大学生记者团，为的是提高参与社会、干预生活的能力。记者团成立大会一应由我们自己组织。我们请来了副校长张建义、校党委宣传部部长、校团委书记和各系分管学生工作的党总支副书记、团总支书记，还逐个登门，请来了省新闻出版局副局长、山东电视台台长、新华社山东分社副社长、《大众日报》副总编辑、《人民日报》驻山东记者站首席记者等嘉宾。在会议现场，校团委宣传部部长孔祥华老师私下对我说："你们还真行，场面这么大。"在这次会上，王纪元同学当选为记者团团长，我和另外几位同学被选为记者团副团长。大学生记者团成立后，我们与北京大学、中国人民大学、复旦大学、南京大学、武汉大学等高校新闻系很快建立了联系，我们还参加了中国人民大学在《大众日报》实习的同学为个体户维权的活动。当年寒假前，大学生记者团副团长、体育系段超庆和中文系的张世勤、赵连兆等组织二十多名同学，商定要深入沂蒙山区开展百村调查活动。不知哪位同学直接将调查计划报给了当时的省委副书记李振。李振接见了参与社会调查的部分同学，并安排省委办公厅开具了介绍信。放假后，同学们一到临沂汽车站，就被接到了行署招待所，临沂地区行署副专员唐乐群接见了他们。开学后，李昌安省长主持召开大学生社会调查工作座谈会，段超庆报上了他撰写的一篇二十多万字的调查报告，其中提供了大量关于沂蒙山区经济和社会发展的第一手材料和政策建议，张世勤专门就挖掘和弘扬沂蒙精神提交了专题报告，为"沂蒙精神"的挖掘和宣传开了先声。

"天下者，我们的天下；国家者，我们的国家；社会者，我们的社会；人民者，我们的父老乡亲。国家的事就是我们的事，社会的事就是我们的事，老百姓的事也是我们的事，我们不管谁管，我们不说谁说，我们不做谁做？"在学校大礼堂举行的"大学生的责任和使命"演讲比赛中，我把毛泽东年轻时的文章做了引述和阐发，赢得了热烈掌声。演讲会后，山东人民广播电台记者采访了我们几个参加演讲的同学，《大众日报》记者向我约了稿。后来，我收到家里的来信，信是妈妈口述的，妹妹那稚拙的字让人倍感亲切。信里说："前几天,家里的广播小喇叭里提到你,大队书记说从报纸上看见了你的名字,现在咱村周围十里八庄都知道你,好些乡亲来家里找我,想让你帮着解决他们的难事儿。"

> 啊,亲爱的朋友们
>
> 美妙的春光属于谁
>
> 属于我,属于你
>
> 属于我们八十年代的新一辈
>
> 再过二十年
>
> 我们重相会
>
> 伟大的祖国该有多么美
>
> 天也新
>
> 地也新
>
> 春光更明媚
>
> 城市乡村处处增光辉
>
> 啊,亲爱的朋友们
>
> 创造奇迹要靠谁
>
> 要靠我,要靠你
>
> 要靠我们八十年代的新一辈

一转眼,八十年代过去了,二十世纪过去了。

烟台大海边,千亩滩涂上,一座银灰色的现代化大学城已经崛起。为了心中热爱的文学,四十六岁,我千里赶考,来到北京。莫非到了这个年龄,就开始喜欢回忆了?常常想起风华正茂、心系天下的大学时光,想起建校过程中那些艰难得无以复加的日子。青春年少时的同学们,他们有的呕心沥血,兢兢业业地在机关参与决策;有的纵横捭阖,闯荡商海,在瞬息万变的市场中沉沉浮浮;有的爬罗剔抉、兀兀穷年地探究学问;有的活跃于各种媒体,为国家发展鼓与呼,为百姓生活歌与哭;更多的同学奋斗在基层,在边疆,在海岛,在农村,在默默无闻的岗位上度着日月,享受着奋斗的快乐,也经受着吃苦吃亏受累受气的生活。一样的成长,不一样的故事。但可以无愧地说,我们把自己的青春、心血和汗水,献给了这个国家,也见证和参与了这块土地上发生的人间奇迹。如今,一提到民族、国家和人民,我们心里还是自然而然迸发出跃跃欲试的冲动,那或许就是自古以来流淌在中国知识分子血管里的一脉热血吧,沉着而坚实,涌动而不歇。

四

自从入了翰林院,王懿荣的仕途人生就进入高光时刻。

"点翰林",不仅意味着一个人达到了科举生涯的最高层级,获得至高荣誉,而且具备了平步青云入阁登坛的条件,进入"储相"人选。

三十八岁,王懿荣在翰林院庶吉士教习馆肄业期满,散馆考试取得一等成绩,就任翰林院编修。到了四十九岁那年,他一年四迁,先是升迁为侍读,继而入值南书房,得以在皇帝左右谈诗说文、讲经论道,达到了士人心中的极荣之境。仅仅半个月后,他又被补任为起居注官,负责记录皇帝言行,显示了皇帝对他莫大的信任。又半个多月,他兼任了国子监祭酒,步入雍和宫对面的集贤门,成为士子仰望的"太学师"。

不料,甲午战争突然爆发,打破了他生活的宁静。

一八九四年七月,日本不宣而战,在朝鲜牙山口外丰岛海面,击沉运送清兵的商轮,全船官兵七百多人遇难。同日,日军向驻守牙山的清军发动攻击,朝鲜半岛全境陷落,战火一直向辽东半岛、山东半岛蔓延,局势十分危急。王懿荣忧心如焚,焦灼关注着战局的发展。

那时,西方国家已经进入了"电气时代",美、德、英、法正在向资本主义垄断阶段过渡。日本抱着"脱亚入欧"的信条,拼力推进政治经济社会改革,现代化、西方化进程赫然加快。为了建设军事强国,日本政府每年拿出国家一定的财政收入发展海军和陆军,还从宫廷经费中挤出专款,从全国官员薪水中提取十分之一,用于建造船只,暗中准备一场"国运相赌"的战争。而大清朝廷仍陶醉于天下一切尽归朝廷所有所管所享所用的美好感觉,对世界潮流麻木不仁,对近在咫尺的危险视而不见,甚至为了慈禧太后六十大寿,挪用军费建造颐和园。恶虎的大嘴已经张开,猎物却还在悠然睡眠。

大敌当前,王懿荣舍生忘死,连上奏折,直言相谏。

当时,清廷不顾战事吃紧,在炮声隆隆中照旧忙于筹备万寿庆典,仅为慈禧经过的道路两旁搭建景点这一项工程,就要花费二百四十万两银子。对此,不是没有人愤愤不平。但那慈禧是何等人氏?她是皇太后,掌握着对百官甚至皇帝生杀予夺的权威,在清一色男人形成的权力世界里,纵横捭阖,强悍跋扈,玩弄权柄于股掌之间,其心思之缜密、心计之多端、手段之老辣,罕有人匹敌。多少官员为升官发财、为保乌纱帽、为保乌纱帽下的脑袋,正千方百计、苦思冥想,讨好慈禧。而如王懿荣,平素受到慈禧赏识,跻身殿堂,侍奉至尊,并常常得其青睐为御画题记,自当竭尽全力,效犬马之劳才是。然而王懿荣却上书《吁请暂停点景,但行朝贺疏》,明确要求"暂停点景,但行朝贺",战事之后"随时补行"。尽管折子中不乏婉转誉扬之词:"何时非万寿之时,何日非祝愿之日?"但他的不知趣、不灵透、不圆融、不感恩,令许多人愤怒,许多人担心,但更多的人心中充满敬意。哪怕百官不敢言,自有懿荣是男儿。中华文人的风骨,哪怕是在最暗黑无言的夜里,也总是铿然有声,铮铮作响。

面对极端不利的战局,王懿荣曾上疏希望重新起用通晓军务、熟稔洋情的奕䜣。但奕䜣上台之后,不仅没有主战求胜,反而追随慈禧一味求和。对此,王懿荣再上奏折《详度夷情审量时局疏》,全面分析战情,坚决反对轻许议和,主张精厉士马,厚积军火,肃清海隅,坚决抗敌。他认为,如果轻言议和,偿付巨额赔款,必然使敌人"挟我之资"而秩厉重来,"是益寇粮而资之盗也"。后来的事实也印证了他判断的准确。

不仅如此,王懿荣没有停留在语言进谏上,而是直接付诸行动。一八八四年年底,日本纠集两万人、二十五艘军舰、十六艘鱼雷艇,向山东半岛发起攻击。在这万分危急的关头,作为一介书生,王懿荣立即上疏,请求回原籍兴办团练,抵御倭寇。获得准许后,他星夜兼程,奔往故土。到达莱州时,方知威海已经失陷,北洋海军全军覆没。王懿荣悲愤交集,不顾旅途劳累,奔走各县，联络动员，激发家乡父老同仇敌忾的豪情。"人心甚齐，最为可用！"正当他麇集力量，准备率团迎击敌人时，李鸿章却已同日本政府签订了丧权辱国的《马关条约》。王懿荣壮志未酬，怆然写下七绝：

> 岂有雄心辄请缨，念家山破自魂惊。
>
> 归来整旅虾夷散，五夜犹闻匣剑鸣。

伫立在风景如画的蓬莱阁上，我久久不能离开，昔年王懿荣曾经站在这里怅然瞭望大海，手中紧握莱阳县令相赠的戚继光抗倭时用过的宝刀，那时他会是什么心情？"海不扬波"石刻匾额"不"字上日军炮击的弹痕，像一只盲眼望着远处的夕阳，海涛高一声、低一声、急一阵、缓一阵……

五

世纪之交，风雨飘摇，一八九九、一九〇〇，永远铭刻在灾难深重的中国的年轮上，也注定是王懿荣一生中惊天动地的时刻。

一八九九年秋天，王懿荣身患疟疾，卧床不起。老中医给他开了一个方剂，他派人到宣武门外菜市口达仁堂药房抓来中药，无意间发现其中一味药"龙骨"上有丝丝裂纹，裂纹周围则是若干刀痕的结体。他以金石学家的职业敏感，捧在手中反复揣摩，又让家人去药店购得全部"龙骨"，进行拼接、对照、推理、琢磨。"龙骨"上这些刻画，非篆非籀，但却是有规律的符号。莫非？王懿荣被自己大胆的设想震惊了，他屏住呼吸，小心求证，经过十几天的研究，最终做出判断：这些"龙骨"是上古人用来占卜的龟甲和兽骨，上面的符号是人工刀刻的文字，这些文字早于周朝青铜器上的文字，也就是华夏祖先创造的最古老的文字！而甲骨上的裂纹不是意外所致，而是占卜者以灼热金属工具锥刺而成，他们通过纹理获知想象中的鬼神之谕，遍刻于裂纹四周的便是获得的卜辞。王懿荣如炬的目光照亮了历史的隧道，洞见了华夏文字的始根，直接把汉字产生的历史，溯源到公元前一七〇〇年。试想，如果没有王懿荣慧眼识别，甲骨只能被弃之如敝屣，最好的命运也就

236

是被当作药材研磨成粉，经病人肠胃消化后再回归大地。如果那样，凝注着中华文明尊严的证物就遭遇毁灭性灾难，甲骨文、殷墟，将沉睡在无尽的黑暗中，不知何年何月得见天日。

一片甲骨，惊天地，耀古今！

这看似是一场偶然，是天大的好运降临到王懿荣头上。其实，天下所有事件发生的表征皆是偶然，但内里是铁律的必然。上天只垂青有准备的人。正是王懿荣好古成魔，对金石文物几十年寸积铢累的深厚积淀和深入钻研，使他获得了上天的眷顾，完成了这一奇迹般的伟大发现。

此后，王懿荣又倾囊收藏甲骨一千五百片。正当他准备深入研究之际，他的命运发生了不可逆转的改变。

一九〇〇年七月十四日，八国联军彻底攻陷天津后，又气势汹汹向北京进逼，清廷下诏与列国宣战。国子监祭酒王懿荣被任命为京师团练大臣，负责保卫京城。他名为团练大臣，其实不过一"看街老兵"，下属团勇千余人，半是老弱病残，最可怕的是，连像样的武器都没有多少。面对这一状况，王懿荣不得不拿私情办公事，给时任湖广总督的妹夫张之洞写信求援。那语气完全是乞求："公能稍为捐置相助否？"情状尤为令人感叹："此垂泣而道之者也。"看，这哪有一点点官场上南书房翰林、国子监祭酒的威仪？大敌当前，他明知不可为而为之，昂起头颅顶上去，准备与披坚执锐的强敌来一场你死我活的战斗，但如山的压力使他"夜漏三下，未及就眠，心力交瘁，殆难言喻"。

十万火急！

八月十三日，八国联军进攻通州，经过一番烧杀抢掠，两万大军如邪恶蜂群涌向北京城。

十四日凌晨，枪声大作，炮声隆隆，俄、日、美侵略军分别向东直门、朝阳门、东便门发起进攻。中午，英军抵达京城，向广渠门开炮猛攻。王懿荣指挥团勇誓死抵抗，打死侵略者数百人，但终究寡不敌众。上午十一时，东便门被美军攻破；下午二时，英军攻入广渠门；晚九时，俄日侵略者由东直门、朝阳门破门而入。王懿荣组织团勇在京城各处与侵略者进行激烈巷战，但羔羊遇虎,无济于事。到处是坍圮的房屋,到处是逃散的人群,哭声、骂声、喊声、枪炮声,响成一片,永定门、左安门、右安门、崇文门、宣武门、朝阳门、阜成门、前门……东西南北、内城外城,各处门楼火光冲天,沦陷的北京,沉浸在无声的哭泣中。

十五日凌晨,慈禧、光绪皇帝一行仓皇西逃。

上午十时,王懿荣从容写下绝命书,对夫人说:"我渥受国恩,又担当卫京之责,现在京城失守,我绝不能苟且偷生!"然后,他先吞金,未死;又吞铜钱,未死;又饮药服毒,仍未绝;于是踉踉跄跄跨出屋门,走向庭院的那口水井。

前几天,他曾让仆人清浚此井,笑曰:"此吾之止水也。"

随后,他的夫人、长媳,也投身井中。

大门外,传来嘈杂的声音……

六

从烟台福山归来,我骑车去寻找王懿荣北京的故居,沿着雍和宫大街、国子监街、交道口南大街、北河沿大街,到达锡拉胡同 21 号。

一座粉红色的居民楼矗立在那里。

不见了院落。

不见了水井。

当年的痕迹一丝也没有留下。

在那里,我伫立良久。

我仿佛看到那个初到北京的十四岁的青涩少年,那个首考落第、垂首窗边的头影,那昂首步入翰林院的华服,那奔走乡里的双腿,那端详甲骨文专注的神情,那炮火中焦急的脸,那院落里的蹒跚……

王懿荣,你归去时五十五岁。

今天,五十五岁的我,来找回你。

吾之止水,又在哪里?

故事会记

◎ 李清明

  故事,一般是用来听的,也有通过书本进行阅读的……站在人多得像沙丁鱼罐头般的古街上"看"故事,却是人生的头一遭。

  今年正月,在位于资江河畔一个名叫白马寺的千年古镇上,一个箱台接着一个箱台、一台比一台更为精彩的彩妆故事会轮番推陈出新,硬是把数万名观众看得吆喝喧天、热血上涌,迟迟不愿离开。

  正月十五傍晚,只见白马寺镇麻石铺就的古街两边人头攒动、锣鼓喧天、彩旗飘飘、电子屏幕霓虹闪烁、连排的机器炮车响声震天……走在故事会队伍前头的是炭火流星开道,七八个彪形大汉将燃得红彤彤的炭火装进两头用小铁链连接的两个钢丝网球里,双手像玩三节棍似的在空中挥舞。一会儿两边摆、一会儿空中飞,一会儿成"一"字、一会儿变"星星",一会儿是"流萤"、一会儿像"大雁"……紧接着是古镇所属的上元街出黄龙、下元街耍白龙,上元街舞蚌壳、下元街玩虾子,上元街推《孙悟空》、下元街现《如来佛》,上元街出《座山雕》、下元街演《杨子荣》……整个故事会巡游,上下两街基本上是你问我答、你来我往、你出题我接招、你布阵我解围、你亮"奇"我现"惊"、你飙"险"我藏"巧"……用一个"比"字贯穿始终!既比知识、比文化、比科学,又比技艺、比细节、比经典,还比智慧、比团结、比勇敢,更比人气、比数量、比质量,最终比出输赢、比出精彩、比出血性!

  自古被誉为"龙灯故事会之乡"的白马寺街道社区书记刘月兰女士介绍:这次正月古镇故事会,所属上元街与下元街共比出故事三百零八台、出龙一百六十九条、虾子蚌壳彩龙船六十八只(条),参加表演的群众演员年纪最大的七十八岁,最小的仅四岁。观众突破十五万人,创历史之最。

一

　　资江,又名资水,全长六百多公里。从广西十万大山发源后一路北流,
途经资源、邵阳、新化、安化、桃江、益阳等地,先后分三次注入洞庭湖。一次
是从益阳的甘溪港注入一部分,第二次是从湘阴县白马寺镇边的黄家河注
入一部分,第三次是从白马寺镇转向,自西向东流淌五公里左右,在临资
(资)口镇与湘江汇合后,才恋恋不舍地全部流入洞庭湖。明嘉靖《湘阴县
志》记载,当时湘阴全县(含现在的汩罗市与屈原区)沿江沿湖共有十八个
古市(场),白马寺古市是其中商业与文化最为繁华热闹的古市之一,与相
邻的临资口一起,被称为南洞庭湖边的小南京与小汉口。白马寺镇古称晒
网洲,系渔民及过往的船家与排客们停船、晒网、打尖儿、等风的地方。后茅
棚、苇屋、板仓日增,渐成街市。提起白马寺的来历,民俗与地理专家汪鹏先
生确称与屈原及杜甫两位名人相关。

　　三闾大夫屈原被贬逐于洞庭湖之阳,终日长嗟短叹、行吟泽畔,踽踽湘
资二水之间,赋《离骚》《天问》……据《楚南水道考》:"屈原乘白骥渡江于
此,今名白马市。"唐大历四年间,诗圣杜甫为避战乱,弃官从巴蜀出三峡入
洞庭进资江,至屈原乘白骥渡江处凭吊,留下《登白马潭》诗:"水生春缆没,
日出野船开……莫道新知要,南征且未回。"白马渡、白马潭、白马庙一直系
白马寺镇古老的地名。唐宪宗元和年间,人们为纪念屈原和杜甫,在晒网洲
建"白马寺",以记其事。

　　资江入洞庭湖流域一直为楚国重地。《楚辞章注》有载:"楚人信巫鬼,
重祭祀。"在楚地,男子曰觋、女子曰巫。楚地父老乡亲们认为,天地鬼神、山
川草木都与人类存在着某种神秘的关系,尤为敬畏与崇尚。加之水乡泽国,
自古灾难频仍。史书有载:从前的洞庭湖水乡,平均一年多便会发生一次严
重的水灾。每逢灾荒,为祈求上苍与神祇消灾纾难,从正月开始,每月的初
五、初十、十五、或重大节气与节日,父老乡亲们便会请巫师将长相姣好的
童男童女装扮成掌管五谷六畜的诸神,以及龙凤图腾,用门板或木箱扎好,
抬去江边水口、集市村陌进行神游拜祭,祈求风调雨顺、人寿年丰。加之还

有二月初二龙抬头跪香、五月初五为纪念屈原的龙舟竞渡、八月十五放河灯、土地神寿庆等祭祀活动的展开，于是便有了古镇故事会的雏形。

在楚人们有些根深蒂固的认知中，一直坚持认为神仙也好乐！久而久之，抬着的神祇在前面走，后面紧跟的便是一台接着一台的戏曲与神话故事……用乡亲们的话说便是：祭祀祭祀，既要娱神也要娱人哩。当然，在水口湖畔、街中巷口，两路或多路祭祀队伍相遇，谁立东边，谁走上风，谁的故事扎得多、扎得好，等等，又激发了融于楚人血脉之中有关"楚人喜高蹈，遇事争输赢"的血性。如此这般，正月里来"比"故事遂成古镇一景，千年不衰！

白马寺古镇演绎的故事会，又称扎故事、抬故事、故事柜、彩妆故事，也称龙灯故事会。他们以民间历史故事或现代故事中的典型人物、事件、画面为镜头，配以相应的字幕作说明，利用人物与道具的完美结合，组成一台台精彩绝伦的故事；配以会旗、彩旗、牌匾、彩灯、油桶、电子屏，以及乐队、炭火流星、威风锣鼓；还以玩龙舞狮、弹虾子扇蚌壳、扭彩龙船、踩高跷等进行辅助性演出。然后以古镇的上元街与下元街为单位，进行一来一往的故事对垒，突出一个"比"字来呈现活动的精彩。将一个个鲜活的故事与人物，深深地镶嵌在观众心中。

现年八十三岁的古镇民俗专家陈治国老人介绍：白马寺古镇故事会的特点概括起来有六个字：惊、奇、险、巧、美、乐。它是一项融表演、彩绘、戏曲，文学、文化、文明，历史、天文、地理，还有民俗、民情、现实等为一体的大型群众性传统民俗活动，也是一项扎在铁架上的舞台艺术。陈嗲还说，此项活动最大的亮点是十分的接地气，也能最大限度地激发父老乡亲们早已融于血脉之中的团结、拼搏、创新、实干，不甘人后、力争上游，吃得苦、耐得烦、霸得蛮的楚人血性！

据悉，白马寺古镇故事会源于东汉、盛于明清，代代相传，距今已有两千多年的历史了。

二

资江河畔自古便有"临洮口的船,白马寺的会"一说。还传,临洮口人为划龙船,叫出的口号是:宁荒一年田,不输一年船! 白马寺人应和的则是:船到白马庙,顺风都抛锚! 前一句意思比较好理解,后一句表述的意思是说,白马寺这个地方商业繁荣,手工业发达,耍龙、舞虾、扇蚌壳、踩高跷、办故事会等搞得好,好看好呷好玩好乐的项目多……船筏师傅们途经白马寺古镇,即便遇到顺风顺水,也要抛锚停下来,玩玩看看乐乐再走!

每年冬至过后,白马寺镇所属上元街与下元街的乡亲们就开始为新年正月将要举行的故事会做准备了。观会时,我曾收藏了一份白马寺镇下元街龙灯故事会会长彭辉先生的"正月故事会计划书"复印件。打印纸足足有五十二页。内分规模、制作、经费、人员、器材、安保、后勤等二十六个大项、一百五十二个小项。大到要花费多少钱、钱从哪里来,装多少台故事、扎多少条龙和多少只虾子,需多少人参会、人从哪里来……小到近二百多位小朋友绑站在三至四米多高的箱台铁架上,从准备入场到演出结束,前后四五个小时,需上厕所怎么办、冻了怎么办、饿了怎么办,以及捐款及花费的明细公布栏,张贴何处、用什么颜色、纸用多大、需备份多少等等。

故事会的扎故事确是一项高空技艺,其主要流程是:先选出有胆量、扮相好,且具有一定表演与高空应急能力的童男童女,将其装扮成各种戏剧人物形象,利用力学平衡原理,上下叠起或左右分立,绑站在底部连着正方形彩箱的铁杆或钢管上,再由几个壮汉抬着,或箱子底部装上轮子推着沿街表演。过往岁月里,白马寺古镇的故事会大都是将门板钉在两条木板凳上,由八个壮汉抬着表演。近几年才改用装有轮子的彩箱,慢慢地向前推进。上元街故事会筹备负责人姚正辉先生深有感触地说,承办大型故事会,最难的莫过于怎样安装与焊接几十、上百台(副)箱子与架子了! 一个故事会的台架高度一般都要三至五米,有的甚至更高;每个上面要站立三四人,多时要站十人左右,既要符合力学原理,还不能过于粗糙,美观实用是基础;最主要的是要求绝对的安全可靠。为了高质量地完成此项任务,上元街集中了全街二十多位铁匠、焊匠、木匠、篾匠,还请来了好几位物理、化学、美术师傅与老师,先是试着用篾条、木架做,后改用铁条、钢管做……最后又将做成成品的三角形、丫字形、四方形、菱形、多边形的箱子与架子反复进行试验性地掰扯、踩踏、摇晃……直至全部安全满意为止。最后,单是烧坏、焊坏、踩坏、压坏的各种钢架、铁架、木架、竹架等就堆满了一间近百平方米的仓库。

故事会的服装来源于戏剧又不同于戏剧……既要贴身、整齐、美观,还需收束、集锦、藏巧等等。去年立冬前,下元街故事会筹备组为提升与确保高空舞台的服装质量,经四处寻访与打听,得知河南省许昌市有个叫霍庄的地方是全国戏剧服装生产的重要基地。那里各种戏剧服装应有尽有,还物美价廉。得知消息后,彭辉会长便带着两位服装师傅、两位司机开车连夜前往。第二天到达目的地,定好戏服、签好合同、下好订单,为了节省差旅成本,他们一行又连夜赶回。待回到白马寺镇时,已是第二天凌晨四点多了。

上元街二居民点九十岁的陈娭毑,听说位于益阳齐家河娘屋里的几个弟弟,近几年用竹子编制的龙头制作得非常精美,二话没说就吵着要亲自前往。老人岁数大,一身病痛,无法乘坐车船,其要求很是让子孙们为难。虽然晚辈们都表示愿意代表前往,老人却担心小的们不懂礼数,坏了恭请龙头的规矩。后来,老人硬是说服子孙辈们用躺椅扎了一副竹轿将老人抬到了益阳。老人轿至,一次便请回了二十副大小各异、制作十分灵动与精美的竹编龙头。

当初冬的阳光照在全部用麻石铺就的古街上,大伙儿见陈娭毑的竹轿领头,后面紧跟着一台装满了龙头的农用车,"突突、突突"地缓缓驶进街区……古镇居民几乎倾街出迎。一位居民还破例燃起了一小串鞭炮……

胡曙光原系白马寺镇下元街篾业社居民。十多年前从部队复员后在县城自然资源局工作,父母兄弟及侄子辈们或退休或招工等全部都在县城居住。去年秋天听说下元街要与上元街重比故事,热血沸腾,全家男女老少二十三人全部参与!十六岁儿子参演《薛仁贵征西》,是第一台故事;七岁女儿参演《穆桂英挂帅》,紧随其后;哥哥耍龙,侄儿弓虾子,自己搞联络,叔叔舞流星,父亲则从工具箱里重抽竹刀编虾子!

现年七十二岁的胡嗲曾任下元街篾业社社长，江湖人称湘滨第一篾刀！去年腊月一个月，胡嗲在胡娭毑的后勤保障下，以三天编一只竹虾子的速度，一个月编织了整整十只竹虾子！胡嗲编的竹虾子，一只宽八十厘米、长六米多。只只严丝合缝、活灵活现、弹劲十足的大虾子，任舞者怎么在地上打滚、怎样起弹弓、怎样转圆圈、怎样虾子戏蚌壳等，就是不松、不折、不散……提及胡家老少皆兵、人人参与，胡嗲说，他的目的就是要让胡家的子子孙孙们不忘传统、不忘故乡、不忘乡愁、不忘传承、不忘血性！

三

腊月临近，又至白马寺古镇的上元街与下元街互下"战书"的时候了。双方都一致信奉：故事会既要比故事又要新产生故事，不比便没劲，不比便不是白马寺人！

腊月初一正午，只见下元街在两街接合部的会所里，陆续推出了立在装有轱辘的钢架上、周边系有红绸、直径足有一米的十二面战鼓！不一会儿，"咚咚几个咚——咚咚几个咚"的催鼓声便响彻云霄。紧接着一台故事便推向街心，名曰《姜太公把钓》，以示愿者上钩。鼓手们个个头扎红巾，身穿白色武打服，边敲边吼，一路向上元街开去。沿街乡亲们也是倾街而出，争看热闹。

约莫半个时辰，待下元街的鼓手们推着战鼓返回会所门口，上元街的街首也响起了"咚咚几个咚——咚咚几个咚"的催鼓声……他们也是十二面战鼓，唯有鼓手们皆一律着黄色武打服。上元街回应的故事是《杨衮公修书》。杨衮公系古装戏中杨家将兄弟的爷爷。修书传达的意思非常明确，那便是：接招迎战！

至于说到服饰着装，白马寺古镇两街自古便有约定：无论是耍龙、划龙船，还是出会等，上元街统一为黄色、下元街则统一着白色，上元街舞蚌壳、下元街便玩虾子……古所约定，互不相违！

待双方确定"开比"，他们便会约定在新年的正月初九、十一、十三、十五，分四天进行比试！为什么逢单必战？乡村民俗文化建设专家陈俊铮先生说这是祖先历来定下的规矩，还道，单战双休正好，中间留有改进、准备与休息的时间，目的还是让双方都能将各自的故事演绎得更加精彩与完美。

"比故事"开始：一方出《十二寡妇征西》，对方就回《十三个和尚保唐》；一方出《哪吒闹海》，对方定回《托塔天王》；一方出《许仕林拜塔》，对方回《白素贞下凡》。如踩高跷，一方出三米，对方则出四米……反正要比对方踩得高、踩得好，才算赢；又如耍龙，一方玩"五龙捧圣"，对方回"九龙戏珠"；还有，你舞虾子"起弹弓"，我则扇起蚌壳"戏鱼虾"……你争我比、你比我斗！辛苦的是玩故事会的会员，快乐的是两边打吆喝、跳起来鼓干劲的观众！往往是上下元街双方比拼得越激越，故事味就越浓、越精彩、越好看，也越激动人心。

千年古镇虽以地理位置予以区分，但长期的生产生活、婚丧嫁娶，上元街的女儿嫁到了下元街当媳妇，下元街的儿子成了上元街的上门女婿等情况比比皆是。但只要双方开始比故事，就是至亲，也会各为其街互相保密、互争输赢……以至于一个正月乃至半年，同在一个屋檐下的一家人，还会因立场不同、观点有异、倾向相左而相互置气不讲话的……古镇有位姓谢的镇干部，家在上元街，老婆却是下元街的。那是还未禁鞭炮的一年，下元街故事会赢了，老婆一高兴，不但放光了家里储存的全部鞭炮，还向胜利的下元街故事会队伍抛洒完了家中所有的糍粑！

正月里古镇两街不但比故事，有时还比谋略。街民们每次提及，总是笑翻许多路人。故事的题目叫《瞒天过海》，前年下元街全力以赴准备了整整八十台故事。他们担心上元街如果知道了，便会超常准备迎战……下元街故事会召集人刘老大早知上元街开炸油饼摊的陈友嗲常以"消息灵通人士"自居，便寻思着开始有针对性的行动。一天早上，刘老大做行色匆匆状来到油饼摊买油饼，买好油饼又故作匆忙状找钱，左掏右掏当中，有意将一张皱皱巴巴、颜色与纸币相近、写有下元街"新年置办四十台故事会"的计划书纸条，遗落在陈友嗲的油饼摊下。打扫卫生时，陈友嗲捡到纸条如获至宝，摊子都来不及收，便一路小跑将情报送到了上元街故事会的会所。结果上元街以此为据，当年只准备了四十五台故事会来迎战下元街……正月后,当刘老大再来油饼摊买油饼时,陈友嗲不但断然拒绝,还用夹油饼的火钳将炸好的油饼敲得飞起,大骂刘老大是白马寺的"奸细"与"蒋干"!听此,食客们大都笑得当场"喷饼"……

也就是刘老大施用计谋的这一年,下元街不但赢了故事会,还"赢"到了一条街巷。原来,白马寺镇玩故事会时,所属上元街与下元街的划分素以古街中部的龙船码头为界。中间有条只有十几户人家,名叫聚贤街的巷子。它既不属上元街,也不属下元街,属"中立区"。在这之前,两街为了扩大地盘,抑或是为扩大影响,都曾来"拉"过聚贤街"入伙"。聚贤街的街民们多年不为所动,只到后面才集体放话:明年正月里的故事会谁赢了,我们就集体申请加入哪条街!

正月十五,当夜里十点多钟故事会结束,下元街又推出十二面战鼓,将"咚咚几个呛——咚咚几个呛"的得胜鼓点敲得满街的麻石都有些颤抖的时候,聚贤街的街民们便举着彩旗,集体加入了下元街庆祝胜利的游行队伍。

年年岁岁花相似,岁岁年年人不同。春天来了,白马寺古镇故事会成员、热心的"拥趸"代表,还有焦志勇、杨昆等镇领导又聚在一起,他们将对原故事会的剧目与内容等进行一系列的改进与增补。如为宣传勤政,上元街出《于成龙》、下元街推《陈廷敬》;为宣传反腐倡廉,上元街演《包公斩子》、下元街出《海瑞罢官》。

为宣传家乡,上元街出演左宗棠收复新疆的《抬棺出征》,下元街则上演宣传郭嵩焘的《出使西洋》;为弘扬爱国主义精神,上元街推出抗洪英雄《高建成》,下元街则力演共和国第九号烈士陈毅安的《无字家书》……

资水泪泪,古寺巍巍。故事常新,传承不绝。

裸身的爱人

◎ 斤小米

夜幕重重垂下时,巨大的落地玻璃窗在城市里展示它深沉的妩媚——窗内的器物、窗边的人脸,与窗外高楼里星星点点的灯火相互穿插、映衬、重叠,亦真亦幻。

焚香,烧茶,听琴,看书,像世人眼里一个真正参透生活本质,然后回归自我、大气从容的女子一样,我坐在窗边,安静地度过一个人的时光,仿佛岁月从未风起云涌波澜壮阔过,而我的心也理所当然地淡然静好无悲无喜。

但一转头,我就被玻璃上的这幅图景迷住了,我看到自己眼睛里的光点,那是从一幢高楼里的一扇窗中传来的,也许此刻,我这扇窗里的光,也映到了那窗内人的眼里?她是否也如我一般,正努力地压制某种意绪,等待着归人?镜头往城市的中心一层一层地推过去,琴声远了,崖柏的香味散了,我要的宁静像被堵在上游的水突然开了闸,"哗"的一声倾泻下来,散作点点飞霰,无影无踪。那些通过茶与书分散了的注意力,那万家灯火烟尘缭绕悲欢离合的人间,重又来缠绕我。

我竖着耳朵希望听到门的响声,但在喧嚣的夜色里,那扇打开外部世界的门一直如太古般寂静。除非夜再深一点儿,更深一点儿,深到人们睡意深沉,或者所有的门都关上,只有这一扇门为他敞开。这时,他才会挟带着一股酒气,把手指的指腹放在指纹器上,"嘀嘀",一个机器女声轻柔地说"已开锁",门"吱"的一声,开了。他面色红润,小腹微凸,步伐微微凌乱,走到我面前,用一种愉悦且真诚的神态,变换着语调,反反复复对我说,我爱你,嗯,是的,我爱的就是你。一股酒气从他口腔或者说皮肤的毛孔处渗透出来,飘在空中,萦绕着我,搅扰着我,使我心中瞄准他蓄势待发的利箭蠢蠢欲动。

不同于往日被告白的欢喜,对于所谓的"酒后真言",我是如此厌倦。人们为什么要相信酒后一定是"真言"呢?酒精催人兴奋,这正是已经习惯了在现实生活中虚与委蛇的中年人渴望抓住点什么,为自己找到的渠道。在酒精的刺激之下,内心的渴望被放大,克服困难的勇气陡然增加,这种与年轻类似的感觉能够使人上瘾。中年嘛,清醒的时候总是冷静理智谨慎小心近于麻木的,哪有年轻时那种满腔孤勇一往无前在风中奔跑任由风猛劲儿亲吻的气魄?

没完没了地喝酒,漫无边际地聊天,与朋友推心置腹地贴近,对亲人漫不经心地疏离,使还没有做好准备迎接这种状态的人处于一种失重的迷惘之中,原本以为岁月可以饶过的人,终究被什么推到了躲无可躲的悬崖边。只有喝酒才能麻醉自己,暂得逃离。一种浓重的悲伤攫住了我,我极其不耐烦地把茶递到他嘴边,说,喝茶!不要再这样胡说八道。他接过水,一仰头,咕嘟咕嘟喝下去。他很高,我微仰着头才能看清他的喉结正随着下去的水上下移动。他脖子上的皮肤微黑,纹理有些粗,每一个毛孔似乎都在灯光下垂着脸,少年时的光泽没有了,取而代之的是松弛疲惫、暗淡无光。他曾经刀削斧凿一般的面庞,现在已经轮廓模糊,这使得他一直引以为傲的嘴形和高挺的鼻梁在他的面庞上格外显眼。

你真的太像你爸爸了。我说。

我这样说的时候,当然不仅指他长得像他父亲。他父亲是一个纯正的农民,沉默寡言,只知道埋头做事,似乎从来不在意自己的形象。年轻时负担过重劳累过度,导致小腿静脉曲张,无法正常行走。他父亲每天凌晨五点准时起床,摇水,一跛一跛地挑水,水缸的水满了后,天慢慢亮起来,他就叫醒还在沉睡中的家人。他的声音洪亮,大声叫唤时,房檐和窗棂上的灰尘纷纷被震落,没有一个人能在他的叫声中继续装睡。除了皱纹像一条一条刻上去的,他父亲眼皮耷拉,两边脸上的肉不可挽回地垂下来,但嘴唇和鼻子依然保持着些许年轻时的痕迹。他父亲为了证明他也曾年轻也曾好看,趁着我们回家,拿出年轻时的一张黑白证件照,给我们看。那张照片上的他,脸形与五官均好,我们却只能敷衍地说一句,嗯,年轻时是不错的。我们让感慨从心头掠过,刻意压住,装作毫不经意地聊起其他事情,以免涌起揽镜自照的感伤。他父亲便讪讪地拿着相片走了,一跛一跛的背影引人心伤。

老了,就是这样的,无论你多么心不甘情不愿,你都得接受被忽略的事实——那在酒精掩饰之下的不甘,又为了什么呢?

见证衰老,虽然并非我的初衷,但在这个夜晚,我被拖进了时光的轴里,身不由己。我见证皮下脂肪中的水分流逝,肉体如同万木进入秋天,不可避免地走向衰败,征兆如此明显,而我深知,衰老不同于成熟,它是腐朽与垮塌的代名词。它意味着每一个身体零件以年为单位地背叛肉身,脱逃而去。除了道德的教诲,理性的认知,我将如何再对这样的身体抱有热爱?那如山海一般曾在体内奔腾不息的原始爱意消退了,身体的秋天,潦水净而寒潭清。

人到中年,关于身体,我们注定了走向死胡同,绝望不可避免。有人害怕在爱人身上看到自己的影子,选择掉头重新寻找年轻而新鲜的肉体,但越迷恋年轻者,越害怕正视自己;有人选择停住脚步,接受那个不能再爱人的自己,生活波平浪静甚至一潭死水;有人索性放弃“妄念”,与岁月讲和,抹平此生的肉体记忆。卓别林则寻到了重新找到爱人的途径,他说,“你赤裸的身体,只属于那些爱上你赤裸灵魂的人”,超越肉体,是让人安稳而不失激情的另一种方式。

但浅薄如我,又该如何超越,再爱上他赤裸的灵魂?从那些皱纹里?恰恰是那些人体的褶皱里,藏有一切被隐藏的爱恨,正如斑斑锈迹是时间在城市的铁栏杆上留下的印记,肉体的褶皱、皮肤的纹理是我们来过人世的证据。我看着他,抚摸他额上的每一条细纹,它们唤起我关于自伤的记忆。在逝去的许多个夜晚里,我一心想消灭自己的肉体,以此来惩罚我对于愤怒、埋怨或者仇恨这一类情绪的无法控制。但我把这一具躯体交给谁呢?我的生命和他的生命,早经几十年光阴,分分秒秒绞合,缠于一处,血肉相融,无法分割。

这只是我单方面的认知,事实上我的自伤正来自他突然觉醒的肉体,以及这具肉体尽其所能要与我脱离时的那种决绝——没错，这依然是我单方面的认知，如果他决绝，切割的痛楚就会是短时间内斩钉截铁的干净利落，而非漫长岁月凌迟般漫无际涯。那时他迷恋上了另一具新鲜的肉体，并非因为它的年轻，而是因为它承载着一颗鲜活跳动与他同频的心，他爱上的，恰好是对方赤裸的灵魂。据他坦陈，他们彼此相爱，信誓旦旦，愿用余生彼此陪伴。这一切在我所看不见的地方进行，他并未露出蛛丝马迹，他伸过来的手依旧有力，他的怀抱依旧温暖，气息依旧灼热。但彼此熟悉如同了解自己的人，很快就能感知拥抱中身体的热度正逐渐消退，一个不经意的表情、一次稍微迟缓的伸手、一种难以察觉的力度递减，都可能泄露他的秘密。凌晨五点，他偷偷打开手机，看完信息，因为纠结而默默哭泣，耸动的肩膀透露了他内心的苦痛；一起散步，他眼神涣散，不知不觉中，嘴角涌起的笑意暗示他与我无关的幸福；下车时，他借口到车厢拿东西，让我先上楼，被我叫唤时慌张的神情，展示了他不合理的情绪。诸如此类。肉身是最诚实的，不管你如何掩饰，肉身不会撒谎。

因为他们，我深刻地感受到婚姻制度的高度不合理。我想成全他们，但我并不轻松，我饶不过自己——为什么是我呢？是这具尚未衰老臃肿丑陋、并不无才无趣无能、从未庸俗愚蠢低级的躯体？用现代女权的概念来衡量，即使是全职家庭主妇，也理所当然享有丈夫的绝对尊重和经济上平等的权利，而我身兼多职：家庭主妇、工作达人、写作者……像一架永动机，奔忙在家庭与事业的跑道上，还按照那些"鸡汤文"灌输给我的那样，让自己温柔娇俏、妩媚迷人，以赢得他的欢心。即便如此，也无法留住一颗呼啸而去的心。

六月明媚的阳光下，车流涌动。我穿着白裙子，狂奔在城市深处。这一具肉身已经无法承载如此沉重的悲伤，它的每一个零件之间都失去了关联，一触即散。除了毁灭它，还有什么可以减少伤痛？

歇斯底里。恶毒诅咒。彻夜不眠。追问不止。玉石俱焚。绝不成全。归于平静。如同经历一场生死，在从未中断过的肉体的相拥中，我是那个提前离场的人。

当他重新回到我的身边，年龄的雾霾笼罩，他不再是那个身材颀长、眉眼清冷的少年了。

三岛由纪夫说，曾经在生命前半段因为嫌弃身体，将精力投入字里行间，而后他决定"学习肉体的语言"，为了浪漫主义悲壮的死，他决定"必须有坚强的雕塑般的肌肉"，由此，三岛找到了独属于自己的美学语言。

酒后的他，凭着直觉，也找到了独特的美学表达方式吧？我们曾探讨关于"永恒"的话题，最终不得不认可周国平的那句"人太渺小，不配谈永恒"。爱是虚无缥缈的，爱的到来和离开，过于玄妙，它寄身于肉体，但终究不是肉体本身。肉体简单也复杂，它承载人世间所有欲望，但也可以超越欲望。我们在一起的时间曾经相互纠缠、血肉交融、分不清彼此，我既有踏实的获得感，也无比恐惧分离，尤其随着年岁渐长，只要一想到有一天两个人将永久地分离，我就不再对这一切感兴趣，身体内对他的欲望的潮水不再涌起，精神的分离与肉体的分离使我不知所措。

欲望是多么宝贵的东西啊，如同曾被我们轻视的毛发、牙齿和皮肤一般，拥有时谁珍惜过？而一旦它如同中年人的发际线般一直退到头顶，死亡就已悄然而至。

在头脑最清醒的早晨，刚睁开眼准备开始一天的忙碌时，我们总喜欢先探讨"为什么要工作""活着反正会死，干吗要奋斗""移情别恋是为了什么""老了后厌倦靠近对方的肉体"这一类看上去很幼稚的话题。他似乎从没害怕过衰老与死亡。他总是说，欲望，尤其是对爱人的情欲，这本来就是很稀有的东西啊，有与无要坦然以对呢，你看，我们的婴幼儿甚至少年时期，身体也没有情欲，反而更加纯净美好呀，不是挺好？身体的欲望就如同一场潮起潮落，它涌起时，你觉得自自然然，甚至还有几分美好，它退场时，也会走得悄无声息，对它的来去，不必如同害怕洪水猛兽一般，要知道，没有欲望时就不会想有欲望的事了，让身体处在一种自然的状态里，迎接该迎接的一切就好了。

此时我的丈夫裸着全身，冒着热气，发出肉香，何等自由，丝毫没有道德上的羞耻感。不得不承认，他是天生的哲学家，所以他曾有过的追逐，本质也与裸体的色情含义无关，只是他顺着生命海水的一次涨潮落潮而已。莫妮卡·贝鲁奇曾说，"我从来也不会惧怕裸体，因为在我看来，世间最美的就是身体"。在经历了漫长的光阴后，在直视身体进而直视灵魂后，我更明确地懂得，形体表达内在精神，一个人的形象和姿态必然显露出他心中的情感。对于懂得这样看法的人，裸体书写了最丰富的个性。

在酒后真实的状态里，他放下一切，选择与我赤裸相对。对于他衰老的厌倦在分秒的流逝里发生着微妙的变化，信任的河流一点一点壮大，一种真诚的热爱渐渐地漫上来。

事实上，面对裸体，受过教化的人是很难不感到羞耻的。原本自然的产物，因为道德感而变得肮脏不堪。自从人们因为衣物而分出高贵与下贱，呈现裸体的艺术便成了一种反抗，有的人在反抗中死去，有的人得以升华。希腊神话中对女子的描写，普遍弥漫着性的暗示，奥林匹斯山上赤裸裸的肉体，肤如凝脂，齿如编贝，微微凸起的小腹满盛着欲望，健康明朗自然亮堂，是没有受到任何约束的"神"的状态；欧洲文艺复兴时期米开朗琪罗的《大卫》，体态健美，神情坚定，肌肉饱满，有生命力，似乎能够感觉到人物身体血管的跳动，这样的美男子形象令人望之忘俗；画家安格尔的《泉》中，美丽的裸体少女双手举着一只盛满泉水的紫色陶罐，以垂直造型站立于一面褐绿色的壁龛前，身体曲线玲珑，表情纯真，目视前方，透着清纯无邪的神韵，缺少光泽的天鹅绒般的笔触描绘出少女柔润而充满活力的肌肤，给人以纤尘不染纯真纯美的视觉感受，令观赏者沉浸于裸体的清纯优美之中。这样的裸体画反而给人一种"静穆的伟大，崇高的单纯"感；而戈黛娃夫人裸身骑马穿过城镇，只为减轻人民的赋税，这一行动在闭塞的时代不可谓不是壮举……这一切无不高扬着裸体的胜利。

我也曾梦见自己一丝不挂地走在大街上，心中的惶恐无以复加。当我审视他时，我情绪的大海波涛汹涌，而当我回头审视我自己，我总是目光躲闪，不敢回答：你的肉体能否盛得下你的灵魂？你的秋天也已来临，你做好准备了吗？

春雨生藜蒿

◎ 蔚　蓝

春雨

当是江南初春的雨。

四季侵袭的雨水，是大地上草木花朵的另一种呈现。光影流转间，雨色绚烂或凋零，运行着各自的气质与节奏。夏日的村庄，火焰的阳光、深渊色的树影与潮水一样的蝉声，泼墨出生命的繁茂与喧嚣，连雨也呈滂沱之势，在浓密的乌云与震天的雷鸣里，豪雨咆哮而至。等一场又一场北风摇曳过大地，天空与田野渐有了远意，稀疏的木树也呈现出清癯哲人般的面庞，凄清寂静的雨声，随着飘飞的枯叶零落在静夜里，飒飒的声响，让人莫名地怅惘。

而春天的雨，最有韵致，其中更以初春为佳。初是微小、起始，散发着生命新鲜原始的律动。初春的雨亦是纤弱、柔软的，那种久违的清新温软的感觉，让人讶异而欢喜。二月，春伊始，从田野深处吹来的东南信风，让苍茫茫的天地弥漫着不可捉摸的温暖又哀伤的迷人气息，仿佛会有什么令人心动的物事将从虚空而来。微风里，浅灰色的雾气，轻纱一样的缓缓升起在村落、树林之间，待你走近后，却不见了踪迹，但你清晰地感受到它就在你的身边。随着雾气的加深，会有声音先簌簌着在那些生满经年苍苔的瓦片上，脚步那么轻、那么浅，唯静夜里一双最敏锐的耳朵也才能聆听，却不知它的身影在何处。仰俯之间，褐灰的瓦片已幻成苍蓝的暮色，灰枯的苔藓却生出清浅的碧意。接着雨雾缠绵在宋词一样枯瘦的木枝上，渐谱成一曲《如梦令》或《阮郎归》，干瘦的枯枝用看得见的速度丰腴起来，那是些隐藏在表皮之下的新芽花朵，因细雨的一声声轻轻的召唤而将绽放，空气里徘徊着它们将要到来的信息。空翠湿人衣，最后直到你的发梢、衣服上沾满了晶莹细碎的雨露,冰凉着你的肌肤,你才发觉雨水已蕴满人间,天空、田野、河流、屋舍……大地上的一切都纳入了这微小却浩大春天使者的城池。

茫茫的微雨,从遥远的时代而来,又漫漶至不见尽头的光阴。也唯一个"润"字方显这早春微雨的温柔与细腻,它懂得人间的疾苦,一颗沧海的心需要光阴的长河慢慢抚平,更需雨的轻轻湿润。当一滴滴微凉如甘霖的雨,缓缓地、缓缓地落下,落到大地被冬日枯涩的物事上,浸润着每一个隐秘的角落与细微的毛孔,它们已然枯黄的面容变得生动,接着这些寒凉的带着早春气息的雨珠又沿着表皮的纹路,幻成无数条幽深的微小河流渗入万物的心脏,在河流不息的润泽下,一颗颗沉寂的心开始复苏,不动声色间,天地一改冬天萧瑟的模样,四野漫漶着春天辽阔的山河。随风潜入夜,润物细无声。那个写下此句诗文的诗人,历经人世的波折与困顿,当春野繁芜的绿与空蒙不见天涯的雨色正没过他单薄渐渐衰老的身体,他枯涩的心渐渐复活。喧嚣的尘世,那么多的繁华与富丽,唯有这春天一夜雨水的润泽,才能把一颗沧桑的心灵安慰。

一夜春雨。清晓,打开吱呀的木门,迎面而来的是清新又湿润的空气,弥漫着无处不在的馨香,那是在雨水滋润下的草木、泥土幽幽散发出的。你不禁伸开手掌,却不见雨水踪迹,唯余无处不在的缠绵与柔软,仿佛你也要化在这温柔的雨色里。四野没在微茫中,远山如黛,半隐于苍蓝的云雾之间,而又有一层层淡蓝色河流一样的雾气,从天宇倾斜而下,蜿蜒在村落与树林之间。在一夜雨水的润泽下,一切物事变得清澈而纯粹,昨日残冬山河里暗哑的鸟鸣,现在已摇落清新明亮的水色。一树千万朵梨花立在窗旁,汇成一片白雪的海,每一朵洁白的花瓣上,悬挂着一颗颗晶莹剔透的水滴,风吹过,摇落一树馨香与清响。一株株昨夜还枯竭的杨柳,每一根枝条上都缀满了新芽,远望着如一团团碧焰燃烧向天宇。田野的绿,比昨日更宽广一些,水波一样的绿,从泥土的深处涌出,汹涌至大地每一片暗褐色的角落,各种野菜从泥土或枯草丛里,显露出青绿的身姿。更多的是返青的麦子,几乎用看得见的速度生长。春风十里,在麦子辽阔的绿色河流里,间或有金色的花边,那是芥菜正在盛开的花朵,远远望着,都是浓得化不开的润湿与新翠。

腊肉

江南的腊月，驶入了一年时光的深处，深蓝清寒的天空下，山河清瘦，一切事物裸露出它的本质。低矮的灰褐屋舍趴伏在地面上，与大地融为一体。几乎所有的青草已然枯黄，其间夹杂着越冬墨绿低矮的麦子与油菜，都是了无生机的模样。木树光秃秃的褐色枝丫裸露在冷风里，苦楝的枝梢上悬挂着风铃一样的果实，在风中摇摆，却不能发出清脆的歌声。

但这个时节，却因年的将要到来而熠熠生辉。一年中不见尽头的贫苦日子，因有了年，而有了盼头，能解千愁。年，无非是无所事事地闲下来，尽享着各种美食，而腊肉也在这个隆冬悄然生长。在江南大地，经春至冬，这片土地的生灵馈赠，上苍也并没有遗忘。择腊月一个晴朗清寒的日子，幽蓝的天穹不着纤尘，映亮着不知魏晋的人间。瓦屋顶上的积雪还未融化，东一块西一块地堆积在那里，仿佛冠了一朵朵倦怠的不知归途的白云。忽然鸡鸣狗吠，寂静的村庄变得喧闹，所有的闲人会拥向村口，那里将宰杀农人亲手饲养的年猪。在它们哀哀走向生命尽头的路上，饲养它们的妇人总会流下泪水。她们亲手从小小的乳猪把它们喂养，这一年漫长的时光，她们用那些青草、菜蔬与食粮，让它们一日日肥壮。虽然是欣喜的，却又是伤感，现在就要亲手把它们送到屠夫的利刃之下。但千百年都是这样过来的，那么多肠胃需要喂养。她们自我安慰着正在颤抖的心。但很快，翌年又会有一只或几只更好的猪崽填补她们情感的空白。

取一块新鲜的猪肉，用刀划成一道道沟壑，再放上适量的食盐，抚平进切开的豁口，一层肉一层盐地码起在瓦缸中，每隔一日从下至上对调翻整。腊肉的做法极为简单，却保留了食物素朴纯粹的滋味，也是江南人清雅性格的体现，他们天性中与自然和谐地融为一体，分不清彼此。对于故乡腊肉的怀念，即使你多少年后流离异乡，忽然不经意间想起它，尘封的记忆被瞬间激活，那种原味的咸香又幽幽地升起在唇齿间，你知道它只来自那片土地，生长在冬日苍蓝的天空下，酸涩的泪水不禁打湿眼眶。也很是奇怪，在江南乡间所有的月份中，唯有腊月做出的腌肉才最有风味，其他月份做出来的,不是味同嚼蜡,就是有难闻的腥气。因同大地上所有的生灵一样,人间的食物只会在属于它的节令里悄然生根发芽,运行着只属于它的节律,腊月这样的温度、阳光与风,最适合腊肉的生长。腊肉腌制七日左右,待腌透,便可用绳索穿起,悬挂在屋檐下。清晓,冬日温润浅淡的日光,轻柔地抚过天地间寒凉着的一切,也抚过腊肉的身畔。日月流逝间,肥硕的肉块,开始变得结实而紧致。那该是一个生命渐渐退去虚华,随山河一同清瘦在这个节令里。

农人将腊肉从屋檐下收回,悬挂在屋内的房梁上,把它交给静静的时光。渐渐远行的北风里,积雪已然消融,化作一缕白云立于山冈,或飘向远方,在辽阔的田野上,那些枯萎草丛里菘与芜开始迎来了它们的黄金时代。乡野里的每一个角落,都能隐隐地感受到生命的勃动,那些看见看不见的物事悄然生长。

藜蒿

江南多水泽。在早春雾气一样弥漫的雨水里,几乎每一寸土地都被无垠的绿所覆盖,连天空与河流也被这些色彩映照,呈现出翡翠一样的绿影,仿佛雨水是绿的本身。春野里的藜蒿也开始绿了,它们是江南这个早春时节最常见的野菜。当微茫的细雨打湿了土地,清冷细密的雨水缓缓浸润着冬日干枯的土地,它们在雨水的召唤里渐次醒来,纤嫩豆绿的新芽破土而出,那么微小却占领着每一片春风与雨水亲吻过的土地,星星一样在风里闪烁。接着一场又一场雨水来临,它们用几乎看得见的速度生长,不出几日,荒原都葳蕤着藜蒿盛大的绿影。

这个早春时节里,满眼是无边的雨水与无垠的绿,村庄已渐成一抹淡影。大江浩荡地流淌,斑鸠的歌唱在四野里响起,摇曳着水色空蒙。任何一颗敏感多情的心仿佛也被这满眼的春色所召唤,去田野,去草木的中间。而一片片兀自生长的杨树下,那么多的藜蒿,只等着你头戴雨具、手提竹篮去采摘。

时光已越两千多年,而此时,绵绵的春雨、古老的村庄、寂静的田野、飘忽的鸟鸣、遍地的藜蒿，以及提篮的采摘人，恍惚都是古诗里的影像。

藜蒿，怀草木初心。早春的雨水，让它新绿鲜嫩，散发着纯粹的芳香，放在鼻尖轻轻嗅之，淡淡的苦轻轻弥漫，却涩到人的心里。

将摘来的藜蒿摘去叶片，只留下纤嫩的顶梢与茎枝，再切成段备用。但不宜清炒，草本浓烈的苦涩味道实在难以下咽，须与腊肉同炒。切下适量腊肉，与切成段状的藜蒿同放在沸水中焯，被晒干的腊肉又复归丰腴的色泽，而藜蒿浓郁的春野芬芳与苦涩清淡却清澈了许多，余韵悠悠。最好同时切上一把此季也正鲜嫩的蒜叶备用。油锅烧热，倒入切成丁状的腊肉粒，炒出油，再加入藜蒿与蒜叶同炒，一碗等待了整整一年的美食便可以呈现在面前了。常是微雨的午后，鸟鸣在风中，门窗上都映满无垠的绿，新鲜苦涩的幽香弥漫风吹树响，所有的木叶、草尖都滴落着闪烁的珍珠，时光漫长得仿佛没有尽头。将做好的腊肉炒藜蒿搛一筷轻轻放入口中，闭上眼，一股不见深渊的苦涩，沿着舌尖蔓延，却让人迷醉，那是一缕缕浓郁的咸香从味蕾上缓缓盛开，经历过多少日月的苍茫，它才在这春天的雨水里抵达。在苦涩与浓香的交错之间，浩荡着一条河流，从辽阔古老的冬天原野，蜿蜒着流到春野深处，青草的绿，和着春风十里、夜雨微茫，少年忽然懂得了人生，那苍茫曲折的生命之河啊，让他心旌摇曳。

季节的花朵在大地上繁茂又凋零。江南的深处，春天的版图，在雨水与阳光交织中，占领着每一片天空与土地，一层层覆盖着连绵的绿与斑斓，连瓦隙间也生出了碧色的瓦菘，林鸟的鸣声，都是滴落着绿意。菜花、杏花、李花、桃花、梨花、桐花，江村几乎所有的花朵在这个季节里轮番竞放。藜蒿在雨水里用几乎看得见的速度拔节生长，同藜蒿一同生长的是江村丛生的芦苇、阶前草与杨树林，还有遍野的野花，很快这些植物高大新绿的叶片与枝干，把渐渐老去的藜蒿掩盖，春风过耳，荡漾着绿波，失却鲜嫩之味的藜蒿已淹没在青草之下。

腊肉、藜蒿，一个在昔年腊月的寒凉里长成，一个在初春的雨水里鲜美，最终相遇在摇曳的春风里，把一切的苦涩与沧桑汇成人间一道美食，却一同消逝在春草离离间，至死不渝。

覃老先生

◎ 谢德才

　　言覃葛为覃老先生,其实他并不老,退休十来年,人们出于尊重常喊他覃老先生。至于他到底七十几岁,我还真不太清楚,也不好意思细问。原因很简单,如果你去问老人的生辰八字,可能会引起人家不舒服,不过覃老先生不是这样的人。

　　我和覃老先生是文友。覃老先生从写作第一天起就相当投入,如同我现在一般,我们的稿子有时同在《人民保险报》发表。县保险公司的领导看到,约大家聚一聚。说聚一聚,我们想到的无非就是请大家吃一顿饭,喝几杯酒,不曾想在会上还给我们发了一个红包。接过红包,我们好像接到并不轻松的写稿任务。

　　我进城后,与覃老先生见面的机会多了起来。他在街上常碰到我,我在街上也常遇上他。他隔老远就招手:"小谢!"我离老远也喊他:"覃老先生。"有时我们会找个安静的地方坐坐,一坐就是老半天。他不喜穿皮鞋,说是穿皮鞋走路发出的声响听起来不舒服。每次见到他,他不是穿解放鞋就是穿草鞋。一看到草鞋,我就想起祝勇的《草鞋下的故乡》。覃老先生的草鞋上还真掺有泥土。在桑植大街上,如果你见着一个背个背篓、肩上挂个"为人民服务"字样黄布包的老先生,那一定是覃老先生而不会是别人。背篓里装的是熟透的橘子和梨子,他把背篓往文友办公室一搁,谁都不会嫌弃,而且还相当看重。大家品过香甜的水果又尝精神大餐。黄布包里装的是他近期发表文章的杂志,真是"秀才人情一本书"。一品一尝,文友品尝出了覃老先生文武双全的人生状态。

　　说他能武,并不是指覃老先生有武功,嘴巴能咬断钢筋,手可推垮墙壁,而是他具有较强的耕种庄稼的功夫。他家的田地全由他耕种,孩子成家在城里,老婆也到城里照看孙子去了。他喜刨岩壳,不像有的人那样草率,而是如写文章一样精雕细刻,不让一根杂草在庄稼地里作怪。他犁田耙地的时候,不像有的村民不管牛的死活,而是让牛自己走,快慢由牛自己说了算。牛也很知趣,规规矩矩地走在他面前,速度一点儿不慢。凡经过他的手长起来的庄稼,过路人看了都会夸那庄稼长得太好了。在他家的阶沿下、阳沟坎上,都有他亲手栽种的果树。那些果树好像懂得知恩图报,该开花的时候把花开得满树都是,轮到挂果的时候果挂得把树枝都压弯,好像等待人们为它们减少负荷。覃老先生也有趣味,我常给他打电话,问他在做什么。他总是笑着说:"我正在摘玉米、拔田草……"

覃老先生写诗也写散文,但他写的还是游记居多。生命在于运动,他做到了。名胜名景之处,只要一天能赶回的地方,就是凌晨一点出发,他也得去找找感觉。一天赶不回的地方,不是他不想去,而是他当天要返家,家中的猪、鸡、鸭等待主人喂养。他去看气势雄伟的矮寨大桥,游览文学大师沈从文笔下的茶峒,品尝刘晓庆喝过米豆腐的王村……那一溜一跑,写作的感觉如泉水冲了出来。一串串的感觉,如同刚挤出的牛奶一般新鲜,一回家他就趴在桌子上沙沙地写成文章。因不会使用电脑,他的文章都是手写而成。他的文字形成了一种记忆,种在朋友的心田的同时,也印在如潮水一般涨落的时间里。

说覃老先生是耕读人家一点儿也不为过。一家三代都写诗著文。他父亲已九十五岁高龄,脸上爬满贮有诗意的皱纹,过着"种豆南山下,带月荷锄归"的田园笔耕生活。他父亲所写的诗是从生活中流出来的,总能把情、理、知识融为一体。他在中国博物馆上班的大儿子文章写得棒,写湘西在沈从文的小说里,湘西在黄永玉的画里。一文一画,精准的概括,让大湘西的形象久久地荡漾在人们的灵魂里。

覃老先生爱交朋结友。无论老少,都喜欢与他亲近,与他交流。他每年自费订阅大量的报纸杂志,常给文朋诗友赠送和借阅。文友文章见了报刊,只要他看到,会第一时间打电话祝贺。他的祝贺不是单纯的赞誉,而是像一个评论家走进作者创作的思维空间,表扬的话固然存在,不足也不是只字不提。他有一个老得掉牙的木柜,珍藏着报纸和杂志,有朋友到档案室寻觅不着自己发表的作品,可到他家,竟能找出来。

快过年的时候,按家乡的习俗,家家户户杀猪过年。覃老先生杀年猪那天,天还没亮,他坐上出租车到县城,停在古都门旁边,通知已约好的文友乘车。文友聚齐,一路欢歌,乐悠悠地进了村寨。文友围在一起吃杀猪饭,喝过年酒,一年的话似乎要在一天说完。文友返城,覃老先生站在山坡上,双手围成喇叭,对他们喊:"慢慢走啊,过了年就来我家喝酒啊!"

覃老先生虽年近八旬,但在他身上却验证了文学是心灵的回声,是通向民族的高尚情操的桥梁,愿大家多架这样的桥梁。

童心卓吾

◎ 李晓东

一

博士论文写《个性主义与中国文学现代化》，从王学左派寻找梳理思想资源，对李贽的生平和思想下过一些功夫。但时日既久，杂事殊多，卓吾先生便渐渐远去，面目模糊，只留下"童心说""童心者，最初一念之本心也"等些许常识。不料，在泉州小巷，和卓吾先生不期而遇。

李贽故居，位于泉州市鲤城区南门万寿路，天下路名，重复不少，如解放路、人民路等，许多城市都有。我在北京也住万寿路，以为前清朝皇家讲究，别地无有的，在泉州却"又见故里"。想想，其实泉州的万寿路更加实至名归，肉身有涯，思想无限，皇权已逝，真理永存，这小小院落承载的，是传于远方、垂于后世的不灭光焰，是四百多年前现代思想的先声。

门极小，与周边环境无二，即使有赵朴初先生题写的"李贽故居"门匾指引，匆匆而过的人，还是很有可能会忽略这座一九八五年即成为福建省重点文物保护单位的先贤旧宅。赵朴初先生的字温柔敦厚、舒展闲雅，真有佛家清修之后的气象，我以为，题牌写匾，当代第一人。可能有人以为，李贽为儒，赵朴初归佛，仿佛门派不合。其实不然，常言儒释道交融，并非天然合一，而是经历了漫长的过程。其中阳明心学在引释入儒上，起了关键作用。而李贽，正在这一支上生长出来。

王阳明对于理学的改革，在一定程度上，类似于新教之于天主教。理学自周敦颐发端，经"二程"即程颐、程颢发展完善，及朱熹集大成。既是学术体系，又上升为国家之意识形态，其理论及实践特点，大要有二。学理上，将"天理"与"人欲"对立，主张"存天理、灭人欲"；实践上，将"读圣贤书"与"俗务"对立,以"读书明理"为上,轻视具体事务,无论是日常事务还是现实的建功立业。至明代,科举以八股取士,朱熹《四书章句集注》成为标准,进一步强化了理学的一统地位。

心学之始,乃在南宋陆九渊。朱熹与陆九渊、陆九龄兄弟在信州,也就是今天江西上饶的鹅湖镇举行"鹅湖之会",召集人吕祖谦本来想弥合分歧,"会归于一",结果论辩三天,不欢而散。论辩中,陆氏兄弟略占上风,但程朱理学的权威地位,未受撼动。心学之盛,尚待三百余年之后的王阳明。当然,还有一场鹅湖之会,是辛弃疾与陈亮,比这场晚了十三年,是文学家之间的聚会。没有意见相左,只有意气相投,虽抗金复国之志未酬,悲歌慷慨,然相见恨晚,反复唱和,留下了《破阵子·为陈同甫赋壮词以寄之》等千古名篇,"沙场秋点兵"的家国情怀垂于百世。两场"鹅湖之会",在中国文化史上都具有重要意义,而且生动反映了哲学家与文学家的不同。哲学家重理性、文学家重感性,哲学家重识见、文学家重情感,哲学家重分野、文学重唱和,哲学家重门派、文学家重流派,哲学家重风范、文学家重风格。

二

李贽先祖唐时自河南固始迁泉州避祸,然数百年后"元季兵饷费多,粮银推迫,一人焉能特持,又兼幼孤,常在外妈之家,是以变名而入外妈之林姓"。常言曰福建"陈林半天下",《红楼梦》里,林黛玉就是福建人。改姓,又是为了避祸。福建林姓人多势大,外来之人可以得到护佑。改变的,不仅是姓,还有生产生活方式。改姓至载贽,共七代。祖业相传,从事海外贸易。古名刺桐的泉州港,是海上丝绸之路的起点。二〇二一年七月二十五日,第四十四届世界遗产大会上,"泉州:宋元中国的世界海洋商贸中心",作为文化遗产列入《世界遗产名录》,用二十二处遗址,雄辩地见证了这个延续数百年的世界第一大港,全国唯一的全域历史文化遗迹城市往日的风云繁华。

海上丝绸之路数条,载贽祖辈选择的,是向西到波斯的路线。访问伊朗时,在伊朗国家博物馆里,看到许多元青花,深为惊艳。更惊艳的,是在德黑兰街上店中,见到错彩镂金的大碗和大盘。同行中,有位陶瓷专家,鉴之为真,立即买下。其他资金足者,效之,不时卖出三套。然同样者仍有,似乎源源不断。其他店中,也所见甚多。陶瓷专家说,这是明清时代的外销品,国内几乎没有。想想也是,只看器物尺寸,便知是放大块手把肉和奶茶的,与中国精巧细致的瓷器决然两样。可见,李贽生活的时代,中国的对外贸易已是量身定制,具有显著的自觉意识,深刻了解客户的文化心理和现实需求。二世祖林弩"洪武十七年,奉命发航西洋忽鲁谟斯(伊朗古代港口)",并且"遂从其教,受戒于清净寺教门……就娶色目婢妇人于家"。

初见清净寺,眼前一亮,熟悉的气息迎面而来。讲解员问,哪位老师到过伊朗伊斯法罕清真大寺?我回答,我去过。同行者多惊讶。我说,二〇一一年,随全国人大代表团访问伊朗,参观过这座已名为伊玛目·霍梅尼清真寺的著名建筑。高耸的穹顶和内外通体的蓝色砖,令人仿佛置身沙漠的星空。正参观得兴致勃勃,突然来通知,时任伊朗总统的内贾德要会见中方代表团主要成员。于是,立即启程返回德黑兰,未及尽兴。不料,十年后在泉州"重逢"。而且,清净寺修建于南宋绍兴元年,即公元一一三一年,比伊斯法罕清真大寺早了近五百年。因此,不是清净寺似伊斯法罕清真大寺,而是伊斯法罕清真大寺取法清净寺。

寺中壁上有"敕谕",明成祖朱棣颁发的,其文曰"所在官员军民一应人等,毋得慢侮欺凌,取有故违……以罪罪之"。朱棣确是雄才伟略之人。定都北京,亲在边防以御蒙古,又遣郑和七下西洋,沟通中国与世界。对外来文化宗教尊重包容,自汉而起的朝贡体系,到明朝达到顶峰。永乐元年,日本遣使入贡,成祖厚礼之,赏赐颇丰,且对贡使违反禁令私带刀枪视而不见,表示"勿拘法禁",还让官府出钱买下。永乐二年,琉球山南王贡使在景德镇购买瓷器,被当场抓获,明成祖谕旨"远方之人,知求利而已,安之禁令?朝廷于远人当怀之,此不足罪。"对内"以罪罪之",对外"此不是罪",用今天的话说,就是创造了良好的营商环境。

正由于此,外来之人日益增多,且在泉州等沿海之地安居乐业。清净寺中,大礼拜堂穹顶已因地震坍塌,就地埋入土中,四壁与石柱依然屹立,护佑着青青芳草,如波斯地毯般,仿佛还在回忆昔日虔诚诵经的盛况。旁边有望月台,是斋月里阿訇登临望月,决定开斋日期的地方。一代代穆斯林在这里安居乐业,伊斯兰文化同时潜移默化地产生着影响。

三

我们研究中国外来文化史,对佛教、基督教的影响着力殊多,成果丰富,伊斯兰文化的作用,却为人所知较少。但伊斯兰文化对中国传统文化的影响不可忽视,最重要的,是冲击了"重农抑商"思想。唐代伊斯兰教初入中国之时,其经商所取得的财富,便使"唐人想见穆斯林商人之富而想见其人,因想见其人而想见其教"。逮于明朝,特别是嘉靖万历之后,经济发展、商业繁荣、资本主义开始萌芽,对这一社会变迁的思想反映,特别是成体系的阐述,便需得天时地利人和者,于是,落到了李贽肩上。

载贽十二岁,作《老农老圃论》,扬樊迟问稼而抑孔子。一人有此新见,在程朱理学一统之时,本已不易,更新奇的,是"论成,遂为同学所称。众谓:白斋公有子矣"。一篇"不以孔子之是非为是非"的少年习作,非但没有被打压,反而广为点赞,说明当时泉州虽为朱熹闽学之地,然民间却已萌发出新思想的嫩芽。

李贽思想之产生,有天时,明中叶后资本主义萌芽;有地利,泉州商业发达;有人和,李贽祖上国际贸易的眼界,以及伊斯兰文化的不自觉浸润。然而,也有违和,甚至大不和之现象。那就是,李贽于家道衰落之际中举,又多子女,家庭家族之累,让他深味"穿衣吃饭"之不易。

"与君离别意,同是宦游人",李贽归宗,读书以求出仕。然其出仕目的,并非如宋明理学所提倡的"为天地立心,为生民立命,为往圣继绝学,为万世开太平",更非"无事袖手谈心性,临危一死报君王",他有着家庭的生活负担,也有商人之家的现实。

遗憾的是,以官谋生之道,李贽走得不仅不顺,反而异常艰难。明代,官员俸禄很低。李贽宦海浮沉,先后任河南辉县教谕、南京国子监博士、北京国子监博士、北京礼部司务、南京刑部员外郎和郎中,所得收入一直难以支撑自己小家庭和大家族的花费,尤其遇到为祖父、父亲送葬这样的大事,更加入不敷出。南京任职期间，因城市花费巨大，只好将妻子和三个女儿留在辉县，买田数亩度日。正遇灾年，二女、三女竟然饿死。杜甫小儿子饿死，愤而留诗"朱门酒肉臭，路有冻死骨"，千年之后，这一幕再次载入中国文化史。李贽与妻共育四男三女，然只有长女成年，七丧其六，男丁全无，在为人父者心中，当是多大的痛！也许，唯有巨大的悲痛一次次撞击心灵，才能诞生出深刻的思想。

　　一直到云南姚安知府任上，情况才好点儿。姚安处彝族地区，直到二〇一八年才摘了贫困县帽子。李贽在任期间，颇多善政、民评极佳。万历五年（一五七七）修建的涟广桥，至今犹存，已更名李贽桥，记载着这位虽在姚安仅三年，却与之紧密相连的灵魂。

四

　　知姚安时，李贽便在县城德丰寺创办"三台书院"，收徒讲学。在寺院讲学，是李贽传播学术的一个特色，后来在湖北麻城芝佛院，索性落发。落发之因，个人解释是因天热头痒，想想也是，古人头发既长，不可能每天洗，湖北天热，确不好过。但真实原因肯定不是这样。作为一个自觉的思想者，特别是姚安知府之后，多位上司，甚至包括他一直顶撞的上司，都真诚推荐提拔、多次慰留，但李贽去意已决。因为他清楚地知道，自己谋生的任务已经完成，五十岁之后，便是为自己的思想与学说而生存了。王国维自沉昆明湖时遗言"五十之年，只欠一死。经此事变，义无再辱"，是真的辞世而去。李贽则实现了凤凰涅槃。因此，此后他居无定所，颠沛流离，直至狱中自尽，始终不改其志，正如孔子自况"造次必于是，颠沛必于是"。

　　落发的真实原因，在《与曾继泉》中写道"其所以落发者，则因家中闲杂人等时时望我归去，又时时不远千里来迫我，以俗事强我，故我剃发以示不归，俗事亦决然不肯与理也。又此间无见识人多以异端目我，故我遂为异端以成彼竖子之名。兼此数者，陡然去发，非其心也。"此外，还是一个重要原因，就是生存。明代寺院是不用生产劳动，吃信众供养的。因此，愿当和尚者甚多，因此朝廷不得不严格限制戒牒的发放，以致一张戒牒，黑市价至数十金。李贽把所有的退休金都给了家人，自己无固定收入，只有倚人门户，受人供养。孔子授徒，要收束脩即学费，而且费用不菲。要知道，在春秋战国时代，"七十者可以食肉"就是王道盛世了，几条干肉，绝非人人可以承受的。但孔子并非如《论语》所记述的只讲道德，而是传授"孔门六艺"，礼、乐、射、御、书、数，连开车都教，非常实用。学成之后，"迩之事父，远之事君"，可以在天子、诸侯、大夫的天下、国、家中找到工作。可以说，孔子的私学，是中国最早的公务员培训班，类似于今天的 MPA。孔子转型升级，使儒家由先前主持丧礼，"吃死人饭"的行业，飞跃为立于朝堂，从事政务的行政人员。所以，孔子之学，乃道德与技能两轮驱动、比翼齐飞的。有真本事、有真道德，方为君子，是谓文质彬彬。如此，才能行大道、济苍生、扶邦国，成就立德、立功、立言的"三不朽"，不然，不是变而为小人，就是败于小人。

宋明理学，是只讲心性，不务事功，甚至日益以"俗务"为耻。讲学，也随之由职业教育变而为修身教育，不收取任何费用。听讲者，也不以习得谋生技能为要，而在于心性开悟、道德提升。这一点上，与佛教相像。学者常言，中华文化儒释道合一，修养方式的借鉴也应作为重要证据。由此推断，李贽的落发，当有可心安理得地受供养的考虑。毕竟"穿衣吃饭好是人伦物理"，作为职业思想家的李贽，依然不脱商人思维，或者说，在李贽思想体系的深层，商人思维占据重要位置。

五

李贽离开姚安，并未如绝大多数致仕官员一样，回到自己的家乡，并且即使在感情殊笃、少年成亲的妻子黄宜人病逝，自己在外处境艰难时，依然选择不回乡。有学者解释，因泉州是朱熹创立的闽学之重镇，返乡不易其思想传播，我以为，这只是表面，根本原因有二：其一，不愿再因家庭家族之事干扰自己的向学之路。用现在的话说就是，前半生该尽的责任和义务，我都尽完了，要为自己活了。其二，更本质的，是李贽对于"天理人伦"有了自己的看法，并且以此为基础，构建起自己的思想体系。

传统儒家以家族为本位，首重亲情，以孝为人伦之首，道德根基。两汉四百余载，以孝治天下，皇帝庙号，都必带"孝"字。汉武帝"罢黜百家，独尊儒术"，为汉学、宋学等儒学传统奠基，又以"举孝廉"做官治国，孝之地位，无人可及。不孝，可处极刑，大儒孔融即丧命于"不孝"的言论。因此，父子关系，也即家族和家庭血缘关系是人伦之本，也是构成社会关系的基础。我们在古典小说，如《三国演义》《水浒传》中看到，想一起干事的，首先要结拜。"宴桃园豪杰三聚义""俱以兄弟相称"，因为唯有建立"拟血缘"关系，方才稳固。而李贽思想流传之后，万历二十年出版的《西游记》里，就几乎没有结拜这回事了，虽然说了句孙悟空和牛魔王五百年前结为兄弟，但实笔一点儿未落。师徒四人，即使三位徒弟，也是师兄师弟相称，但只是一种工作关系，而非家庭关系。《红楼梦》里，结拜者已是薛蟠、柳湘莲这样的混混和浪子。

李贽主张"夫妇，人之始也。有夫妇然后有父子，有父子然后有兄弟，有兄弟然后有上下。夫妇正，然后万事无不出于正。夫妇之为物始也如此。极而言之，天地一夫妇也，是故有天地然后有万物。然则天下万物皆生于两，不生于一，明矣。而又谓一能生二，迎能生气，太极能生两仪，何欤？夫厥初生人，惟是阴阳二气，男女二命"，这篇《夫妇论因畜有感》仅百余字，却具有动摇根本的意义——将社会关系的基础由血缘关系变而为社会关系。正是这一点上，李贽超越了王学，包括王学左派的先贤和同道。夫妇关系是社会关系与家庭关系的混合体，然根本上是社会关系，可以建立，也可以解除，可以是人间最亲近的人，也可以反目成仇，老死不相往来。因此，以夫妇为人伦之本，包括两个层面的意义。其一，关注重点由大家族转而为小家庭。李贽弃官从儒，走科举之路，最初是为"重振家声"，立足家族利益考量的，然而家族的沉重责任既使他不堪重负，又反思觉醒。在深层，祖上跨国营商的经历和伊斯兰血脉，让李贽比王阳明，及其后王艮、颜钧、何心隐等，更具根本性的革命意义。用今天的话说，"家庭是社会的细胞"这样的观念，在李贽那里已经萌芽。其二，预示着脱离家族血缘谱系，将自己系于更不稳定的关系之上。这与他中举后复归祖姓，已天壤之别。

而且，李贽以天地为夫妇，以夫妇之关系来解释世间更广大而根本的东西。反对"太极生两仪两仪生四象四象生八卦",那么,不仅对于儒家学说,扩而为之,至于道家,李贽同样质疑。甘肃天水被称作"羲里娲乡",伏羲女娲从南北二山各滚下半扇磨盘,渭河中相遇,合二为一,龙马负之而出,天作之合。河边北山上有洞,名龙马洞,伏羲女娲成婚之所也,直到今天,结婚依然叫"入洞房"。可惜龙马洞至今未开发,在高速公路旁,日夜听见东去西来的车声,不知两位文明始祖是否失眠?这个故事,看似民间传说,却形象地阐明了"一生二二生三三生万物"的道家哲学根本。李贽归宗,应对陇西典故做过研究。因此,"异端之尤"之称号,于李贽,实至名归。李贽思想,不限于伦理哲学,而上升到认识论、世界观、方法论的根本层面。

（文有删节）

对折

◎ 李春龙

一

村里人叫堂哥富老板,叫我龙伢子,这让我多少觉得有点不解与不服气。

堂哥比我大七天,但我们不是一年生的。在村小上学以前的事,我已经没有任何记忆了,我又不想去问任何相关的人,那就从小学开始说起。

大兴小学在村的中央,是一个很大的土砖四合院。有三个年级三个班,一个班有二十几个学生,放到现在,简直是天文数字。当时,一个村的小孩子就是有这么多。也没有跟外出打工做生意的父母到外地读书一说。四、五年级,也就是高年级要到四里外的曹家学校去读。曹家学校大得多,还有初一年级。离学校只有两百米左右,我与堂哥一起去报名。女老师拿出一把黄花秆子,要大家数,一二三四五六七八九十,有几个很顺溜地就数完,女老师微笑着说好。有一两个数到一半,脸涨得通红,怎么也数不下去了,哇哇大哭起来。女老师说,明年再来。轮到堂哥,数得比前面的都快。从表情可以看出,女老师很高兴。我来数时,也一下就数完了。我又问还有吗?我还可以往上数。女老师便从面前的讲桌抽屉里再拿出一把,我一下又数完了。女老师更高兴了,是那种毫不掩饰的高兴。

回来的路上,堂哥说,不用黄花秆子,就数手指头,他能来来回回数到一百。我说,我也能。虽然从来没有数过那么多,但当时我相信我能数到那么多。

阴历七八月,茅草已经开始大面积泛白,秋风起处,黄叶片片纷飞,一两片落到脸上,冰凉冰凉。为了我读书启蒙,父母特意从曹家坪供销社买了一件有衣领的蓝色棉毛衣,亲手又做了一套的确良布解放装。长是长了些,把衣袖裤脚都挽一两卷,就差不多了,精神得很,也洋气得很。帆布书包也是新买的,里面的铁皮文具盒也是新买的,除了布鞋是旧的,其余全是新的。我是家里的老大,还有一个两岁的弟弟。堂哥是家里最小的,上面还有两个哥哥一个姐姐。印象中开学第一天,他一身全是旧的,衣服还有点小,也可能是有点胖的原因。

而我一直是黑瘦黑瘦的。用父母的话说,不晓得每天进口的五谷,消到哪里去了。消到哪里去了?这不是明知故问吗?除了上那几节课,我每天还有忙不完的事。扒笋子摘茶泡采蘑菇,捉泥鳅钓青蛙摸田螺,捉迷藏滚铁环翻跟头。还要经常参与家里的生产劳动,割草放牛砍柴,扫地洗碗烧火,挖土守水挑担。当然,有时玩心重了点,牛吃了人家的麦子;有时手痒了点,摘了人家的桃子;有时自认为水性很好,跑到张家冲水库洗澡去了。毫无疑问最后都要收获一顿臭骂甚至一餐暴打。父母还会痛心疾首地号,何嘎死不听话啰?学下身边的好样啰!堂哥就是没让大人听过一句闲话,早上放牛时还会拿一本语文书去读,就算冬天风刀一样地刮,都刮不掉他手里的书,这让我很是"英雄气短"。好在每次考试,我与堂哥的成绩不相上下,不是他第一,就是我第一。否则,对比之下,我将受到的伤害可想而知。

爷爷留下来的五间锁形土砖大屋,是孤零零的一排单屋,伯父两间,父亲三间。为什么不是平分,不便明说。在那些小孩子的把戏里,堂哥滚铁环比我厉害得多。他可以在细长的田埂上滚来滚去,还能够潇洒自如地上坡下坡。我基本上只在禾场坪里滚滚。而我踩木高跷则厉害些,雨后烂路我可以过一线田垄踩到对门刘家院子不落地不湿鞋。我喜欢到对门的刘家院子玩,外婆家在那儿,我的好朋友也都在那儿。我并不太喜欢跟堂哥玩,显然堂哥也一样。我爱闹事,嘴巴又大。堂哥寡言,文静得多。我们从来没有一起玩得很疯或聊得很尽兴的时候,相互之间保持着一种与年龄极不相符的天天见面的疏离感,这多少有点不可思议。于是我天天去对门刘家院子玩,堂哥在家与哥哥姐姐一起,劳动或学习。天黑了,只听见母亲在扯开喉咙喊我,让我烦躁得很。

三年级的时候,一天放学,堂哥主动对我说,用六根火柴,不准折断,摆出四个等边三角形,看你摆得出吗?我凭空想了一路,摆不出。我说等我回去拿火柴摆摆看。在方桌子上摆了半下午,居然摆出来了,我想这应该是连女老师都不可能摆出来的。我兴奋地把堂哥喊过来,他看了后很淡定地说,摆久了点,也蛮狠了。这其实是他从读初中的哥哥那里听来的。从那以后,堂哥再也没有与我交流过这类相当于脑筋急转弯的题目。

父亲是个裁缝,在方圆三十里算有些名声,所以相对别人,我的零用钱来得比较容易。再加上我平时摘黄花摘松果摘辣椒卖的钱,大多归我自己,辛苦是辛苦,但勉强实现了"财务自由"。买冰棒买甘蔗买冰糖买连环画,想买就能买。买冰棒五分钱一根一毛钱三根我每次买三根,买甘蔗我从不一截一截买,买冰糖一分钱一粒我一买就是一毛钱。连环画要到曹家坪供销社才有卖,四年级转到曹家学校时,我隔几天就要到曹家坪供销社转转,一来新的连环画就买到手。堂哥从不分享我的吃的,只分享我的连环画。分享完后都会及时还给我,还会与我分享他已在学木匠的大哥的武侠小说。有一次,他借我一本《多情剑客无情剑》,限时一天看完。我硬是等父母睡后点煤油灯在白蚊帐里看了个通宵,把帐顶熏得乌黑,跟第二天一早父亲的脸一样黑。我知道堂哥这种分享有别后,也尽量只与他一起去买连环画,其他单独行动。现在想来,贫穷真是让我从小就觉得生活有一种难以言说的沉重。

读完五年级,曹家学校的初一没有了,而小学却变成了六年制,真是让人无语。我与堂哥都实在想不明白,小学课本如此容易,为何却要再加一年。我与堂哥的成绩继续遥遥领先,相差无几。但相对而言我的语文成绩好些,作文优势明显。堂哥的数学成绩好些,解方程式如有神助。多说这个也没什么意思。夏天来临,堂哥一天穿了一双蓝色的海绵人字拖,其耀眼的光芒,把穿塑料硬凉鞋的我晃得眼花。这种高级的人字拖,曹家坪供销社没有,双凤公社场上没有,要到仙槎桥区里才有,是堂哥在十一中读高中的姐姐给他买的。堂哥面对我的一脸羡慕,主动要与我换穿,让我感受一下那种海水般的绵软。我毫不客气地接受了,直到接近家门,才换回去。这时,我坚决拒绝了堂哥换穿几天的好意,因为我知道,那肯定会换来母亲的一顿臭骂的。从以上的叙述，不知你看出我母亲与伯母的关系如何吗？

二

那时读初中是要考的，有大概一小半学生考不上。当然，我和堂哥不存在这种问题。曹家学校的初一年级取消了，我和堂哥就只能到七八里外的双凤中学读初中。到双凤中学读书，因为太远了，就只能读寄宿。读寄宿有两个最大的麻烦。

我和堂哥又刚好分在一个班，于是就两个人共铺。一个拿箱子与席子，一个拿被子，一学期之后轮换。两个人星期天下午挑着一副担子往双凤中学赶，有点像逃荒。寝室就是一间旧教室，几十个人紧挨着打地铺。开始几天我们还觉得人多新鲜，几个月后就苦不堪言了。

学校食堂只负责蒸饭，菜要自己带。带一两瓶菜要吃六天，能带什么菜？除了坛子菜还是坛子菜。母亲有时打几个蛋或者炒点肉给我，用另一个瓶子装，星期一星期二先吃，大多数时候最多坛子菜里再加点腊肉、猪血丸子、煎豆腐。吃得每一个人都上火，烂嘴巴烂舌头，最严重的嘴巴都张不开，老师课堂上提问了也要先看看学生嘴巴的情况。

于是，几个好动的学生，偶尔就夜里翻过围墙，到白菜萝卜地里转一圈又翻回来，第二天再拿到关系好的老师家里炒了打牙祭。我偶尔也参与过，那白菜萝卜的味道，真是赛过想象中的人参燕窝！堂哥从不参与翻墙，喊一起吃也不来。他的瓶子里基本上就是坛子菜，但他每餐蒸的饭都满满一大钵，每次都吃得干干净净，铝钵子像洗过一样。有句老话讲得好，百补千补，莫得万（饭）补。难怪堂哥一直以来白白胖胖的，像个老板。还有村里人喊一直比较穷困的伯父为检老板，合起来喊堂哥富老板，应有多重意味，我这时才好像明白了。

读到第二学期，由于卫生条件太差，我和堂哥和寝室里所有同学，甚至可以说和全校所有的寄宿生一样，都得了疥疮。那种痒，是无法形容的，越抓越痒，越痒越抓，边抓边烂，边烂边抓。痒了整整一学期，痒到生不如死，直到暑假才好。这一学期期末考试，我除了语文及格，其余所有科目都只三四十分的样子。我也不急不躁，因为心里清楚自己这一学期从早到晚，并没有读什么书，一心一意抓痒去了，而非不会读书。神奇的是，堂哥仍然门门九十分以上，在班上数一数二，惊掉了所有人的下巴。

初三上学期期末，仙槎桥全区进行了一次统考，我考了第二名，比堂哥稍好一点儿。第一名好像是仙槎桥中学的，后来读邵东一中，直升考上了同济大学。但我心里清楚，与堂哥比，我除了语文稳一点儿外，数理化远不如他。我所掌握的，应付考试没什么问题，但段位明显要低些。初二时，他就用他哥哥的书，把初三才开的化学课差不多学完了，可想而知我与他的差距。当时村里出现了有史以来第一个大学生，而且那个学生考上的是中国科技大学。我隐约记得堂哥说过，他的理想是长大后做一名科学家，能推动人类进程的那种。而我，还连理想都没有明确，摇摆不定。

初三下学期时，学习气氛紧张了不少，尤其是成绩好的一帮同学。男女同学之间原先的一些打打闹闹，也像被风吹走了一样。堂哥一直就没有，现在更不可能新生。一般来说，成绩好的同学，在异性同学眼里，存在感还是比较强的。因为经常停电，上晚自习时备有煤油灯，有玻璃灯罩的那种。把相邻的四张课桌并拢来，四个人共一盏灯。一间教室里五六盏灯火闪烁，人头影影绰绰，恍若电影场景。这时候，晚自习下课铃声响了，教室里电灯统一熄后，也会接着亮起一两盏煤油灯。灯下难得有我，可必定有堂哥。最后需要班主任用表扬的语气一再劝才走。

毕业了考中专还是读高中，我和堂哥在一次星期六放学回家的路上交流过。先是一条长长的石板田埂道，两旁的禾苗绿意盎然，蓬勃向上。堂哥说要读一中，考所好大学，一切才有可能。然后到了一座大水库边，碧波荡漾，一浪推着一浪。我说当然要读一中，考所好大学，才能离开双凤离开邵东。接着又到了一棵大凉树下，四季常青的叶子铺天盖地。堂哥说，读一中再吃三年苦，再苦还能苦到哪里？我说听在一中读书的舅舅说了，一中食堂有各种热菜卖，睡觉寝室里有床，根本不苦。最后一条毛马路下坡，就到了家。需要大人拿主意的时候到了。我父母直接甩担子，自己的事情自己做主，读哪里都要得。一下把我气坏了，于是我有些负气地做出了自己人生中的第一个重大决定:考中专。对于我的决定,老师们都有一点点意外。伯父伯母的意见,我没问堂哥,其实也完全没有必要问。一个山窝窝里的穷学生,能考上中专吃上三两米国家粮,该满足了。

那一年,堂哥家三个孩子都考上了大学或中专,在村里传为了佳话。伯父伯母很是扬眉吐气了一阵。乡里乡亲都起哄要伯父伯母摆酒。伯父伯母坚决不摆酒,谁料我父母为我考上个邵阳师范却摆了好几桌,把校长、班主任、课任老师、亲朋好友都请来,炮仗放起震天响。他们一点儿没想过,堂姐考上的是四川大学啊,与我一起考上的堂哥也是考的邵阳师范啊。父母的理由是大家看得起,屋里也摆得起。事到如今,我都忍不住摇头,父母太欠思量了,智商情商双堪忧,背后该有多少闲言碎语,真是平凡人生的一大辉煌败笔。

三

虽然考中专时,我比堂哥又多了几分,但明显堂哥是不服气的。在所有老师和同学包括村里人的眼里,我是有些浮起走的典型,堂哥是一步一个脚印的典型。我在前面也说过,我的水平只能用来应付简单的考试,与堂哥不在一个段位。可是这一切,都不重要了,甚至可以说一点儿都不重要了。因为师范学校的评价体系完全不一样了。

读师范的学费是一年八百块,堂哥的学费凑齐都费了好大的力,但伯父伯母绝不会向我父母借的。学校每个月还发一张好像是五十块钱的餐卡,可以到食堂打菜打饭打包子卷子馍馍,稀饭不要钱。只讲吃饱的话,是够了,堂哥就够了。那时乡里的场上已经有各种现成的衣服卖,我的乡下裁缝父亲就无人来问了。但父亲很快就在县城的成衣作坊找到了事做,并把半个裁缝的母亲也带了出来。于是我每个月还能有一百块左右的零花钱,可以间或逛逛街、看看录像、打打桌球。我们不在一个班了,开始我还喊堂哥一起,喊了几次堂哥不去,就只和班上的几个同学去了。毕竟,那时的邵阳城,在一个乡下孩子的眼里,已经是大城市了,特别是主街红旗路好长好长,有一种怎么也走不到尽头的感觉。

师范是音体美及其他特长生的天下,因为培养的就是小学老师,能需要多深的文化知识?城里长大的同学与那些特长生就有天然的优势。我与堂哥两个在初中明星一样的学生,一下子就变得灰头土脸了。从来堂哥除了读书就是帮家里做事,我除了读书帮家里做事还做点别的。比如暑假一个人跑二十多里到毛家栗山赶号称邵东最大的场,比如寒假跟村里的哥哥姐姐们到三十里外的祁东茅亭子看露天电影,何曾有过音体美特长的概念?

不在一个班,还不在一层楼。本来与堂哥在一起的时间就少,现在就更少了。在校园偶尔碰到,也不知道说什么。印象中他总是穿一件灰色的衣服,有点旧,像阴天。

大城市带来的新奇,很快就消失了。学校的文学社发了一个咏秋主题的诗歌散文大赛征稿启事,我看到了,也试着写了平生第一首诗《飘零》参赛。结果出来后,没想到得了个二等奖,奖了一大堆世界名著,那首诗还被用毛笔抄好贴在办公楼走廊的橱窗里,后来又在学校人手一份的《中师报》上发表了。这下我找到兴趣点了。我很珍惜自己的劳动成果,把那些世界名著认认真真读完了,还有空就写些东西,倒也乐在其中。

第一个寒假,我还憋了一个大招儿,在家里写了一篇散文,跑到乡政府投进绿色长邮筒,参加第三届全国中师生作文大赛。结果得了个一等奖,开了邵阳师范的先河。这下在学校也算一时声名大噪,其最大的附加值是让我师范三年涂涂写写,过得充实,还有一种明显过分的自信,甚至让我字也越写越好了,歌也唱得像模像样了,等等。

大约是第二学期中间,堂哥班上的一个班干部找到我,问我关于堂哥的一些情况,家里条件如何、小时候有没有受过什么刺激、性格怎样之类,让我非常惊讶。原来堂哥没有请假,从学校走路回家了!那可是一百多里路,要从天光走到天黑。老师同学和家里人,都觉得堂哥有问题了,堂哥怎么说自己没问题都没用,他们硬要堂哥休了一个月假。

后来我专门与堂哥说起这事。堂哥说读师范没意思,一点儿意思都没有。走路回家是想做一件别人没做过的事,挑战一下自己,路上就吃了两个从学校带的馍馍，挑战成功了，很高兴。我想也许是堂哥想回家了，没钱坐车，也不想借，就走路，而没请假只是担心老师不准假。堂哥的思路如此清晰且充满与众不同的想象力，怎么可能有问题。我完全认可堂哥的壮举，还有种跟着一试的冲动。这才是那个想当一个伟大科学家推动人类进步的堂哥。

随后我又去堂哥的教室或寝室找了他几次。他有一次认真地说还是想参加高考，可师范又没开英语课。其余就无非是说说不咸不淡的家常话，有时围操场走了一圈，一句话也没有，自然我们就又回到以前各过各的状态。堂哥班上的班干部也没有再找过我，我们的见面相聚，好像只有一次在一张仙槎桥区校友的合影上了。我继续沉浸在我的文学世界里，在不少少年刊物上发了各种体裁的小东西。当时正是王朔盛行的时候，学校有位德高望重的老前辈，还专门通过我们班主任把我喊到他家里，说我的文字里有王朔的不羁，大有潜力可挖。又要文学社的社刊给我发了一个专版，并郑重其事地写了推荐语，让我进一步飘飘然。校团委书记更是专门在毕业晚会上给我排了一个歌伴舞节目，我登台唱了当时最流行的《中华民谣》，一时风光无两。读到这里，请你原谅我这样一个乡村少年的孟浪与狭隘，因为他出身寒微，在师范三年，又实在太没见过世面了。

四

三年时光就这么懵懵懂懂地过去了，我们同时从双凤考到邵阳师范的五个人，又同时回到了双凤。我分在双凤中学，堂哥分在双凤职业中学，另外三个分在小学。母亲说，有人讲本来不是我分在双凤中学的，是我们搞了名堂。因为三年前的甩担子，父母的形象在我心里大打了折扣。我略带嘲讽地说，你们帮我跑了关系？母亲表情错愕，说我们是莫能力，是要靠你自己，今后都要靠你自己，做父母的还管得儿女一世哈？由于对话很不愉快，我都忘了去问"有人"是哪个了。如果硬要说搞名堂，我是搞了点名堂。毕业前，我写了一封自荐信，附上那张有我专版的社刊，寄给了双凤中学的老校长。虽然并没有收到片言只语的回信，但是我想这封自荐信应该起了至关重要的作用。

双凤中学正在改建教学楼，把两个初一班放在职业中学，其中一个就是我当班主任，我和堂哥又早晚在一起了。

正是青春萌动的年纪，但整个年轻老师群体的性别比例是严重失衡的，年轻未婚女老师就两三个。像个跷跷板，一头翘得老高，甚至翘到天上去了。我还在师范的光环里没有出来，就算一两个有好感的师范女同学来看了我一次之后，再也没有来过第二次，也没有过于伤心。与大多数男老师不一样，我只是时不时没心没肺地去撩一下那两三个珍贵的年轻女老师，因为年龄还太小，十八九岁，不懂事也暂时没有紧迫感。但堂哥从来不会开一句男女之间的玩笑，仿佛对这些事是个绝缘体。乡村教师工资低得可怜，我完全可以自由支配，还经常寅吃卯粮，找学校出纳预支。堂哥的工资，要拿回家还债，或资助大学还没毕业的姐姐，在一片赞扬声中，我想堂哥暗地里应该是苦笑的。

堂哥也是做过一件出格的事的。我玩得无聊，一次与另一个师兄三个一起在理发时，提议把眉毛也剃了。完全是无厘头的一个提议，师兄响应了，没想到堂哥也响应了！理发师还在犹豫，一再问，你们三个想清楚了？不要后悔啊，一个人没有眉毛了就换了一个人了啊！想清楚了，动手吧。我们三个回答得非常坚决。为防止谁中途有变，我们三个商定，先一人剃半边眉毛，统一剃缺了再一个一个来。剃完后在镜子里一看，堂哥差不多没什么区别，因为他眉毛本来就淡。我与师兄真的差不多换了一个人，像《少林寺》里的那个大反派，见不得人了。结果我与师兄赢得了老师学生的一通大笑，而堂哥，基本上没人发现他剃了眉毛。

又过了一年，堂哥还做了一件让我很诧异的事。职业中学停止了招生，堂哥换到了曹家学校任教。此时因为生源不足，大兴小学已经撤并到了曹家学校，土砖大四合院，卖给了村民，推倒改成了一排红砖屋。他本来是想进双凤中学的。其实回到了偏远贫穷的双凤，在哪里教书都一样，没有本质区别，有也只是一点儿莫须有的虚荣。为了喜迎国庆，双凤联校举行了一场卡拉 OK 大赛，那时卡拉 OK 还是个新鲜之物。我肯定参赛了，唱的什么歌得了什么奖都忘了，注意力全在堂哥身上了。没错，堂哥也参赛了，唱的是《军港之夜》，全程稍微有点紧张，但都在调上，完成度还是不错的。要知道，从上小学起，我就从来没有听堂哥唱过一首歌，连哼一句都没听到过。最后堂哥得了二等奖，虽然这种重在参与的活动只设了一、二等奖，但对有些内向，且感觉越来越内向的堂哥来说，无疑是一次重大突破。

后面几年，我与堂哥又很少有交集了。只是中间有一次，无意中碰到，他给了我一个偏方。

冬季一天，我应请在朋友家吃狗肉火锅，吃到很晚，接着又打了牌，打到半夜。第二天第一节就是我的课，我便摸黑赶回学校。寒风刮脸，路高低不平。走到半路，看到前面的干田里有一盏灯火摇曳，心里一喜，加快了脚步。走近一看，是一副黑漆棺材摆在那里，我着实吓了一大跳。我把脚步再一次加快，回到学校才发现内衣湿透了。第二天就咳了起来，一连几天咳个不停，吃了好些药也不见好转。堂哥是来双凤中学办什么事，见我咳得厉害，就要我选几瓣不剥皮的大蒜，先用菜刀敲几下，放到碗里，加适量水，在煮饭时等锅里水开了放进去蒸一下，然后把碗里的水喝了，一天一次，连喝三天，应该就差不多了。这个操作简单，我将信将疑试了三天，果然好了。后听说堂哥在曹家学校空闲得很，还收集钻研整理有好几个偏方，完全有点当初钻研数理化的劲头。那种小小的悲凉，我也感同身受，是能会意的，也许，那时候绝大部分中专生都能会意的。

到曹家学校不久，堂哥就恋爱了，与一位代课老师。伯父伯母并不支持，有一段时间，伯母还每天去学校守堂哥，不准堂哥与代课老师见面，不能有眼神交流，更不准说一句话。我听说他们还骂过堂哥，也骂过代课老师。一个人就算能守得住另一个人的身体，又怎么可能守得住他的想法呢？何况，一般人天生有逆反心理，所以往往结果会偏不如愿。伯父伯母的心情可以理解，辛辛苦苦把堂哥送出来，总希望堂哥更好些，这又有什么错呢？只是现实太过现实，整个双凤也就两三个正式的女老师，真正的僧太多粥太少，何况，那两三个女老师，也一心只想往仙槎桥往邵东跑。还有那么多农活儿要干，伯母断断续续守了几个月后，就放弃了。再说，在守的几个月里,也不可能日日夜夜都守到吧。堂哥与代课老师毫无意外地结婚了,不守的话,说不定还结得晚些,甚至是另一种可能性,谁又说得清。结婚有没有摆酒我不知道,但肯定没有通知我。按常理,摆没摆酒,通知我一声,都不为过。听说,结婚后,堂嫂并没有记仇,至少表面上是这样的,经常回去看伯父伯母,嘘寒问暖,拿东拿西。以上这段文字,因为大部分是听说的,真实性我不负责,请你将就着看。

五

　　父亲五十多岁就得了糖尿病。在苦日子里出生苦日子里长大的人,对吃会有着无比坚固的执着。乡下裁缝风行的那十年,父亲真正过足了嘴瘾。

　　出门做日子工,吃得好不用说,鸡鸭鱼肉,餐餐有荤有酒,中间还有茶点。在家里,也是只要村里杀猪,桌上就有肉。我专门负责去对门刘家院子买肉,七毛六分钱一斤,每次至少称一斤。经常有同龄人在父母的安排下从屠桌开摊守到收摊,只为抢最后剩下的尾脚肉,要便宜一半。村里还有不少人家一个月难得开次荤。

　　父亲吃饭很快,仿佛没有经过牙齿与舌头的环节,都是直接送到喉咙里。每餐他放了碗好久,我们才吃完。这时一般会剩些肉汤,还有或多或少的饭。父亲则又端起肉汤碗,把饭鼎锅挖得山响,一粒不剩装到碗里,用筷子有规律地来回拌得飞快,简直拌出了花来,然后三口两口就扒光了。并一再强调,剩下浪费可惜了,会遭天打雷劈的!一顿操作猛如虎,让人根本不相信他开始是吃饱了,但他开始一定是吃饱了。至于当时流行的用来斗狠或显摆的一餐"三斤"(一斤肉一斤酒一斤米),父亲自然不在话下。母亲有时会说,硬是饿牢里放出来的。父亲只是在家里这样,在外面做日子工他还是不会这样的。一来人家讲客气,荤菜备得足;二来父亲也讲面子。除非夜饭时,在人家的一劝二劝下,父亲才会半推半就地表演下拌碗。

　　就这样,我兴高采烈地买了差不多十年肉,从七毛六分钱一斤直到两块五毛钱一斤,风雨无阻。父亲也年纪轻轻就成了村里乃至方圆三十里罕见的胖子,称呼从"李师傅"一晃变成了"老四爷"。

父亲一个月暴瘦了四十多斤，从一个一百五十多斤的矮胖子变成了一张揉皱了的旧报纸，风吹得起。医生说，禁好口，再活十几年甚至几十年都有可能。禁不了口，还像以前一样想吃就吃，不好说。糖尿病最可怕之处在于，基本上什么都不能吃，最多象征性地吃点，但又格外容易饿，一放碗就饿了，真正饿牢里放出来的，每天经受这种煎熬，堪称悲壮。父亲显然扛不住，做不了勇士。坚持了一个月，就一败涂地。就算在坚持的这一个月里，父亲有时实在熬不住了，深更半夜也爬起来寻东西吃。父亲毅然选择做一个饱死鬼，基本上恢复到了以前的吃喝状态。我们看到父亲节食如此痛苦，也不好霸蛮再说什么。

　　后果是严重的，几年时间，肚皮因为注射胰岛素，成了一块铁皮，找不到下针的地方了。一身经常奇痒无比，被自己抓成了枯树皮。不小心弄的一个再小的伤口，一两个月也难得愈合。很快要透析了。也太年轻了，再怎么样熬也要熬到七十岁，熬出一个寿字吧。有一段时间，我在外面吃饭，对大菜本能地抗拒。在家里吃饭，严控在六七分饱，再好的菜，如不能过夜，宁愿倒掉，也不吃撑。多年吃夜宵的习惯，更是没有任何商量余地地戒了。听说糖尿病还有遗传，想想太可怕了，我几乎快得厌食症了。

　　扯偏了，说回堂哥。堂哥很快就生了一个儿子，过上了世俗眼中温暖的小日子。教学成绩也不错，凭他的才学，教小学可能不一定成效明显，但教个初中教个高中数理化，那是没有一点儿问题的。我因为不太安心教书，就改了行，到机关工作去了。然后也是结婚生子，混迹于小县城的芸芸众生之中，冷暖自知，与堂哥几年里都没怎么见过面。

　　期间带朋友去双凤七担岭看千年银杏树，离曹家学校不远，匆匆见了一面。堂哥说存了点钱，想在邵东按揭买套房子，主要是为了儿子到城里读初中。儿子小学成绩好，怕在乡里读初中荒废了，到时他妈妈就不代课了，专门到邵东带孩子。堂嫂还专门介绍了存钱的经验，就是先把半年的工资预支出来，除了生活开支，其余存作定期。同行的朋友中，刚好有个在县城一所初中学校当领导，便热心推荐买他学校周边的房子，并承诺到时要分班了尽管来找。堂哥很高兴，圆脸上笑出了几根皱纹。我还在这所读了三年书的学校转了转，仍旧是两排两层教学楼，一排一层综合楼，快二十年了，时光在这里相对静止。而堂哥天天在这里工作生活，不知他是怎么感慨的，抑或已没有任何感慨。

我的这些叙述，只是湖水的表皮。

二〇一〇年秋天，新学期快开学时，对我来说是毫无征兆的，堂哥借一根学生用的跳绳，走了，终年三十五岁。堂哥究竟遇到了何种过不去的旋涡？

往后清明时节跟父亲回双凤挂青时，我了解到芭蕉庵李门毛氏是父亲的曾祖母，石山湾李荣柱李门戴氏是父亲的祖父祖母，高石头岭李盛梅李门叶氏，是父亲的父亲母亲，父亲的曾祖父葬在哪里已没人知道了，叫什么名字更不清楚。这些先人我都没见过，要说有多深的感情，恐怕言过其实。每次给爷爷奶奶挂了青，我都要往下走几步，蹲下来，拨开荒草，看看堂哥的墓碑，看一个对我来说活生生的名字，就这样早早嵌入了冷冰冰的石头里。

父亲的糖尿病，日益恶化，透析从一周一次，到两次，到三次。有次背后长了一个疖子，化脓在医院挤掉后，空出一个饭碗大的窟窿，几个月都没有愈合。好在离七十岁越来越近了。

堂哥意外离世，伯母悲恸欲绝，经常控制不住情绪，骂天骂地骂身边人。一次和母亲不知为什么起了冲突，两个人互不相让，发展到扭打在了一起。六七十岁的妯娌俩儿，村干部来了也调解不好，直到把四散在外的晚辈喊回来，才勉勉强强扯清，邻里隔壁的两个老人基本上就没了往来。

在堂哥的葬礼上见过堂嫂后，我便没有再见过她。有一天她突然打电话来，说要给堂侄在邵东买房子，想要伯父伯母也出几万块钱，伯父伯母不但不出钱，伯母还给她骂了一顿。她不服气，想要我评评理，再做下伯父伯母的工作，把钱出了。这个理怎么评？这个工作怎么做？我态度很坚决地委婉拒绝了，这件事之后就不了了之了。

唯愿现在曹家学校的堂侄，一路安好。

树的证词

◎ 郭远辉

  一个沉醉于乡村书写的人,是不可能对下村的树视而不见的,树是大地纸页上的文字。下村是赣中南无数个村庄里,普通得不能再普通的村子,我曾在县行政区划图上寻找过它的名字,渺无踪迹。还好,高德地图或腾讯地图上可以找到,不过每次开车回下村,我都无须开导航,因为我闭着眼睛也能知道它的方向。

  行至村外,最先看见的是下村的树。从远处看,这些树不是一棵一棵的,也不是一排一排的,而是一山一山的,一坳一坳的,把整个村庄藏在树底下。祖父说,下村缺风水,缺富贵,缺人物,但最不缺的就是数也数不清的树。我说,有树就有风水,有树就有富贵,有树就有人物。祖父笑了,说,你这傻小子还知道这个。其实,我哪知道什么,我只是随口安慰祖父几句而已。

  祖父行伍出身,曾在云南打过仗。祖上三代在县城经商,在下村安家,到他手上,祖荫式微,终致没有置下什么屋舍田产,只买了一户破落人家的老青砖房栖身度日,甚至连茅房都是太祖父留下的。作为一名军人,他有过短暂的荣耀,但作为一名农民,他有的是半生恓惶。我记得,老房子憋屈在一小片洼地上,背后是一座比房子更高的山,山上长满了各种各样的树,有香樟、柏树、红松、杉树、臭椿、荆树、枫树、槭树、苦槠、银杏、木荷、苦楝、野栗……树的长枝伸将过来,几乎在把房子盖住。住在里面,常年阴湿,夏日凉爽,春天黏滞,时有长虫进出。有一次,小姑在后厅左厢房沐浴,端起笨重的木脚盆倒水时,竟发现一条锄把粗的大花蛇蜷缩在脚盆底下,魂飞魄散的小姑丢下脚盆就往外跑,整个厢房汪洋一片,木脚盆成了这汪洋中的一叶小舟。

我也是老屋里出生的，房子有些年头，一方小院，有围墙围着，院的左侧是厨房，厨房外有一棵老枣树、一棵柚子树、一棵皂角树。院门外是一条小土路，小路外侧有一棵硕大的柏树，柏树下有一个斜坡直通茅房，茅房边是一棵几百年的古樟。枣树和柚树是我父亲栽的，皂角树是堂兄栽的，柏树是太祖父栽的，没有谁说得清樟树是谁栽的，祖父说他出生的时候就有这么大了。我也栽过一片树，叫蓖麻树，八角形的大叶，结出一颗颗圆球状的果，果壳外布满了肉刺，一个果壳里包着四粒蓖麻籽，像一栋房子里的四间房子，每间房子里住着一个孩子。我们采下这些籽实，到了一定的重量就拿到小镇的药店去卖，五毛钱一斤，卖了钱就在小馆子里吃一碗清汤、两根油条，再买几本小人书。但在我的眼中，蓖麻树很难算得上树，它是一年生的植物，采完了果，一阵秋霜下来叶子就蔫了，像池塘里的冬荷，慢慢地落了。大地上的树都有它的寿龄，枣树和柚树都是果树，树龄不会太长，栽下后三五年就开花结果，枣子甜，柚子酸，皂角结出长长的荚，荚里的籽硬硬的，秋天风干后烧起一堆，院子里清香袅袅。

柏树是长寿树，是下村的镇庄之树。除了那些无名小灌木，除去山上密密麻麻的红松，下村长得最多的就是柏树。松树有时需要人工飞播，但柏树从来不依赖于人工。下村的柏树都是自生自长的，它有时在屋后，有时在山坡，有时在村中，有时在坟头，直挺挺地立着，如一柄青剑，刺向天空。它不像樟树，有很多的枝丫从任何一个方向逸出，柏树没有什么旁门左道，它只一个劲儿地往上长，冠幅很小，从来很少有人会在柏树底下躲荫乘凉，就像鸟儿也少在柏树上过多地停留，它的枝杈挂不住几个鸟窝。记得作家李汉荣曾写过一棵树龄三千多年的古柏，在一个狂风暴雨之夜轰然倒下后，被电锯吱吱地锯开，呈现在人们面前的是一张粗大的"时间唱片"，每一圈年轮里都灌满了大自然的风声雨声以及朝代的更迭之声。我认为这是我所看到的写树的文章里，最具哲学和神思意味的文字。无独有偶，一九八一年的一个大雨之夜，太祖父手植于院门外这棵需三个孩子合围的老柏树也倒下了。没有谁知道当年太祖父为什么要栽下这样一棵柏树。那个雷电交加的晚上，我睡在靠近柏树一侧的房里，听见轰的一声巨响，老房子重重地颤抖了一下，我幼小敏感的心，也颤抖了一下。我不知道家里其他人是什么反应。也许他们都还在梦中。我很想起来看一看在雨夜里倒下的"太祖父"，但那个漆黑的夜我终究不敢起来，在床上睁眼挨到了天亮。一早，当我披上衣服，来到倒下的老柏树旁，有一个佝偻的背影一动不动地站在树边，斗笠上的雨水哗哗地往下流。那是我的祖父。我不知他在这里站了多久，他的衣服湿了，嘴巴嚅嗫着，似乎想对柏树说什么。我叫他一声"爷爷"，他回过头，木然地望向我。

那棵老柏树被连根拔起，长长的身躯横陈于一段坡坎之上，早已空了心的树干上，节疤丛生，疤口上的树脂凝成了琥珀，散发光泽。粗大的树根断了，带出了很多的泥土，在树根部形成了一个巨大的坑洞。一棵柏树生活了上百年的家，就这样垮塌了。父亲拿来一把砍刀，把它的虬枝削去，把树梢和断根清理干净，请来十多个村里的壮劳力，才把这棵柏树抬走。我不知道，这棵柏树年轮的唱盘里能播放出这个村庄多少风霜雨雪、生老病死的故事。

不久后，茅房坡上的老樟树也被一阵大风刮倒，重重地压在茅房顶上，这弱不禁风的茅房顷刻之间被夷为平地。祖父长长叹了一口气。茅房顶上，那一片被古樟盘踞了数百年的天空，终于解放了，很多新鲜的事物鱼贯而入。樟树作为村集体资产，连枝带根卖给了几位广东来的树贩子。树太大，没有起重机，没有装运车，他们无力搬动。就在樟树旁搭起一个窝棚，每天四五个人手抡洋镐和圆铲，一块一块地剜下樟树的"肉"。再垒起一个大灶台，支起一口大铁锅，竖起一个大木甑，把挖下的"树肉"（直到现在我仍然无法找到一个合适的名词来为这些树的破碎的肢体命名）装入大甑内，再用樟树的枯枝在灶坑里烧起熊熊大火。后来，我才知道他们是在熬制和提炼樟脑油。很长一段时间，村庄的上空都弥漫着浓重的樟脑香味。后来，我想到了"凌迟"两个字，这棵在下村生长了几百年的老樟树，并没有像村中长寿的老人那样寿终正寝。它的倒下让祖父哀戚不已，他想到了树与人之间的某种连通，人生猝不及防的风雨。第二年的初夏，祖父离我们而去。坟选在了村东南坡上一棵樟树下面，当年送他入葬时樟树还只是碗口粗细，现在已是合抱之围了。我每年清明跪在他的坟前，都会在心里叫他一声"爷爷"，然后重复当年我懵懵懂懂说下的那句话：有树就有风水，有树就有富贵，有树就有人物。可是他再也听不到了。不同的山上长不同的树，不同的树下葬不同的人。对下村而言，一棵树就是一个人。他们都以站立的姿势在下村的土地上生存或死去。

走了的人归于尘土，活着的人开启山林。一九八三年，父亲决定另觅新址建房，这是他成年后做的第一件大事。先把祖父留下来的老屋拆了，除了一些砌墙的青砖可用，其他材料全部要置备，包括门窗木料。父亲想到了在老屋院子里躺了两年多的那棵被风雨刮倒的古柏。他请来木匠广权师傅，用了一个月时间，把古柏变成了新房的一扇大门、十扇房门、八个窗户、一张八仙桌、两个壁橱……广权师傅说，这棵古柏太硬了，长在树里的节疤像一坨铁，砍得斧刃都卷了。我看他光着上身，汗流不止，汗水一滴一滴掉在木纹上，久久没有沁入，我知道这是上好的硬木，致密厚实得风雨不侵，木面还泛着一层油膏，像涂过桐油的器具。广权师傅一会儿磨刨子，一会儿磨斧子，一会儿磨凿子，他结实的胸大肌和紧邦邦的肱二头肌，一斧子下去就抖动两下，手上厚厚的老茧白白的，把斧头把子握得光滑锃亮。我用手一握，斧头把子上仍有一股热在向外辐射，我的手也被赋予了某种力量。每至饭点，都由我去叫他，我端一盆温水，放在大门口，叫一声广权伯伯洗手吃饭喽。他用粗大有劲的手捏捏我的脸蛋，有一回饭后就给我锯了一把木手枪，我高兴得满村炫耀。他坐在上席，每顿都要喝上一碗烧酒，吃上两块煎肉，再扒下三大碗米饭。那时候，乡间的木匠行到哪儿都会被亲切地唤一声大师傅。他们被请到家里，凭一双巧手，把一棵棵树变成木料，把一根根木料变成一个农家的木质构件，门、窗、桌、椅、床、房梁、橡皮、板凳、饭甑、土车、衣柜、水桶、脚盆、箱子、寿棺……属木的乡村，用木头架起了生活的四梁八柱，升起了人间的日常烟火。

下村山头、深坳里的每一棵树都有它们的来处，也有它们的归宿，我从未看过有一棵树是自己老死的。太祖父种下的那棵古柏，成了一栋新房的门和窗，至今仍活在老屋日渐微弱的气息里。那棵压倒茅房的古樟，被熬成了樟脑油，成了残留在世间的一缕迷香。那两个巨大的树坑，是大地上早已消肿的两块伤疤，每一次从这里经过，都会觉得有两个巨大影子依然在原地站着。

还有别的树，它们也被不同的需要选取，被砍去做柴，被伐倒建房，被抬去架桥，变成村庄的拐杖或骨架，或一直站在下村的某个地方静静守望，成为这个村庄活着的证词。

树，以及树的影子，布满了整个村庄。

河口的云

◎ 黄立康

河口的母亲

喜欢看云，总觉得云是天上的诗人，它在天空写下，大地上的事情。

我站在湿热小城河口一户苗族人家二楼阳台上，瞥向远处云水——云南的云，掠过这里，便将飘往他乡；红河的水，流经河口，就要去向异国……与此同时，我也站在一位母亲记忆的河口，听她摆渡往事，叙说今昔。

黄昏暗淡的浮光笼着她，记忆纷乱的掠影散着花。苗族母亲手指画空，似乎是在涌来的无形之水中打捞湿木，而她开口吞吐的是另一条隐于时间深处的红河。这条红河正汹涌地奔向她生命的河口，在她眼井里卷起飘摇的旋涡，让她的皱纹泛出水痕。

苗族母亲说话的声音嗡嗡的。大概，岁月辛苦，她舌面的河床上，沉积了经年的沙石。我极力侧耳听着，但一个异乡人粗大的耳孔，还是漏掉了许多带着口音的金沙。苗族母亲并没有为我讲述岁月烽火、山川蝶变，那些壮阔、刚硬的存在，并不属于母亲的世界，她为我讲述的是丝丝线线、密密缝织的寸草心，如何为家人缝织一套衣裳。

我相信，一个母亲的巧手，能为自己爱的人缝出云想花妒的衣裳，而我也知道，一个民族隐忍而伟大的母性，总能从和自己质地相同的柔弱草木中，找到自然赠予的实惠，再织出一身厚实的凉服暖衣。

棉、麻、蚕丝和皮毛，这些细小而真切的存在，终将成线，汇在母亲手心，浸满体温和汗水，也将成为游子身上的衣。做一套衣，先织一匹布，织一匹布，需要种棉花或者麻。棉布和麻布，都曾是中华民族老百姓主要的服装面料。按照老祖宗传下的技艺，靠山敬树的苗族人，织布用的是茎皮长软而坚韧的麻。

苗族母亲的一亩三分地，一定是片窄小的坡地。

当我跟随新时代文明实践工作队下乡，去往苗族母亲的故乡河口县桥头乡下湾子村老刘寨，延绵的大围山，如同一场盘旋的梦境，让我深坠其中。自以为，我也是见惯了高山峻岭的人。在我的滇西北，横断山脉起伏跌宕，神工造就了许多奇伟瑰怪的深谷雪峰，但河口的大围山，却让我见识到了自然的另一神奇造化。

在滇西北的丽江、香格里拉，山脉像一队迁徙的巨象群，山体独立而硕大，线条粗犷，气质苍茫。而滇东南的河口，这里的大围山，山深且陡，黛色的山岭一架比一架高大，远山淡影，带着一股阴柔的绵力，影影绰绰地荡向远方。对面山腰的寨子屋顶上，国旗清晰可见，可要去到那儿，又将是长长一段费时耗心的蛇行盘旋。当我穿梭其间，有那么一瞬间，内心涌出莫名的绝望，担心自己再也走不出这迷梦一样的山野。

这里是我的他乡异地，这里也是苗族母亲的故园热土，她们世代居守于此，守着国土，守着家园，守着陡峭山坡上的一亩三分地。打开山野间那一亩三分地的钥匙，是母亲的指纹和厚茧，母亲在这里种桃种李种春风，种上苞谷甘蔗和一畦畦麻。

母亲将田地锄耘得松软，捂上厩肥、土粪和草木灰。在一个春风融暖的下午，靠着老墙，选出纯净饱满、色泽新鲜的种子，用清水将它们洗干净，再晾干。那些稚头拙脑的种子，看着就让人心生喜悦。我想，苗族母亲看着这些小小圆圆的睡美人，内心一定是充满欢悦和温情的。她一定是抓了一小把种子，然后双手合十，虔诚闭眼，指尖轻触额头，许下万物生长、年成丰美的愿望。或许，她的愿望只是向大自然乞讨，偏心地希冀着在这片田地上空多一点点雨水、多一些些阳光，她将一个母亲柔软的念力，种到了这些种子里。她爱它们，她需要这些种子结出一个暖冬。

万物生长靠太阳。医生总是会对焦急的母亲说，缺钙的孩子要多晒太阳、多晒脊背。棉花和麻都是喜光的孩子，播种下十天左右，母亲就能看到它们从湿土间探出嫩嫩的芽头、小小的叶，像小小的手怯生生地向这个世界招手打招呼——你好,太阳;你好,流云;你好啊,小鸟,你的羽毛真漂亮;你好你好,风儿你好,吹得我痒;哦,浇水的母亲,你好,太阳那么大,你也喝口水吧。

一旦熟悉了周围的天地,这些幼苗就想快快长大长高,想去撒野,想看看更宽阔的世界。它们的根脚急切地在地下奔跑,像鸟儿锻炼自己的翅膀。一旦翅膀硬了,一旦掌状的叶子全部撑开,它们要飞向天,去追风。

这些野孩子,大概没少让母亲担心。母亲在畦间除草时,碎碎念着心口的词,母亲说:要多烤太阳,要多喝雨,但是——母亲往左右看了看,倾向前,对着嫩叶,防贼般悄悄说——要小心风,你们长得太快太高了,已经高过了母亲,可是胳膊腰杆太细,大风打过来,你们兄弟要团团抱紧了。哥哥们要护好么弟,它最瘦,绿色的身子只有食指粗,我心疼它啊。不要笑母亲总是见风就流泪的毛病,等你们皮肤变厚变糙,等你们开完花,就会结出自己的孩子,到时候,你们也会像母亲这样,小心翼翼又紧张兮兮,看上去像是丢了什么东西却总又想不起来丢了什么……

其实,我并没有去到苗族母亲的那片坡地,崇山峻岭,岁月苍茫,一个他乡客,如何寻得本土根。而那片田地,如今也只能出现在母亲记忆的河流上,像倒影般借光反照。当我去到下湾子村老刘寨,苗族母亲已于多年前离开了她的土地,跟随儿女在河口小城安享晚年。她像守着那片田地般守着儿女开的小卖部。在空等的时间里,在走神的瞬间,她是否会想到自己曾用滴滴汗水浇灌的那方田地?

苗族母亲曾经生活过的村庄,是我路过的一个渡口。这里正在向阳生长,要建设成"河口县现代化边境小康村"。一些有年代的石墙黑瓦的老屋,被保护起来。现代化边境小康村的鸟瞰图上,有学校、市场、漂亮的民居和易地搬迁安置点的新房,还有一个大大的街心花园,"美好的生活"已经在来的山路上。

突然,走下一个路坎,一座长城模样、架着国徽的边防检查站——"中国老卡"站闯入我的眼帘。老卡是云南省省级边贸通道,十米之外就是越南,老刘寨的边民们称为"花龙"的地方。

我无法适应这样的存在。

我是在滇西北边疆长大、生活的人。当我因写作而关注滇西北这片土地上的历史风云和人间烟火时，我为我的民族有"辑宁边境"忠义的筋骨和血性由衷地骄傲、自豪。但是，我无法在短时间内适应十米之外就是异国这一事实。

在滇西北，我南下北上，西去东往，那只是一个方向选择的问题。但是在这里，当我的目光向南眺望时，内心深处明显地感受到某种坚硬的阻挡……

好在，还是有许多"柔弱处"存在，比如江河，比如草木，比如春天。它们在大地上，可能会有不同的名字，可相同的，它们都有可能被人相同地称作"母亲"。当然，母亲的田地，虽然它会在坚硬的国界线边上，但它也是柔软的，不然怎么能够孵化出同样柔软的草木之心？

母亲耕耘的身影，遮住了绿嫩的芽苗——后来，细秆撑开叶手，为施肥的母亲遮挡日晒。起风了，母亲担心风灾；天晴太久，母亲担心田旱；雨天湿长，母亲又担心水涝。只有站在田地间看着、劳作着、爱着、心疼着，母亲才安心。当母亲直起酸痛的腰，手成拳捶捶，再成掌，用手背揩揩汗，抬头看向露出的云天。这一缝天，她抬头看了多少年，母亲可能也记不清了。田间无岁月，只有枯荣和饥寒，母亲只在意植秆长得高不高、壮不壮，不在意自己鬓角、发间侵染了霜雪。

母亲的坡地上空，云，流转千年，光影变幻，叙说着光阴的故事。

云，让我沉迷。有时候，我觉得云南的云丝轻柔缠绵，像是在讲述一个殉情的悲歌；有时候，云南的云阵，厚重、硬朗、磅礴，如同一首首壮阔的战争史诗。

母亲看向云，只看到晴雨，还是看到了流经这片天空的过往？

母亲不会像我这个执迷于书写、沉迷于比喻的冷僻技艺者，急切地去形容和隐喻。

或许她也看到了，只是不说也不争。

高天上的史诗，投影到大地的影布，千年的变幻，也只在几个瞬息间。当母亲抬头看云，那些云阵，总在对峙、征伐。风吹起号角，白色的薄云卷起旗帜,厚重的白色云团,腹中藏着马嘶、巨石和炮弹,浩浩荡荡压过天空。有时,黑云携着闪电、雷鸣和暴雨,压城而来。乌黑的云层,如同漫天的狼烟。没有谁真正赢过。白云乌云,来来去去。母亲只担心云遮住了太阳,她的孩子要晒太阳。

一些湿辣的汗水,浸到母亲眼里,母亲抬起手,用衣袖刮去双眼的痒痛。就这瞬息间,天上的云又变了。有些云吊着长长的辫子,有些云扬着黑旗。一串乌云像冒着烟的火车,轰隆隆驶过。又一瞬间,所有的云都像是被炮弹炸开般散开了,一朵朵,像人的脸。母亲细细看着,那些人脸是那么年轻。有的脸上染着黑云,像落了泥、染了血。有些云急速地变换着形态,似乎是被疼痛撕扯着,慢慢淡去了。

母亲记不得哪些壮阔的云曾经过这里。那些云和她无关,她固执地守护、养育着这片田地。田地里,她种下了能为孩子编织粗衣的作物。在母亲烈日和细雨般的目光下,它们茁壮成长。后来,母亲用收获的麻丝,制成麻布,给每个孩子——每一个——都缝了一套衣服。

母亲记得她的每个孩子穿上新衣后的羞赧和雀跃。

她能分清她的每一个孩子的容貌、性情和姓名。

她的孩子,有的姓"黄",有的姓"卢",有的姓"古"。

但他们都是她的孩子,她从不偏心。

这是我嫁接的真实故事。

陪同我采访的河口县宣传部的卢老师告诉我,以前在河口常见的情形是一个母亲带着许多孩子讨生活。这些孩子不全是她亲生的。有些孩子是亲戚的,有些是邻里的。因为这些孩子的父母死于坚硬冰冷的贫困、瘟疫和战火,孩子们孤独无依,河口的母亲们,便会收养这些孩子。

他们都是母亲柔软的心头肉,都是兄弟姐妹,都是母亲耕耘的田地里为之默默祈福的苗。

清芬记

◎ 李丹崖

楝花紫

鹁鸠呼雨楝花紫。大千世界的颜色中,有一种就叫楝花紫。

楝花是内秀的,楝树的叶子细细密密,如果在阳光下看,叶子油亮油亮的。少年时我干不了什么农活儿,就被大人打发去放羊。放羊有一种比较省事的做法,就是找一片草地,把羊拴在橛子上,让羊尽情去吃。若是找不到大片草地,就找一棵楝树,把羊拴在楝树上,再到楝树上折一些叶子下来,羊可爱吃楝树叶子了。

楝树的叶子是微苦的,我曾看羊吃楝树叶吃得入神,就试着嚼了一片楝树叶,瞬间苦涩透着舌根放电一样满溢口腔。楝树叶摸上去凉凉的,有一种桑叶的感觉,而桑叶要大很多,楝树叶上似乎是镀了一层油膜,有一种自带包浆的感觉。

蝉声肆虐的时候,楝花就开了。楝花有一种梦幻的紫,楝花小且细碎,随风飘来苦中带着甜的香氛,这种香氛极其隐秘,非凝心去闻不可。楝树的叶子密密匝匝,楝花就更细密,夏日里,在楝树根部枕着一枚荷叶睡去,梦里全是琐细的情节。

楝花是花中的紫霞仙子,带有仙气。在崂山的一处道观中,遇见一株楝树,蓊蓊郁郁,见一位年轻的出家人在楝树下打坐,旁边放着一只紫砂杯,杯中是当季的崂山绿茶。杯水倒映的楝花,还有树冠外的白云,出奇的好看。那一刻,才领略到了什么是淡然出尘,却又在红尘之间端坐。

楝花最宜隔着雨看,在木窗内看窗外的梅雨,楝花湿香沉沉,在雨珠的装扮下更加幽紫,被雨打湿的楝花,少了几许轻浮,似被沸水冲泡的茶,舒展开来,更得了水的韵致。

一直觉得玉兰花是唐诗,花瓣大且张扬,而楝花是宋词,婉约有致。《花镜》上说:"江南有二十四番花信风,梅花为首,楝花为终。"梅花和楝花又都有一层韵致,就是隐隐有香。

隐隐有香最难,牡丹花的香太过沁人,甚至是有些嚣张,肯定不是隐香;桂花的暗香也不是隐香,太浓了,让人一个鼻息就知道是它;茉莉花的香太过甜腻,当然也不是隐香。楝花是隐香,细碎到若即若离,似有还无,凝神去闻,才恍然大悟。隐何其难,做人的分寸感很难把握,锋须稍藏;文章中的才气亦难隐,一不留心就容易用力过猛,所以今人喜看汪曾祺的文字,关键是才气隐隐浮动,而不是到处叫嚣。

楝花是小众的,国画中牡丹、芍药、荷花比比皆是,各种形态皆有,唯独难看到楝花,楝花似乎并不好辨认,用国画也不易表现。楝树树干本身没有太多的纹理,楝叶细密层叠,亦没有旁逸斜出,楝花就是浓密的紫,似一串永远不会作响的风铃,在楝树上隐隐含笑。

小雨轻风落楝花,情境很是耐人寻味。楝花柔弱,或者说它敏感,稍有风吹草动,它就要落了。所以若适逢夏日,仰头有楝花可看,不妨驻足,仰望一会儿,楝花往往能在仰望中带给我们一些出奇的想象力。

写到这里,越发想念故园的土墙头。昏黄渐渐倾颓,夏天我在墙边摆放个条桌临摹赵孟頫的小楷作品《道德经》,额头汗珠如雨。墙边那树楝花隐隐含香,像个未了的梦。

槐花深

昨夜落了场大雨,清晨醒来,发现院子外的槐花落了一地。细碎的花瓣,奶白色,像一个季节的陨落。雨意,湿香,清风,走在槐树下被飞鸟惊落的雨滴砸在后背上的凉,是这个早间微微的诗意。

槐花要比洋槐矜持一些,开花的时间也晚一些。洋槐花甜丝丝的,春日里可以拌面蒸食,滋味之鲜美,令人过齿难忘。槐花开得较晚,不像洋槐花那样硕大,比楝花稍大,只不过楝花是梦幻的紫色,槐花是奶白色,甚至是有一些羽白。槐花落，犹如飞羽缓缓飘，一地湿香，约有一寸那么厚。

槐花一寸深。这是白乐天的句子，只不过白乐天发现的槐花是在暮色沉沉之时，心境到底不同。他拖着病体在暮色的宅门前，看了诗的标题，竟然是《秋凉闲卧》，估摸也是个早秋，要么白乐天此时就是山居，不然槐花怎能开落得如此之晚？也或许这是心境上的区别吧，冥冥中的一种隐喻。

白居易写了太多关于槐花的句子。写雨后槐花似一张请柬，把秋天邀来"槐花新雨后，柳影欲秋天"，槐花落，槐米生；每一朵槐花都不说谎，"袅袅秋风多，槐花半成实"；写满院子的槐花香，满台阶的松子，槐树和松树之上，总有跳脱往来的小生灵在"槐花满院气，松子落阶声"，等等。

用槐花搭一座时光的廊桥，一头是夏天，一头是秋天；一头是远景里的唐诗宋词，一头是此刻的人间烟火。

在北京的一处四合院中见到一棵槐树，荫蔽了整个院子。槐花开时，有老者摇着蒲扇，在竹椅上喝一杯花茶。老院子似乎大多有槐树，老院子沉稳得像老人，槐树内敛得像陈年普洱茶，槐花的香亦清新悠远。

有一种槐花蜜的滋味甚是特别，槐花那么小的一点点，有蜜估摸着也在花蕊中，如针尖上的那么一点点，越是稀缺，就越是珍贵。祖母曾得馈赠的一罐槐花蜜，她舍不得吃，放在柜子里珍藏起来。我们去看奶奶，她会给我们每人舀出一小勺。透着光亮看，勺子与蜂蜜罐拉丝成线，如发丝一般细，一股甜香飘得满屋子都是，用温水来化开，似一滴墨滴入清水，漾漾地融了，品饮起来，鲜爽甘甜，那滋味至今仍在舌尖上鼓噪。

槐花落尽，槐米悄悄在枝头集结。槐米随着蝉声长，慢慢长成绿豆般大小的时候，会有少年摘下来，剥开外面的皮，去吃里面的那层透明的膜，那味道也带着槐花的清香。

东篱菊

初冬的皖南，蓊郁的草木开始转黄，金丝皇菊满满地坠在枝头。金色的菊瓣，灿然好看，在青绿色的山水映衬下，显得更加耀眼。世人皆知烟花好看，那绽放在空中的烟花，可不就是从金丝皇菊上一朵朵照抄过去的吗？烟花易逝，金丝皇菊却能留存很久。立冬前后，严霜还没有降下来，金丝皇菊开始成熟，朵朵在枝头豪气地站着，夺人眼球。这时候把它们采摘下来，烘干之后，金丝不改其色，用来泡茶，佐以皖南的山泉水，或者再加一些徽州茶，味道的厚度就更多了一层。皖南似乎从不缺好茶，黄山毛峰、太平猴魁、祁门红茶……再加上金丝皇菊，金灿灿的一朵，在杯中那是别样的皖南山水。

不止皖南，江淮之间的滁州产滁菊，且为名菊。

环滁皆山也，山峦之间，所产之菊，小小的一朵，黄白相间，多是那种鹅黄。似乎滁菊最宜入画。滁菊婉约，颜色也不嚣张，小朵小朵，稀疏地挂在枝头，既不繁盛，也不寥落，有疏朗之美。欧阳修在滁州任职时，颇喜滁菊，曾命滁人在房前屋后遍植滁菊。喜爱之情远不止于此，他还把前任滁州太守王禹偁的《甘菊冷淘》原样誊抄下来，放在府衙之中，让州人铭记滁菊之功妙："经年厌粱肉，颇觉道气浑。孟春奉斋戒，敕厨唯素飧。"曾有滁州文友赠我滁菊一袋，用以泡茶，清香扑鼻。四大名菊之一，果然名不虚传。

与金丝皇菊和滁菊相比，亳菊收获得稍晚，颜色上也更加偏白一些，药用价值却最佳，药书上也常见，多冠以"亳白菊"。

立冬以后，铺天盖地的霜降下来，皖北的亳州，这时候乡野之间开始洋溢着通天香气，亳菊开得繁盛，郁郁累累，压枝欲低。亳菊据传是华佗培育并在亳州种植的一种菊花，以散风清热、平肝明目见长。犹记得少年时，鄙乡之人多喜用亳菊来制作菊花枕头，枕上，一晚好梦，更是一晚清梦。

菊花收下来，我们会在农家的烟炕里垒起一座中间空的砖笼，门前点火，鼓风机直接朝着中间吹热风，外接烟囱，收下来的菊花，用剪刀剪了压成菊花饼，在砖笼上堆好，这种烘干方法被称为炕。炕好的菊花饼，带着菊花成熟的香，较之鲜菊花，少了一些草木的稚嫩，多了几许沉稳的香气。

那些做菊花饼掉下来的花瓣，自然也不能浪费。从古至今就有菊花入馔的例子。菊花可以用来煲汤，菊花可除鸡肉的腥味，煲出来的汤，鲜美无比，亦可养胃。老母鸡一只，菊花三朵，再加入当归、党参等药材，做成药膳，能养阴明目、养颜养生，总之离不开一个"养"字，足见其品格之高。

丹桂飘香的秋日，人们似乎把注意力都集中到了桂花上，其实不然，菊花作为"四君子"之一，从古至今都是文人墨客的娇宠。菊花开了，开轩面场圃，还来就菊花，关于菊花的约会也就多了起来，难怪李清照也说："不如随分尊前醉，莫负东篱菊蕊黄。"菊花盛开之时，邀三五文人饮酒雅集，方不负东篱外那盛开的菊花。

青玉

◎ 潘　文

青玉一袭蓝灰的棉麻长裙,立在小院的栅栏边。她高高举起的那串粽子,就在明媚的阳光里晃动着,散发着诱人的味道。其实就是最为普通的粽子,但却是我最喜欢的。那串粽子,每一个都小巧玲珑。尖尖的角,将粽子拉伸得格外秀气。像深山里的女孩,清新脱俗。青绿的粽叶,虽然经过了浸煮,但在四月清亮的天空下,仍然透着鲜活的光泽。

她进院子,并未将手放下来。初夏和煦的风吹过那些粽子,它们便在她的头上方欢蹦乱跳,窃窃私语。

"终于记得给我送粽子来了?"我倚着门,揶揄道。

"真是忙不赢,姐姐。你看,端午一过,我就来了,我心里惦记着呢。"青玉也不恼,嬉笑着,和那串粽子一道从我衣袖边钻进门来。

青玉小我二十来岁,每次见面,她都拎着一串粽子。认识青玉,也缘于粽子。那是一个周末,几个闺蜜相约去道源湖。虽已是初夏,所见却仍是一脉春色,沿着小路走进湖光山色,两侧芳草菲菲,垂柳依依,绿树蓬勃。抬眼望去,宽广的湖面如翠玉般卧在山岚之间。天空特别清纯,水鸟时而横空飞过,时而轻巧地掠过湖面。

青玉从苇叶间抬起头来,她的目光紧紧追随着飞鸟。飞鸟消失在茫茫天际,她眼里的惊喜也慢慢暗淡下去。青玉在湖畔割苇叶。正是芦苇生长最茂盛的时候,漫漫一湾,高低错落,挨挨挤挤,一直蔓延到路边。那深深厚厚的苇叶将她整个儿藏起来了。

我们好奇,便待着不走。见她吃力,就帮着将割下的苇叶接过来,抒齐,码在地上。其间也少不了零零碎碎的对话。

她告诉我们，苇叶是为包粽子用。正好放假，就帮家里囤点。彼时的青玉，不过是十二岁的女孩。她那娴熟的动作，丝毫看不出劳作的生疏。没多久的工夫，地面上的苇叶就砌得高高的了。

　　"回去吧，很多了。你家住哪儿？我们帮你送回去。"

　　从湖畔边狭长的山沟往里走，窄窄的泥巴路，两边开满了五颜六色的小野花，小路转弯，流水淙淙，从山间弯弯绕绕下来。正好有个稍稍宽阔的地带，青玉家的泥土小屋就落在那儿。依着墙，是过冬前存留下来的柴火。挨墙堆着，一大片。青玉说，那是大雪压垮的枝丫，干透后，她和奶奶捡回来的。

　　"煮粽子要很多的柴，这些都不够。"见我们诧异，青玉腼腆地笑笑。

　　屋子的另一边，栅栏围着几畦菜土。正是端午前，各样小菜青葱翠绿。门未关。走近，清香扑鼻而来，是粽子的味道，纯净、质朴，混合着乡野淡淡的泥土味。

　　听说来客人了，青玉的奶奶赶忙从屋里出来。她着一件蓝布起碎花的衣服，青色裤子，绾着头发。六十岁不到的光景，干练、清爽。她招呼我们进屋坐下。倒水、寒暄，丝毫没有拘谨。隔一会儿，她又进厨房看看。我们知道，她在煮粽子。满屋的粽香萦绕，细细密密，疏而不淡。

　　道源湖村依山临水，得天独厚。历代都有包粽子的习惯，后来粽子成为他们营生的主要方式。不仅家家户户都会包，还有些青年男女不甘寂寞，带着传承下来的手艺走南闯北去谋发展。

　　青玉奶奶有些自豪，但似乎又有些无奈："可惜丫头不愿意，她想念书。"说话间，青玉提着一串粽子出来了。那串粽子，突然间就让简陋的泥土屋熠熠生辉。

　　时间从指缝间溜走，留下一抹不经意的柔情。如今的青玉，正是婀娜扶风、巧笑嫣然的年岁。

　　虽然过了好些年，但青玉常常会记起我。即便再忙，她也会抽时间拿一串粽子过来。

　　她的粽子，已经行走在全国各地，有的甚至飞到国外。她给客户的粽子各式各样,但带给我的,永远都是我喜欢的碱水三角粽。她熟悉我,知道各式各样的粽子再精美,终归不是我所渴盼的儿时味道。

钻进门来的青玉,在我前面转了一圈,然后把粽子放到我手里。她用刚刚空出来的手捏了捏我的肩膀:"看看你,又长胖了些,要记得锻炼哦。"说完,咯咯地笑。

这是双习惯了做粽子的手,捏在肩膀上仍能感觉到力度的匀称和稳健。

"听说你们粽子村上央视了?"想到前几日看到的新闻,我随意一问,"你们的粽子销量好不?"

"当然,能不好吗?我们村现在可出名了。就是生意太好了,忙到节后才有空给你送粽子来。"

褪下工装的她,袅袅婷婷,温婉雅致,但说起粽子,她便满眼放光。青玉喜欢做粽子,却不为此所困。她向往的是美好的生活,所以时刻都不曾忽略路途的风景。或许正是因为这样,她才能将别人眼中单调枯燥的日子过得有滋有味。

上次特意去看她,她在露台上晒太阳。那是道源湖村的一个民宿。沿湖而行,经过青玉小时候住过的泥土屋,再跟着崭新的油砂路蜿蜒到半山腰,一眼就看到了悬在半空的、土砖砌墙的民宿,宛若仙居。

青玉在挑出的露台上朝我扬手。晨雾尚未散去,在山腰里飘来飘去。

青玉没有远嫁,男人也在道源湖村。他们一块儿打拼,共同经营粽子生意,早就住上了洋式别墅。青玉娘家,也很早就从泥土屋搬到湖边的新家去了。

那间泥土小屋还在,只是奶奶不在了。青玉说过,留个念想吧。只要想奶奶了,就进去坐坐,偶尔也住住。

青玉小学毕业后,奶奶虽然想让青玉帮衬,但终究抵不过孙女温柔而又坚定的倔强。青玉搬动了老师。老师踏进青玉家泥巴小屋时,也给青玉和她弟弟带去了两大袋的学习用品,还有几百块钱的生活费。

青玉奶奶过世后,我也随青玉去过泥巴小屋。青玉将它收拾得干净利落,在屋子周围种上了花草。月季和金银花将竹篱笆缠了个严严实实,远远看去,像是童话里的森林小屋。

屋内,粽叶在高高矮矮木制的架子上铺着,散发着特有的清香。青玉说,她用这储藏粽叶。如今没人砍柴火了,山里的粽叶多了,她每年在粽叶繁茂的时候就会差人去摘些回来。

满屋子的粽叶香,就像奶奶的味道。奶奶和粽叶打了一辈子交道,她留给青玉的,就是粽叶弥香。

"如果不是我的泥巴小屋里摆满了粽叶,我还真想把我的客人带到那儿去呢。我想让他们知道,我们家的粽子是在哪儿起源的。"青玉将身子靠在露台的栏杆上,极目远眺。

我们在露台坐着,品茶,也品粽子。冬日的阳光格外亲切,到处明晃晃,却一点儿都不蜇人。青玉说她极喜欢这样的时光,这是做粽子的时候享受不到的。她喜欢挣钱,也喜欢有品质的生活。

"过年了,就要忙碌了,一直要到端午节后。每年的这段时间,都在围着粽子转,不仅我们,整个道源湖村都是这样。我们的村书记会催着我们跑。"她嘻嘻笑着。

青玉做粽子是发自内心的喜欢,而她的祖辈父辈却不同。他们将粽子换作青玉和弟弟的学费,将一只只卖粽子的钱积攒起来,想有朝一日能够把泥土小屋换成红砖瓦房……念书时的青玉常常会很想念爸爸妈妈,和同村的很多孩子一样,但他们的爸爸妈妈都很少在家,他们带着家族传承的手艺,去往全国各地。在某个城市的街角,拖上三轮车,架上蒸锅,靠着一双手,撑起全家人的生活。他们像虫泥一样,匍匐而行,在最混杂的人群里盘旋蠕动,等待还乡的那一天。而这群孩子们的童年,就留给了爷爷奶奶。他们跟在爷爷奶奶后面,翻晒糯谷,捧回粽叶,煮食粽子。长大一点儿,还可以帮着插秧、割粽叶、包粽子。都说道源湖的孩子,没有哪个不会包粽子,没有哪个没打过粽叶的。

念到初中,奶奶包的粽子愈来愈多。只要放假,青玉和弟弟也成了半个劳力。青玉包粽子的手艺也是那时候练出来的,奶奶是她第一任老师。那段时间,我每年会去青玉家一两次。几乎每次去,都看到他们在屋里包粽子。

一个下午，太阳快落山，我急着去给快要放暑假的姐弟俩送些书。进门，看到桌上放着一盆浸泡过的糯米。桌子旁，摆放着盛满粽叶的箩筐。夕阳的余晖，斜照着板凳上的一老两小。

"知道我们为什么和别家不同，用苇叶吗？"奶奶问青玉。

"粽叶少，苇叶多，又近。"

"还有一点你们不知道吧？苇叶更清新，经过蒸煮后，香气更浓郁，并能渗透到煮熟的粽子里。"奶奶说。

三两片叶子，在她的手里顺排，折成三角形，装米进去，顺角对叠，剩两段尾巴打成小结。两三下的工夫，一只玲珑的三角粽就成了。

包这么多粽子，要想不手忙脚乱，不是行家里手还真不行。奶奶生了双好手，灵巧得很。同一盆米，别人要窸窸窣窣包半天，她说笑间就把一盆米玩转成了两盆粽。看着奶奶娴熟的手上功夫，青玉突然就喜欢上了包粽子。她不再觉得那是累活儿，这种感觉后来伴随着她的每一个日子。虽然那时的她并未曾想到，她也会和奶奶、父母一样做粽子的买卖，而且会因此拥有美好的日子。

真正的转机，源于父母归来。

青玉要高中毕业了，弟弟面临着中考，奶奶也年岁大了。青玉家的粽子做得愈来愈少，只是抓住端午前的时机做一点儿，邻居们帮着拿到街上去卖。

村干部到青玉家的泥巴房子里来了。他们告诉奶奶，村上引进了企业，准备做食品加工，其中也有粽子。

"大牛妈，叫大牛两口子回来吧，一走好些年，孩子跟娘隔久了不好，您也年岁大了，家里要有个主心骨呀。哪方水土不养人？以前村里穷困、闭塞。现在公路修到湖边来了，以后还可能修到你屋门口。"

村干部看青玉奶奶眼圈有些红，又掏心掏肺地说："外头千好万好，哪有在家里好喔，都奔四十岁的人了，没必要在外折腾了。叫他们回来，您老也得享享清福了。"

就这样，青玉的爸爸妈妈回家乡来了。

既然回来,他们便筹划建新房。多年打拼的钱,已经足够建个简单的二层红砖房了。如果逢上雨天,夫妻俩还可以到村上厂子包粽子。高考结束,青玉也加入了做粽子的行列。不用自己去卖,只要勤快点儿,一个暑假,足够青玉攒够上大学的钱。何况在厂子里,像她这样的粽子姑娘还有好多个。

　　一天晚上,青玉在屋外乘凉,听到奶奶和爸爸在争执,奶奶似乎很生气。

　　"怎么又不建房子了,我老了,就盼着从这儿搬出去,死之前没住上楼房我死不瞑目。建什么厂子?那厂子是说建就能建的?你不想这么多年挣的那点儿钱都打水漂吧?"

　　"村主任说了,会帮我们想办法贷款的。房子不是不建,就是推迟两三年。"爸爸也有些急,但又不敢把话说得太重,"你就放心,我有把握,每分钱我都会用到实处,都会赚回来。"

　　虽是盛夏,但山冲冲凉风习习,很是舒坦。青玉突然就兴奋起来,平日里不爱言语的老爸,忽然间就在她眼里高大起来。有一些说不出的情愫在她心里萌动,到底是什么,她又说不清楚。

　　接下来的对话淡了下去,慢慢归于平静。但青玉心里始终被某种东西充盈着,她似乎看到有一颗种子在奋力地冲破泥土,慢慢露出嫩嫩的翠芽。这种意外的喜悦让她猝不及防而又兴奋不已。

　　简陋的厂房真的建起来了。奶奶却健朗起来,浑身似乎还有用不完的劲。她忙里忙外,把家打理得井井有条,一点儿不让大牛两口子操心,让他们把全部精力放在厂子里。

　　青玉在大学学的是营销。毕业后,村书记说:"丫头回来吧,和你爸妈一起创业。加油把家乡的粽子产业推上一个台阶。家乡缺的就是有思想有知识的年轻人。"村书记话一出口,青玉竟毫不犹豫地答应了。

　　多少年后,我曾问她:"你回到老家,传承祖业,你不后悔吗?"

　　青玉好奇地看着我:"为什么后悔呢?我是真的喜欢。我想,我当初的义无反顾,其实是因为早已深入骨子里的情结。"

　　三年的时间,青玉家的厂走得很顺。虽然规模不大,也没有辉煌的业绩,但在奶奶和爸爸妈妈看来,也足矣。

初生牛犊不怕虎，青玉却还想闯闯。

传统做法虽然经久，终究还是无法适应市场的需求。由于各地饮食习惯的不同，粽子南北风味各不相同。枣粽、麦粽、咸肉粽、火腿粽等五花八门，各具其妙。粽子文化的深厚，让青玉始料不及。她一类类品尝，一样样琢磨，如同小学生，反反复复向村委请来的嘉兴师傅请教。随着在工艺、选材、品种上的不断摸索，青玉家粽子的销路逐渐打开，开始运往周边县市的批发商、超市、酒店。

青玉父母终于松了口气，把担子交给了青玉，自己转而专心建新房。

生活愈来愈好，青玉不用再为生计而奔波。奶奶一次次拉着她的手说："丫头，奶奶有生之年能够住上这样的洋房，奶奶开心呀。你也不要那么拼，交给你男人去做，他能干着呢。你呢，有时间常回来陪奶奶享清福。"

青玉知道，她只是喜欢，因为喜欢而无法放下。粽子似乎成了她生活中必不可少的一部分，也是默默流淌在她灵魂里的深厚文化，是从老一辈传承下来的坚韧精神。

任何源于喜欢的，还总能有些意想不到的境界。

"每年端午节前，有些粽子我是一定要自己包的，而且一定要在家里包。"青玉告诉我，虽然在自己的厂内，她只是负责营销，但是每到端午，她就想像小时候一样，跟着奶奶包粽子。

青玉包粽子很讲究。糯米总是要选上好的、特糯的那种，她说那样吃起来更软更有韧劲。粽叶也喜欢亲自去采摘，一根根理好，仔细剪去头和尾，用流动的水洗干净，再用适温的水烫一下。

"烫的水温很重要，不能烫得太老了，也不能烫得太嫩。太嫩了不好包，太老就黄了，包出来的粽子不但不好看，而且香味也不浓了。你看，我们家的粽子是不是特别好看？我们的企业是很注重细节的哦。"在直播间里的青玉总喜欢带点俏皮。

有时，青玉还是会采些苇叶。

道源湖周边湿地苇塘多，苇塘里大片的苇子随风摆动，它们裹着滚动的一大团一大团带有泥土味儿的清香。这种特别的香味，长大后的青玉从未能忘,即便后来奶奶过世了。那种清香,就和粽子煮熟的香味一样,永远弥漫在夏天的晚风里。

从青玉家的花园进去,是一栋典雅的别墅。院子里,石榴花正开得欢,还有青稚柚子的清香。曼妙的凌霄花爬满了围墙,花间蝶舞翩跹。再往里一点儿,有间别致的小木房。虽然小,但很有味道。还没进去,粽子香味就扑鼻而来。那是快煮好的粽子,是苇叶和糯米混合的香气,那些苇叶,此刻应该正由翠绿变成褐色,而袅袅蒸汽应该正从锅与盖的缝隙里飘了出来。

进门,依然是青玉曾经的泥土小屋的模样。

木房一边横挂着的竹篙上,挂着一串串青绿的粽子,就像挂着一串串风铃。青玉和她的两个孩子,正专心地包着粽子。阳光透过玻璃,从头顶落下来,落在他们宁静的美好里。

主气和客气

◎ 穆　涛

一

　　气，繁体字的写法是"氣"，下边有个"米"字底，一个人的气象是由米谷做基础的。

　　米谷是主食，小孩子嘴馋，好吃零食，牙吃蛀了，身子吃瘦了，家里的老人要实行严厉的"嘴禁"，"嘴禁"就是正餐之外的食物一概免开尊口。吃主食是人活着的基本，老人年迈了卧床不起，孝顺的子孙四下里访名医，寻延年增寿的办法，医生开口问的第一句话，差不多就是"饭量还行吧"，只要还能吃，就不会有眼前的危机。穷人以主食填饱肚子，攒一膀子力气养活全家老少。在富人家的餐桌上，无论怎么花样迭出，那几样米面的主食是固定的。主食宽胃，苏轼有著名的"三养"说，一曰安分以养福，二曰宽胃以养气，三曰省费以养财。我们中国人讲养生，养生就是养气，阴阳和合，六神安详充盈，气是养护调理出来的。

　　养正气或浩然之气，仅靠宽胃是不够的。空洞地背诵理想信条，是给自己戴高帽子，是假大空，没有实际益处的。养出大气需要磨砺，古代中国人学习射箭，除了练力道和准度之外，还注重练气。记得读过一篇文章，是讲练气的具体步骤的，最开始的时候，在胳膊肘处平放一个碗，开弓放箭，碗丝毫不动摇，是度过了初级阶段。之后往碗里注入水，半碗，多半碗，渐次加满，碗不动摇，水不外溢，可取得中级职称。高级职称就悬了，是站在悬崖峭壁处，脚下是深渊，"登高山，履危石，临百仞之渊，若能射乎？"这样的方法好，内外兼修。其实无论武艺还是文艺，底气的培养都是基础。

二

中国古人把大自然中的气，分为主气和客气。

主气是主理一年四时的基本气象，细化为二十四个节气，从大寒这一天开始计时，立春、雨水、惊蛰、春分、清明、谷雨、立夏、小满、芒种、夏至、小暑、大暑、立秋、处暑、白露、秋分、寒露、霜降、立冬、小雪、大雪、冬至、小寒，到大寒止，为一回归年，周而复始，年又一年。二十四节气是一年之中气象变化的路线图，这个运行规律是固定不变的，因而称为主气。

把立春确定为第一个节气，是古代中国人的科学发展观。在中国古人的认识里，一年肇始的第一天是冬至日，地下的阳气开始上行，冬至称为"一阳"。"二阳"在小寒与大寒之间，地气经过四十五天的运行，在立春这天突出地表，万物开始葱茏生长，因此"立春"这一天也称为"三阳开泰"。

天气是天意，是天降的旨意。地气古称"在泉之气"，是土地山川的深呼吸。天地之气在一年之中的变化，被分割为二十四个观察区间，这是二十四节气的基本功能。每个区间十五天多一点点，15乘24是360，多出的一点点全年头。这一点点是怎么多出来的呢？每个节气开始的第一天，是具体到时辰分秒的。比如二〇二〇年立春，是二月四日17时03分12秒，二〇二一年的立春，是二月三日22时58分39秒。《尚书·尧典》中对一回归年的记载是三百六十六天，"期三百有六旬有六日，以闰月定四时，成岁"。尧帝时期中国建立了世界上最早的天文台，"乃命羲和，钦若昊天，历象日月星辰，敬授民时"，《尧典》可以理解为中国现存最早的天文学记录。

现代高科技手段测定地球绕太阳一周年的精确时间，是三百六十五天5小时48分46秒，《尚书·尧典》记载的是三百六十六天。中国古代天文学达到的水平，以及严谨态度，足够我们后人尊重并敬重。

二十四节气，在汉代的《淮南子》和《礼记·月令》中，均有充分表述。

二十四节气名称的命名，是对一年之中气候变化特征的生动概括。"两分""两至"，是一年中的四个重要节点，古称"四时"。春分和秋分这两天，昼与夜时间相当，古人称"日夜分"。夏至和冬至这两天，是夏与冬的最高点。至，不是来到的意思，是极至。"四立"即立春、立夏、立秋、立冬，"四立者，生长收藏之始"(《周髀算经》），生长收藏是四季的特征，"春为发生，夏为长赢，秋为收成，冬为安宁"(《尔雅》)。立春是万物萌生的开始；立夏是全方位生长的开始；立秋是收敛与收获的开始。中国古人讲的收成，有两层含义，一是收敛，再是收获；立冬，是冬藏的开始。冬即终，古人结绳记事，一个时间段结束了，在绳子上绾一个疙瘩。冬的本意，是天地之间上下失联，不再交通，生机潜入地下，一派安宁。

立春、春分、立夏、夏至、立秋、秋分、立冬、冬至，古人称"八节"。

八节之外的十六个节气，以物候变化的特征命名。

"雨水"，天降雨水自此时起。"惊蛰"，冬眠的动物苏醒。"清明"是八风之一，一年四季有八个方向的风，古称"四时八风"，清明风是东南风。"谷雨"，土膏脉动，雨生百谷。"小满"，有两层指向，在南方，雨水充沛，河湖渐而盈满。在北方，谷物小成，颗粒近于饱满。"芒种"是忙种，果实有芒的农作物，已到紧要关头，北方收麦，南方种稻。"小暑"和"大暑"，上蒸又下煮，土润溽蒸，高温多雨，闷热难挨。"处暑"是出暑，"处，止也，暑气至此而止"。"白露"，天气转凉，水土湿气在草木叶子上凝而为露。秋在五行中属金，在五色中属白，称金秋白露。"寒露"，进入深秋，冷风南下，寒意显露。"霜降"，地气凝结由露而霜，"霜降杀百草"，阳下入地，万物毕成，时令由收进入藏。"小雪"，"天地积阴，温则为雨，寒则为雪"，小雪，不是雪量小，是指此时寒流活跃，降水量渐增。"大雪"，也不是天降大雪，而是降水量持续增多。"小寒"与"大寒"，数九寒冬，是一年之中最冷的时令，"小寒大寒，冻成一团"。大寒之后，一个新的天地轮回重新开始。"小寒大寒，杀猪过年"，"过了大寒，又是一年"。

三

中国古人观察天地是细致入微的。

一年二十四个节气，每个节气又分为"三候"，五天为一候，二十四节气七十二候。"五日谓之候，三候谓之气，六气谓之时，四时谓之岁"，"气候"这个词也由此发端。

候,是征兆的意思,医生瞧病看症候,厨师炒菜看火候,古人观察天地看气候。七十二候具体是这样的:

立春三候,初候,"东风解冻",立春后第一个五天,东风吹来,大地开始解冻。二候,"蛰虫始振",第二个五天,冬眠的动物开始苏醒,但只是"振",伸伸腰,动动身子,仍窝藏在冬眠的洞中。三候,"鱼陟负冰",第三个五天是"鱼陟负冰",这句话很生动,冬天寒冷的日子,鱼贴着河底游,天气转暖,鱼上升浮游,好像肩负着冰在游。

雨水三候,初候,"獭祭鱼",水獭捕食鱼。二候,"候雁北",大雁北飞。三候,"草木萌动",草木萌生。

惊蛰三候,初候,"桃始华",桃树开花。二候,"仓庚鸣",黄鹂鸟鸣叫。三候,"鹰化为鸠",布谷鸟出现于田野,鸠是布谷鸟。在中国古人的意识里,动物与动物之间,包括人与动物之间,存在着某种相互化生的神秘密码。这种认识,有玄机在其中,但更多的是受科学认识的局限。

春分三候,初候,"元鸟至",燕子归来。二候,"雷乃发声",天降雨时,阴气和阳气相搏,伴随阵阵春雷。三候,"始电",闪电出现。

清明三候,初候,"桐始华",桐树开花。二候,"田鼠化为鴽",鴽鸟出现。三候,"虹始见",空中见彩虹。

谷雨三候,初候,"萍始生",河湖的水面出现浮萍。二候,"鸣鸠拂其羽",布谷鸟已经长大,振翅而飞。三候,"戴胜降于桑",戴胜鸟在桑树间跳跃。

立夏三候,初候,"蝼蝈鸣",蝼蝈,又名蝼蛄,俗称拉拉蛄,对农作物危害大,亦可入药。二候,"蚯蚓出",蚯蚓,冬眠虫类,可入药,药名地龙。三候,"王瓜生",王瓜,多年生草质藤本,块根纺锤形,茎细,枝多发,果实可入药。

小满三候,初候,"苦菜秀",苦菜,草本菊科植物,可食亦可入药。二候,"靡草死",靡草,草本植物,感阴而生,不胜阳而死。三候,"麦秋至",麦子成熟。

芒种三候,初候,"螳螂生",螳螂,节肢动物门昆虫,益虫。二候,"鵙始鸣"。鵙鸟,伯劳鸟。三候,"反舌无声",反舌鸟,春天活跃,此时少发声。

夏至三候，初候，"鹿角解"，鹿，本性主阳，夏至一阴生，感阴气而鹿角脱落。二候，"蜩始鸣"，蜩，蝉，民间称知了。三候，"半夏生"，半夏，药用植物，生于夏至前后，故称半夏。

小暑三候，初候，"温风至"，温热之风此时到达极致。至，极致之意。二候，"蟋蟀居壁"，此时蟋蟀羽翼初成，居墙壁中，尚不能生活于田野。三候，"鹰始击"，《礼记·月令》中的记载是"鹰乃学习"，此时鹰在幼时，练习搏击。

大暑三候，初候，"腐草为萤"，腐草中见萤火虫。二候，"土润溽"，水土蒸郁，溽热。三候，"大雨时行"，大雨不断。

立秋三候，初候，"凉风至"，天有八风，一年之中有八个方向的风，凉风是西南风，又称凄风。二候，"白露降"，早晨或雨后，地气遇凉风，凝聚为雾气，此时尚未凝结成露珠，白露节气后才出现凝珠。三候，"寒蝉鸣"，寒蝉，个头小，声音却脆亮。

处暑三候，初候，"鹰乃祭鸟"，鹰已长大，开始捕食鸟。二候，"天地始肃"，秋意肃然。三候，"禾乃登"，庄稼成熟。

白露三候，初候，"鸿雁来"，大雁由北方南飞。二候，"元鸟归"，燕子南飞。燕子是南方鸟，因此称归。中国古人是在黄河流域，具体是渭河流域观察天文地理，"鸿雁来""元鸟归"，来与归，是就观察地而言的。三候"群鸟养羞"，羞，美食。群鸟准备过冬食物。

秋分三候，初候，"雷始收声"，二月阳中雷发声，八月阴中雷收声。二候，"蛰虫坏户"，冬眠虫类开始修葺洞口。三候，"水始涸"，河水流速放缓。

寒露三候，初候，"鸿雁来宾"，先来为主，后来为宾，最后一批大雁自北方南飞。二候，"雀入大水为蛤"，蛤，一种小蚌。三候，"菊有黄华"，草木感阳气生长，独菊遇阴气开花，古人以菊寓君子品格，于寒风中开放。

霜降三候，初候，"豺祭兽"，豺捕食兽类。二候，"草木黄落"，草木叶黄飘落。三候，"蛰虫咸俯"，咸，全部；俯，垂首。此时寒气肃凛，冬眠虫类不再进食。

立冬三候，初候，"水始冰"，水面开始凝结为冰，此时冰面尚单薄。二候，"地始冻"，大地寒气凝聚。三候，"雉入大水为蜃"，雉，野鸡；蜃，一种大蛤。

小雪三候，初候，"虹藏不见"，清明节气阳盛彩虹见，此时阴盛，虹藏不见。二候，"天气上升，地气下降"，天地之气各自归属，天高地寥。三候，"闭塞而成冬"，天地之气失联，各正其位，不再交通，闭塞而成冬，冬即终。

大雪三候，初候，"鹖旦不鸣"，鹖旦又称寒号虫，不是鸟，是鼠科，栖居于针阔叶林混生地带，比松鼠略大，穴居在石洞或石缝中，多独居，爱清洁。吃食时前足抱住食物，后足站立，萌态毕现。前后腿之间有翼蹼，能在峭壁和大树之间滑翔，因而古人误认为鸟类。二候，"虎始交"，阳气动，虎求偶交配。三候，"荔挺出"，荔挺，草科，根系坚硬，民间以此制刷子。荔挺野生，古时寓指民心不可欺，"荔挺不生，卿士专权"。

冬至三候，初候，"蚯蚓结"，蚯蚓自缠绕如绳，阳气未动，屈首向下，阳气已动，回首向上，此时阳气蠢蠢欲动，因此称"结"。二候，"麋角解"，麋本性主阴，冬至一阳生，遇阳气而角脱落。三候，"水泉动"，冬至一阳生，阳气上行，泉水感热而动。

小寒三候，初候，"雁北乡"，乡即向，大雁北向而飞。二候，"鹊始巢"，喜鹊在树端筑巢。三候，"雉雊"，雉，野鸡；雊，鸣叫求偶。"雉之朝雊，尚求其雌"。

大寒三候，初候，"鸡始乳"，鸡得阳气而育乳。二候，"征鸟厉疾"，此时节猛兽愈加凶悍。三候，"水泽腹坚"，此时是一年中的冷极，腹坚，指冻透了，冻结实了。

四

主气是一年中的常在之气。

客气是变数，是家里来的不约而至的客人，上门叙旧的，拉家常的，说委屈的，找茬儿的，不把自己当外人的，脾气不一，各具秉性。酷暑，倒春寒，暖冬或奇寒，大旱或大涝，台风，海啸，"厄尔尼诺""拉尼娜"，等等，气候的这些异常，与客气相关联。但客气也不是职业干坏事的，一个巴掌拍不响，主气与客气和谐了，风调雨顺，天安地泰。如果兄弟俩赌气，或者僵持拉下了脸,麻烦就出来了。

界定主气与客气,是中国古代天文学的范畴。而对主气与客气运行原理的认知,是中国古代哲学的轴心地带。

主气在一年中依五行原理运行,分为六个步骤,称"主气六步"。五行在四季中的顺序是木火土金水,木主春,火主夏,金主秋,水主冬,土居夏与秋的中央。木生火,火生土,土生金,金生水,水复生木。主气在大寒那一天生发,由大寒到春分,是初之气,称"厥阴风木";春分到小满是二之气,称"少阴君火";小满到大暑是三之气,称"少阳相火";大暑到秋分是四之气,称"太阴湿土";秋分到小雪是五之气,称"阳明燥金";小雪到大寒是终之气,称"太阳寒水"。

主气六步的气理顺序是"厥阴风木""少阴君火""少阳相火""太阴湿土""阳明燥金""太阳寒水"。

天有"寒暑燥湿风火"六气,地有"金木水火土"五行,"神在天为风,在地为木;在天为热(暑),在地为火;在天为湿,在地为土;在天为燥,在地为金;在天为寒,在地为水。故在天为气,在地成形,形气相感而化生万物矣"(《黄帝内经·天元纪大论篇》)。天有六气,地生五行,地上承天,于五行之中又增置一火,因而有"君火"和"相火"之分属。顺序是"木、火、土、金、水、火"。

主气是稳定的,由初之气到终之气,周行四时,年年无异。

客气在一年中的运行也分为六个步骤,主理上半年的气称"司天之气",主理下半年的气称"在泉之气",在"司天"和"在泉"的左右,各有两间气,称"司天两间气"和"在泉两间气"。

客气六步依五行原理运行的气理顺序是三阴在前,三阳在后,一阴"厥阴风木";二阴"少阴君火";三阴"太阴湿土";一阳"少阳相火";二阳"阳明燥金";三阳"太阳寒水"。

客气是不稳定的,每一年都有变化,具体有两个层面的变量。

其一,推算客气六步,以五行配合十二地支的顺序,子、丑、寅、卯、辰、巳、午、未、申、酉、戌、亥,以值年地支为基础,十二年一个循环,六十年五循环,为一甲子周期。"天以六为节,地以五为制。周天气者,六期为一备。终地纪者,五岁为一周。君火以明,相火以位。五六相合,而七百二十气为一纪,凡三十年。千四百四十气,凡六十岁而为一周。"(《黄帝内经·天元纪大论篇》)天以六气为节,地以五行为制。六气司天,六年运行一周。五行制地,五年运行一周。地之五行又有君火和相火分属。五六相合,为三十年,每年二十四节气,合计七百二十个节气。六十年为一甲子循环,合计一千四百四十个节气。

"君火以明,相火以位",这句话很重要。君火在天主宰神明,相火在地主宰运数。五行又称"五运",天地之间的气理运行,称为"运气"。

其二,"司天之气"与"在泉之气"的左右间四气,是不确定因素,司天与在泉有变化,左右间气随之而动。

《黄帝内经》中,《天元纪大论篇》《五运行大论篇》《六微旨大论篇》《气交变大论篇》《五常政大论篇》五篇文献,具体阐述主气与客气的运行原理,以及二者相生相克导致的气候异常。《黄帝内经》是中医学的源头著作,也兼容天文学和哲学。中国古代的学术著作,都是兼容制式的,《周髀算经》《九章算术》是数学的源头著作,兼容天文学、哲学。《周易》更具典型,兼容天文学、哲学、逻辑学、社会学等。中国这四部重要古典著作的基础,都是天文学。

摘录《气交变大论篇》中关于"太过不及,专胜兼并"导致气候异常的论述:

主气与客气在交融运行中,如果一气独盛,称为"专胜","专胜"即"太过"。主客二气相互侵占吞并,称为"兼并","兼并"即"不及"。

"岁木太过,风气流行,脾土受邪""化气不政,生气独治,云物飞动,草木不宁,甚而摇落"。一年中,木运独盛,则风气流行,土受侵伤。"化气"是土气,"生气"是木气,木盛而土衰,导致天空云层失衡,地上草木不宁,乃至枝叶早落。

"岁火太过,炎暑流行,肺金受邪""收气不行,长气独明,雨冰霜寒"。一年中,火运独盛,则暑热流行,金受侵伤。"收气"是金气,金秋之气敛收。"长气"是火气,夏季的别称为"长赢"。火气独旺,则金气不行,导致冰雹霜寒。

"岁土太过,雨湿流行,肾水受邪""变生得位,脏气伏,化气独治之,泉涌河衍,涸泽生鱼,风雨大至,土崩溃,鳞见于陆"。一年中,土运独胜,则雨湿流行,水受侵伤。"变生得位",指变异之气主宰时令。"变而生病,当土旺之时也。""脏气伏"是水气无能为力。土气独盛,则湿令大行,泉水喷涌,河湖暴涨,本已干涸的池沼复生鱼鳖。风雨肆虐,堤岸崩溃,河水泛溢,陆地见鱼。

"岁金太过,寒气流行,邪害心火""上临太阳,则雨冰雪,霜不时降,湿气变物"。一年中,水运独盛,则寒气流行,心火受侵伤。"上临太阳",指三阳"太阳寒水"司天,则冰雹霜冻时降,湿寒气重,万物失形。

"岁木不及,燥乃大行,生气失应,草木晚荣。肃杀而甚,则刚木辟著,柔萎苍干。"一年中,木运不济,则燥气旺盛,植物生机失时,草木晚荣。肃杀之气弥漫,刚硬的树木断裂,柔嫩的枝叶枯萎。"上临阳明,生气失政,草木再荣,化气乃急。"如果遇到二阳"阳明燥金"司天,则木气无能为力,会发生秋天草木再荣的异常。

"岁火不及,寒乃大行,长政不用,物荣而下。凝惨而甚,则阳气不化,乃折荣美。"一年中,火运不济,则寒气旺盛,夏季的生长之势无能为力,植物荣而不久。寒凝之气过重,阳气不能生化,万物生长受挫。

"岁土不及,风乃大行,化气不令,草木茂荣。飘扬而甚,秀而不实。"一年中,土运不济,则风气横行。土气无能为力,草木过于茂盛生长,华而不实。"上临厥阴,流水不冰,蛰虫来见,藏气不用,白乃不复。"如果遇到一阴"厥阴风木"司天,则一阳"少阳相火"在泉。冬天水不结冰,冬眠的虫类早现。"藏气"是水气,寒水之气无能为力,金气则不予复正。"白乃不复",白指金气,在五色中,白寓指秋天。

"岁金不及,炎火乃行,生气乃用,长气专胜,庶物以藏,燥烁以行。"一年中,金运不济,则火气流行,土气当政,夏季生长之势旺盛,万物繁茂,气候干燥炎热。

"岁水不及,湿乃大行,长气反用,其化乃速,暑雨数至。"一年中,水运不济,则湿气弥漫,水不制火,火气反行其令,热雨多降。"上临太阴,则大寒数举,蛰虫早藏,地积坚冰,阳光不治。"如果遇到三阴"太阴湿土"司天,则三阳"太阳寒水"在泉,则大寒之气不时侵扰,冬眠的虫类过早蛰伏,地积坚冰,阳气藏伏。

那拉提

◎ 梁晓阳

一

当上午鹅黄的阳光悄悄地抹在楚鲁特北坡的一座草山上时,我们遇到了哈萨克族牧民沙巴西一家,他们刚从冬窝子里转场过来。初春的阳光对压抑了一冬的草根是极大的诱惑,此刻正迫不及待地挺着尖芽往上蹿,而冻土下面青草萌芽的气味已经招引得牲畜不能安稳,勤劳的牧人再也坐不住了,他们马上着手准备准备,很快便驱赶着牲畜上山。此刻,这一家人正在那里来来回回地忙碌着,两位老人正在搭建毡包,沙巴西在整理地基,他们的三四匹马就在旁边吃着刚吐出嫩芽的小草。在相距四五米的地方还有一座已搭好的毡房,沙巴西年轻高挑的妹妹迪拉古丽身着红裙,披着蓝色绣花坎肩,外套黑色绣花袷袢,头戴一顶竖着一丛洁白羽毛的花皮帽子,走到毡房门口,将进未进的样子,站在那里侧转头,露出她那天鹅脖颈一样细长的脖子,一双深目专注地望着我们,整个儿的神情像一朵悄悄儿开放的天山雪莲,让蓦地发现她的人眼前一亮。这几年那拉提的旅游业发展起来后,这些草原克孜(姑娘)的观念也现代化市场化起来了,一到旅游旺季,她们就牵着自家的骏马出现在碧绿的草原上,出租给远方的游客,让他们过足骑马的瘾。

妻子和迪拉古丽说话,她们刚开始说的都是汉语,迪拉古丽有着重重的夹舌音,语调很柔缓,但才说完几句,她的词汇就显得匮乏起来,常常要沉吟或思考好一会儿。后来,她们的说话变成了汉语和哈萨克语的混合。迪拉古丽,金钱花的意思,多么富有寓意,仿佛现在那拉提草原上的克孜们一样,在市场化潮流中洋溢着现实的诗意与芬芳。

我坐过她那匹看上去不是很健壮但却很精神的黑马,我刚要上马的时候,沙巴西走过来拉住了我,用有点儿夹生的汉语对我说,你骑过马吗?如果你没骑过会害怕的。我告诉他我经常在妻子的娘家新源老马场骑马,多年以前我还在内蒙古大草原上跑过马。听我这样说他才放了手。其实你不用怕,迪拉古丽仿佛没有听到我跟她哥哥说的话,在一边说,这是一匹经过训练专给游人骑的马,你就是打它也不会快跑。她这句话说得非常流利,也许她在面对每一位游人时都是这样说的。接着,迪拉古丽又告诉我,骑马要双脚踩实镫,身体微微悬空,与马背起伏的节奏协调一致,这样身体才不会因为颠簸而疼痛。

　　美好的情愫在善良体贴的话语里发酵,我就权当是第一次骑马,虚心地按照迪拉古丽的说法去骑,马小跑起来,我在马背上轻松地欣赏着远处的雪景、近处的山林草色,感觉心旷神怡。

　　翻身下马的时候,迪拉古丽小跑着过来,向我歉然说刚才忘记在马背上垫上布毯了,原来现在还不是旅游旺季,往年为游客着想的一些细心准备便没来得及做好,比如垫上厚厚的布毯,那布毯据说还是手织的。其实我挺喜欢骑着光溜溜的马背,那样我有一种很踏实的与马接触的感觉。多年来我在新源老马场骑马也是如此。但是在那拉提不是这样,起码姑娘们都要给你保留着那副硬马鞍。

　　尽管布毯没有放好,但我依然为迪拉古丽的歉然所感动,也许,年复一年,包括这位漂亮端庄的迪拉古丽在内的哈萨克族姑娘们,把自己美好的年华都奉献给了并将继续奉献给脚下这片美丽的土地;也许,她们也羡慕都市生活的繁华,但她们似乎更习惯于那拉提草原上这种安详自由的生活。她们拥有大自然生活的开阔胸襟和淳朴憨厚,也有着现代文明人的实在和机智,而我们的当代人中,有的过多地具有乡村人的厚道而欠缺适当的逐利思想,因而改变自己的困境显得非常困难,有的过多地具有市侩的唯利是图而欠缺社会进步所需要的同情和大气,因而这类人常常成为经济秩序和社会秩序的麻烦制造者。只有大自然的宏阔气魄和追逐时代文明的激情二者相结合,才是当代社会人所缺乏因而一直在长久地呼唤的一种境界。

正是在这个意义上说,生活在天山腹地里的那拉提人没有与现代文明对峙,他们在坚持中摸索,现代文明也没有落下他们,他们在融合中继续坚持。他们始终在以最恰当的方式追求着文明,早期那拉提度假村的建设就是他们所有追求活动的最生动的实践。也因为如此,在洒满阳光的草原上生活是不会感到寂寞的,那一座座闪光的雪山,那一道道墨绿的林带,那一丛丛碧绿的青草,那些旺盛的花儿和活泼的鸟儿,还有那些起伏游荡的羊群和马群,都是草原上人们的永恒的朋友,也是草原闪耀明天魅力的关键载体。和这些朋友一起生活,他们当然一年四季都不会感到寂寞。有一次,我们甚至在空寂的草原上听到隐约飘扬的歌声,自草原遥远的深处传来,虽然听不出唱的是什么歌词,但那节奏是舒缓的,声音是嘹亮的,韵律是抒情的。在辽阔而又起伏连绵的草原上,听不出歌者在哪儿唱,但歌声在起伏的草原和林带间仿佛无处不在。而在我们站立的地方,听到歌声正在悠悠地绕着新鲜的芳草缓缓弥漫,直到这片无边无际的草原都乘着歌声飞向了天空,直至成为一片缥缈的空中草原,成为载着那拉提人飞向美好明天的一张飞毯。

二

在我的眼里,大部分时间那拉提都是魅力四射的,但也常常是热闹喧嚣的。随着那拉提作为新疆甚至全国的一个顶尖旅游品牌出现,它正在削减着一些自然的东西,同时添加着一些社会的内容。尽管我衷心祝愿那拉提的旅游业一天比一天兴旺,但是从我个人的审美情趣出发,我更喜欢那拉提初春那种人迹稀少时的静谧之美。

如果夏天里去那拉提,我总是选择清晨游人还没到来时便上山,或者傍晚大部分游客走后才进入。如果这两个时间我都赶不及,那么我就会选择一种时髦的商业行为:规避,就是有选择地避开热闹的游客和繁华的景点设施,悄悄地从松林间小道进入偏僻的山地草原。

清晨的那拉提很凉,这时候最引人注目的是太阳还没出来的天空,那种昨夜水洗过的蓝色,似乎水分刚刚沥干,被挂在了头顶上,那是我们今天要穿的衣服，这么整洁，这么纯蓝，有一种宗教般的虔诚伏在心底，以至于满眼看到的都是清透和干净。我们从忽隐忽现的羊肠小道中走过去，翠绿的青草和鲜艳的百花上全都长满了剔透玲珑的露珠，柔和清凉的晨光给饱满的露珠渗进一层亮亮的水晶色，那些露珠便像一颗颗小太阳一般耀眼起来。小道很静，我们听到了双脚踏着草地的轻微声音。偶尔也会从身后走来一匹马，哈萨克族的马主人主动与我们打招呼。牧民和马走远之后，小路又静下来，这时有两只早起的山雀从草丛花丛中跳出路边，偶尔啄一下草叶花枝，又不时抬起小脑袋对着我们叫上两声，非常动听。蹚过一段草地之后，我们的裤脚也被露水沾湿了，但是我们乐意这种行走的方式，我们因为融入了清晨的那拉提内心感到从未有过的清凉和宁静。

傍晚到来的时候我们进入那拉提，夕阳的影子正在斜斜地飘进草原，草原的颜色便有了轻柔的明暗之分，在那拉提山的山腰上能够沐浴到软软的斜阳，同时伴随着沁凉晚风的抚摸。向东面看过去，深浅不一的绿色团块正在平滑地交叉着，斑驳着，约过了一刻钟的时候，眼前的颜色便只能分出两类了，一类是远山高耸的林带和林带下边山梁的三分之一以上都笼罩在褪了色的斜阳里，而另一类则是山梁的三分之二和它下面的三五座正在升腾起淡淡炊烟的毡房却笼罩在朦朦胧胧的暗影中。这时鼻孔正在被一种浓烈的气味所填满，那是哈萨克族大婶搅拌木桶溢出的奶香味，一种纯粹的草原黄昏的味道如无所不在的空气一般充盈着整个那拉提。

夜晚的那拉提在天山长风的吹拂下显得满山满坡的冰凉，当然这种冰凉只是针对夏秋两季而言，在这两个季节里的那拉提夜晚，除非带着很明确的目的来吵闹，有一丝感悟自然能力的人都会发觉，这里有一种非常宜人的冰凉和宁静。这种冰凉和宁静不是存在于万籁无声中，恰恰相反，它存在于那拉提之夜的各种喧嚷里，甚至存在于晚风冰凉的草原之夜。

当真正的草原之夜降临下来，四周漆黑一片，树林和群山都已经隐藏时，星星这时候却像蝴蝶一样飞出来了，在头顶上形成了一个高低错落的图形，冬不拉的琴声从一个一个的毡房里传出来，哈萨克族姑娘们开始了轻快的仿佛和弦一般的歌唱。我随意进入一个毡房，都会得到哈萨克族朋友们的欢迎,烛光中,两三个青年正在坐着弹奏冬不拉,还有两三个姑娘在跳着舞着唱着,屋顶开着一个大口,有两三颗星星在上面眨巴眼。我盘腿坐下来,一边喝着带盐的奶茶,一边倾听这仿佛草原之夜的清风一般的歌声。但是我有一个建议,我也是经常这样做的,那就是当你聆听了一段时间的歌声之后,你要从毡房里走出来,到外面的草地上再仔细谛听毡房里的歌声,你就会聆听到那种超越了时间和空间的飘逸、悠远和宁静,却又像你刚刚经历了一场感情往事般,思念遥远而又深刻。

那拉提之夜的宁静是不变的巩乃斯河,总在人们走出歌声之外的角落里隐隐回响;我的宁静是不变的草原之夜,总在我的心情如黑夜般穿越时间和空间之后,在旷远的草原上悄悄弥漫。

三

现在的时间是二〇二一年夏天的正午,阳光裹挟着莲花峰顶的雪光照下来,照得草原上的青草和那些红花黄花都软软地弯下腰的时候,我或者我和妻子躲在高密的林带里快意地乘凉,看高高的塔松上飞过的各种小鸟,林中飞快地掠过的小松鼠,有时也听到山鸡在十多米远的树林里啼叫。我或者我和妻子静静地走在阴凉的树林里,或者坐在一根碗口大的杉木枯枝上,充分地享受着夏天草原上最宁静的时刻。有一年夏天,我们的女儿伊丽和表妹的女儿慧明也来到了这片百花开得正盛的草原上,我们无法控制这两个小家伙对鲜花和小飞虫的追逐,我只好把她们摘花的过程看作是一次次接触美的必然过程。伊丽虽然才到过一次那拉提,但是从她面对那些烂漫花草和漫山遍野的游人时表现出的兴奋看,她对这片草原的喜欢不亚于对超市货架上的 QQ 糖。

当我们在草地上以自己喜欢的方式进行着自己的活动的时候,有一个人始终在注意着我们,他就是太阳。太阳静静地坐在天上目睹地上的一切。太阳是万物的德泽,但是人类和自然界也只能适可而止地需要他,于是便有了中国上古的后羿射日,古希腊众神之父朱庇特以霹雳击倒倾火贻害人间的太阳神之子法厄同。那拉提,本就是太阳之意,也是太阳的化身。日色照临，那拉提一片光明。夏天，那拉提的太阳虽然耀眼，但基本上是属于需求范围内的，那拉提因为有了这些阳光，草地上的人们和松林间的我们都显得自得其乐，各得其所。

太阳是那拉提的创造之神，他在忙碌而辉煌的经天旅程中伸出一只手点化着那拉提草原上的一切，一切便都因为太阳的点化而注入了生命的气息，焕发迷人的色彩。在太阳看来，整个那拉提都已经被它装扮得如同空中花园。在天上草原，在鹰旋峰，在歇马台，因为有阳光的德泽，青草更加茂盛，鲜花更加璀璨，远山的林带更加蓝郁，甚至那拉提之夜也因为白天的艳阳而浓黑得富有色块感。就连我们逃离酷热进入森林，也是因为听从了太阳神火辣辣的命令。号称"太阳照耀"的草原，它的一切在太阳的安排下可谓各归其位，各尽其能，各得其所。整整一个夏天，因为太阳的存在，那拉提成了一幅色彩鲜亮的油画。

到了秋天，那拉提那种油画的感觉依然十分强烈。刚刚被哈萨克族牧民用大镰收割掉修长牧草的草原，充满着活力却又掩饰不住壮年来临之前的欣慰和青春将逝的淡淡伤感。在落日的余晖里，或者是在初升的朝阳中，辽阔而呈现蜜色的牧场不可避免地镀上了一层淡金色的光彩，仿佛一位中年美妇微睁着一双慈祥富足的眼，坐在寂寞阳台上遥望空蒙的远山，显示着一种富贵的安详和追忆似水年华的娴静。但这种追忆却又不是怎么伤感的，仿佛她早已洞察了自然界的演化真理和人生轮回的经典。真的，在那拉提草原，我除了看到三五个牧民在使用草叉码着被大镰收割的牧草，那些牧草一堆一堆地被码在草地上等待运走，还看到已经装在拖拉机上如漫天云团一样高高弥漫的牧草，正沿着白亮公路凌空漫来的气势外，还看到了牧场边缘那些依然墨绿蓝郁的塔松或者云杉，那些野山楂、野山杏的霜叶殷红嫣红，在蓝郁的森然里非常大气地抹上了一层又一层一片又一片油亮油亮的颜色，把整个牧场点染得既辉煌灿烂又有一种处子般的温柔和宁静。

每次在春夏之交或者夏秋之交回到那拉提，我总能强烈地感受到那拉提那种风吹草低见牛羊的旷世之美，而这种美又总是令我每一次都欣赏不够。进入那拉提，我有过驱车直入绕山环游的经历，也有过步行进去一步一步走过歇马台，走上那拉提山的感受。不管是何种形式，我都能有幸完整地欣赏到那拉提那种在同类草原中独一无二的美丽，那一幅幅精装品牌的映像。没有去过那拉提的人们是不会相信那里有多美的，甚至我有一些南方的朋友很粗鄙地认为，北方的草原无非就是一片平坦的荒地而已。面对这样的评价，我总是想，如果你见了那拉提你就不会做出这样片面肤浅的评价了。但是我每一次都没有与他们做过多的争论，也不想进行深入的解说——我了解他们，如果他们没有去过钢筋水泥森林以外的更远的地方，他们得来就是一些道听途说的片段和自己的一知半解而已。但是当有一天他们真的来到了那拉提，他们就会惊愕得不敢相信继而大呼小叫，无论是哪种表情和言行，我都认为他们的感受只不过是停留在皮毛之上。他们不可能真正地读懂那拉提。

领略那拉提的美不仅仅需要身临其境，更需要投进自己的一颗心。无论你是万里迢迢来到这里，抑或是本就居住在附近某一天也来到了这里，只要你的身心真正地进入了那拉提，只要你以一种性灵的眼光留意这一幅幅山水，你就能体味到什么是天上草原，什么是人间神话，什么是灵魂深处的圣水。碧绿的草原，容易使人想起自己天真烂漫的时代，连接蓝天白云的绿海，能够使人醒悟什么叫作自由，什么叫作生活，花腰带一样闪烁多姿的巩乃斯河水，可以让人领略到什么是自然的赐予，什么是心灵的清澈。

在这里，哈萨克草原文化是整个那拉提之美的圭臬和精华。这些年在伊犁，我一直通过接触一些哈萨克族人思考着草原文化这个命题，觉着哈萨克草原文化不仅仅具有粗犷、彪悍和倔强的特质，与汉文化一样，也有着它的宽容、细腻、坚定和忧思。那拉提首先因为博采兼收的草原文化的存在而存在。早年的哈萨克族人赛马还被作为根据胜负卜算部落吉凶的一种办法，后来又成为挑选兵丁的测试项目，如今已演变成为当地一项群众性的体育竞技活动。那令人赞叹的"阿肯弹唱"，从马队的列队进场，到阿肯（歌手）们站在草原上放手弹奏，放声歌唱，放情恣肆，一环紧扣一环的问答抢白追诘，把哈萨克族才人们的才艺双全表现得淋漓尽致。那个人人向往的"姑娘追"，早些年还是哈萨克族年轻人的一种戏谑性的追逐活动，他们通过这种方式互相认识、互相了解而萌发了爱情，最终结成了伴侣。如今它已成为当地一项饶有风趣的群众性体育活动，参加的大都是那些已婚的成年男女。这样，从并马而行到策马驰奔，再到扬鞭追打，以假乱真，真假难辨，演绎着独一无二的草原恋曲，再到今天基本上成为一种表演活动，从中我们只能说它是一种习惯的遗失，同时还是一种文化的发展与传承。那个叼羊是比赛马还要激烈刺激甚至是危险的马上游戏，比的是力量和勇气，比的是骑马的技术，还有互相之间能否配合的团队精神。近年来，从两位汉家公主嫁入乌孙国的故事中挖掘出来的伊犁草原部落内涵，让我们看到的不仅仅是一个草原部族两千多年前迎娶汉家公主的简单生活记录，也是一种超越了时空和民族鸿沟的中华历史文化在边地的延续和维系。

如果我们剔除或者忽略了这种热情奔放而又不缺乏内敛温存的哈萨克族文化去看单单的草原，那拉提草原就会仅仅作为一片有花有草的纯粹草地而存在，那样那拉提也许可以叫另外一个名字，就像地球上某片偏僻的湿地，寂寞而枯燥地蒸发着水汽。而因为有了文化，那拉提成了一个承载文明的载体，一幅记录悠久民族风情的映像，一帧镂刻草原性格的版画。没有哪种使命比承载一种文明的使命更重要的了——不管承载者是一个地方、一个物体还是一个人——如果一个人肩负起了承载文明的重任，那他就是伟大的。因为有了那拉提，哈萨克族悠久的历史文化找到了一个向世人展示的华丽舞台。

老屋衣马

◎ 周缶工

　　朝向老屋。粉墙斑驳几截壁画 / 阳光在后背铺陈, 读深褐羊毛衫上 / 间隔纯白拉丁字母, 回声透过明瓦 / 照亮堂屋梁下的燕窝。望过去 / 扇扇窗户似黑洞。在自己影子里 / 看书刚好, 黑铅字拉出绿投影 / 一丘秧苗摇曳。紫尾巴公鸡 / 奋力追白芦花母鸡。车窗覆太阳膜 / 长咖啡色绒毛。尘粒温柔 / 收起的翅膀扑棱棱, 静候起飞 / 小孩用手指, 移植老墙上旧作 / 画三叶草, 七瓣花和小人手拉手 / 尿片满衣架, 洁白齐整的烫米粉皮 / 哇! 新生儿哭声让众人手脚忙乱

——《老屋前晒民国的太阳》

　　那日在堂弟的新宅前小憩, 看书, 伏在木椅上背晒太阳, 恍惚间老屋海市蜃楼般出现。神思缥缈中写下这首诗, 旧日光景与当时情境交织, 心中唏嘘不已。老屋建于民国十五年(一九二六), 已拆除十余载, 堂弟的新宅就建在其故址处。多年身在异乡, 在梦中我常会回到老屋, 彼时人事一一重现, 交合糅杂, 像是连续剧集。里面情节, 对白, 衣物, 车马, 鲜活生动, 我总分不清是梦境还是现实, 是去日还是如今。

伢妹子　围衣　竹马

　　伢妹子是老家对小孩的称呼, 伢子称男孩, 妹子呼女孩, 伢妹子自然指代小孩。我做伢妹子时, 懂事不是一般地早, 至今能记起两三岁时的事来。我在祖屋后边的西厢房里出生, 先天不足, 十月怀胎时母亲身上几次见红, 好在最后还是呱呱坠地, 没甚大碍。祖母说, 生我那天午后她和几位女人家

坐一起喝茴香茶，父亲正在伙房里纺棉纱，母亲未时发作，申时分娩。刚降生缺少乳汁，母亲分外着急，到处托人买奶糕，那年头物资短缺，难得到手。正束手无策时，也是天意，父亲用自行车驮着母亲到邻乡供销社去碰运气，未曾想路途中有货车掉落物品，上前一看，竟是成捆的奶糕，由此解燃眉之急。

到我两岁时，家里就给我穿上了围衣，胸前系上口水褂，胳膊上别着保命符。所谓围衣，就是扣子从后面扣拢的小孩衣物，比较宽松长大，里面可以穿着布衫棉袄，关风保暖，也便于收拾。伢妹子穿上围衣时，就差不多能下地行走了，一直可以穿到四五岁。依稀记得，头一回独自穿着围衣摸墙，从大人往日抱我经过的祖屋堂屋后门进去，觉得里面漆黑一团，分外怕人，不敢再踏足往前，站住大声啼哭。母亲从后面赶来，往地下吐口水，骂，雷火烧你的，别吓着我家伢子！将我抱离。其实，平素父母长辈抱伢妹子经过那老堂屋，都会将其窝在怀里，不任由张望。过段时日的一个午后，我终于再次迈步从后门进入祖屋，站立后，发现有光亮从头顶照射下来。不由得往上张望，原来是屋顶安着明瓦，阳光透过照亮半空悬着的匾额，旁边有黑色的飞物在盘旋。多年后，我和堂叔还曾争执，那飞出鬼魅行迹的黑物，究竟是燕子还是蝙蝠。

自此，我的胆子一天天大起来，小步子迈得越来越开，独自走得也越来越远。到了开春，发现像变戏法一样，老堂屋里、土台阶上放着许多拌禾桶，里头不知藏有什么物品，上面覆盖薄膜和稻草，空气中弥漫着一股农药水的气味。多年后才得知，那是生产队在集体发稻谷种。过几日，稻谷种发好了，老堂屋里有时空旷，有时又堆满了犁耙、水车、轮子等农具。叔祖父喜欢去河里捉鱼，他的一副渔罾也常年四季挂在堂屋的墙壁上。油菜花开时节，祖屋前后空气里漂浮着花香，蜜蜂在土砖墙上打洞，伢妹子拿竹签探进去，待那小生灵退出来，就用玻璃瓶接住。每到傍晚，一户人家做饭炒菜，满祖屋都会闻到油烟味，各家伙食如何，自然都会了然。

还在我穿围衣时，每到春上，祖父都要请来泥瓦匠人，上房去捡拾烟瓦，怕雨季来临后漏水。我见那匠人在屋顶行走如飞，简直和能飞檐走壁的家猫有得一比。那老房子冬暖夏凉，热天晚上，很多人将竹床抬到堂屋里，穿堂的风格外清爽。我从不敢晚上睡在里边，抬头看见月光从亮瓦里渗下来有点毛骨悚然，更怕白天盘旋的蝙蝠会突然落下来咬人。祖屋的缺点是容易上潮，春天气泥巴地上格外潮湿，容易滑倒。捡拾再好，大雨时房间里也免不了渗漏，雨水和着扬尘灰，变成扬尘水，用桶子接着呈酱油色，据说能入药。

魂魄儿　白衣　战马

祖屋的住户，有富公、贵公、仁爷和一位聋人渐聋子。富公家人多，生了两男两女，一家六口挤在几间老屋里，除去厨房和伙房，一个卧室要放三张床。富公当过一段时间生产队队长，当年分配了一个四方盒子状的收音机，早晚会准时播放。他家有个弄堂，就势做了一个洗澡房，把水提进去洗澡，水会直接流到外面浇坑。那时觉得比自家用脚盆方便许多，心里羡慕。用脚盆洗澡确实麻烦，洗完还要找人将用过的水抬出去倒掉，颇费劲。

娇姑是富公的长女，有回不小心让未满两岁的我从书桌上摔下，导致右臂脱臼。去到医院检查，负责接诊的医生托大，胳膊接上去了，却轻微移位，导致我的右手臂至今还翘着，看起来像个犁弓。小时每到热天，母亲看着我的右臂总会笑言，将来长大去瞧女子，要记得穿长袖，不要让人看出端倪。瞧女子是老家话，看对象之意。

仁爷家在老堂屋西边，他幼年丧父，和其祖父相依为命。其祖父叫作长庚，生得高大威猛，和我嫡亲曾祖父秋梧兄弟俩一文一武，在老家一代很有名声。做伢妹子时最怕见到长庚叔曾祖父，他相貌丑恶，声如洪钟，那会儿已经驼背。一生好赌成性，临死前，他交代仁爷，在房中某处，留下了多少银圆云云。那是我记忆中在老堂屋办的头场丧事，叔曾祖父没有儿子，就由孙儿仁爷代行全礼。屋场风气重开，那年月又允许做道场吹喇叭扎灵屋了，伢妹子都感到分外新奇。丧事过后，仁爷无心农事，天天背着一把锄头，按照他祖父的遗言，挖掘那些银圆。整个房间刨了个底朝天，周边地基也松动了一遍，半个银圆也没挖着，只寻到几个旧铜板。

和仁爷相对住着的贵公，屋场人都说他有乃父之风，生得好皮囊。只是性格有点孤傲，曾祖母一直给他张罗娶亲，却一直山就水不就，没有下文，拖了下来一直单身。做伢妹子时最喜欢去贵公家"扫荡"，抽屉里、箱柜中总会有一分、两分、五分的零钱，或是各种戏文书本，他任由我们拿去，从不怪罪。夏日，喜欢身着白汗衫或衬衣，从不穿其他颜色的衣物。冬天，则背着一件绿色军大衣，显得高大英武。

贵公为人爽朗，出手大方，自然招人欢喜。他在老堂屋出进，另外有个后门开在我家的西厢房附近。月黑风高的晚上，会有妇人从后门出入，不着痕迹，此系旁人说辞。因而，他在屋场有个诨名，叫"魂魄儿"。魂魄儿，意为来无影去无踪，来得快去得也快。

未亡人 青衣 红马

曾祖母从我记事起，就喜欢穿老式青衣，斜排的布扣，头上扎一条手绢，将银色的头发拢得一丝不苟。她本名李贞秀，十三岁从永安高中村嫁过来，面容姣好，身材玲珑，和秋梧曾祖父十五岁正式成婚。曾祖父相貌出众，文才过人，在地方上享有侠义之名。曾祖母告诉我，当时兵荒马乱，曾祖父胆识过人，独自牵着一匹枣红色的马，那个冬日沿着捞刀河岸堤，翻山渡水，将她接回家。

曾祖母三寸金莲，很小的脚，当年都没有现成的鞋买，尺码太小，只能自己做。那匹马兴许作为一种见证，他们夫妇俩都舍不得让它做重活。每到晴日，曾祖母还要用梳子帮它理长长的鬃毛。那马本也金贵，当年南方地区马匹稀少，系曾祖父在北盛仓街上的牛马会用两头牛兑换来。

听祖父说起，曾祖母直到过二十岁才开始生养，他最大，接下来三四年育一子，共生了三个儿子。后来又将长庚叔曾祖父的一个女儿过继过来，一家六口，小日子还算宽顺。当年，除了耕种族上分配的十来亩田地，曾祖父还外出张罗各种往来生意。收买猪鬃、鸭毛、果品，贩卖布匹、棉纱、桐油，干了许多行当，都得心应手。

日子就这样相安过着，无奈到曾祖父三十九岁时，家中突遭变故。曾祖父性喜饮酒，某日酒醉，突然头脑发热，疼痛难忍，当日便去世。发病时，地方上本有著名郎中赵义生可以医治，曾祖母遣祖父去请，赵郎中在外行医，一路追赶，总前脚走后脚到，没会到人，未能如愿。说起这些，曾祖母眼圈泛红，说是天意，不逢救。想来几十年过去，当时撕心裂肺的场景仍如在眼前。从那时起，她就按例给自己取了个名号，叫未亡人，只穿青衣，除了娘家，不再出客，见人自称"未亡人周李氏"。

往后孤儿寡母自然艰辛，曾祖母凭着自己的倔强，外圆内方操持了整个家庭。从我记事起，曾祖母就和贵公同住，最怜爱这个满子。她帮贵公洗衣物，一个大脚盆，木提桶，让我们这些小辈帮忙提水过来。浆洗过后，就晾在祖屋前面红石屋柱拴着的竹杠上。晾上去要左右扯平，一丝不苟，晾干后再小心折起来，放进衣柜。听祖母说过，曾祖母年轻时爱美，会选对折的新白棉线，一头系窗棂上一头牵手里，叠在一起去夹掉脸上的汗毛；然后选精细的米糠头粉末，小心涂抹脸上，再拿棉布擦拭匀净。短缺年代，就用这最原始的方法就地取材，去装扮自己的面容。

我曾在祖屋前问过曾祖母那匹红马的下落，那时她年近八十，仍精神爽朗，穿斜排布纽扣青衣，满头白发用手帕拢住，一口白牙齐整，没掉落一颗。她说，曾祖父过世后，那枣红色的公马一段时间无人驱驰，没多久竟然也生病萎靡了，不出一月就倒地而亡。没让人吃死马肉，找人运到河滩上焚化，剩下的骨头之类就地掩埋。我不禁感叹，马犹如此，人何以堪？

闯荡者　蓑衣　骡马

听长辈们说道，祖屋建于二十世纪第一个丙寅年间，是老太公文二爷为秋梧曾祖父迎娶曾祖母所建。在建房之前，家里发生了一件大事，促使曾祖母年方十三就出嫁。老太公当年本育有三子两女，长子世斌，次子长庚，三子秋梧，长女青葵，满女绿菱。世斌年少轻狂，和本家一位兄弟的妻室勾搭成奸并被抓了现行。当即用家法拘捕世斌，捆绑在家只待族上开祠堂门审讯定罪。在此当口，世斌趁人不备，吃洋火柴头中毒而死。老太夫人姓张，名竹婆婆，对长子过世很是怨尤。老太公当时颇有身家，遂决定拆除旧屋建新房,请当地最好的石匠、木匠、瓦匠、漆匠主理。工地在屋场后方拉开阵势,用一年时间落成,建好后在老家一带远近闻名。从不远处的官道上看过去,白墙黑瓦一字排开,林木掩映,气势不凡。第二年,秋梧曾祖父将曾祖母迎娶过来,是为冲喜。

听祖父言,他的叔伯姑妈一辈,满姑绿菱最漂亮,那时文二老太公最不喜其夫庚秋。庚秋姓田,乃无业游民,整日游手好闲。不知何故讨得绿菱欢心,让老太公无奈又不忿。那年月,庚秋伙同一班人,每天上山打鸟,下河捕鱼,不干正事。祖父记得,庚秋当年骑着一头白首黑身的大骡马,穿皮靴,披蓑衣,肩背鸟铳,来去匆匆,俨然一名江湖闯荡者。

祖父说他见识过庚秋的枪法。某日,庚秋来访,祖父让其试试鸟铳。当时有鹞子在附近大樟树上空盘旋,只见其抬手就是一枪,鹞子应声落下。祖父等小辈欣喜异常,跑过去捡那飞禽,害得不杀生的老太夫人跌坐地上,只念阿弥陀佛。祖父说庚秋虽然狂悖,但为人义气,对绿菱尤其温顺,后因其身手被人看中入了行伍,举家迁往外地,上下发达,也得了善终。

老太公操持家业,勤勉谨慎,祖父说,祖屋有过热闹的光景,当年生意上佳时,每天车马出入,人来人往,长年短工请了一大帮。土车嘶鸣,牛马叫唤,那段时日祖屋和家人最为风光。遇喜庆之日和贵客来访,就在老堂屋里举办宴会,用上好的海参做菜,称之为"海参席"。

最记得曾祖母七十大寿,在祖屋举行宴席,办敞门酒。我那时才五六岁,满眼好奇,在人缝里钻进钻出。只见客流如潮,一乘乘竹轿将满头白发、一身青衣的老女人家抬进来,颤巍巍站起,给同样白发青衣的曾祖母贺寿。老人家互相搀扶着,手拉手,笑得满眼泪花。户外平放的门板上泡着茴香茶,洗脸盆里折着崭新的毛巾,旁边的开水壶在火炉上啵啵叫着,女人家在边上忙活。堂屋里八仙桌条凳相对摆放,屋场帮忙的伙计们往来穿梭,大红对联照眼,酒菜热气蒸腾,每个房间都高朋满座,上菜、喊席、劝酒、招呼、接应的声音此起彼伏,不时鞭炮连天,从早到晚无尽热闹。

印象中这是祖屋做的最后一台红白喜事,曾祖母之后大病一场,差点故去,从此宣布不再庆生。往后后辈们陆续成家,渐次搬离,开枝散叶,有喜宴酒席也各自举办,老屋日渐冷落凋零下来。直到年久失修,成为危房,最后不得不被拆除,腾出地基另盖新房。

曾想,可做一部舞台剧,布景就是老屋,各个房间次第上演不同的情节。这边小孩降生,一家欢庆;那头老人故去,满室悲戚;中间正在嫁娶,喜气盈庭。四季更迭,时代变迁,人事浮沉,一幕幕人间悲喜剧交替上演。一个房间灯光熄灭,另一个再亮起;阳光才洒满屋前,雨季又如约而至;此际起高楼宴宾客,顷刻情人怨伤别离。

每每想起老屋,我周身就会笼罩一种清凉的感觉,仿佛置身在老屋当中。耳边常隐约响起一首老歌,《不夜城传奇》,那曲调如水流淌,温婉平静而深情。歌词稍作改动,用来吟唱老屋正有恋恋风尘的意味。那词句如下:老屋不曾沉睡过去,仿似不夜城,这里灯火通明;是谁开始第一声招呼,打破了午夜的沉寂;空中弥漫着风的气息,人们的呐喊,响着生活的回音;天地忙忙碌碌的脚印,写的是谁人一生的传奇……

尽令天下洽春熙

◎ 侯志明

　　每次走过春熙路,我就在想:凡是爱上成都的人,一定是从喜欢春熙路开始的吧!

　　"众人熙熙,如享太牢,如春登台",这句话出自《老子》,春熙路的名字由此而来。

　　这名字很美,用如此雅洁雅气美丽的词语来命名一条街道,除春熙路之外,我不知道还有没有第二条?我知道有很多同春熙路一样名扬九州的路或街,却是以江河名、城市名、建筑名、官府名,甚至纯粹的数字来命名的,冷冰冰的,没有一点儿感情和色彩。而"春熙"一词除了雅洁雅气和美丽外,又是那样温和吉祥、充满激情与想象。

　　我经常对外地的朋友说:"不到春熙路不算到成都,因为春熙路很美。"

　　一九九八年的冬天,我第一次去春熙路,那次也是第一次到成都,住在陕西街的蓉城饭店。那时的蓉城饭店一点儿不落寞。

　　有一个晚上,朋友请我吃饭,就是在春熙路。他说"吃在春熙"。

　　蓉城饭店离春熙路并不远。出了饭店沿陕西街东行,横穿人民南路后,进入梨花街,再沿学道街、走马街这些充满古意和诗意的街道漫步前行,便可到春熙路的中心位置中山广场。中山广场有一尊孙中山先生的雕像,这是个名头很大但袖珍得不多见的广场,小而精致。

　　是不是在百年老店"龙抄手"吃的饭?记不得了,记得清清楚楚的是,每人大概花了不到三十块钱,就吃到好几种小吃,有红油抄手、赖汤圆、钟水饺、担担面、糖油果子、肥肠粉、糯米排骨、蒸凤爪等等。碗碗碟碟、汤汤水水,筷子勺子,摆得让人喘不过气来,也不知如何下箸。只能小心翼翼地腾挪选择,细嚼慢咽地品味品尝。

无丑不成戏,无酒不成席。酒杯一上桌,拥挤不堪的桌面只好层层叠叠起来。于是,碰杯时,两只细嫩的小碟子就被挤到了地上,发出了清脆的响声。循声而来的,是一个扎着马尾辫的服务员,她动作利落,几下子就把残渣碎片清扫得干干净净。

我说:"对不起,按价赔偿吧。"

她回答:"不存在。您也不是故意的,开心用。"

我小小吃了一惊。因为在另外一个地方,发生了同样的事,曾让我付出好几倍的赔偿,曾让我一个晚上心情郁闷。

春熙路,有幸一遇就带给我如春的暖意。从此,对春熙路我便有了莫名的好感。

有点缘分的是,一九九九年我调到四川工作,从二〇一四年至二〇一六年就有两年多的时间在省电影公司上班,电影公司位于青年路,距春熙路西段也就几十米距离。单位虽然有食堂,但中午的饭我总是选择在街头吃,那几年,基本吃遍了春熙路的小吃。感觉吃在春熙真的是名不虚传。

在春熙路请客吃饭一定不要去酒店宾馆,这是我这几年从教训中总结出的一条经验。有一次在一家不小的酒店请北京来的一位朋友吃饭,结果花了大酒店的钱,上桌子的菜大多数是从街头的小馆子端回来的。毛血旺、冒节子、烧肥肠、串串香等等。有了几次这样的经历,以后不管请谁,一定要问清是吃春熙路的苍蝇馆子吗?

吃在春熙,指的就是这些街头的苍蝇馆子,是那些先快舌尖再快朵颐的小吃。"夜雨剪春韭,新炊间黄粱""蒸鸡最知名,美不数鱼鳖",古往今来的文人在成都留下的美食诗句,一定包含了春熙的美味,至今读来让人垂涎三尺。

一年四季,春熙路也总是走在季节的前面。

立春刚过,乍暖还寒,在春熙路就能见到穿着短衣短裙的女孩子,这在成都几乎是最早的,是一道风景,当地人叫她们"超妹儿"。但我觉得她们更像鸣春的黄鹂,告诉你春天来了,春天就是这样年轻、时尚、靓丽、动人的模样。夏天的景致是在晚上，由流彩的灯光、熙攘的人流、热烈的叫卖、深情的吟唱组成。偶尔也有浓烈的烟酒味儿、淡淡的香露味儿在人群里、空气中飘荡。秋冬两季并不分明，"秋空雁度青天远，疏树蝉嘶白露寒"，街面上桂香刚刚飘过，深巷里寒梅已孕蕾著花。

"九天开出一成都，万户千门入画图"，这是李白当年对成都的赞美。他觉得光说成都好，没比较不服众，紧接着又说，"万国同风共一时，锦江何谢曲江池"。天下一时，万国同风，长安很好，但锦江（成都）一点儿不比曲江（长安）差啊！一千二百多年过去了，成都发生的巨大变化，除了生活在同时代的人，谁能想象得到？雪山下的公园城市，烟火里的幸福成都，真的成了一幅壮美的画，而这画中最浓墨重彩的部分当数春熙路的景致了。

春熙路的老字号恐怕也是成都最多的，比如亨得利、凤祥楼、同仁堂、德仁堂、龙抄手、大光明等等。人们爱这些老字号，爱这些传承了百年以上的文化和文明。因此他们总会在这里驻足、倾听。他们也许是外地的，也许就是本地的。

而与此相对的存在，或许更加引人注目，那就是春熙路引领时代潮流和风尚的各色商品。据一位业界的朋友介绍，全球百分之九十的奢侈品、新潮品都在这里售卖。美女如云的春熙路被誉为女人的购物天堂，但我始终不知道是美女造就了天堂，还是天堂吸引了美女。

是的，如果没有这些，那还叫春熙路吗？

在春熙路上班期间，几乎每个早晨，我都是在总府路下车，沿春熙路北段向南，然后再沿春熙路西段走。早晨的春熙路清新、寂静，甚至有点慵懒，除了卖早餐早点的，其余的仿佛依然在酣睡中。此时，我正好在春熙路的雕塑间安静地穿行。春熙路的雕塑，一种是立体的，一种是平面的。在我看来，这些雕塑也是中国所有城市雕塑中最成功的，最美丽逼真的，最合人性情的。它们仿佛是我温柔的朋友，比邻小坐，相视莫逆。而一同抚摸历史的印痕、岁月的沧桑，会令我不由自主地把自己的过去和现在联系在一起，流连忘返，进而感受到生活的无比美好，甚至涌起一点儿豪情和爱意。那种感觉之好，在别处是无论如何难以找到的。

浩矣无穷乐，春熙醉笑中。

其实，成都人所说的春熙路并不是指的哪一条路，而是指由春熙路的东、西、南、北四段十字交叉的路组成的一个区域。锦江区官方的资料说得很具体，是总府路以南、红星路以西、东大街以北、北新街以东这个大约三百亩的区域。但我总觉得在大多数人看来，春熙路早已超越了这个范围，西边至少应该在暑袜南街，东边已和太古里有机连了起来，构成了大春熙的概念。在很多人的意识里，太古里就是春熙路的一部分。

近读袁庭栋先生的《成都街巷志》知道：春熙路"一九二四年五月动工，到了八月，一条新的市内街道就粗具规模……遂请江子虞先生命名，江子虞遂命名为春熙路。"

锦江区官方的资料称：春熙路"始建于一九二四年，因由当时的四川省督办杨森提议兴建，最初根据他'森威将军'的头衔将其命名为'森威路'。后来人们取老子《道德经》中'众人熙熙，如登春台'的句子，改为春熙路。"

这两段文字，既交代清了春熙路的来历，又再一次证实了我的一个固执看法：任何时代，以人名命名城市、街道是一件极其危险和愚蠢的事。

当然，通过这两段文字，也希望大家记住江子虞这个人，他是个大学问家，"春熙路"是他取的名，他用自己的学识给成都创造了一笔价值永恒而又无可估量的财富。这是知识的魅力，文化人的力量。一九五一年他作词唱和毛泽东的《清平乐·六盘山》，得到毛泽东赏识，第二年九月毛泽东亲笔给他回了信。

春熙路边有一家老影院，现在叫太平洋影院春熙店。我做四川电影公司负责人时，进出这家电影院就是我分内的工作。那几年正是电影市场红火的时候，我身为主人，在公司和电影院里，接待过很多演艺界的名流。单位自己的活动，包括新年团拜、春节联欢、影城店庆也经常在这里举办。真的也算有缘有幸了。

后来，我的工作单位变动到了红星路二段八十五号，距春熙路也只有一站远。所以，一年四季午间散步时，不自觉地就走进了春熙路，而且觉得每次都有新收获。锦华馆就是我最近去时发现的，它曾是"蜀绣刺线交易之地"。带着这些新发现，回来再找有关书籍对照，是一件十分惬意的事，总能加深对春熙路的了解和感情，有了一种常去常新的感觉。

今年夏天的一个中午，我从单位出来，在太古里吃过午饭后，跨过红星路便进到春熙路。由于疫情原因，这里的人少多了，显得有点冷清。

在大城市散步，我总觉得遇到熟人的概率很小很小，就像买彩票中大奖一样，所以我只管随便地走，走着走着就走了那家老影院。影院的门依然是卷帘式的，大白天的，关得严严实实。台阶上，一位身着黑色皮鞋、蓝色短裙、白色短袖衬衫的女孩，站成一个标准的迎宾姿势，两腿小幅叉开，双手背抄身后，挺胸抬头，面带微笑，这个姿势是这样熟悉，而看着空荡荡的门前又有点酸楚。台阶下，是一位保洁的女工缓慢走过。我环视了一圈儿，确信没有一个熟人，便加快了脚步，就在这时，我却听到低低的一声问："是侯老师吗？"

声音虽然弱，我还是听清了，但我确信不是喊我。我只是做了个停顿的样子，又向前走去。

"是侯老师侯总吗？"

我只能停下脚步，回过头。我看到台阶上那位女子看着我，但我仍不相信声音是从她那里发出的。我转过身，眼光漫过她，寻向更远的地方。这时，她却慢慢走过来，向我，低声说：

"侯老师，是我。我曾在我们影院工作过。您可能不记得我，但我们还在一起演过节目呢。"

"呃。"我收回目光，一边打量，一边尽量搜索着我的记忆库。

"有印象。还在影院上班吗？"我只能这样问。

"不，不上了，疫情闹的，已经关门好几次了。什么时候恢复营业还不知道，希望这个'新冠'早点滚蛋！"

"那，你这是？"

"我是农村的，男朋友毕业后要回家养猪，我要留城打拼，两人就分手了。这两年得到国家扶持，他去年还清了全部贷款和借款，松了口气。可是来成都找我时发生了交通事故，左腿骨折，在家里养伤。城市虽然很好，但我要回去和他结婚，和他养猪一起干了。以后可能不会来春熙路了，走前来看看，要在这儿留个影。"她说话像放连珠炮。

"哦，用我帮忙吗？"我问。

她想了想，说："今天真巧，能遇到您，可不可以和您照张合影？"

我说："当然可以。"

此时，正好有一个年轻人从这里走过，她把自己的手机打开调好，恭敬地请"年轻人"帮忙。

照完相，她说："能加您微信吗？"

我一边打开手机一边说："你男朋友一定很优秀，选择农村创业真是有眼光！以后不管在哪里工作，希望常来成都，常来留有你足迹的春熙路，希望经常听到你们的好消息。"

"我是春熙女孩，您通过一下"她用纸巾轻轻擦去鼻尖的汗，沉思一下说："我改变主意了，一定要一年来一次，带着我的男朋友，还有爸爸妈妈爷爷奶奶，让他们开开眼界，我觉得春熙路真好。"

"祝你们好运！"我半转过身，依然挥着手。

就在这时，我听见手机发出"嘀嘀"的提示，打开了，是"春熙女孩"发来的照片。下面还有一行文字："春熙总会使人有惊喜变年轻。"字尾还有一行跳动的表情符号：两只小企鹅、三朵红玫瑰！

我信手回了一句"尽令天下洽春熙"，折转身，大步向前走去。

我当时实在想不起这是谁作的诗了，但我知道，这正是我们孜孜以求的美好愿景！

漫川关

◎ 王剑冰

一

从来没有见过这样的古戏台，两个紧紧并排在一起，就像一对孪生兄弟，同高同大，不离不弃，一起走过数百年的岁月。

它们是两个雕塑，两个标本吗？不，一个个活生生的人物，走马灯似的晃动着，一声声道白与声腔，分明还在戏台的上空飘荡。

台下那么多百姓，他们聚精会神，目不转睛，跟着台上的人物同欢笑，共悲伤。激动处，或发一声喊，或落一串泪。那喊穿越了重重大山，那泪就那么挂着，来不及擦，顾不上抹。

就此，我似乎看到了上下合一的和谐场面，感受到了长盛不衰的民间风情。

当然，第一次站在这里的人，都会有一个疑惑，如何两个戏台跟鸳鸯似的相依相伴，难道一台不够，还要一台？以前有对台戏的说法，难道常常以实景再现？那样，老百姓是看戏呢，还是看争抢？

后来弄明白，处于商洛山阳之地的漫川关，昔为秦楚之畛域，今是鄂陕之边界。在这里，南北文化相互交融，也相互包容。北边的戏楼对着关帝庙，每年三月三、九月九开戏唱秦腔，人们就称它"秦腔楼"。南侧的戏楼对着马王庙，每年二月二、五月五演汉剧，所以又叫"汉阳楼"。遇到年节，今天你唱秦腔，明天他唱汉剧。或是上午你唱漫川调，下午他唱楚河弦。也有等不及的，那就两台大戏一起来，反正老百姓喜欢的是热闹。

老辈人说，那可真是"朝秦暮楚"，"南腔北调"。这边的嗓音穿云带雨："你一声不响下凡来，我哪里知道绿水青山带笑颜。"那边的腔调滴露生烟：

"俺想你想到海枯石烂不变心,望穿秋水眼不干……"

　　无论什么调什么腔,小孩子都在台下又跑又跳地欢喜,大人们也都相携而来,看懂看不懂,都是挤得头挨头肩靠肩。时间长了,两个戏台子不演戏,他们还不习惯呢。

二

　　金钱河在不远处静静地流着,那里有水码头。水码头接纳来自南方的船帮客商,想象不到,秦头楚尾的漫川关,曾经百船联樯,千篙并奏,上货卸货,喧闹繁忙,颇负"小汉口"之名。那货物有铁、钒、水晶石、磷、石灰石、煤。还有柑橘、茶叶、油桐、棕榈及木耳、蘑菇。水路通着湖北的上津古镇,过夹河关入汉江,可直达武汉。还有繁闹的旱码头,接纳来自北方的骡帮商贾。

　　水旱码头由来已久,早在秦代,符菁就在漫川关通关市,招远商,到了明清时期,古街上已是十户九商。秦楚茶馆、望江客栈、川陕鄂酒家等商号会馆不计其数,"泉盛源""樊盛恒""洪顺泰"等老字号旗幡招展。

　　现在看这漫川关,建筑特色非南即北,南方细致讲究,北方粗犷朴实。多是青砖老墙,雕梁画栋,楼台相连。白色的封火墙,有致地化出一片亮眼奇观。穿过一道道老街,就如穿过一曲别具风情的梅花三弄。

　　漫川关是骡帮和船帮的交易中心。船帮建有武昌会馆、湖广会馆;盐帮、西马帮、北马帮、关中帮建有北会馆、骡帮会馆。镇上的老鲁说,每年三月三为骡帮交流会,要在鸳鸯戏楼唱大戏;五月端午是船帮交流会,也会在戏台上唱大戏,在河上赛龙船。凡遇节日,漫川关从来都是热闹得很,有灯会、火狮、锣鼓、旱船,那个时候,使船的、走马的都要赶来凑这热闹。

　　老鲁高个子、宽肩膀,黑脸膛,显得十分豪爽。他说,这里深受秦楚文化的影响,既含北方之犷悍,又兼南方之灵秀。人情淳厚,民风简朴,重礼仪,讲义气。这帮那会的,相熟不相熟的,要有什么疙瘩,都会在这漫川关解决。解决绝不是拼杀火并,而是在帮会头人的操持下,摆一桌席,喝一场"摔碗酒",之后便各自大笑着上路,再见面就成了兄弟。

　　漫川关除了金钱河,还有靳家河和万福河,可谓水域宽衍。而四围都是险峻的高山,南有郧岭,东靠太平,西有猛柱,北有天竺。山山连绵,构成这险要的一片天地。也就成了鄂陕咽喉,山水要道。就在这里,秦楚争霸、宋金元会战,加上李自成和太平天国,加上后来的"大刀会""红枪会",可谓金戈铁马、硝烟弥漫。

多少年来,古道在山间盘绕,流水在山下回环。古道是接连不断的骡马铃声,水上是高亢沉郁的船工号子。人们从远方赶来这漫川关,绝对要到这双戏台前,看两场舒筋活络的大戏,在老街上吆五喝六,喝一通畅快的老酒。高兴够,潇洒完,然后离去,重新踏上过关中、走西口的万里征程。那征程就有了念想,想着何时回返,还在这里看一看,吼一吼。那样,可真是痛快地享受了一场人生。

三

随便走进一个个大门小户,都能感受到那种山川般的热情。在一个门口刚探头,未见人,先闻声:进来坐,喝茶哟。

说话的老人盘腿坐在一张木床上,她的床很大,像一片田野。能够想象,她从小就常坐在田野间,坐在鲜花绿浪中。老人姓蔡,银丝满头,声高气朗。蔡奶奶喜欢人们到她家里来,来了就和人唠嗑。她身边的媳妇说,来找她的人很多,她也就惯了,没人来反而寂寞。

跟她唠起来。实际上你不说,她也会冲着你说这道那。蔡奶奶耳朵有点背,媳妇总是对着耳朵告诉,而她说出来的话,却很清楚。

蔡奶奶说你们不知道吧,还是玄宗时,朝廷从江南挑了一百多个宫女,结果赶上安禄山起反,一切都乱了套。那些宫女就留在了上津和漫川关一带。你就想吧,多少年后,这一带该有多少好男女。再多少年后呢?再多少年后,就让我们看到了蔡奶奶。是呀,我说怎么感觉蔡奶奶不一般,年轻时是个美女呢。媳妇把这话说给蔡奶奶,蔡奶奶就搬着盘起的腿,张着没牙的嘴笑得前仰后合。

蔡奶奶说她家离戏台不远,小时候有事没事都会跑到那里去玩,她看过南来北往各种戏班的戏,还跑去后台看过人家卸妆。那时就想,卸了妆的人怎么跟商洛人一样呀！大家喜欢听蔡奶奶说话。媳妇说蔡奶奶的父亲曾经当过船工，你可以问问她。

蔡奶奶说，她从小跟着母亲去水码头卖红芋，有时候就会遇到使船来的父亲，父亲给她带来一条红绳或一只发卡，她就欢喜得到处显摆。父亲后来手受伤就上岸了，改做骡马生意。蔡奶奶说，早先漫川关往北有两条骡马道，父亲曾经带着她过碥头溪、越鹘岭、经高坝店去过县城。这个蔡奶奶，还真有些见识。

问起她的孩子。回答说孩子都好，连孙子都出息了，种着好几棚大田，瓜瓜果果吃不完，还让城里人尝稀罕。

媳妇说蔡奶奶早年还会剪纸，剪喜上梅梢，鲤鱼跳龙门，百事如意；会用玉米叶子编篮筐。媳妇说镇子来的人多了，都喜欢买些当地手工和土特产，有人就来向她学习，然后回去做了卖。

媳妇说文化馆还来找她问过民间谚语。大家就让老人家再说说，蔡奶奶张口就来。她说，"惜衣有衣，惜食有食。"她说，"明不尽的是理，走不完的是路。"她说，"河有两岸，事有两面。"听了让人慨叹不已，都夸老人家不简单。再问：您老可会唱漫川大调？媳妇对着耳朵大声说给她。她张口就是一句：闲来窗后听周易，忙时船头看漫川……

虽然气息从缺牙的缝隙跑出不少，但是悠扬婉转的韵味还在。大家听了，更是开心地伸着大拇指夸赞。

问她老人家今年高寿，媳妇说八十九了，比我大三十一。这一句蔡奶奶听见了，说，八十八，离八十九还差两月呢。大家又笑了。走时看到她门上的对联：寿长寿高寿比山，福广福盛福如海。

四

离开漫川关，走上来时的路，那路在群山峻岭间盘绕，不知是不是当年的骡马古道，也许骡马古道比这更绕，它一直没入了白云之中。偶尔看到的那条水，早没有了大大小小的船只。有了高速公路，有了铁路，并且还有了高铁，水旱码头也已成了古董。倒是山腰间那些梯田，还像以前一样，生长着绿油油的庄稼以及丹参、杜仲、远志和山茶。

青龙山、卧虎山、落凤山、如意山深深浅浅,层层叠叠,云气蒸腾,蒸腾出无尽的青山绿水。人们在其中,还在劳作,那是祖辈的形象。刚才从漫川关出来时,看到老百姓在路边,摆卖的都是自家的收获。那带有露珠的农家美味,让多少人流连忘返。他们的身后,是广阔的田野,永远带有希望的田野。

我感到了这片土地的丰厚与神秘,蘑菇、核桃、葡萄、大枣,都带有着一种纯粹的野性,这种野性制作出琼瑶,酿造成美酒。一个个小作坊,大厂房,无不告诉我们,旧的漫川关成了景点,新的漫川关仍旧是景点。你看那些不断拥到这里的人们,这里走那里看,吃着小吃,装着土特产,赶上时候,还可以看两场不同风味的大戏。

日月更迭,世事变迁,不变的是商洛永久的气质与情怀。

一道老菜的"流水志"

◎ 黄　风

年，早不是什么长角怪兽，而是一个四季旅人。

岁末归来，年跺跺双脚立定，啪啪甩袖净过身上风尘，将手抄到背后，跨进春节门槛的时候，那道老菜也就跟着来了。说"跟着来了"，是我们沾年的光。

在我们雁门风沙里，老菜叫"凉拌豆芽"，豆芽前省了个"绿"字，听名字就草根儿。但平常不平常，如今会启齿一笑，折断半截牙签儿，往昔却轻易吃不上。那凉拌的绿豆芽，完全"自产自销"，像过年的豆腐一样。

当年大步流星地出现在腊月口上，先至的年味已进村入户，忙乎其他年货的同时，也张罗着生豆芽了。女人盘腿坐在炕上，用簸箕端着绿豆，埋了头挑挑拣拣，将沙子丢到地下，将病豆子放一旁的碗里，留下熬粥或暑天煮绿豆汤。

听到豆子声，便有鸡进来，小心翼翼，想蹭个牙祭。它机警地注视着女人，那样子同它在院墙下面，或柴堆边刨食一样。它要求很低，给几颗病豆子吃就行。女人给它抛豆的时候，它会翅膀孓了躲闪一下，但绝不会叫，像一贯的嗓门亮了。

簸箕里的绿豆，秋天在打谷场上脱壳后，已经过扇车隆隆的风淘，现在又经过一番挑选，颗颗圆光溜滑，抓一把哗地撒到油布上，就像豆子国举行撵兔比赛，你追我逐。

用来生绿豆芽的家什，是一个比脸盆略大、比脸盆深许多的盔子。这种黑亮的盔子，瞧名字就吃年代了，长铜钱大的寿斑，当今已难得一见。与粮缸一样的质地，既保温又结实，豆芽生出来，一天比一天茁壮，不会被撑破的。

在此之前，它待在粮房昏暗的角落里，偶尔也放放东西，更多时候空闲着，被耗得灰头土脸。好像是专门用来生绿豆芽的，只有等到腊月才重新派上用场。女人把它拎出来，从里到外洗刷得干干净净，洗刷出那"黑亮"，将挑选好的绿豆倒进去，再放上一两件铁器，斧头呀菜刀呀，然后用开水"泼"了。

"泼"豆子的时候，女人一手用瓢端着水，一手拿锅铲提醒什么似的，像敲钵盂一样敲着盂口，将水缓缓倒入。豆子一哄而起，如小儿戏水，热气腾腾的。一夜过去就会发芽，如果第二天看不到，第三天还看不到，或生出的豆芽稀零寡落，就是水温没掌握好，盂中铁器放得不够，没有把多余的热吃掉，豆子被烧死了。

那绿豆也就一碗来的，可家里总共也没多少啊，是从秋粮分下的一点儿绿豆中，专门留出来过年的。真要是烧死了，女人会眼圈红半天，在家人面前很愧疚。男人不声炸了咆哮，把天黑下来，给个驴脸就算体谅了。

当然豆芽还要生的，否则过年时饭桌上就塌个窟窿，有一个盘子那么大，有一张脸面那么大，尤其是客人来了招待，仅有的几样菜还少下一样必不可少的。

绿豆生出芽来，便用盖帘盖上盂子，放到挨锅的热炕处，再用棉衣或棉被包好。女人小心伺候着，家人晚上出门，都要吩咐早点回来，在屋门口撒一道炉灰，以防万一回来得迟了，带回不干净的东西。一旦豆芽生病，就会眼睁睁地烂掉，搭进去的希望和辛苦，比烧死豆子还要大。

女人哺乳一样忙乎的时候，孩子猴在一旁，眼睛一会儿扒到盂口上，一会儿扒到母亲脸上，估摸着豆芽是否长满意了。他们压根儿不会去多想，想豆芽还会生病，关心的只是它别长慢了，甚至用手拔一拔，过年时能早早吃上。夜里睡觉，也紧挨着包裹的盂子，身旁像多了个襁褓中的小弟弟。

大人听不到的声音，孩子却听得到，隔着厚厚的包裹，声音描绘出盂中的情景，就像他们爬到庙院的老槐上看大戏，看到树下一个个脖子鹅了，后面的总想高过前面的。豆芽齐刷刷地生长着，只有少数个儿矮了，无法齐头并进，在夹缝中挣扎。最不堪的，是一直舒服地睡大觉，觉醒了才破壳的豆芽,被周围的豆芽踩践着,根本挺不起身来,长成了大头鬼。

孩子微笑着入睡,将豆芽从盔中带入梦中,变得奇幻无比,像墙脚的蜗牛,像河洼里的蝌蚪。蜗牛和蝌蚪,渐渐长成海马和美腿,还有外星人和导弹树,当然海马和美腿,外星人和导弹树,是他们多年以后回想起来,才找到的可喻之物。

豆芽伸胳膊蹬腿儿地长开后,每天早晚都要"酘"(tóu)的,用水泡澡似的泡一泡,再把水滗了。女人滗水的姿势,仿佛抱着娃把尿,左胳膊托住盔底,右手按紧盖帘,把水从盔口的缝中滗出来。

滗水的时候,女人盯着滗出来的水,如果水明显发浊,便担心豆芽不爽了,就像娃的尿黄,担心上火了一样。如果还保持清澈,声音也明亮,女人的目光就潺潺的,跟着滗出来的水流淌。等水滗完了,像拍娃的屁股,拍拍盔子放回原处,再用棉物包裹好。

把盔子放回原处后,有时女人会用手搅一搅滗到盆里的水,然后把手放到鼻前闻一闻,再证实一下水浊不浊,有没有产生异味。更多的是一种享受,情不自禁的,像坐月子的女人喜欢闻娃的体味一样。猴在一旁的孩子,也把手伸到水里搅一搅,模仿母亲的样子,再用鼻子嗅一嗅。嗅到的显然是菜腥气,但他们看着嗅过的手,翻过来折过去,甚至吮吸一下指头,笑嘻嘻地认为是奶香。自从生豆芽以来,家中就多了缥缈的奶香,常跟角落里的黑暗揪扯在一起。

被年风尘仆仆的脚步撵着,豆芽一天一个样,长到一定程度,在盔子里放上压菜石,一块不行放两块,把豆芽压住。让豆芽往粗长,长成胖虫儿。如果任其疯长,先还苗苗条条,到后就走样了,长得瘦不拉叽,根须老来长。

绿豆芽出盔的日子,我们雁门风沙里的阳光一定灿烂,如盛夏的爬山虎,爬满已换新的窗户。女人认真地净过手,把豆芽从盔中拔到笸箩里,拔的时候一撮一撮,以防拔断了。

在此之前,像孵出一窝鸡崽,挤挤攘攘的,将盖帘顶起,从盔子里面溢出来。压菜石也压不住了,而且也不能再压了。豆芽已经长满意,到了该出盔的时候。

站在屋门口的台阶上，女人一颠一颠地簸着出盆的豆芽，也一颠一颠簸着阳光，豆芽在阳光中翻着跟斗，将它脱下的壳皮簸掉，将它的毛根簸掉，尽可能地簸干净了。鸡们候在台阶下，不像当初进屋蹭病豆子吃那么小心翼翼了，把女人簸下的皮皮壳壳刨来刨去。偶尔刨出一根半截豆芽就争夺起来，抢到的立刻头昂了叫，嘹亮的叫声落到地上，像刚屙下的大白蛋，忙忙碌碌地跑。

孩子把院门大开了，等着街上路过的人，瞭到街坊邻居时，老远就打招呼，告诉自家的豆芽生好了。街坊邻居的回应也热情，到院门口停下来，吆喝着女人的名字，夸赞窗子糊得"花蓬蓬"，豆芽也生好了，就等着过年了。

女人谦虚地接应着，赶紧招呼进来，放下手中的簸箕回屋，端出一碗簸好的绿豆芽。街坊邻居用手背掸掸衣襟，双手撩起衣襟接住，说这豆芽生得真好，中午就"活捉了"它。街坊邻居的话，好像是偷听她家的，女人心里一顿，扑棱棱飞起一只麻料鸟。

你口浅点儿。

我口不深。

恁咋这么疯？

想活捉绿豆芽！

那夜白亮白亮，她第一次就怀孕了。此刻孩子守在旁边，小脸烧饼一样渐渐地凉了，盯着那一碗豆芽，目送街坊邻居走后，声哭了问她，为啥给他们豆芽？

女人重新端起簸箕，一边簸一边说，你这娃像谁了，虮屁股一样抠儿？咱也吃过人家的东西，给人家一点儿豆芽尝尝咋了？孩子的哭腔变成恼怒，那我也要尝尝，就今天中午。害怕她不答应，就拿老子来要挟，要不爹回来我会告爹，告你给了人一大碗绿豆芽。

女人同意后，孩子大声强调，我不要"活捉了"吃，要凉拌上吃。

说着脸软下来，娘，行不？

"活捉了"吃，也就是炒上吃，绿豆芽出盆以后，女人会留下一点儿的。其余的都焯了，焯到六七成熟，再用冷水泡上，隔几天换一次水。什么时候吃,什么时候捞上。

那天女人的承诺,中午给孩子兑现了,但不是凉拌的,是"活捉了"的。不管凉拌还是热炒,吃上生好的绿豆芽,就听到年在啪啪踩脚了,剩下跨进春节门槛的最后几步。凉拌豆芽正式上桌,一般是大年三十,但光是自家人吃,就随便多了。甚至连盘子都不用,在盆里拌好了,直接把盆放到桌子上。

最郑重其事的,是过了年请客,或者有客要来。女人一早起来,张罗起火头后,全家人齐动手,择菜的择菜,剥葱的剥葱,捣蒜的捣蒜。女人捞出泡着的绿豆芽,配上土豆粉面做的细粉,用胡油炝上葱、蒜、辣子、麻麻花,炝的时候油烟欻地蹿起来,然后拌上必不可少的黄芥。在盆里拌好后,再夹到盘子里,披上猪头肉。猪头肉不仅要切薄,每片肉还要尽量有红有白,一片一片竖披到豆芽上,将满盘豆芽覆盖住,最后在上面蝴蝶结一样,盘一根用桃红染过的细粉。

凉拌好的绿豆芽,在客人到来之前,就端到了桌上。端坐在桌子正中,桌面亮光光的话,还会头朝下端坐在桌子背面,颇有点孩子长大后,在书里面与屏幕中见到的佛陀临水打坐的样子。与凉拌豆芽一起端上桌的,还有一碗油花打转的醋。

那醋也是自家做的,用瓮脚长着一个肚脐眼,塞着一截高粱秸的"醋淋子"淋好了,再放到专门的醋瓮里,以备几年之需。越放越"老陈",会放得黑紫透亮,醋味儿十足,绵酸中透着香甜。醋汪汪地舀到碗里,滴上几滴小磨香油,没香油滴上几滴胡油,用筷子搅鸡蛋一样,把油搅成碎花花,亮晶晶地漂浮着。

客人在炕上盘腿坐定后,其余的凉菜也上来了,女人在火炉上开始炒热菜,男人便给客人满好酒,拿筷点点桌子中间的凉拌豆芽,对客人说吃吧。说完了哦一声,吃吃地笑道,还没有浇醋呢。

客人抢先端起了醋碗,说我来我来,用小勺给豆芽浇醋。先从盘尖儿上浇起,给里面的豆芽浇好了,然后围绕着盘尖儿,从上往下给外面披着的猪头肉浇。醋"真材实料",挂勺挂碗的。最后一小勺浇完了,勺中还残余着一点点,客人便倒进自己碗里,端起碗抿一抿,连声赞叹,好醋好醋。碗里还剩下不少醋,一会儿用来蘸饺子。

下筷的时候,筷前的猪头肉要夹过,放到一旁的肉上,先吃肉下面的豆芽。夹的时候小心翼翼,因为豆芽里面拌着细粉,别把满盘豆芽扯乱了。如果细粉太长,一下夹不出来,男人就从旁给夹断,客人便又夸赞,豆芽生得不错,这细粉也做得筋道。所以客人第一个下筷时,一般只拣豆芽吃,一只手就在嘴下面。

入口的先是酸甜,接着咬到的是脆嫩,又脆嫩又酸甜,但转眼就被辣一扫而光。那辣不像辣椒的辣,火烧火燎的,而是满口"凛冽"的辣,从七窍往外钻,同时也往脑子里钻。客人的鼻和眼睛扎了堆,用手捂住嘴说,这黄芥太辣了。说罢放下手,把头掉向身后,啊地吐口辣气。客人眼里生出了泪花,女人赶紧说,辣得厉害就别吃了,我重弄一盘去。

客人摇手道,不成不成,黄芥吃的就是个辣。

男人非常赞同,辣才过瘾呢,不辣还能叫黄芥?

孩子像是被遗忘了,看着客人的辣样子,他们的表情也辣了。但他们不怕辣,早就喉咙蠕蠕的,可就是不敢动筷子。客人来之前,父母脸肃了吩咐过,不管客人是谁,只有客人吃开了,他们才能动筷子。到时候别不听话,过后为嘴伤身。

现在客人吃开了,孩子还有些迟疑,他们希望父母吭一声,表示表示。父母却像忘记了他们,对他们视而不见。孩子实在忍不住了,欠起身伸长胳膊,把筷子探向豆芽,却被老子的筷头挡了回去,怕他们三筷两筷,把还保持形状的豆芽夹乱了。孩子的目光耷拉下来,在面前摆来摆去,手里把弄着败下阵的筷子,以为老子忘记了他和娘说过的话。

男人示意地下的女人,拿碗从盆子里夹点豆芽,放到孩子面前去。孩子颇不甘心,一是不让自己夹桌上的豆芽吃,二是没给自己碗里夹猪头肉。他们不敢怪怨父母,便嘴嘚了冲客人道,辣椒辣嘴蒜辣心,黄芥辣得鬼抽筋!

客人明白孩子的小心思,让孩子夹上盘子里的豆芽吃,男人却说别管他们,别管他们。"客随主便",冲男人笑笑,冲孩子笑笑,夹两片肉送到孩子碗里。孩子早急不可耐,却并没有表现得狼吞虎咽,而是猫似的一小口一小口地吃,将满肚不快化作一脸幸福。嘴巴辣嗖嗖的,不时夸张地大张开,也学客人的样子,啊地拖长了吐口辣气。

男人端起杯来,客人也端起杯来,碰过后一饮而尽。酒烫在开水中,男人从碗里拎起锡壶,抹一把壶底下的水,又给客人响淋淋地斟上,让客人不光是吃豆芽,也要吃肉。客人便夹起一片猪头肉,先伸出舌头去接住,薄凌凌的咬小半口,然后全喂到嘴里。牙与舌头一拥而上,一片肉就消失了。

话开始稠起来,一口菜一番话,一杯酒一番话,最远的猴年马月,最近的就在眼下。孩子趁他们顾酒不顾菜的时候,迅速伸出胳膊去夹一筷盘子里的豆芽,还要去夹一片肉时被母亲发现了。母亲瞥一眼男人和客人,然后狠狠地剜一眼孩子。上热菜的时候,提前给孩子碗里舀点,像豆芽一样放到孩子面前。

凉菜比热菜吃得快,其他凉菜都没有了,豆芽却是多拌了的,女人便端过盆来,再给盘子里续上。但猪头肉不披了,想吃得等到下一顿。

像盛夏河滩上"晾羊",芳草青青的晾着的小羔羊,一个个圆鼓鼓的饺子卧在盖帘上。饺子是昨晚包好的,从包好的一刻起,它们就等着今天入锅。

谁都知道,过年最撑门面的,莫过于待客的几顿饭,而饭里面最排场的又是饺子。所以要舍得下资本,要包得"心满意足",把平时积攒的一点儿白面拿出来,把腊月里割的不多点肉,尽可能留到请客的时候吃。

锅里的水已经烧开,饺子看着热气腾腾的锅想,一会儿把它们煮起来,客人蘸上醋一口咬下去,会淋滴尽致,肉汁油汁醋汁,舌头满嘴打着滚儿。待客的满意,过年的满意,它们全包含了。客人脸上的酒晕中,会透出它们的光,说这饺子香啊。

而在此之前,它们往锅里煮的时候,看着它们争先恐后地跳入锅中,溅起沸沸扬扬的水花,孩子会手舞足蹈,从南上来一群羊,扑里扑啦下了河。

客人便问,为啥不说从北下来呢?

还有东,还有西。

孩子被问住了,摇摇头说,不知道。

那时候,在我们雁门风沙里,除了过年能吃上凉拌豆芽,平时偶尔在

"红白"事宴上也能吃到,但远不及自家做得"细发",也很少披猪头肉。而且吃得简单粗暴,筷子匪似的一拥而上,盘子就眼泪汪汪地仅存残羹了。

过年时吃完饺子,饺子汤是必喝的,而最好喝的饺子汤,就是吃完凉拌豆芽,将那残羹兑上点儿,用筷子搅一搅。汤依旧烫烫的,但味道别样了。先撮口吹一吹,把汤面吹皱了,然后嘴贴着碗边,吸溜一口汤,嘘一口气。剩下最后一口汤时,把碗立起来,就像贴到了脸上。如果酒喝高了,一碗两碗汤喝过,就又能找见北了。

事宴上吃完饭要喝"高汤",那是一种跟饺子汤完全不同的汤,漂着几片菜叶几星油花,看似清汤寡水,喝起来却很事宴味。而最好喝的"高汤",同样是兑点凉拌豆芽的残羹,喝到肚里九曲回"畅"。一人捧着一碗"高汤",有的坐在桌子前喝,有的蹲在墙根下喝,有的站在那里喝,满院的吸溜声,比之前的吃饭声都响。喝得"红头涨脸",乃至大汗淋漓,拿巴掌或衣襟揩抹着。

至今唇齿留香。已做了父母的"孩子",只要吃罢饺子喝饺子汤,只要事宴上饭后喝"高汤",只要桌上还有凉拌豆芽,他们无惧见笑的话,就会将那残汁给碗里倒一点儿。虽然味道肯定"有别",但依旧巴适得很。昔日的吸溜声便召唤而至,尽量喝出那曾经的味儿来。

喝的时候,他们又回想起那个老问题,也就是当年客人问他们的,从南上来的扑里扑啦下了河的一群羊,为啥不从北面下来呢?还有东,还有西。他们依然回答不来,只作童年趣事一笑而过,飘落几屑岁月之尘。那尘不易觉察,却都觉察到了:

> 像当初客人留给他们一样,
> 他们也还是留给孩子吧,
> 一道老菜,带着一个老问题……

在党州

◎ 曹美兰

一

此刻,天上飘着雨,细细的,村里的一砖一瓦、一草一木在这个蒙蒙雨天向我敞开了心扉,内心竟莫名地激动起来,终于来到了念念已久的玉林市兴业县卖酒镇党州村。

党州村,资料上说,这是一个至今已有一千三百多年历史的古村落。历史的天空早已经历了无数的翻滚,党州江的水也早已不是一千三百年前的水。然而,党州还是那个党州,可分明又不是那个党州。我想起了《水浒传》里武松说的那句话:"我行不更名,坐不改姓,都头武松的便是!"或者,党州村像武松一样还是一条硬汉,对别人毫无隐瞒在这片土地上发生的一切。所以,名字就这样保留了下来。

其实保留下来的远不止名字,还有许多动人的传说和故事、精巧的传统建筑、丰富的民俗文化、沧桑的文物古迹、著名的历史人物……不然,千年之后,党州村又怎会被评上广西地名文化遗产千年古村落呢?

"犀牛望月""城隍老爷显圣""三塔山古塔"……踏进党州村,我们就被这些无从考证的传说和故事牵引着。众多的传说靠着祖祖辈辈的口耳相传,作为后人精神力量的源泉,供后人敬仰。每一个传说都像是党州江水里荡起的朵朵浪花,灵动而美妙。我想,村里的老人都是会讲故事的高手,孩子们听到的版本也许会有出入,但精彩的过程从来不会被忽略掉,奇妙无比的传说让酸甜苦辣的生活沾满了喜庆的曲调和不羁的色彩。

当我们披风戴雨,走过弯弯绕绕的房子,一条老巷子像从天而降,出现在我们眼前。巷子弯弯曲曲、幽深窄长,小草从石缝里探出头,为这寂寞的巷子增添了一丝生气。两边高高的老房子，保存着历史的痕迹。巷子没有戴望舒笔下《雨巷》的诗意，固然，我们也没有遇到丁香般的姑娘。可它有着属于它自己独特的故事，它收藏了岁月的痕迹，也收藏了党州人很多的传说。

站在周家老宅前，门前的那一串串小黄花开得正盛。亮丽的色彩迅速抓住了我的目光。带着寒意的雨，丝毫不影响它怒放的情绪，一串一串的，不管不顾地攀缘于墙头上，晶莹剔透的小水滴从倒着的花蕊滴落下来。

这是什么花？我闻到一点儿与众不同且肆意昂扬的味道，像新生，又像自由。后来才知道叫炮仗花，盛开的花朵像鞭炮一样一串一串的。也许它的名字就是这样得来的吧。

雨滴从清代年间建的屋檐滴到地上，地上便开出一朵朵小白花。养在天井的鸭子，没有因为我们的到来而显得慌乱，依然有序地在梳理着羽毛，有的在喝水，有的偶尔瞥我们一眼……我们都是时间历史长河里的过客。我相信，动物和人也是一样的。

老宅的屏风、柱斗、拱上的木刻装饰，窗户上的雕花镂空，墙画……无意中成了古人留给后人的一份文化印记、一份可供考证的佐证材料、一笔足以引起后人遐想的文化财富。

世世代代生活于此的人，先后为这里的文化延续出了一份力。眼前的周老师，五十岁左右，他在村小教数学，算来应该是周家的第二十七代后人。

周老师用低沉的声音向我们介绍周家老宅过往的点点滴滴。一股书卷气在他的身上散发开来。他仰起脸，看着老宅的眼睛熠熠生辉。老宅的情况他如数家珍，根本无需思索，像是打开了某个开关。

或者当初选择留在村里当教师，每周能回来看看老宅，有空为老宅拂拭灰尘，在老宅里说说自己的心事或是发呆，对于周老师来说都是一件值得骄傲的事。为那些慕名而来的参观者讲述老宅的历史，他内心充盈着满足。那份骄傲和自豪，我想外人无论如何是体会不到的。

"我爱周家老宅，它是我们的根，也是我们的魂。"站在身边的周老师，身躯敦实又稳重，细长的眼睛里透出沉思的光，"每次放学归来，我在这里流连、徘徊，能感受到我们祖宗创业的果决、守业的坚韧。"

的确，周家老宅，它的梨木门槛，在斜风细雨中诉说着进进出出的人的脚印，它的青砖黛瓦，在光影重重里复述着历史的天空。

此时的我，想不到几天后，会旧地重游，再次探访周家老宅，且是在一个月色朦胧的晚上。

"今人不见古时月，今月曾经照古人。"在这样的月色下，老宅比白天更让人多了一份憧憬。我将思绪无限地扩散，透过月光我仿佛看到，老宅二楼的一间闺房，粉红轻纱里透出淡黄烛光，观音坐莲般的烛台前坐着一位正在翻阅《诗经》的女子。"关关雎鸠，在河之洲，窈窕淑女，君子好逑……"她兰花指轻翘，樱桃唇微启……周围空无一物，就我们两人。我嗅到一丝气息，尽管微弱，像要被捕捉到，可又抓不住，最后逐渐地消匿……夜色一点一点吞没老房子，幸好有了像周老师这样的守护人，带着历史厚重感的老房子才没被时间和风雨吞没。

二

从周家老宅出来，雨变小了。忽闻鼓乐齐奏、唢呐声嘹亮，我们碰上一户人家娶媳妇。彩车罗列，佳肴满桌，宾客云集，言笑晏晏。我们听到了党州的八音。八音，是党州一种传统的民间音乐，以唢呐、鼓、锣、钹等八种乐器组成，由八个乐师分别演奏。党州人在红白喜事、庙会等活动时都有演奏八音的传统。对于他们来说，这是一个重要的仪式，这个仪式对于生者和死者都关系重大，死者得安宁，生者受福佑。

在唢呐声中，我们走向一条江，一条在雨后黄水漫漫的江。其实，人杰地灵的地方又怎能没有江河呢？而说起党州江，谁能不想起陈静斋呢？

村里的陈叔带着我们来到江边。陈叔是一位年过七旬的精瘦老人，听说我们要看党州江，他爽快地一招手说："你们算是找对人了，我就是党州通，走，我带你们去……"

党州江看起来并不宽大，也不张扬，更谈不上霸道。江的一边有一棵似壮汉的腰粗的榕树，虬曲雍容、枝繁叶密，似在对江水吐露心事，榕树两侧长满了狭长的碧绿的草丛，伴江蔓延。另一边则被一畦畦的萝卜苗苦麦菜装扮,整条江便显得蜿蜒飘摇。可以想象那时的江水浩浩荡荡,古榕成荫,江面应该比现在要宽阔很多。宽阔的河床曾承载了多少党州人的梦想?起码承载了蓝靛大王陈静斋的梦想,日夜奔腾不息的流水,呼唤着陈静斋的目光和脚步,打量着两岸的葳蕤与枯荣,诉说着陈静斋蓝靛生意的兴盛与衰败。

陈叔指着江的左岸遗留下来的十多个蓝靛池,说:"喏,就是这些蓝靛池,撑起了陈静斋家族的整个世界……"

陈叔对陈氏家族陈静斋创造的蓝靛事业赞不绝口。他介绍,清代乾隆年间,秀才出身的陈静斋性格豪爽,爱好诗词和喜交江湖朋友。他发现邻县盛产蓝靛,生意十分兴隆,回来后就着手让蓝靛事业在家乡扎根。几年后,陈静斋在党州一带获得了"蓝靛王"这个称号,富甲一方。党州发生灾荒,他拿出粮食施舍灾民;党州缺路少桥,他拿出银两修路建桥……他的人品连山贼也十分敬仰,看见陈家"西昌"号的货船和靛品都一律放行,从不打主意……

在蓝靛加工过程中离不开蓝靛池,蓝靛池是蓝靛加工关键所在。眼前的蓝靛池已被泥土填平,在长可及膝的艾草和蒲公英下,只剩下部分池的边缘露出来,形成了淹没于草丛的圆形状物体。我恍惚看到,那时的江边马肥蓝草盛,一百五十多个蓝靛池,平均日产蓝靛一点五万斤。这里每天都进行着浸泡、排除废渣、搅拌等工序,每一道工序都需要众人齐心协力去完成。那时,江边一定是人声鼎沸,热闹非凡。

岁月无言,江水有语。我相信党州江还看见了另一幅画面:位于党州村后背山坡上的党州古城遗址,是最能体现党州曾为州治所在地的遗迹。该城址地基结实,原有城墙砖。二〇一八年三月,专家来此考察,从遗留的砖头推断出这些砖为唐朝时期所烧制。同时,他们还认为,此城墙修建时,中间所用的泥土是从附近不同的地方通过人工搬运来堆砌而成。因而,从学术角度得出结论:党州古城遗址是玉林市境内面积最大、保存最完整的古城遗址。

村历史文物展览厅就位于古城下面的一处坡地上。坡地艾草丛生、苦蒿纵横,几乎淹没了通向展厅的黄尘古道。踏着艾草进厅,倾诉的气息扑进鼻孔。这里珍藏的每一块瓷片、箭头、瓦砾、封门印模……失去了温度却带着岁月的秘密闪进眼帘。

一同闪进我眼帘的,还有那条黄水漫荡的党州江。几天的集雨,十米宽的江面水流更猛了。我隐隐听到了滚动的春雷声——不!那不是雷声,那是千百年来党州人一直暗暗地生长着、变化着,就算是时间老人之手也挥之不去的诉说。

呷尔及其附近

◎ 李存刚

高处的呷尔新村

谁也不知道一条陌生的道路通往哪里。

尤其是这条路还修在半山腰,朝向高处,并且有一段曲里拐弯的巷道似的起始,你就更加说不清,前方等着你的将会是什么了。二〇二二年一月七日黄昏,当我从九龙县民族医院的住处出来,沿着医院门前的乡间公路散步的时候,就看到了好几条这样的路口。我本来是要去九龙县城的,但又一次没能经受住可以理解的所有初访者必然会有的好奇心的驱使,在又一条差不多同样的路口摆在眼前时,我的脚步便不由自主地拐进了巷道似的道路。后来,我特意站在路边一户人家门前,看了看紧闭的大门上钉着的门牌号码,才知道我们意外闯入的这个地方和我们工作的医院同属于呷尔新村。

开始的一段路还与途经医院门前的乡间公路垂直,碎石和着水泥铺就的路面凹凸不平,但还算得上宽阔——差不多可供小汽车单向通行,走在上面,足底有一种被人抚按的快慰。忽左忽右拐过几个弯之后,就有一堵石墙赫然挡在眼前。我以为走上的是一条断头路。在内地,我在好些地方见到过这样的路。走近了才知道,路在墙根下折向拐了个弯,变成了仅可供人行走的石梯步,一条羊肠小道。

羊肠小道没几步便又折回来,继续维持着朝向高处的基本走向。沿着两旁的人家院子石头砌成的墙根,继续折过几个弯之后,一条差不多与途经医院门前的乡间公路并行的道路豁然横在眼前。因为是第一次来,尚不知道这道叫什么名字,也许本身就是一条无名路。因为修在比途经医院

354

门前的乡间公路更高的山腰上,除了隔不远就突出一小块平地,大约是为了会车专门拓出来的,其余路段只能供小车单向通行。

后来我知道,如果时间回退十年或者更久一点儿,这里还只有稀稀拉拉的三五户人家,房屋远不像现在这样密集,无名路和后来立起来的房屋的地基上还种满了洋芋、玉米、蒜苗、白菜,以及比现在多得多的核桃树、花椒树。后来立起来的那些房屋的主人来自五十多公里的三垭、小金等乡镇,他们一来,便在呷尔村地界上聚集成了一个新的村子,就叫呷尔新村。可惜十多年前我还没有机会像今天这样出现在村子里,我只能通过本地同事和朋友口中的只言片语,凭借想象,勾勒出一幅可能与实际情况相去甚远的当时图景。

不过这样也好。正好让我在一栋栋房屋穿行时,保有足够充足的好奇心,而我看到(房屋有新有旧,有一些是水泥楼房,更多的房顶盖着红色或者青色的瓦片,房顶上袅绕着或浓或淡的炊烟)、听到(我尚未完全学会的一种口音浓重的语言——彝语,半生不熟的汉话,鸡鸭牛羊此起彼伏的叫声)、闻见(不知哪家刚刚出锅的腊肉、鸡肉、牛肉扑鼻的香气,若隐若现的牛粪、猪屎、鸡鸭屎、羊粪的味道)的一切,分明让我感觉闯入了一种似曾相识而又全然陌生的生活里。这是一种已然老旧不堪的生活气息,它属于呷尔新村不太久远的过去,也来自呷尔新村的现在。在我踏上曲里拐弯的巷道似的路口,沿着一堵堵水泥砖头或者石头垒就的墙根,从东一棵西一株的核桃树、花椒树下经过时,我就恍惚间生出了这样的感觉。尽管已经置身其间,一切都近在咫尺,似乎又都很遥远。

三两步冲上去,站在无名路上,气喘吁吁间回望来路。高高低低的房屋之间,一堵堵更低些的石墙若隐若现,东一棵西一棵擎在空中的树,只看得到树枝,看不见树根,仿佛那些树就是浮在那里的。也看不见刚刚涉足走过的羊肠小道,谁都知道它当然是在的,我来或不来,它一直就在那里,随时供需要的人穿行而过,仿如人体里的侧支循环——如果把医院门前的乡间公路和我此刻所在的无名路看作两根大血管,我刚刚走过的羊肠小道就是连接在它们之间的若干根小小的交通分支中的一条。当然,作为一条通路,它存在的意义并不单单是让我看见。

眼前的无名路是一段绵长的斜坡。道路另一侧是同样一户挨一户的人家，几乎家家都是二层小楼，房前都筑起了小院，都有高大的院门与无名路相连，院门四周是水泥砖块垒成的围墙。可惜我似乎来得不是时候，家家户户的院门都紧闭着，只看到几个小孩在路边的水泥空地上玩耍，否则，我很可能就会把这里当成又一座空村了。

正继续朝向斜坡高处走，一扇大红色的院门突然"吱呀"一声打开了。门框里钻出一位中年男子。我在惊异中站定，中年男子却若无其事地从左手臂上提起一件军绿色的棉大衣，抓着衣领接连抖动了几下。看到我，中年男子咧开嘴，无声地笑了起来，似乎是在对没注意到我的出现表示歉意。中年男子身后的院墙上写着一行字："不要乱丢垃圾"。字是红色油漆写就的，大约是写下的时间太久之故，字迹是明显地变淡了，但定睛细看，准确认出还不是什么难事。"不"字上端的一横起自第二块水泥砖块的下沿，往后的"要乱丢垃"似乎一直在试图挣脱，却被一股不知哪里来的力量束缚住了，到了"圾"字，终于彻底地脱离了第二块水泥砖块，那行字因此看起来就变得有些杂乱，感觉不像是标语，倒像是谁家孩子调皮的涂鸦。我的目光越过水泥砖块垒成的围墙，看见中年男子家的阁楼。阁楼的木栏杆前种了一排海棠花，花树上擎着一朵朵粉红色的花瓣，瑟瑟寒风中，看起来那么弱不禁风，不知道它们将在哪一场寒风中黯然凋落。

正和中年男子说着话，就看到一些身着"察尔瓦"的男人和身着"百褶裙"的女子，三三两两地从无名路两侧的房屋里或者小巷似的道路出来，在我前方不远，不约而同地朝着斜坡高处走去。他们都不说话，只管默然地向前走着，然后越过斜坡最高处，从我的视线里消失。

禁不住问中年男子："他们这是怎么了？"

中年男子又是无声一笑："做道场呗。"

道场，就是为逝者举行的送行仪式。中年男子告诉我，那些"察尔瓦"和"百褶裙"送走的是一位七十多岁的彝族老人。仪式从昨天下午老人去世后就开始了，仪式还将持续到明天下午三点。这样，逝去的人就会顺利地升到天堂。

　　等我也走到斜坡最高处时，我听到了喧哗声。斜坡那边有一处洼地，洼地上辟出的一块长方形台地上聚满了"察尔瓦"和"百褶裙"。走在我前面的那些，有的已经加入聚集的人群，未到达的那些也正步履匆匆地往前赶。台地上拉了电线，挂着几盏大灯。离天黑分明还有些时间，那些灯似乎是早就亮起来了的，在这个冬日的黄昏，仿如一颗颗小小的太阳。我听到的喧哗声就来自那块"灯火通明"的台地。在两块山脊之间的低洼处，像茫茫大海上安然耸立的一座小岛。

　　站在无名路上，我的目光被台地上的灯光和喧哗声牵引着，几乎是不由自主地紧跟着身前的"察尔瓦"和"百褶裙"向前走去。没走几步，我便收住了脚步。因为我不敢肯定，我如此贸然地闯入，是否会惊扰到他们？乃至惊扰到老人已然迈向天堂的步履？

　　渐渐适应九龙的海拔后，我几乎每天下班后都会和医院里的几位同事一起外出散步，目标是和来这里之前一样的，每天至少完成一万步，每次不少于半小时。冬日的高原难得有一场雨，这倒也在无意间成全了我。但在二〇二二年一月七日那个黄昏之后，我就再没走进过医院门前的乡间公路旁那些巷道似的路口，再没去过医院背后更高处的呷尔新村。

　　我承认我是有些害怕自己一旦走近，就会触景生情地想起那位在我到来之前刚刚仙逝的老人，甚或遇见同样的场景再次上演。我无缘得见那位老人的音容笑貌，但我总感觉自己认识他。尽管我也知道，这个世界每天都有人降生，也有人离去，活着的人总是有这样那样的目标要去完成，而离去的人在离去的那一刻，就已定格成了永恒。

石头多的地方

　　沿 248 国道去冕宁方向，南行近九十公里便开始进山。

　　山口放着一根横杆，所有进出的人和车子必须在横杆前停下。我的车窗还没完全摇下，路边的阴影里便冒出一个男子，小跑着来到车窗前，问我们去哪里、去干什么，然后指着路边的水泥墙上张贴的两张二维码图片，要我们扫码，登记个人信息。先是场所码，然后是防火码。我们来的地方属"低风险区"，到九龙已逾半月，场所码当然是绿色的。接着扫防火码，微信弹出一个公众号，关注过后对话框里弹出一个小框，最左边是一只手枪样端着的手，往右指着一行字："点我，开始进山登记！"我是坐在驾驶室里进行扫码登记的，看见小框里手枪样端着的手，还没看清后面的字，男子便从我手里抢过手机，接连在屏幕上戳了两下。接过男子还回来的手机，我还没回过神来，男子已跑到车头前，伸手抬起了拦在我们车前的横杆。从对流程的熟悉和具体操作可以看出，男子应该是个驻守山口的老手。

尽管有防火码上的"进山"提醒，我还是想象不出我们即将进去的是什么样的山。来之前，曾听本地朋友这样说起朵洛：工作靠酒，出门靠走，治安靠狗。说的当然是进山的公路筑通以前的情形。朵洛是一个彝族乡，彝族汉子喜欢喝酒天下皆知，因此到朵洛工作或者办事，喝酒差不多是一项必备的技能；地处高山，又不通公路，外来者也就只能靠脚步来丈量进出的距离，而朵洛人呢，即便是在公路筑通以后，上山干活儿也基本是步行，因为公路并不能通往所有的山巅和谷地。据说，就是如今公路筑通了，进出的山间小道上依然时常有人出没，因为你不知道什么时候，那公路就被落石、塌方给阻断了；也因为地处高山，难得有生人到来，真有生人出现在村子里，可能不会被朵洛人发现，这时候就轮到狗们大显身手了——对经常进山寻找猎物的狗来说，看家，可是它们必须首先具备的本领。

我在《四川省九龙县地名手册》里看到，朵洛是一个藏语地名，意为石头多。我们的车子穿过山口的人家，开始的一段路沿着谷地的溪流上坡，没多远便是一个回头弯，弯道的尽头卧着一堆乱石，乱石间，一眼山泉汩汩地淌着甘洌的泉水。我们的车子刚停稳，便听见一阵响亮的喇叭声，每一声都在山谷间回响，抬起头望着往右拐向高处的道路，只望见一处高高的山崖，很长时间不见汽车。对面也是高高的山崖，山体上裸露大大小小的石头，由于距离的缘故，看不清石块到底有多大，只能看到支出来的"头"。等我们洗过手，又捧起甘洌的山泉水喝过之后坐上车子，便见右侧的公路上轰隆隆驶来一辆越野车。车上只有司机一个人，会车之际，司机又一次摁响了喇叭，我赶紧也摁了一次，这是我学习驾驶技术时，那个跑了多年货车后来改当起驾校师傅的老司机告诉我的行车礼仪，开始驾车以后，我一直谨记师傅的话，并认真遵照执行。

往右拐出不远，道路便开始沿着山崖蛇形起来，路面也陡然变窄，只容得下一辆车单向通行。那道路显然是在山崖上硬生生开凿出来的，高处悬着岩石，里面一侧是凹凸不平的岩石，就是路面上也不时堆积着碎石，外面一侧自然就是悬崖了，有多高不知道，因为不敢看也无暇看。现在时兴减肥，有些肥胖的女士为了所谓的美感，拼命地勒腰束胸。我后来在山崖下拍了一张照片，照片上，那道路的走形差不多等同于一个超级胖子长时间勒腰束胸后留在身体上的凹痕，区别只在于，一个是为了所谓的美感，一个是为了方便人们出行。

我握着方向盘，目不斜视地盯着前方的道路，把车速放到最慢，生怕一不小心就吻上路边哪块面目狰狞的岩石，或者经不住路面成堆碎石的挑逗，即便不会腾空而起（当然不是欢腾），也可能因为车身的摆动，轰隆一下侧翻到路边的悬崖下。正紧张间，又一次听到山间传来急促的喇叭声，不由得更加小心翼翼地紧握着方向盘，没多远便见一辆越野车迎面驶来，竟和我们一样是川T车牌的。心头霎时生出一种意外的亲切之感，但转瞬就被迫在眉睫的问题取代了：怎么办？对方大约也看到了我们的车牌，但对方很可能是这条道上跑过不止一次的"熟手"，没等我反应过来，已经开始将车子往后倒了。对方一动，我也跟着动起来。尽管路面逼仄且多弯，但对方倒车的速度竟比我前进还快，很快便在一处专供会车的开阔地停了下来。会车的时候，我特地踩下刹车、摁响喇叭，并且探出头，冲对方说了声谢谢。一个脸膛黝黑的中年男子坐在驾驶室里，从开着的车窗里扭过头，冲我微笑着摆了摆手。

那一刻我心里其实就在打退堂鼓。我们在山口问过一位正在地里下种的大姐，说是到我们要去的朵洛卫生院还需要半个小时。可没想到开始的这段路就给了我们一个"下马威"。听说过道路不好走，但没想到会如此险峻。会车的时候，我特别注意了一下那块开阔地，据我目测的结果，要在那里掉头几乎是不可能完成的事。再说，同事胡开宾作为医院指派的疫苗接种保障人员，已经坐另一辆车先行去了朵洛，为了兑现昨晚许下的陪同他去朵洛的诺言，我们已经开车走了两个多小时，实在不想半途而废。这也是我多年的职业习惯使然，作为医务工作者，任何时候，一旦为患者制定了治疗计划，就会不折不扣地执行。移换到日常生活中，也就是"言出必行""一言既出驷马难追""说到做到"……这些古老的人生信条。

会过车后便是一个回头弯，道路折返，驾驶座因此换到了靠外一侧。经过刚才的一段路，现在又坐到了相对远离山崖的位子，又无暇看一眼车身外的悬崖，无法亲眼见到悬崖之悬，紧张的心绪不觉间放松了许多。大部分路段装了防护栏，不知什么时候被高处的飞石砸中，或者说不定就是某次车祸过后的遗迹，有一段防护栏差不多完全掉脱下来了，一头连着最后一根竖桩，另一头绳索似的掉落在路边的悬崖上，不知道掉下的有多长，留下几根光溜溜的竖桩歪歪斜斜地立在路边。我本已放松的心重又紧张起来。终于，在越过一堆碎石过后，我看到了溪流，前方是一座大山，看不清也无法想象通往高处的道路是什么样的，但毕竟离开了山崖，心里不由得长长地舒了一口气。

我在溪边停下车，掏出一根烟。这样的时刻，再没有比抽烟更适合的了。点烟的时候，才发现自己的手竟像帕金森患者那样止不住地发抖。我抽着烟，同事骆正霞又一次拨打起了胡开宾的电话。

往前走的路全是上坡。起先一段沿着溪流弯曲蛇行，没多远便是一个接一个的回头弯。路面依然逼仄，感觉却和山崖路段明显不同。明晃晃的阳光透过车窗映照进车厢里，路两侧的坡地里种满了核桃树、花椒树，树下的土地难得看见一棵草，有几块地里似乎下种得更早些，黄灿灿的土块间长满了幼小的玉米苗、洋芋苗。因为地处高山，光照充足，洋芋、玉米、核桃、花椒等便成了朵洛的主要出产。阳光普照下的核桃树、花椒树、玉米苗、洋芋苗取代了悬崖和巨石，撞入眼帘，映在心间，就显出亮堂，滋生出愉悦。

朵洛乡政府就建在核桃树掩映的山坡上，乡政府旁边就是学校和乡卫生院，远远看去，像一个被世人遗忘在山间的微型村子。在如此陡峭的山坡,建村只能因地制宜、顺势而为。我们在路边的一块树荫下见到胡开宾时,他正在和身旁的几个人交流着什么,大约都是医疗机构的同行,在讨论接下来的预防接种工作。我们像失散多年的亲人那般冲向胡开宾,他似乎没想到我们真会出现,见到我们,明显地愣了一下,然后呵呵地笑了起来。

回程。尽管已经想到过这一趟的不易,但在车子驶到山崖下时,我们还是着实被惊住了。我们的车子越过小溪进入山崖,便见前方不远的悬崖上不断有石块在掉落,砸在路面、车顶和挡风玻璃上,嘚嘚、咚咚、当当地响个不停。看路面,有一堆被碾成一座小山峰似的碎石,想来就是由若干次这样的飞石堆积而成的;看高处,一块张牙舞爪的巨大岩石,正无声地冒着浓浓的烟尘,那些落石就是从那里掉落下来的。这时候起了风,扭动的烟尘里,那块巨大的岩石似乎也随时可能落下来。我迟疑了一下,下定决心踩下了油门,我们的车子于是轰隆着,向前冲了出去,一直冲过整个山崖,在胸腔里咚咚狂跳中在山崖下的那个拐弯停住。

那块悬着的巨石终于没在我们经过时掉落下来。

行驶到山崖下的那个拐弯时,我再次停下了车,捧起路边的山泉水洗了一把冷水脸,然后抬起头,打量我们刚刚经过的山崖。我想如果日后有人向我问起朵洛,我一定会告诉他,这里,真是一个石头多的地方。但这只是我个人的感受。每一个去过朵洛的人,所获得的感受定然是不同的。

就在准备重新上路的时候,接到医院马院长发来的信息,要我们赶紧返回,语气恳切而又严厉。就在刚才,同事将我们战战兢兢路过山崖时拍摄的短视频发在了微信朋友圈,没想第一时间便被马院长看到了。后来得知,以前,就有和我们一样从内地赴藏区工作的同行开车外出时发生了意外,一整车的人全部遇难。看来我们这趟出行,着实让马院长担心了。

也就因此,除开我工作生活的县城(呷尔镇)和途经的汤古、乌拉溪,朵洛成了我在九龙期间唯一到过的乡镇。

星辰

◎ 安　宁

　　黄昏，暑气渐消，暮色犹如巨大的飞鸟，缓缓降落于热气腾腾的村庄。我抬头看一眼雾气缭绕的天际，鼓起勇气，一头扎进绿色的汪洋，寻找失踪的母亲。

　　这是八月，村庄被一望无际的玉米包围。起风的时候，整个村庄便化作一叶小舟，在汹涌的浪涛中若隐若现。小小的我，则似一只惊惶的飞虫，伏在剑戟般狭长的玉米叶片上随波逐流。

　　大人们借着傍晚的凉风，在密不透风的玉米地里埋头锄草。小孩子们则趴在田间地头，与蜻蜓或者天牛玩耍，累了倦了，便随意地将它们短暂的一生终结。傻子坐在自家的庭院里，抬头看着渐渐暗下来的四角的天空，发出神秘的喊叫。有时候他也会跑出门去，沿着村庄大道寂寞地行走。见到好看的女人，他就站住，盯着女人胸前鼓荡的衣衫痴痴傻笑。女人看了心烦，捡起脚下的木棍，大骂着驱赶他。狗站在自家门口，眺望着巷口，那里始终没有人来；它们便走出巷子，会聚在一起，用饥饿的身体里仅存的气力，发出茫然的吼叫。天边最后一抹晚霞，在狗叫声中微微晃动一下，继续向深山隐去。

　　月亮早已挂在天边，家家户户的炊烟还没有升起。整个村庄的人仿佛都消失在玉米地里，忘记了人间时日。遥远的地平线上，秋天的战鼓正隐约响起。这紧锣密鼓的声响催促着人们，一场抢收大战即将开始。此时人若匍匐在大地上，还能听到遍地抽穗授粉的玉米，正从泥土里咕咚咕咚汲取着生命的乳汁。

　　我的身体也在发出叫声，饥饿张开大嘴，将我一点点吞噬。我放过一只觅食的蚂蚁,站起身来,顺着枝叶横生的垄沟,看向玉米地的深处。因为晕眩,整个大地都在我的眼前晃动。我扶住一株玉米,在窸窣的声响中,侧耳辨认着母亲的脚步声。我听到风吹过成千上万株玉米柔软的花须,发出亲密的私语,红色的花须在热烈地喊叫,黄色的花须在寂静地歌唱,白色的仰望苍穹,等待星空睁开无数闪亮的眸子。我还听到飞蛾拍打着薄薄的翼翅,列队飞回巢穴的声响。一只青蛙从沟渠中一跃而起,将路过的蚊虫吞入腹中。

但在千万种声响中,我只渴望母亲的声音,尽管她从未温柔地呼唤过我。残酷的生活榨干了她心中残存的爱与暖。她在疲惫的时候骂我,像骂一条夹着尾巴讨要吃食的狗;她在快乐的时候骂我,像骂庭院里惹是生非的牲畜;她在与父亲撕扯后骂我,像骂该死的人生。一切让她生出烦恼的事情她都破口大骂,以此对抗永无休止的琐碎日常。母亲这样固执地厌倦着我们贫穷的家,我却依然将她视作人间的焰火,我要将世间所有的爱都拿来送给她。我来自她的身体,这世间唯一的爱的源头,我如何能弃她而去?不,我要紧紧跟随着她,像一只扑火的飞蛾,耗尽平生气力,守护住这点微弱的光——这必将照亮我漫长一生的光。

我于是起身,朝着大地上涌动的汪洋一声声呼唤:"娘!娘!娘!"我的声音在寂静的黄昏里传出去很远。它们沿着垄沟曲折向前,先是碰翻了一片娇嫩的草叶,而后惊醒一粒沉睡的虫卵,继而抚过一株醉酒的高粱,撞飞一枚饱满的大豆。回巢的蚂蚁纷纷驻足,仰起小小的椭圆的脑袋,倾听着一声声稚嫩的呼唤,慢慢消失在苍茫的旷野之中。

此刻的母亲,或许正在田地的尽头埋头锄草,她的一颗心完全沉浸在辛苦的劳作中,忘了独自玩耍的孩子。她并不关心我在做些什么,她生下了我,似乎就完成了上天赋予的生儿育女的重任。她不喜欢孩子,当她还是一个孩子的时候,她从未被父母温柔地爱过,她因此也不知道怎么去爱自己的孩子。这一个接一个从她疲惫的身体上掉下的肉团,让她觉得厌倦。他们将庭院搞得鸡飞狗跳,将生活弄成一团乱麻;他们催她衰老,让皱纹早早爬上她明亮的额头。她宁可低头侍弄庄稼,在麦浪中倾听布谷鸟的歌唱,或者雨中去看汩汩汲水的玉米,也好过陷在孩子们无休无止的吵闹中。也或许,她早已听见我的呼唤，却装作什么也没有发生，只抬头看一眼昏暗的天光，继续弯腰劳作；仿佛我对她的依恋，是习以为常的虫鸣，在她耳边日复一日地响着，不会惊起任何的波澜。

但我却深深眷恋着母亲，我要穿过茂密的玉米地去寻找她，我要牵着她的手一起回家，告诉她我爱她，一生一世都和她在一起；如果失去了她，我的生命也将黯淡无光，仿佛所有的星辰从夜空中消失。

我于是拨开绿色的波浪，一头扎进玉米田中。狭长的玉米叶片划过我的肌肤，在上面留下深深浅浅的伤痕。泥土灌满了我的鞋子，硌疼了我的双脚。没有刨掉的麦茬，时不时就扎了我的脚踝。一只青蛙跃过我的小腿，将我吓出一声尖叫。在田地的更深处，一切声响都被隔绝，村庄化为虚无，天空也不见踪迹，整个世界只剩下浩浩荡荡的玉米，我走不到尽头，也没有尽头。我将被无边无际的玉米吞噬，当夜色张开巨大的帷幕，罩住村庄的那一刻，我这样惊恐地想。

我于是放声大哭。哭声撞击着厚重的夜幕，发出沉闷的回响。我在浓郁的夜色包裹中，像一个即将窒息的婴儿，在母亲的子宫里，用尽洪荒之力，发出最后的呼救："娘！娘！娘！"

我的呼救声最终换来了母亲的回应。她在不远的地方直起身来，疲惫地骂我："你娘没死呢，哭什么哭?！赶紧滚回家去，别在这里让我心烦！"

我不管这些，我只循着母亲的骂声，在玉米田里飞快地奔跑。此刻，什么都没有这骂声更让我快乐，什么都不能阻碍我向着温暖的怀抱飞奔。

仿佛历经了漫长的一生，仿佛疾驰了千万里路，我最终抵达母亲的身边。她看着我满脸的汗水和污渍，又开始无休无止地骂我。

而我，则羞涩地走过去，拉住母亲的衣角，甜蜜地笑着。就像那一刻，我在爱整个世界。

黎明，校园尚未苏醒，晨读也没有开始，我和苏在操场上散步。

这是初夏，空气里飘荡着花朵的香气。淡雅的是月季，浓郁的是蔷薇，温和的是牡丹，还有一种清甜的，是隔壁人家的石榴花。再远一些，就在学校门口一望无际的大地上，五月的麦子已经成熟，黄色的麦浪一直翻涌到天际。布谷鸟用嘹亮的叫声催促着人们，收获的季节就要到了。

我和苏刚刚十四岁，在这所乡镇中学读初二，中考还没有来，我们有大把大把的时间，探讨让我们甜蜜又忧愁的初恋。

鸟儿早已醒来，在枝头喞啾鸣叫。奔跑了一夜的太阳，还没有抵达地平线。一轮轻盈的上弦月，像睡梦中婴儿的睫毛，挂在遥远的天边。万千隐匿的微光，正努力地穿透惺忪的大地。一只蝴蝶扇动了一下翼翅，随即合拢，返回色彩斑斓的梦境。除此之外，一切都是寂静的。只有我和苏的脚步声，在沙土铺成的操场上，杂沓地响着。

我们起初谈起的，是刚刚吃过的早饭。一碗口感发涩的玉米粥，两个色泽陈旧的酸糨的馒头，外加每周从家里带的咸菜。咸菜是用葱花炒过的，富裕一些的同学，还会在里面加一些剁碎的肉末，那是让我们艳羡到每顿饭都会流口水的"山珍海味"。

天刚蒙蒙亮，值日生就抬着一大桶冒着热气的玉米粥，和一竹筐馒头，来到宿舍门口分发早餐。两个女生正睡眼惺忪地抬着尿桶出来，碰到男值日生，有些害羞，低头快步走到宿舍旁边的小树林里，将放置了一晚的尿液倒掉。其余舍友则从上下铺的铁床上跳下来，快速走在井边，用力甩动吊桶，打一搪瓷盆沁凉的井水，匆匆洗脸刷牙，再胡乱抹点雪花膏，便拿了白瓷缸排队领饭。

冬天的早晨，天还漆黑，班主任会打着手电筒，监督值日生公平分发。这时节，天光早已大亮，小树林里一片新绿。麻雀在枝头屏住呼吸，专等值日生一走，呼啦啦飞下来，捡拾地上的残羹冷炙。

每个人的馒头和玉米粥的分量，是月初就按照饭票定好的。一个值日生便负责念数量，另外一个负责分配。我吃两个馒头，比我高出一头的苏，要吃三个。我的咸菜只浸了少量的油，它们像小小的木棍，杂乱无章地塞满了罐头瓶子。为了将它们切好，我为此还丢掉了半个指甲。苏有两个哥哥，便比我多一些宠爱，她的瓶子里装的，就是黄豆一样小巧的咸菜丁，有时里面还会加入肉丝，或者芹菜、胡萝卜、黄瓜、藕、土豆等新鲜菜蔬。苏睡在我对面的床上，近水楼台先得月，我便时常可以蹭到她的"贵族"咸菜。有段时间，因为长期不食油水和青菜，我患了严重的便秘，半夜跑到距离宿舍很远的公厕，一边仰头看着朦胧的月亮，一边痛苦地蹲到双脚发麻，天边泛起微光，却依然没有将石头一样坚硬的大便排出。苏心疼我，便将那个星期所带的肉炒咸菜，全部让给我吃。但最终，我还是在某个有猫头鹰诡异叫声的深夜，羞耻地用手指将那些"石头"抠出了身体。

我和苏沿着操场，一边轻声说起这些久远的旧事，一边憧憬着遥远的未来。蓝青色的天空，慢慢变成了鱼肚白，然后是玫瑰红、葡萄紫，还有橘红、桃红、金黄、火红。这绚烂多姿、纵情燃烧的朝霞，激荡着我们。

苏说："我要告诉你一个秘密，我爱上了一个人。他和我同住一个小镇，我们一起度过了开心的寒假，然后他去了南方打工。他写信说，要一直等我毕业。你知道吗，他有一双俊美的眼睛，他只需看我一眼，我就深陷其中。他是我哥哥的朋友，比我年长五岁。他来找哥哥玩儿，我在院子里一株桃树下扭头看他，他倚在廊下也笑着看我，又问我叫什么名字，我们就这样相识。那年的桃花开得格外热烈，好像整个春天都在我家庭院里怒放。他带我去河边捉鱼，将金鱼放在水盆里养着，将草鱼带回家煎好了送我。他还有些害羞，说是送给我哥哥吃的，却千叮咛万嘱咐让我多吃一些。我们还在麦浪里穿行，走到麦浪深处没人的地方，他悄悄牵我的手。他的手温暖有力，我握着它，便好像握住了整个世界，我什么也不用怕，什么也不用担心，我的心里满满的都是爱。"

这个静谧的清晨，苏的秘密飓风一样席卷了我。太阳已经跃上枝头，万丈霞光洒满了大地，沟渠、矮墙甚至垃圾桶，都涂抹上绚烂的色彩。一朵小小的蒲公英，正蕴蓄着无穷的力，等待风带它飞向远方。

我想起暗恋的语文老师，诗人一样天真烂漫。他抽烟、喝酒，倚在窗前眺望的时候，像一尊高贵的大理石雕像。他有时并不快乐，讲课会偶尔走神。他写许多的文字，将它们认真地誊写在方格稿纸上，叠好后装入信封，让我送到附近的邮局。我是课代表，因此每天都能去办公室见他，但每次走到门口，我的心都跳得厉害，仿佛即将经历一场山崩海啸。看他与女老师说说笑笑,或弯腰辅导女同学作业,我的心里便生出忌妒。可是当他向我走来,关心我太瘦了,要多吃一些才能更好地学习,那个时刻,我又面红耳赤,想从他身边尽快地逃走。那是一场青春的动荡事件,看似波澜不惊,海面下却有随时会掀起惊涛骇浪的风暴。没有人知道我的暗恋,即便知道,也没有人相信,一个丑小鸭一样的姑娘,她怎么配拥有高贵的爱情?

我和苏交换了彼此的秘密,就像交换了整个的一生。我们各自在对方的心里,安静地坐了片刻,便知道此后漫长的道路上,即便彼此走失,永不相见,也不会忘记这样一个夏日的清晨,琅琅书声还没有开始,我们牵手走在杂草丛生的操场上,忽然想要告诉对方一个动人心魄的秘密。

不远处的校园大道上,学生们正沐浴着阳光,轻快地走向教室,新的一天即将开始。草尖上的露水浸湿了我和苏黑色的敞口布鞋,这粗笨的千层底布鞋,将带我们去更远的地方。

"毕业后你要去做什么?"我大声地问苏。

"我要嫁人,嫁给一直等我的那个人。你呢?"

"我要去念高中,然后读大学,我要去很远的远方,看一看整个世界。"

我迎着朝阳,这样响亮地回答苏。

天黑下来的时候,我和阿加、大邵决定转换战场,从热气氤氲的火锅店撤退,前往一家文艺酒吧。那里正有歌手,在唱我们年轻时喜欢的民谣。

我只是偶尔路过阿加和大邵的城市。许多年过去,一起读书时曾经有过的隔阂早已烟消云散,却依然不想与他们重逢,仿佛老死不相往来,是祭奠我们亲密时光的唯一方式。我用忙碌填充着在这个陌生城市的每一分钟,似乎如此,我就与过去的一段生活,保持着安全的距离。直到即将离去的前一天的午后,我在窗前收拾行李,抬头看到天边一枚薄如蝉翼的月亮,正与太阳遥遥相望,日月交相辉映,却永不能在一起。这人世间永恒的生离死别,让我生出哀愁,于是立刻翻出阿加的号码,短信给他:我在你和大邵的城市,一起吃晚饭吧。

火锅店里人声鼎沸,我和阿加选了一个角落,坐下来等待大邵。橘黄的灯光落在我们脸上,照亮了岁月留下的沟壑,也让隐约闪现的白发无处藏身。起初,我们还面露矜持,不知道历经漫长时光后的相逢,应该说些什么,才能跨越曾经的鸿沟;随即,我们就因彼此想要慌张掩饰却又无法掩饰的眼角纹,哈哈大笑起来。笑声震落了堆积在我们之间的尘埃,露出让人动容的光。那时,我和阿加、大邵一起读书,初次相见,便在喧闹的人群中嗅到彼此的气息。这气息稀有珍贵,像清新的红松的香气。此后三人结伴而行,每到周末便隐没于城市的大街小巷,或混迹于热闹的酒肆茶楼,再或前往人烟稀少的荒郊野岭,只为看一场壮阔雄浑的落日。

那时我们都还年轻,没有太多世俗的负累,可以安静享受读书的快乐。校园里的银杏树高大繁茂,可以帮我们遮挡城市的喧嚣。墙头上总有一只猫蹑手蹑脚地走过,并在夜深人静时发出鬼魅的叫声。花园里的花朵正在怒放,风掠过带刺的玫瑰,筛下闪烁的光影。正午,整个城市都在蝉鸣中昏昏欲睡,三个人悄无声息地溜出校园,在曲折的街巷中尽情游走。遇到酒吧,便折进去点上一杯便宜的扎啤。有时彼此无话,只慵懒地窝在沙发上,安静地注视着台上闭眼唱歌的女孩。她那样青春逼人,仿佛有无数可供挥霍的时光,真让人艳羡。有时我们热烈争执,为已成烟云的过去,和虚无缥缈的未来。争执过后,便大笑着出门,继续幽灵一样在太阳下游荡。天空以趋向永恒的蓝,在我们身后无限延伸。更远一些的天际,正风起云涌。

这是已经逝去的时光。而今,世俗生活缠住了我们前往远方的脚步,肉身麻木衰老,眼睛日渐混浊;回望过去,那段奢侈的岁月,犹如镜花水月,虚幻朦胧,梦中醒来,恍如隔世。

大邵姗姗来迟,只是为了庄重地沐浴更衣,让镜中的自己,看上去更年轻一些,也体面一些。他生性敏感,在三人因隔阂失去联系的几年,他仿佛人间蒸发,杳无音讯。倒是我和阿加,偶尔还会去彼此的空间看上一眼,不声不响地点一个赞,而后悄然离去。

我们都笑大邵,衬衫笔挺,头油发亮,捯饬得好像要来一场黄昏恋,而不是会见亲爱的老友。落座时有些拘谨的大邵,听完我们的奚落,也跟着笑起来。笑声震动了头顶的氛围灯,锅里的毛肚、培根和黄喉,便在晃动的光影里,热烈地翻滚着,像很多年前穿街走巷不分彼此的我们。

牛丸、虾球、扇贝、豆腐、秋葵、羊肉、里脊、鸭血,逐一被投入锅里,再一一送入我们腹中。食物温暖了我们的肠胃,靠近肠胃的一颗心,也因此饱满丰盈,仿佛一片干枯的茶叶,在滚烫的水中舒展身体,重现芳华。这热气缭绕的火锅,裹挟着我们,让我们迅速地后退,回到激情蓬勃的读书时代。于是我们决定转战酒吧,就像我们曾经很多次所做的那样。

酒吧里正有一个年轻的女孩,坐在高脚凳上,轻声弹唱着一首近乎古老的民谣。灯光洒落下来,女孩瘦削的身体一半隐匿在光影里,一半安放在明亮处,像一幅好看的剪影。此刻,我们与她一起,虚度着美好的夜晚。我们所聊过的一切,都将化为尘埃。我们所拥有的一切,也将在无边的黑夜中消融。唯有我们在窗前一起抬头看过的月亮,永恒地挂在天边,从未因为我们的聚散而有所改变。可是,恰是这些虚度的光阴,恰是这些一起行经的日与夜,化为生命中闪烁的星辰,在无数孤独的夜里,将我们照亮。

那些曾经有过的嫉恨、误解、争执、龃龉,此刻全都在歌声中消解。我们彼此宽恕,宛如人生初见。那时,风吹过矮墙,掀动我的裙裾,我踩着凉鞋在细碎的树影里走路,迎面走来的阿加、大邵笑着拦住我说:"嗨,跟我们一起去护城河边散会儿步吧?"故事就这样开始。

红酒化作一条柔软的小蛇,在身体里自由地游走。微醺中忘了是谁,看到那轮硕大的月亮,发出惊异的叫声。三个人走出酒吧,踩着清凉的月光,在寂静无人的大道上欢快地走着。那轮迷人的月亮,让整个城市变得圣洁而又梦幻。几颗星星在遥远的天边,安静地闪烁。初夏的风吹过我们的肌肤,在那里留下花朵的香。

我们就这样追逐着月亮,一直在夜色中走。仿佛如此,明天就永远不会抵达。那时,月亮隐退,太阳升起,阿加留在这座热闹的城市,大邵举家南迁,而我,也将悄然离去。命运就这样把我们遣散,一去永不复返。

阿拉坦仓的记忆

◎ 王樵夫

一

儿子带着阿拉坦仓去饭店吃烤羊背。在阿拉坦仓的记忆里,烤羊背和狼紧紧地联系在一起。

当时草原上,狼多,成群结队出没于荒野,吃掉牲畜的事时有发生,甚至还发生过袭击人的严重事件。那时家家户户都养狗,蒙古族人放牧也要带上几只,看护羊群,白天一个人不敢上山放牧,一到天黑,家家关门闭户。狼严重威胁了牧民的生命财产安全,被称为狼害。

尤其一到冬天,草原下大雪,野外的食物少了,狼就会潜入牧民家的冬营盘,在夜间偷袭羊群。蒙古族人称之为狼掏羊。有一年大雪灾,山上没有了狼群的食物,它们只好下山觅食,阿拉坦仓家的羊被掏死了十多只,被狼咬死的羊横七竖八地躺在地上。所以那个年代,牧民们只要一发现狼的踪迹,立刻掉转马头去追,不惜把马累死,也要将狼消灭。

有的羊,被狼掏了内脏。有的羊,被咬断了脖子。羊死了,脖子上留下几个牙洞,不几天,洞边的肉就开始发黑了。

一般情况下,被狼掏过的羊,牧民就不吃了。

可是,这次咬死的羊太多,有的羊只是脖子上有伤。当时草原上粮食少,额吉就把好的羊肉割下来,晾了羊肉干。还特意选用了一个二岁子的公绵羊,做了香喷喷的烤羊背,外焦里嫩,不肥不腻,这是阿拉坦仓第一次吃。

从此,阿拉坦仓记住了烤羊背,也记住了狼。

狼嗅觉敏锐,善于捕捉机会。在草原上,狼无时无刻不在窥视着羊和牧羊人,一有机会,立即出击,而且从不轻言失败。狼总是团队作战,很少单独行动,所以蒙古族人有"猛虎怕群狼"的说法。

额吉说,狼是极其聪明的动物,狼群遇到搭有高墙的羊圈时,两三只狼会搭起"狼梯",另外几只狼助跑后踩着"狼梯"跳进去。大快朵颐后,则再用羊的尸体搭起"羊梯"逃出羊圈,吃饱了的狼也不会亏待搭梯子的弟兄,会把吃到肚子里的美味吐出来分享。

额吉说,别看狼凶狠,狼特别疼爱狼崽子。

小时候,夜深人静,点上一盏麻油灯,围坐在额吉的身旁,听她讲狼的故事:一只瘦得皮包骨头的母狼,正在哺乳期,它外出猎食时,被猎人打伤了,它带着枪伤跑回了狼窝。猎人尾随而来,离得很远,猎人就听到了母狼和狼崽的哀嚎。听到逐渐逼近的脚步声,母狼已经意识到了危险,它把幼崽全部赶到了洞穴的深处,而后,母狼走到洞口,竭尽全力挺起身体,把洞口堵得严严实实,伤口的血,像水一样流出来,没多大一会儿,母狼因体力不支,身体逐渐缩成一团,瘫倒在洞口。

猎人被母狼誓死保护幼崽的举动感动了,他收起了猎枪,刚刚转过身,突然听到了母狼几声悲痛的嗥叫。猎人急忙回过身,看见母狼使出全身力气,毫不犹豫地撞向了洞口那突兀的岩石,脑浆和着鲜血染红了洞穴前的一大片雪地。猎人愣住了,呆呆地站着,那些饥饿的小狼崽却钻出来,疯狂地撕扯着母狼的肉体,猎人看到眼前的一幕,方才恍然大悟。原来,狼的家族有着这样的习性——同伴死去之后,它们会分而食之。母狼之所以义无反顾地撞死在幼崽面前,就是在生命垂危之际,不惜自杀,也要让自己的"儿女"饱餐一顿。

牧民家经常遭狼害,额吉却不恨狼。她说,狼也是没有办法的事。

蒙古族人和动物的关系尤为密切,一生中大都和动物在一起,和谐相处,相伴相生。有的动物,给他们带来财富,如马、牛、羊等。有的,却给他们带来损失,如狼、豺等。

阿拉坦仓记得额吉会把死去的羊、马的尸体,放在草原上,留给狼来吃。天地间,白茫茫的雪,白毛风呜呜地吼着。

二

有一年,草场刚返青,老远地看着一片青草,到跟前却啥也没有。草细细的,像针一样。母羊领着刚出生几个月的羊羔子,追着草跑,一天下来,路没少跑,却吃不饱肚子。为了改善羊群的伙食,阿爸把敖特尔(蒙古语,放牧点)迁到北山下。从那里往东,有一片好草场,是两座馒头山中间夹着的浅盆地。每年夏天这一带攒得住雨水,到第二年开春,羊最爱吃的披碱草能早一点儿冒出嫩叶来。有了嫩草,羊群就饿不着、渴不坏,阿爸的心里踏实多了。可是,刚住下没几天,一天凌晨,阿拉坦仓在酣睡之中,被蒙古包外一阵骚乱声惊醒。往常夜里有什么动静,都是狗们先叫唤,羊群并不闹腾,可是今天不同,狗叫得声音不大,压抑着,低声呻吟,而且像受气的人带着哭腔。而羊群好像有人轰似的,在圈里呼呼地来回跑。

阿爸赶紧推门出去,吆喝了几声,过了一会儿,羊群恢复了平静。阿拉坦仓懒得起来,迷迷糊糊又要睡着了。却听见包外传来了阿爸的喊声:"起来,快起来! 夜里头巧那(蒙古语,狼)来了,很多羊,咬死了。"

啊! 阿拉坦仓急忙穿衣蹬靴,蹿出蒙古包。狗在蒙古包的门外趴着,浑身哆嗦着,阿拉坦仓瞪了它一眼,狗马上不哼哼了。

以前,天一放亮,羊群就会自动起身,慢慢地朝敖特尔外面走,边吃草边散开。今天这会儿,羊群却成堆地挤在一起,高一声低一声地,"咩咩"叫个不停。阿拉坦仓跑过去,仔细一瞅,羊的身上、头上居然沾着鲜血,一滴一滴往下落。被咬死的十来只大羊散躺在地上,痛苦地抽搐:有的尾巴上连毛带皮,撕开了一大块,鲜血淋漓;有的后腿上撕开了长口子,露出惨白的骨头;有一只大母羊的脖子上,竟然有个血窟窿,随着短促的呼吸,突突地往外冒血……

"你盯着一只羊吃,我没意见。"阿爸放羊,风里来,雨里去,一年到头付出的辛苦,比伺候亲生儿女还尽心,一下子被咬死这么多,阿爸心疼得如同万箭穿心,"十多只羊,你都糟蹋了,我心里能好受吗? 太可恨了! "

狼进了羊群,发疯般地追逐撕咬,并不是咬死一只饱腹而已,而是在最短的时间里,能放倒多少,就放倒多少。尽管它们根本吃不了这么多。

阿拉坦仓早就听阿爸说过,狼一有机会,就不断拿动物当活靶子,反复训练扑咬技巧。果不其然,今天眼见为实。

可是额吉说:"狼是肉食动物,它们的天性就是捕杀猎物,填饱肚子,保证自己的生存和繁衍。"

羊流血,人流泪。"没想到呀,早想到,就不在这个地方落脚了!"阿爸还在气哼哼地念叨。我们住的蒙古包,南面正对着大山坡,山里的狼饿了,一定是顺着进山的牛车道,直接下来就进了我们的牧点了。当初只考虑怎么能让羊吃饱、喝好,却没有考虑可能发生危险的因素。

其实狼的鼻子,可灵了。只要它饿了,拐多少弯也得追过来。阿爸骑马去向嘎查(蒙古语,行政村)领导汇报。回来说,其他的牧场,也闹了狼灾,嘎查领导决定带领牧民进山打狼。也就是从这一年开始,嘎查每年都要组织一次打狼活动。后来旗政府组织了打狼队,队员多是经过解放战争的退役军人,个个都是神枪手。

凌晨,天刚蒙蒙亮,参加打狼的青壮年牧民骑上快马,几十个人带着套马杆、马棒、狗出发了。一般情况下,草原上的狼怕人,听到动静就远远地跑掉了。牧民打狼的方式,主要是骑马追狼,把狼追垮了,用马棒打死。一时间,山上山下人喧马啸,烟尘滚滚,大地轰鸣,阿拉坦仓一想起追狼、打狼的壮观场面,不禁激动万分。

阿拉坦仓骑在马背上,不住四处张望,心情特别紧张,生怕一不留神,狼会从他这儿溜走。同时,还要时刻注意和左右打狼的人保持一定距离。

他们一边走,一边大声吆喝,带来的狗也跟着凑热闹,一个劲儿地乱叫。

胯下的大黑,似乎比打狼的人还兴奋,颠着小碎步,飞快地往前跑。阿拉坦仓不得不揪紧缰绳,以防大黑跑得太快。时不时地,从草丛里蹿出受惊的兔子、狐狸,但是人们顾不上理它们。人们骑着马,大声地叫喊着,前进着,时间一长,阿拉坦仓有点儿失望。因为跑了好半天,没看见一只狼。突然,他发现一处草丛里有什么东西在喘粗气,阿拉坦仓兴奋起来。走近时,才发现不是狼,是一只跑不动的狐狸,气得阿拉坦仓冲过去,顺手给了它一棒子。

对面远远地传来了人的吆喝声和狗叫声,包围圈越来越小了。阿拉坦仓觉得很泄气,这么多的人马跑了大半晌,也没打到一只狼,真没劲。

前面是一条大横沟,沟壑纵横,草深树密,阿拉坦仓无精打采地骑着马,他想尽快赶到沟对面,和前面人会合,结束围猎。突然,从沟底一排灌木丛里,跑出几个黄乎乎的东西。吓得大黑猛地向旁边一闪,阿拉坦仓差点儿从马背上掉下来。仔细一瞧,呀!竟然是几只狼。阿拉坦仓扯着嗓门儿大喊一声,这里有狼!然后使劲催马,紧紧向狼追去。

大黑不愧是一匹骏马,紧跟着狼冲上了坡。几只狼拼命地逃窜,一会儿向东,一会儿朝南。几十匹快马从四面八方急驰而来,后面跟着一群狗。其中的一只狼,又高又壮,突然停了下来,回过头来,瞅了一眼围捕的人,仰起头,对天长嗥。它是头狼,在发布命令。这时,只见几只狼都停了下来,各自看了几眼,随即箭一般地向不同方向逃跑。阿拉坦仓盯住这只头狼,斜刺里插过去,离狼越来越近。追了好长一段时间,头狼挣扎着想翻上一道坡,爬了一半就滑了下来,它已经筋疲力尽了。随后,它一头扎在两棵紧挨着的树底下,一动不动地蹲在那儿,嘴张得老大,吐着舌头,惊恐地瞅着阿拉坦仓。

尽管头狼可怜兮兮,但是并不影响阿拉坦仓想起被咬死的羊,他立刻跳下马来,拎着棒子走到头狼跟前,狠了狠心,举起棒子,想一下子把头狼打昏。突然,这只狼却异常迅速地从他的胯下跑走了。原来,它是装出来的。

阿拉坦仓急忙上马追赶。头狼被追得走投无路,蹿进了一个水泡子。从后面追上来的几十个人,立刻将水泡子围了起来。头狼筋疲力尽,趴在了水泡子中央。狗们围在四周,冲它不停地叫,却没有一只敢冲上去咬它。

头狼又累又冷,它畏缩在泥水里,恶狠狠地龇着牙,发出低沉的嚎叫声。

最后,头狼被套马杆套住头,拖到了岸上,被牧民们用马棒打死了。

按照蒙古族打猎的习俗,这只狼送给了阿拉坦仓。在打狼的人里,他的年龄最小。

打狼队伍返回嘎查时,留守的人已经烧好奶茶。夜晚,辛苦了一整天的人们,围坐在篝火旁,啃着大块的手把肉,喝着大碗的白酒,唱着,笑着……远方,却传来母狼的哀嚎。

喝完酒,开始扒狼皮。老蒙医巴雅尔老早就发了话:"狼骨头、狼心,我都要哇!"问他干什么用,他说:"额木得敖勒那(入药)!"牧民们长年累月住蒙古包,腰腿疼的人特别多。按照蒙医《四部医典》的记载,治疗肢体寒湿疼痛,必须配虎骨或豹骨,可这东西太稀罕,草原上找不到。巴雅尔只好到大草滩上东一头西一头地转悠,说是找动物骨头。有一次,有人送去一块不大不小的动物骨头,巴雅尔一看,是驴骨头。这老爷子一摆手:"没劲儿,不要!"不承想今天有狼骨头送上了门,巴雅尔喜出望外,他说:"越'野'的狼,越好。"

　　剖开狼的腹腔,肝胆肠肚裹着一股腥臭气,扑面而来,众人一惊,忙往后躲,却见巴雅尔抢身上前,双手探入狼的体腔,捧出一大捧暗红色的狼血,再把嘴凑上去,用力吸了一大口,"咕噜""咕噜"地漱了起来。几个看热闹的女人大吃一惊,掩面扭身,呼啦啦地往后躲。巴雅尔满脸堆笑,向大家解释说这样,可以让牙齿更加牢固。

　　这时,宰狼的人把狼腰子割下来,扔给一直在旁边晃悠的狗,狗上前闻了闻,突然扭过头,夹着尾巴颠颠儿地跑了。

　　草原上,狼最多的时候,四五十只,成群地来回跑;后来,就减成二三十只一群;再后来,十多只一群。到最后,就见不到狼了。那时候,打狼是有奖励的。阿拉坦仓说:"狼已经从草原上退场了。"

　　经过多年的围剿捕杀,和自然环境的恶化,现在草原上,不但狼没了,天鹅也变少了,许多泡子干了以后,马鹿和旱獭也从牧场上消失了。

　　草原上除了牛羊,这些都是最重要的动物,但是现在也没了。

　　额吉一直反对打狼,说狼可以防止传染病在羊群中传播。狼把病羊吃掉了,传染病就没了。阿拉坦仓不理解。后来他才明白,狼被打没了,过了不久,羊群开始流行疫病,羊大批地死掉,比遭受狼害的损失还要大。

　　狼没了,羊却越养越多,给草原植被带来了毁灭性的破坏,不少地方长不出草来。"好多年,草原都恢复不了元气。"

　　在草原生态系统中,羊吃草,狼吃羊,狼死了以后,经过微生物的分解,它的尸体又变成肥料,被草吸收。这样,构成一个食物链。以前,草原上长多少草,这些草养活着多少羊,这些羊养活多少狼,都保持着相对的稳定和平衡。但是,狼被消灭以后,平衡被打破,以致整个草原都发生了巨大的变化。而这种变化一旦发生,就会出现连锁反应,在短时间内无法恢复。

在生态系统中,每一种生物都占有各自的地位,起着一定的作用,谁也不能代替谁。

阿拉坦仓记起曾经在自家的牧场,好不容易看见一只孤独的小狍子,在牧场深处游荡。清晨的牧场上,露水闪着光,淡淡的雾霭腾起,给小狍子镶上一层亮亮的白边。

"唉,就这一只了!"阿拉坦仓说,"从那次后,十多年再也没有看见! 草原上,再也不美了。"

三

阿拉坦仓长大了,结了婚。因为童年的记忆,烤羊背,成了阿拉坦仓招待朋友们最好的一道美食。

阿拉坦仓的儿子,最喜欢吃烤羊背。他大学毕业,留在了市里。

儿子对阿拉坦仓说,在大城市,烤羊背,更好吃。

有一次阿拉坦仓到了市里,儿子特意请他到蒙餐馆吃了一次烤羊背。

阿拉坦仓感觉,现在的烤羊背太讲究了,烹制技术堪称一绝。选用的都是草原上最肥美的白条羊背。用当归等三十余种中草药和天然调味品腌制,腌好的羊背要在特制烤炉中烘烤两个小时左右,而且用的是野杏、桃、李、桦木和生长在沙漠中的"扎格木"等木炭作为燃料,只有这样烤出的羊背才饱具了草原的百草香,毫无腥膻之感,肉质外焦里嫩,口感香而不腻。正应了那句话,六月鲜羊肉,神仙也想吃一口。

仅选材一项,就有诸多讲究:成年羯羊在一岁以内或二岁以前,肉质最好;幼龄羯羊比中老龄羯羊肉质细嫩多汁,易消化;但是,最受消费者欢迎的羊肉是四至六个月龄的羔羊肉,肉质肥美,鲜嫩多汁,而且氨基酸含量明显高于一般羊肉。羊的产地也非常有说道,牧区的羊吃的是野韭、野葱、野蒿,还有各种天然的名贵药材苁蓉、黄芪等,肉比农区的品质好,膻味轻,脂肪白。

所以用这种适龄牧区羊做出来的烤全羊、烤羔羊、烤乳羊、烤羊背、烤羊腿、烤羊排、烤羊棒、手把肉等，种种美食，深受广大食客的喜爱。

当色泽金黄、香味四溢、外香里嫩的烤羊背端上桌来，再辅以孜然、辣酱等调料，鲜嫩不变，味道更加独特。

这让阿拉坦仓想起小的时候，额吉经常煮手把肉。但是，在喜庆的节日，隆重的场合，蒙古包里，就多了一道美食，烤羊背。这道菜非常讲究，一定要选最好的绵羊脊背，运用传统手法，配以作料，经过精工细烹，烤好后，献给长辈或尊贵的客人，同时还要敬献哈达，唱歌祝酒。

蒙古族人有一句谚语："一头羊除了羊腿，肉都在羊背上。"所以烤羊背是一道大菜，是草原筵席上的极品。在阿拉坦仓的童年记忆里，烤羊背是最美的味道。

阿拉坦仓一边回忆，一边慢慢品尝，想着想着，他的眼睛里却流出了眼泪。他想起小时候的贡格尔草原，开荒种地，植被被破坏，水土严重流失，生态恶化，山上光秃秃，连根草都不长，不但狼没了，其他的野生动物也无处藏身，有的永远从草原上消失了。

不过，前不久，老家来人说，贡格尔草原上"闹"狼灾了，消失了半个世纪的狼又回来了。现在国家实施生态环保战略，植树造林，封山禁牧，退耕还林，山又绿了，水又清了，"山鸡过沟野鸡飞，兔子藏在蒿柴里"的景象又重现了。

生态变好了，狼回来了，太好啦。想到这儿，阿拉坦仓转啼为笑。儿子奇怪父亲忽喜忽悲的神情，忙问他咋的了。

阿拉坦仓深深地舒了一口气："烤羊背，太好吃啦！"

草木芬芳

◎ 刘学刚

木芙蓉

　　我在乡下教书那会儿,看露天电影《芙蓉镇》,迷上了"芙蓉姐"胡玉音和那个美丽的湘西边陲小镇。

　　狭长半岛似的小镇的湖塘里种满了水芙蓉,绿豆色的芙蓉河的岸边栽满了木芙蓉。出水芙蓉既谢,照水芙蓉继开,二者呈现着湘西小镇的景物和风华,延续着那方水土的温柔和灵秀。胡玉音的米豆腐店前就有一些木芙蓉,掌状的叶子在风中温情地抚摸着斑驳树影。后来,每每看见木芙蓉繁花朵朵,就想起胡玉音美若芙蓉的脸。她的脸在黑褐色木质吊脚楼和青灰色石墙的烘托下异常妩媚。在光与影的重复叙述中,她右手托腮发呆的样子异常柔美。

　　在原著作者古华的深情描述中,胡玉音犹如一朵鲜妍清丽的荷花,她的微笑含着温柔,她的嗓音像唱歌一样好听。她的成长更像一株凌寒不凋的木芙蓉。摧残、凌辱宛若天降寒霜,"千林扫作一番黄",胡玉音顽强地活着,坚韧地应对生活的残酷与不公,覆盆之冤终得昭雪,米豆腐店重新开张,米豆腐的色泽尤为鲜亮,口感甚为软嫩,香味更为诱人。

　　木芙蓉是锦葵科落叶乔木,又名木莲、地芙蓉、拒霜花、醉芙蓉等,株高可达五米,宜植池岸,譬如三面环水的芙蓉镇,花影入水,潋滟生辉;瘠薄之地亦坚韧生长。木芙蓉的众多别名犹如长裙、短袖、风衣、旗袍等不同服装,呈现着它的多彩多姿的生活。

　　"木莲"和"地芙蓉"这两个名字包含着人们所赞美的水中莲花的娇艳清雅,以及木本植物在陆地上创造和积累的幸福之花的繁茂饱满,后者的花瓣由古银器和红水晶打磨而成,在谦逊的广场、清幽的水畔闪着夺目的光辉。关于拒霜花,最为出彩的解读当数苏轼的两句诗:"唤作拒霜知未称,细思却是最宜霜。"木芙蓉开花的时令是霜降前后。一朵芙蓉花的开放也就一两天时间,一树的芙蓉花且落且开,花期长达两个月。寒霜如同苦难,如同欺凌,是摧残生命的利器,但同这种冷漠力量作斗争,便使其变成成长需要的营养。秋霜肃杀,众花凋零,木芙蓉的遭际恰似那些命途多舛的人,孤花难免愁红怨绿,但最终选择了独倚寒秋,在皑皑白霜里谨慎而坚定地打开它形似蝶翅、艳若菡萏的花瓣。拒霜,也宜霜,洁净的花朵与澄净的霜天融为一色,成就深秋的旷达之美。

芙蓉花有多美,细细品味"醉芙蓉"这个名字就知道了。南宋诗人洪迈:"春风醉香骨,绰约不自持。"春风似酒浓,多么销魂蚀骨,醉得春花娇弱无力。同样是花朵沉醉的故事,"醉芙蓉"显得更为优雅端庄。诗里的春花像个情窦初开的花季少女,被突如其来的浪漫给击倒了。"醉芙蓉"的"醉",是颜色的变化,是植物的智慧之美在鲜艳的花朵那里得到的确立和延展。

木芙蓉的花蕾形似灯笼草的果实,五枚绿色的萼片围拢成圆球形,花蕾的顶端又尖又细,犹如拱破土层的嫩绿的幼芽一样清新,又如圆圆的晨露在太阳的照耀下散射的光线一样纯净,还如一位噘着小嘴儿剧烈心跳的女生,期待着她芬芳的初吻被阳光珍藏。许多植物的花蕾虽说模样相像,但每一种花蕾的盛开都与众不同。木芙蓉先是花蕾顶部裂开五条小缝儿,犹如悬崖峭壁上五条惊心动魄的小道;然后,小缝儿如小溪流越流越宽,汇合成一个圆形的湖。

芙蓉花形似牡丹,花形有单瓣、复瓣之别,花色有红、白二种。"醉芙蓉"是复瓣花,丰满鲜丽,仿佛比青还青的青春,恣意地展现它的天才和奇迹。露珠初醒的清晨,芙蓉花开了,一瓣一瓣均是洁净的白,如同清晨一般静谧而明亮,那白色是从昨夜的月光和婴儿的梦呓中提取而来的,而婴儿刚从香甜的睡梦中醒来。就像一些神话所描绘的那样,在与太阳的深情对视中,芙蓉花神奇地变为浅红色,到了下午,颜色深红,尤为绚丽。芙蓉由白变红,不像女人化妆,女人化妆需要一层水乳一层粉底一层散粉地往上涂,好似用涂料抹墙皮。芙蓉的变化是由内向外的，好比一位浅酌的女子，酒入衷肠，"两朵桃花脸上来"，它守护着内心的光焰，既有一种不胜凉风的娇羞，又有一种热情似火的奔放。从科学上说，光照由弱到强，引起花瓣内花青素浓度的变化，芙蓉花"晓妆如玉暮如霞"。文人细腻敏感，觉得芙蓉如醉美人，越看越有味儿，看得人骨头发痒心尖发颤。王安石《木芙蓉》："水边无数木芙蓉，露染燕脂色未浓。正似美人初醉著，强抬青镜欲妆慵。"芙蓉非醉，醉了的是天真执拗的看花人。

在古文人的审美理想里，木芙蓉临水而生，凌霜而开，独殿众芳。玉水和秋霜对立而和谐在木芙蓉的生命里，造就了木芙蓉清雅孤傲的气质。读历代咏花诗词，发现唐代以前的作品所述芙蓉多指荷花，唐代以降，木芙蓉借用了荷花的别名而流传开来。诗词歌赋大都褒扬木芙蓉凌寒傲霜的盛放之美，罕见提及它的落英。桃花、樱花、荷花、桂花、梅花都是瓣瓣飘落的，宛如碎了一地的少女心。菊花残蕊抱枝枯，末路文人的精神慰藉。芙蓉花枯萎之时，先是慢慢收拢了自己的花瓣，就像一个人复归于婴儿，芙蓉花回到花蕾的模样，然后，安静地飘落于地。这花蕾不再是青绿的一团，而是如泥土一般的灰黄，淳朴而安详。

曹雪芹在《红楼梦》里写过凤仙、石榴等各色落花。黛玉一曲《葬花吟》，直听得人鼻子发酸，身子发颤，心肝都碎成瓣了。曹雪芹写了一些生于盛时、死于华年的如花女子，譬如黛玉和晴雯。《红楼梦》"寿怡红群芳开夜宴"一回，是大观园的女人花最为娇艳的时刻。群芳行令占花名儿，黛玉摇得芙蓉签。曹公这里并未指明是荷花还是木芙蓉。晴雯于芙蓉花开的深秋香消玉殒，宝玉作《芙蓉女儿诔》以祭，呼晴雯为芙蓉女儿秋花之神。晴为黛影。黛玉掣得的花签上题有"风露清愁"四字和一句旧诗"莫怨东风当自嗟"。风露清愁，风寒露冷，悲清秋。"莫怨东风当自嗟"出自欧阳修的《和王介甫明妃曲二首》，诗中有这么两句："明妃去时泪，洒向枝上花。"枝上花暗示黛玉所掣芙蓉为木芙蓉。唐代高蟾《下第后上永崇高侍郎》："天上碧桃和露种，日边红杏倚云栽。芙蓉生在秋江上，不向东风怨未开。"不与百花争春，在悲凉的秋天傲然挺立，恣意绽放，这样的高洁之花才配黛玉。《芙蓉女儿诔》名诔晴雯，实诔黛玉。黛玉香魂早逝，一如芙蓉落英，"质本洁来还洁去"，曾有芳华在人间。

　　大观园百花灼灼，开在人心里，是惜花人自由呼吸、天真任性的所在。芙蓉镇芙蓉灿灿，开在时令里，照耀着鸡鸣犬吠、春耕秋收。我写芙蓉花，实则写繁花万朵中的两朵。一朵以她的香消玉殒唤醒我们对美的怀想和追寻；另一朵冰清玉洁，她在非常岁月里艰难地活着，那些萧瑟的风、凄凉的雨、冷酷的霜，都长成了她的朵朵娇艳的花瓣。

君子兰

　　秋天的深处是什么？"君子兰、鸭跖草、野菊、红蓼，它们的果实或种子如粟、如稻、如乌麦。踏着草丛里的虫鸣前行，青蛙跳，螽斯飞，有时还能看到螃蟹沙沙爬行。"这是德富芦花遇见的东京郊外的秋色。在自称"美的百姓"的德富芦花眼中，植物、动物皆有它们的安身之所，恬然自在地活着。

　　细端详，德富芦花所见也是我的故乡秋天的某个段落。鸭跖草，即蜂子草，我小时候在庭院里栽培过的蜂子草来自洪沟河湿地，那里也有大片大片的红蓼，我们叫它水梗棵。"山有乔松，隰有游龙"，《诗经》里的游龙即是它。螽斯，俗名纺织娘，草绿色，翅翼振动的声音"轧织轧织"的，就像旧时纺车的织布声。

　　我仔细观察过君子兰、鸭跖草、野菊、红蓼（红蓼果实去除薄的外皮即种子）四种开花植物的种子，真的很像粟、稻、乌麦三种禾本科植物的颗粒果实，后者是由野草驯化而成的庄稼。就果实而言，其中果形最大、果期最长的是君子兰。在原产地南非，如同我们这里野生的二月蓝、矮牵牛一样，君子兰生长在和蔼、大度的树下，就像一群穿着浅绿色校服的寄宿生，似乎在树下等待父母的出现，脸上露出天真的笑容。我们这里的君子兰是温室观赏花卉，栽培的多是大花君子兰。大花君子兰从授粉到果实成熟大约九个月的时间。按照一季观花、三季观果、四季观叶的审美序列，在寒冬到仲秋这段缓慢而深情的时光里，可以观赏君子兰的果实是如何由一粒小粟米渐渐长成了红彤彤的大樱桃，且由绿转黄，从黄变红，更换着美丽的衣衫。

其实，君子兰最显著的特征表现在它的叶和花上。它的叶扁平带状，有点儿像萱草的叶，但比萱草的叶肥厚得多，也硬实得多。更为奇妙的是，在状若洋葱的鳞茎之上，叶呈二列状交叠互生，横着看，叶姿如折扇；侧面看，是整齐的一条线。君子兰一年可长四五片叶，等到叶片数量十五片左右时，便有一根嫩绿色的扁平而粗壮的花葶从两排叶子中间探出来。叶子铺展了三四年，造型如同千手观音，众缘集聚，让直立的花葶获得了惊人的征服力。

君子兰寒冬开花，一直开到阳春三月，花色有橙红、橘黄、鲜红等几种。灿烂的花朵、温润的光芒映照得叶子尤为厚实油亮。我观看过君子兰开花的样子。单朵的小花有短短的柄，有六个花瓣、六个雄蕊。尤其在寒夜的灯光下，花瓣的边缘金光闪闪，漏斗状的花瓣内面下部是一潭清新鲜嫩的黄，黄得叫人晕眩，六个雄蕊游园惊梦一般伸出细细的花丝，雄蕊也是黄的。一根花葶可生三四十朵这样的小花。小花们熙熙攘攘地聚集在花葶顶端，聚成伞的形状，特别的温馨和欢愉。一个伞状花序的花可开放一个月之久。

我曾在一株这样的君子兰旁，备课，批改作业，也读读书，写写诗。那是一株养在教师办公室的君子兰。乡村的冬夜寂寥而漫长，整个校园犹如熟睡的婴儿，而君子兰是醒着的。"只恐夜深花睡去，故烧高烛照红妆"，我也曾像苏轼那样，为一株花夜不成寐。那个车马慢的年代，等待一封书信仿佛守望一场美丽的花事。许多个夜晚，我给一个女生写了很多的信，收到的回信却没几封，内容简短，多是礼貌性的问候。然而，这些从她的笔端落到纸上的文字，犹如飘落水面的花瓣，被我一一捡拾起来，组合成许多臆想中的浪漫花朵，虚构着一场花前月下的故事。

许多年以后，偶然听见一首名曰《君子兰》的情歌："以为待花期再长一点儿爱就会芬芳，怎知盼来了等待多漫长。"一个女歌手哀婉深情地唱着，她的悲欢在音符的花蕾上幽幽地开着，美丽而忧伤，心仪的君子只是礼貌性地看着，却不把她宠成一株娇羞的花。青春往事在这样的歌里重现，我竟然有释然的感觉。觉得，一个人一生有那么一次热情满满的等待，譬如等待花开，用心地浇灌，耐心地照看，不因时间漫长而心生倦怠，才可能在漫长而喧嚣的生活中保有充沛的热爱和安静的勇气,如同君子兰,在迎接花开的漫长时间里,它的叶长得无可挑剔,任何等待女王到来的石阶,都不曾铺装得如此华丽和庄重。

近些年,君子兰到处可见,在私家住宅,在公共场所。就像歌中女子遇见的是如君子兰一般的男子那样,很多人喜欢的是君子兰这个品德意味浓厚的名字,并从孔子的君子论中寻章摘句,以此建立他们的植物品格学。在他们眼里,所有的植物都是同一种植物,要么是默默无闻、无私奉献的那种,要么是勇敢乐观、顽强奋斗的那种。他们今天主张向雪松学习,明天又学君子兰,仅仅换了一个植物名字而已。如果他们留意一下每一种植物的茎叶花果,或许会有新鲜的感受。譬如,被孔子比作君子的兰花是一种俗名叫地瓜苗的泽兰:多生于浅水沼泽处,茎干青紫,四棱;叶如薄荷,有香气;七月开一种紫白色的小花。在《诗经》《离骚》里频频出场的均是此花,而非宋人推崇的兰科之兰。

君子兰还创造了一个"绿色金条"的别名,一盆南非的野花被炒到了天价,一盆花能买几套房。这不是花木的奇迹。我想,得此荣耀,君子兰的花瓣都想闭合的,它宁愿是一株野花,在南非山林里无忧亦无惧地生长,生它的剑形叶,长它的喇叭形花,在它的植株周围形成绿水晶红玛瑙的奇异光环。

格桑花

十月的一天,回故乡的九龙山,看格桑花。

格桑花,又名格桑梅朵,是高原上许多种茎细而瓣小、普通而顽强的野花的统称。在藏语中,格桑是幸福的意思,梅朵的本义是鲜花。翠菊、紫菀、雪莲、金露梅、狼毒花、波斯菊、高山杜鹃都是格桑花,开在高原上的幸福花。九龙山上开的格桑花是波斯菊,听上去像是一段浪漫的跨国恋。金发碧眼的洋妞越过大海重洋,来到洪沟河北岸,和一个乡村男孩素昧平生而心心相印,生出了根、茎、针叶阔叶,繁衍山地的万紫千红。

传说,九龙山是东海龙宫九太子的躯体所化之地,有着和盘古、女娲等化生神话一样的特质和文化表征。九太子的筋脉骨血长成花花树树,嘶鸣化作秋虫唧唧。作战的银枪寸寸断裂,变为满山的重晶石,银色的光芒照耀春华秋实。

传说里没有波斯菊。波斯菊在九龙山安家落户,细弱的茎、饱满的花摇曳着幸福的模样。波斯菊也叫秋英,一个乡村女性的温柔名字。宋人周密有言:"佳兴秋英春草,好音夜鹤朝禽。"和他同时代的诗人黄敏求偏爱秋英甚于春花:"莫道秋空冷淡加,秋英风露胜春葩。"所有秋天的花儿都叫秋英。如今的九龙山,秋英到处可见。牵牛花和拉拉秧心手相牵,前者的花朵一日三变,银白、碧蓝、深红,就像灯光变换下跳芭蕾舞的女童。晚饭花总是在黄昏炊烟袅袅的时候盛开,细长的花筒犹如妇女唤儿回家的声音,悠长而温暖。葵花、菊花这些崇拜太阳的花儿,在篱笆边、山道旁显现出无比热情的神色。在白秋英、红秋英、黄秋英、紫秋英和谐共生的九龙山上,波斯菊开得异常自信。秋天的九龙山更像一个大花篮,白云和鸟鸣皆为鲜活其上的花瓣。

作为格桑花的一种,波斯菊柔弱而镇定地生长着,在路边,在草地,一朵朵,一片片。它的茎又细又长,浅绿色,不分枝,样子有些像麦秆,个头儿也和麦秆差不多。叶子丝状线形,像扫帚菜的叶,稍稍有些凌乱,触之硬硬的,让人有些小吃惊。这细茎长叶在秋风里摇着,恍若一声声悠长的叹息;又如一个细声细气的女生把嗓音往细里憋,再飙出尖细而清脆的高音。细茎长叶擎举的当然是花。牵牛花开花,晚饭花开花,格桑花开花,九龙山美丽的植物都开花,开的都是幸福花。试想,如果我们的世界没有花朵,或者,我们的眼睛看不见善美之花的精彩绽放,我们何谈幸福,我们的视觉和内心该是何其荒芜?

说到花,格桑花太美丽了。就像童话里的一种花,许多人是通过文艺作品知道格桑花的。"去看那神奇的布达拉,去看那最美的格桑花呀",格桑花是什么,它是一支流传在雪域高原上的古歌,冬季叶枯花落,来年又以细茎艳花的形式上升到天空的高度,它是有根的。一朵朵的格桑花又像一盏盏酥油灯,照耀着布达拉。格桑花不是一种特定的花。幸福有多少种模样,它就有多少种花朵;格桑花有多少光芒,生活就有多少吉祥。

九龙山的波斯菊呈现着幸福的许多模样。波斯菊一茎开一花,认真而专一。它的花骨朵儿圆鼓鼓的,起初是绿的,后来,花瓣儿如小鸟破壳一般往外挤,花骨朵儿有的绿中透黄,有的白里透紫,有的红绿相融。这样的花骨朵儿开出的花儿也是五颜六色的,橘黄、玫红、浅粉、深紫,好像山地是一个大调色盘,细长的茎是柔情的画笔,我们想看什么颜色的画,波斯菊或格桑花都能画出来,画得鲜艳亮丽,生机勃勃。波斯菊有五瓣花、六瓣花、七瓣花和八瓣花。细端详,它的花瓣呈椭圆形,三五条花纹如浅浅的小溪从金黄的花蕊流向花瓣的边缘,边缘略有褶皱,每一个细节都精雕细刻,每一朵花瓣都无与伦比。

　　九龙山上的这些格桑花,如同许许多多我们想象的花儿一样,植株细弱,花朵出奇地美丽。还是叫它格桑花吧,许多人都这样叫它。这样叫的时候,就像婴孩一样从香甜的睡梦中醒来,一睁眼看见了自己的母亲。而现在,秋天的格桑花像一群五彩斑斓的蝴蝶,翔舞在九龙山上,山上的桃树柿树黄栌红枫尽情欣赏着这美丽的舞蹈,精神抖擞地站在寒露和霜降之间。

　　一群山羊和我们一起走向一片草地。这群山羊是九龙山不知疲倦的奶妈,又是谦逊优雅的绅士。它们在前面带路,却贴着路边走,小女生一般的害羞胆怯。九龙山的草地有两种,一种是野草滩,一种是黑麦草种植基地。后者是羊们丰盛的晚餐,有专人送到它们的雅舍。山羊每天照看的是毛谷英、熟草蔓、三棱草、马齿苋、云星菜相牵相依的草地。草的长势太迅猛了,见风就长。羊们的日课之一,就是用温吞吞的小口揪草的青梢梢、嫩叶叶吃,草的茎续生新的叶,草地如活水,始终是清新碧绿的一潭。

　　黑麦草已有小麦的模样,细长的茎秆,线形的绿叶,又有些像波斯菊。黑麦草也开花,花轴特别长,其上密布小花,金黄闪亮,把山地的闪光点细心缜密地呈现出来。黑麦草割了又生,它的花儿冬天也会开放,猪羊们是幸福的,它们和许多美丽的植物共享这一片绿水青山,有三亩黑麦草、五亩即将收获的地瓜、一百多亩养精蓄锐的桃树,还有傍着桃林、挽着草地、牵着彩蝶的许许多多的格桑花。这些花儿像醒目的标题一样,彰显着这方山水的丰饶,以及从根部节节生长的幸福。

把日子往前过才是幸福

——红楼人物刘姥姥

◎ **穆欣欣**(中国澳门)

如果评选最有影响力的《红楼梦》人物,我会投刘姥姥一票。皆因那堪称经典的"刘姥姥进大观园"之喻,深入人心的程度到了没读过红楼的人亦解其意。

然而,认识这样一个人物是需要过程的。我在很年轻的时候读《红楼梦》,对刘姥姥,是和大观园里的姐妹们一样,欣赏黛玉那"母蝗虫"的比喻(四十二回"潇湘子雅谑补余香");也自认为很理解妙玉对待刘姥姥喝过的那个成窑茶杯的态度——"幸而那杯子是我没吃过的,若我使过,我就砸碎了也不能给她!"(四十一回"栊翠庵茶品梅花雪")数十年后的今天,我的目光会在人生的结局上多做停留。这是在历经岁月后,深知人生有一个好的终场是修来的福分。红尘一遭,我们所求不就是离场那一刻的功德圆满吗?红楼家族从繁华走向悲凉,每一个人都在往下坡走,就像王小波所说:"生活就是一个缓慢受锤的过程,人一天天老下去,奢望也一天天消失,最后变得像挨了锤的牛一样。"而刘姥姥是个例外,她有旺盛的生命力。她每一次的出场,或如欢快的变奏,或有光明的尾巴。她身体力行地告诉我们,把日子往前过才是幸福。

进荣国府

刘姥姥出现在书的第六、三十九、四十、四十一、四十二、一百一十三、一百一十九回,可谓是贯穿红楼始终的人物。

第六回书,曹雪芹写道:"按荣府中一宅人合算起来,人口虽不多,从上至下也有三四百丁;事虽不多,一天也有一二十件,竟如乱麻一般,并没个头绪可作纲领。正寻思从那一件事、自那一个人写起方妙。恰好忽从千里之外、芥豆之微、小小一个人家，因与荣府有些瓜葛，这日正往荣府中来。"此处脂砚斋评："略有些瓜葛，是数十回后之正脉也。真千里伏线！"作者看似不经意，实则细意铺排，引出刘姥姥出场，直到最后结合巧姐儿命运归宿，衬托世情变幻和世道人心。

　　书中，刘姥姥是个有姓无名的人物，说她住在女婿狗儿家，女婿姓王，祖上曾做过小小京官，与凤姐之祖、王夫人之父相识。因贪王家的势力，便连了宗认作侄儿。但也只有王夫人之大兄、凤姐之父与王夫人随在京中的，知有此一门连宗之族，余者皆不识。女婿狗儿一家仍以务农为业。这天狗儿吃了闷酒，在家闲寻气恼，刘姥姥看不过劝慰几句："姑爷，你别嗔着我多嘴。咱们村庄人，哪个不是老老诚诚的，守着多大碗儿吃多大的饭？你皆因年小的时候，托着你那老的福，吃喝惯了，如今所以把持不住。有了钱就顾头不顾尾，没了钱就瞎生气。成个什么男子汉大丈夫呢！"刘姥姥出场亮相就摆明了态度——"守着多大的碗儿吃多大的饭"，日子这样过才踏实。女婿狗儿急赤白脸地说她只会炕头儿上浑说，刘姥姥便想到了金陵王家这门连过宗的亲戚"拔一根寒毛比咱们的腰还粗呢"。一家人商议由刘姥姥带着外孙板儿先去找王夫人陪房周瑞，理由是周瑞曾和狗儿父亲交过一桩事有极好的交情。刘姥姥一想也在理，女婿是个男人不好去，自己女儿年轻更不好抛头露面，舍得自己的老脸去碰一碰。"果然有些好处，大家都有益。便是没银子来，我也到那公府侯门见一见世面，也不枉我一生。"难得有一股洒脱劲儿，这个村妇不一般。

　　有些朋友觉得红楼难读，是不耐烦去读一些日常的描述，人物、衣着、器物、食物等，认为这些无助于书里情节推进。而《红楼梦》又是在一开头就告知了读者结局的一部书，还有什么可读的呢？其实不然，读红楼，读的是世事洞明，人情练达，表面写生活日常，字里行间隐藏着世情。

　　刘姥姥一进荣国府，从刘姥姥到周瑞家的、从平儿到凤姐，一言一行，答问之间，人性幽微，写得极其好看。凤姐初见刘姥姥面的几句话说得世故老到，责不在己，让人挑不出毛病："亲戚们不大走动，都疏远了，知道的呢，说你们弃厌我们,不肯常来。不知道的那起小人,还只当我们眼里没人似的。"曹雪芹一边用一个村妇的眼光描写钟鸣鼎食簪缨世家的阵仗,"满屋中之物都耀眼争光的,使人头晕目眩",作者用"点头咂嘴念佛"六个字点到即止地描写刘姥姥的反应;毕竟没有一个人物是白出场的,穿插写板儿举止:"板儿一见了,便吵着要肉吃,刘姥姥一巴掌打了他去。""板儿便躲在背后,百般哄他出来作揖,他死也不肯。"几笔写活了一个没见过世面的农村小子。一边又写王熙凤日理万机、面面俱到。不实写具体家务事,只写了贾蓉借炕屏一则。脂砚斋评芹翁写凤姐"自刘姥姥来凡笑五次,写得阿凤乖滑伶俐,合眼如立眼前"。开口求人总是为难的事,书中描写她"未语先飞红的脸""只得忍耻说道",可见刘姥姥是懂分寸的人。开口求人帮到什么份儿上也是为难的,曹雪芹高明,避开了实写,刘姥姥只消开了个头儿:"今日我带了你侄儿来,也不为别的,只因他老子娘在家连吃的都没有。如今天又冷了,越想没个派头儿,只得带了你侄儿奔了你老来。"凤姐是何等人?早听明白了。"一边趁让刘姥姥去吃早饭,一边叫过周瑞家的来拿到了太太的旨意:不可简慢了。叫奶奶裁度着就是了。"作者笔似游龙,几番下来,以刘姥姥一进荣国府"告捷",得了二十两银子。

进大观园

　　刘姥姥再出场便是书中第三十九回,此后连续几回笔墨都集中在刘姥姥随着贾母和贾府的公子小姐们游大观园的情节。这一次,刘姥姥不为打秋风而来,而是带着板儿给贾府送来头一起摘下的、留着尖儿的瓜果菜蔬。王熙凤说难为她扛了那些沉东西来就留她住上一夜明儿再去。又赶上贾母"正想找个积古的老人家说话儿"。于是展开了以刘姥姥视角写贾府从老太太到公子小姐们的日常生活,以及大观园的房屋、景致等。见了面,刘姥姥称贾母为老寿星,贾母称刘姥姥为老亲家,这是两个经历过岁月却又生活在不同世界的人偶然交集。刘姥姥时年七十五岁,比养尊处优的贾母还大几岁。何谓老来福?一有好身体、生命力旺盛;二是日子过得有盼头。上回刘姥姥来贾府得了二十两银子回去,这是怎样的一笔钱?可从三十九回书里写到螃蟹时刘姥姥算的一笔经济账了解一二："这样螃蟹，今年就值五分一斤。斤五钱，五五二两五，三五一十五，再搭上酒菜，一共倒有二十多两银子。阿弥陀佛！这一顿的钱就够庄稼人过一年了。"刘姥姥前一次是寒冬前来，这一次来是转年秋天丰收季，日子过得宽裕了："因为庄稼忙好容易近年多打了两石粮食瓜果菜蔬也丰盛。"相比之下，贾母过了一辈子好日子，却在最后眼见树倒猢狲散的家族衰败景象，郁郁而终。两人同游大观园，贾母受了风身体不爽。而刘姥姥呢，苍苔地滑摔一跟头她摔不坏；吃醉了睡一觉醒来也不碍事。她和贾母，和大观园里的女孩子们，完全是两个世界的人，但彼此对对方的世界又都有一份好奇心。凤姐要刘姥姥"把你们那里的新闻故事儿说些与我们老太太听听"，刘姥姥便编派出大雪天抽柴草的姑娘来，惹得贾宝玉一个劲儿追问。村妇信口开河映衬出宝玉的率直天真。书中多处如这般对比着写，衬托着写，曹翁以平视的视角，不偏不倚，不贬不扬。这几回书作者写得活色生香，一忽儿"天上"（精神世界），一忽儿"人间"（物质生活）。那道流传下来的红楼菜肴"茄鲞"，竟不知是天上人间。在刘姥姥尝来，"若茄子跑出这个味儿来，我们也不用种粮食，只种茄子了"。当她听了王熙凤介绍这道菜的做法后，又念了一声佛祖，总结出"倒得十来只鸡来配他"。

曹雪芹内心对刘姥姥是敬重的："那刘姥姥虽是个村野人，却生来的有些见识，况且年纪老了，世情上经历过的。"

作者也是生活美学大师，从摹写钟鸣鼎食之家日常的吃穿用度着手，连接了历史、世俗文化和美学。第四十回书里描写丫头用大荷叶式的翡翠盘子里面盛着各色的折支菊花，贾母便拣了一朵大红的簪于鬓上。饶是在色彩斑斓之中，贾母的银发配大红菊花，也为重点衬托出刘姥姥，且看被王熙凤将一盘子花横三竖四地插了一头，她却说"我虽老了年轻时也爱个花儿粉儿的"。读者至此可脑补一下，刘姥姥也曾经年轻，也曾有过对美的向往。不仅如此，曹翁还让自己笔下的贾母担任"生活美学导师"。贾母说自己"最会收拾屋子的，如今老了，没有这些闲心了。他们姊妹们也还学着收拾的好，只怕俗气，有好东西也摆坏了"。此处点睛，凡事沾了"俗气"，便是好东西也不得好了。比如一个人要是俗气起来，便是从头到脚的名牌也显不出个好儿来,这样的例子在我们周围应不难看见。再看由贾母发号施令安排的几件事也是极尽精致之能事,让家班在藕香榭的水亭子上演戏,众人在缀锦阁底下吃酒,借着水音(听戏)更好听。这得是听了多少回戏才总结得出的经验之谈。

　　说回大观园里众人的游览路线,先到了黛玉住的潇湘馆。书里这一段展开的便是"生活美学导师"贾母给众人上的一堂色彩学的课。贾母见窗上的纱颜色旧了,说这个纱新糊上好看,过了后来就不翠了。这个院子里头又没有个桃杏树,这竹子已是绿的,再拿这绿纱糊上反不配。有一种叫"软烟罗"的纱,只有四样颜色:雨过天晴、秋香、松绿、银红,若是做了帐子,糊了窗屉,远远地看着就似烟雾一样,银红的又叫作"霞影纱"。如今用的府纱也没有这样软厚轻密的了。贾母吩咐用银红的糊窗子,衬着窗外的竹子,颜色就分明起来了。且不说今天的读者无从见识贾母口中的"软烟罗",就连这四样颜色也未必能辨识。雨过天晴,那是宋徽宗的专属色。据说源于宋徽宗的一个梦,梦到雨过天晴,远处天空呈天青色,醒后他要求造瓷工匠造出"雨过天晴云破处"这样令其着迷的瓷器,最后由技高一筹的汝州工匠造出,从此世上多了一种传世瓷器——汝窑瓷器,也多了一种色彩——雨过天晴。如今,秋香、松绿这样的颜色在戏曲服装里尚能得见。然而,整部红楼书是弥漫着"悲凉之雾"的作品,不经意就流露出大不如前的景象。说"软烟罗"的当儿,凤姐把自己身上穿的大红棉纱袄子襟儿拉出了来,指"这个薄片子,还说是上用内造呢,竟连官用的也比不上了"。众人中凤姐年轻没听说过"软烟罗"也罢了,作者单单点出薛姨妈说:"别说凤丫头没见,连我也没听见过。"而在场的、她的亲姐妹王夫人并不凑趣表这个态。这倒是符合薛姨妈的性格,总是一有机会就得讨贾母欢心。如是,薛姨妈是否真的没听过"软烟罗"也就不重要了。

　　作者细致刻画贾母"生活美学导师"地位,为的是和刘姥姥相互映衬。无论是大观园里坐船看景听戏,还是吃饭喝酒行令,都是离刘姥姥的世界很远的生活。之于刘姥姥,她只要每年地里有收成,便觉日子有了盼头。

续书情节与作者原意

书里写众人到栊翠庵喝茶前,有一段文字,是奶妈抱了大姐儿来(凤姐的女儿)。大姐儿本来抱着一个大柚子玩儿,忽见板儿抱着刚从探春房里拿的佛手,便也要佛手。众人把柚子给了板儿,将板儿的佛手哄过去给了大姐儿。这一段是"小儿常情,遂成千里伏线"。摹写小儿日常之戏,极其自然,暗透前后通部脉络,丝丝入扣。作者用心良苦,"岂独为刘姥姥之俚言博笑而有此一大回文字哉"?

这次是刘姥姥三日两夜游——来去两天加上逛了一天大观园。游了大观园,凤姐说老太太被风吹病了,大姐儿也因为风地里吃东西就发起热来。刘姥姥说恐怕是遇见什么神了,给凤姐支招儿瞧瞧祟书本子。平儿拿出《玉匣记》,彩明念后,凤姐说:"果然不错,园子里头可不是花神!只怕老太太也遇见了。"命人请两份纸钱,一份与贾母送祟,一份与大姐儿送祟。果见大姐儿睡安稳了。这些铺垫情节是写凤姐请刘姥姥给大姐儿起名字,用意一是借刘姥姥寿,二是由贫苦人起个名字压得住。这和给孩子起个猫儿狗儿的贱名儿的说法相类。刘姥姥问明大姐儿生日正巧是七月初七,于是定了巧哥儿的名字,说是"以毒攻毒,以火攻火"。名字从这"巧"字上来,长命百岁。或一时有不遂心的事,必然是遇难成祥,逢凶化吉。起名字是门学问,刘姥姥确实有些见识,不识字的村妪瞬间就能为凤姐的女儿起了名字,还说得头头是道。从这一节联想到后来这一大家子的命运,当是"此后文字,不忍卒读"。

《红楼梦》是一部常读常新之书,我自己常读的更多是前八十回书。后四十回续书由高鹗所写,红楼是一部未完之书。在刻画刘姥姥这个贯穿全书始终的关键人物上,我认为高鹗是成功的。但如要按巧姐儿判词"偶因济刘氏,巧得遇恩人"的理解,专家们却认为高鹗写丢了巧姐儿和板儿交换柚子和佛手"千里伏线"的线索。

前一次刘姥姥进大观园,乐也融融,笑声一片。高鹗续写依然以衬托笔法,写贾府衰景,尽是哭声。在第一百一十三和一百一十九回书,刘姥姥再度出场。此时贾母已去世,王熙凤也病在床上。可见刘姥姥乃有心人。前两次登门一次求援,一次送新鲜瓜果蔬菜来。这一次,知道贾府败了,老太太去世了，仍是来。人间冷暖，世态炎凉，有势利冷淡的，就有情谊温暖的。病中遭遇冷清的王熙凤当更能体味这份温情。刘姥姥见凤姐骨瘦如柴，神情恍惚，心下悲惨。这也招起凤姐的愁肠，呜呜咽咽地哭起来了。巧姐儿听她母亲悲哭，便走到炕前，用手拉着凤姐的手，也哭起来。巧姐儿对刘姥姥显然是不陌生的："那年在园里见的时候，我还小。前年你来，我还和你要来年的蝈蝈儿，你也没有给我，必是忘了。"上次刘姥姥随贾母游大观园后回家时，芹翁特别写了刘姥姥带走的东西堆了半炕，足列出一份长长的清单，除了吃穿用度，包括宝玉向妙玉说情要下来喝茶的杯子，还有两包整银子，每包五十两共一百两银子。以二十两银子够一户庄稼人过一年来算的话，一百两银子绝对不是小数目，做个小本儿买卖也是够的。过日子要有态度，刘姥姥过日子的态度是感恩惜福，知足常乐："如今虽说庄稼人苦，家里也挣了好几亩地，又打了一眼井，种些菜蔬瓜果。一年卖的钱也不少，尽够他们嚼吃的了。这两年，姑奶奶还时常给些衣服布匹，在我们村里算过得的了。"

此后，贾府历经凤姐死，惜春、紫鹃出家，宝玉出走等沧桑之变。邢大舅、巧姐儿舅舅王仁、贾芸、贾蔷、贾兰一伙儿又打起巧姐儿主意，想将巧姐儿卖出去给人做偏房。第一百一十九回书，刘姥姥又出场了，连王夫人、平儿都没了主意时，刘姥姥却说："这有什么难的呢，一个人也不叫他们知道，扔崩一走就完了事了。"危急之际，她统筹全局。后来在屯子里刘姥姥做媒将巧姐儿说给周姓人家，家财巨万，良田千顷，公子生得文雅清秀。

87版电视剧《红楼梦》将续书的情节改为刘姥姥救出被卖到妓院的巧姐儿并带了巧姐儿回家。判词图上画了荒村野店巧姐儿纺绩的情形，暗示巧姐儿嫁给了板儿，被认为更符合作者"小儿常情，千里伏线"的原意。人和人的缘分很奇妙。王熙凤这有名的凤辣子，精明过人，对下人严厉苛刻，也做过放高利贷、害死尤二姐等伤天害理事，却和刘姥姥结下善缘。王熙凤自己没能修得一个好下场，这善缘应在了女儿巧姐儿身上，也是造化。巧姐儿的命运，应了刘姥姥给她起名时所说："遇难成祥，逢凶化吉。"刘姥姥的人生也必会圆满收场。

父亲

◎ 任芙康

　　我爸宠我，全厂广为人知。厂子在二十世纪五十年代的大巴山，唯一"省属"：四川省渠江矿冶公司。从铁矿、煤矿开采，到炼焦、炼铁、炼钢、轧钢，拳打脚踢，无所不能。鼎盛时期，员工超过两万。

　　厂内家长，尤其汉子，大多性格硬朗，鞭策儿女，流行直截了当，张嘴就骂，抬手就打。而这般家常便饭，叫人司空见惯。环顾前后左右，仅有我爸破例，家里家外，对孩儿的指导、指教、指派，向来包裹着一团和气。

　　于家中受到善待，居然在同学间收获羡慕与友好。即便男生里的顽劣之徒，亦不会欺我、侮我。个中缘由，至今费解。

　　我爸读完初小，跟着堂哥，赤脚四天，走完三百华里，当上宣汉县城茶馆学徒。不足一年，成为火炉、铜壶、盖碗、掺茶一应事项的行家。老板仁厚，每日打烊之后，便督促徒弟读书、写字。

　　一九四九年年末，茶客中一位长者，喜爱我爸聪慧、懂礼，引荐他进厂参工。我爸不负期冀，入党、提干，一路顺遂，连年荣获优秀党员、先进工作者称号。"光荣"云集，我爸回回推让不脱，便将印制着荣誉名号的茶缸、毛巾之类，分赠同事。"事情是大家做的，本来就不该我独吞。"众人听罢，无不大欢。

　　发蒙之前，经我爸指点，大概识字上百。懵懵懂懂之中，我爸言传身教，又让我晓得一些事理。比方，身陷一场山火，差点丢命，明白了"火借风势，风助火威"；出门口渴，攀山寻水，记住了无论山有多高，水都痴情相随，这叫"山高水长"；除开冬日，穿行山路，应手中有棍，便于"打草惊蛇"；欲知当日气象，仰头望天，民谚入心，"有雨四角亮，无雨顶上光"。诸如此类，不让人烦,只觉有趣。

家里炊事,归我妈管。但我爸只要在家,总是主动洗菜。人说叶子菜难弄,于他却是拿手好戏。淘菜之先,必会择理清爽,然后大盆盛水,用力搅动。换水三遍以上,一篮青菜便洁净透亮。多年后,目睹洗衣机启动的滚滚旋涡,方知我爸淘菜的路数,早就深谙翻转之妙。

我爸对人和气,有口皆碑。但在我印象里,他发过一次大火,对象是他亲哥(即我的大爹)。我十岁前后,食物稀缺,煮饭炒菜的锅罐,亦成为俏货。当时厂里有少量生产,只作内部供应。忽一日,我大爹从乡里跑来,让老弟帮忙,说茅舍已无锅可揭。

谁知刚过十余天,大爹又上门,仍需锅罐。我爸一听,认定他哥在倒卖挣钱,脸色大变,断然回绝。转天早晨,我爸上班走后,大爹动身回家,我妈将家里一口旧锅找出。大爹死活不要,直到见我妈泪光闪闪,才肯放进背篓。这一去两断消息,直至一年后,大爹病重,我爸我妈得信赶回,兄弟始得尽释前嫌。

曾与人言,我从五六岁起,持续数十载,对每年的陈谷子烂芝麻,总会记住几件(反倒是近年经历,成了一笔糊涂账)。一九六二年,便记住有个"八字方针":调整、巩固、充实、提高。这算是平生头回感到,国家大事能看到,听到,并就在身边。这政策具体到工厂,一是"放人",一是退赔。

所谓"放人",是将一九五八年进厂的工人,悉数下放回家。遣散工人一幕,至今宛若昨日。各工区、车间的"弃儿",背着行李从方圆数十里外,赶来厂部,领取补偿资金。吃喝无着,默默排队等候,一般都得两天左右,钱才到手。

所谓退赔,是之前三四年,工厂对周边农村集体及个人的损害,旧账新算,予以赔偿。这一工作,关涉钱物,凡有牵扯的公社,先行发动,让农民自己申诉。厂里需要拿出真金白银,因此十分看重,抽调科室人员,两人一组,分赴乡下。

因人手紧张,我爸一人负责东岳公社。正值暑假,便带我同去。东岳场位于一面长长的坡顶,进得公社院子,领导都来握手,长桌上已摊开各大队上报的表格。稍事寒暄,我爸便逐一审看起来。午饭时,公社办起招待,但我爸婉言谢绝了"接风"。

翌日,由公社派出两人陪同,开始逐户走访、核实。其章法简便,几方认定后,赔款不经公社、大队转手,直接让社员落袋为安。此一过程甚为平顺,似无一户得寸进尺;反倒有几家,我爸觉得过于本分,索赔偏低,便酌情给予追加。评估中,我爸自会为厂里省钱,但更愿意替社员消气。由于财物、田土、道路、竹木受损,等于祸从天降,都是农家吃亏在先,又被推诿数年之久。赔付中,除了道歉,理应包含补偿性关照,这会让农民看出工人大哥纠偏的诚意。后来听说,别的公社大都顺利,但也有厂方人员,尺度过严,责怪社员胃口太大,认为当年推行中心工作,霸道一点儿也是事出有因;现在主动赔偿,已属大人大量。

我们这个四人小组(实则三人,我属玩耍),天天走村串户,早出晚回。饿了,食自带的馒头、榨菜;渴了,饮主人现舀的井水。每天回到街上,小食店吃小面、米饭、炒豆腐、青菜,偶尔加盘肉丝、肉片,已是十分快活。傍晚时分,我爸会带我下到坡底坝子,一方堰塘,是当地大小男人的天然泳池。半月过去,大功告成,跟着我爸回厂。下到公路上,几次停步回头,便牢牢记住了东岳场那面长长的石坡。

一九六三年夏天,我小学毕业,考进城里第一中学。令人难以置信,接到录取书第二天,机缘巧合,我爸也获通知,调去城内行署机关。那时工作变动,讲究人走家搬。面对熟悉的房子,屋里屋外,看看这儿,摸摸那儿,少年的我,亦生不舍之感。

厂里宿舍紧张,鼓励个人建房。六年前,我爸寻得厂部礼堂后身,自盖两室一厨。当时购买砖瓦、石材、木料、洋灰,外加专业匠人的工钱,完事拢账,统共花费一百六十元。所有杂活儿,概由同事帮忙,职工食堂吃饭,只是花去几包烟钱。房龄区区数年,又住得比较爱惜,我家房子,一时为人瞩目。听我爸表示,房子不卖私人,有人便猜测这是"抬价",遂纷纷添钱,远超成本数倍之多。我爸毫不松口,最终以建房的原价,卖给工厂总务科。几位我家老友,煞费苦心而未能如愿,气得望房兴叹:这老任虽未财迷心窍,但肯定鬼迷心窍了。

我爸从不求人办事，也不习惯办事便求人。写这篇文章，盘点往事，觉察出金无足赤，我爸为我，竟然是求过人的。我下乡插队的大春沟，家家晚上油灯闪烁，虽离公社不过两华里，却因无缘买到电线，电流传不过来。我爸下乡看我，听生产队队长诉苦，这地方山清水秀，砖厂也挣钱，日子有缺憾，就是愁于无电。我爸听后，想了想，承诺试试。没过多久，我将入伍远行，赶紧回城催问。我爸说已求助专区农机站站长，眼下就可提货。我当天返队，第二天队长率领牛车三架进城；第三天请来五六个电工，指挥全队壮汉干活儿；第四天晚上，大春沟家家门窗大开，露出昔日高不可攀的光明。

我爸始终崇敬北京，先后到过三回。最后一次最为圆满，赶上天安门开放，这对他是一种意外的幸福。城楼上，我爸逐一细看，眼不够用。转完楼上允许参观的地方，又去俯瞰金水桥前的车水马龙。我拿着相机，"导演"我爸，让他对着广场挥手。我要为老人家留下一张摹仿伟人的照片。他远远望定广场南端的纪念碑、纪念堂，然后转身，面露羞色，连连摆手："不合适，不合适。"他侧身倚栏，"就这样照吧。"我屏住呼吸，连拍数张。洗印出来，这是我爸不多的留影里，最为开心的照片。他的笑脸四周，满是天安门的雕梁画栋。

我始终固执地相信，我爸身上，带有某种少见的气韵。写到这里，冥思苦索，只想挑选一个妥帖的词语，挑选一个我爸兴许并不理解的词语，恭恭敬敬地献给他。终于，想到了，并确定我爸消受得起。

这就是"雍容"二字。

通常，有身份的人，有地位的人，有财富的人，家世显赫的人，学问无边的人，才可与该词相配、相符。我爸一生，布衣蔬食，心口如一，和气待人，踏实做事。他高尚，他纯粹，他脱离了低级趣味。雍容就是他身上的一束光，习惯自然地照向周边的男女老少，使他成为众多至爱亲朋景仰的人。

在花朵中念与痛

◎ 马晓燕

槐花几时开

在青川小城生活久了，总有一种难以言说的感觉。有时候，会觉得小城很小，小到一抬头就能相互看见各家的烟火，每个人的喜怒哀乐。有时候，又觉得小城很大，大到一转身就是一辈子，比如传说中芳华绝代的女神，精于卜筮的预言者，他们有如雷贯耳的名声，却潜游于小城深处，似乎一辈子就躲着你一个人。

村上春树说："如果一直想见谁，迟早肯定见得到，所见之日，便是终结之时。"这么说来，我们一直盼着的那个人，很有可能就是我们逃不脱的某种命运。女人一生都在寻觅和等待那个最想去爱和最想去嫁的人，那个雍容高贵，气质澄明如水晶的人。他可能无法给你最好的爱情，但他一定会给你最美的遇见。他是你年少轻狂时，唯一一个惊艳了时光、温柔了岁月的人。

所以，当树枝不小心触碰到你的时候，请不要残忍地斫断它，如果可以，请你温柔为它梳理下凌乱的枝条。当它怒放的时候，请不要鄙夷它浅薄无知，春天姹紫嫣红，唯有它用尽了一生的力量和妩媚，只为取悦你一个人，它的本相和内心，是庄严和慎重的啊！

就像去往青川的山野和道旁，长着许多的槐树，每当春天大踏步迈向夏天的时候，那些洁白如雪的槐花就优雅自若地打开了自己，那不早不晚、不徐不疾的仪态，像极了一个个信守誓约的女子，恪守着时间，也恪守着自我内心的品性与戒律。当它们释放出一生当中最热烈的芬芳的时候，整个春天，也都充满了甜蜜的味道。

这个季节，站在小城寓所的阳台望出去，翠色环绕之处，掩映着突然的白,有的连成一片,有的星星点点,即使漆黑的夜间,也是若隐若现。山风妖娆,吹进小城的香气,时而芳香喷薄,时而暗香四溢。山间的槐花,属于香艳却极为朴素的花朵,虽然站得高,看得远,但从不张扬,总是温婉地居高临下,自身芳香的同时,还不忘分享给周边的树木,就连山上的岩石和悬崖,也跟着"雨露均沾"。它们香甜,吸引着诸多的鸟儿和蜜蜂,也吸引着捋花做青团的妇人们。

我的旧居位于老城区,与木渎公园隔着一条宽敞的马路,所以,我爱着公园里的所有草木,却又不得不跟它们保持相当的距离,尤其是看到谁的窗下守着芊蕙葳蕤的梧桐,或是潇洒俊逸的银杏等嘉木,更是羡慕不已。

有一天猛地发现,隔壁体育小区里的那棵大槐树,朝南的枝条竟然奇迹般地向我这边长了过来,已够着三楼,快要遮住楼梯口的大半个窗了。想到此后的夏天,也会有树枝吻着我四楼的窗棂,还有槐花伸手可摸,香味还会在房内流播,心里便窃喜不已。

年岁渐长,不觉有了惜物之心,经常会对着美好的事物报以会心的微笑,比如温暖的阳光,绚丽的彩虹,令我心动的名字,用英文朗读的叶芝的诗和莎士比亚戏剧。所以,每天上下楼梯,也自然会对着窗前的树枝微笑,我是真心地喜欢它们啊。

夏天的某些时候,我一连几天从楼下经过,发现地上有七零八落的树叶,心里有些埋怨环卫工近日的懒散。有一天回来得较晚,走到三楼,碰到一位老妇人,正在奋力拉扯伸到窗边的枝条,一只手麻利地摘花,身边的小竹篮里已塞满了白色的花,脚边还掉着一些被折断的细枝。那一瞬间,我陡然生出一股怒意。面对零落的花枝,我仿佛听到了它们被折断时的呻吟和叫喊。哎呀,这可是我每天对着微笑的小轩窗啊,居然就这样粗暴地被破坏了。

我终于忍不住了,对着她的背影吼道,你咋这么残忍,把这好端端的树枝折掉!可能是我的声音太冲了,唬得那个背影僵在那里。她转过身,面色涨红,小声辩解道,我就学他们捋些花儿,枝条是他们折断的,不关我的事。然后埋着头,转身逃走了。

望着地上的残花败枝,我忽地自责起来。这些年,或是忙于眼下的生计，或是沉迷于执念构建的虚无，似对周遭的一切失去了敏感，迷茫混沌中不知错失了多少美好。就眼前的槐花而言，我不就差点错过了它一季的深情吗，还眼睁睁地看着它遭受平白无故的伤害。我难过地走到楼下，我要对着这株日夜守护我的树，致以最深切的歉意。我相信万物皆有灵性，哪怕草木，所以，我要祈求它的宽恕。

待我抬头望去，眼前却是一树的繁华与明媚——旷达高远的枝头，白色的花朵洁净如玉，似成串含笑的风铃，又似一帘幽梦。柔软的微风拂过，花枝颤动，甜香缠绵，竟把我裹挟在漫天的香雪里。我知道，这是它以无限美好、大度包容、不计得失的姿态回应我与它难以尽言的缘分。

很早就听说过槐花。我什么都不太懂的年纪里，邻家姐姐偷偷爱上了素未谋面的男子，她说，隔着听筒，就嗅到了对方声音里幽幽的槐花香气。男子是一位缄默的学者，修养极好，任何违背秩序的言行，在他面前都是不被允许和接受的，他像海岸上岿然不动的礁石，伟岸而坚定，或许只有尝试过无数次想要拥抱他的浪花，才对他理性背后的无情和冰冷有切肤之痛。

但姐姐还是义无反顾地抛下了小城安逸的生活，循着那缕渺然的香魂，只身去了男子所在的城市。如姐姐所愿，终于能和刻骨铭心的人在同一座城市里呼吸，经历着同样的天气了。可他们终究没有见过面。或许世上最浪漫的事，就是没有后来的事。

那时特别为姐姐不值，也害怕成为姐姐那样的人。可等到我们不再年轻时，无意中看到了一个不常联系的人的消息或者照片，当你隔着手机屏幕也会颤抖，然后长久地陷入某种情绪里不能自拔的时候，你就什么都明白了。

姐姐去的那个地方，是一座以槐盛名的古老都市。在槐花盛开的季节，街头巷尾，朝暮之间，全是槐花的香气。我们终究是怯懦的，在世俗面前溃不成军，唯姐姐是勇敢的，或许也是幸运的，她遇到了她命运的终结者，所以她活成了自己想要的样子，即使是一棵开花的树，也要长在他必经的路旁，自顾自地欢喜着。

仓促的玉兰

玉兰是春天的蛊，而在晚春开放的花往往有些孤注一掷，收不住自己。小城滨河路一带是白玉兰，公园里是紫玉兰，小区里是广玉兰。丽日下，白玉兰仿佛一道光，把天空刺得格外蓝，像镶在心里的一面镜子，明净，博大，透彻。紫玉兰颜色瑰丽，但却透着一丝莫名的惆怅，像是一个待嫁的新娘，忐忑着，既害怕生活的苦，又期望着诸多的美好。广玉兰的叶片略显肥厚，碗状的花朵歇在树上，乍一看，以为卧着几只乖巧的白鸽。

这些玉兰，都是有色无香的，令人想起"天然去雕饰"的诗句，也多亏了不香啊，那么大的块头，要香起来，不就一盆一盆、一碗一碗地倾泻吗？若是重重地倒过来，或是狠狠掷过去，不把树下的人撞得趔趄才怪！对于花朵，我像一个埋伏在小城里的"盗美贼"，所遇见的美的花花草草都逃不脱我的"魔爪"。某日傍晚，我在滨河路散步，路旁洁白、丰腴的玉兰花在眼前依次招摇，诱惑着对美毫无定力的我，遂使我竟对花中的庞然大物也起了"歹心"。可惜每一朵花都高挂南枝，我也算身高臂长之人，但无论是使劲踮高了脚尖，还是铆足了劲儿跳起来，就是无法把它们揽入怀中。

天快黑了，我瞅着四下无人，一改平日的矜持，脱掉高跟鞋，弓身攀上矮树，终于够到了花枝。心里一阵窃喜，没想到用力过猛，竟然失手将整段枝条都掰了下来。正在此时，路边突然靠过来一辆轿车，我连人带花，暴露在了耀眼的汽车灯光里。那一刻，我进退两难，僵在那里，咬着嘴唇，尴尬地笑着，准备迎接一场劈头盖脸的训斥或者讥讽（因为我就是如此对待糟蹋花木的人）。

没想到那人狡黠一笑，锁上车门，点了支烟走开了。我在落荒而逃的途中，倒是想起了一句话：美丽的女人即使做了再坏的事，都容易被人原谅。现在，这句话是否可以改成：人们总会轻易饶恕一个做了美丽坏事的女人。

只是，万物都有自己的宿命，再好看的花在迟暮的时候，甚至颓败得令人胆战心惊，其中最不堪的，大致就是玉兰了。梨花或桃花落地，犹有泪痕满地的娇弱，令人怜爱惋惜。可凋落的玉兰呢，又肥又腻的身子像一块脏兮兮的旧抹布，或者一团皱巴巴的餐巾纸。

玉兰也永远成不了养在花瓶里精致的插花，一离树很快就垮了，先是精神，接着是肉身。也不是整个儿的枯萎，而是一片一片地丧，一瓣一瓣地沦，像是心被凌迟着的人，被精妙的刀法割得痛不欲生，剩下的最后一口气，也只是用来承受不断袭来的、无以复加的疼痛。目睹了它失魂落魄的样子，我从此再也不敢攀折它的花枝了。

如此高傲的花朵，当真只适合远远地端详，被人仰望，或者被莫名地惦记。它清高，骄傲，其实也脆弱，还有些呆板。它们的花期很短，好像只有几天。长风一到，就迫不及待卸下浑身的沉重，纵身扑向大地，那种决绝当中，一定有着不为人知的匆促与悲凉。而在我看来，凋零的玉兰花是不屑任何哀怜的，既然美得惊心动魄，也要走得干净利落。

有时候我无端地想，这玉兰若是开在冬天的雪中，大致是最美艳与高冷的了，肯定还有一些居高向上的雄心与梦想。后来无意中读到清代诗人查慎行的《雪中玉兰花盛开》一诗，才忽然明白，在雪中盛开的玉兰，这世上也是有的。查慎行的诗说："阆苑移根巧耐寒，此花端合雪中看。羽衣仙女纷纷下，齐戴华阳玉道冠。"

朝颜未央

它有一个端丽的名字：朝颜。大多数人看不见它的内心，随意给它取了个莫名其妙的名字——牵牛花，或是轻俗地叫它喇叭花。踏晨曦而来，伴午阳而凋，她风致嫣然，却又甘于清寂落寞。或许是因为极度的自恋，所以极度自尊。即使萎靡，姿态也是刚烈的，收放自如的。她将衰微的自己完全包裹起来，无声谢幕，杳然而逝，不留下半点不堪，仿佛不经意来了世间一趟。

其实，很多时候，人并不比花高明多少，只不过，花不说出来罢了。比如朝颜，就把美好寄寓在人类那里。人们对于名字中的"颜"，总有一种说不出的偏爱，仿佛其中有说不清的曼妙情致，抑或其他什么隐喻。

巧的是，二十世纪九十年代，小城中有两位绝色佳人，名字中都带着"颜"，原以为她们会永远留在这里，却没想到，都在芳华绝代的年纪离开了小城。是啊，这样美丽的女子，又岂是这偏僻小城能藏得住的呢？二十多年过去了,小城里依旧流传着关于她们的种种传说和猜想。人们怀念她们,甚至不容置疑地说,她们的美,在青川是前无古人,后无来者的。

小城的人们或许忽略了,美人都要迟暮,越是美的,越是惊心。只有那些看不到迟暮的美,才意外地活成人们心口的朱砂痣,或是窗前的白月光。

之前我住在老城旧居,每天早晨上班都会经过那里,远远地看见那些细碎的白,我就远远地对它们微笑,那是我每天对这个世界的第一个微笑。

我还记得,小时候在农村,随处可见野生的朝颜。瓦窑背老屋旁边用来堆肥的空地里长着一大片,如青瓷小酒盅般大的花,一色儿的素净,花蕊处藏着淡淡的一抹丽色,或紫或粉,淡雅清新,如小家碧玉般乖巧,可爱。一到夏天,就开得极其痴缠,一茬接着一茬。一朵花谢了,立刻在凋谢的地方结出一囊一囊黑色的籽,似在偿还阳光雨露的恩情,誓要为这一世的缘分,留下生生世世的纪念。只是越到深秋,花朵越小,花蕊越淡,可是籽实依旧是饱满的。

我想,若是朝颜可以说话,若她有自我定位的权利,她一定不会认为这是她的同类,就是名字相同,对她也是一种诋毁。在我的潜意识里,总以为蓝色才是朝颜的灵魂底色,是无法取代的极品色。就像心目中倾城的女子,一定是穿蓝衣,透着神秘和冷艳,眉目间隐隐有淡淡忧伤。人们说,蓝和爱情是相通的,却又是孤寂的,无法触碰的。

可朝颜的蓝又是怎样一种蓝呢?是凡·高画笔下的星空蓝吗?迷幻,灵动,纯粹。还是海洋的蓝?博大,深邃,自由。或是蓝调音乐的蓝,婆婆纳的蓝,蓝宝石的蓝?后来无意中读到了日本著名俳句诗人与谢芜村书写蓝色朝颜的名句:"朝颜花啊,一朵深渊色。"心口瞬间袭过一阵凛冽的疼痛,熟悉又陌生。

我想,也许只有曾经一头栽进命运深渊的人,才更能理解深渊的颜色。像是茫茫大海上一艘失魂落魄的船,没有灯塔的召唤,只能在漫无目的漂泊和拼命的自救中,寻找生命出口和人生方向。但是,"我逃向哪里,你充满了世界",这个世界的颜色,就是深渊色。

我一直未曾见过这深渊色的朝颜。直到去年冬天,在野地里偶然拾得了一些朝颜籽,悉数撒在了屋顶小花园里,任凭春阳夏雨,我由着它的野性,自顾自生。一日清晨,像往常一样,从鸟雀啼啭中醒来,我拉开窗帘,猛地发现小花园里蓝盈盈的一片。我惊了半晌,一时恍惚若梦。

深渊色,还有一个名字,天堂蓝……记得只告诉过一个人,一个眼前的人,一个如彩虹般绚丽的人,一个假想中的人,我最喜爱的颜色,是蓝色。

但是,唯有朝颜,以纯朴的草木之心,回应了我的表白。

怀念儿时的冬水田

◎ 罗大佺

冬水田，就是冬天里还蓄着水的田。

家乡洪雅位于川西南的丘陵地区，主产水稻，稻田村村都有。稻田分为旱田和水田，旱田除了产水稻，还产小麦和油菜；水田只产水稻，一年四季田里都有水。秋天，农人收割了水田里的稻谷，留下满田的谷桩，一排一排，齐刷刷的。放鸭的农人将一群群鸭鹅赶到田里，寻找掉落在田里的谷粒，啄食还在谷桩上飞来飞去的昆虫。鸭子和鹅儿在田里闹得欢，一些鸟儿也飞到田里凑热闹，和家禽混在一起，争相觅食。

深秋季节，生产队晒干了收割回去的稻谷，交完国家公粮后，其余的粮食装进生产队的仓库里，等待年底决算分配。农人也晒干了扎成一把一把的稻草，在田埂边的械树间绑上一排排竹竿，稻草挂在竹竿上，上面封个帽子模样的顶子。一排排稻草就像一面墙壁，上面的顶子如果没封好，或者挂上树子的稻草没有晒干，稻草就会潮湿腐烂。稻草可是农人给耕牛储藏的冬粮，农人可以根据需要慢慢地把稻草取回家喂牛，或者打成草料喂猪，晚间走山路，还可以用稻草做火把。那时候的乡村，茅草房还不少，房顶漏雨了，也需要稻草去翻盖，稻草的用处大着呢。冬天来临的时候，农人挖完了山地里的红薯，打完了林里的板栗，摘完了果园里的红橘，在旱田和山地里播种了小麦和油菜，于是腾出手来，开始收拾水稻田，为来年的春耕生产打下基础。

冬水田是要蓄水的，经过一个夏天的暴晒，水稻田的田埂已经有了裂缝，蓄不住水了。为让水稻田能够蓄住水，农人将衣袖和裤腿扎得高高的，下到田里，用双手刨出稀中带干的泥土，搭在田埂边上，用手按得扎扎实实后，再用手脚将泥土抹得光溜溜的，将田埂的缝隙塞住，不留一丝一缝，不让水田漏水。田埂在家乡洪雅俗称"田坎"，这个农活被称为"铺田坎"。田坎铺好后，农人从河里、水塘里或者水渠里把水引来，放进田里，淹没谷桩，将牛儿牵进田地，开始犁田。牛儿的肩上带着枷担，屁股后面拖着铧犁，农人一手撑着犁把，一手牵绳扬鞭，嘴里"驶走，驶走"地吆喝着。牛在前面慢慢地走着，铧犁将泥土一片片翻起，田水哗哗流进犁沟，谷桩、野草和尚未腐烂的树叶被埋进土里，成为来年最好的肥料。犁完稻田后，农人取下犁头，再把犁耙套在牛儿身上。犁耙是一种带铁齿的长方形农具，在农人的指挥下，牛儿牵引着犁耙把翻起的泥土耙得平平整整。然后农人再把水放进田里，装得满满的，像池塘一样。特别勤快的农人，冬天里会犁两遍水稻田才放水进去。至于个别如泥潭陷阱般的水稻田，耕牛不能下去犁田，农人便亲自下到田里，用锄头一锄一锄挖翻泥土，将谷桩和杂物埋进土里，而后放水进去。这样的水稻田，被农人称为"烂包田"。

儿时的冬天很冷，寒风一吹，刮得人脸颊生疼，手里要提个火笼子去上学。火笼子是用竹篾片编织的，形状有点像灯笼，又有点像竹篮。火笼子里面放置着一个瓦钵，瓦钵里盛上一层草灰，草灰里面埋上十多颗燃烧的木炭，木炭上面再铺上一层薄薄的草灰，热气从里面冒出来，十分暖人。母亲告诉我们，瓦钵里装上草灰，是防止木炭火烧坏瓦钵，木炭火上再放一层草灰，是避免木炭火很快燃尽。火笼子里面的木炭火红艳艳地闪动着，我们一边行走，一边将小手伸到火笼子里取暖。到了学校，我们就将火笼子放在课桌下，上课时双腿也就不觉得冷了。下课后，一些小伙伴围了过来，将小手放在火笼子周围取暖。儿时的冬天又是干燥的，有时候天空会连续一个多月不下雨，草儿干枯，树枝干裂，小沟、小河，甚至井水都会枯竭一大截。

儿时的冬水田，是乡村的美丽风景，也是我们玩耍的乐园。冬水田在田野上一块挨着一块，阳光一照，绿油油的，倒映出蓝天白云。即使半山上的冬水田，也能围着山腰，连成一层层错落有序的梯田。田埂上，枯叶被吹进田里，漂浮在波光粼粼的水面上，一荡一荡的，仿佛远行的小船。不少鸟儿前来光顾冬水田。白鹭扇动翅膀，在田野上空盘旋，发现田里的小鱼和泥鳅后,立即飞到田里捕捉。野鸭有时浮在水面,一边游泳,一边嘎嘎叫着,远远一看,和家禽分辨不清。白鹤露着长长的脚杆,在冬水田里行走,它们警惕地转动眼睛观察周围有无危险。至于一种叫点水雀的鸟儿,它倏地飞到冬水田里,又倏地飞向天空,掠得水面碧波荡漾,却没见它捕捉到什么食物。也许它是去喝水吧,我们常常这样想。

那时候的冬水田里没人养鱼,却有不少生态鱼。犁田的时候随着铧犁翻转,田水哗哗流进犁沟,一些鱼儿躺在泥土上一动不动,犁田的农人让牛儿停下脚步,将鱼儿捉来放进拴在身上的围腰布里。生态鱼大多是鲫鱼,带回家后,刮掉鱼鳞,剖开肚腹,清洗干净后,或蒸、或煮、或油煎来吃。最简便的一种办法,是用青菜叶包住鱼儿,用棕丝系好,埋到草料燃过的火堆里,听到轻轻的一声"啪"响后,掏出来,扒掉青菜叶,香味扑鼻。冬水田里除了鲫鱼,还有鲢鱼。鲢鱼多半为草鲢,比起鲫鱼要大得多,腹部白花花的,嘴唇边有两根长长的胡须。这种鱼不多,不容易碰到。至于黄鳝、泥鳅,那是随处可见的。

冬水田都有一个"田缺口"。就是田埂边上挖开一块口子,口子留到蓄水的位置,然后用柔软的泥土塞住,上面铺一块石板,用于过路行走。放水时,用锄头将柔软的泥土掏开,田里的水就哗哗流到下一块田去了。时间久了,流水就会将下田流进的地方冲出一个小水凼,流水的地方和小水凼就叫"田缺口"。儿时我个儿矮,胆子也小,不敢到田里捕鱼,就站在石板上,弯下腰,用篼篼在田缺口里捞,有时也会捞到一些小鱼小虾。在经济并不富裕的年代,这些小鱼也会成为农家饭桌上的美味佳肴,而小虾呢,则可以用来喂猫。

飘雪的日子里,不到半天时间,房子上、山林里、竹林间、院坝中,到处白茫茫一片。我们坐在屋檐下,围着一盆炭火,看麻雀和红嘎嘎鸟在雪地上跳来跳去。大哥聪明,用背篼、筛子、树枝、绳子和几把细碎的大米做成捕鸟的工具。我们在一边观看大哥捕鸟的全过程。下过雪的早晨,冬水田里结了一层薄薄的冰。上学路上,我们将小小的瓦片往田里一扔,瓦片在冰块上溜出很远很远。这一旦被大人们发现,是会受到呵斥的,因为瓦片扔到冬水田里,大人们来年下田进行春耕生产时,一不留神就会划伤手脚。不能扔瓦片,我们就用棍子敲碎冰块,手上捏着的冰块在阳光下一晃,晶莹剔透,五彩缤纷,好玩儿极了。有时候我们想象着冰棍儿也是冰块做的,就将冰块放到嘴里,用嘴轻轻一咬,冷得牙齿打战,却没有一点儿甜味,于是赶紧吐掉。

冬天来了,春天还会远吗?儿时的冬天虽然寒冷,但带给我们春天的希望。春耕生产开始时,大人们选择几块肥沃而又向阳的冬水田做秧母田。把水放得浅浅的,犁一遍,施上农家肥,用扁担把田平整后,均匀地撒上泡涨了芽口的谷种,没过几天,田里便萌发出一片浅浅的绿色,成长为水稻生产的种苗。后来实施杂交水稻,农人用双手把冬水田刨成一圈一圈的围堰,用水盆把水一点点舀干,用扁担把淤泥平整成一块一块的苗床,再将温室里育出的秧苗一根根插到苗床上,孕育出农人一年的希望。

春天里,一到傍晚,被春阳晒过的冬水田里蛙鸣虫唱,此起彼伏,奏响了一首首美丽的乡村小夜曲。夜色下,农家小孩两人一组,踩着星光,一个提着马灯、拿着竹夹子,一个提着小水桶跟在后面,便结伴而行去田里抓黄鳝了。黄鳝不仅可以吃,还能拿到市场上卖个好价钱。稻花飘香的夏天,冬水田里的田螺、河蚌、小螃蟹等,被捡回家喂鸡、鸭、鹅。

冬水田只生产一季水稻,但比起生产小麦和水稻的两季旱田来,冬水田里的稻谷谷粒饱满,产量很高。每到秋天,一阵秋风吹过,那金黄色的稻穗沉甸甸地摇曳在田野里,仿佛在展示大自然对农人无私的馈赠。

冬水田是乡村生态的产物,给人类的生活带来便捷。每家农户院落旁、地坝下,都会有一块较大的冬水田,储蓄着满满的田水,这田水也成为农家生活的风水,洗红苕、淘猪草、挑水喂牛、洗脚洗手,有的甚至在田埂上铺块大石板洗衣服。遇到长时间不下雨的干旱季节,冬水田里的水还成为保春播春栽、抗旱抗灾的重要资源。可以这么说,冬水田是乡村重要的湿地资源,是大地的肺。因为有了冬水田,儿时的乡村才四季分明、气候宜人、风景秀丽。

如今,留守乡村的农人越来越少,农人改变了传统的生产模式,采用抛秧、播种机、收割机等方式方法进行生产,大大增加了农作效率。然而,耕牛拖犁的景象也随之走入历史,冬水田几乎全都变成了旱田,有的甚至变成了荒地,有的干脆被废弃闲置。据相关资料记载,近 30 年来,全国约有两千万亩冬水田被废弃。我想,要想改善乡村生态环境,留住绿水青山,收获金山银山,恢复冬水田或许是一种可行方法。

冬天来了,怀念儿时的冬水田。

忆乔羽

◎ 张建鲁

一

　　相亲相近的人，心灵是有感应的。这话我信了。二〇二二年六月十九日的深夜，我做了一个至今仍然清晰的梦，幽默慈祥的乔羽老爷子，笑容满面，向簇拥着他的一群人，不断地挥手作别，然后登上一辆车，渐行远去。身后，留下大运河的水在兀自流淌。在我与乔羽老爷子相识相知相教相学的二十多年时间里，这样的场景发生过很多次，重在梦中呈现本也自然。但几个小时后，《南方都市报》要闻部一位记者的电话，便打了过来，要我为乔羽先生的溘然仙逝说几句话。这真是晴天霹雳！我顿时泪如雨下，仿佛一双无形的大手，一下把我的内心掏得空空。整个上午，我被揪心和悲痛缠绕，茶饭不思，一任《我的祖国》的旋律在低回徘徊。

二

　　我相信，一定会有不少文友对我的创作方向生发过疑惑，一个主写小说的作家，怎么会对歌词创作那么迷恋？尽管我出过歌曲集、歌词集，写的歌词也还不够好，远达不到经典歌词的水平，但我的确是乔羽老爷子手把手带出来的学生，老人家一直为我的歌词创作寄予厚望，并且几次认真地说："我可以教你，可以带你，我希望我的家乡后继有人！"

　　记得一九九九年夏天，老爷子偕夫人回济宁探亲，我们在圣地大酒店相见，我恭敬地呈上自己新出版的诗集《乡思情韵》。老爷子接过去，一边翻一边说："这书名起得好，一个人，一个有赤子情怀和文人情怀的人，无论他走到哪里，无论他做什么，思乡之情永远是一根绵绵不断的金线。优秀的诗

409

人、作家、艺术家，无不有着深厚而浓烈的乡思情韵，这也正是他们艺术创作的源泉所在。"

二〇〇〇年春节过后，我去北京方庄，专程到老爷子家探望，老爷子非常高兴，亲切地对我说："建鲁啊，你的诗集，我仔细看了，诗作展示出来的乡情、诗情、才情令人高兴。其实，你的许多乡情诗歌、战地诗作，稍作改动就是很好的歌词，大可以谱曲演唱，让更多的人能够在优美动听的歌曲中听到你的心声。"我没想到，老人家会给我稚嫩的创作这么高的评价！我把这看作是一个前辈对后辈的奖掖和鼓励、关爱和呵护。老人家又说："我可以教你，我可以带你。"我汗颜，说："在我心目中，您老早就是我的恩师了！"

我的少年时代就是唱着歌曲《让我们荡起双桨》长大的。一个"荡"字，在我心中"荡"了几十年。还有那湖面倒映着美丽的白塔、四周环绕着绿树红墙的歌词，多么朴实的话语，却描绘出了那么美的意境和幸福的童年时光。

老爷子说："一首好歌词，一定是一首好诗。但一首好诗，不一定是一首好歌。"

老爷子这是真的在教了呀，我屏住呼吸，仔细地聆听。

"歌词不能太实，太实了近似照相，就没有了灵气。也不能太虚，太虚了叫人摸不着边际，不知道到底想说什么。诗是语言的艺术，讲究含蓄和意境。好的诗词，都需要提炼精华，更需要细心揣摩。巧思妙想，语言生动，言简意深。歌词则应多为作曲者留下创作和提升的空间，这样才能情景交融，相得益彰。看似信手拈来的诗语词句，其实都是作者苦心推敲、反复修改、锤炼而成的心血结晶。

"我从不把歌词看作是锦衣玉食，高堂华屋，而是当作寻常人家一日不可或缺的家常饭、粗布衣，或者说是虽不宽敞却也温馨的小小院落。字里行间要表达出对生活的热爱和眷恋，不需要华丽的语言字词，要朴实无华，要真情直达。

"我有一些文化程度并不高的朋友，比如卖白菜的、卖桌子的、卖报纸的等等，不管是名人还是普通人，大家都是两只耳朵，一双眼睛。名人也是从默默无闻中走出来的，应该多一些凡人心。写东西的时候，不要把自己当什么名人看待，首要的是把握两条：一是要照顾到大多数人的感情；二是要让普通老百姓一听就明白，一听就喜欢。如果这两个问题解决不了，就不要急着动笔。

"一首歌词虽短，看似一蹴而就，其实都是跟酿酒一样，不断地在内心酿造。《思念》这首词，我一九六三年就开始构思了，直到一九八八年才最终完成。真正写好歌词并不那么容易。"

那天，我根本没想到老爷子又把著名作曲家王立平叫来了，说："一块儿聚聚，好让他下一步为写给你的《与人方便》谱曲，你也正好感受下歌和曲是如何交互交融的。"说完，还不忘补一句："我真希望自己的家乡能再出一位得意门生啊！"我知道，这是先生高看我。

王立平老师来后，两位大家风趣幽默，相谈甚欢，我从旁受益匪浅。其间，三人在初春的暖阳下，留下了一张温馨的合影。

三

老爷子所说歌曲《与人方便》的事，前因是我和乔羽先生刚认识那会儿，我正在创业期，刚创办鲁宝食品不久。老爷子回济宁时，我们在鲁宝公司有过一次愉快难忘的长谈。他老人家一点儿大家名人的架子没有也没有，我感觉就像跟自家老爷子交心谈话一样。记得老爷子幽默地谈起自己跟"三"这个数字的特殊缘分，说自己有三个故乡，三个名字，三个剧本，三个爱好。第一故乡肯定是济宁，第二故乡是他曾经战斗过的太行山区，第三故乡便是居住多年的北京。老爷子原名叫乔庆宝，到部队后改名为乔羽，而在圈中友人中，大家都习惯叫他乔老爷。他这一生，除歌词外，还写过三个剧本：《果园姐妹》《刘三姐》《杨开慧》。三个爱好则是：饮酒，抽烟，喝茶。

那天午饭，老爷子想吃家乡的热豆腐，可当办公室人员用青花瓷盘端过来时，老爷子连连摇头，说："用盘子装热豆腐，都把水控出来了，热豆腐就没有那种鲜嫩的口感和味道了，要用水浸透的木板托着，抹上些玉堂豆腐乳汁的辣椒酱，趁热吃才行。"大家赶紧按老爷子所说换盛，结果老爷子一连吃了三板，并说："过瘾，是那个味，解馋了！"

老爷子夸我:"你不仅诗写得好,文作得棒,你还能创下这么大的产业。不仅是军旅诗人,还是商旅纳税人,了不得!为了让你更直观、更亲近地看到歌词的写法,看到歌曲与诗歌的异同,我打算给你专门写一首歌词,歌名我已经想好了,就叫《与人方便》。你不是生产方便面吗?这就是灵感和素材。"

　　一九九九年初冬,我与写作《乔羽恋歌》《不醉不说·乔羽的大河之恋》的著名作家周长行结伴,一起去北京拜望乔羽先生。这次前往,我详细向老爷子介绍了企业的基本情况,之后大约过了一个月,老爷子便写出了《与人方便》的歌词:

　　　　宁肯自己揽下困难

　　　　也给别人留下方便

　　　　如果你有这种心愿

　　　　你将感到地阔天宽

　　　　你的目光将会更加远大

　　　　你的笑容将会更加灿烂

　　　　你将赢得四海朋友

　　　　你将招来八方财源

　　　　我说这话你不信

　　　　劝你不妨试试看

　　　　与人方便 / 自己方便

　　　　这也是真 / 这也是美

　　　　这也是善

　　由著名曲作家王立平先生为之谱曲之后,《方便之歌》便一直唱响在天南地北的鲁宝经销商、零售商的批发部和店铺里。由于乔羽先生是将歌词录于一张宣纸之上的,所以谱曲的歌词成了山东鲁宝食品集团之歌,裱挂在我办公室墙面上的书法,成了我的座右铭,它时刻激励和鞭策着我,做人做事,笃行向前。

需要多说一句的是,老爷子在送我这幅墨宝时,格外用心,居然两次落款,两次题跋,五方钤印。先落的款是"乔羽,龙年暮春",后来补加上去的是"山东鲁宝集团存正,乔羽",钤印为"乔羽印信",然后是三枚闲章,分别是:乔父,羽翁,大吉祥。

金石书画名家、西泠印社会员谢长伟先生经常来我的办公室做客,他的解读是,我还从没见过乔老在自己的书法作品上,钤过这么多印章!一个"乔父",已经说明了老人家与你关系的非同寻常。一个"大吉祥",蕴含和寄托着他老人家的深刻寓意和良好祝愿,这是老人家对你人生和事业的双重祝福和期望。仔细研究这首歌词,你就会发现,这绝不单纯是为你写的厂歌,而是写出了人生世事和为人处世的真知灼见,其哲言睿语,给人很多启发。这应当也是老人家对你的赠言、寄语和教诲了。所以,你把它挂在办公室,视为座右铭是准确的。

这些年,托老爷子的福,企业也的确一年比一年红火,已由主打产业鲁宝食品,拓展到了祥通橡塑等多个产业,充分体现了"大吉祥"和"地阔天宽"。

四

我喜欢老爷子的每一首作品,在他的指教和影响下,这些年我也尝试着创作了大量歌词,并出版了两卷本的《心歌》歌词集。真正研习实践之后,才知道写歌词看似简单,写好实属不易。通过研读老爷子的作品,我知道了歌词要有真情实感,要通俗易懂,要用心雕琢出诗情画意,要有清新优美的语言。无论借物寓情,还是借景抒怀,都要把爱注入笔端,融入字里行间,融入时代奔腾的血脉。

乔羽先生离开我们,不觉已近周年,但老人家留下来的《我的祖国》《让我们荡起双桨》《思念》《难忘今宵》《几度夕阳红》等一大堆的经典作品,等待着我们继续传唱。

乔羽先生的艺术精神,永远不朽!

八大关野趣

◎ 王开生

四时花木

搬出八大关那座有院子的小洋楼,恍惚有些年头了。

那是一座靠近海边的欧式建筑,建于民国时期。院子说起来不算小,有前院,也有后院,皆遍植名树古木。前院的东侧,是两棵粗壮斑驳的老槐树,一棵树龄五十余年;另一棵,似与小楼建造同时期所种,约有 80 年的光景,老态龙钟,已显颓势,歪歪倒倒的,往北一角斜去,幸有一只大铁架,勉为支撑。每至春夏之交,槐花满树,槐香盈院。季节海风吹来的淡淡的咸味,与洋槐浓浓的甜香气,交织成了小院的初夏畅想曲。也是白居易"人少庭宇旷,夜凉风露清。槐花满院气,松子落阶声"的现实版诗意图。

前院中央石砌的甬道,直直地通向楼前石阶。甬道两侧的行道树,是齐刷刷的龙柏。龙柏是常绿乔木,亭亭玉立,经风耐寒。靠西一隅,立一株晚樱,青岛人爱称之为双樱,每年春末,花枝繁茂,开深粉红色花,略嫌土气,气质上,逊色于早樱,即青岛人所称的单樱。另植有一棵山茶,一株三角枫,两棵金桂。山茶是青岛市花,也称耐冬,冬季开花,崂山太清宫里的"绛雪",可称是山茶中的花仙子。金桂花开中秋,有浓香气,穿透力极强;三角枫则在秋末最为出彩,金黄色,火红色,所谓霜重色愈浓。因花木花期的差异,小院可闻四时花香。

宁可食无肉,不可居无竹。无肉使人瘦,无竹令人俗。小楼的西南角,植有一大片修竹,微风摇曳,竹影婆娑,娉婷可人,各色鸟儿穿梭其间嬉戏。院中比较特别的乔木,是一棵分着三根树杈细溜溜高挑的软枣树。金秋时节,乌黑的软枣挂满枝头,招来诸多黑喜鹊、灰喜鹊争食。在很长一段时间内,

414

我并未注意,也不晓得这是棵什么树。更确切地说,我是从被喜鹊弄掉到地上的软枣粒,才发现这个秘密的。小时候,软枣和软枣糖球价廉,故能偶尔吃到,也有感情,一晃竟有三四十年未再见过。我弯下腰,捡起地上的几颗熟透的软枣,吹了吹,入了口,真甜!童年的味道再次萦绕舌尖。

更有野趣的,是后院,与前院面积大致相仿。其甬道两侧,一边是初夏着白色大花的广玉兰,开得大大咧咧;一边是海岸上常见的日本黑松。整个院落,以黑松的年岁最久,约近百年,其树干上的树皮若鳞片状,身姿挺拔、修长。后院一角,栽有两棵无花果,夏秋之交,果实累累,但大都成了喜鹊们的腹中之物。有一年,我气不过,弄了一张大网来,罩在树上。但我显然低估了喜鹊们的智商,它们想尽各种法子,照吃不误。

最吸引我的,是后院开垦的两畦菜地,分别种上了黄瓜、茄子、辣椒、韭菜、冬瓜、南瓜和红薯。黄瓜最宜生长,年年丰收,能连续吃一整个夏天,那真是实打实的绿色食品。黄瓜从瓜架上摘下来,在衣服上蹭蹭,即可空口而食,清脆甘洌。茄子和青椒则长得不太像话,完全是一副发育不良的样子,一年的收成,统共炒了两盘菜。韭菜的长势也不妙,韭叶比野草还要细长,更像薤。可贵之处是味道浓郁,远胜过菜市场所售之大路货。比较争气的,要属冬瓜,丰年时,结果十个八个稀松平常,个头也大。比较麻烦的是,冬瓜长着长着,瓜蔓就爬到隔壁邻居院里去了。采摘时,有些心虚,倒像是偷别人家的果实。

现今的城市人,住在钢筋水泥混凝土的建筑里,如同陶渊明所说的"久在樊笼里",向往着"复得返自然"的田园生活状态。拥有一座小院,多少成为一种现实的奢望。故小院中曾经那些看似寻常的春夏秋冬,愈发值得怀念和回味了。

鸟事

海景、崖坡、建筑与林木和谐融合,相互映衬,是八大关的核心特质。在这里,每条道路都有属于自己个性的行道树。韶关路的碧桃,宁武关路的西府海棠,居庸关路的银杏,嘉峪关路的红枫,已成为青岛的城市标志景观。

其中,尤以龙柏、雪松和黑松三种常青树,年岁最久。山海关路九号的雪松,亭亭如盖,独木成林,树龄在百岁之上;太平角宋公馆庭院中的两行龙柏,树梢伸展,上成抱式,距今已有一百四十年的树龄,比青岛建制的时间,尚要早上九年。如今的八大关里,绿草如茵,花木葱茏,非但是人类的向往聚集地,同样是鸟类的栖息天堂。

在此安家最久的,是喜鹊。高高的树杈顶端,搭着一个个巨大的鹊巢,特醒目,是无敌的一线海景房。八大关里的喜鹊,以黑喜鹊为主,白肚黑身,靛青色的长尾,成群结队,盘桓于此。偶尔也飞来一些灰喜鹊,凑凑热闹,数量上,并不占上风。

喜鹊之间是有岗位分工的。在大多数喜鹊觅食之际,总有那么一两只喜鹊,分别躲在两端树杈间,担任警戒任务。一旦见人靠近,立马"嘎、嘎、嘎"高声鸣叫示警,众鹊听到警报,赶忙松开嘴中的食物,一哄而散。警戒的喜鹊敬业爱岗,总是最后一个撤离现场,末了再"嘎、嘎"地叫上两声,收队。每每如此。院子里种的樱桃、软枣和无花果,是喜鹊们的最爱,每至果子熟至八成之时,鸟多势众的它们就早早地下了口,开了荤。甜的,吃掉;不太甜的,糟蹋得谁也甭想再吃了。喜鹊的这副德行,看着很让人上火!

每年的农历七月初七,是牛郎织女相会的日子。民间传说,人间的喜鹊要在这一天,飞到天界上去搭鹊桥。说来也怪,我观察了好多次,七夕这天,喜鹊竟然出奇地少。偶有几只,我想,该是组织上安排它们留在家里看门的。大千世界的好多事情,有时候真是说不明白。

另一类造访频繁的鸟,是斑鸠。斑鸠是国家三级保护动物。八大关里的斑鸠,多数是珠颈斑鸠,脖子上似是戴着一串珍珠项链,气质高雅,走起路来挺拽,警觉性也高。叫起来"咕——咕——咕",有些类似布谷鸟的叫声。山斑鸠偶尔也来。斑鸠多数情况下成双入对。

如今建筑物的玻璃幕墙,或是玻璃透明反光时,常会给鸟类造成视觉错乱,带来间接伤害。一天,我正在窗前写东西,突然被"砰"的一声闷响吓了一跳。抬眼一看窗外,乖乖,一只山斑鸠重重地撞上了玻璃窗,瘫倒在阳台上。时值午后,估计是窗外的榉树反射到玻璃窗上,让它产生了飞行错觉。不一会儿，山斑鸠跟跟跄跄地站了起来，猛地抖动了一下脑袋，一来可能是撞得有点头晕，清醒一下；二来也许在反思自己的眼力见儿之差，懊恼着呢。它瞧见了我，多少有些不好意思，转过头去，歪歪扭扭地慢慢向前移走了。它一定强忍着泪水！

暮春时节，院中平房有几扇大玻璃窗，半开着透风，不知怎么飞进来两只斑鸠。待我发现时，室内地上已有少许羽毛了，料是它俩已不止一次地撞击过玻璃窗，但就是找不到飞出去的门路。见我来，俩斑鸠显得慌乱无措，又扑棱棱地在屋里乱飞了几圈，白白又弄掉几根羽毛。飞累了，畏缩在窗台内沿上，哆哆嗦嗦，表情惊恐地斜望着我。我猜，这可能是两只搞对象的斑鸠，本想找个清静的地方谈谈心，拉拉手，却弄得自投罗网，遍体鳞伤。老话说，但行好事，莫问前程。我打开大门，将它们放回了大自然的怀抱。也不知道这俩家伙如今成家了没有，过得怎么样了。

如此来看，斑鸠多少有些傻里傻气的特质！

鸟儿争食，同样遵循丛林法则。春日，我将一把小米撒在了窗外，几分钟的工夫，一只珠颈斑鸠飞了过来，四下警惕地张望了一会儿，独自享用起来。不多时，又来了一只黑喜鹊，犹豫着想凑上去沾光，珠颈斑鸠停下嘴，回身直扑黑喜鹊，黑喜鹊显然不是对手，败退到了一边，眼巴巴地张望着。增援过来一只黑喜鹊，两打一，珠颈斑鸠毫无惧色，再战再捷。两只黑喜鹊悻悻地溜达到一边，找松球吃去了。倒是几只小麻雀一度贴近珠颈斑鸠蹭食，斑鸠默默地允了。

黄嘴黄爪黑身的八哥，也常来做客找吃的。我喜欢八哥，源于中国画花鸟科的画家们，常喜欢用水墨丹青表现它。写意，工笔，兼工带写，稍远些的八大、虚谷、任伯年，近现代的齐白石、潘天寿、李苦禅，皆有精彩的作品传世。八哥的体形，显然远不及喜鹊，甚至不如斑鸠，故八哥多是独来独往，不与其他鸟一起抢食争吃，以食昆虫为主。

若将来八大关小憩的诸多鸟类，搞上一次选秀大会，头号佳丽，当归戴胜。戴胜鸟头顶扇形的羽冠，长而阔。身体常见为棕红色，头侧和后颈呈淡棕色，下背黑色，杂有淡棕白色宽阔的横斑。外形相当漂亮，谁见谁爱。

戴胜姿色颇佳，却不像珠颈斑鸠那样高傲，它走起路来，有些憨憨的感觉。可能视力也不济，我慢慢靠近它时，它只顾低头在草地上找食，毫无警觉之意。待我掏出手机，在触手可及的距离一通狂拍之后，它才抬眼看了看我，扭头而去，却并没有飞走，又跳到稍远处寻吃食去了。戴胜的心真大！

我的窗外，曾有一棵六七十年树龄的高大榉树，超阔的树冠，枝繁叶茂，遮天蔽日。每至夏季，树梢上经常停满了各式各样的鸟类，叽叽喳喳，鸣噪不停。最多的一次，三四百只黄雀，济济一树，老青岛人称之为黄翅儿，像是在开会。我从来没有见过这么多的同一品种的鸟，待在一棵树上。可能它们真的是在开代表大会，共商鸟类大计呢！

八大关里的鸟，更多的，我叫不上名字来。他们时常飞来我的窗棂上，探头探脑，里外眺望。白头的鸟，彩色的鸟，杂色的鸟，林林总总，寒去暑至，你来我往。我喜欢观察它们，看它们在树梢上啾啾歌唱，在草地间啄食嬉戏，在此安家育雏。这里是人与自然和谐相处的范例。

暮事

◎ 谢宗玉

五十刚过,我给自己选了块墓地,在母亲坟旁。没有圈地,只栽了一棵松树。百年后那捧骨灰,就埋在树下吧。

裸埋。要不了几年,里面的钙、磷、碳,就会被吸收。然后树就是我,我就是树。凭借此树,我可以立在矮岗,岁岁年年,东望丘陵,西望溪泉,南望原野,北望群山。

最初,我打算栽一棵稍好一点儿的树,可被人劝住了。这些年,故乡佳木多被剪枝挖蔸,移栽到了城里。有那么一些家伙,专干这营生,翻山越岭,走乡串村,寻找名木佳树,看中就挖,全然不管这树与他有没有关系。反正很多村子只有几个老人守着,就算有人要把一座山移走,他们也不会出来打探。对方越是明目张胆,昏聩的他们越会觉得名正言顺。等打工的儿孙返回故乡问及村事,他们往往也只是一问三摇头,仿佛一年到头都不曾住在村庄。

若栽名树,可能没等我去世,树就被人挖走了吧。这还算好的。不好的是,我葬下了,树的根干枝,跟我已有了很深关联,这时再被人移走,或站在城市的马路边吸尘,或站在陌生的院落里思乡,那才难受呢。虽然那时我可能没什么感觉,可现在的我有感觉呀。我不愿浸透我因子的树,活成那样子。我就想它与故乡别的草木一起无所事事地站在矮冈,承受天风野雨。

树栽好后,很多天我都神清气爽。尘世间那些令人生厌的累赘与琐碎,似乎在看不见的地方,灰飞烟灭了。很多因于生的不好情绪和意念,也消失不见了。

之后,我又做了两件事,心身就更为安宁了。

一是交代后事，也不是正儿八经的那种，怕吓着儿子，只是餐前漫不经心的闲聊。我死之后，不要折腾什么追悼会。由于工作原因，这几年我没少写悼词，因与死者生前不熟，悼词不免写得大同小异，往往拿上一人的悼词稍微修改，就变成了下一人的。一份程式化的功绩、一腔虚头巴脑的抒情，正是这种悼词，反而证明了人生的可笑与虚无，一点儿意思都没有。

这个年纪，正是父辈们离世的高峰。刚开始，还会认真对待。话说有位作家英年早逝，生前只与他通过一回电话，我却跑去参加了他的葬礼。不知道的人，说我重礼节，可其实我不是一个很在乎虚礼的人。我去送他，大概只是出于对死亡的敬畏。

葬礼参加多了，心中的异样感也就没有了，死亡变得平常起来。跟吃饭睡觉一样，能不平常吗？一出生，我们就在一天天消亡。少年时尚还懵懂，过了中年，身体里藏着的时光，就如飕飕而过的穿堂风。难怪圣人感叹：逝者如斯夫。

若是瓜熟蒂落的那种离世，就连最亲的人，心情都不会有多少起伏。他们从容接待来宾，说一些嘘寒问暖的闲话。偶尔唇角展笑，外客也不会觉得失礼。若没有哀乐环绕，催生浅浅悲戚，一场葬礼，同一场聚会也没多少区别。

葬礼结束，人们摘下胸前白花，彼此大声而热情地招呼起来。尘世勃勃生机，顿时扑进追思厅，把弥漫的悲情一下子冲散了。从殡仪馆到停车场，一路都是高谈阔论的人。大家表情生动，精神饱满，充满了生趣和活力。约饭，约牌，谈生意，聊八卦，扯工作，不在话下，就像刚参加一场婚宴或寿宴出来。

白布一遮，送入焚炉，尘归尘，土归土，多简洁。炉火熊熊时，血脉相连的家人站在一旁，注目凝神，漫思过往，对死者和生者来说，才是最妥帖的慰藉。葬礼的主调，是清冷，是肃穆，不是喧哗。

再就是处理藏书。年轻时买好多书，炫耀似的买，仿佛书多就表示学问深。每次来客望着四壁图书，一脸惊叹的样子，就觉得特虚荣。后来发觉，记住了的才是学问，记不住的，书放在家里跟放在图书馆，其实没有区别。到了这个年纪，有时甚至连读过与没读过都分不清了。记忆就像流沙，无论握得多紧,最后都会一一从指缝中漏掉。凡夫俗子,脑容量本来就不大,还漏得这么快,有什么办法呢!我已经配不上拥有这么多书了。

趁家里二次装修,我把它们全捐给了文学院图书馆。我相信,把它们放在那里,比放在家里好。要不然这一堆书,以后会让儿子犯难呢。我见过好几个老作家生前当成宝贝的藏书,死后全让儿孙论斤贱卖掉了。

我从小就培养儿子的人文素养,可这又有什么用呢?最后他还是成了一名纯粹的理科生,对满壁图书正眼都不看一下。一台电脑似乎就可以让他沉醉一生。这个社会,变化太快了。

那么,隔代馈赠,将图书留给未来孙子,好不好?

还是算了吧,等孙子长大,社会又会发展到哪一步呢?他真要喜欢读书,自己选购就是,反正现在图书并不贵。何况那时候,纸质图书还有人看吗?

还记得文章第一次被刊登时的情景,拿着样刊,反复看,反复读,仿佛能读出无穷的花儿来。待发表文章成为常态,也就没多少兴奋感了。现在样刊寄来,有时连拆封的兴趣都没有。也不知这是怎么了,少年时立志要当作家,真成作家了,却没有多少成就感。

这些年,文章一篇一篇地发,书一本一本地出,样书、样刊和样报,存了满满两柜子。敝帚自珍,没有与藏书一起捐赠,现在倒不知要如何处理了。

据说卡夫卡、爱因斯坦、华生等人,去世前都烧了不少作品,疑是不自信,怕影响身后名,所以要把未出版的作品焚毁。我就不东施效颦了。这点儿东西,就交由儿孙处理吧。如果能留几册,传下去,以示祖辈中曾有一个写文章的,当然好。如果不想,就全送垃圾站吧。

想想真是可笑,年少自负,以为再过一百年,我的书仍有读者,人家还能从书中复原我"翩翩佳公子"的模样。现在才知是自己想多了。我人还没死,书就失去了再版机会,而书一旦没有了新读者,就等于宣告了死亡。

都说艺术家越老越香,有一天我蓦然回首,发觉那个曾藏身其间的"文坛",不知什么时候,离自己已如此遥远。更让我吃惊的是,对这种状态,我竟安之若素。大概是看清了这急流飞瀑的时代吧?江山代有才人出,各领风骚三五年,有什么好失落的。只有个别遗老才会恋栈昔日荣光,死死抓住话语权不放,在门可罗雀的心灵广场,一个人张灯结彩,自说自话。

后事安排好了,心意就畅达了,再不缩手缩脚、忧谗畏讥,也知道"从心所欲不逾矩"大概是一个什么状态。以前没有说过的话,想着没大错,现在说几句也无所畏;以前没有做过的事,想着无大碍,现在做几件也不介意。一辈子波平浪静,晚年真要起点儿波澜,也不是不可接受,多一种体验罢了。真要受不了,大不了把离世时间提前。总不能比年少时活得更小心翼翼吧?

消极吗?一点儿都不。内心通透了,日子反而过敞亮了。既然余生不多,每个日子都很珍贵,就再不会为不值当的事物伤神,再不会为不相干的人懊恼。身外物,该弃的已弃,该放的已放。钱财名利,皆为虚妄。人生就像一场秋收,将所有日子颗粒归仓,就算完整了。人生也像一场交响乐,序幕清朗,高潮激越,结尾平和,等最后一个音符弹出,尘世种种,全部清零。

从这点来说,我不太赞同"老骥伏枥、志在千里"的说法。临到老了,还去攻城略地,自以为还能向天再借五百年,却不知大限说到就到,就如电影里蝎子王的亡灵大军,看着气势汹汹,转眼就化作了风中烟尘。

生不掌握在自己手中,已属无奈,那死就得稳妥谋划,完美收官。绝不能如高潮时绷断的琴弦,如迁徙时忽坠的飞雁,如交战时折损的利剑。来世间一遭,不留首尾和挂碍,才是对此生最好的致敬。

菌塘

◎ 陈楫宝

一

我们在找那个巨大生物体。

钻进森林灌木丛，紧跟着三位村民，我们踩着深浅不一的腐叶和杂草，弓身穿梭在遮天蔽日的丛林，采摘松茸。

朝阳透过树枝空隙漏进，斑驳的光影把眼前变得迷离恍惚，混杂着树草清香、腐烂草香和褐色泥泞、牛粪马粪和野生动物粪便的气味涌进鼻腔。那是原始森林在岁月中源源不断沉淀发酵的味道。

那不是松茸的味道。

在我们进山之际，松茸们遁迹销声，即使与它们世代相伴的村民们也难寻其踪迹。在雨后，在它们本该露头出来晒太阳的最欢快的时光。

松茸，就是一个巨大生物体。一位饱学鸿儒跟我们如是说。

学者、前调查记者、留学生、作家、纪录片导演、公益项目发起人……我们这一伙人从北京、广州、大理等地相约于此，在雨季进山。我们就像闯入禁区的不速之客，与大自然彼此试探打量，森林让我们的前行磕磕绊绊。我们对眼前一切均感新鲜好奇。村民不时猫腰，草丛里，树根下，手持竹杖(俗称发财棍)拨弄、辨识，我们则手持手机相机横拍竖拍，前行，后退，侧身，踮脚，蹲下，竭力把找松茸的村民牢牢锁在取景框的方寸间。

"松茸之后莫山珍。"在日本，松茸自古就被视为山珍，名列皇室贡品。当年红极一时的电视节目《舌尖上的中国》，开篇即是《自然的馈赠》，首个食材就是松茸。不久前访华的美国财长耶伦品尝牛肝菌"见手青"时赞叹不已，如果享用了松茸将会怎么样呢？相信她会痴迷。松茸只能野生于远离人烟的原始森林,是人类唯一无法人工培育的山菌,不能驯化。

它是"菌中之王"。

头天晚上,我们一进山即海拔三千二百米,呼吸频率明显加快,小步慢走。沿着普达措国家公园次缅达河畔往密林深处移动。一排排临水而建的木头窝棚,是村民在夏天雨季进山采摘松茸专用的临时住所,我们借住了一晚。

第二天早晨六点多,下了一夜的雨终于停了。天已大亮,干净透明如镜。蹲在河边就地取材,用河水刷牙洗脸。掬一捧水入口,冰凉,我浑身抖了一个激灵,匆匆刷完牙,再漱一口河水,在口腔打个转儿迅速吐掉,绝不多停留一秒。喝过酥油茶,吃过白馒头,太阳开始露头,早先约好的三位村民(二女一男,一家人)带我们上山采松茸。在松茸采摘季,村民们抢着赛跑,有的每天凌晨两三点钟,备上青稞炒面和腊肉便摸黑上山,翻山越岭,打着手电找松茸。

海拔三千三百二十八米。海拔三千三百七十八米。海拔三千四百二十六米……眼瞅着指南针表盘显示海拔高度逐渐爬升,我们喘气状态愈发明显,步履有些滞重。

松茸不好找。望文生义,松茸似乎与松树密切相关。在香格里拉次缅达,更多的松茸主要生长于青冈树林下。青冈树,壳斗科栎属落叶乔木。松茸长在松树与栎树混交林带,恰在现场见证松树栎树的须根发生共生关系。眼前这片青冈树林生得密实,枝丫张牙舞爪,叶片铁骨铮铮,叶片边缘的钢刺在阳光下锋芒毕露。

海拔三千四百五十七米。同行一位年轻人扛不住了,气喘得厉害。弱冠之年,暑假过后他就要回到英国继续学业,这一路拄着登山杖走在最后。最终他选择转头下山,错过了此后的巅峰体验。

山上不让抽烟,我们就使劲儿吸着新鲜的空气。

松茸在玩捉迷藏吗?

村民们被我们天真的问题逗笑了。不过,他们一闪而过的些许焦虑,说不定内心也有过动摇:在这坡度舒缓的山上(窝棚就建在山脚下),大多数村民频繁光顾,甚或每天穿梭其间辗转至其他山头,在这里还能找到松茸吗?

我们跟着村民沿 S 形线路继续爬坡寻找,越爬越高。或许小小松茸也自知,登高望远天地阔,纵横捭阖自从容。

我们一路拍过去,舍不得放过任何一个镜头。

第一颗松茸。纳西族男人胖金哥用口型发出一声呼哨,我们随即快步向他聚拢。他是带我们采松茸的三位村民中唯一的男性,年近花甲,爬坡嗖嗖的,转眼就能把我们甩在后面。他总是回头提醒我们,如果走丢了,不要紧张害怕,你们寻水流声,哪儿有水流声,就往哪儿走;沿着水沟走,就能找到沟边路,或者能找到人家。深山老林容易迷失方向,村民们要找人就呼嗨,音调绵长,由高到低,或合拢手掌就着口型呼嗨,加大分贝,就近的人一旦听到,会给予同样的呼应;如果告诉别人的位置,就用竹手杖当喇叭,嘴吹手柄切口处,发出响亮而清脆的呼哨,穿透力在密林中让枝叶颤抖,鸟儿惊飞。

海拔三千五百四十六米。或许因找到第一颗松茸兴奋,走得有点儿快,气喘了。

我们慢慢蹲下来,用发财棍拨弄开周边的腐叶,以露头的松茸为中心点,逐渐松开周边的泥土,就像考古似的一层一层拨开障碍物,终于得见真容。这是一颗新鲜的上等松茸,形若伞状,色泽鲜明,菌盖呈褐色,菌柄为白色,长着纤维状绒毛鳞片。

我们手捧着松茸,眼睛像放大镜般仔细端详,菌肉白嫩肥厚、质地细密,再用鼻子嗅了嗅,一股浓郁的特殊香气。这颗松茸接力棒般从一个人递给另一个人,宛若久别重逢的老友,依依不舍,最后回到胖金哥手上。他起身伸手从青冈树上摘下一绺树胡子,把松茸缠绕,扔进随身挎的布袋。用树胡子层层包裹是保护措施,布袋里松茸多了后,须避免松茸之间发生碰撞产生擦痕,影响销售品相。

胖金哥以此颗松茸为中心点,用发财棍敲打着地面拨弄着泥土向周边扩散,就像往宁静的湖面投入一颗小石子掀起一圈圈涟漪,大大小小收获了五颗松茸。每拨出一颗松茸，就往掏空处填上泥土掩埋，避免根须暴露在外，留住根脉等待下一次生长。

松茸家族是天生的奉献者，破土后两三天内如不采摘，松茸菌帽便会绽开，而后迅速老去、归土，如昙花般悄然绽放又转瞬消失。

松茸有自成体系的蘑菇圈，就是饱学鸿儒口中的生物体，当地人习惯称之菌塘。村民说要有松茸，必须先有"菌塘"；有"菌塘"才有可能长出松茸；"菌塘"数量越多，松茸就多；单个"菌塘"越大，生长的松茸数量也就越多。不过，眼前的菌塘才一个簸箕大。我们略感失望。

胖金哥撇撇嘴，半晌才憋出一句粗口：拉乌！（纳西族骂人的话）胖金哥痛骂粗暴采摘者不掩埋根须，任其暴露在外，营养流失，根须断裂，菌塘只会日益萎缩，四五年才能恢复。人人可见的菌塘，没有得到善待，唾手可得的反而不被珍惜。

松茸天然就是一个大菌塘。松茸根须盘根错节，缠绕着松树和栎树的根须共生，在地下泥土中建构了属于自己的世界。按照科学的说法，松茸菌丝体在土壤里与松树或栎树根系、土壤及腐殖质等结合在一起，形成疏松、透气，类似海绵状的一种团状结构，构成独有的生物体。不是所有的野生食用菌都有菌塘，除松茸外，那些生长在菌根形成最多的地方的菌类，并没有形成真正的"菌塘"。

在森林里，树胡子是松茸的亲密邻居，志趣相投。树胡子中文名为松萝，空气中有一点点污染就不能存活，被誉为环境监测器，有松萝的地方，就意味着生态环境极好。一场雨后，树胡子长势旺盛，云杉，青冈树，松树，枞树……整个树林里，树胡子喜欢哪儿，就长在哪儿。树干，枝丫，树胡子一簇一簇垂下来，随轻风飘荡；根部，石头，藤蔓，灌木丛，淡绿色的树胡子缠绕其间，纤细瘦长。

布袋子逐渐鼓了起来，虎掌菌，红菇，铜钱菌，猴头菌，以及容易导致神经性中毒的致幻症状"见魔幻小人"的美味——见手青……不过，除了胖金哥找到的数颗松茸，再也没有松茸宠幸过我们。

"慢寻松茸，心之雀跃"。不知不觉，我们爬到山顶。海拔三千八百八十七米,集体深呼吸三十下,安抚我们狂跳的心率。

对面山上,此刻下起了瓢泼大雨,雨雾笼罩;这边,太阳照射在我们身上,有些燥热。

这就是香格里拉,这就是普达措国家公园,这就是次缅达。奇诡多变的天气,一天当中阴晴瞬时交替,一会儿阳光明媚,一会儿阴雨连绵;这边烈日炙烤山林,那头突然风起云涌,骤雨倾盆。

此时,恰是松茸等极品野生菌的生长季节。

二

并非所有人都如我们那般收获微薄。这天下午,我看到菌王了,一个采菌人,一颗巨大的单颗松茸,一人一物,一花一世界。

下午,采摘松茸的村民陆续下山,前往各自熟悉的定点收购点交易。三点半,收购松茸的老板带着他的外甥开着一辆皮卡,沿着次缅达河畔,一路泥泞,不时按响喇叭,开到土路尽头,准时出现在窝棚旁边搭建的临时交易点。

老板是普达措国家公园附近村落人,有着村民都有的高原红面孔,戴一顶棒球帽,右面颊上一颗黑痣长着一咎痣毛,不怒而威。

他广受村民欢迎。这样的场景最经典:每秤量完村民采摘的松茸,他会从黑色手包里掏出一沓崭新的连号人民币,一张一张地数着,递给村民……村民们无论性格腼腆的,还是活跃的,接过钞票的时候无一例外满脸舒展。那是他们最幸福的时刻。

这辆皮卡每当雨季来临就成为普达措次缅达管理点的常客。大概七月初,村民们陆续从各自村庄进山采摘松茸,在村里大片土地被公园征用后,这是国家赋予他们特殊的权利。

祖祖辈辈生活在这片黑森林,采菌子,放牧,砍伐,狩猎……农耕社会曾经世代传承的谋生之道,使这些大山饱受折磨,在现场可以看到那些倒地不起或孤独站立的枯树枯木,它们无一例外被时光掏空,渐入风烛残年……它们是这片生机盎然的森林的"暗伤"及警示……庆幸的是从前手刃它们的人类现在放下了油锯、斧头,从"伐木人"变成"种树人",一些原始森林消失了,一些人造次生林生机勃勃。

普达措国家公园严禁狩猎,被誉为中国珍稀动植物的天堂。有身高腿长、体态飘逸的黑颈鹤,"鹤鸣于九皋,声闻于天";有个体稍小、四肢健壮的猕猴,它们身披"最暴力猴群"标签,四五岁就独自闯荡江湖,开辟自己的新天地;习惯在黎明及黄昏出没捕食,连狼见了都要叫大哥的猞猁,有着极强的忍耐性,能够在埋伏猎物的地点一等就是数十个小时,一直等到猎物出现;还有云豹、金猫等国家一二级保护动物时常出没……听着这些名字,就吊足了我们的胃口。不过即使经常上山的村民,一旦碰到它们也会选择主动躲避。当然,这里更多的是黑熊、藏鼠兔、鼯鼠、高原兔、红腹松鼠、竹鼠、绿头潜鸭、麻鸭等富有经济价值的野生动物,以及具有极高观赏价值的鹦鹉和多种画眉鸟,如果运气足够好,会不经意地"邂逅"。村民们习惯了"夜幕降临,繁星点点,飞禽走兽的叫声回荡在山林间","这是最好听的声音"。

皮卡车喇叭声就是熟悉的集结号,提醒村民们往临时交易点聚集。有的提前一个多小时翻越山岭,有的刚刚下到山下,有的刚吃完热乎乎的中饭……拎着蛇皮袋,背着快递包,大大小小的包裹,装着大小不一的松茸。

老板不疾不慢,先目测将松茸简单分成不同等级,如七至九厘米为顶级,口感最好;其次为五至七厘米;三至五厘米为再次……然后上秤盘,重量和金额随即跳出数字。他的外甥做助手,按照不同等级,将称量过的松茸逐一放进塑料格子箱,铺上鲜嫩的树胡子盖上,再搬进皮卡车厢里。

傈僳族姑娘阿依爬,在昆明念大二。父亲在她五岁时患病去世,母亲智障,七岁就被姥爷带着上山辨识松茸,捡松茸。每年暑假,山林,草木,河流,马匹,牦牛,抑或狗熊,这些很多人想象中的浪漫元素,构成她搏击命运的艰苦环境,她不得不上山采摘松茸,从跟随大人到单打独斗,努力把松茸变成下一学年的生活费。眼前的高海拔连绵不绝的大山,是做梦都想着逃离的大山,是熟透的大山,是辛劳与收获、泪水与欢笑、梦想与现实交织的大山,是名字土得掉渣的大山:彝族山,金子沟垭口,小平子……但是,阿依爬转一圈外面的世界后,最终依然会回到大山。师大定向培养生,免学费定向生，大山把她送出去，还会把她迎回来，哪里来哪里去。

用清澈的目光跟我们道别，手里攥着卖松茸的二百七十八元新钞票，再次斜挎着被卸掉重量的挎包，阿依爬卖完松茸转身离去的步子变得轻盈。忽而，我们刚才那番感伤的情绪，在她逐渐远去的背影映衬下，变得完全多余。

临近收摊，老板坐在木凳上，抽了一支烟，悠然地冲着空气吐着烟圈儿。我们以为这天交易结束了，没想到，坐在门口的人群骚动，来了一个明星。

"菌王"来了。

老板在等他。

一个瘦小的中年人，皮肤黝黑，普通得不能再普通的村民，一身沾着泥土的劣质迷彩服略显松垮，弓身背着一个大布袋，缓步走来。一条大狼狗，走在他的前头探路，吐着猩红的舌头，喘着粗气，冲着迎面而来好奇的我们，警惕地东张西望。

菌王是村民的尊称，佐证他是采摘松茸的高手。他的先祖是纳西族，很久以前在丽江木府做家奴，几百年前被派往香格里拉采金，先祖就用木府的木加上交易的易，自创汉姓——杨。

此时他警觉地扫视着我们这群拿着手机、相机围着他拍摄的陌生人。老板跟他耳语几句，他面部表情松弛下来。他蹲下来，自顾自把大挎包搁在地上，从挎包里掏出两个塑料袋，一个装着特别等级的松茸，一个是装着普通等级的品种，无一例外用树胡子包裹得严严实实，鼓鼓囊囊。

果然是菌王，从这里领取了这天最多的一笔。昨天是最多。前天是最多。这个暑假他都是最多。至少五年来，他都是周边村落采摘松茸最多的。

因为他有跑不完的"暗塘"。这些暗塘，顾名思义就是私自占有不为外人知的"菌塘"。村民人人渴望拥有自己的"暗塘"，但不是人人得偿所愿。在成年累月的寻找松茸过程中，这些暗塘的方位，树木，塘形，远近，抵达路径，甚至气息，都被牢牢记在村民脑子里，秘不示人。

我们见不到他们的"暗塘"，见不到真正的巨大生物体。他们爱惜自己的"菌塘"，精心呵护，繁衍生息。他们都是各自菌塘的王。

藏暗塘,找菌塘,采摘松茸,成为村民一辈子修行的功课。菌王没上过一天学,却会说彝语、藏语、纳西语、傈僳语,多语种能力拓展了他的活动边界及沟通能力,促使他比同行走得更远;他甚至能区分自己"暗塘"周边每一棵树的年龄——也许是热爱,也许是生计所迫,无论何种因缘,一旦选择就会像设法熟悉自己的身体一样沉浸投入。那些没有"暗塘"的,只能每年靠撞大运去找松茸。人人都能去采集的山林坡地,好松茸并不多见。菌王的"暗塘"更隐秘,因人迹罕至,甚或更凶险,曾与狗熊狭路相逢,他侥幸逃离。当然,对于狗熊、狼等动物,只要人类不招惹,它们也不轻易伤害人类。每到松茸采摘季节,菌王就是独行侠,从不许别人跟随他,即使他家亲哥也不例外。曾有同村人尾随,一转眼或一个喷嚏,揉一下眼的工夫,刚在眼前的菌王已经消失得无影无踪。

　　他们信奉"术不贱卖"。

　　一个十七岁的纳西族小伙子,背着一个帆布书包,从侧门溜进来。小伙子从书包里掏出一只树胡子包裹的松茸,一层一层剥开,围观者哗然——好大的一颗松茸!至少二十厘米长;壮实,上下同粗;没有虫眼,干净、白嫩。

　　老板双手接过松茸,宛若捧着珍宝,躬身轻放在秤盘上——五百零六克!

　　单颗菌王。香格里拉菌王。老板今年收购的最大单颗松茸。围观者说,今年小中旬产生了一颗菌王,七百零八克……老板指着手上的松茸说,那颗我见过,开伞了,长虫了。这才是真正的菌王!

　　纳西族小伙子徒步两个小时,翻越两座山头,送到交易点。这颗松茸是他七十多岁的爷爷上山采摘的。爷爷拥有自己的"暗塘"。他的爷爷是曾经的"菌王",上了年纪后,这个荣誉称号被新一代"菌王"老杨取代。

　　普达措国家公园周边村落的年轻人就像蒲公英,散发着自由气息,如今四散在天南地北。上山采松茸的,绝大多数是上了年纪的父辈,鲜见年轻的面孔。偶尔涌现像阿依爬这样放暑假捡松茸挣学费的学生们,但他们长大后不一定愿意回来,父辈们赖以谋生甚或带来家族荣光的采摘松茸的手艺,似乎逐渐淡出他们的视野——采摘松茸,山高路远,又苦又累。

　　所以,最终,谁会在意那些"暗塘",谁会取代老杨,成为新新一代

"菌王"？

　　或许，也是我们多虑了。年轻人都会发现新"菌塘"，在北京、深圳、昆明、香格里拉县城，务工者、公务员、教师、导游、民宿店主、小生意人……他们在新角色里有自己的手艺，会有属于自己的"暗塘"。天空大地，各有凭借。正如次缅达河水继续流淌，无论经年累月冲刷的轨迹如何变化，最终会流入金沙江，遂三江合流，汇聚于长江，浩浩荡荡奔东海，波澜壮阔。

父恩（节选）

◎ 周荣池

　　村庄的酒席上常讲一段很有意味的故事，多少有点油嘴滑舌的意思。说一个人上桌就讲："豆腐就是我的命。"村里的豆腐有一种很著名的做法，谓之"汪"。豆腐切碎了，用高汤和脂油碎、虾米等一起"汪"，乃大多农家宴席头菜。一碗豆腐下去，心里就热乎起来。如果这点奢望都不得，正如俚语所怨：瞎钱用了千千万，没弄碗热豆腐烫烫心。这人说他把豆腐当作命，狂唉几勺，人们颇为不满。待到添酒时，同桌故意不理会他，那人便要来自取。人们反问："先生不是说豆腐是你的命吗？"说罢又把那空碗推回他面前。那人却夺过酒瓶说："有了酒，我的命就不要了。"

　　酒真正是男人们的命，至少对南角墩的父辈来说是如此。

　　父亲兄弟四个只有三叔不常喝酒。他的妹妹们也有能喝酒的。过去春节的年饭就是一场场酒事。出门的姑娘带孩子回村拜年，放下节礼之后就等男人们的酒局。这些酒局都是在醉意和哭闹中结束的。春节对于村庄其实就是"五天年"，这短暂的时光他们是相聚的，平素都要各自纠缠在土地上奔波。也许由一场场酒局作为新年的开端，有着很深刻的寓意——酒就像是一段引言，写下一年又一年的不安和苦楚。

　　他们端着碗喝粮食白。"粮食白"是本地产的白酒。这种酒低廉得很，大口地灌也不可惜，并且可以生出一种豪壮。可见，世上的豪情并非全要依附于富有或繁复。村里叫白酒作"麻酒"。男人们大碗喝麻酒，并确信这是最快活的事情。在他们心里，"粮食白，顿顿咽"，才是好日子。年节的菜无非鸡鸭鱼肉，比起日常自然丰盛十分。

　　父亲弟兄及妹婿们坐下来，端起碗就大口地灌。这被女人们斥之为"灌鼓"。父亲喝酒不用人劝。他似乎也不屑劝其他人,只自己闷头喝。二叔酒量也好,但喜欢攀比着别人碗里的酒。三叔在厨房间忙碌,实在有人窘他,就端着碗一饮而尽,转身进房倒头就睡。四叔年轻,所有的酒来者不拒。他总是偷偷地笑,实在看不起任何人的酒量。大姑父在乡里谋职,练得一身酒术,不管酒优劣都能喝一斤。二姑父的酒量一般,但嘴上是硬气的,从来都不让人。有一次喝多了,偏偏要钻到桌子肚里去,拿了老虎钳把一枚硬币折弯才罢休。三姑父读过好些年书,有些书生气,话不多酒也不慢,人若催他就会吐出两个字:喝哉。

一众人在春节喝麻酒,更像是借酒浇愁。他们是同一根藤上的瓜,连着一样的苦根。酒水能撬开人的嘴巴。平素埋在肚子里的怨气和不快,二两酒下肚,就像胃里的秽物悉数倒出来。先是张家长李家短的外事,都是鸡毛蒜皮的家事,一言不合就拍起桌子来。三叔望他们的情形不对,抱着酒从锅屋的窗户钻出去跑了。但这并不能阻止他们的争辩。话题无非是父母忽视了谁,而自己又被亏欠了。这在村庄里被称为"道短",说的都是生活的短处。这是农民的脾性——作为农人的后代,我绝非恶意糟蹋。人们因为收获的艰难,每一点儿付出更希望有所回报。这也是村庄的短处。我们后来说农民慷慨,其实只是一种利己的善意。他们心里首先是想着福报的。在贫瘠的土地上,"福气"这个词真是太难得了。正是"穷生奸计,富长良心"——人们也并非没有良知,但两手空空的时候,无从慷慨豪情。长久以来,人们对乡村有一种误读甚至粉饰。贫穷当然是归因于自身的弱点和弊端的。这一点也无需讳言。

酒不够,饭来凑。饥饿是一件窘人的事情。饱受饥饿的人们,在面对食物的时候,常有一种不安的感觉。所以当锅里饭食一旦丰裕的时候,人们会用一种极端的方式表达对饥饿的恐惧。他们比赛吃饭。用那种蓝花的海碗,把饭装到"堆尖"的程度,竞相灌进不安的皮囊。这并不是什么美好的事情。每每春节办年酒的时候,母亲和妯娌们都会皱起眉头来。她们又使尽浑身解数忙出一桌菜来让男人们灌酒。在不欢而散之后,又似乎终于松了一口气,说:不灌酒,算什么男人呢?

父亲的酒量是惊人的。"粮食白"进入村庄之前,他们喝的是大麦烧。他津津乐道的"与黎先生喝五斤"的旧事里,喝的就是大麦烧。村里叫大麦烧作"大麦吊"。吊,是一种酿酒的工艺。南角墩及周边是不出酒的。人们叫的这个名字土气而实在。但有时候似乎也会讲究一点儿,比如喊人先生。识字的如教师或者医生都叫先生,会算账的也勉强叫先生。黎先生是个手艺人,且只是劁猪的。但他长得像先生。

　　黎先生骑着自行车从东面来。他的皮包挂在龙头上,包上印的是华表图案。他清瘦得很,头发总是梳得很仔细。梳头油涂得明晃晃的,能看见雪白的头皮。他的皮肤也很白,像身上的的确良衬衫。衬衫最上面的扣子总是扣着的。这就像是中规中矩的教书先生。约好的日子来劁猪,父亲一早就逮好一只小公鸡杀了煨汤。又切了几圈冬瓜切块,用盐拌一下放脸盆里等着。

　　他下车之后先是把袖口的纽扣解了,一板一眼地把袖子折上去,才拿出那些明晃晃的工具来。

　　猪突然在安静的村庄里嚎叫起来。它被父亲拎着耳朵拽出猪圈来。孩子们都来围观。大人在田地里听见声音抬头看一下,复又低头去和庄稼周旋。黎先生用脚踩着猪脖子处。他的布鞋边沿是雪白的。他修长的手在猪的腹部比划了一下,而后用酒精棉团擦拭,又用那修长的刀剃去猪毛,露出了雪白的猪皮来。他果断地一刀下去,血就像是泥土里的积水一样渗了出来。他把刀搁在包旁边,伸出手指往猪的腹内掏去。他的嘴角因为吃力而斜咬着,眼睛竟然也瞪了起来——这一刻他不像个先生,而似村里的屠夫老在田。猪在拼命地嚎叫。孩子们在一边看得不寒而栗,赶紧往后退了几步,眼睛还直勾勾地望着那刀口。那把沾血的刀寒光四射。切除了猪欲望的器官,他拿起针线来细致地缝上。那种弯钩一样的针很特别,缝上线之后在线头打个结,又埋头咬掉多余的部分。那种细致就好似在给人做手术。那金属的针筒早就装满了药水,注射进已经挣扎得疲惫的猪身。

　　父亲又拎着猪放回圈里。它在满是蚊蝇的窝里惶恐地转悠着,又往墙上蹭了蹭,眼睛里满是惧色。两头猪的手术不过花半小时就收工。父亲把腌过的冬瓜冲洗了倒进鸡汤里,让母亲继续添火烧锅。他又用那脸盆打了半盆清水供黎先生洗手。黎先生要去河边洗一下刀具和手上的血水,回头才到盆里来洗手。父亲专门为他买了一块香皂。他的手上泛起浓白的泡沫。父亲又去舀一次水来,黎先生这才最终洗完了手。那块香皂放在窗台上晒干了,似乎还留着血腥的味道。他收拾好工具叹了一口气,把袖口又放下来扣上纽子,才和父亲抽起烟来。他们说好了中午喝一顿的,这是惯例。他来劁猪并不收父亲的钱,只要喝一顿酒。父亲对他们的交情很自豪。他把劁猪的秽物用芋头叶子包着放进包里带走,这是村里通晓的事情。村里有一个剃头的叫大佬倌,喜欢吃这种怪异的东西。他和大佬倌并没有什么交情,这点东西确实算不得多么宝贵。人们还背地里传说他常和大佬倌婆娘睡觉。

　　盐腌制过的冬瓜会脱去轻微的酸味。一入汤里这种朴实的菜蔬很快就糯烂了。母亲将这锅汤水全装在盆里端去桌上。黎先生和父亲喝起酒来。这好像才是今天的正事。母亲还要去给他们炒一盘韭菜,除此之外就不用其他了。他用筷子在汤锅里蘸了蘸,又放在嘴里尝尝味道,放下筷子就端碗和父亲碰一下后喝酒。父亲和他说村子里的新鲜事。他嚼着鸡脖子听得津津有味。黎先生来,父亲杀鸡的时候就不把脖子剁碎,一整根去了皮全给他吃。他喜欢吃鸡脖子。父亲嚼着鸡脖子褪下的皮,好像很难咽下去,因为嚼得不像黎先生那么细致。他吃一小段就喝一大口酒,其他的肉块似乎也不多动。他又拿了我的筷子,把鸡腿夹进我的碗里,然后继续端碗喝酒。他们喝酒的时间非常漫长。蹲在桌边的苍蝇都似乎失去了耐心,无奈地飞走了。父亲的声音开始大起来,不断地要和他干杯。黎先生把衬衫最上面的纽扣解了,但声音仍不会大。他端起碗来喝尽了,把碗斜过来朝父亲晃了晃,意思已经又喝完了。父亲才忙不迭地喝光了酒,赶紧又提起塑料壶来往他碗里倒。

　　黎先生用手在碗边示意了一下并不是阻拦。他们喝光了五斤酒,父亲舌头已经发直。黎先生喊母亲"新姐姐"。母亲赶紧去给盛了半碗饭,这就是他说的"起蓝箍",过去的碗内有一道蓝色的印记。他吃得也不多,最后夹了一筷子韭菜,把碗里的米粒都粘在一起,吃干净了,才站了起来。父亲喝过酒是不吃饭的,他把黎先生送到门口,帮他把包挂在龙头上,自己已经跌跌撞撞。黎先生跨上车就往西去了。

　　父亲转身回到屋子里，端起那大碗，把剩下的冷汤呼啦一口全部喝干净，又转出去看看圈里的猪。他扶着墙撒了一泡尿，一头倒在旁边的草垛上，睡到夜幕降临才醒来。母亲也不去管他，只要听见他的呼声就好了。

　　这场酒事是父亲足以夸耀一辈子的。日后谁要是和他提起酒来，他总是有些不屑地说："想当年黎先生在时，我们就一只小公鸡喝掉了五斤酒。"人们听罢这话就不多言了。黎先生比父亲小，但很早就走了。他是自己上吊死的，挂在自家屋梁上。他的女人竟然一声也没有哭。听说他是欠了赌债被逼死的。从此那个剃头的大佬倌再也吃不到癖好的那一口活肉了。后来他也死了。人总是要死的，也终将被忘记。

　　父亲日后依旧是喝酒的。他每喝完一顿酒都会用筷子敲敲碗得意地说："我这一辈子喝的酒可以动船来装，所以死也是够本儿了。"他不允许我用筷子敲碗，说这是要饭的举动。可他自己是可以敲的，不知道这是什么道理。他喝了酒道理就全在他，并认为每一口酒都是有道理的。

　　一九九一年暮春时节，一场大雨从时梅天下到入秋，几乎把那个夏天都淹没了。

　　奶奶捏着潮软的香烟坐在门槛边说："天漏了。"

　　她把烟蒂扔在门前的水里。水面发出老人叹息一般的动静，瞬间又回归了绝望的沉寂。现在路上已经可以行船了，好些人已经转住到船上。这些平素用来运粮食的船，现在成了漂泊的居所。大泵吸附着河水与杂物往三荡河倾泻，漂荡的船也往闸口聚集。咬牙紧闭的闸门是村庄最后的坚守。支书派人日夜看守闸门的动静。他清楚疲惫的闸门已经有了暗涌的回水。此处的水深，支书是心知肚明的。他央人去找父亲，请他下水去堵漏。从小放鸭的父亲水性极好，能一个猛子扎到三荡河对岸。但父亲犹豫起来——他当然也明白暗流的凶险。他大概更介怀有的人在这种时刻仍旧喝酒吃肉。其实，此时人们已经不再是贪恋一口麻酒，是困顿的局面实在令人无法支撑。他们是在自我麻醉中缓解紧张的情绪。他们依旧打了白条给村民，请他们杀一只鹅煮好了，用以夜餐时候喝酒。那样的雨夜着实煎熬难耐，酒水能够给人们一些幻觉和勇气。他们说话的时候都满是酒气，让这雨水变得更加悲壮。他们都是村庄的孩子，面对兵临城下般的危险，他们也战战兢兢。

人们知道父亲熟悉三荡河，也熟悉父亲的脾气。

父亲其实是个热心人，他还颇有些喜欢逞能。并非他总是很有办法，是他害怕别人觉得他没有办法。人们知道用一顿酒是打动不了他的，于是就用激将法。说他是不敢下河的，只是大公鸡打架——全仗着嘴。他朝人们瞪了瞪眼睛，默默地蹲下来，把事先准备好的破棉胎咬在嘴里，沿着河岸下了水去——朝着那翻滚的暗流，一个猛子扎了下去。人们都扒在闸口的栏杆边，焦急地等待着他回到水面。见到往上翻涌的水停住了，大家脸上有了喜色。父亲像一条冒失的鱼，突然从水底跃出水面。他用手抹去满脸的浑水，大口喘着气靠到岸边来。他的头上顶满水草也全然不顾，薄薄的衣服贴在身上，能看得出肋骨的印记。

父亲上岸之后也不换衣服。他回自己的棚子里喝了一口酒又抽起烟来。他最近总是把酒带着，随时都要喝一口抵抗湿漉漉的空气。因为我和母亲也搬到了船上，他索性把一口锅也带到三荡河岸上的窝棚边来。洪水泛滥时鱼也异常多，许多鱼塘都炸了口子。隐匿在河流深处的大鱼也四散逃窜。它们似乎也想着要逃离南角墩，但奈何内河向外的水路已经闭绝。现在唯一的出口也充满着险情，那是泵站的抽水口。鱼被流动的水欺骗了，它们和水草一起瞬间被嚼碎吐到外河去。野蛮的泵站就像一个玩世不恭的少爷，轻易吐掉嘴里剩余的饭菜。那些残废的鱼漂在水面上少有人问津。父亲拣了大段的放在铁锅里煮。连续的阴雨没有干柴火，他就淋上抽水机边的脚油去点火，烧得空气里满是柴油味。鱼变成了肉在汤汁里翻滚。父亲把他的酒打开倒了一口进去。它们似乎并没有失去情绪，在热锅里反而更热烈起来。鱼在剧烈的酒味中重生了。父亲喊来弟兄们坐在锅前喝酒。他们掐了树枝当筷子，握着那玻璃瓶喝—— 一人一口轮流喝，毫不介意。喝多了，他们对着河水叹气："有命吃饭，没命滚蛋，再灌就是！"

水大概被他们的酒气吓唬住了，一夜之间就消失了。太阳升了起来，泥泞的路很快就干涸了，留下人们日日夜夜丢失的脚窝。那些酒瓶也无人问津。一些死鱼的白骨边上爬满了蚂蚁。我满脑子都是柴油味。那是一种永远祛除不了的气味，比粮食白酒的味道还要顽固。这也是一种豪情，只有父辈们光着脚踩着泥土的日子里才能长得出来。

水退了之后，人们很快就忘记了父亲冒险的事情。这对他来说也确实不算什么。人们又回到平静的生活里去。水流淌过的地方留下印迹，也留在关于这个年份的说辞里。父亲还是那副倔强的样子。他不需要人们去说服他，就像从来不会忘记端起酒碗。而他对于村庄的态度也早就刻板了。这种刻板也并非拒绝，因为他自己也是村庄的一分子。就像是对粮食白的态度，他知道这种酒的恶劣，但还是在嘴里周旋了一辈子。他已和碗里的酒水一样变得剧烈而蛮横。

那个北方的侉子来到村庄之后，第一个就与父亲红了脸。他本是来收树木的，开着三轮皮卡车冒着黑烟闯来。他大概早就盘算过村庄里的树木，这在他的眼睛里满是生计。南角墩的人们并不关心树木，庄稼已经让他们精疲力竭。很长一段时间以来，人们起房造屋打家具都去买外地的木料。南角墩确实没有什么成材的树木。好像只剩下他那根老旧的桑树扁担是土生土长的。现在的树木也长得不像样子。他看守过的杨树虽然高大，但并不是什么好材料。几年树长成了，会有北方人来收购，连树枝都悉数拖走，据说做成板材很值钱。可是他们就像外地人，终是留不下根来的。

侉子来的时候提到过自己的名字，但人们对他的介绍不以为意。南角墩人有一种很顽固的认识，只要是北方来的人他们都觉得是侉子，如果是南方人则叫作蛮子。不过大多数南方人是不会来南角墩这种偏远地方的，只有北边的人以为这样的村庄暗藏着一点儿生计。这里的人们觉得自己住在世界的中心位置。所以这个北方人来之后，很快就无奈地接受了村人对他并无特别恶意的称谓。他要买父亲的树木。父亲觉得自己看管过几年树木，对行情了解一点儿，所以抽了他几根烟之后并没有达成共识。这人似乎比父亲还要暴躁，红着脸扯着嗓子争论起来。父亲也是喝过酒的。他这天倒是异常冷静地反问："长在我屋子后的树，能由你说了算？"

这人在村子里扎下根来，租了村头的空地办了一爿带锯厂。说是厂也不大，专门经营木器生意，也给附近的村庄代开木料。父亲也不在意他的经营，这些是村干的事情。他又总是觉得凡事和村干有关，总会有点阴谋的。他不怕阴谋，但也玩不起阴谋来。那个年头他已经又养起了鸭子来，每天只围着河流的边沿转悠，在水边留下一串串暴躁的吆喝。

人们以为他这头蛮牛是不会和这个红脸的侉子有什么瓜葛的。父亲把自己的树卖给了其他收树的人。那一段时间，有很多北方人来村里收树，他们都是嗓门儿很大的粗壮汉子。那长到十几米的树不一会儿就被放倒了。这人本来是来卖树苗的。他饭点儿时间到了村子里，自行车后装着两袋各式果树苗木。他大概不清楚这里的情况。果树在村庄里是不大受人们待见的。土地好像也没有什么想象力。所有的果树都长得很羸弱，挂了果子也生得奇形怪状，就像是喜欢开玩笑的人，满嘴的古怪和不堪。这人走在门口时，父亲正在喝酒。他停下车来问："能不能用树苗换碗饭吃？"父亲是个穷大方的人，说吃碗饭是没有问题的，但不要什么树苗。

这人倒也并不客气，丢了几棵树苗挨在墙边，进了屋就坐上桌来。母亲给盛了一碗饭。他鼻头通红，方言口音很重，和村西头侉子是一样的。父亲又问他喝不喝酒，他站起来说："那我再给你棵橘子苗。"说着就又走出去，从车上拎下一棵橘子苗靠在墙边。村子里有人种过橘子树，都结出很酸涩的果子，只能放在家里闻闻香气。有的干脆任它留在树上，干瘪了掉在地上也不过问。父亲给他倒了酒。两口下肚人就熟络起来。酒是一种很奇怪的东西，明明是热辣冷漠的样子，进了男人的肚子里就变得热闹起来。他给父亲讲了好些种树的办法，却不知道父亲对此并不感兴趣。喝了酒之后，他帮忙把那几棵树种在门口的菜地里，并说来年长大了再来帮着嫁接其他品种。他又去屋子后面看了看那些大树，说这些能卖个好价钱。父亲对这事倒很感兴趣，但对他说价格有些不敢相信。他之前是为这些树和那侉子争得面红耳赤的。父亲见他走远了，嘴里咕哝了一句："这些侉子，都是'骗子瓜话多'。"他大概是想起了手艺好的黎先生。他也是喝完酒骑着车走的，后来就再也没有回来。

可那鼻子通红的人第二天真带了人来了。一时父亲却有些犹疑不决。

但那几条汉子已经卸下了油锯,不一会儿工夫就把那长了好些年的光阴给放倒了。放树的时候,村西头的侉子让他的工人站边上悄悄看了一眼。他大概还想着做这笔生意,被父亲几句话敷衍走了。红鼻头汉子出的价格确实也不菲。这笔钱后来成了我读大学的第一笔学费。

红鼻头汉子没几天就出了事。那天村头木器厂里闹哄哄的,民警带着人来指认现场,人们都跑去围观。那被押着的人,正是那个红鼻头的大汉。他承认自己破坏了那侉子木器厂里的带锯。那人看起来还是良善的,竟做出了这种离奇的案件。原来他们本是几家一起出来各地收树木的。那侉子黑了心拐跑了红鼻头男人的老婆,躲这里藏起来生活。这红鼻头汉子回老家去弄了些树苗出来,一边讨生计一边找人,想不到在南角墩找到了那婆娘。他也有些坏心眼子,按兵不动,哪知道侉子知道他进了村里,赶紧带着那婆娘先去别处避风头了。父亲这时候才想起来,那天为什么会有人来打听消息。这个红鼻头的人一眼就被认出来,工人赶紧回去通风报信了。红鼻头的汉子找不见人,只看到门口歪歪扭扭写了四个字:吉房招租。那侉子竟然想出这种办法来个金蝉脱壳。红鼻头汉子一怒之下砸坏了他厂里的带锯,最后被警察给逮了起来。

父亲为此判断,能喝酒的人也不都是好人——但红鼻头算是条汉子。可那侉子到底不是什么好人。事情出了之后,侉子变卖了那些并不值钱的家当。据说他连村里的租金都没有交全,就连夜逃之夭夭了。父亲很有些不以为然地对路过的村干部说:"你们看看,酒杯子是不能随便端的。"那段时间电视里放着《水浒传》。他每天都去邻居家的院子里看上两集。看完了就总是说:"你看看,没有这两碗酒,哪里来的胆量?"他说不出什么江湖义气的道理。酒在他只不过是胆量,是没有阴谋的胆量。

父亲是一直喝酒的。过了六十岁之后,身体多少有些病痛。他依然顽固地认为,如果不能喝酒,他就要离开南角墩了。他和很多人喝酒,又好像总是一个人喝。他的酒在自己的碗里,总是有自己的道理。我刚成年就捧酒杯,他也从来没有阻拦过。但对于我喝酒的事情,他又颇有些不以为然。周末来看我们的时候,见我宿醉萎靡的样子,总是轻蔑地说:"你们喝酒不像样子。"

我们的酒事和村庄里的自然不是一个样子。我并不像他那样一定要喝酒。我们喝下去的酒也未必是完全心甘情愿的。我们的酒是为了面子或者里子——这里面总有盘算，大多数时候算不上豪情。这是生活里一种充满危机的变化。父亲的酒碗里是他自己的主张。他们和酒一样有自己的品性，大多是热烈而豪迈的。这种品性并不为什么具体目的。他们碗里的酒多是为酒本身，这是农人纯粹之所在。后来我们这些子孙虽学会了豪饮的本事，出去闯荡时却用以争强好胜或者居心叵测，对他们来说当然是不像样子的。

父亲的二弟因为喝酒出了车祸。老迈的他皱着眉头骂着他的不是——说他喝酒总是不像个样子。二叔出殡前一天，父亲还是坐在桌上喝酒。人们忙碌着，他只闷头喝酒。也许他只觉得自己碗里的酒是对的，其他的事情都不像个样子。